W0029390

Rotes Glas

Das Buch

England 1645: Die Revolution steht vor der Tür. Der vielseitig begabte Jacob muss aufgrund der unmenschlichen Gesetze seiner Zeit Frondienste auf dem Hof eines tyrannischen Gutsherren verrichten. Als eines Tages im Dorfteich die Leiche eines Mannes gefunden wird, muss der leidenschaftliche Jacob befürchten, dass man ihn für diesen Mord verantwortlich machen wird. Deshalb flieht er noch am Tag seiner Hochzeit gemeinsam mit seiner Braut und einem seiner Brüder …

Eine fesselnde, zutiefst sinnliche Geschichte aus einer Welt, die Kopf steht und geprägt ist von leidenschaftlichen politischen Positionen, religiösem Fanatismus, sexueller Freizügigkeit und hinterhältigen Intrigen. Durch Maria McCanns kraftvolle, intensive Prosa entwickelt die Lektüre dieses Buches einen unwiderstehlichen Sog. Ein Roman, den man förmlich verschlingt und dessen Bilder und Geschichten man nie mehr vergessen wird.

Die Autorin

Maria McCann lebt und schreibt in Irland. *Rotes Glas* ist ihr erster Roman, der schon vor seiner Veröffentlichung in Großbritannien für Furore sorgte.

MARIA McCANN

Rotes Glas

ROMAN

Aus dem Englischen
von Franziska Wirth

List Taschenbuch

GRANDE

List Taschenbücher erscheinen im
Ullstein Taschenbuchverlag, einem Unternehmen der
Econ Ullstein List Verlag GmbH & Co. KG, München
Deutsche Erstausgabe
1. Auflage 2001

Titel der englischen Originalausgabe: As Meat Loves Salt
(Flamingo, An Imprint of HarperCollins Publishers, London)
Übersetzung: Franziska Wirth
Redaktion: Martina Bartel
Umschlagkonzept u. -gestaltung: HildenDesign, München – Stefan Hilden
Titelabbildung: S. Luttichuys: Stillleben mit Schlangenvase/
Elke Walford – Fotowerkstatt Hamburger Kunsthalle
Gesetzt aus der Bembo
Satz: Dörlemann Satz, Lemförde
Druck und Bindearbeiten: Clausen & Bosse, Leck
Printed in Germany
ISBN 3-548-68003-8

Für meine Eltern

Es war einmal ein König, der wissen wollte, wie sehr ihn seine drei Töchter liebten. Er rief die Älteste zu sich und fragte: »Wie sehr liebst du deinen Vater?«

Seine Tochter antwortete ihm: »Meine Liebe lässt sich nicht messen. Ihr seid mir wertvoller denn ein Palast voller Edelsteine und Gold«, und der König freute sich.

Darauf rief er seine zweite Tochter zu sich und stellte ihr die gleiche Frage.

Das Mädchen antwortete: »Meine Liebe kennt keinen Vergleich. Sie wird fortdauern, auch wenn im Schnee Rosen blühen und Fische in den Bäumen Nester bauen«, und wieder freute sich der König.

Schließlich rief er seine jüngste Tochter zu sich und fragte sie: »Mein liebes Kind, wie sehr liebst du deinen Vater?«

Das Mädchen antwortete lediglich: »Ich liebe Euch, so wie das Fleisch das Salz liebt«, und wie sehr sie der König auch beschwor und ihr drohte, sie blieb bei ihrer Antwort.

Beleidigt teilte der König das Vermögen der jüngsten Tochter zwischen ihren Schwestern auf, verfluchte sie und jagte sie fort.

Als die beiden ältesten Schwestern erkannten, was für ein Narr ihr Vater doch war, schmiedeten sie Ränke gegen ihn, machten sich in kurzer Zeit das Königreich untertan und jagten ihn fort. Als Bettler musste er nun von jedermann verachtet durch das Land ziehen, das er einst regiert hatte.

Eines Tages kam er müde und jeglicher Hoffnung beraubt in ein Dorf, dessen festlich gekleidete Einwohner gerade allesamt auf der Straße zusammenliefen. Als er sie nach dem Grund für dieses Gebaren fragte, erhielt er als Antwort, dass es nicht weit entfernt ein großes Haus gebe, in dem Hochzeit gehalten werde und dass das junge Brautpaar jedermann zu seinem Fest eingeladen habe. Da der König sehr hungrig war, folgte er den anderen in der Hoffnung, dass vom Festschmaus auch etwas für ihn abfiele.

Im Haus durfte er sich mit den anderen Gästen auf eine Bank setzen und erhielt zu essen. Eine Weile war er ganz in die Speisen vertieft, doch als er schließlich aufsah, erkannte er in der Braut seine eigene Tochter, die er einst verbannt hatte. Der König schämte sich zu sehr, als dass er sich hätte zu erkennen geben wollen. »Außerdem«, sagte er zu sich selbst, »liebt sie mich ja nur, so wie das Fleisch das Salz liebt.«

Nun war es so, dass die viel gepriesene Freigebigkeit der Braut und des Bräutigams viele unerwartete Gäste angelockt hatte. Als das Fleisch aufgetragen wurde und jeder sich davon genommen hatte, fehlte es plötzlich an Salz, und der König gehörte zu jenen Gästen, an denen der Salztopf vorüberging. Er nahm einen Bissen von dem Braten, probierte ihn und sehnte sich ungemein nach Salz, das er hätte über seine Speise streuen können. So verstand er am Ende die Worte seiner jüngsten Tochter und die Liebe, die sie für ihn empfunden hatte, denn das Fleisch ist nichts ohne das Salz.

1. Teil

1. Kapitel
Abschaum steigt ans Licht

An dem Morgen, an dem wir den Weiher nach Patience White absuchten, beugte ich mich so weit nach unten, um etwas unterhalb der Wasseroberfläche sehen zu können, dass mir mein eigenes Gesicht entgegenstarrte, verzerrt und finster. Wir drei hatten das Wasser bereits so aufgewühlt, dass es trüb und schlammig war, als ich mit dem Fuß gegen etwas Bewegliches und Schweres stieß, das dort unten baumelte, während wir uns durch das Wasser bahnten. Ich versuchte, es von uns weg zu schieben, aber zu spät.

»Das ist sie.« Izzy zog die Lippen hoch, bis seine Zähne sichtbar wurden.

Ich schüttelte den Kopf. »Das ist ein Baumstamm.«

»Nein, Jacob – hier, hier –«

Er packte meine Hand und tauchte sie neben seinem rechten Bein ins Wasser. Mein Herz hämmerte gegen die Rippen. Zuerst berührte ich seinen Knöchel, dann nassen Stoff, der fest um etwas Bewegliches gebunden war.

»Ich glaube, das ist ein Arm«, sagte Izzy leise.

»Ich glaube, du hast Recht, Bruder.« Ich tastete daran entlang und stieß auf kaltes, glitschiges Fleisch, das ich nach oben an die Luft hob. Zweifellos handelte es sich um einen Arm, an dessen Ende eine schmale, vom Wasser schrumpelige Hand baumelte. Ich hörte, wie meine am Ufer stehende Herrin ausrief: »Armes Mädchen, armes Mädchen!«

Zebedee langte nach den fleckigen Fingern. »Das ist niemals – Jacob, siehst du nicht?«

»Still.« Sein Hinweis war völlig überflüssig, denn ich wusste, was wir da vor uns hatten. Seit dem Augenblick, da wir die Anweisung erhalten hatten, den Weiher abzusuchen, hatte ich mich darauf vorbereitet.

»Ihr habt das Seil vergessen«, rief Godfrey vom sicheren und trockenen Ufer aus.

Ich schaute mich um und sah das eine Seilende auf der anderen Seite des Teiches im Wasser hängen, während wir uns hier abmühten. »Seid so gut, holt es«, bat ich ihn.

Er schürzte die Lippen und bewegte sich keinen Zentimeter. Ein einfacher Diener wie ich sollte nicht so fordernd zu dem Verwalter eines Haushalts sprechen, auch wenn er selbst in einer prekären Situation ist.

»Seid so gut, es zu holen, Godfrey«, warf die Herrin ein.

Schulterzuckend hob der Verwalter das nasse Seil auf.

Der Teich von Beaurepair besaß auf der einen Seite eine Schwemme, die in früheren Zeiten dazu gedient hatte, Tiere ins Wasser zu lassen. Sie war mit rissigem, grünlichem Schlamm bedeckt, der noch fauliger stank als der Teich selbst. Wir umklammerten rutschend das glitschige Ding, um es zum unteren Ende dieser Senke zu ziehen, dann krochen Zeb und ich nach oben, obwohl unsere Hemden und Hosen schwer an uns klebten. Ich hatte vergessen, meine Schuhe auszuziehen, und spürte, wie sie sich mit Schlamm füllten. Izzy, der nicht so stark war wie wir, blieb im Wasser, um das Seil anzulegen.

»Zieht!«, rief er.

Zeb und ich ergriffen je ein Seilende und lehnten uns zurück. Durch unser Gewicht bewegte sich der Körper gerade mal um etwa einen halben Meter.

»Komm schon, Jacob, du kannst doch mehr«, rief Sir John, als ginge es hier um irgendeinen sportlichen Wettkampf. Ich fragte mich, wie viel Wein er bereits getrunken hatte.

»Ihre Kleider müssen sich voll gesogen haben«, sagte Godfrey. Er kam zu uns herüber und stellte sich auf Zebs Seite, allerdings gab er Acht, nicht mit der nassen Kleidung meines Bruders in Berührung zu kommen. »Oder sie hängt irgendwo fest.«

Das Wasser wirbelte auf und ließ ein schmatzendes Geräusch vernehmen. Izzy sprang zurück.

Die Leiche richtete sich auf und kam an die Wasseroberfläche. Ich sah die mit steifen Haaren verschmierte Kopfhaut. Dann fiel sie wie betrunken nach vorne über und füllte mit der ganzen Körperlänge das brackige Wasser am Ende der Schwemme. Ich stieg erneut hinab, packte sie unter den Armen und kämpfte mich die Böschung hoch, bis sie mit dem Gesicht nach oben lag. Der Mund war voll Schlamm.

»Siehst du?«, flüsterte Zeb und wischte sich über die Augenbraue.

Es handelte sich nicht um die Leiche von Patience Hannah White. Unser Fang war ein ganz anderer Fisch: Christopher Walshe, neu in dieser Gemeinde und bis jetzt noch nicht einmal vermisst worden.

»Es ist der Diener von Mister Biggin, Mylady.« Godfrey versuchte es erneut, wobei sein Bart zitterte. »Einer der Stallburschen auf Champains.«

Die Herrin presste ihre ädrigen Hände zusammen. »Aber warum? Wo ist Patience?«

»Nicht im Teich. Nicht im Teich, eine Nachricht, die so erfreulich wie der Tod dieses jungen Mannes tragisch ist«, sagte Godfrey aufgeregt. »Darf ich mir den Vorschlag erlauben, Mylady, dass es Euch gut täte, sich auszuruhen? Lasst mich die ganze Angelegenheit in die Hand nehmen. Ich werde den jüngsten Cullen nach Champains schicken, und Jacob soll den Toten aufbahren.«

Meine Herrin nickte einvernehmlich und zog sich in ihr Gemach zurück. Sir John, in Zeiten der Not selten eine große Hilfe, machte sich auf den Weg in die Bibliothek, in der sicherlich schon eine Flasche Kanarienwein entkorkt bereit stand.

Meine Brüder gingen neben mir her, als ich den toten Jungen auf meinen Armen bis ins Waschhaus trug und ihn dort auf den Tisch legte.

»Schon als ich die Hand sah, wusste ich es«, sagte Zeb, während er ihn anstarrte. Er schob das glitschige Haar aus Walshes Gesicht und schauderte. »Es muss nach unserem Lesen passiert sein. Zwei Nächte darin eingelegt!«

»Eine unsinnige Sache«, sagte Izzy. »Er ist in die andere Richtung losgegangen, wir alle haben ihm noch zum Abschied gewinkt.«

Zeb nickte. »Und nicht mal betrunken. Oder?«

»Ich hab nichts gesehen«, sagte ich. »Es sei denn, ihr hättet ihm was gegeben.«

Izzy und Zeb tauschten Blicke aus.

»Nun, habt ihr das?«, wollte ich mit Nachdruck wissen.

»Du weißt, dass er nicht betrunken war«, sagte Izzy. »Kommt, Brüder, keine Streitigkeiten.«

»Ich hätte noch ein paar harte Worte zu sagen«, protestierte Zeb.

Schweigend zogen wir im Waschhaus unsere dreckigen Sachen aus und wuschen uns den Matsch vom Leib. Izzy rang nach Luft, als er sich das Hemd über den Kopf zog, und ich vermutete, dass ihm sein Rücken zu schaffen machte.

»Gott sei Dank war Patience nicht da drin.« Zeb, der sich gerade mit einem leinenen Tuch abtrocknete, zitterte.

»Aber dieser Kerl! Armer Chris, armer Junge. Stellt euch vor, wir hätten dort nicht gesucht?«

»Ihr habt gut daran getan, eure Schuhe auszuziehen. Ich fürchte, meine sind hin«, sagte ich.

»Lieber Bruder, das ist doch hierbei wohl kaum eine Katastrophe«, erwiderte Izzy. Er fand einen Korb mit sauberen Hemden und warf eins in meine Richtung. »Dies hier wird dich anständig aussehen lassen, bis wir wieder in unserer eigenen Kammer sind.«

»Godfrey hätte Caro bitten können, uns Kleidung herunterzubringen«, sagte Zeb. »Wofür sind Verwalter denn sonst gut, wenn nicht, um andere arbeiten zu lassen?«

»Ich bin froh, dass Caro das hier nicht sieht«, sagte ich.

»Was, wir drei in den Hemden?«, fragte Zeb.

»Mit deinem Gespött versuchst du den Herrn«, sagte Izzy. Er humpelte zu dem Jungen hinüber und betrachtete ihn eine Weile. »Stell dir vor, es wäre Patience. Dann würde ich nicht in deiner Haut stecken wollen.«

Zeb fuhr ihn an. »Die Herrin weiß doch von nichts, oder?«

»Nein, aber es ist das Erste, an das man denkt, wenn ein junges Mädchen ertrunken gefunden wird«, erwiderte Izzy.

Zeb dachte nach. »Aber es gab keine Anzeichen – und wenn ich nichts bemerkt habe – wenn überhaupt ein Mann die Gelegenheit hatte, dann ich –« Er brach ab und wurde rot.

Izzy durchquerte den Raum und packte ihn bei den Schultern. »Sie können Leichen aufschneiden und hineinschauen.«

»Sind wir in einem Irrenhaus? Was aufschneiden?«, schrie ich.

Die beiden warfen mir erboste Blicke zu.

»Immer der Letzte, der davon erfährt«, sagte Zeb. »Dann hat dir Caro nichts erzählt?«

»Unser Bruder hat ganze Arbeit geleistet, Jacob«, sagte Izzy. »Patience ist in Umständen.«

Das also war der Schlüssel zu ihren rätselhaften Worten: Patience erwartete ein Kind von Zeb. Das große Geheimnis war, nüchtern betrachtet, kaum eine Überraschung – ich hatte schon eine Weile beobachtet, wie Zeb und Patience den alten Tanz tanzten – und doch wurmte es mich, dass man mir nichts gesagt hatte.

»Zwei Tage und nicht im Teich. Mit Sicherheit ist sie davongelaufen«, sagte Zeb. »Aber warum? Warum jetzt?«

»Aus Scham?«, schlug ich vor, obwohl sich die Worte *Scham* und *Patience White* sozusagen widersprachen und man sie höchstens zusammen vernahm, wenn die Leute den Kopf schüttelten und sagten, sie besäße keine.

»Sie hätte sich nicht schämen müssen. Zeb hatte sich bereit erklärt, sie zu heiraten«, sagte Izzy.

»Was?«, schrie ich. »Zeb, du bist der größte Idiot auf Erden.«

»Ich mag sie, Jacob«, protestierte mein Bruder.

»Oh? Und würdest du sie als Gefährtin mögen?«

Zeb schwieg. Was er mochte, dachte ich, war die Stelle zwischen ihren Beinen, denn was gab es da sonst noch? Wir alle wären ohne Patience besser dran. Unvorstellbar, dass jemand ihr kreischendes Lachen vermisste; ich selbst hatte sie immer als Heimsuchung empfunden. Sie war Caro als Magd ebenbürtig und eine seit langem gut eingerittene Stute, vermutlich von Peter, der mit uns zusammen arbeitete und ungefähr in Zebs Alter war. Patience und Peter, das passte zusammen: laut, töricht und beide weder in der Lage zu lesen noch bereit, es zu lernen. Ich hatte eine starke Abneigung gegen Peters sommersprossiges und pickeliges Gesicht, das undurchschaubar war, obwohl ich zugeben musste, dass er sich in vielerlei Hinsicht als guter Kerl zeigte, denn er arbeitete hart und war stets bereit, zu leihen und zu teilen. Er war mir sehr viel lieber als Patience, die immer nur danach trachtete, Männer zu verführen.

Einmal hatte sie es bei mir versucht, als ich noch nicht einmal zwanzig war. Als ich mit einem Korb voller Fallobst aus dem Obstgarten durch das kleine Tor schritt, stellte sie sich mir in den Weg.

»Schwere Last, die du da trägst«, sagte sie.

»Dann geh mir aus dem Weg«, erwiderte ich, »lass sie mich ablegen«, denn meine Schultern schmerzten.

»Eine hervorragende Idee«, sagte Patience, »etwas ins Gras zu legen.«

Sie hatte sich mir noch nie genähert, und obwohl ich schon damals wusste, dass sie eine Hure war, verstand ich die Bedeutung ihrer Worte nicht sofort. Wegen der Hitze hatte ich meine Jacke ausgezogen, und Patience legte ihre Finger auf meinen Arm.

»Du könntest ein Mädchen ganz schön drücken, was?« Sie presste ihre warme Handfläche auf meine Schulter, so dass ich sie durch mein Hemd hindurch spüren konnte. »Ich bin eine, die zurückdrückt. Ich wette, du würdest es mögen.«

»Ich wette, das würde ich nicht«, sagte ich. »Ich habe keine Lust auf Syphilis. Und jetzt lass mich durch oder du wirst meinen Arm auf andere Art spüren.«

Eine Weile sprachen wir nicht miteinander, aber Bedienstete müssen irgendwie miteinander auskommen – sie haben genug damit zu tun, die Launen ihrer Herrschaft zu ertragen – und zudem glaube ich, dass Izzy etwas zu ihrer Beruhigung gesagt hatte. Seitdem verhielten wir uns höflich zueinander, so wie es unsere Arbeit erforderte. Peter war als Nächster dran, da bin ich ziemlich sicher, und er hat sie über mich hinweggetröstet; aber sie hätte niemals Zebs Aufmerksamkeit erregt, wäre eine anmutigere Frau im Haus gewesen. Selbstverständlich war da noch Caro; doch Caro gehörte mir.

Caro. Verglichen mit Patiences schlampiger Kleidung und ihrer groben Sprache wirkte mein Liebling wie jungfräulicher Schnee. Natürlich gab es Ärgernisse und Reibereien zwischen den beiden.

»Sie ist unzüchtig wie eine Hebamme«, beschwerte sich Caro einmal bei mir. »Ständig schnüffelt sie hinter uns her: tut er dies, tut er das?«

Doch ich war nicht Zeb. Ich behandelte Caro stets mit Respekt, wie es einem Liebhaber geziemt, und maßte mir nie die Privilegien eines Ehemannes an. So vereitelte ich mit meiner Selbstbeherrschung Patiences Absichten ein weiteres Mal.

Selbstbeherrschung war für meinen Bruder ein unbekanntes Wort und bremste ihn nicht in seinem Tun. Törichte Verzärtelung hatte Zebedee ruiniert. Er war erst vier, als Vater starb, und ihm fehlte die leitende Hand, zumal seine Schönheit unsere Mutter dazu verleitete, ihn zu verhätscheln.

»Zeb muss mit dem Lautespiel fortfahren«, verkündete sie, als klar war, dass höchstens noch ein paar Zentimeter zwischen uns fehlten. Gerechterweise muss man sagen, dass er gut spielte und selbst dann noch gut aussah, wenn er mal nicht den richtigen Ton traf. Wir Cullen-Männer ähneln alle Sir Thomas Fairfax und sind sehr dunkelhäutig, doch selbst dieser Makel wirkt bei Zeb dank seiner Anmut und seiner leuchtenden Augen noch schön. Ich habe Frauen beobachtet, sogar Frauen von Rang, die ihn anschauten, als hätten sie großen Appetit, ihn hin und wieder zu kosten – und Zeb, nicht im Geringsten verlegen, erwiderte stets diesen Blick.

Mir fehlt dieser Charme. Obwohl ich ihm in Haut- und Haarfarbe gleiche, ist mein Gesicht doch gröber geschnitten und meine Augen sind grau. Dafür bin ich der größte Mann, den ich kenne, und dazu noch der stärkste – stärker als Isaiah und Zeb zusammen. Nicht dass Izzy viel Kraft besäße, die sich zu Zebs addieren ließe, denn mein ältester Bruder kam verkehrt herum zur Welt und ist danach nie richtig gewachsen. Izzys Geburt sei so anstrengend und schwierig gewesen, erzählte meine Mutter immer wieder, »dass ihr dankbar sein müsst, überhaupt noch das Licht der Welt erblickt zu haben«.

Nun sollte Zeb als bester Reiter und ansehnlichster Diener nach Champains reiten. Ich beneidete ihn nicht darum, denn ich ritt sehr schlecht und war meist am nächsten Tag überall wund. Meine Aufgabe war bescheidener, aber nicht ohne Reiz: den Körper des Jungen zu reinigen, damit ihn sein Herr und der Doktor betrachten konnten. Dieses Reinigen war eigentlich Frauenarbeit, aber ich war froh, es tun zu dürfen, da es sonst, jetzt wo Patience weg war, allein Caro zugefallen wäre. Entsprechend unseren Aufgaben zogen wir uns in der Kammer um; Zeb wählte einen sauberen Umhang und eine dicke, neue Reithose, während ich mir eine alte Hose und ein getragenes Hemd überstreifte.

»Wart nur ab, man wird den Verdacht auf uns lenken«, sagte Zeb zu mir, während er seine Haare auskämmte. »Vor allem auf dich.«

»Auf mich?«

»Du hast in jener Nacht mit ihm gestritten.«

»Ich würde es keinen Streit nennen«, widersprach ich. »Wir waren verschiedener Meinung, was seine Pamphlete betraf, das war alles.«

»Jacob hat Recht«, sagte Izzy. »Wohl kaum ein Grund, jemanden zu ertränken.«

Zeb beachtete ihn nicht. »Es wird deine Vermählung hinauszögern, Jacob.«

Izzy wandte sich mir zu. »Beachte ihn gar nicht. Er möchte nur necken, wo er doch besser daran täte, sein Schuldenkonto vor Gott zu prüfen.«

»Was!« Zeb war gekränkt. »Weder ist Patience tot, noch habe ich sie weggeschickt. Ich habe ihre Nachricht freundlich aufgenommen, so bitter sie war.«

»Also, warum hätte sie dann weggehen sollen?«, bedrängte ich ihn.

Er zuckte die Schultern. »Ein anderer Liebster?«

Izzy und ich tauschten skeptische Blicke aus. Wie alle schönen und wankelmütigen Menschen rief Zeb in anderen eine verzweifelte Loyalität hervor.

»Machst du dir keine Sorgen um sie, wo ein Junge ertrunken gefunden wurde?«, wollte Izzy wissen.

Zeb schrie: »Doch! Doch! Aber was kann Angst ausrichten?« Er knöpfte die Seiten seines Umhangs zu. »Das Beste ist, nicht darüber nachzudenken.«

»Denk an deine Pflicht ihr gegenüber«, sagte Izzy.

Zeb grinste. »Lasst uns unsere Gedanken lieber Jacobs Vermählung zuwenden. Da ist wenigstens alles sauber. Ein kleiner Vogel hat mir verraten, Jacob, dass Caro die anderen Mägde über die Hochzeitsnacht befragt hat.«

»Fort mit dir, Unzüchtiger«, sagte Izzy, »und halte deine Gedanken im Zaum, wenn nicht, wird Gott dich auf deinem Weg niederstrecken.«

Zeb stolzierte mit seinen Stiefeln in Richtung Stall.

»Von meiner Hochzeitsnacht zu reden, während unten sein Freund tot liegt! Er besitzt genauso wenig Schamgefühl wie seine Hure«, schimpfte ich.

»Er ist immer so, wenn er unglücklich ist«, sagte Izzy sanft. »Seine Trauer wird auf dem Weg nach Champains kommen.«

Ich schnaubte verächtlich.

Als Kind fürchtete ich mich vor der Waschküche mit all ihren hohl klingenden Wannen. Später, als ich um Caro warb, traf ich sie meist in der Vorratskammer inmitten des Duftes nach Kräutern und Wein oder – bei gutem Wetter – in dem Irrgarten aus Rosmarinhecken. Der Raum, in dem Walshe lag, roch nach feuchtem und ungewaschenem Leinen, und normalerweise vermied ich ihn, was nicht schwierig war, denn Männerarbeit führte einen nur selten dorthin.

Ich zog dem Jungen die nasse Kleidung aus; er lag jetzt nackt auf dem Tisch. Sein Mund sah aus, als hätte er versucht, den Schlamm herunterzuschlucken, um nicht daran zu ersticken. Ich ließ seinen Kopf vom Tischende in einen Wassereimer baumeln und wusch ihm mit meinen Fingern den Mund aus, bevor ich mit noch mehr Wasser seine Haare durchspülte.

Als ich mich über ihn beugte, um seine Ohren auf Schlamm zu untersuchen, sah ich, dass sein Nacken merkwürdig schwarz gefärbt war und rollte den Jungen deshalb auf die Seite. Was ich sah, ließ mich innehalten. Große Flecken hoben sich dunkel von seinem Nacken, seinen Schenkeln und dem Ansatz seines Rückens ab, als ob Blut bis unter die Haut gedrungen sei. Vielleicht waren alle Ertrunkenen solchermaßen gezeichnet. Nachdem ich ihn wieder mit dem Gesicht nach oben gedreht hatte, arbeitete ich mich seinen Körper hinab bis zu den schrumpeligen und farblosen Füßen, die zu berühren unangenehm war. Anschließend trocknete ich ihn mit leinenen Tüchern, die ich in einer der Pressen gefunden hatte. Caro würde mir deswegen böse sein, doch sie musste es geduldig ertragen, wollte sie nicht selbst die Leiche aufbahren. Das würde ich nicht zulassen, denn der Gedanke an ihre Tränen beunruhigte mich.

Mit solchermaßen aufgewühltem Gemüt war ich dankbar, alleine zu arbeiten. Das Wenden und Anheben fiel einem Mann mit meiner Kraft nicht schwer, denn der Junge war vielleicht gerade mal sechzehn und klein und leicht, während ich groß und schwer war. *Kleiner Krieger.* Gänzlich hilflos lag er unter meinen Händen.

»Wo ist dein Messer?«, fragte ich.

Dort, wo das Fleisch nicht beschädigt war, schien die Haut auf seiner Brust so fahl wie Sahne. Ich strich darüber und ließ meine Hand einen seiner Schenkel entlang gleiten. So schlank, so glatt. Unrühmlich, solches auszulöschen. Und keine Entschuldigung, die Stimme habe mich angetrieben.

Als ich auf der Suche nach Binden in die Vorratskammer ging, fand ich welche, die bereits fertig aufgerollt waren. Zunächst wickelte ich das Gesäß des Jungen stramm ein. Als Nächstes band ich das Kinn hoch und beschwerte die Augenlider mit Münzen. Eigentlich könnte er auch zur sofortigen Bestattung aufgebahrt werden, denn für den Doktor war so gut wie nichts zu entdecken. Selbst ein Schwachsinniger, dachte ich, konnte erkennen, was diesen jungen Mann das Leben gekostet hatte.

Christopher Walshe war von oberhalb des Nabels bis zu der Stelle am Ende des Bauches, an der sich sein blasses Haar verdichtete, um die Männlichkeit zu bedecken, aufgeschlitzt worden. Der Bauch selbst zeigte sich leicht grünlich. Die Wunde war tief und nun, da ich sie von dem bräunlichen Wasser gereinigt hatte, sehr sauber und offen, weil das Blut in den Teich geflossen war, wie Wein in die Suppe, und keine Kruste hinterlassen oder das Fleisch verklebt hatte. Walshe hatte die Brust und die Hüften eines Knaben. Da war nicht ein Gramm Fett, das die Grausamkeit der Klinge hätte mildern können, die mitten in seine Eingeweide gedrungen war. Seine Rippen und seine Schultern waren stellenweise blau gefleckt.

An seinen Füßen und Knöcheln würden noch mehr Quetschungen

sein. Ich untersuchte sie und fand lange, bläuliche Abdrücke, die dem Doktor vielleicht einen Hinweis geben konnten, oder man würde daraus schließen, der Junge sei Fuß an Fuß an jemanden gefesselt gewesen.

Ich steckte meinen Finger in die Wunde. Die Ränder bogen sich leicht nach außen wie die Blütenblätter einer Rose, und nach anfänglichem Widerstand glitt mein gesamter Finger hinein. Innen fühlte es sich kalt und glitschig an. Ich zog meinen Finger zurück und wischte ihn an der Hose ab.

Alle Bediensteten, die in der Spülküche waren, sogar mein sanfter Izzy, sahen verdrießlich aus. Ein Ausdruck, den ich kannte und bereits gedeutet hatte, noch bevor mir die Nachricht überbracht wurde.

»Sir Bastard ist nach Hause gekommen«, sagte Peter, der beim Absuchen des Teiches nicht anwesend gewesen war und nun düster auf den Tisch starrte.

Ich stöhnte. Sir Bastard oder, um ihn bei seinem richtigen Namen zu nennen, Mervyn Roche, war der Sohn und Erbe des Hauses und so unbeliebt, dass Sir John im Vergleich geradezu angenehm erschien.

»Wird er lange bleiben?«, fragte ich. So sehr ich Mervyn auch hasste, dieses eine Mal war ich froh, über ihn zu reden, denn ich fürchtete mich davor, von den Wunden des Jungen berichten zu müssen und die entsetzten Gesichter meiner Kameraden zu sehen.

»Wer weiß?« Mit einem Fingernagel kratzte Izzy eine Wachskruste von Sir Bastards Mantel. »Schau dir das an – mit Flecken übersät, und er wirft ihn mir hin und erwartet ihn morgen fleckenlos zurück.«

»Warum kauft er keinen neuen? Er hat Geld genug«, sagte ich und stellte das Tablett mit dem Sand auf den Boden.

»Vertrinkt es – wie der Vater, so der Sohn«, sagte Peter. »Er zieht bereits mit ihm gleich.«

»Selbst sein Vater hurt nicht herum.« Ich legte den ersten Teller in den Sand und begann ihn mit der Handfläche abzureiben, bis sich das Grau langsam aufhellte. Dann machte ich so lange weiter, bis er glänzte. Normalerweise putzte ich gerne Zinn, doch bei den Sorgen, die auf mir lasteten, genügte eine angenehme Aufgabe nicht, um meine Stimmung aufzuhellen. Und jetzt war auch noch Mervyn im Haus.

»Wie es im Pamphlet heißt, der Abschaum kommt ans Licht«, fuhr ich fort. Es verbitterte mich, so jemandem dienen zu müssen, jemandem, der wollustig und unmäßig war, dem es an Verstand und an Güte mangelte, der stets das Unmögliche verlangte und, wenn das Unmögliche geschafft war, auch noch Fehler darin fand.

»Schsch! Kein Wort über die Pamphlete«, sagte Izzy.

In diesem Moment betrat Godfrey den Raum. »Ich habe sowohl mit dem Herrn als auch mit der Herrin gesprochen«, verkündete er.

»Und?«, fragte Izzy.

»Sie haben versprochen, mit ihm zu reden. Peter, es wäre besser, du würdest heute nicht bei Tisch dienen. Jacob und ich werden da sein.«

»Was soll das?« Ich verstand nicht, was dies zu bedeuten hatte.

»Oh, du weißt es nicht«, sagte Izzy. »Sir – ähm – unser junger Herr hat Peter heute morgen ins Gesicht geschlagen.«

Peter wandte mir seine andere Gesichtshälfte zu. Das Auge war geschwollen.

»Ich werde nicht fragen wofür, da die Frage einen Grund voraussetzt«, sagte ich und fuhr mit dem Polieren fort.

»Demut ist das Gold eines Dieners«, sagte Godfrey. »Es ist nicht an uns, unsere Herrschaft zu kritisieren.«

»Oder unsere Herrscher«, murmelte der Junge.

»Wenn man Euch reden hört«, sagte ich zu Godfrey, »müsste man annehmen, dass der perfekte Mann einem Teppich gleicht, der von den anderen beschmutzt und dafür dann geschlagen wird.«

»Und wenn man dich hört«, konterte er, »dann offenbart sich, dass du erst kürzlich wieder unzuträgliche Dinge gelesen hast. Pass auf, dass dich der Herr nicht dabei erwischt.«

»Wie sollte das passieren, es sei denn, ich ließe es in einem Weinkrug liegen?«

»Jacob«, sagte Izzy, »mach deine Arbeit weiter.«

Solch unverschämte Misshandlungen, wie diese Roches sie bei uns anwandten, waren aus der Sklaverei erwachsen, bekannt als *Normannisches Joch.* Mit anderen Worten, die Vorfahren dieser nichtswürdigen Männer, allesamt Mörder, Frauenschänder, Piraten und Ähnliches, waren von William dem Bastard dafür entlohnt worden, dass sie ihm geholfen hatten, das englische Volk zu besteigen und zu reiten. Seitdem sitzen sie fest im Sattel. Zunächst bedeutete das für das Leben der Engländer Freiheit, doch dann führten diese plündernden Barone *Mylord* hier und *Mylady* da ein. Sie trieben das Volk zusammen und zwangen es, auf den Feldern zu arbeiten, deren Besitz sein eigenes, süßes Geburtsrecht war. Erst kürzlich, nicht zufrieden mit ihren Schlössern und Parks, hatten die Unterdrücker begonnen, das offene Land einzuzäunen, um selbst das dem Rest von uns noch wegzunehmen. Roche heißt diese Familie, und ist dies nicht ein französischer Name?

Obwohl Caro keine schlechte Meinung von unserer Herrin hatte, war mir aufgefallen, wie wenig Vertrauen Mylady seit dem Ausbruch des Krieges in uns hatte. Das Gleiche galt auch für ihre Männer. Wenn sie glaubten, dass wir ihren Reden lauschten, dann sprachen sie von Niedertracht und deren Bestrafung. »Der König hat das göttliche Recht auf seiner Seite«, sagte dann einer, und ein anderer: »Ein *New Model* fürwahr, ein neues Bordell tut's auch«, und dann erscholl jedesmal großes Gelächter. Dann gab Sir Bastard seinen Senf dazu und redete davon, dass die Rebellen halb verhungert (in seinen Augen war es keine Schande, sich an solchem Hunger zu erfreuen), halb verlottert und nur halb gebildet seien, so dass der Sieg ja nur zugunsten einer Seite ausfallen konnte.

Doch von Zeit zu Zeit kam uns einiges zu Ohren, auch wenn die Roches in unserer Anwesenheit schwiegen oder sogar französisch redeten – Mervyn war in der Tat so blöd, dass er dies auch vor Mounseer Daskin, dem Koch, tat, der besser französisch sprach als irgendeiner der Roches seit 1066 –, und wir fassten Mut. Diener kamen mit ihren Herren auf Besuch vorbei, und egal wem ihre Sympathien galten, so brachten sie doch Neuigkeiten aus anderen Landesteilen mit. Wir waren jedoch auf der Hut, wenn wir mit ihnen sprachen, denn es gab welche, die über ihre Genossen Bericht erstatteten.

»Man sagt, Tom Cornish sei ein Spion«, hatte mir Izzy eines Tages mitgeteilt. Dieser Cornish, einst ein Hausdiener, war im Ansehen gestiegen – zu hoch, als dass es hätte mit redlichen Mitteln vonstatten gehen können. Er bestellte Land an einer abgelegenen Seite von Champains, und sein Name stand im ganzen Land für Hingabe an die Sache der Royalisten, eine Hingabe, die eng an jene religiöse Verzückung grenzte, welche *Enthusiasmus* genannt wurde und welche vermutlich nur dazu diente, jene auf der Seite der Parlamentarier zu belasten.

»Erinnerst du dich an die Sklaven, die man ausgepeitscht hat?«, fuhr Izzy fort.

Ich nickte. Vor nicht einmal einem Jahr hatte man zwei Männer auf Champains bestraft, weil sie Pamphlete gegen den König besaßen.

»Nun«, fuhr Izzy fort, »es war Cornish, der sie an den Pranger gebracht hat.«

»Unmöglich«, entgegnete ich. »Doch eher Mister Biggin.«

Biggin war der Herr der beiden angeklagten Männer, und er hatte nichts getan, um sie zu verteidigen.

»Er auch. Aber dessen Namen sie geschrien haben, war Cornish«, insistierte Izzy. »Beides gute Christen. Schande über Biggin, dass er sie leiden ließ.«

»Du vergisst, dass sie schwere Schuld auf sich geladen hatten«, sagte ich.

»Schuld?«

»Ihre eigene Lektüre zu wählen. Aber, Izzy, Cornish lebt nicht auf Champains. Wie hätte er davon wissen sollen?«

»Es heißt, dass er Diener bezahlt. Vermutlich auch welche, die hierher kommen.«

Es war nicht Izzys Art, andere grundlos zu verdächtigen. Ich nahm seine Worte sorgsam zur Kenntnis und vermutete, dass er auch mit den anderen geredet hatte, da wir alle außerordentlich verschwiegen waren.

Weniger diskret war unsere Herrschaft. War Sir John betrunken, ließ er seine Privatpost offen herumliegen, und sein Sohn war gleichermaßen unachtsam. *Mercurius Aulicus,* der Rundbrief der Royalisten, tauchte von Zeit zu Zeit im Haus auf; und wir hatten mit wachsender Erregung bemerkt, dass er dort in letzter Zeit immer weniger Anlass zu Freudensprüngen geboten hatte. Auf die Schlacht bei Naseby im Juni war noch nicht einmal einen Monat später Longport gefolgt, und beide Male hatten die halb Verwahrlosten und halb Verhungerten triumphiert. »Dem göttlichen Recht«, spottete Zeb, »scheint es schmählich an göttlicher Macht zu mangeln.«

Izzy hob hervor, dass sich die Soldaten beider Seiten ziemlich ähnlich waren, denn obwohl sich die Royalisten mit ihrem Kampfgeist und großen Eifer brüsteten, hatten sie doch dieselben Bauern und herrenlosen Männer zur Disziplin zu erziehen wie ihre Gegner.

»Abgesehen davon, Sir Thomas Fairfax ist ein Gentleman«, fügte er hinzu, »und dieser Cromwell der kommende Mann.«

Nicht, dass wir uns allein auf den *Mercurius Aulicus* beriefen. Godfrey hatte Recht, ich hatte mir etwas Lektüre gesucht und war sehr davon eingenommen, zumal ich sie überhaupt nicht als unzuträglich betrachtete.

Es hatte durch Zufall vor ein paar Monaten begonnen. Peter besuchte seine Tante, die auf Champains arbeitete, und traf dort auf einen der Diener, Mister Pratt, mit dem er ein paar Worte wechselte.

»Um acht Uhr hinter den Ställen«, flüsterte mir Peter an jenem Abend zu, und zusammen mit meinen Brüdern ging ich nach dem Nachtmahl dorthin.

Peter hielt ein Bündel Papiere hoch. »Hier, Leute, könnt ihr das lesen?«

Izzy nahm sie und beugte seinen Kopf über das erste. »*Von der königlichen Macht und ihrer Abschaffung.* Wo hast du das her?«

Ich schnappte mir ein anderes. »*Von wahrer Bruderliebe* – in London gedruckt, schaut.«

»Wird das etwas verändern?« fragte Peter. »Und werdet ihr es mir vorlesen?«

»Wir alle werden es lesen«, versprach Izzy.

Diese Schriften wurden nach und nach unsere wichtigste Zerstreuung. Die darauf folgenden Bündel wurden bei Dunkelheit von ›Pratts Jungen‹ gebracht, jenem Christopher Walshe, der nun nackt unter einem Laken in der Waschküche lag.

An warmen Abenden erfreuten wir uns gelegentlich daran, unsere Arbeit mit nach draußen hinter die Ställe zu nehmen, wo Godfrey niemals hinkam. Für Zeb und Peter bestand ein Teil des Vergnügens darin, sich dort eine Prise Tabak zu genehmigen, und dort lasen wir auch die Pamphlete. Überwiegend in London gedruckt, sprachen sie von einer Wiederauferstehung Christi und der Errichtung des Neuen Jerusalem mit England als Leuchtfeuer für die anderen Nationen.

»Eine Prophezeiung, hört«, Zebs Augen glänzten. »Der Krieg wird mit der vollständigen Vernichtung des Tyrannen Karl des Großen und der päpstlichen Schlange enden, damit ist Henrietta Maria gemeint.«

»Das weiß ich, auch ohne dass du mir das sagst«, meinte ich.

»Maßnahmen werden danach ergriffen. *Der Tag des Triumphes,* oder – o ja, hier steht es – die Reichen sollen niedergeworfen und die Armen erhöht werden. Jeder Mann, der ein Schwert zur Freiheit geführt hat, soll einen Hof und vier Acker Land erhalten und in Freiheit leben –«

Wir alle seufzten.

»Es wird keine jüngeren Brüder mehr geben, die kein Land besitzen und vom Gesetz gezwungen werden, für ihr Hab und Gut zu kämpfen, und auch keine jüngeren Brüder mehr in einem anderen Sinn, das heißt, es wird keine Klasse mehr geben, die gezwungen ist, allein für das nackte Überleben anderen zu dienen.«

»Ein nobler Plan«, sagte Peter.

Zu jener Zeit waren diese Schriften die einzige Möglichkeit, von den großen Dingen, die sich anderenorts abspielten, etwas zu erfahren, denn auf Beaurepair lief alles weiter wie eh und je, außer dass die Herrschaft abwechselnd triumphierte oder niedergeschlagen war. Wir waren bisher von dem Fluch der Plünderung und ihrem gesitteteren, doch kaum weniger gefürchteten Bruder, dem freien Quartier, verschont worden: Kein Soldat war bislang in unsere Nähe gekommen. Sir John schätzte seine Bequemlichkeit zu sehr, als dass er eine Streitmacht ausgerüstet oder angeführt hätte, so wie es einige seiner Nachbarn getan hatten, daher missachtete er seine Offiziersernennung, und seine Männer wurden zu Hause gehalten, um ihm sein Glas eingießen zu können.

Während der Lektüre der Pamphlete waren wir Diener für etwa eine Stunde eine kleine Republik. Da Peter und Patience des Lesens nicht kundig waren, las der Rest von uns abwechselnd laut vor, damit alle zur gleichen Zeit die gleiche Angelegenheit hören und verstehen konnten, um anschließend darüber zu debattieren. Izzy hatte Caro das Alphabet beigebracht, und sie machte ihre Sache ziemlich gut, ihre leise Stimme hauchte jedem Wort, das sie sprach, Zärtlichkeit ein. Ich legte meinen Arm um sie und erwärmte mich an ihrer Stimme und dem ernsten Ausdruck ihrer dunklen Augen, während sie, die von uns allen vielleicht am wenigsten überzeugt war, die Herrschaft des Mammons öffentlich rügte.

»Also, Caro, das goldene Kalb soll eingeschmolzen werden?«, neckte Zeb sie einmal.

»Das sagt zumindest der Autor«, antwortete meine Liebste.

»Und die Roches werden auf gleicher Stufe mit uns sein?« drang er weiter in sie. »Was sagst du dazu?«

Caro erwiderte eigensinnig: »Ich sage, sie unterscheiden sich voneinander. Die Herrin –«

»Die Herrin bevorzugt dich, das ist sicher«, warf Patience ein, deren derbe Haut von zu viel Bier beim Nachtmahl gerötet war.

»Und nicht zu Unrecht«, sagte ich. »Doch was bedeutet Bevorzugung?«, fragte ich Caro. »Dass du auf einen Gefallen aus ihrer Hand angewiesen bist? Warum bist du nicht reich und sie ist auf einen Gefallen von dir angewiesen? Gott hat dich sicherlich nicht geschaffen, um ihr Pomade ins Haar zu schmieren.«

»Nichtsdestoweniger ist sie freundlich zu mir«, gab Caro zurück.

»Gott wird jeden von uns einzeln richten, am Tag des Jüngsten Gerichts, und sie unterscheidet sich deutlich von Sir Bastard.«

»Das mag sein«, gab ich zu, »doch sie vertraut uns keinen Deut mehr als er. Abgesehen davon können wir nicht den einen beseitigen und die andere nicht.«

»Falls der Mammon zu Fall gebracht wird«, fuhr Izzy fort, »müssen wir aufpassen, dass der wahre Gott an seinen Platz kommt und nicht unsere leichtfertigen Wünsche – der Gott der Einfachheit, der Wahrheit in unserem Reden und Handeln, der Gott einer brüderlichen Haltung –«

Er machte eine Pause, und ich sah seine Schwierigkeit. Nur wir Cullens waren als Brüder anwesend, und Zeb und ich gingen uns ständig an die Kehle.

Am Abend bevor Patience wegrannte, sprachen wir lange über ein Pamphlet, das von einigen Leuten, die zusammen Land bestellten, in Umlauf gebracht worden war. Der junge Walshe war gerade damit zu uns gekommen, und da er etwas freie Zeit hatte, blieb er zum Gespräch. »Mister Pratt weiß, wo ich bin«, sagte er und setzte sich zwischen Zeb und Peter, um an ihrer Pfeife teilzuhaben. Ich fand ihn sehr vertraulich, beinah unziemlich, als er den Arm um Zebs Taille legte, doch Zeb mochte ihn gerne, und an jenem Abend legte er seinen Arm um Walshes Schultern und lachte, als der Versuch des Jungen zu rauchen mit Husten endete, obwohl er es war, der den Tabak bezahlt hatte. Patience lehnte sich an Zebs andere Seite, und es war schwer zu sagen, was meinem Bruder mehr schmeichelte, sie oder der Junge.

Unsere Debatte betraf nicht nur das Pamphlet, sondern beschäftigte sich noch mit etwas anderem. Die Autoren behaupteten freimütig von sich, dass sie miteinander Hab und Gut teilten, doch es ging das Gerücht, dass sie auch die Frauen miteinander teilten und die christliche Ehe mit der Sklaverei gleichsetzten.

»Bedeutet gemeinsame Frauen, dass die Frau sich keinem Mann verweigern darf?«, fragte Patience und betrachtete die anwesenden Männer. Außer als sie Zeb ansah, spiegelte sich dabei so deutlich Entsetzen auf ihrem Gesicht, dass das Gespräch einen Moment lang, nicht zuletzt wegen ihrer Anspielung auf Keuschheit, durch Gelächter unterbrochen wurde. Ich fiel in das Gelächter ein, dachte dabei jedoch, dass sie von mir nichts zu befürchten hätte. Ich besaß nichts von der Freude, die Zeb an Frauen hatte, die sich schon nach hinten legten, wenn man nur nach ihnen pfiff. In Caro hatte ich eine Jungfrau gefunden, die ich nicht eher mit ins Bett nehmen konnte, bis wir nicht vermählt waren.

»Heißt das, dass die Männer auch gemeinsames Gut sind?«, witzelte Izzy. »Mir scheint, wenn keine Frau an einen Mann gebunden ist, dann kann es auch keine Pflicht des Gehorsams geben, und daher kann eine Frau einem Mann genauso den Hof machen wie umgekehrt. Darf sich dann ein Mann verweigern?«

Peter dachte darüber nach. »Gezwungen, sich allen Frauen hinzugeben!«

»Der Gemeinschaft zuliebe«, sagte Zeb erfreut.

»Und wem gehören dann die Kinder?«, fragte meine Liebste.

Zeb antwortete ihr: »Der Mutter, die sie gebar.«

»Pfui, pfui!«, rief ich. »Die Rechte eines Vaters einfach weggeworfen! Hurerei, schlicht und einfach.«

»Schau hier«, forderte Walshe mich auf. »Hier steht es: Aneinander gebunden zu sein ist Barbarei.«

Es entstand eine Pause. Alle, einschließlich Walshe, wussten, dass ich mich bald mit Caro vermählen würde.

»Bin ich dann also ein Barbar?«, fragte ich.

»Jacob, bedenke, nicht Chris hat das gesagt«, erwiderte Patience. »Er hat nur zitiert.«

Die anderen schauten mich an.

»Bin ich –«

»Es gäbe Blutschande«, warf Izzy ein, während er die Hand auf meine Schulter legte. »Jacob hat Recht. Bruder und Schwester, und keiner weiß es.«

»Das passiert auch jetzt schon«, sagte Peter. »Und nicht immer unwissentlich.« Zeb schaute sofort auf und schien Peters Gesicht zu suchen, doch Peter schenkte ihm keine Beachtung und fuhr fort: »Auch gibt es Bastardschaft und viele Männer, die anderer Männer Söhne erziehen.«

Zeb hörte auf, ihn anzustarren. Der Junge, der meinen Blick auf sich fühlte, rutschte, einer Frau gleich, noch näher an meinen Bruder heran. Ich spürte plötzlich Izzys Finger meinen Nacken kneten.

»Es mag Bastardschaft geben, aber nach deren Vorstellungen würd's noch schlimmer werden«, insistierte Patience. »Und was is mit den Alten und Hässlichen? Niemand würd'se nehmen!« Sie ließ ihr schreckliches, kreischendes Gelächter ertönen.

»Die heiraten nicht, genau wie jetzt«, presste ich durch die geschlossenen Zähne.

Izzy schüttelte den Kopf. »Einige doch, und sie erwerben Rechte auf das Erbe und auf den Körper des Weibes. Doch in solch einer Republik würde keiner mit ihnen leben. Sie würden schlecht dabei wegkommen.«

»Vielleicht verzehrten sie sich, aber sie würden nicht hungern«, sagte Peter, »wie es jetzt häufig der Fall ist.«

»Man kommt um Blutschande nicht herum«, sagte Izzy.

Caro sagte: »Ich will meine eigenen Kinder« und errötete.

Zeb, der ihr gegenübersaß, stieß sie mit dem Fuß an. »Meinst du nicht eher, du willst deinen eigenen Mann? Ganz für dich allein?«

»Hör auf«, zischte sie.

»Ich werde dich Schwester nennen«, sagte Zeb, »und du kannst ihn«, er ahmte einen verliebten Gesichtsausdruck nach und sprach mit gezierter, hoher Stimme, »Gatte nennen. O mein Gatte, es kribbelt mich so unter der Schürze –«

Peter brüllte los. Ich gab Zeb einen Tritt, der mehr als nur kribbeln würde.

»Schaut, ich habe einen Tiger geweckt!«, rief er, während ihm Tränen in die Augen traten. Caros Wangen brannten. Ich trat Zeb erneut und brachte ihn dieses Mal zum Schweigen.

Der Junge beobachtete mich die ganze Zeit und sagte nichts. Er hatte mich immer noch nicht um Verzeihung gebeten, und ab und zu zeigte ich ihm, dass auch ihn im Auge behielt.

»Unsere Unterhaltung wird sinnlos«, sagte Izzy. »Eine wenig Gewinn bringende Wahl der Lektüre, aber nächstes Mal werden wir es besser machen.« Er stand auf und ging in Richtung des Hauses davon.

Wir benahmen uns selten so rüpelhaft, denn obwohl Zeb häufig erregt war, schwieg er aus Liebe zu Izzy, nicht meinetwegen. Peter war ungehobelt, aber nie streitsüchtig. In diesen Gesprächen kamen mir zum ersten Mal eine Menge interessanter Dinge in den Sinn und viele Ideen, zum Beispiel der Gedanke, mich in Neuengland niederzulassen.

Das Datum meiner Vermählung mit Caro rückte schnell näher, und jetzt war Sir Bastard wieder anwesend, die Inkarnation des Normannischen Jochs. Ich war keineswegs sicherer vor seinen Schlägen und Quälereien als Peter, denn selbst meine Größe war für einen Feigling, der sich darauf verließ, dass ich nicht zurückschlagen würde, kein Hindernis. Wären wir beide Diener gewesen, wäre er wohl lieber eine Meile gerannt, als mit mir zusammenzutreffen. Ich wollte ihm nicht das Abendessen servieren, denn dabei war er meist so betrunken, dass er sich nicht darum scherte, was er tat, und in diesem Zustand war er am hassenswertesten. Godfreys Anwesenheit war ein gewisser Trost, denn dieses Scheusal wusste, dass meine Herrin ihrem Verwalter mehr Gehör schenkte als irgendeinem der anderen Bediensteten. Doch was galt meine Herrin in diesem Haus? Jene, die eine männliche Würde hätten an den Tag legen sollen, waren zu Tieren verkommen – nein, nicht zu Tieren, denn diese verhalten sich untereinander anständig und haben sogar eine Art Gesellschaft, während jene degenerierten Kerle nur nach der Flasche verlangten.

Ich rieb fest mit dem Sand, um die Messerspuren aus dem Zinn zu polieren, und scheuerte, als wollte ich die Roches vom Antlitz der Erde hinwegwischen. Die polierten Teller stapelte ich fein säuberlich, denn ich hasste nachlässige Arbeit. Wenn ich eine Arbeit machte, dann machte ich sie gut, und Caro war genauso: Ich liebte die flinke Anmut, mit der sie sich durch das Haus bewegte. Besäßen wir die nötigen Mittel, könnten wir leicht einen Gasthof oder einen Laden zusammen bewirtschaften, denn sie war in vielem sehr geschickt und zudem klug, was Geld betraf.

Nicht, dass ich sie aus diesen Gründen heiraten wollte. Für mich war sie einfach das verheißungsvollste Mädchen, das ich je gesehen hatte, mit einem süßen, kindlichen Gesicht, das einem Fremden nicht verriet, welch hellen Verstand sie besaß. Zudem war sie humorvoll und in der Lage, meine Traurigkeit und meinen Zorn im Nu verfliegen zu lassen. Zeb hatte jahrelang versucht, sie für sich zu gewinnen, und war gescheitert; ich hatte zugeschaut und mir von vornherein keine Chancen ausgerechnet, bis mich Izzy eines Tages angesprochen hatte.

»Da ist ein anderer Bruder, den sie vorzieht.«

»Was, Izzy, ist sie dein?«

»Nein, Jacob. Sie ist weder Zebs noch mein. Wer bleibt dann übrig?«

Zuerst konnte ich ihm gar nicht glauben. Es war noch nie vorgekommen, dass irgendjemand, ob Mann oder Frau, mich Zebedee vorgezogen hatte. Doch dann spielten wir Weihnachten das Kussspiel und ich sah, dass sie alles daransetzte, um auf mich zu treffen.

»Pfand«, schrie Izzy. »Du musst Jacob einen Kuss geben.«

Ihr Mund war so weich und rot, dass ich mir nichts sehnlicher wünschte, als meinen dagegenzudrücken, doch fürchtete ich durch Ungeschicklichkeit die Gelegenheit zu verderben.

»Dreh dich«, flüsterte sie und zog an meinem Ärmel, so dass mein Rücken zwischen ihr und den anderen war. Ich beugte mich herab und wir küssten uns mit offenen Augen – Caro blickte wach und unschuldig, sogar als sie, für die anderen unsichtbar, ihre Zungenspitze zwischen meine Lippen schob.

Anschließend fragte mich Zeb lachend: »Hat sie dir die Seele ausgesaugt?« und berichtete, alle hätten gesehen, wie ich während des Kusses gezittert hätte, weshalb ich für die nächste halbe Stunde einen purpurroten Kopf hatte.

Doch ich begann Caros Begleitung zu suchen. Wir redeten wie alle Verliebten: warum gerade ich und seit wann? Sie sagte, ich sei ein Mann, während Zeb ein Junge sei, und während des darauf folgenden Kusses strich ihre Hand wie zufällig über meinen Körper. Verwirrt fragte ich mich tagelang, ob sie wüsste, was sie mit mir gemacht hatte.

Neben Caro wirkte Patience so plump wie eine Kuh. Unmöglich, dachte ich, dass sie Zeb würde halten können, der ständig auf neue Vergnügungen aus war. Während Caro, die köstliche Caro, mich auf immer binden sollte. In letzter Zeit war ich mehr als einmal nachts aufgewacht, weil Izzy lachte und mich knuffte, doch wenn ich ihn fragte, was das sollte, schwieg er.

»Spute dich und heirate«, war seine einzige Antwort. Peter und Zeb, die sich das andere Bett teilten (nur Godfrey hatte ein Zimmer für sich allein), lachten. In der Dunkelheit errötete ich noch schlimmer als zuvor, denn ich durchlitt heiße und brennende Träume und konnte vermuten, was ich vielleicht getan hatte.

Ich ging langsam vor. Auch nach dem *Kusstag*, wie ich ihn später in Gedanken nannte, auch nachdem sie mich einen Mann und Zeb einen Jungen genannt hatte, war ich immer noch unsicher und dachte gelegentlich, dass sie wie alle anderen Frauen, trotz allem, was sie sagte, Zeb immer noch mir vorziehen müsste. Manchmal, Gott möge mir verzeihen, vermutete ich sogar, dass sie sich vielleicht erst nach einem früheren Abenteuer mit ihm mir zugewandt hatte.

Eines Tages schaute ich aus dem Fenster und sah, wie Caro ein paar Meter entfernt sehr ernst mit Zeb redete. Ich stand auf und öffnete leise das Fenster einen Spalt, bevor ich mich unter das Sims duckte.

Caros Stimme drang zu mir: »... und sieht nichts von meinen Schwierigkeiten.«

»Immer nur Jacob«, sagte Zeb. »Doch zum Eigentlichen. Du weißt, dass ihm die Hoffnung genommen werden muss.«

»Das kann ich nicht!«, schrie sie. »Zwei Brüder ... (hier verpasste ich ein paar Worte, denn mein Puls hämmerte in meinen Ohren) ... etwas so Grausames zu tun.«

»Je länger es andauert, desto grausamer ist es«, sagte Zebedee.

Darauf folgte Schweigen. Ich erhob mich und schaute vorsichtig aus dem Fenster: Sie hielten sich bei den Händen.

»Soll ich es ihm sagen?«, fragte Zeb.

Caro weinte: »Wirklich, Zeb, du bist zu gütig!« und dann, genau vor meinen Augen, umarmten sie sich dort unten im Garten, wo sie jeder sehen konnte. Ich schloss das Fenster und sank zitternd zu Boden.

Den restlichen Nachmittag verbrachte ich damit, mir verschiedene Todesarten für Zeb und Bestrafungen für Caro auszudenken. Während des Nachtmahls sprach ich mit keinem von ihnen ein Wort, selbst wenn ich direkt angesprochen wurde und obwohl ich sah, dass sie verwirrte und gekränkte Blicke austauschten.

Später, als alles weggeräumt war, blieb ich allein in der Küche sitzen und polierte die Stiefel meines Herrn. Zeb und Caro bemühten sich vermutlich, mir aus dem Weg zu gehen, und sie taten gut daran, denn jedes Mal, wenn ich daran dachte, wie Zeb sie in den Arm genommen hatte, biss ich die Zähne zusammen und meine Arme und Schultern wurden hart wie Stahl.

Die Tür öffnete sich und ich sah auf. Es war Izzy.

»Ich habe heute eine Entdeckung gemacht«, sagte ich sofort.

»So?« Seine Stimme klang weich. »Willst du mir sagen, welche?«

»Kommst du als Vermittler? Sei ehrlich. Bist du hier, um dich für sie beide zu entschuldigen?« Ich beugte mich vor und spuckte in den Kamin.

Izzy betrachtete mich. »Wer ist *sie?* Was ich dir zu sagen habe, hat nichts mit Entschuldigungen zu tun.« Er zog sich einen Stuhl heran.

»Nun?«, forderte ich.

»Nein, in diesem Ton kann ich nicht mit dir reden. Möchtest du, dass ich wieder gehe?«

»Zeb macht Caro den Hof«, brach es aus mir heraus, ohne dass ich etwas dagegen tun konnte. »Weißt du das nicht?«

»Du erstaunst mich. Wie hast du diese – Entdeckung gemacht?«

Ich erzählte ihm, was ich gehört und gesehen hatte. Noch bevor ich die halbe Geschichte losgeworden war, spiegelte sich auf Izzys Gesicht eine Art innere Offenbarung wieder.

»Das ist – nicht so, wie du denkst«, begann er langsam.

»Was, haben sie sich etwa nicht umarmt?«

Er kratzte sich an der Nase. »Jacob ... es gibt etwas, das ich dir mitteilen muss. Etwas Verzwicktes.«

Ich dachte: Damit hast du Recht.

»Caro hat Zebs Rat gesucht.«

»Warum nicht meinen?«

»Weil es dich betrifft.« Izzy schaute zur Decke, als wäre er überall anders lieber als hier. »Auch meinen hat sie gesucht und ihr Problem ist –«

»Wie sie mit mir brechen kann!«

»Sie fragt sich, warum du so lange zögerst, dich ihr zu erklären.«

Ich war sprachlos.

Er holte tief Luft und fuhr fort. »Wenn ich sagen darf, was ich denke – nimm zur Kenntnis, dass dies nicht *ihre* Gedanken sind! – du machst sie lächerlich, wenn du sie so lange hinhältst, ohne ein Datum festzulegen. Sie hat nie jemand anderen gewollt als dich. Ich dachte, auch du würdest dich sehr zu ihr hingezogen fühlen, und du kannst sicher sein, auch die Herrin wäre erfreut. Wo also ist dein Problem?«

»Sie ist mächtig vertraut mit Zeb«, antwortete ich langsam, und dann fügte ich zornig hinzu: »Ich werde weder sie noch irgendeine andere zur Frau nehmen, wenn ich vermute, dass mein Bruder vorher dran war.«

Es war das einzige Mal in meinem Leben, dass ich bei Isaiah einen heftigen Gefühlsausbruch erlebt habe.

»Hebst du je deinen Blick und schaust dich um?«, fauchte er. »Jeder weiß, woran Zeb sich erfreut, außer diesem Riesenidioten, der auch noch sein Bruder ist.«

Ich starrte ihn mit offenem Mund an.

»Schluss jetzt mit solchem Gerede!«, fuhr Izzy mit funkelnden Augen fort. »Monatelang hast du ihre Gesellschaft gesucht, ohne die geringste Andeutung. Ich wiederhole, du hast sie zum Narren gemacht und – das sage ich dir! – wenn nur ein Wort deiner – Torheit ans Licht kommt, machst du dich selbst ein Leben lang zum Narren.«

»Er umarmt sie.«

»Weil er sieht, dass sie traurig ist! Selbst wenn sie sich küssten, was bedeutet das für dich? Du bist nicht vermählt und, auch wenn es dir nicht gefällt, nur du allein kannst es ändern.«

Ich war wie betäubt, zum einen wegen dieser neuen Sichtweise der Angelegenheit, doch vor allem wegen der Aussage über Zeb.

»Zeb verliebt? In wen?«

»Oh, in eine gewisse Magd, der er in den letzten Monaten direkt vor deinen Augen gar manches ins Ohr geflüstert hat. Sie hat zwei Augen und einen Mund, und ihr Name beginnt mit einem P.«

Dinge, die ich als Späße abgetan hatte, fielen mir wieder ein: Zeb, der mit Patience Armdrücken gespielt hatte oder der sie um eine Haarlocke gebeten hatte, ›denn auf dem Haar einer Maid zu liegen, beschert einem Mann die süßesten Träume‹.

»So will sich Caro demnach nicht von mir lösen –?«, stammelte ich.

Izzy rollte mit den Augen.

Ich fuhr fort: »Aber sie sprachen von Grausamkeit – sagten, es sei grausam.«

»Du. Du bist grausam zu Caro.«

»Zu Caro …?« Hatte ich das so falsch verstanden? Gerade wollte ich seinen Fehler berichtigen, als ich die Wahrheit erkannte. Die Grausamkeit, von der Zeb gesprochen hatte, kam durch mich, und der Leidende war Izzy. Mein älterer Bruder hatte nie aufgehört, Caro zu lieben, das war es; er hatte sie gerade dann zärtlich geliebt, als sie sich von der gemeinsamen Kindheit abwandte, um mit mir etwas Neues zu beginnen. O Izzy, Izzy: Er ist der Bessere von uns beiden, das gebe ich freimütig zu, doch er ist nicht der Mann, den sich eine Maid in ihrem Bett erträumt, dies hatte er bitterlich erfahren müssen, als er mit ansah, wie ich sie für mich gewann. Ich konnte es kaum ertragen, ihn anzusehen, wie er so neben mir saß und verlegen lächelte.

»Grausam zu Caro, ja«, ich musste jetzt mein Mitleid verbergen.

»Ich wollte, dass sie glücklich wird«, gab er schlicht zurück. »Ich dachte, du bist ihr Glück.«

Er war es, das fiel mir jetzt wieder ein, der mir als Erster von ihrer Zuneigung erzählt hatte.

»Doch langsam fange ich an zu glauben, dass ich mich geirrt habe.« Izzy starrte vor sich hin. »Herr, was für Brüder habe ich nur. Der eine verschlingt die Frauen, der andere lässt sie verhungern.« Seine Stimme zitterte, als er aufstand, um den Raum zu verlassen.

»Geh nicht, Izzy.« Ich schlang von hinten meine Arme um ihn.

»Warte und sieh – ich werde um sie anhalten.« Als ich es aussprach, fühlte ich, welch bittersüße Wirkung dies für ihn haben musste.

Er drehte sich zu mir um, und wir pressten unsere Gesichter aneinander, so wie wir es als Kinder immer getan hatten, um Streitereien zu beenden. Ich musste mich zu ihm herabbeugen, denn ich überragte den Beschützer meiner Kindheit jetzt bei weitem. Um seine Augen herum war sein Gesicht feucht und einen Augenblick lang fürchtete ich, er würde in Tränen ausbrechen, doch sein Blick war hell und standhaft.

Als Izzy mich von sich wegdrückte, sagte er leise: »Du siehst fast genauso gut aus wie er und bist zudem noch größer.«

»Mach mich nicht noch mehr zum Narren«, antwortete ich.

»Ich wußte, dass du das nicht hören willst.«

»Du liebst mich zu sehr, Izzy.«

Er seufzte. »Gut, dann halte dich selbst für hässlich. Doch, Jacob«, fuhr er fort, »sei nicht so hart zu Zeb.«

Ich versprach es ihm.

Auf der Suche nach Caro fand ich Zeb und Patience in der Spülküche. Er hatte seine Arme um sie gelegt, während sie an einer dreckigen Schüssel herumkratzte, und ich fragte mich, wieso ich nur so lange so blind gewesen war. Meine Liebste fand ich beim Scheuern der Eingangshalle. Als sie mich erblickte, stand sie auf und wollte den Raum verlassen, doch ich stellte mich ihr in den Weg und bat sie um Vergebung. Bevor wir uns zur Nacht trennten, stand unsere Vermählung fest.

Die Herrin stattete Caro mit einer guten Mitgift aus. Das Geld, das ich dazulegen konnte, hatte ich mit meinem eigenen Schweiß verdient, und wenn man berücksichtigt, wie wenig wir Diener zusammenkratzen können, war die Summe gar nicht so schlecht. Keiner von uns konnte natürlich auf mehr hoffen, wenn wir hier bleiben wollten.

Meine Brüder und ich waren eigentlich in ein größeres Vermögen hineingeboren worden, doch unser Vater, obzwar gottesfürchtig, hatte sich merkwürdig sorglos verhalten. Während meiner ganzen Kindheit hörte ich seine Stimme: Mein Erbe ist vertan und mein Besitz belastet, doch alles wird abbezahlt werden, und du, Isaiah, sollst erben –

Staub und Schulden. Das war alles, was Izzy blieb. Am Tag, nachdem wir unseren Vater beerdigt hatten, saß unsere Mutter weinend in ihrer Kammer. Neben ihr stand der Diener und alles war übersät mit Papieren.

»Jacob«, schrie sie mir zu, als wäre es meine Schuld, »o mein Junge, o mein Junge«, und zupfte an ihrem Spitzenkragen. Ich deutete es als Zeichen ihrer Trauer und weinte mit ihr, bis der Diener an mich herantrat und sagte: »Betet, junger Herr. Schickt Euren Bruder Isaiah zu uns.«

Als Izzy die Kammer wieder verließ, teilte er mir mit, dass wir zu neun Zehnteln ruiniert seien. Das Haus und das Land würden geschätzt werden müssen. Der Diener sei gerade dabei, für Mutter einen Bittbrief an unseren Nachbarn Sir John zu schreiben, er möge die Güte haben, einer verzweifelten Witwe aus guter Familie und ihren drei hilflosen Kindern Beistand zu leisten.

In jenen Tagen war Sir John Roche dem Wein noch nicht so verfallen wie jetzt und seine Frau (eine Anhängerin des päpstlichen Glaubens) war bekannt für ihre eher kurzsichtige Nächstenliebe. Meine Mutter erhielt ein kleines Cottage im Dorf, und die drei hilflosen Kinder wurden zur Feldarbeit auf Sir Johns Ländereien abkommandiert. So hatte sich Mutter das sicher nicht vorgestellt.

Margett, zu jener Zeit die Köchin auf Beaurepair, klärte mich später auf. Wir waren zusammen in der Küche, und ihre Stirn glänzte fettig, als sie sich über ein aufgespießtes Schwein beugte. Ich fand ihr graues Haar sehr hässlich, doch sie hatte ein freundliches, wenn auch faltiges Gesicht, und von ihr konnte ich manches erfahren, was die anderen geheim hielten.

»Dein Vater schuldete Sir John eine ganze Menge Geld«, sagte Margett. »Dreh den Griff dort, sonst brennt es an. Hat ein Vermögen durch ihn verloren, der Herr.«

So wünschte er, dass wir für ihn auf dem Feld arbeiteten. Es war allein Mutters Schuld, dass sie dies nicht verstanden hatte. Sie verstand nichts außer Tränen, Schmeicheleien und Gebeten.

Als wir in Armut fielen, war ich zunächst schlecht auf mein neues Leben vorbereitet. Zum einen war ich an die Aufmerksamkeit der Bediensteten gewöhnt (obwohl ich im Gegensatz zu Mervyn Roche gelernt hatte, sie stets respektvoll zu behandeln). Nun vermisste ich vor allem die Ruhe und Bequemlichkeit, sowohl auf dem Feld als auch eingesperrt in dem dunklen, engen Loch, das nun unser Zuhause war.

Am unerträglichsten war jedoch der endgültige Verlust von allem, womit ich hätte meinen Geist befriedigen können. Meine Bücher waren in unserem alten Haus geblieben. Ich fühlte mich trostlos und hätte sie gern bei mir gehabt. Ich konnte gut lesen, war im Rechnen begabt, besaß eine geschulte Sprache und Schrift und hatte schon vor einigen Jahren begonnen, die alten Sprachen zu lernen.

»Sehr begabt für sein Alter«, hatte unser Tutor, Doktor Barton, meinem Vater gesagt. »Vielleicht lässt er sich in der Rechtskunde ausbilden und wird der Sekretär eines bedeutenden Mannes.«

Nun grub der begabte Junge Wurzeln aus, streute Dung und jätete Disteln. Wenn es nichts anderes zu tun gab, konnte man einen Jungen immer noch zum Verscheuchen der Krähen gebrauchen. Allein auf dem Feld, wenn niemand mich sehen konnte, weinte ich. Zeb, der zu jung war, um zu verstehen, dass wir in diesem Tal der Erniedrigung verschwendet wurden, war weniger unglücklich. Dennoch quengelte er von Zeit zu Zeit: »Wann gehen wir wieder nach Hause?«

Zu Beginn hatten die anderen Arbeiter eine gewisse Ehrfurcht vor uns, doch als sie merkten, dass wir trotz all unserer Bildung keinen müden Penny besaßen, änderte sich das. Schon sehr bald machten sie keinen Unterschied mehr zwischen sich und uns.

»Hier, Cullen, nimm mir das ab, steh nicht so dumm rum«, sagte ein Mann, der nicht lesen konnte. Ich fühlte mich bitterlich erniedrigt. Als ich merkte, dass ich langsam vergaß, was ich gelernt hatte, dass ich von nun an nur noch etwas über Sensen und Mist lernen würde, überfiel mich die nackte Angst.

Izzy, der mich eines Tages in einer verzweifelten Stimmung fand, kniete neben mir im Feld nieder und legte mir den Arm um die Schulter. »Der Wert eines Mannes zeigt sich im Gehorsam gegenüber dem Willen Gottes«, sagte er. »In seinen Augen sind wir auch jetzt genauso wertvoll wie eh und je.«

»Er zeigt es nicht.«

»Doch, das tut er. Wir haben zu essen und zu trinken, wir sind gesund, und wir haben einander«, entgegnete er mir. Doch ich besaß nicht die Größe seines Herzens.

Margett erzählte mir auch, dass ungefähr zu jener Zeit meine Herrin in einer Kutsche ausfuhr und vom Anblick der drei ›schwarzen Jungen‹, die dort auf ihrem Feld arbeiteten, überrascht wurde. Sie stellte Nachforschungen an und fand heraus, dass wir nicht, wie sie dachte, von der Wohltätigkeit der Roches lebten, sondern von ihrem Mann zu Landarbeitern degradiert worden waren.

»Das war ein schlimmer Tag für ihn. Diese Predigten!«, freute sich Margett hämisch. »Tischpredigten, Kaminpredigten, Kopfkissenpredigten! – bis er ihr zugestand, euch ins Haus bringen zu lassen. Sofort wurde jemand nach euch geschickt, bevor der Herr seine Meinung wieder ändern konnte.«

Daran erinnerte ich mich. Als der Mann auf das Feld kam und uns aufforderte, ihm zu folgen, da wir von nun an im Haus auf Beaurepair arbeiten sollten, musste er gedacht haben, dass wir uns nie in Bewegung setzen würden. Izzy stand starr und stumm, während ich auf die Knie fiel und Gott dankte, denn ich wusste, dass wir davongekommen waren. Das Dienen im Haus bedeutete immer noch Knechtschaft, doch von nun an waren wir gegen die Mittagshitze geschützt.

Caros Schicksal war sogar noch demütigender als mein eigenes. Margett erzählte mir, dass Caros Mutter, Lucy Bale, in früheren Zeiten Magd auf Beaurepair gewesen war, eine Frau, die nicht nur das gleiche Alter wie die Herrin hatte, sondern von ihr auch sehr bevorzugt wurde.

»Doch es endete traurig«, erzählte sie weiter. »Im gleichen Jahr, in dem die Herrin Sir John heiratete, wurde Lucy schwanger. Ein Fehler, der sich leicht hätte bereinigen lassen, natürlich! – doch ihr Mathias starb. Ein unglücklicher Sturz.«

Später erzählte mir Godfrey noch mehr. Es schien, dass Lucy ihre Schande tapfer und nicht ohne Würde ertrug. Sir John hätte sie weggeschickt, doch seine Frau hielt dagegen, sie zeige sich reuig und solle bleiben, sonst würde sie sicherlich erst recht in eine demütigende Lage kommen. Schlimmer konnte es jedoch nicht werden, denn sie starb, als sie ihrer Tochter das Leben schenkte.

Das Kind war von seltener weißgoldner Schönheit (Godfrey erzählte, dass sowohl Lucy als auch Mathias so hell wie Adelige gewesen waren), wurde auf den Namen Caroline getauft und in die Obhut der Frau des Verwalters gegeben, um als Magd erzogen zu werden. Ich erinnere mich, dass sie häufig ausgeschimpft wurde und dass sie einmal, sie muss sechs oder sieben gewesen sein, zitternd an der Hand durch die große Eingangshalle geschleift wurde, denn die Frau des Verwalters war schroff und jähzornig. Hätte Mathias noch gelebt, hätte Caro Caroline Hawks geheißen, doch keiner seiner Verwandten erhob Anspruch auf sie, daher behielt sie den Namen Bale. Als Izzy sie eines Tages weinend im Garten fand, nahm er sie in die Arme und trocknete ihr Augen und Nase mit seinem Hemd. Er nannte sie kurz Caro; und Caro blieb sie.

»Komm mit, Jacob«, Godfrey stand vor mir und strich seinen Kragen glatt. »Das kann warten. Wasch dir die Hände. Das Fleisch ist fertig und muss aufgetragen werden.«

In einer Wasserschüssel spülte ich den Sand von meinen Fingern und folgte ihm in die Küche. Der Braten stand auf einem rollbaren Tisch, und so wohlriechend wie ein Mastochse auf den verlorenen Sohn gewirkt haben muss – duftete hier ein schönes, mit Rosmarin gespicktes Stück Hammel. Darum herum standen Schalen mit Karotten und Erbsen, eine Taubenpastete und frische Salate, mit Eiern, Pilzen und Öl angerichtet.

»Hoffen wir, dass sie viel übrig lassen«, sagte ich zu Godfrey.

»Amen.« Der Verwalter goß Wein aus einem Dekanter, hielt ihn gegen das Licht und probierte ihn. »Sehr angenehm. Ich helfe dir beim Auftragen und komme dann zurück, um den Wein zu holen.«

Mein Mund wurde wässrig, während wir das Fleisch hineinrollten. Jemand, vermutlich Caro, hatte den Tisch so sorgfältig gedeckt, dass sich jedes Glas und jeder Teller genau auf einer Linie befanden und nicht mal um die Breite eines einzigen Haares davon abwichen. Kein Zinn heute, dafür glänzte das Tafelsilber. An der einen Seite dieser perfekten Tafel saß meine Herrin mit geknotetem Haar und einer brüchigen Schicht weißen Puders im Gesicht. An der anderen Seite thronte Sir John, aufgedunsen und bläulich-rot verfärbt. Zur Rechten seiner Mutter räkelte sich Mervyn wie ein schmollender Schuljunge und schaukelte auf zwei Beinen seines Stuhls vor und zurück. Er war bereits sehr betrunken. Ich dankte Godfrey im Stillen, wenn er mir auch sonst auf die Nerven ging, dass er Caro vom Servieren befreit hatte. Nur Männer und Huren sollten Mervyn Roche zu Diensten sein.

Als er uns erblickte, richtete er sich verärgert auf und wäre fast hintenübergekippt.

»Mutter!«

»Ja, mein Liebling?«

»Mutter, warum besorgst du dir nicht einen anständigen Butler? Hier schenkt ein einfacher Verwalter den Wein aus – was versteht er schon davon? – und nur dieser Trottel, um ihm zu helfen. Wenn es denn Wein gäbe.«

»Er ist bereits dekantiert, Sir, und ich hole ihn sofort«, beruhigte ihn Godfrey.

»In Bridgewater habe ich einen Mann gesehen, der auf ganz neue Art und Weise tranchierte«, erklärte Mervyn. »Es war fabelhaft, ihm zuzusehen – hier –«

Zu meinem Erstaunen erhob er sich und streckte seine Hand nach dem Tranchierbesteck aus.

Godfrey ließ seine Hände auf dem Rollwagen, mehr traute er sich nicht; hilflos schaute er zu meiner Herrin. Sir John starrte abwesend an die Decke.

»Findest du wirklich, du solltest das tun, mein Liebling?«, flehte Lady Roche. Da sie keine Antwort erhielt, suchte sie anderweitig nach Hilfe. »Mein Gemahl, wenn ich etwas sagen dürfte? Mein Gemahl?«

»Darf ein Mann nicht in Ruhe essen?«, knurrte der Gemahl.

Mervyn starrte seine Mutter an, dann schnippte er mir mit den Fingern zu. »Du, Jacob. Gib mir das Besteck. Himmel Arsch, als ob ich kein Fleisch tranchieren könnte!«

Die Herrin zuckte zusammen, als sie die unflätige Sprache ihres Sohnes vernahm. Ich schob ihm den Braten hin und legte ihm Messer und Gabel bereit. Godfrey verschwand durch die Tür zur Küche. Ich trat zurück und hielt die Arme an den Seiten, wie ich es gelernt hatte. Er machte ein fürchterliches Gemetzel aus dem Essen und hieb das zarte, knusprige Fleisch, um dessen Zubereitung sich der Koch so aufmerksam bemüht hatte, in grobe Stücke. Ich sah, dass seine Mutter seufzte. Als das beste Stück des Fleisches ruiniert war, trat ich mit den Schalen an den Tisch und trug die unschönen Klumpen auf. Warum, o Herr, dachte ich, lässt du nicht sein Messer fallen?

»Ein Butler, sage ich«, fuhr er unbeirrt fort, während er ähnlich brutal wie in den Braten auch in die Taubenpastete stach.

»Wozu?«, fragte seine Mutter. »Wir leben hier sehr bescheiden.«

»Ja, in der Tat!« Er stieß sich mit seinen Füßen vom Tisch ab und wäre fast nach hinten auf den Boden gefallen, wenn es ihm nicht in letzter Sekunde gelungen wäre, auf dem Stuhl die Balance zurückzugewinnen. »Wo ist Patty?« So nannte er Patience.

»Patty ist nicht mehr bei uns«, war die Antwort.

»Was? Tot?«

»Nein.« Meine Herrin brach in Tränen aus.

»Was dann?«

»Weggelaufen. Oder –« Sie schüttelte den Kopf.

Mervyn starrte sie an, schob sich einen Fleischbrocken in den Mund und kaute darauf herum. »Wenn sie weggelaufen ist, dann ist sie töricht.

Du«, wieder schnippte er mit den Fingern nach mir, so dass es mich juckte, sie ihm zu brechen, »sag diesem französelnden Kapaun, dass ich schon besseren Hammel gegessen habe.«

Ich verbeugte mich und nutzte die Gelegenheit, ihm für eine Weile zu entfliehen. Als ich aus der Tür trat, traf ich auf Godfrey, der mit dem Wein zurückkam, und ich hoffte, dass er damit mehr Gefallen finden mochte als mit dem Fleisch. Am besten wäre es, der Wein wäre vergiftet. Eines aber war erfreulich: Sir Bastard mochte mich verächtlich behandeln, aber ich hatte ihn bei der Frau geschlagen, die er begehrte. Abgesehen von seinem mürrischen Gesichtsausdruck und den vom Trinken gezeichneten Augen war Mervyn ein gut aussehender Mann, vor allem seine Mundpartie mit glühend roten Lippen und leuchtend weißen Zähnen. An ihm ließ sich erkennen, wie sein Vater in jungen Jahren gewesen sein musste, genauso wie sich in Sir John das Schicksal seines Sohnes abzeichnete – falls der Sohn Glück hatte, denn seine Herumhurerei war sprichwörtlich und so war es gut möglich, dass Syphilis oder Tripper seine Tage verkürzten. Es hatte ihn stets nach Caro gedürstet. Sollte ich in meiner Hochzeitsnacht überhaupt an etwas denken können, würde ich mir eine Minute Zeit nehmen, um über ihn zu triumphieren.

In der Küche zuckte der Koch, gewöhnt an die Verrücktheiten seiner Herrschaft, nur mit den Schultern, als ich ihm die Beleidigungen zutrug, mit denen der Braten überhäuft worden war.

»Ich habe noch eine Nachspeise für den Kerl«, sagte er mir. »Eine ganz besondere. Dass du sie nicht kostest, Jacob. Mit Ausnahme von Godfrey hat jeder dabei geholfen.«

»Ich nicht«, sagte ich und spuckte meinerseits in die Weinschaumcreme hinein und rührte die Spucke unter. Irgendwo in meinem Kopf hörte ich eine Stimme, die der meines Vaters ähnelte: Gut gemacht, mein Junge. Ich trug die Nachspeisen hinein, platzierte die verunreinigte Creme vor Mervyn, stellte mich unterwürfig hinter ihn und beobachtete ihn beim Essen.

Der Mann, der sich zu uns Dienern gesellt hatte, um diesen kleinen, aber auserlesenen Racheakt zu verüben, wurde Mister oder Mounseer Daskin genannt. Er und Mervyn hassten sich bis aufs Blut. Durch den ausländischen Koch hob sich unser Haushalt von den anderen ab. Margett, die mir von meines Vaters Schuld gegenüber Sir John erzählt hatte, war eines Tages beim Aufspießen einer Gans einfach tot umgefallen, und die Herrin, die immer noch an einem gewissem Anschein von Eleganz festhielt, hatte bei Sir John auf einen französischen Koch gedrungen, wie es damals in London gerade erst in Mode kam.

»Ich will mein Fleisch auf die gute alte englische Art zubereitet haben«, sprach ihr Mann, den es wenig nach Hautgout, Haschee oder modisch dekorierten Speisen verlangte. »Solange ich hier der Herr bin, wird es auf Beaurepair keinen französischen Koch geben.«

Die nächste Mahlzeit belehrte ihn eines Besseren. Das Fleisch war blutig und die Saucen klumpig. Sir John schimpfte. »Ist der Wein gekippt?«, fragte er.

»Keineswegs«, erwiderte seine Frau.

»Warum haben wir dann bei Tisch keinen?«

»Der Kellerschlüssel ist verbummelt worden.«

Sir John wusste, wann er geschlagen war, und bat seine Gattin zu tun, was sie für richtig hielt.

Sie ging schonend vor. Briefe, in denen sie sich bei ihren Freunden in der Stadt umhörte, brachten eine ganze Reihe möglicher Männer ins Gespräch, doch sie entschied sich für Mister Daskin, der nur ein halber Franzose war, unsere Sprache sprechen konnte und nebenher auch die englische Küche beherrschte. An einem feuchten Oktobernachmittag kam er mit der Kutsche an, ein schmächtiger, gepflegter Mann, nach der Londoner Mode gekleidet, der sich erfreut umsah. Es hieß, das moderne Leben habe seiner Gesundheit geschadet.

»Die ganze Nacht auf und dann den ganzen Tag gearbeitet«, erklärte er mir. »Tu das nie, geh nie nach London, Jacob!«

»Ihr werdet es hier sehr langweilig finden«, antwortete ich.

»Nun, genau das mag ich.«

Es hatte den Anschein, als verspräche er sich vom Leben in unserem alten Steinhaus zwischen Feldern und Bäumen ein gesünderes Leben. Das erste Mahl, das er in diesem Haushalt kochte, wurde Mervyn serviert, und ich nehme an, dass er seitdem nicht mehr so erfreut über seinen Tausch war.

Für einen halben Franzosen war Daskin gar nicht so übel. Er war Protestant und setzte sowohl den Bediensteten als auch der Herrschaft gutes Essen vor. Manchmal half Peter ihm in der Küche, doch meistens waren es entweder Caro oder Patience, und Caro erzählte mir, sie habe von Mounseer eine ganze Menge über die Zubereitung von Eingemachtem und Pudding gelernt, denn er wachte nicht eifersüchtig über sein Tun und ließ andere zuschauen. Meistens hielt er sich an die englische Küche, denn nach ungefähr einer Woche, in der die Herrin vor Stolz nichts zu sagen wagte, musste sie zugeben, dass sie sich aus den französischen Speisen nichts machte. So erhielt Sir John wieder seine Braten.

Nachdem Mervyn ein letztes Mal gerülpst und Brot über den Tisch gekrümelt hatte, fasste die Herrin die anderen bei den Händen, um ein Dankgebet zu sprechen. Ihr Sohn spulte aus alter Gewohnheit die Worte ab, und wie der Zufall es wollte, konnte ich hören, wie er Gott für das, was er gerade erhalten hatte, dankte.

Nachdem sie die Tafel aufgehoben hatten, kam Peter, um mir beim Abräumen zu helfen.

»Schau dir das an«, sagte ich und zeigte auf den Braten, der inzwischen kalt und fest war. »Das ist die Art, wie er tranchiert.«

»Lebte wahrscheinlich noch, das Tier? Rannte herum?«

Der Raum wirkte sauberer, nachdem Mervyn gegangen war. Daskin kam herein und rollte den Braten weg, wobei er französische Worte murmelte, die jeder hätte übersetzen können, der sein Gesicht sah. Wir stellten die Platte auf die Anrichte und trugen das Geschirr in die Spülküche, um es dort später mit dem unsrigen zu säubern.

Der Raum, in dem wir unsere Mahlzeiten zu uns nahmen, roch nach Zwiebeln und Apfelwein. Caro deckte den Tisch; Daskin beugte sich über den Hammel und versuchte zu retten, was zu retten war. Plötzlich war ich sehr hungrig. Vor Godfrey, der gerade eine Gabel untersuchte, die Mervyn verbogen hatte, konnten wir nicht über die Nachspeise sprechen, doch sie hing als süßes Geheimnis und als Gegenpol zu der düsteren Stimmung nach der morgendlichen Entdeckung zwischen uns in der Luft.

»Das Fleisch ist noch völlig in Ordnung«, sagte der Koch. »Ich werde den Rest selbst tranchieren, und ihr werdet denken, es sei der zarteste Braten, den ihr je gegessen habt.«

»Wir hätten nie etwas anderes vermutet«, versicherte ihm Izzy.

»Ich habe Zwiebeln in weißer Sauce gemacht«, fügte Caro hinzu und sah mich zärtlich an, denn sie wusste, wie sehr ich dieses Gericht mochte. Ich saß auf dem Bankende neben dem Platz, den sie einnehmen würde, wenn sie mit dem Auftragen fertig war.

Die Speisen wurden vor uns auf den Tisch gestellt und Godfrey sprach das Tischgebet. Sobald wir begonnen hatten, Zwiebeln aufzuspießen und das Brot herumzureichen, kam das Gespräch auf Chris Walshe und Patience.

»Ist Zeb schon von Champains zurück?«, fragte ich.

»Nein«, sagte Peter. »Ich schätze, sie werden ihn eine Weile dabehalten.«

»Wozu? Das Einzige, was er getan hat, war, den Teich abzusuchen.«

»Der Hammel schmeckt hervorragend, Mounseer«, sagte eine der Melkerinnen und schaute ihn dabei mit Schafsaugen an.

»War Chris – war Chris verletzt, Jacob?« fragte Caro.

»Ja«, antwortete ich. »Hat niemand ihn sich angeschaut?«

»Ich habe die Waschküche abgeschlossen, nachdem du ihn aufgebahrt hast«, sagte Godfrey. »Es ziemt sich nicht und zeugt auch nicht von Respekt, wenn jeder den Jungen anstarrt.«

»Das ist richtig«, meinte Izzy. »Aber sagt uns, Godfrey, welche Verletzungen hatte er?«

Der Verwalter zögerte.

»Jacob weiß es doch auch schon«, drängte Peter.

Godfrey sagte: »Nun, es war kein Unfall.« Er schaute mich an.

»Aufgeschlitzt«, fügte ich hinzu.

Die anderen schnappten nach Luft, dann erhob sich ein allgemeines, lebhaftes Stimmengewirr.

»Böse Männer gehen um«, sagte Godfrey. »Seid auf der Hut. Die Herrin hat mich angewiesen, sämtliche Schlösser und Riegel zu überprüfen, und ich wäre dankbar, wenn ihr mich auf Schwachstellen hinweisen würdet.«

»Und immer noch keine Spur von Patience?«, fragte Caro.

»Hatte sie mit einem von euch Streit? Hatte sie irgendwelche Probleme?«, fragte der Verwalter.

»Nein«, sagte Caro. »Keine Probleme.«

Ich wandte mich nach ihr um und sah, dass ihr Gesicht recht unschuldig wirkte. Ich überlegte, was Zeb wohl geantwortet hätte, vielleicht hätte er nur mit Unschuldsmiene ein Stück Brot in seine Sauce getunkt.

2. Kapitel
Schläge

Nach dem Hammel und dem Apfelwein brauchte ich etwas frische Luft. Peter war dran, das Geschirr zu scheuern, daher ging ich in das Rosmaringärtlein. Ich mochte diesen Teil des Gartens besonders, seinen durchdringenden Geruch, die Glockenblumen, die im Sommer die dunklen Hecken säumten, und den duftenden Irrgarten als das Herzstück, wo man sich auf eine Bank setzen und dösen konnte. Caro gönnte sich ein paar Minuten Zeit und begleitete mich, bevor sie ins Haus und zu Mervyns weinbeflecktem Hemd zurückkehren musste, denn sobald er ein Hemd anzog, versaute er es, und sobald er es versaut hatte, wechselte er es. Seine Wäsche hatte mir schon häufig Zeit mit Caro gestohlen.

Wir setzten uns auf eine warme, mit gemeißelten Sonnen und Sanduhren verzierte Steinbank und verweilten in inniger Umarmung. Mein Hut fiel in die Kamille hinter der Bank, so nahm ich Caro zum Ausgleich die Haube ab und küsste ihren blonden Haarkranz. Sie lachte und schaute zu mir auf. Ihr Atem roch nach Apfelwein. Ich berührte ihre Lippen mit den meinen, unsere Blicke trafen sich, dann schloss sie die Augen. Sehr, sehr zärtlich knabberte sie an meiner Zunge, als ich sie zwischen ihre Zähne gleiten ließ. Auch ich schloß die Augen, um das Innere ihres Mundes besser spüren zu können. Eine Weile verharrten wir so, schmeckend und spielend, während die Bienen um die Rosmarinhecken summten, dann löste sich Caro, küsste mich auf die Nase und sagte: »Ich muss gehen, Jacob.«

»Noch ein bisschen …« Ich zog sie auf meinen Schoß. Die Haut ihrer Brüste, zumindest das, was ich davon sehen und berühren konnte, war wie die Blütenblätter der allerreinsten weißen Rosen. Nicht zum ersten Mal fragte ich mich, wie es sich wohl anfühlen mochte, eine Frau ohne Korsage oder sogar ganz nackt zu umarmen. Mein Atem wurde schneller, und ich zog sie noch dichter an mich heran.

Caro flüsterte: »Die Herrin könnte kommen.«

»Sie könnte, in der Tat.«

Es folgte ein kleines Gerangel mit Lachen und Kitzeln, doch schließlich gab ich sie frei, und sie setzte sich wieder neben mich. Wir hielten uns an den Händen und bewunderten den Irrgarten, während ich den vertrauten Schmerz litt, der nur durch unsere Vermählung gestillt werden konnte.

Einmal, als wir uns im Garten geküsst hatten, hatte ich meine Hand ihr Mieder entlanggleiten lassen und die zarte Knospe ihrer Brust gierig unter meinen Fingern schwellen gespürt. Sofort hatte mein eigen Fleisch begonnen zu schmerzen, und ihr Blick hatte mir deutlich gesagt, wohin das führen würde, sollte ich nicht aufhören. Ich hörte auf, zog meine Hand zurück und hörte sie enttäuscht stöhnen. Ich hatte eine Chance vertan, doch eine ungeheuer süße Erfahrung gemacht. Viele Männer werden wegen ihres Geldbeutels geheiratet, der Mann wird häufig nur widerwillig zusammen mit dem Geld genommen. Ich war stolz zu wissen, dass dies bei mir nicht der Fall war. Es bestand kein Anlass zur Eile und zur Heimlichkeit, wie Zeb es bei seinen Liebschaften machte. Wir würden bis zu der vereinbarten Nacht warten. Es mochte sogar sein, dass etwas in mir Freude daran hatte, sie zu necken. Manchmal, wenn wir zusammen arbeiteten oder schicklich beisammen saßen, erinnerte ich mich an das flehende Stöhnen und lächelte.

»Armer Chris«, Caro umspielte mit ihren Fingern die meinen. »Ein grauenvoller Tod.«

Ich hatte Walshe völlig vergessen. Mein angeschwollenes Glied erschlaffte, als hätte sie kaltes Wasser darüber geschüttet.

Sie runzelte die Stirn. »Und dennoch –«

»Dennoch?«

»Nun, wenn ich es recht bedenke – er war immer etwas merkwürdig. Was hatte er hier zu schaffen? Nachts über das Land anderer zu gehen?«

»Vielleicht ist er von jemandem aus dem Haus aufgehalten worden«, sagte ich. Mir wurde flau und ich hatte Angst, dass sie den Schweiß auf meiner Hand bemerkte.

»Es ist normal, dass man seine eigenen Leute verteidigt«, fuhr Caro fort. »Oder soll ein Diener, wenn er jemanden tötet, der unbefugt fremden Grund betritt, bestraft werden?«

Mir zog sich der Magen zusammen, denn ich sah einen Ausweg aus meinem Gefängnis. »Also«, wandte ich mich an Caro, »wenn einer von uns Chris getötet hätte, würdest du ihn für schuldig halten?«

»Es käme darauf an, warum er es getan hätte.« Plötzlich richtete sie sich auf. »Warum fragst du das, Jacob? Nimmst du an, es war einer von uns?«

Ich zögerte.

»Ja! Du hast jemanden im Sinn«, insistierte sie.

»Was mich angeht, nein. Doch wir sind Diener, wir müssen damit rechnen, verdächtigt zu werden.«

Caro schien damit zufrieden. Doch indem ich es ausgesprochen hatte, hatte ich die Gefängnistür wieder hinter mir ins Schloss fallen lassen und spürte, wie der Mut mich verließ.

»Ich habe vom Fenster aus gesehen, wie du den Teich abgesucht hast«, fuhr Caro fort. »Ich dachte, es sei Patience.«

»Du wußtest also, welchen Grund ihre Verzweiflung hatte«, sagte ich. »Ihr Zustand.«

Caros Hand wurde plötzlich starr, doch sie erwiderte nichts.

»Ich bin nicht Godfrey, dass man etwas vor mir verheimlichen müsste«, sagte ich.

»Zeb bat mich darum.«

Das war ein Schlag ins Gesicht! Ich hatte eine der folgenden Antworten erwartet: ›Ich wusste es auch erst seit gestern‹ oder ›Ich mag solch Gerede nicht‹. Meine Liebste, die Frau, der ich beinah mein Geheimnis, wenn nicht mein Leben anvertraut hätte, tauschte die ganze Zeit über mit meinem eigenen Bruder Heimlichkeiten aus.

Ich schob Caro von mir weg und suchte ihren Blick. »Zeb hat dir gesagt –!«

»Er hat mich gebeten.« Sie erwiderte den Blick aufrichtig und ohne Scham.

»Aber warum sollte ich es nicht wissen? Er ist mein Bruder. Ich bin der Onkel des Kindes!« Ich fuhr fort und wurde immer zorniger, je mehr ich die ganze Sache erfasste. Warum war er so weit gegangen, sich über meine Unkenntnis lustig zu machen?

»Er fand, er müsse es dir selbst sagen«, meinte sie ruhig. »Glaubst du nicht, dass er damit Recht hatte, Jacob?«

»Jawohl! Hätte er es mir nur gesagt, bevor er es dir gesagt hat!« Ich stand auf und suchte meinen Hut. Da ich mich nicht wieder setzen wollte, blieb ich dann in einiger Entfernung hinter der Bank stehen.

»Patience hat es mir als Erste gesagt, nicht Zeb«, widersprach Caro. Sie drehte sich zu mir um und langsam begannen sich ihre Wangen zu röten.

»Ich glaube nicht, dass er es mir je gesagt hätte«, haderte ich. »Wie froh wäre er, hätten wir sie aus dem Teich gezogen!«

»Nein, Jacob! Wie kannst du so von ihm sprechen?«

»Nun, sieht er etwa unglücklich aus? Weint er, hat es ihm den Appetit verschlagen?«

»Nicht in deiner Gegenwart. Doch ich habe ihn weinen sehen.«

»Wahrscheinlich fürchtete er, sie heiraten zu müssen«, ich kam um die Bank herum. »Und hätte ich davon gewusst, wäre das der Fall gewesen.«

»Nun, jetzt weißt du es«, sagte Caro. Ihre Augen waren trocken und nicht mehr so sanft, wie sie es gewesen waren, als wir den Garten betreten hatten.

»Er hat mich verärgert. Und das Gleiche gilt für dich.«

»Du bist zu leicht gekränkt.« Sie setzte sich kerzengerade hin und schob im Schoß die Finger ineinander. »Darum wird manches vor dir geheim gehalten.«

Ich war erstaunt. »Ist dies die Art, wie du mit deinem zukünftigen Gatten sprichst? Du hast dir wohl von Zeb eine Charakterbeschreibung von mir geben lassen!«

»Nein, ganz und gar nicht! Ich habe selbst Augen und Ohren.« Caro stand auf und brachte ihr Mieder in Ordnung. »Es mag sein, dass er sie nicht heiraten will, doch zu sagen, dass er ihren Tod wünsche! Du bist zu hart mit deinem Bruder.«

»Warst du es nicht, die mir von ihrer schmutzigen Prahlerei erzählt hat? Die gesagt hat, es mache dich krank? Würde ein Mann so eine heiraten wollen?« Ich verzog angeekelt das Gesicht.

»Auch solche Frauen heiraten. Was willst du denn von ihm?« Sie setzte ihre Haube wieder auf. »Du bist jetzt durcheinander, das ist normal nach Chris' Tod. Sicherlich ist dies noch viel schlimmer als –«

»Was hat Chris damit zu tun?«

»Jacob! Zebedee hat beides verloren: einen Freund und eine Liebste. Hab etwas Mitleid.« Caro drehte sich um und verschwand durch die erstbeste Lücke in der Hecke.

»Er spielt mit dem Mitleid dummer Mägde und dann ruiniert er sie«, rief ich hinter ihr her.

Vor allem eine Frau sollte erkennen, welche Gefahr in solch einem Kerl lauert, doch genau das wird eine Frau nie tun. Ich saß da und stritt weiter mit ihr, obwohl sie mich längst nicht mehr hören konnte. Sie war genauso halsstarrig wie Izzy, der mir immer wieder sagte, Zeb sei nicht wirklich schlecht, als wäre auch er wie alle Frauenzimmer von Zebs Augen geblendet.

Beide ließen sich von ihm täuschen. Er würde immer unstet bald hier, bald da von der Liebe kosten. Als er noch keine fünfzehn war, hatte es eine herumziehende Frau gegeben, älter als er und nicht mehr unschuldig: Ich hatte Peter dabei erwischt, wie er ihn spät in der Nacht erregt und mit geröteten Wangen wieder hineinließ. Nachdem mich Izzy darauf aufmerksam gemacht hatte, hatte ich Zebs ständiges Verlangen nach Patience bemerkt, die ihrerseits schon mehr als heiß war: Er kitzelte sie, steckte seine Zungenspitze in ihr Ohr und belagerte ständig das wackelige Fort ihrer Tugend. Wann immer ich ihn dabei beobachtete, überkam mich Zorn. Wäre er jünger gewesen und hätte ich noch Vollmacht über ihn gehabt, hätte ich ihm eine Tracht Prügel verpasst.

Wieder im Haus, kehrte ich zu meinem Tablett zurück und fuhr mit dem Polieren fort, wobei ich den Sand so fest gegen das Zinn rieb, dass jedes einzelne Stück aus einiger Entfernung hätte als Silber durchgehen können.

Izzy saß in meiner Nähe und bürstete Sir Bastards Mantel, um das Tuch wieder aufzurauen.

»Das muss reichen.« Er stand auf und hielt das Kleidungsstück hoch. »Was meinst du?«

»Du hast wahre Wunder vollbracht.«

»Er stinkt nach Wein. Gott, was dieser Mann sabbert und spuckt!« Er warf den Mantel zur Seite. Es passte nicht zu meinem Bruder, sich von schlechter Laune beherrschen zu lassen, und ich erkannte an seiner Gereiztheit, wie erschöpft er war.

»Das Haus ist still ohne Zeb«, wagte ich zu sagen.

»Warum behalten sie ihn so lange dort?« stöhnte Izzy. »Wird er verdächtigt?«

»Dazu gibt es keinen Grund.« Ich wusch den Sand vom Zinn und begann die einzelnen Stücke mit einem Tuch zu trocknen. In diesem Moment hörten wir rasche, sich nähernde Schritte auf dem Flur. Nachdem Izzy mir einen kurzen Blick zugeworfen hatte, rannte er zur Tür und schaute hinaus. Ich hörte jemanden flüstern und sah ihn als Erwiderung etwas gestikulieren. Er schloss die Tür und kam wieder zu mir.

»Das war Caro. Zeb ist zurück.«

»Ist er schon beim Herrn gewesen?«

Izzy zuckte mit den Schultern. Wir verließen die Spülküche und gingen in die Eingangshalle, wo sich unser Bruder gerade mit Godfrey beriet.

»Wenn die Herrin so gütig wäre«, sagte Zeb.

Godfrey hörte mit ernster Miene zu und nickte von Zeit zu Zeit. »Ich werde ihr Bescheid geben. Und wann wird er die Kutsche bereit haben, sagtest du?«

»Morgen. Oh, und er lässt fragen, ob die Freunde des Jungen hier für die Beerdigung freigestellt werden.«

»Wir werden sehen«, antwortete der Verwalter stirnrunzelnd. Die Falten auf seiner Stirn hatten jedoch nichts zu bedeuten, da Godfrey dafür bekannt war, noch nie etwas auf die erste Anfrage hin gebilligt zu haben, und wenn wir es wünschten, würden wir mit größter Wahrscheinlichkeit einen halben Tag frei bekommen. Was mich betraf, ich würde ebenso gern zu Hause bleiben.

»Das ist alles, was er uns ausrichten lässt«, endete Zeb.

»Danke, Zebedee. Nun, habt ihr Brüder noch genügend Arbeit?«

»Sollten wir nicht die Wandbehänge ausklopfen?«

»Richtig. Dann tut es.« Godfrey drehte sich um und verschwand in Richtung des Salons unserer Herrin. Ich stöhnte innerlich, denn wenn es eine Aufgabe gab, die mir verhasst war, dann war es das Ausklopfen der Wandbehänge. »In Gottes Namen, Zeb, warum musstest du ihn daran erinnern?«, murmelte ich, nachdem die Tür hinter Godfrey ins Schloss gefallen war.

»Ich möchte mit euch beiden reden, draußen im Hof. Außerdem mussten wir sie uns sowieso bald vornehmen, Jacob, warum also warten, bis es regnet?«

»Was hat Biggin gesagt?«, wollte Izzy wissen. »Kommt er her, um die Leiche zu holen? Wussten sie, was der Junge hier tat?«

»Nachts? Nein«, erwiderte Zeb. »Er soll morgen zurückgebracht werden. Die geeignetste Kutsche ist derzeit unterwegs, doch sie werden sie morgen mit einem Sarg herüberschicken – der Zimmermann arbeitet bereits daran.«

»Und der Doktor?«, fragte ich.

»Sie hatten keinen Grund, mir dazu etwas zu sagen. Ich schätze, sie lassen einen ins Haus kommen, wenn die Leiche eintrifft. Du hast ihn gewaschen, Jacob. Hast du gesehen –?«

»Den ganzen Bauch aufgeschlitzt. Sie brauchen keinen Doktor, um daraus ihre Schlüsse zu ziehen.«

»Oh, der kleine Idiot!«

Izzy starrte ihn an. »Idiot?«

Mein Herz schlug heftiger. Angenommen, Zeb war aufgestanden und zum Fenster der Kammer gegangen. Der Mond schien hell, als ich das Messer des Jungen ergriffen hatte, und mein leeres Bett – doch nein, sonst hätte er vorhin anders mit mir gesprochen –

»Hinaus«, wiederholte Zeb. »Lasst uns nach draußen gehen. Ihr holt die Wandbehänge, ich werde die Leine spannen, sobald ich mich dieser Kleider entledigt habe. Ich bin nicht Sir Bastard und lasse sie daher nicht vom Staub ruinieren.« Er eilte zur Treppe, die zu unserer Kammer führte. Izzy und ich starrten erst auf die Wandbehänge, die drei Wände der Eingangshalle bedeckten, und uns dann gegenseitig an.

»Halt fest – dort kommt eine Ecke runter – lass mich nicht darüber stolpern!« So schikanierte ich, auf einem Stuhl stehend, meinen Bruder von oben. Es war meine Aufgabe, die Gobelins von der Wand zu lösen, während Izzy sie zusammenraffte und von meinen Füßen fernhielt.

»Ich hab sie«, versicherte er mir. »Komm runter.« Während ich mit einem Bein in der Luft hing, lief mir eine Spinne über den Nacken und brachte mich beinahe zu Fall, doch schließlich legten wir den dritten Vorhang auf den ausgetretenen Bodenfliesen zusammen. Izzy belud mich, und gemeinsam machten wir uns auf den Weg über die Flure; mein Bruder schritt voran und öffnete mir die Türen.

»Warte«, sagte er, als wir in die Sonne hinaustraten. Ich war froh, einfach dort zu stehen und nichts zu tun, während er wieder ins Haus eilte und gleich darauf mit den Teppichklopfern zurückkehrte. Fünf an der Zahl, vermutlich aus der Türkei, alle aus feinem Weidengeflecht, jedoch von unterschiedlicher Form. Godfrey behauptete, sie seien meiner Herrin von einem Reisenden überreicht worden, der damals, in ihrer Jugend, sehr von ihr angetan gewesen war. Ich fragte mich, was Caro wohl zu solch einem Geschenk sagen würde. Zusammen mit Izzy, der hinter mir die Wandteppiche hochhielt wie die Magd die Schleppe ihrer Herrin, ging ich an dem Gärtlein vorbei, in dem ich von Caro ausgeschimpft worden war, an dem Teich vorbei, aus dem noch an diesem Morgen Christopher Walshe an den Achselhöhlen hinausgezogen worden war, und einen steinigen Pfad entlang, der in den Hof führte.

Zeb war nicht dort. »Er ist die Trägheit in Person«, schimpfte ich, während ich gleichzeitig seinen Anblick fürchtete. Solange bis mein Bruder mit der Leine kam, hängten wir die Wandbehänge über ein paar Büsche. Izzy setzte sich in den Schatten eines Birnbaumes und schwang die Teppichklopfer, als wolle er Fliegen töten. »Dieser hier ist für mich«, sagte er und legte einen beiseite. »Möchtest du auch wählen?«

»Sie sind alle gleich.« Wahrscheinlich trödelte Zeb absichtlich im Haus herum, um mich zu quälen.

»Nicht im Geringsten«, sagte Izzy. »Dies hier ist der schnellste und dies hier der schönste.«

Manchmal, dachte ich, hatte mein Bruder merkwürdige Ideen: Er hatte genauso Vorlieben für bestimmte Tassen oder Kerzen wie in Angelegenheiten, in denen jeder einen eigenen Geschmack hat, zum Beispiel Speisen und Musik. Einmal, als wir als Kinder auf dem Feld arbeiteten, hatte er mir erzählt, jedes Arbeitsgerät habe für ihn einen eigenen Charakter. Doch letztlich war dies nur eine kleine Eigenheit. Von Caro abgesehen, liebte ich Izzy mehr als alle anderen, viel mehr als Zeb oder meine Mutter, vielleicht weil er mich nie neckte.

Ein lautes, melodisches Pfeifen übertönte den Gesang der Amseln und Drosseln im Hof.

»Schau, er kommt gar nicht zu spät«, sagte Izzy der Friedenstifter.

Zebs ernster, sogar angespannt wirkender Gesichtsausdruck stand in merkwürdigem Widerspruch zu dem Geträllere von *Einst lebte eine holde Magd*. Er nickte uns zu und begann das mitgebrachte Seil um die Äste der Apfelbäume zu winden.

»Höher«, schlug Izzy vor. Zeb gehorchte, ohne zu fragen.

»Wir sind allein«, drängte ich ihn.

»Hier.« Zeb zog die Leine straff und wandte sich zu uns um. »Wenn jemand kommt, hängen wir die Wandbehänge auf.«

»Ja, ja!« Mein Hemd war völlig nass geschwitzt. »Doch sag uns, wie hast du es ihnen auf Champains beigebracht?«

»Godfrey gab mir ein Schreiben für den Herrn mit. Er – Mister Biggin – bat mich in sein Studierzimmer und fragte mich, ob ich sicher sei, wie der Junge aussehe, dunkelhaarig oder blond – ihr wisst, wie das ist. Schließlich habe ich ihn überzeugt, dass das, was in unserer Waschküche liegt, die sterbliche Hülle Christopher Walshes ist.«

»Und hast du ihm gesagt, wie er gestorben ist?«

»Ertrunken, natürlich. Wenn man einen Jungen im Teich findet –« Er zuckte mit den Schultern. »Konnte ich wissen, dass er aufgeschlitzt ist? Morgen wird es weitere Erklärungen geben.«

»Und bestimmt nicht von dir? Du glaubst nicht, dass sie dich verdächtigen?«, wollte Izzy wissen.

»Vielleicht nicht, den Jungen umgebracht zu haben.« Zeb nahm den obersten Wandbehang vom Stapel und hängte ihn richtig auf. »Sie fragten mich immer wieder, woher ich wisse, dass er es sei, als wäre es ein Schuldbeweis, ihn zu kennen.«

Ich fühlte, wie mich die Angst packte. »Und was hast du gesagt?«

»Ich sagte, Godfrey kannte ihn. Das ist die reine Wahrheit, denn Godfrey hatte ihn kennen gelernt, als er letztes Jahr dorthin geschickt worden war.« Zeb nahm einen Teppichklopfer (genau wie ich wählte er ihn nicht nach Schönheit aus, sondern ergriff einfach den nächstbesten) und schlug auf das bleiche Gesicht der Keuschheit ein, versinnbildlicht in der Zähmung des Einhorns.

Ich ergriff den nächsten Gobelin und hängte ihn neben den von Zeb. »Dann verdächtigen sie also einen von uns.«

Er warf mir einen ungeduldigen Blick zu. »Würden sie es mir sagen, wenn es so wäre?«

»Du sagtest, ›nicht, ihn umgebracht zu haben‹. Aber das ist doch genau das, was sie denken. Sie werden sich an jemandem festbeißen, wenn nicht an dir, dann –«

»Hört mir zu, beide.« Zeb schlug erneut auf den Wandteppich ein und erzeugte damit eine größere Staubwolke. »Einer von Biggins Pächtern wartete dort draußen auf dem Flur. Als er den Mann hereinrief, nannte er ihn Tom Cornish.«

Ich schrie: »Doch nicht etwa der Verräter?«

»Genau der.«

Izzy und ich sprachen gleichzeitig: »Was für ein Mann ist er?« und »Wie sieht er aus?«

»Grauhaarig mit bläulichroten Wangen. Doch wenn er jünger wäre, würde ich sagen, dass er Christopher Walshe erstaunlich ähnlich ist.«

Ich erstarrte und spürte, dass es Izzy genauso ging.

»Cornish fing vor meinen Augen an zu weinen.« Zeb wartete, bis wir dies verinnerlicht hatten.

»Der Junge ist – war – einer seiner Neffen?«, stammelte Izzy.

»Näher.«

Ich schnappte nach Luft.

Izzy hielt sich erschrocken die Hand vor den Mund. Er stotterte: »Aber – aber warum hieß er dann Walshe?«

»Ein Bastard, schätze ich, der unter dem Namen seiner Mutter aufwuchs, bis Cornish ihn in den Dienst gab.«

»O Herr, erbarme dich unser«, flüsterte Izzy.

Zeb fuhr fort: »Er arbeitete für Biggin, doch es scheint, dass auch Cornish Verwendung für ihn hatte. Die wegen ihrer Lektüre ausgepeitschten Diener, erinnert ihr euch? *Spinnen und Spione, um die Fliegen zu fangen.«*

Nun verstand ich es, der elende kleine Judas hatte uns die Köder gebracht, mit deren Hilfe sein Vater uns ins Netz lockte. Dort hatte er gesessen, hatte seinen Arm um Zeb gelegt und vom Tabak genossen, den sich Zeb und Peter nur mit Mühe leisten konnten. Ich schlug so heftig mit dem Teppichklopfer zu, dass die Wandbehänge wie Fische an der Leine zappelten, und ich fuhr fort, auf sie einzudreschen, so dass sich der aufgewirbelte Staub auf mein Gesicht legte und sich mit dem frischen Schweiß vermischte.

»Also sind wir alle der Tat verdächtig«, sagte ich. »Wenn Cornish es weiß.«

»Und wenn er glaubt, einer von uns hätte dem Spiel ein Ende gesetzt«, sagte Izzy mit bleichen Wangen. Ich hatte Gewissensbisse, solch eine freundliche, aufrichtige Seele in Verdacht gebracht zu haben. Er war die Unschuld in Person, doch was kümmerte das schon einen Spion?

»Wir müssen jedes einzelne Pamphlet im Haus verbrennen«, erklärte ich. »Und hinter den Ställen nachschauen, für den Fall, dass wir dort etwas vergessen haben.«

»Aber was hat er nachts hier gesucht?«, grübelte Zeb. »Das verstehe ich einfach nicht.«

»Ich schaue gleich hinter den Ställen nach«, sagte Izzy. »Und danach bitte ich Caro und Peter, alles aus den Kammern zu verbrennen. Hat einer von euch Papiere oder Pamphlete?«

»Unterm Bett«, antwortete ich. »*Die Antwort auf den großen Tyrann.* Bitte Peter, nah dem Kopfende an der Wand nachzuschauen.»

Izzy rannte los. Zeb und ich fuhren mit dem Ausklopfen der Wandbehänge fort. Ich blickte auf Zebs Dame und ihr Einhorn. Sie war die geschmackloseste Frau, die ich je gesehen hatte, und nur ein Tier mit wenig Verstand würde ihr seine Zauberkraft abtreten. Mein Wandteppich zeigte die gleiche Frau durch einen Irrgarten schlendernd und sich eine unecht wirkende Blume an die Nase haltend. Ein junger Mann beobachtete sie von einem Baum aus. Bisher hatte ich ihn immer für einen Liebhaber gehalten, doch nun sah ich, dass er genauso gut ein Spion sein konnte, den ihr Gatte geschickt hatte. Ich drosch mit dem Teppichklopfer auf sein dummes Gesicht ein, bis mein Arm schmerzte.

»Es kommt noch schlimmer«, sagte Zeb.

Das war etwas Neues. Normalerweise vermied er es, mir irgendwelche Vertraulichkeiten mitzuteilen, und zog es vor, mit Izzy zu reden. Als ich aufschaute, sah ich, wie elend er dran war. Vielleicht konnte die Angelegenheit nicht warten und musste ausgesprochen werden wie das Geheimnis von König Midas' Ohren.

»Auf dem Flur, wo Cornish war, wartete auch eine Frau«, Zebs Stimme zitterte. »Ich habe sie durch die offene Tür gesehen, als er eintrat. Sie sah aus wie Patience.«

Ich versuchte, meinen Schock zu verbergen. »Warum sollte sie dort hingehen?«

Zeb zuckte mit den Schultern. »Ich habe nie abgestritten, dass das Kind von mir war, wie hätte ich auch? Ich hatte ihr die Ehe versprochen, und sie liebte mich, sie hätte kaum –« Er riss sich zusammen. »Das heißt, ich dachte, dass sie mich liebt. Angenommen, sie war dort, um Beweise gegen uns vorzubringen? Ich fürchte, das wollte sie.« Er rieb sich mit dem Handrücken über die Augenbraue.

»Was für Beweise? Peter und Caro haben inzwischen die Papiere verbrannt. Doch diese Frau ist nicht Patience, du wirst schon sehen.«

»Ich fürchte«, sagte er erneut, »nichts ist so, wie ich dachte.«

»So sieht es aus.« Die Neuigkeiten trafen mich wie ein eisiger Wind. War es möglich, dass mein betörender Bruder selbst betört worden war? Noch schien es wahrscheinlicher, dass er sich vertan hatte; welche Frau würde Zebedee wegen eines Graubartes mit bläulichroten Wangen verlassen? Was mich betraf, ich hatte keinen Einfaltspinsel, sondern ein geschicktes, verräterisches Wolfsjunges getötet. Wir waren gut dran, ihn los zu sein. Ich wandte mich Izzys Wandteppich zu und ließ Staubwolken aufwirbeln.

Cornish ließ sich am nächsten Tag nicht blicken, weder mit noch ohne Patience. Das Gleiche galt für Mister Biggin. Ein Landarbeiter, den wir nie zuvor gesehen hatten, fuhr die Kutsche mit einem einfachen Kiefernholzsarg vor die Tür der Waschküche. Caro hatte das Hemd des Jungen gewaschen und mit den übrigen Kleidungsstücken getan, was in ihrer Macht stand. Izzy faltete sie säuberlich zusammen, und ich ließ den Jungen vorsichtig aus meinen Armen gleiten, bis er gut im Sarg lag.

»Ist er es auch wirklich?«, fragte der Kutscher.

Statt einer Antwort zog ich das Leinen weg, welches das Gesicht des

Jungen bedeckte. Auf der matten, weißen Haut wirkten die Sommersprossen des Jungen grünlich.

Der Mann nahm seinen Hut ab. »Er ist es. Gott erbarme dich.«

Ich bedeckte Walshe wieder mit dem Leichentuch und sah in meinem Geiste die Wunde mit ihren sauberen Rändern, die genau aneinander passten. Der Mann führte das Pferd ein paar Schritte, stieg dann auf den Kutschbock und ließ die Peitsche knallen. Unser falscher Freund rumpelte in geliehenes Leinen eingewickelt über das Kopfsteinpflaster davon, hin zu einer einsamen Ruhe.

3. Kapitel
Schlachten

Ich war dankbar, dass wir nicht zur Beerdigung fuhren. Doch wir redeten von kaum etwas anderem, und während wir uns mit Walshe, Cornish und Patience quälten, rückte der Tag meiner Vermählung mit Caro immer näher. Lag ich im Bett, gab ich mich verheißungsvollen Bildern meiner Hochzeitsnacht hin, doch während ich schlief, marterten mich Alpträume, in denen ich von Cornish oder den Offizieren festgenommen wurde. Manchmal wurden sie von Christopher Walshe angeführt, der auf mich zeigte. Schreckte ich aus dem Schlaf hoch, trocknete ich mein Gesicht auf dem Kissen und erwog zu fliehen, statt mich verhaften zu lassen. Einmal, als mein Stöhnen sowohl mich als auch Izzy geweckt hatte, flüsterte mein Bruder mir zu: »Ist es wahrhaftig dein Wunsch, dich zu vermählen? Besser, du machst jetzt einen Rückzug, als du bereust es später.« Und ich antwortete, dass meine Träume nichts mit der Hochzeit zu tun hatten, sondern dass es der Junge war, der mich immer wieder heimsuchte. Er legte seine Hand auf meine Stirn, um sie zu kühlen, und sagte, dass auch er von Walshe träume. Izzy war der einzige Mann, der mich je so zärtlich berührt hatte, wie um mich zu beschützen.

Bei Tageslicht betrachtet erschienen diese Ängste verrückt. Niemand war Zeuge gewesen, als der Junge starb, und niemand würde mir jetzt, da er in der Erde lag, noch etwas wollen.

Nicht einmal eine Woche nach dem Absuchen des Teiches sah ich beim Blick aus dem Fenster, wie unsere Mutter den Hof überquerte. Von einer plötzlichen Panik erfasst, die Männer könnten in ihr Cottage eingedrungen sein, hätten die Töpfe in der Küche durcheinander geworfen, hätten jedes einzelne Bett im Haus aufgeschlitzt und Vaters Bibel beschlagnahmt, rannte ich sofort zu ihr hinunter.

Als wir uns umarmten, lag ihre Wange auf den Knöpfen meiner Jacke, und ich erinnerte mich, wie ich als Kind zu ihrem Gesicht aufgeschaut hatte. Schon seit vielen Jahren nun war es umgekehrt.

»Ich hoffe, zu Hause ist alles in Ordnung«, sagte ich und stieß die schwere Eichentür zur Eingangshalle auf. Nie hätte ich das Cottage Zuhause genannt, außer in Gegenwart von Mutter. »Oder seid Ihr gekommen, um Caro zu sehen?«

Mutter ignorierte Caros Namen. Als sich die beiden zum ersten Mal gesehen hatten, hatte ich an zahlreichen Zeichen, die nur Söhne deuten können, ablesen müssen, dass sie meine Wahl missbilligte. Da sie jedoch nichts zu geben oder zu nehmen hatte, musste sie sich meiner Entscheidung beugen.

»Was sollte daheim nicht in Ordnung sein? Ich bin gekommen, um der Herrin für ein Geschenk zu danken, das sie mir gemacht hat«, sagte sie. »Damit ich bei deiner Vermählung Staat machen kann.«

Ich errötete. »Betteln wir jetzt um Geld?«

»Nein, Sohn! Es kam, ohne dass ich darum gebeten hätte. Oh, mein Junge – du bist so stattlich geworden –« Sie zog meinen Kopf zu sich herunter und küsste mein Gesicht. »Das Mädchen, das dich bekommt, kann sich glücklich schätzen.«

In der Hoffnung, dass Caro nicht gerade jetzt vorbeikäme, schob ich meine Mutter von meinen von Küssen feuchten Wangen weg. »Das Glück ist auf meiner Seite, solch eine zur Frau zu bekommen. Und solch eine Mutter zu haben«, denn in ihren Augen las ich, dass sie jedes Lob für Caro als Angriff gegen die eigene Person empfand. »Bitte wartet kurz hier. Ich werde Euch unserer Herrin ankündigen.«

»Wirst du mich danach zu Zeb und Izzy führen?«

Ich stöhnte innerlich. »Natürlich.« Ich ließ Mutter an der Treppe warten und ging nach oben zum Gemach meiner Herrin.

Caro öffnete auf mein Klopfen und lachte, als sie mich erblickte. Deshalb nahm ich an, dass sie gerade über mich gesprochen hatten, doch ich sagte nur: »Würdest du unserer gnädigen Frau ausrichten, dass meine Mutter hier ist, um ihr persönlich zu danken?«

»Ich werde hinunterkommen«, rief eine Stimme aus dem Inneren des Raumes. Wir traten zur Seite, als die Herrin vorbeirauschte.

»Sie geht runter!«, flüsterte Caro.

»Ja, um sich für ein Geschenk Schmeicheleien anzuhören«, gab ich zurück. »Ich möchte es lieber nicht mit ansehen.«

»Sollte ich nicht danach zu deiner Mutter gehen?«

Ich zögerte. »Lass Mutter zunächst ihre geliebten Söhne sehen.«

»Auch recht. Komm her, Signior Jacob –« Caro schaute zu mir auf, und ich löste mich erst wieder von ihren Küssen, als wir hörten, wie unten eine Tür geöffnet wurde.

»Du kannst dich glücklich schätzen, mich zu bekommen. So drückt es jedenfalls Mutter aus«, murmelte ich, während wir lauschten, ob die Herrin wieder nach oben käme.

Sie zwickte mich in die Wange. »Ich sage, das mit dem Glück verhält sich genau anders herum. Meine Herrin hat noch mehr versprochen –«

»Aber es war doch schon vereinbart«, sagte ich erstaunt. Lady Roche hatte bereits dreißig Pfund als Aussteuer an Caro überschrieben, die ständig wiederholte, die Roches seien doch nicht so schlecht, während ich dachte, wir sollten die Summe am besten darauf verwenden, um von ihnen weg zu kommen.

Caro erklärte: »Noch andere Dinge mehr. Ein Brautkleid für den Tag, das nicht einmal alt ist. Und Ohrringe. Und ich werde vom Gärtner einen Kranz bekommen mit Rosen oder goldenem Korn und Rosmarin.«

»Ohrringe? Du hast doch gar keine Löcher?« Ich wollte nicht, dass die Ohrläppchen meiner Frau durchstochen wurden, nur weil es der Herrin gefiel. Ich hob den Rand ihrer Haube und war beruhigt, sie immer noch unversehrt zu finden.

Sie lachte. »Sie sind eine Leihgabe nur für den Tag. Ich werde sie mit Seide festbinden.«

»Ich hätte dir gerne ein Kleid besorgt«, sagte ich. »Doch wir feiern Vermählung und keine kirchliche Hochzeit.« Und ich mag es nicht, wenn die Herrin dich zu ihrem Popanz macht, dachte ich im Stillen.

»Ja, doch da wir *de praesenti* vermählt werden, was macht das für einen Unterschied?«

»Ich meine doch nur, dass –«

»O Jacob, du wirst es doch nicht vereiteln, hoffe ich? Es wird ein Hochzeitsbett geben und all das, warum nicht auch ein Brautkleid? Abgesehen davon ist diese Leihgabe ein Zeichen, dass ich hoch in ihrer Gunst stehe!«

»Du solltest auch in ihrer Gunst stehen. Keine andere Zofe würde ihr weißes Pudergesicht und ihre Belladonnaaugen ertragen.«

Trotzdem erwiderte ich ihr Lächeln. Sie hatte sich ihr Brautkleid schwer verdient.

Caro fuhr fort: »Es ist ganz in Blau. Für die Treue. Und silberdurchwirkte Schuhe mit Absätzen –«

Wir küssten uns erneut.

»Meinst du nicht, ein gravierter Ring wäre schön?«, versuchte mich Caro zu überreden. »Mmh, mein Gatte?«

»Nein«, erwiderte ich schnell. Wir hatten bereits über dieses Thema geredet. Eigentlich wollte ich überhaupt keinen Ring, sondern wünschte mir, dass wir uns vor den Freunden einfach fromm die Hand reichten, doch hatte ich so weit nachgegeben, dass ich einen Ring erstanden hatte. Doch keinesfalls würde ich irgendeinen Vers hineinritzen lassen, so wie: Unser Bund sei Gottes Tat. Ich hatte mich schon genug nach irgendwelchen dummen Bräuchen gerichtet. So hatte ich für all unsere Freunde Handschuhe erstanden und ein besonders edel besticktes Paar für Caro. Immerhin hatte Zeb mir gedroht, dass, sollte ich darin nicht nachgeben, er zu meiner Schande die Braut damit ausstatten würde. Ich hatte ihr auch Hochzeitsmesser geschenkt, die so wichtig schienen wie der Bräutigam selbst. All dies widerstrebte mir, was nichts mit Geiz zu tun hatte, denn ich scheute keine Kosten für Dinge, die in meinen Augen schicklich waren, doch mir missfiel dieses Buhlen um *Glück* mittels irgendwelcher Hilfsmittelchen und Kleeblätter. Was haben Christen mit *Glück* zu tun? So würde ich es auch nicht erlauben, dass die Brautführer ihr das Strumpfband lösten oder dass Strümpfe durch das Brautzimmer geworfen würden. Die anderen beschwerten sich, dass man es ohne solch Bordell (sie nannten es Vergnügen) wohl kaum eine Hochzeit nennen könnte, doch was scherten mich ihre Launen.

Meine Liebste hakte sich bei mir ein. »Was wirst du tragen, Jacob?«

»Meinen besten Mantel, den, den du kennst mit den Perlmuttknöpfen, und einen Spitzenkragen auf meinem Hemd. Es liegt schon seit über einem Monat bereit.«

»Und Schleifen?«, half sie nach.

»Ja, Schleifen«, denn obwohl ich mich, was den Ring und anderen Schund betraf, durchgesetzt hatte, wusste ich, dass ihre weibliche Seele ohne diese unsinnigen Bänder keine Ruhe fände.

Caro drückte meine Hand. »Wir werden wie Leute von Rang aussehen.«

»Ich bin von Rang.« Meine eigenen Worte überraschten mich. Da ich schon so lange im Dienst stand, hatte ich es fast vergessen.

»Doch nicht so faul wie einige, die wir kennen.«

»Lass uns hoffen«, sagte ich, »dass er fort oder volltrunken im Bett sein wird.«

Meine Herrin kam die Treppe herauf und ächzte aufgrund einer Steifheit, die ihr in Beinen und Hüften saß.

»Madam, dürfen wir jetzt hinuntergehen?«, fragte ich. »Caro ist meiner Mutter noch nicht als Verwandte vorgestellt worden.«

»Was! Natürlich müsst ihr zu ihr gehen. Sie ist mit deinen Brüdern im Garten, in der Nähe des Lavendelbeetes.«

»Ihr seid zu gütig.«

Wir knicksten und verbeugten uns und hüpften wie Kinder die Treppe hinab.

Mutter stand zwischen Zeb und Izzy genau dort, wo die Herrin es beschrieben hatte.

»Ich vergesse jedesmal, wie hellhäutig deine Mutter ist«, sagte Caro, während wir auf sie zugingen. »Wo steckt ihr Anteil in dir, schwarzer Jacob?«

»Die Augen.«

»So viel?«

»Mehr, als sie den anderen vererbt hat. Zeb und Izzy gleichen Vater aufs Haar. Trotzdem sagt man, dass ich ihm am ähnlichsten bin.«

Kaum hatte Mutter bemerkt, dass wir uns näherten, warf sie ihrer zukünftigen Schwiegertochter mit ihren eben erwähnten grauen Augen einen scharfen Blick zu. Caro machte einen so anmutigen Knicks, dass nicht einmal Mervyn hätte etwas daran aussetzen können, aber es war zwecklos: Zwischen diesen beiden würde es nie Zuneigung geben. Meine Mutter sträubte sich wie die Nackenhaare eines Hundes. Und was Caro betraf, sobald sie den Knicks beendet hatte, stellte sie sich wieder kerzengerade hin – Jugend gegen Alter.

»Ihr habt Caro bereits kennen gelernt, liebste Mutter«, versuchte ich. »Nun kommt sie zu Euch als gehorsame Tochter.«

Caro lächelte.

Mutter begutachtete sie von oben bis unten, als suche sie ihre Haut nach Rissen ab, während sie sagte: »Ich weiß nicht, was ich mit einer Tochter anfangen soll. Ich hatte immer nur Söhne.«

Izzy warf mir einen mitfühlenden Blick zu.

»Ich hatte gehofft, euch zu Hause zu betten«, sagte Mutter zu mir. »Doch das ist dir vielleicht nicht recht.«

»Dies war unser vorrangigster Wunsch«, versicherte ich ihr, während Caro zustimmend nickte. »Doch trotz aller Freundlichkeit und der Geschenke – ein Diener ist kein freier Mann.«

Meine Mutter bewegte ihren Kopf so unmerklich, dass man es kaum als Nicken bezeichnen konnte.

»Die Herrin hat mir für den Tag ein Kleid gegeben«, warf Caro ein. »Und ein Paar –«

»Sie hat sich überaus großzügig gezeigt«, beeilte ich mich zu sagen, um jene letzte Leihgabe zu übergehen.

Mutter stürzte sich sofort darauf. »Ein Paar was?«

»Ohrringe«, sagte Caro zögerlich.

»Ohrringe für eine Magd.« Meine Mutter blickte zum Himmel. Mit geschlossenem und schmollendem Mund sah sie aus wie ein alter Fisch.

Ich war getroffen. »Sag lieber für meine Frau.«

»Deine Mutter denkt, ich mische mich unter Höhergestellte. Habt einen schönen Tag, Madam.« Caro drehte sich um und ging.

»Seid Ihr nun zufrieden?«, brach es aus mir heraus. »Ich möchte sie heiraten, und Ihr habt nichts Besseres –«

»Mutter, wollt Ihr Euch nicht meinen Garten anschauen?« Izzy brüllte fast. »Die Herrin hat mir ein Beet zur Verfügung gestellt, und ich züchte dort Ableger seltener Pflanzen.«

»Ja, Isaiah, das wäre mir ein Vergnügen.« Und sie ging mit Izzy davon und ließ mich und meine bevorstehende Vermählung einfach stehen.

Zeb grinste. »Caro ist zu hübsch für sie und du zu verliebt. Das passt ihr nicht.«

»Verliebt? Ich habe doch gar nicht davon gesprochen.«

»Man sieht es dir an.« Er lachte verschmitzt. »Nach allem, was sie sagt, glaube ich kaum, dass sie eine Hochzeitsnacht zu Hause gutheißen würde. Außerdem hat sie gehofft, wir würden Höhergestellte heiraten.«

»Dann solltest du dich auf Ärger gefasst machen, wenn die Zeit naht. Wenn Mutter schon so mit Caro umspringt, würde sie bei Patience sicher die Peitsche schwingen.«

»Ich habe derzeit schon mehr als genug Ärger.« Zeb sah plötzlich elend aus.

»Bleib ruhig«, sagte ich. »Patience kann nicht auf Champains sein. Sie wird schon noch rechtzeitig gefunden werden.«

Er sah mich überrascht an. »Ich habe nachgedacht, vielleicht hast du ja Recht, und ich habe sie vertrieben –«

Ich schüttelte den Kopf. Einen Moment lang war es so friedlich zwischen uns beiden wie selten.

»Wie dem auch sei«, sagte Zeb schließlich. »Mutter wird sich daran gewöhnen. Und sowie du mit Caro Streit hast, wirst du ihr liebster Sohn sein.«

»Wir werden nicht streiten«, erwiderte ich. Zebedee klopfte mir auf die Schulter und wir schlenderten langsam zurück zum Haus.

»Hast du die Zimmerdecke gesehen?« Caro drückte die Tür zu der unbenutzten Kammer auf, die unser Ehegemach sein würde.

Ich schaute auf. Ich hatte sie schon oft gesehen, ohne mich weiter dafür interessiert zu haben. Nun hatten die anderen Diener Decke und Wände gereinigt und dabei groteske Wandmalereien freigelegt: Ein schamloses Durcheinander von Heiden und Papisten, ein Strudel nackter und halbnackter Formen, die über dem Haus aufzusteigen schienen.

»Genau Sir Johns Geschmack«, verkündete ich.

»Oh, nein«, korrigierte mich Caro. »Sie sind älter. Godfrey sagt, Sir Johns Vater habe die Bilder von einem Ausländer malen lassen.«

»Und wie gefallen sie dir?«

»Ganz und gar nicht«, erwiderte sie sofort.

Ich starrte auf die dicken Kindlein, die Lyren hielten und Trompete bliesen, auf die bunten Girlanden und die Trauben, die hier und da hingen. In der Mitte unterhielt sich eine barbusige Frau wie eine Dirne mit zwei Männern, von denen sie eingerahmt wurde. Alle drei saßen sie auf muschelförmigen und mit Gold bemalten Thronsesseln.

Caro zeigte auf die Frau. »Das ist eine Gottheit, sagt die Herrin.«

»Du siehst hübscher aus als sie.«

Meine Liebste rümpfte die Nase. »Sie ist anstößig. Man sollte sie entfernen.«

Ich sagte: »Izzy hat mir erzählt, dass diese Bilder gemalt worden seien, damit die Kinder, die hier empfangen werden, hübsch würden.«

Caro lachte. »Was, Mervyn –?«

Auch ich musste lachen. »Ja, natürlich. Schau doch dort –« und ich zeigte auf ein dickliches Kind, das Wein aus einem Füllhorn schüttete.

»Mervyn muss in dem großen Gemach gezeugt worden sein«, Caro wischte sich die Tränen aus den Augen. »Die Decke hier ist unschicklich für eine Magd.«

»Du wirst dich daran gewöhnen«, sagte ich verschmitzt und sah, dass sie errötete.

Die Vermählung war für den nächsten Tag festgesetzt. Meine Herrin würde nach meiner ungalanten Mutter die Kutsche schicken, und da die Bediensteten auf Beaurepair ebenfalls unsere Gäste waren, sollten Diener vom Nachbaranwesen kommen, um Mounseer mit den Speisen zu helfen. Armer Mounseer, er war der Einzige von uns, der nicht frei hatte. Doch es gab Trost für ihn in Gestalt von Madeleine, einer jungen Französin, die zum Frisieren angestellt war. Ihre undankbare Aufgabe bestand darin, aus den dünnen und grau werdenden Locken ihrer Herrin Gold zu spinnen, und nun hatte man sie ausgeliehen, damit sie ihre Fertigkeiten an uns erprobte. Ich hatte gehört, wie Daskin sich ihr gestern vorgestellt hatte, und seitdem war kein englisches Wort mehr zwischen ihnen gefallen; es war ein einziges Parlez-vous, die beiden sprachen so schnell, dass man meinen konnte, die Worte hätten sich in ihnen angehäuft und würden nun wie Sturmfluten aus ihnen hervorbrechen. Meine Frau war also für einen Tag vom Haarekämmen, von falschem Haar und Salben befreit – ein gewaltiges Opfer der Herrin. Ich gab freiherzig zu, dass es außergewöhnlich war, wie gern sie Caro hatte. Sie war eine Frau, die eine Tochter hätte haben sollen.

»Weißt du, dass wir etwas Besonderes sind?« Caro drückte meinen Arm. »Sie hat noch nie jemandem diese Kammer gegeben.«

»Das ist wahr«, antwortete ich. »Doch wenn Sir John stirbt, und er tut alles, um dies zu beschleunigen, dann wird Sir Bastard im Sattel sitzen. Es juckt ihn, die Mägde zu verderben.«

Sie rümpfte die Nase. »Glaubst du nicht, ich könnte mich verweigern?«

»Du hättest das Gerede im März hören sollen, meine Liebe, als er seine Freunde mitgebracht hatte und ich ihre spätabendlichen Saufereien abwarten musste. Wie sie gegenseitig ihre amourösen Neigungen anheizten und dies keineswegs nur Spiel war.«

»Ah.« Ihr Gesicht wurde ernst. »Sicherlich ist er derjenige, vor dem man sich in Acht nehmen muss.«

»Was, hat er dich berührt –?«

»Nein, Jacob! Er schaut lediglich. Solange sein Vater lebt, sollten wir hier bleiben. Ich lege Geld beiseite.«

»Bedauerst du, eine neue Brautjungfer wählen zu müssen?«, fragte ich. Da keiner von uns eine Schwester oder Cousine hatte, die aus gutem Grund darauf hätte Anspruch geltend machen können, war es ein Gebot der Höflichkeit gewesen, Patience zu bitten, die Pflichten der Brautjungfer zu übernehmen und unsere Kammer für den Festtag mit Blumen zu schmücken.

»Nur, wenn sie wirklich verloren ist«, sagte Caro. »Doch es wird zwei Brautjungfern geben. Peters Schwester Mary wird Annes Platz einnehmen und Anne wird Patience ersetzen.« Sie lächelte mir zu, als wolle sie sagen: Hab keine Angst, wir haben an alles gedacht.

Ich schaute zu den Heiden in dem gemalten Himmel auf. Bald würden sie auf unsere Liebesspiele hinabsehen, und ich versprach ihnen viel Spaß. Obwohl ich noch nie eine Frau gehabt hatte, wusste ich genau, was ich tun musste, und war so scharf darauf wie eine neue Klinge: Sie würde mich weder schüchtern noch kühl erleben. Wir würden in inniger Umarmung einschlafen und aufwachen –

Ich spürte Caros Blick und wurde rot.

»Es wird schön hier aussehen mit den ganzen Blumen, die man jetzt findet«, sagte sie. »Im Juli gab es natürlich mehr, aber –«

Die Tür öffnete sich, und ich fuhr überrascht zusammen. Es war Zeb. Ich erwartete, dass er grinsen und sich den unvermeidlichen Scherz, das Bett zu inspizieren, erlauben würde, doch er schien in Gedanken versunken.

»Jacob, ich habe gehört –«, er verbesserte sich, »und Caro – ich habe etwas gehört, was man uns verschwiegen hat –«

»Hat man Patience gefunden?«, rief Caro.

»Nein, Schwester. Hör zu. Sir Bastard war doch im Westen, oder nicht?«

»Was hat das mit uns zu tun?«, wollte ich wissen. »Was kümmert es uns, wo er ist, wenn er nicht hier ist?«

»Jacob, das Parlament hat Bristol gewonnen.«

Ich stieß einen Pfiff aus.

»Deswegen ist er in letzter Zeit so übellaunig«, fuhr Zeb aufgeregt fort. »Er ist mit eingezogenem Schwanz nach Hause gekommen.«

»Wann war das?«, fragte Caro.

»Am zehnten September. Das ist das vierte Mal in Folge: Naseby, Langport, Bridgwater und nun Bristol.«

»Sie werden gewinnen«, sagte ich. Mein Bruder und meine zukünftige Frau starrten mich wortlos an.

»Ich habe gehört, wie er der Herrin darüber berichtet hat«, sagte Zeb schließlich. Seine Augen glänzten. »Sie haben nun alle Angst. Der ganze Westen um Bridgwater hat Stützpunkte verloren, und Fairfax hat sich zwischen die Armee des Königs und Bristol gestellt.«

»Und hat Bristol selbst eingenommen! O tapferer Fairfax!« Ich hätte vor Schadenfreude in die Luft springen können. »Um ihren heiß geliebten Rupert niederzuwerfen.«

Dieser Prinz, der Neffe des Königs, hatte geschworen, diese Stadt für Seine Majestät zu halten. Viele hielten ihn für eine Art bösen Geist, denn er war ungewöhnlich groß und furchtlos im Kampf. Schlimmer noch, man hatte ihn im Gespräch mit einem Vertrauten in Gestalt eines weißen Hundes gesehen, obwohl dieser Hund bei Marston Moor getötet worden war. Die Gerissenheit dieses Mannes schien die Mächte des Todes zu überwinden. Einmal hatte ich mitbekommen, dass ein Gast bei Tisch gesagt hatte, die Emporkömmlinge und die einfachen Leute wären sicherlich vernichtend geschlagen worden, hätte sich der König von Rupert beraten lassen. Nun hatte Fairfax ihn vernichtet.

»Wir sehen neuen Zeiten entgegen«, murmelte Zeb. »Doch erst Feldern von Toten.« Er wandte sich zum Gehen um, blieb in der Tür stehen und fügte hinzu: »Bei Naseby haben sie den Frauen die Gesichter zerschnitten.«

»Herr, schütze uns vor den königlichen Kavalieren!«, sagte Caro und holte tief Luft.

»Das waren nicht die Kavaliere, die dies getan haben, Schwester.« Zeb hob eine Augenbraue und ging.

Ich stellte mir ein zerschnittenes Gesicht vor. Die Klinge würde Lippen und Wangen aufschlitzen und vor den Augen am Knorpel der Nasenscheidewand hängenbleiben. Caro sagte irgendetwas, aber ich konnte nichts hören, da es in meinem Kopf so laut pochte. Plötzlich hörte ich dort und in der Brust meinen Vater sagen: *Ich habe meine Feinde verfolgt und zerstört und mich nicht umgewandt, bevor ich sie vernichtet hatte.*

Amen, antwortete ich im Herzen. Es war unnütz, laut zu sprechen, da ich über die Jahre herausgefunden hatte, dass er sich nur mir verständlich machte, und obwohl seine Stimme das Fleisch auf meinen Knochen erzittern ließ, konnte nur ich allein sie hören.

4. Kapitel
Die Vermählung

Die Nacht vor meiner Hochzeit verbrachte ich ruhelos und schubste und trat den armen Izzy so lange, bis er mich schließlich kniff. Man fühlt sich selten so einsam, wie wenn man andere beim Schlafen beobachtet. Ich entzündete eine Kerze, legte mich auf den Rücken, blickte mich in der Kammer um und dachte, wie seltsam es sei, dass ich hier nie wieder liegen würde. Die Decke unserer Kammer war nicht bemalt, doch die gekalkte Fläche besaß so viele Risse, dass es aussah, als zeichneten sich Wolken oder Landkarten darauf ab, und dort, wo der gelbe Lichtstrahl die abblätternde Farbe traf, wirkte die Oberfläche wellig. In der gegenüberliegenden Ecke war seit Patiences Abwesenheit ein Spinnennetz so groß geworden, dass es wie ein Fleck wirkte, und über dem Bett war der vertraute Riss, der sich in drei Richtungen verästelte und den ich jeden Morgen und jeden Abend gesehen hatte, seit ich Mutters Cottage im Dorf verlassen hatte.

Zeb hatte mir erzählt, dass er sich an unser altes Haus mit den Birnbäumen nicht mehr erinnern könne und noch nicht einmal an die farbigen, rautenförmigen Muster in den Fenstern der Kammer, in der wir als Knaben geschlafen hatten und in der inzwischen vielleicht wieder junge Brüder schliefen, während die enteigneten Cullens in einer muffigen Bedienstetenkammer auf Beaurepair schmorten.

Zeb. Ich hatte liebevoll mit ihm gesprochen und er mit mir. Ich sah die natürlichen Gegensätze in meinem Bruder und mir, unsere unterschiedlichen Charaktere, und doch stieg, während ich so dalag, eine längst vergessen geglaubte Erinnerung in mir hoch und wühlte mich auf. Als wir in das große Haus gezogen waren, schliefen zunächst Zeb und ich zusammen in dem Bett, das ich nun mit Izzy teilte. Mein älterer Bruder schlief bei Stephen, einem Jungen, der später nach dem Genuss von verdorbenem Fleisch gestorben war, und es schien mir, als hätte es eine gewisse Zuneigung zwischen Zeb und mir gegeben. An den Festtagen für die Heiligen (die Herrin behielt diese Festtage bei, und sie kamen uns Dienern trotz ihres heidnischen Ursprungs nicht ungelegen) war ich mit ihm zum Schwimmen und Fischen gegangen, und ich bin sicher, dass es

Zeb und nicht Izzy gewesen war, der mich einmal so zum Lachen gebracht hatte, dass mir Bier aus der Nase lief und ich vom Tisch weggeschickt wurde. Hatten meine Brüder die Plätze getauscht, als Stephen starb und Peter kam? Möglich, dass Izzy den Tausch gewollt hatte, denn Peter schnarchte und brummte wie ein träumender Hund, doch das Verhältnis zwischen Zeb und mir war nicht mehr das gleiche. Er zog sich von mir zurück, und ich fand ihn immer eigenwilliger und verdorbener.

In jener Nacht war es in unserer Kammer, wie so oft zwischen April und Oktober, sehr heiß, und die gräuliche Morgendämmerung bewies, dass die Fensterscheiben von innen beschlagen waren, obwohl die Läden geöffnet waren. Der Mief verschwitzter Körper hing in der Luft wie der üble Geruch ungenießbarer Pilze, und ich überlegte, wie viel Körpergeruch und Fußschweiß ich zusammen mit Fürzen und Knoblauchdünsten über die Jahre schon eingeatmet haben mochte. Das Schlafgemach meiner Herrin duftete nach Rosen und gelegentlich, wenn Sir John seiner Gemahlin einen Besuch abgestattet hatte, nach Wein, während die Kammer, die mir und Caro zugedacht war, bis jetzt keinen Geruch außer dem der Leere und des Staubes besaß. Ich drehte mich um, schnupperte am Kopfkissen, das nach einer Mischung aus Izzy und mir roch, und dachte an die sauberen Laken des morgigen Tages. Aus irgendeinem Grund fiel mir der rote Kelch wieder ein.

Als unser junger Herr, wie wir ihn in Godfreys Gegenwart nannten, ungefähr fünfzehn Jahre alt war und ich selbst vielleicht zwei Jahre älter, brachte ihm ein venezianischer Besucher ein Geburtstagsgeschenk mit – einen modischen Kelch aus Glas, der von einer Insel stammte, auf der sich die Leute auf derlei Kunst bestens verstanden. Er wurde beim Mittagsmahl zunächst Sir John präsentiert, damit dieser die Kunstfertigkeit betrachten konnte. Ich stand hinter meinem Herrn, reckte den Hals, bewunderte den Kelch und hätte ihn am liebsten berührt. Er war so rein und gleichmäßig, als sei er aus gefrorenem Blut, und in seinen Stiel rankte sich eine dunkelviolette Blume.

»Äußerst geschickt gearbeitet«, sagte meine Herrin. »Schau, Mervyn.«

Der Besucher nahm Sir John den Kelch ab und legte ihn in die Hände des Jungen, der ihn unachtsam sofort auf die Steinfliesen fallen ließ, wo er in tausend Stücke zerbrach. An die Reaktion des Besuchers kann ich mich nicht mehr erinnern, denn ich war selbst so erschrocken, dass ich anklagend aufschrie, als sei es mein Kelch gewesen. Ich wurde angewiesen, einen Besen zu holen. Mag sein, dass ich beim Auffegen der Scherben sogar eine Träne vergossen habe, während Mervyn mürrisch und dümmlich dabeisaß. Ich nahm an, dass sie ihn, während ich den Raum verlassen hatte, gerügt hatten, doch ich hätte ihn als Strafe dafür, dass er das Glas zerstört hatte, bevor ich mich daran satt gesehen hatte, gerne am Galgen baumeln sehen.

Wochenlang verwahrte ich einzelne Bruchstücke in einem Lederbeutel und holte sie regelmäßig hervor, um den Stiel zu bewundern, der heil geblieben war, oder um durch die Scherben des Kelches zu schauen und eine ganz in Blut getauchte Welt zu erblicken. So betrachtet wirkte der Garten wie ein Alptraum; die Bäume und Pflanzen wurden zu heißen Wirbeln aus Stein unter dem glühenden Himmel der Hölle und der karminrote Irrgarten zu einer Falle für die Seelen. Oder vielleicht würde so Beaurepair am Jüngsten Tag aussehen.

»Deine grausame Phantasie«, sagte Izzy, als ich ihm eines Tages den Höllengarten zeigte. »Das amüsiert dich, schätze ich. Doch ich ziehe den Garten vor, wie er ist.« Auch Zeb schaute von Zeit zu Zeit durch die Glasscherben bis zu dem Tag, an dem ich sie auf dem Boden neben dem Beutel liegen ließ, weil ich wegen irgendetwas Dringendem gerufen worden war. Als ich zurückkehrte, war mein Schatz verschwunden.

Sofort verdächtigte ich meine Brüder, doch Zeb überzeugte mich, dass es sich diesmal nicht um einen seiner Scherze handelte, während Izzy mit unglücklicher Miene meinte, ich solle bei Godfrey nachfragen. Der Verwalter erklärte mir, er sei auf die Glasscherben getreten und dabei habe eine seine Schuhsohle durchbohrt und ihn an der Ferse verletzt. »Und daher«, sagte dieser weise, alte Idiot, »habe ich sie weggeworfen.«

So wurde etwas Herrliches vernichtet, zerbrochen und entwürdigt, nur weil es in falsche Hände geraten war. Mit diesen Erinnerungen döste ich ein und nahm sie mit in meinen Traum, in dem ich den Kelch für jemanden hochhielt, damit dieser ihn bewundern konnte. Doch er war bereits zerbrochen, und Traurigkeit durchwehte mich wie Rauch.

Das nächste Mal, als ich die Augen öffnete, war es hell in der Kammer, und die anderen drei standen über mein Bett gebeugt.

»Es ist Zeit«, sagte Izzy.

Wir waren wieder Kinder. Fast noch im Halbschlaf wehrte ich mich dagegen, dass mir meine Decke weggezogen wurde. Izzy reichte mir einen Becher Salep, eine seltene Gunst in einem Haus, in dem Bedienstete meist Bier tranken. Ich ließ die schwere, prickelnde Süße über meine Zunge tropfen, als sei es eine mit Honig gesüßte Auster.

Peter hatte uns aus der Vorratskammer parfümiertes Wasser besorgt. Als Bräutigam durfte ich als Erster dieses Wasser benutzen, dem Rosmarin und Lavendel beigesetzt waren. Außerdem gab es einen Schwamm zum Abreiben der Haut und Handtücher, mit denen ich mich abtrocknen konnte. In jenen Tagen, als der alte Doktor Barton noch unser Lehrer war, hatte er mir einen Druck von einem türkischen Bad gezeigt, und ich, voll kindlichem Verlangen, hatte ihn angefleht, mit mir in die Türkei zu reisen. Er hatte erklärt, es sei zu weit weg und die Menschen dort seien keine Christen, doch dieses Bild mit den nackten oder in Tücher gewickelten Männern, den riesigen Gewölben, den Brunnen und dem Musiker in merkwürdigen Hosen und spitzen Schuhen, der auf einer kleinen Harfe zupfte, war mir geblieben. Ich hatte es auch noch vor Augen, als ich mich in Sir Johns Kornfeld bückte, um die Erde aufzuhacken, und armselig die Redewendung erfüllte: Im Schweiße deines Angesichts sollst du dein Brot essen. Nun nahm ich ein feuchtes Tuch und frottierte meinen Körper. Meine Freude am Waschen und meine Abneigung gegen jede Form von Schmutz waren hier im Haus geradezu sprichwörtlich. Obwohl man mich verschroben nannte und deswegen häufig hänselte, war ich deshalb auch ein gründlicher Diener, und ich glaube, auch Caro mochte mich deswegen nicht weniger.

Während ich mich abtrocknete und mein bestes Hemd aus dem Schrank holte, wuschen sich die drei anderen und spritzten ein bisschen mit dem Wasser umher, vor allem über Kopf und Hände, denn keiner außer mir hatte das Hemd ausgezogen. Sie alberten herum und spritzten Schaum; der Boden der Kammer war völlig durchweicht, und auch Zebedee war ganz nass, nachdem Peter mit den Händen Wasser geschöpft und es nach ihm geworfen hatte.

»Dummkopf«, rief Zeb ohne Gehässigkeit. Er zog sich das nasse Hemd über den Kopf und ging zu dem Schrank, in dem die frischen verwahrt wurden. Beinah vollständig bekleidet schaute ich ihm zu, wie er mit dem Handtuch herumwedelte und Peter jammerte, dass alles kaputtgehen würde. Es erstaunte mich, wie selten ich Zeb nackt sah, obwohl wir die Kammer miteinander teilten. Unbekleidet wirkte er noch muskulöser, als ich ihn in Erinnerung hatte, jedoch gut proportioniert und anmutig – genau das, was einige einen richtigen Mann nannten, einer, der die Frauen anzog und bereits ein Kind gezeugt hatte, um dies zu beweisen. Anders mein älterer Bruder – armer Izzy, welche Frau könnte er wohl entzücken? Sein Rücken würde nie so gerade oder so stark wie jener sein, den Zeb mir gerade zuwandte, während er sein Hemd über den Kopf fallen ließ und die Hosen hochzog.

»Warte, Jacob«, sagte Izzy. Peter und Zeb drehten sich um und schauten zu, wie er mir Strümpfe reichte, die ich nie zuvor gesehen hatte. Sie waren aus feinster Wolle und von solch zartem Weiß, dass sie nur von den sanftesten, reinsten Lämmern stammen konnten.

»Die gehören mir nicht«, erklärte ich ihm.

»Doch, sie sind ein Geschenk von uns dreien.«

Sie lächelten mir freundlich zu, und die Strümpfe waren mir sofort kostbarer und meinem Herzen näher als alles, was die Herrin mir geben oder leihen mochte. Ich umarmte meine Brüder und Peter, wodurch meine Hemdsärmel feucht wurden. Aber das machte nichts: die Jacke würde sie überdecken.

»So weich wie Daunen«, sagte ich, während ich die Strümpfe glatt strich und gerade zog und dazu meine neuesten Schuhe anzog.

»Sie stehen dir gut«, sagte Izzy.

»Vielen Dank, es sind die schönsten Strümpfe, die ich je gesehen habe.« Wieder fühlte ich einen Schmerz angesichts meines lieben Bruders, an dem nie etwas gut aussah. Peter half mir mit den Perlmuttknöpfen der Jacke, die wie Zeb waren – hübsch anzusehen, aber schwierig in der Handhabung.

»Wie ein Prinz. Sie wird dich verschlingen wollen«, sagte Peter, während er den letzten Knopf schloß.

Zeb lachte: »Sei so nett und lass sie.«

Izzy bürstete seine Jacke ein letztes Mal über. »Ich hoffe, die Köche sind nach Mounseers Geschmack. Ich habe letzte Nacht Schreie aus der Küche vernommen.«

»Hast du Caros Gewand gesehen?«, fragte ihn Zeb. »Es ist wundervoll.«

Ich starrte ihn an. »Demnach hast du es gesehen?«

»Einzig der Bräutigam darf das nicht. Du wirst sie für eine Lady Soundso halten.«

»Wann hat sie es dir gezeigt?«

Izzy hörte auf zu bürsten. »Sind wir soweit, Jungs?«

»Die Schleifen!«, rief Zeb. Mit zitternden Fingern steckten wir sie so fest, dass die Gäste sie später abnehmen konnten – eine weitere Verbeugung vor der Göttin Fortuna, doch eine, der ich nicht gewagt hatte mich zu widersetzen.

»Hier, hier!« Peter drückte mir ein Glas Wein in die Hand. »Runter in einem Zug. Los.«

Ich gehorchte gerne.

»Wie ein Mann«, sagte Izzy.

»Wann hat sie dir das Gewand gezeigt?«, wiederholte ich, doch Zeb und Peter sprangen durch die Tür wie Hunde auf der Hasenjagd.

»Heute ist kein Tag für Eifersüchteleien«, sagte Izzy und legte seine Hand auf meinen Arm.

»Ich bin nicht eifersüchtig.«

Peter ging direkt in den Garten, während wir Brüder erst an Caros Tür klopfen mussten. Es hätte ihres Vaters Haus sein müssen, doch daran ließ sich nichts ändern. Ich pochte an die Tür und hörte Flüstern und unterdrücktes Gelächter von drinnen. Godfreys Stimme bat mich einzutreten.

Caro stand mit funkelnden Augen in der Mitte des Raumes. Man hatte einen Umhang über ihr Gewand geworfen, und ihr Haar hing offen herunter, wie es sich für eine jungfräuliche Braut ziemte. Mary und Anne hielten vergoldete Rosmarinzweige in den Händen und betrachteten mich von Kopf bis Fuß. Wie es der Brauch will, nahm ich Caro an die Hand, sagte das traditionelle »Geliebte, ich hoffe, Ihr seid bereit« und erlaubte Godfrey, der ihres Vaters Platz eingenommen hatte, mich aus der Kammer zu führen. Die Brautjungfern gingen kichernd neben mir, ihrem Gefangenen, her, während Izzy und Zeb zurückblieben, um Caro zu begleiten.

Langsam schritten wir die Treppe hinunter. Ich war völlig benommen und meine Schuhe, die noch nicht gut eingetragen waren, drückten. Ich hörte Izzy und Zeb im Flur lachen. Es war geplant, dass Caro mir hinaus in den Irrgarten folgen sollte, in dem bereits Tische mit Speisen und Getränken standen. Dort würden Caro und ich einen Moment innehalten und die Delikatessen und die Garderobe der anderen bewundern, bevor wir vor der ganzen Versammlung unser Eheversprechen ablegen würden. Dann würden die Glückwünsche von allen folgen, es gäbe viel zu essen und zu trinken, Geschenke und Zeitvertreib (vielleicht das Kussspiel, mit dem sie mich vor Monaten verführt hatte), dazu Klänge lieblicher Musik, und anschließend würden wir uns im Haus weiter die Mägen vollstopfen, bis es Zeit wäre, uns zu Bett zu schicken. Ich würde alles über mich ergehen lassen müssen und keine Ungeduld zeigen dürfen, bis der gesegnete Augenblick kam, da die Tür unserer Kammer ihre Drängeleien und Scherze ausschloss. Dann würde ich mich ihr schmerzlich zitternd zuwenden, während draußen der Zeitvertreib weiterging und jeder sich, amüsiert oder neidisch, unsere wechselseitigen Spiele ausmalte.

»Gott hat dir schönes Wetter geschickt«, sagte Anne. Wir schritten durch die Tür neben der Vorratskammer hinaus und ein Ruf ertönte: »Er ist da!« Die Gesellschaft hatte sich direkt vor dem Haus versammelt, um mich zu erwarten. Von dem plötzlichen hellen Licht benommen, hatte ich Mühe, den Herrn und die Herrin auszumachen. Ich nahm meinen Hut ab und verbeugte mich vor ihnen. Dann schaute ich mich um und begrüßte die anderen Gäste mit einer allgemeinen Verbeugung und einem Lächeln. Ich bemerkte die kleine Joan, die sich nach Mounseer verzehrte, und eine andere, ältere Magd, die weiter hinten in der Gruppe stand. Auch der Stallknecht, seine Jungen und einige der Arbeiter, Männer wie Frauen, mit denen ich zusammen auf dem Feld gearbeitet hatte, waren da. Ich fragte mich, ob sie sich an jene Tage erinnerten und mir meinen gesellschaftlichen Aufstieg übel nahmen.

»Deine Mutter erwartet dich im Irrgarten«, sagte meine Herrin mit einem vor Freude rosigen Gesicht. Als ich »meine Mutter« vernahm, setzte ich mich schuldbewusst in Bewegung, denn ich hatte sie noch nicht vermisst. Wir schritten langsam auf den Eingang des Irrgartens zu, und es schmeichelte mir, als ich eine Frau zu einer anderen sagen hörte, dass ich ein sehr gut aussehender Mann sei.

»Warte, bis du ihre Brautrobe siehst. Sie ist so schön wie die Sonne«, sagte Godfrey, der sich zu mir umgedreht hatte. Ich wusste mir nicht zu helfen und grinste wie ein Idiot, obwohl der frische Kragen an meinem Hals scheuerte. Ich steckte meinen Finger hinein und lockerte den Stoff, während wir zwischen den Rosmarinhecken entlangschritten.

Ich werde mich vermählen. Ich werde mich vermählen. Ich werde mich an eine Frau binden, die sich in ihrer Unschuld gefragt hat, ob ich einen anderen Mann des Mordes an Walshe verdächtige. Dieser Gedanke reichte aus, mir den Atem zu nehmen. Wir umrundeten die letzte Hecke und schritten unter einem hohen, dichten Bogen hindurch. Dahinter drehte ich mich um und wartete. Alle sahen zu, wie ich wartete.

Als Erstes kamen meine Brüder und hielten Rosmarinzweige vor ihre Brust, wobei Izzys leicht schwankender Gang störend wirkte gegenüber Zebs großen, wiegenden Schritten. Die Sonne glänzte auf ihrem dichten schwarzen Haar, das meinem so sehr glich und uns alle drei zwischen unseren hellhaarigen Freunden wie Ägypter aussehen ließ. Die beiden Brautjungfern wandten sich dem näher kommenden Zeb zu, so wie Gänseblümchen sich bei Sonnenaufgang öffnen.

Caro betrat den Irrgarten und zeigte uns zunächst ihr Profil, so dass ich als Erstes ihren langen Hals und den Saphirtropfen an ihrem rechten Ohr erblickte. Ihr Haar fiel über ihren Rücken. Gebürstet und mit Seide poliert, glänzte es unter dem Kranz aus Korn und Rosen. Als sie sich zu mir umwandte, traf mich die ganze Kraft ihrer Schönheit; im tief ausgeschnittenen Kleid und mit dem cremefarbenen Teint ihres Halses und der Schultern wirkte sie fast adelig. Caro war in der Tat verwandelt, erstaunlich eng in Seide geschnürt, die so blau strahlte wie ein Junihimmel – etwas Derartiges hätte ich nie für sie beschaffen können. Ihre braunen Augen erwiderten mit freudigem Strahlen meinen Blick. Wir näherten uns, knicksten und verbeugten uns voreinander, und ein allgemeines, begeistertes »Aah« ging durch die Menge. Das Brautkleid ließ mehr von ihren Brüsten sehen, als ich je zuvor erblickt hatte: Ich versuchte nicht wie ein Tölpel auf die zart schimmernde Haut zu starren, die dort zum Vorschein kam.

»Sohn.« Die Stimme meiner Mutter zerschnitt diese genüssliche Betrachtung. Ich ging sofort zu ihr hin. Sie stand in der kleinen Öffnung, die man in die Hecke zur Linken geschnitten hatte. Wir umarmten uns, und weinend sagte sie, ihr Elias stehe leibhaftig vor ihr. Das schmeichelte mir. Obwohl mir von anderen derlei bereits gesagt worden war, hatte sich meine Mutter bislang nie zu dem Lob hinreißen lassen, ich sei das Ebenbild meines Vaters.

»Findest du nicht, dass sie wunderschön aussieht, Jacob?« Sie zeigte auf Caro. »Die Ohrringe heben sich überaus prächtig von ihrem Hals ab, nicht wahr?« Mit dieser Bemerkung gab sie mir zu verstehen, dass die beiden ihre Unstimmigkeiten begraben hatten.

»Sie ist ein Engel«, sagte ich, wie es wohl jeder Bräutigam tut. Ich roch die Pomade auf Caros Haar und hätte es gerne berührt, fürchtete aber, die kunstvolle Frisur zu verderben. Tränen standen mir in den Augen, obwohl ich nicht hätte sagen können, warum.

»Bitte kommt hier entlang – hier entlang, Freunde –« Das war Peters Stimme, dessen Aufgabe es war, die Gäste zu ihren Plätzen zu geleiten. Ich drehte mich um und sah, wie er sie zu den im Ziergarten mit Böcken aufgestellten Holztischen führte. Ein Tisch war länger als die anderen, und er winkte mir lachend zu, um mir zu zeigen, wo wir sitzen würden, wenn alles vorüber war. Halb benommen hörte ich Geschiebe und Geraschel, Getuschel und Gelächter, während Godfrey der Gesellschaft dabei half, sich zu formieren. Die Feldarbeiter wurden nah der Hecke zusammen platziert. Ich dachte an den Tag, an dem Caro und ich auf der Bank des Ziergartens gesessen und uns über Zebs Geheimnis gestritten hatten.

Hand in Hand standen wir in der Mitte vor den versammelten Gästen, als seien wir vor Gericht vorgeladen worden. Vor uns auf den Tischtüchern waren helle und cremige Speisen angerichtet, wie sie für einen Hochzeitstisch angemessen waren: Hühnerbrüste, Devonshire-Auflauf, Wackelpudding und (dabei musste ich an Mervyn denken) verschiedene Weinschaumcremes, jede in einer eigenen, so geformten Schüssel, dass man den Likör abtrinken konnte. Vom anderen Ende des Ziergartens, dort, wo sich eine kleine Gruppe bestellter Musiker in respektvoller Distanz formiert hatte, ertönte leise Musik. Die Gäste ließen sich nieder und öffneten ihre Jacken, um den warmen Tag besser genießen zu können.

»Wird Zeit für uns, dass wir uns auch vermählen, wenn das immer so ist – was meinst du, Izzy?«, rief Zeb vom anderen Ende des langen Tisches, und ich überlegte, ob er trotz aller Befürchtungen Patience immer noch vermisste.

»Weißt du deinen Text?«, flüsterte Caro.

»Ja, doch es macht nichts, wenn ich ihn vergesse.« Ich hatte auf eine *sponsalia de praesenti* bestanden (wie die Vermählung auf Latein genannt wurde), denn solch ein Eheversprechen würde uns sogar ohne Zeugen vor Gott vereinigen, so als hätte ein Priester die Ehe geschlossen. Man brauchte nur das Ehegelübde abzulegen. Ich hegte einen Widerwillen gegen den ›spirituellen Leiter‹ unserer Herrin, der nach Rom stank, oder gegen eine Trauung durch Doktor Phelps, den Pastor der Dorfkirche, der einmal gepredigt hatte, die Armen genössen Gottes besondere Fürsorge und sollten daher lieber beneidet statt erlöst werden, und der Arme, der sein Los beklagt, sei vom Mammon beziehungsweise von der nackten Gier verführt, denn »mit Sicherheit besäße er nicht die nötige Bildung, ein Vermögen richtig zu nutzen, wenn er eines hätte«. Bei dieser Gelegenheit hatte ich mich aufrecht hingesetzt, den Gottesmann taxiert und mir – im Geiste – erlaubt, ihn auf die Knie zu zwingen. Noch nie hatte ich gegen einen Herausforderer verloren, und ich war sicher, dass der gute Doktor nicht der Erste sein würde. Nun, von Peters Glas Wein friedlich gestimmt, war ich mir sicherer denn je, dass Phelps nur weit weg zu ertragen war. Es wäre töricht, dem Geistlichen die Zähne auszuschlagen, der einen mit einer Frau wie Caro traut.

»Warum lachst du?« Caro zog an meinem Ärmel.

»Das erzähle ich dir später.« Ich lächelte in mich hinein, dann sah ich auf und bemerkte, dass Godfrey auf uns zukam.

»Jetzt kommt es. Oh, mir wird schlecht«, murmelte Caro.

Meine Herrin schaute über die Platten mit den Speisen zärtlich zu ihr herüber und rief: »Nur Mut, mein Kind. In ein paar Minuten seid ihr Mann und Frau.«

Nun wurde mir plötzlich schlecht. Nicht wegen des möglichen Stotterns beim Eheversprechen oder der Gefahr, mich vor der versammelten Gesellschaft lächerlich zu machen, sondern wegen der gewaltigen Sache, die ich da unternommen hatte. Es könnte schon bald die Zeit kommen, da meine Frau ihren Schwur bereute, doch hiernach gab es kein Zurück mehr, auch wenn es sich herausstellen sollte, dass wir wie Skorpione zueinander waren. Ich sah, dass Zeb mich anstarrte und sich vielleicht fragte, was aus Patience geworden war, oder gar neidisch war auf das, was ich gewonnen hatte.

»Hier, meine Gemahlin.« Ich schob meinen Arm unter Caros, um ihr Zittern zu lindern. Unter unseren Füßen war das gepflasterte Zentrum des Irrgartens und um uns herum der Ziergarten, in dem die Holztische durch Steinplatten ergänzt wurden. Die jungen Männer feixten und grinsten, während ihre Mädchen sie in die Rippen stießen und Caros Robe mit Blicken verschlangen. Die Älteren sahen sehnsuchtsvoll aus oder tupften sich die Wangen. Meine Mutter schluchzte. Ich hörte, wie über unser Aussehen laut gesprochen wurde, als seien wir taub. Izzy nickte mir zu, als wolle er sagen, dass alles gut gehen werde. Vor allem aber sah ich Zeb, dessen Gesichtszüge in Stein gemeißelt zu sein schienen. Obwohl ich ihm direkt in die Augen schaute, wirkte er abwesend. Man hätte meinen können, er schaue mich nicht an, sondern durch mich hindurch.

»Hast du den Ring? Leg ihn hierher.« Godfrey hielt uns ein kleines Spitzenkissen hin.

Caro starrte auf die Spitzen und kicherte: »Das Nadelkissen meiner Herrin.«

Ich legte das Stück Gold darauf. Godfrey schnippte mit den Fingern.

Ein kleiner, in Seide gekleideter Junge trat nach vorn und wurde mit übertriebenem Gehabe an meine linke Seite gestellt, um das Kissen zu halten. Der Verwalter, mit seiner Arbeit offensichtlich zufrieden, trat mit einer schwungvollen Bewegung zur Seite und die Gäste verstummten.

»Freunde, wir sind hier versammelt, um das feierliche Versprechen zweier unserer Gefolgsleute zu bezeugen«, verkündete Godfrey. »Wir alle kennen sie und respektieren sie als aufrechte Menschen und gewissenhafte Diener. Wir beten, dass ihre Verbindung lange, glücklich und fruchtbar sein möge.«

»Amen«, antwortete ich zusammen mit den anderen. Der Augenblick war gekommen. Ich räusperte mich und nahm mit festem Griff Caros linke Hand. »Ich, Jacob, nehme dich, Caroline, von diesem Tage an zu meinem Weibe und berufe mich auf die hier anwesenden Zeugen.« Dann nahm ich den Trauring (der Junge platzte derweil fast vor Wichtigtuerei) und streifte ihn über ihren Finger. »Nimm diesen Ring als Zeichen dafür.«

Ihre Hand war kalt und feucht: Ich drückte sie zwischen meine wärmeren und trockeneren Handflächen, um ihr Mut zu machen. Die Musik hatte aufgehört, und während ich Caro beruhigte, hörte ich irgendwo auf dem Dach des Hauses Dohlen pfeifen. Nun drehte sich Caro zu mir und sagte mit hoher, atemloser Stimme: »Ich, Caroline, nehme dich, Jacob, von diesem Tage an zu meinem Manne und berufe mich auf die hier anwesenden Zeugen.«

Ich lächelte ihr zu. Sofort fing sie an zu husten, wurde von einem Krampf geschüttelt und klopfte ängstlich gegen die Spitzen auf ihrer Brust. Die Gesellschaft lachte freundlich, worauf ihr Husten besser wurde. Sie berührte ihren Ringfinger und drehte sich mit einem fröhlichen Lächeln zu mir: »Als Zeichen dafür nehme ich den Ring an.«

Und mit diesen wenigen Worten und dem unbedeutenden Metallring wurden Caro und ich ein Fleisch und Blut. Wir standen den anderen gegenüber, als wollten wir einen Tanz vorführen: Ich war versucht, mich zu verbeugen, und fragte mich, ob sie dann applaudieren würden. Schließlich wurde ich aufgefordert, sie zu küssen, und es war ein wundervoller Kuss. Nun traten auch der Herr und die Herrin, gefolgt von Godfrey, meinen Brüdern und Peters Schwestern, vor, sie zu küssen, und dann erhoben sich diejenigen, die uns am nächsten saßen, um sie ebenfalls zu umarmen, so dass sie von allen Seiten umringt wurde, weil ihr jeder viel Glück wünschen wollte. Sie stritten sich um die Schleifen auf ihrem Kleid und um die Schleifen von Mistress Mary und Mistress Anne. Ich fühlte, wie Hände an meiner eigenen Jacke rissen und sah, dass auch die Bänder meiner Brüder abgerissen wurden. Junge Männer schwenkten die Schleifen triumphierend durch die Luft und steckten sie an ihre Hüte.

Als das Gratulieren und Schleifenabreißen vorbei war, setzten sich die Gäste auf ihre Plätze, jedoch nicht ohne zuvor Getreidekörner als Zeichen der Fruchtbarkeit über das Haupt meiner Frau zu werfen. Als wir zu unseren Plätzen schritten, rief ein junges Mädchen »Jacob«, und etwas traf mein Gesicht, bevor es auf den Weg fiel. Ich sah, dass sie mir eine kandierte Mandel zugeworfen hatte. Lachend und protestierend hielten wir die Hände hoch, während noch mehr Süßigkeiten, vor allem Rosinen, auf uns niederregneten. Manche landeten auf Caros Haar und auf ihren Brüsten; ein oder zweien gelang es, in meinen engen Kragen zu rutschen. Caro klopfte sich die Süßigkeiten ab, bevor wir uns zu den Bediensteten und Gefährten an das Kopfende des Tisches setzten.

Der Herr und die Herrin wünschten uns beiden ein langes und glückliches Leben, zumindest die Herrin tat es, was Sir John zu sagen versuchte, konnte niemand so recht verstehen. Die Gesellschaft war bester Laune. Wir bekamen zwei große Silberbecher voll Wein gereicht, die wir in einem Zug austranken, während uns die anderen zuprosteten. Die Becher wurden erneut bis zum Rand gefüllt und diesmal mussten wir beim Trinken die Arme verschränken. Das war noch recht einfach, doch dann sollte jeder von uns dem anderen seinen Becher an den Mund halten. Ich fürchtete, Caros Kleid zu beschmutzen, doch die Herrin gab mir mit einem Zeichen zu verstehen, dass dies völlig egal sei, so fuhr ich fort, sprach einen Trinkspruch und verschüttete nur ein paar Tropfen. Es schien mir ein gutes Spiel zu sein, doch eines, das man am besten unter sich spielt. Plötzlich fiel mir auf, dass ich noch nicht einen Bissen gegessen hatte, der die Menge des Alkohols hätte wettmachen können.

»Lass uns gleich ins Bett gehen«, flüsterte ich ihr zu.

Caro schenkte mir ein Lachen so voll Liebe, dass ich es in meinem Gedächtnis festhielt, um, wenn wir alt wären, sagen zu können: So habe ich dich in Erinnerung am Tag unserer Vermählung.

Normalerweise hätte ich auf meine Gäste gewartet, doch dies war weder Caros noch mein Haus, und einfache Gastlichkeit lag nicht in der Absicht unserer Herrin. Kleine, als Amor verkleidete Jungen reichten Platten herum und wurden von den Frauen geherzt und geküsst. Mir missfiel dieses heidnische Theater, doch da die Idee vermutlich von meiner Herrin stammte und allgemeinen Anklang fand, lobte ich ihre ausgefallene Phantasie. Sir John, der uns gegenüber saß, brachte einen Trinkspruch auf uns aus, das heißt, auf unsere Gesundheit und unser Glück in einem Königreich nach guter alter Art, in dem jeder Mann seinem König treu ergeben war. Meine Mutter war ganz aufgeregt und sagte, ich sei zwar manchmal etwas töricht, doch kein schlechter Junge. Nachdem Sir John geendet hatte, lächelte ich ihm zu und trank im Stillen auf Black Tom Fairfax. Man nannte den süßen Wein weiß, doch hatte er eher eine blassgoldene Farbe und stieg in kleinen Bläschen zum Glasrand auf. Ich hatte noch nicht einmal angestoßen, bevor ein weiterer Trinkspruch ausgebracht wurde und mir mehr – diesmal roter – Wein gereicht wurde.

Caro erwischte mich dabei, wie ich sie durch das Rotweinglas hindurch betrachtete, und lachte erneut.

Sir John war in seinem Element – dem flüssigen –, und die um ihn herum saßen, bemühten sich nur allzu gern, Schritt zu halten. Dieses Mal wurde die Gesellschaft aufgefordert, uns hübsche Kinder zu wünschen, da ich, wie mein Herr sagte, mit fünfundzwanzig das rechte Alter für Nachkommen hätte, und er hoffe, lang genug zu leben, um auch noch meinen Sohn als loyalen Diener zu erleben. Auf diese Worte grub Caro unter dem Tisch ihre Fingernägel in meine Hand. Ihre Angst war unnötig. Ich lächelte zum Dank einfältig und stand auf, um denen zuzuprosten (wieder mit dem Roten), die uns so viel Gutes getan hatten, worauf wieder jemand einen Trinkspruch auf das House of Roche und seine nicht enden wollende Güte und wahre Noblesse ausbrachte (ein weiterer Weißwein). Ein Amor mit beschmutzten Flügeln rannte mit Flaschen und Krügen herum. Danach wandten wir uns einvernehmlich wieder den Speisen zu, und ein leises Gemurmel erklang, das durch gelegentliches Geklirr akzentuiert wurde. Es gab Käsekuchen und Gewürzkuchen und etwas ganz Außergewöhnliches, das aussah wie Schinkenscheiben, aber süß schmeckte und aus rotem und weißem Marzipan geschnitten war. Daneben stand auf einem separaten Tisch ein großer Berg Hochzeitsküchlein. Ich fragte mich, wer wohl das ganze schmutzige Geschirr säubern würde.

Caro sah erhitzt aus. Nachdem ich beobachtet hatte, wie sie eine Scheibe Marzipan gegessen und dabei vorsichtig erst den Rand abgeknabbert und das Stück in ihrer Hand gedreht hatte, bis ihr nur ein runder Rest übrig blieb, den sie dann zu guter Letzt auf der Zunge zergehen ließ, bot ich ihr, allein schon wegen des hübschen Anblicks, eine weitere Scheibe an.

Joan trat an den Tisch und flüsterte Izzy etwas ins Ohr. Als sie wegging, wandte sich Izzy mir mit schreckgeweiteten Augen zu und sagte ganz leise: »Mervyn ist offenbar krank und beschuldigt Mounseer, ihn vergiftet zu haben.«

Ich dachte an die Weinschaumcreme. »Und woher weiß Joan das?«

»Sie hat vom Haus Sahne für die Käsekuchen geholt, und während sie da war –«

Godfrey stand wieder neben mir. Izzy machte eine Handbewegung, um mir zu sagen, dass ich den Rest bei passender Gelegenheit hören würde. Ich schaute zur Herrin, die nicht aussah wie eine Frau, deren Sohn gerade vom Koch vergiftet worden war, und kam zu dem Schluss, dass sie, genau wie ich, annahm, das Gift stamme eher aus einem Weinglas.

»Jacob, die Hochzeitsküchlein«, sagte Godfrey.

Die Leute begannen auf die Tische zu klopfen und »Hochzeitskuchen, Hochzeitskuchen!« zu rufen, und Caro, gar nicht mehr schüchtern, zog mich von meinem Sitz. Godfrey führte uns zu dem Tisch, auf dem die Hochzeitsküchlein standen, und stellte uns einander gegenüber mit der Aufforderung, uns über den Kuchen einen Kuss zu geben. Der Stapel war so hoch, dass Caro mir über dem obersten gerade noch die Lippen entgegenstrecken konnte. Ich beugte mich vor und küsste sie, während die anderen Glückwünsche riefen und Beifall klatschten. Dann hörte ich einen Seufzer, das Klatschen hörte auf, und als ich an mir herabsah, stellte ich fest, dass ich mit meinem Rockschoß einen der Kuchen vom Tisch gewischt hatte. Die Beifallrufe erklangen erneut, wenn auch nicht mehr so laut, und als wir uns setzten, war das Lächeln meiner Frau mit Sorge durchmischt.

»Das hat nichts zu bedeuten, reiner Aberglaube«, erklärte ich ihr. »Denk nicht daran, meine Liebe! Es ist nur ein Kuchen, etwas Teig, den wir selbst mit Gewürzen vermengen; und der soll über unser Leben bestimmen?«

»Nein«, antwortete sie; jedoch ihre Stimme klang unsicher.

»Jacob hat Recht«, warf Izzy ein, der zugehört hatte. »Abgesehen davon ist er groß genug, dich zu beschützen, oder etwa nicht? Außerdem hast du jetzt auch noch zwei Brüder zur Unterstützung.«

Caro küsste seine hagere Wange. »Du warst mir von jeher ein Bruder, Izzy.«

Ich fragte mich, wie er dies wohl empfinden mochte.

Die Musik wurde lauter. Einige der Jüngeren wollten tanzen und bildeten einen Kreis. Da die Sonne zwar hell, aber doch mild schien, tanzten sie immer weiter und würden demnächst Fang den Drachen und anderen Unsinn spielen wollen. Während der Zeremonie hatte ich so gut wie nichts gefühlt, doch nun ging mir das Herz über vor Glückseligkeit. Alles, was ich sah, war meine Gemahlin, ihre vertrauensvollen Augen, ihre vom Wein rosigen Wangen und das Oh auf ihren Lippen, mit dem sie dem Treiben zuschaute. An ihrem Hals klebte eine Rosine. Ich beugte mich vor und nahm sie zwischen die Zähne. Der Mann neben mir rief: »Hey, hey!«

»Jacob ist verrückt vor Liebe«, rief Zeb. »Betet, dass er Anstand bewahrt.«

»Bewahr lieber selbst Anstand«, gab ich zurück. Jemand zog von hinten an meinem Kragen und Rosinen regneten meinen Rücken hinab. Ich wirbelte herum und erwischte den Schelm – es war Izzy, der heimlich seinen Platz verlassen hatte. Ich sprang auf und nahm ihn in die Arme. Auch Caro stand auf, um ihn zu umarmen.

»Ein sehr angenehmes Mädchen«, keuchte er. »Sie quetscht mich nicht so sehr wie du«, worauf Caro ihn fester drückte und er sie auch, bis beide vor Lachen nicht mehr konnten.

Als der Tag zur Neige ging, hatten wir alle zu viel getrunken. Sir John sang mit krächzender Stimme von »einer Dirne, die zwei …« – worauf seine Frau ihm mit der Hand den Mund zuhielt. Etwas fiel in mein Hemd, ich griff danach und fand ein winziges rotes Marzipanherz, das sich in meinem Brusthaar verfangen hatte.

»Die gelangen überall hin«, sagte Peter und zwinkerte mir unzüchtig über den Tisch zu.

Oh, könnte ich doch mit ihr davonlaufen! Nun besaß ich öffentlich das Recht, mit ihr zu Bett zu gehen, und musste stattdessen sämtliche Späße des Tages über mich ergehen lassen, die recht besehen eigentlich Quälereien waren. Ein schöner Sport, dachte ich, den ungeduldigen Bräutigam mit Tänzen und Trinksprüchen bis fast zum Wahnsinn zu treiben. Nie zuvor hatte ich diese Grausamkeit erfasst. Das Augenzwinkern, die Blicke, die Scherze, die allesamt andeuteten, wie sehr ich entbrannt war – was ja auch stimmte –, das ständige Entfachen meines Feuers durch das Vorspielen all der Wonnen, in deren Genuss ich bald, bald käme, jedoch noch nicht sofort –

Caro runzelte die Stirn. »Schau hier, mein Liebster.« Sie hielt einen Finger hoch, aus dem ein hübscher, roter Tropfen quoll, an ihm hinunterlief und über ihre Handfläche rollte. Verärgert steckte sie den Finger in den Mund.

»Was ist passiert?«

»Der Rosenkranz«, murmelte sie. »Der Gärtner hat ein paar Dornen dran gelassen.«

»Halte die Hand hoch«, riet die Herrin.

Caro tat wie ihr geheißen, doch das rote Rinnsal floss weiter. »Finger bluten immer besonders schlimm«, lamentierte sie und steckte ihn wieder in den Mund, bevor das Blut ihr Gewand beflecken konnte.

»Wir werden ihn verbinden«, sagte ich. »Gibt es in der Vorratskammer noch frische Binden?«

Caro hörte gerade so lange auf, an ihrem Finger zu lutschen, dass es für ein Ja reichte.

»Dann komm.« Ich stand auf. Allgemeine Pfiffe und Rufe, wie »Heiß!« und »Caro, nimm dich in Acht!«, wurden laut.

»Würdet Ihr uns ein paar Minuten entschuldigen, Mylady«, sagte ich.

Die Herrin nickte. Caro folgte mir aus dem Irrgarten hinaus und hielt dabei die Hand über dem Kopf, als wolle sie damit ein Zeichen geben.

In der Vorratskammer duftete es süßlich. Ich drückte meinen Mund auf den ihren, und wir küssten uns langsam und innig, wobei meine Liebste die verletzte Hand beiseite hielt. Da sie sich so nicht verteidigen konnte, zog ich sie ganz nah an mich heran, auch wenn dadurch das Gewand zerknitterte.

Caro wandte ihren Kopf um. »Warte. Hier ist das Zeug.« Sie löste sich aus meiner Umarmung, um eine Schublade voller zerrissener Leinenstreifen zu öffnen. Ich erkannte eins von Sir Bastards alten Hemden. Zwischen weiteren Küssen nahm ich einen der kleineren Streifen, riss ihn entzwei und band ihn um ihren Finger.

»Das Blut hat beinah aufgehört zu fließen«, sagte sie keck, was mich jedoch nicht von ihr fernhalten konnte, da ich ihren Atem an meinen Lippen spürte.

»Aufgehört? Meines wallt gerade«, murmelte ich. »Lass uns hinaufgehen und die Kammer betrachten. Sag ja, Caro.« Ich biss ihr ins Ohr.

Sie schloss die Augen. »Es ist noch nicht an der Zeit.«

»Niemand wird es erfahren. Wir könnten nachsehen, ob sie sich Scherze mit uns erlaubt haben«, versuchte ich sie zu überreden, denn ich wusste, dass sie Angst vor Spinnen im Bett hatte und befürchtete, die männlichen Diener könnten ihr welche hineingetan haben.

Caro runzelte die Stirn. »Nun gut – wenn wir nicht zu lange bleiben –«

Der leere und staubige Geruch war verschwunden, der Raum duftete nun nach Rosen und Potpourri. Anne hatte Blumengirlanden über dem Bett und an den Wänden aufgehängt und dies zweifellos besser bewältigt, als Patience es vermocht hätte. Der Boden war mit Rosmarin völlig bedeckt. Es gab eine besondere Truhe für unsere Kleidung – die vorher nicht dagestanden hatte –, auf der ein großer Bund Lavendel lag. Ich liebte den Geruch dieser Pflanze sehr und ging daher zu der Truhe, um daran zu riechen.

»Izzy«, sagte Caro. »Er weiß, dass du Lavendel magst.«

Sie schaute auf das Himmelbett. Neue Vorhänge aus feinem Wollstoff waren daran befestigt und so zurückgebunden worden, dass man das saubere Leinen auf den drei guten Matratzen leuchten sah. Die Vorhänge waren fleischfarben und gelb, was Begehren und Freude ausdrücken sollte.

»Hast du die Farben gewählt?«, fragte ich.

Caro lächelte und schüttelte den Kopf. »Mir wurde gesagt, sie wären blau.«

Ich strich mit der Hand über die Kissen und schaute darunter. Auf der Bettdecke lag ein Nachtgewand aus Spitzen für Caro und ein schlichteres, dennoch schön gearbeitetes für mich. Meines war sehr groß, und ich wusste, dass meine Frau es extra für mich genäht hatte, als Hochzeitsgeschenk.

»Weder Spinnen noch Igel«, sagte ich und fuhr mit der Hand zwischen den Laken entlang. Ich umarmte sie erneut, und wir drückten uns fest aneinander. Ihr Mund war so süß wie zerdrückte Erdbeeren.

»Genug.« Caro entzog sich meiner Umarmung. Ich dachte daran, sie sofort zu nehmen und die verdammten Gäste Gäste sein zu lassen. Sie fuhr fort: »Für jede Minute, die wir fortbleiben, werden sie sich Späße für uns ausdenken. Vielleicht sind sie bereits in der Vorratskammer.«

Widerwillig strich ich meine Kleidung glatt.

»Als Nächstes kommen die Geschenke.« Caro begutachtete ihren verbundenen Finger. »Schau, das Blut ist – oh, was ist das?«

Sie starrte aus dem Fenster. Ich trat hinzu und sah, wie sich eine Staubwolke über die hügelige Straße, die zum Dorf und dann weiter nach Champains führte, langsam auf Beaurepair zubewegte.

»Jacob, was ist das?« Ihre Stimme zitterte. »Du siehst –«

Ich schlug auf das Fenstersims, worauf sie zusammenschrak. »Es ist Patience. Und Biggin. Und Tom Cornish.«

»Patience!« Caros Lächeln leuchtete kurz auf, bevor es erlosch. »Mit Cornish? Der Mann, der – spioniert?«

Ich nickte und versuchte, die Gesichter ihrer Begleiter zu erkennen.

Caro zog an meinem Ärmel. »Was sollte sie mit ihm zu tun haben?«

»Still.« Ich beobachtete, wie sich in der Ferne die Röcke der Frau im Rhythmus des Pferdes hoben und senkten. Zeb hatte Recht gehabt, und ich verstand, dass sie hofften, uns alle auf einen Streich zu erwischen. Deswegen hatten sie sich so ruhig verhalten: Patience hatte ihnen den Tag meiner Vermählung verraten, und sie hatten gewartet, weil wir an diesem Tag ganz sicher nicht weg sein würden.

Ich wandte mich zu Caro. »Hör zu, Frau. Die Zeit reicht nicht für Erklärungen. Diese Leute wollen uns Böses. Wir müssen fort von hier.«

»Was – was für Böses?«, stotterte sie. »Wie können wir fortgehen – die Geschenke –«

»Wegrennen.«

Caro starrte mich mit offenem Munde an, dann lachte sie. »Du hältst mich zum Narren. Von hier aus kannst du sie gar nicht erkennen.«

Ich packte sie an den Schultern und sagte ihr geradewegs ins Gesicht: »Du kannst es vielleicht nicht, aber ich schon. Los, geh und hol alles, was an Geld und Schmuck da ist, und versteck es unter deinem Kleid.«

»Ich hab nichts, aber –«

»Ihrs, hol ihrs!«, schrie ich. »Diese Männer kommen wegen mir. Dann geh außen herum zu den Ställen und warte dort.«

»Aber sie sind nicht – wieso kommen sie wegen dir?«

»Sie kommen, um mich zu hängen. Reiß dich zusammen! Wenn du weiter hier stehst und Zeit verlierst, wirst du mich mit den Beinen in der Luft baumeln sehen.«

»Das kann nicht sein. Ein Mann kann doch nicht einfach –«

»Und dann wirst du dran sein. Verstehst du denn nicht? Sie hat ihnen von unserer Lektüre erzählt!«

Caro starrte mich sprachlos an. »Hängen? Dafür? Nein, sie –«

»Muss ich es noch deutlicher sagen? Sie werden uns jetzt für den Tod des Jungen verantwortlich machen.«

Sie fuhr erschreckt zurück.

»Hol ihren Schmuck«, wiederholte ich und fühlte mich dabei wie in einem Alptraum, in dem ich um mein Leben rannte und jeder versuchte, mich aufzuhalten.

»Aber sie war –«

»Gehorche deinem Mann!«, schrie ich. Caro wirbelte herum und rannte zur Tür hinaus. Ich hörte das Echo ihrer hochhackigen Schuhe auf dem Flur, der zu den Gemächern ihrer Herrin führte.

Einer der kleinen Liebesgötter nahm gerade beim Brunnen seine Flügel ab. Ich eilte auf den Jungen zu und bat ihn, die Brautführer, sprich Mister Isaiah Cullen und Mister Zebedee, zu finden und sie auf der Stelle zu mir zu schicken, es sei sehr wichtig und dringend. »Und ruf es nicht laut heraus«, drängte ich ihn und zeigte ihm einen Penny. »Flüster es ihnen ins Ohr und bring sie hierher.«

Er lief los, und ich ging mit wachsender Ungeduld auf und ab. Ich hatte Caro nicht die ganze Wahrheit gesagt. Die drei genannten Personen waren tatsächlich in unserer Richtung unterwegs, doch mit ihnen auch noch eine größere Anzahl Männer von Champains. Offensichtlich waren meine Augen sehr viel besser als die ihren, denn ich hatte auch Musketen gesehen und eine Kette, die von einem der Sättel baumelte.

Erhitzt und außer Atem trafen meine Brüder gleichzeitig ein.

»Ist Caro verletzt?«, keuchte Izzy, während ich dem Jungen den Penny aushändigte. »Oder ist dies nur irgendein Scherz?«

Ich wartete, bis der Junge außer Hörweite war, dann sagte ich: »Eine bewaffnete Mannschaft kommt von Champains auf uns zu: Patience, Walshe und Cornish. Mit Verstärkung.«

Noch nie hatte ich Zeb so entsetzt gesehen. Er wurde kreideweiß. »Kommen wegen mir?«, stammelte er.

»Warum wegen dir?« Izzys Stimme klang scharf.

»Patience – der Junge – damit habe ich nichts zu tun! Ihr werdet bezeugen, dass ich ihm von meinem Tabak abgegeben habe –«

»Freunde streiten sich«, sagte ich. »Kannst du beweisen, dass du nicht mit ihm zusammen warst, als er starb?«

Zeb wurde immer blasser. »Ich habe in meiner Kammer geschlafen.

Doch als Brüder können wir nicht füreinander aussagen! Wer würde uns glauben?«

»Patience? Bist du sicher?«, hakte Izzy bei mir nach.

»Ja! Ja! Und wir haben keinerlei Beweise, ihre Anschuldigungen zu widerlegen.«

»Auch sie hat keine«, sagte er.

»Sie hat ihren Bauch, um zu beweisen, dass sie gewisse Kenntnisse über uns besitzt«, gab ich zurück. »Daher werden sie auch den Rest glauben. Lasst uns verschwinden.«

Izzy sagte: »Wir alle sind in jener Nacht zu Bett gegangen –«

»Sie haben sich zusammengetan, und wir werden zusammen schwimmen oder untergehen«, schrie ich. »Caro ist mit Geld und Schmuck auf dem Weg zu den Ställen. Wir dürfen keine Zeit mehr verlieren.«

Sie starrten mich an, Izzy mit wachsender Bestürzung, Zeb, als träfe er langsam eine Entscheidung.

»Du meinst weglaufen?«, fragte Izzy schließlich. »Jetzt, so, wie wir sind?« Sein Blick wanderte zwischen Zeb und mir hin und her, als warte er darauf, dass einer von uns in Lachen ausbrechen und so den Spaß verderben würde.

Zeb schüttelte ihn. »So ist es, Izz. Komm mit uns, um Himmels willen.« Er zog Izzy in Richtung der Ställe.

»Das werde ich nicht!«, schrie mein älterer Bruder und riss sich von ihm los. »Ich habe nichts Unrechtes getan.«

»Es geht nicht darum, was du getan hast, sondern darum, was die Leute denken«, flehte Zeb.

»Und wenn wir uns davonmachen wie eine Diebesbande? Was werden sie dann von uns denken?«

»Macht, was ihr wollt, ich gehe jetzt«, sagte ich.

Izzy meinte: »Zweifellos hast du deine Gründe.« Sein Blick war plötzlich kalt. »Aber Caro mitnehmen? Warum das?«

»Sie ist mein Weib.«

»Denk an die Gefahr, der du sie aussetzt.«

»Sie ist mein Weib«, wiederholte ich, doch während ich mich umdrehte und zu den Ställen lief, fühlte ich bei diesen Worten ein sonderbares Schamgefühl. Zeb lief mir nach, doch dann drehte er um und umarmte Izzy. Als er mich schließlich wieder eingeholt hatte, waren seine Wangen nass.

»Wir verlieren Zeit«, fuhr ich ihn an.

Caro wartete, mit Schmuck bepackt, zitternd vor der Stalltür. Der Gestank von Stroh und Urin ließ mich husten, doch ich gab mir Mühe, Zebs Anweisungen zu gehorchen, da er als Einziger wusste, was hier zu tun war.

»Nur Mut, Kind«, rief er Caro zu, während er Sporen und Peitsche zusammensuchte. Er war schnell im Aufsatteln.

»Setz dich hinter mich«, rief ich Caro zu, während ich aufstieg.

»Hinter mich, Dummkopf«, zischte Zeb. »Du bist zu groß und außerdem braucht sie jemanden, der reiten kann. Hilf ihr.«

»Das ist kein Sattel für eine Frau«, jammerte Caro. Zitternd hielt sie sich an Zebs Jacke fest und legte ein Bein über die Kruppe des Pferdes, wobei sich ihr Kleid auf beiden Seiten unerhört aufblähte. Das Tier machte einen Satz nach vorn.

»Drück ihn nicht«, schimpfte Zeb. »Leg deine Arme um mich.«

»Ich kann das nicht.« Sie weinte.

»O doch, du kannst es«, erwiderte er.

»Jacob«, flehte sie, »lass uns bleiben. Die Herrin liebt mich, sie wird nicht zulassen –«

»Kann sie Gewehrkugeln abhalten? Die Männer sind bewaffnet.« Ich trieb mein Pferd vorwärts durch die Tür, dann waren wir draußen im Hof des Stalles. Obwohl Zeb Caro hinter sich hatte, überholte er mich rasch. Ich sah, wie sein Haar in ihr Gesicht schlug. Das Kopfsteinpflaster glänzte in der Sonne; ein Auffunkeln, und einer der Saphirohrringe fiel in das Stroh und den Dreck des Hofes.

5. Kapitel

Über den Rand

Ich hatte nie gelernt, ein Pferd zu reiten. Jetzt hüpfte ich auf und ab und hoffte nur, im Sattel zu bleiben. Mein locker und geschmeidig einsitzender Bruder wurde auf andere Art auf die Probe gestellt, denn ich sah, wie Caro sich an ihn klammerte. Sie hatte ihr Gesicht gegen seine Jacke gepresst, die Augen geschlossen, die Lippen hochgezogen, und es sah aus, als weinte sie. Ein fauliger Geruch wehte zu mir herüber, und ich sah, dass sie sich über ihr Gewand erbrochen hatte. Bei dem Anblick wurde mir selber auch übel, und ich drehte den Kopf zur Seite.

Wir ritten auf den Wald zu, der hinter Beaurepair lag und immer noch nicht umzäunt war. Um dorthin zu gelangen, mussten wir durch das Tor reiten. Zwar hatte ich den Wächter auf der Hochzeit nicht gesehen, doch wir mochten Glück haben, denn er war in eine der Milchmägde verliebt und daher etwas nachlässig in der Arbeit. Wir trabten den Pfad hinterm Haus entlang bis zum Tor, während sich unsere Verfolger von vorne dem Haus näherten.

»Gott sei gelobt!«, schrie Zeb. Ich schaute auf: Es war einer der Tage, an denen der Wächter seinem Mädchen den Hof machte; das Tor stand offen. Wir ritten hindurch und klapperten die offene Straße entlang. Am Horizont wurde der Wald sichtbar, und ich betete, dass wir ihn ungesehen erreichten.

Zeb bestimmte das Tempo. Mein Hemd war von der Anstrengung, im Sattel zu bleiben, und von der Angst, abgeworfen zu werden, nass geschwitzt. Ohne Vorwarnung überfiel mich Übelkeit, und mein Mund füllte sich mit bitterem Saft. Ich spie aus und atmete schwer, um die Übelkeit zu bekämpfen. Ich spürte einen metallischen Geschmack auf der Zunge: Ich hatte mir die Lippe blutig gebissen.

Ich halte nach dir Ausschau, hörte ich die Stimme so unvermittelt sprechen, dass ich vor Schreck zusammenfuhr.

Ich blickte zurück, als wir in den Wald eindrangen. Die Straße war leer. Eine grüne, nach Moos riechende Dunkelheit umfing uns, und die Luft wurde sofort kühler. Zeb trieb sein Pferd tief hinein ins Gehölz, bis er rechts in einen engen Pfad abbog und gleich darauf eine steile Böschung hinab- und auf der anderen Seite wieder hinaufritt. Mir wurde heiß und kalt von dem Gefühl, den Boden unter mir zu verlieren, und ich konnte Caros Schluchzer hören. Sie ließen nach, als sich das Gelände weitete und der Pfad zu einer Lichtung wurde. Wir setzten unseren Weg ruhiger fort. Wegen meiner schmerzenden Schenkel rutschte ich im Sattel hin und her, dann spornte ich mein Pferd an, um auf gleiche Höhe mit Zeb zu kommen. »Willst du weiterreiten?«

Er schüttelte den Kopf. Caro sah mich mit mitleiderregendem Blick an. Sie trug immer noch den Rosenkranz, der mit der Blässe ihrer Stirn und Wangen wetteiferte. Hinter ihrem linken Ohr waren Blutspuren. Ich langte hinüber, nahm ihr das zerdrückte Ding ab und warf es in einen Busch.

»Die Stelle hier ist genauso gut wie jede andere«, sagte Zeb, während er sich nach allen Seiten umschaute. Er glitt aus dem Sattel und streckte seinen Arm nach Caro aus. Innerlich hoffte ich, dass er nicht stark genug sein würde, sie zu stützen, doch sie kam auf den Boden und lehnte sich schwer gegen seine Schulter. Auch ich stieg ab und hörte, wie meine Gelenke knirschten, als meine Beine den Boden berührten. Wir banden unsere Tiere an einen dornigen Busch.

Caro saß zitternd auf dem Boden und bedeckte das Gesicht mit den Händen. Schließlich nahm sie die Hände herrunter und schlang die Arme um den Leib, um sich zu wärmen, dabei sah ich, dass sich der Verband gelöst hatte. Sie starrte ins Gras und sagte: »Wir haben etwas Schreckliches getan.«

»Das mag sein.« Zeb schaute mir direkt in die Augen.

Ich beugte mich über Caro und legte meine Hände auf ihre Schultern. Sie war kalt wie Marmor. Ich zog meinen Rock aus und legte ihn ihr um, doch sie hörte nicht auf zu zittern. Ich bemerkte Flecken von Erbrochenem auf den Spitzen ihres Gewandes.

Zeb sah uns eine Weile zu. »Wenn wir nur wüssten, wo sie sind«, sagte er. »Wenn ich sie jetzt sehen könnte.« Er ging auf den Rand der Lichtung zu und schlug sich ins Unterholz hinein. Die Zweige schlossen sich hinter ihm.

»Meine Schenkel sind nur noch rohes Fleisch«, sagte ich.

Caro erwiderte nichts.

Um das Fehlen des Rockes etwas auszugleichen, lief ich auf und ab. Meine Frau legte den Kopf auf die Knie und weinte in ihre blaue Seide.

»Ich komme um vor Kälte«, schluchzte sie. »All dies ist Irrsinn.« Sie hielt die Goldketten hoch, die um ihren Hals hingen. »Wir können sie zurückbringen, Jacob. Sagen, wir hätten Diebe verfolgt.«

»Du weißt, dass man uns dies nicht glauben wird.«

»Wie sollen wir sie verkaufen?«, schrie Caro. Hinter ihrem Rücken verschwand ein kleines Tier im Gebüsch, und sie fiel wieder in Schweigen.

Plötzlich ertönte Zebs angsterfüllte Stimme: »Jacob! Jacob!«

Caro sprang auf. Ich kämpfte mich an der Stelle durchs Gebüsch, an der mein Bruder kurz zuvor verschwunden war, konnte jedoch außer Gehölz, Baumstämmen und meiner Frau, die hinter mir her stolperte, nichts sehen.

»In diesen Wäldern gibt es Räuber«, flüsterte Caro.

Ich schüttelte den Kopf. »Er hat irgendetwas gesehen.«

Wir spitzten die Ohren.

»Zeb?«, rief ich.

Und dann sah ich ihn, gar nicht weit weg. Als ich die Lage erfasste, schlug ich mir automatisch die Hand vor den Mund. Zeb war auf einen Baum geklettert, um Ausschau zu halten. Nun hing er mit den Armen an einem Ast, und seine Beine baumelten frei in der Luft. Unter ihm lag ein frisch abgebrochener Ast im Gras. Vom Stamm baumelte abgerissene Rinde herab.

Caros Blick folgte dem meinen. »Eine Ulme«, stöhnte sie. »Ulmen soll man meiden.«

Ich machte einen Schritt nach vorn und überlegte, ob ich ihn wohl fangen könnte. Er würde fast fünf Meter tief fallen. Bei einem Fall aus solcher Höhe konnte ein Mann leicht die Knochen eines darunter Stehenden brechen.

»Er fällt!«, schrie Caro. Ich sah, wie sich Zebs Hände von dem Ast lösten. Die Zeit reichte nicht, unter die Ulme zu gelangen. Er zappelte mit den Beinen wild herum und versuchte, den Baumstamm zu umschlingen, doch dieser war dafür viel zu dick. Er fiel mit geballten Fäusten und Gebrüll, das zu einem Angstschrei anschwoll, als er auf den Grund aufschlug.

Es entstand Stille, die durch Caros Wimmern »O Gott, o Gott« unterbrochen wurde. Wir kletterten über Gehölz und Blattwerk. Er lag auf dem Rücken, sein Gesicht war kreideweiß, die Augen geschlossen. Sie befeuchtete ihren Finger und hielt ihn vor seinen Mund und seine Nase. »Ich kann nichts fühlen! Jacob, er atmet nicht, er ist doch nicht – er ist – Jacob –«

»Beruhige dich.« Ich fasste unter Zebs Jacke und Hemd und presste dabei meine Handfläche flach auf seine Haut. Caro ließ unterdrückte Schluchzer hören. Mein Bruder konnte nicht tot sein. Er war warm. Erst heute morgen hatte ich ihn nackt gesehen und dabei bewundert, wie stark er geworden war.

»Er lebt, sei unbesorgt«, sagte ich, als ich Zebs Herz unter meiner Hand schlagen fühlte.

»Lass mich.« Sie schob meine Finger zur Seite, legte ihre eigenen auf seine Brust und seufzte erleichtert auf. Ich sah, dass sich ihre Schultern entspannten und ihr Kopf nach vorne fiel, als würde sie beten. Dann erstarrte sie wieder.

»Hier ist etwas nicht in Ordnung.«

›Hier‹ war seine Taille. Ich öffnete sorgfältig seine Jacke von oben bis unten und zog sein Hemd hoch. Zeb stöhnte, ohne zu sich zu kommen. Jetzt sah ich, dass das Fleisch um die unterste Rippe herum dunkel und geschwollen war und dass er nicht richtig lag.

»Da ist etwas gebrochen«, jammerte Caro. »Oh, schau hier!«

Ich schaute und sah, dass er auf einem der im Gras liegenden Äste gelandet war. Ich bedeckte ihn wieder und dachte dabei, wie wir ihn wohl in unserer schlimmen Lage pflegen sollten – kein Doktor, nicht mal eine Decke. Er stöhnte neuerlich und öffnete die Augen.

»Zebedee!« Caro ergriff seine Hand. »Kennst du uns?«

Er murmelte: »Nur zu gut.« Doch selbst dieser schwache Scherz verlor seinen Reiz, als er versuchte, sich aufzusetzen, und mit einem Schrei zurückfiel.

»Beweg deine Füße«, befahl ihm Caro.

Sein rechter Fuß zuckte.

»Dein Rücken ist nicht gebrochen«, flüsterte sie, doch er war vor Schmerz wieder ohnmächtig geworden.

»Wir müssen weiter«, sagte ich ihr. »Hier könnten wir leicht überrascht werden.«

»Er kann nicht.«

»Willst du, dass er gehängt wird?«, drängte ich sie.

Caro rang verzweifelt die Hände. »Wirst du ihn tragen?«

»Wir schaffen ihn auf das Pferd.«

Wir zwangen ihn in den Sattel. Ich ging neben ihm her, während Caro das andere Pferd ritt und vor Angst zitterte, es könne durchgehen. Dadurch hatten wir viel Mühe, uns auf den engeren Pfaden zu bewegen und kamen nur sehr langsam voran. Ich war den Tränen nahe, weil ich nicht die geringste Ahnung hatte, in welche Richtung wir uns bewegten und was wir tun sollten, jetzt, wo Zeb verletzt war. So gingen wir scheinbar stundenlang, und Caro und ich hörten Zeb viele Male stöhnen, bevor wir an einem Fluss Halt machten: Zeb hatte sich zweimal übergeben und war einmal ohnmächtig geworden, so dass er auf meine Schultern fiel. Ich stand bereit, ihn aufzufangen, als er vom Pferd stieg. Er rang nach Luft – »Ah!« –, konnte jedoch bis fast zum Wasser gehen und sank erst nieder, als er es beinah erreicht hatte. Caro kniete an seiner Seite, strich ihm über die Wange und schob das Haar aus seinen Augen.

»Tut mich nicht wieder aufs Pferd«, bettelte Zeb.

»Nein, nein«, murmelte sie.

Ich sagte: »Morgen werden wir dir einen Doktor besorgen.«

»Ich habe Durst.«

Caro formte im Wasser ihre Hände zu einem Gefäß und ich hielt ihn, so dass er trinken konnte. Das meiste Wasser tropfte auf seine Brust und er zitterte. Dunkelheit legte sich langsam über den Wald.

Ich fasste Caro am Ärmel und zog sie fort. »Setz dich«, wies ich sie flüsternd an. »Was meinst du? Ist es nur die gebrochene Rippe oder ist es mehr?«

»Wie soll ich das wissen!« Ihre Stimme klang kalt und mutlos. »Warum glaubst du, dass er mehr hat?«

»Er wird ohnmächtig. Ich wurde nicht ohnmächtig, als ich eine gebrochene Rippe hatte«, erinnerte ich sie.

»Ach, du –« Sie stand auf und ging zu Zeb zurück, um ihn mit sanften Lauten zu beruhigen, wie man es bei einem Kind täte.

Er lag dort und starrte in das Geäst über ihm. Ich hörte, wie er sagte: »Schwester, ich sterbe.«

»Geschwätz aufgrund der Schmerzen«, sagte ich und ging zu ihm hinüber. »Du wirst nicht sterben. Sei ein Mann.«

»Ich bekomme Fieber.« Zeb langte nach Caros Hand und drückte sie auf seine Stirn.

»Er ist sehr heiß.« Caro sah mich hilflos an.

»Gebrochene Glieder machen Fieber.«

»Fühl, hier«, bat Zeb Caro. Er zeigte auf seine Brust.

»Lass mich.« Ich fingerte an seinem Hemd herum. Es war nass vor Schweiß.

»Ich kann ihn kühlen«, sagte Caro und lockerte seinen Kragen. »Tauch mein Taschentuch in den Fluss.«

»Nein«, sagte ich und legte meine Hand auf die ihre, als sie versuchte, ihm das Hemd hoch zu ziehen. »Am besten schwitzt er es aus.«

»Ich brenne«, stöhnte Zeb.

»Er sollte nicht so halb nackt herumliegen. Deck ihn zu.« Ich zog Zebs Hemd gerade und schloss die Jacke über seiner Brust. Die Wind hatte zugenommen und spielte in den Baumwipfeln, die raschelten, als ob es in ihnen spuke. »Komm weg da und ruh dich aus«, sagte ich zu Caro.

Wir legten uns zusammen in Zebs Nähe hin. Es war so dunkel, dass wir einander kaum noch sehen konnten. Ich nahm ihr meinen Rock ab und legte ihn über uns beide. Er war als Decke völlig unzureichend, und kalte Luft kroch von allen Seiten hinein. Ganz schwach drang unter dem Pferdegeruch und dem Gestank nach Erbrochenem der Duft ihrer Haarpomade zu mir durch.

»Wie willst du einen Doktor für ihn bekommen?«, flüsterte Caro.

Ich zog sie auf mich.

»Wir haben Gold.«

»Aber –« Sie tastete an sich herum und sprach zitternd weiter: »Wir könnten mit ihm nach Hause zurückkehren. Den Schmuck zurückbringen und sagen, du hättest falsche Beschuldigungen gefürchtet – du seist betrunken gewesen. Was sind schon Peitschenschläge, was ist schon eine Gefängnisstrafe, wenn Zeb stirbt?«

»Ich kann nie mehr zurückgehen, und du auch nicht. Wir würden gehängt werden.«

»Was, wegen ein paar Pamphleten?« Sie schlang ihre Arme um mich. »Lass mich zu der Herrin gehen. Lass mich ihre Gnade erbitten. Peter hat die ganzen Papiere verbrannt – es ist Cornishs Wort gegen das unsere –«

»Glaube mir, Frau, wir sind aneinander gekettet.«

»Ich kann uns da herausholen!«

Das Licht war gänzlich verschwunden. Ich wusste, was ich zu tun hatte, doch es war wie in kompletter Dunkelheit über Eis zu rutschen. Ich hatte schon so lange am Rand dieser Eisfläche gestanden, und nun, da ich sie betreten wollte, hielt ich einen Fuß zaudernd über den Rand. Besser sich einmal kühn abzustoßen als dort für immer herumzukriechen, dachte ich.

»Caro«, hauchte ich ihr in den Nacken. »Es ist nicht so, wie du denkst.«

Ein Fuß auf dem Eis.

»Patience ist aus Angst vor mir geflohen. Sie will Blut und Cornish auch.«

Beide Füße.

Caro hob den Kopf. »Du? Du und Patience?« Ihr Stimme klang heiser und voll Misstrauen. »Das Kind! Du – du –«

»Nein!« Ich schrie so laut, dass meine Kehle schmerzte. »Verstehst du nicht? Caro!«

»Jacob, nicht –«

»Caro, ich war es, der Christopher Walshe getötet hat.«

Ich hatte mich abgestoßen. Die eisige, glatte schwarze Fläche verschwand im Nichts. Ich konnte sie nicht mehr sehen; ich stürzte ab. Caros Atem ging schwer und stoßweise. Ihr Körper lag stocksteif auf meinem.

»Ich hörte Stimmen und ging in die Nacht hinaus. Cornish und Patience waren im Garten nahe des Irrgartens, nur dass ich damals noch nicht wusste, wer es war. Ich lauschte ihnen. Der Junge sprang mich an.«

»Aus welchem Grund?«

»Ich hatte keine Zeit, ihn zu fragen«, erwiderte ich knapp.

Caros Atem beruhigte sich etwas. Nach einer Weile fragte sie: »Und Patience? Was tat sie?«

»Ich sagte dir, dass ich es nicht sehen konnte.«

»Du hast es nicht gesehen«, wiederholte sie, als sei sie dabei gewesen. »Aber du hast gesehen, dass es Patience war.«

»Ich sah eine Frau, und am nächsten Tag war Patience verschwunden.«

»Das ist nicht wahr«, wiederholte Caro immer wieder. »Nein.«

Doch es war die Wahrheit und noch nicht einmal der schlimmste Teil.

Als der Junge hervorsprang, um mir den Weg zu versperren, traf er mich unvorbereitet. Ich dachte, es sei ein Mann, doch dann kam der Mond hervor und zeigte mir knapp einen Meter entfernt den kleinen Narren, mit dem Dolch fuchtelnd. Obwohl wütend über diese Unverschämtheit, musste ich laut lachen. Er war so naiv. Bevor er auch nur einen guten Hieb mit der Klinge landen konnte, hatte ich ihm das Messer abgenommen und seinen Arm auf den Rücken gedreht.

»Sei still«, sagte ich, »und komm mit oder ich schlitz dir die Kehle auf.« Er gehorchte mir wie ein Lamm und ich führte ihn fort von seinen Freunden, hinüber zu den hohen Bäumen am Weiher.

Walshe traute sich nicht zu rufen, sondern winselte stattdessen um Vergebung. »Oh, Jacob«, sagte er, »ich bin es doch nur, bitte lass mich gehen.« Immerzu hielt er Ausschau nach seinem Vater, doch ich hatte darauf geachtet, dass zwischen uns und der möglichen Verstärkung für ihn Bäume standen. Schließlich wurde er still und starrte mich genauso an, wie er mich zuvor angestarrt hatte, als ihn mein Bruder schützend im Arm gehalten hatte.

»Was ist mit dem lieben Zeb«, machte ich mich über ihn lustig. »Der ist nicht hier, oder?«

Im Mondlicht glänzten Tränen auf Walshes Wangen. Er keuchte vor Angst, die Brust hob und senkte sich unter seinem weißen Hemd. *Zeig ihm*, sagte die Stimme, *was einem Jungen widerfährt, der einen Mann beleidigt.*

»Nun, kleiner Krieger.« Ich drückte ihn gegen einen Baum, hielt mit der linken Hand unnachgiebig seinen Mund zu und kitzelte kurz seinen Bauch mit der Messerspitze, bevor ich die Klinge hineinfahren ließ. Mit beiden Armen versuchte er mich wegzudrücken, doch sein Kampf war so schwach, dass meine wilde Gier noch nicht gestillt war. Ich trieb die Klinge nach unten, zog das Messer wieder hinaus, fühlte das warme, feuchte Blut an meinen Fingern und sagte zu ihm: »Mal sehen, was Jacob jetzt macht.«

Erneut verdrehte ich ihm den Arm und trieb ihn vor mir her in Richtung Weiher, so blutete es nicht auf meinen Mantel. Als er sah, wohin wir gingen, drehte er sein Gesicht, um mir in die Augen schauen zu können, doch ich drückte meine Hand nur noch fester auf seinen Mund, lächelte und nickte. Als wir dort ankamen, war er bereits sehr schwach und zu verwirrt, um nach Hilfe rufen zu können. Ich hielt ihn an den Beinen ins tiefe Wasser neben dem Steg. Es spritzte nicht einmal besonders stark.

»Es war dunkel«, verteidigte ich mich vor Caro. »Sonst hätte ich nie – ich hielt ihn für einen Dieb –«

Meine Frau hielt sich die Ohren zu.

»Caro, hör mir zu.« Ich griff nach ihren Händen und zog sie fort.

»Du hast ihn in den Teich geworfen! Oh, du hättest ihn zurückbringen sollen – einen Doktor holen sollen –«

»Zu spät, er war tot. Ich wollte die Leiche verbergen. Außerdem, er war ein Judas, sie alle wollten uns Böses –«

Caro schrie: »Oh, was kümmert es mich, was sie wollten!«

»Ich sage dir, wie es war.«

»*Du* hast ihn umgebracht. Und ich habe mich –« Sie begann wieder atemlos zu schluchzen. »Und ich habe mich – gefragt – ob ich Patience vertrieben hätte. Wir hatten Streit an jenem Tag.«

»Verstehst du mich? Patience –«

»Patience hat es gesehen.« Caros Stimme klang wie ein Peitschenschlag. »Und deswegen ist sie weggelaufen und wiedergekommen.«

Dieses Mal beängstigte es mich, wie schnell sie die Lage erfasst hatte.

»Wer weiß? Vermutlich hat sie etwas gehört.« Ich versuchte meine Stimme unter Kontrolle zu halten.

»All dies nur, weil er dir widersprochen hatte!«

»Nein, dafür nicht, ganz und gar nicht«, sagte ich. »Du hörst mir nicht zu.« Ich versuchte einen Arm um sie zu legen, doch sie rollte von mir herunter und legte sich neben mich. »Caro, ich wurde im Dunkeln angefallen, Walshe fiel mich an –«

Laub raschelte und Caro sprach von irgendwoher über meinem Kopf. »Ich gehe zurück nach Beaurepair.«

»Verstehst du denn nicht?« Ich war aufgebracht: Dort stand sie, als sei nichts passiert. »Du kannst nicht zurückgehen.«

»Ich werde versuchen, ob ich es kann oder nicht.«

»Du hast mit uns zusammen die Pamphlete gelesen und das Gold gestohlen«, antwortete ich ihr. »Und was Walshe betrifft, ich habe es für dich getan. Er hätte –«

»Für mich getan!«, schrie Caro, dann spürte ich einen scharfen Schmerz in der Seite: Sie hatte nach mir getreten und das nicht im Scherz. »Als du nicht wusstest, wer er war! Wieso also für mich?«

Meine Seite pochte. »Noch ein Tritt«, versprach ich ihr, »und du wirst dir wünschen, es nicht getan zu haben.«

»Sag nie wieder, dass du es für –«

»Genug! Es ist geschehen. Du bleibst hier!«, rief ich und sprang auf.

Caro wich schwer atmend zurück. »Und du hast mir das Eheversprechen abgenommen.«

»Du kannst nicht zurück«, zischte ich. »Willst du, dass man uns gefangen nimmt?«

»Du hast es mir bis zur Vermählung verschwiegen. Ich kenne dich nicht. O Gott, Gott hilf mir.«

»Oh, du kennst mich sehr wohl, Weib.« Ich machte einen Schritt in die Richtung, aus der ihre Stimme gekommen war, doch sie hatte sich weiter entfernt. Ich hörte, wie sie Zweige zur Seite schob und dann aufgeregt flüsterte: »Zeb, Zeb! Zeb, wach auf, bitte, o Gott, Zeb –«

Ich näherte mich ihrer von unten heraufdringenden Stimme, während sie über meines Bruder Körper kauerte. Ich hörte ein schwaches, klatschendes Geräusch und nahm an, dass sie ihm die Wangen tätschelte. Zeb stöhnte ein- oder zweimal auf und Caro kreischte: »Er ist hier! Er ist –«

Ich war über ihr, bevor sie sich bewegen konnte. Meinen Bruder so zu streicheln und mich, ihren rechtmäßigen Ehemann, ›er‹ zu nennen ...! Ich zog sie an den Haaren hoch, ignorierte ihr Gejammer und zwang sie, mir zu folgen, bis wir uns unter Gerangel ein paar Meter weit entfernt hatten.

»Leg dich hin«, sagte ich.

»Jacob, lass mich –«

Amouröse Liebesspiele durch Kämpfe angestachelt, flüsterte die Stimme. Andere Männer nahmen sich ihr Vergnügen, selbst mit Schlampen wie Patience, derweil ich verliebter Tölpel wochenlang, nein monatelang auf eine Frau gewartet hatte, die mich bei der ersten Prüfung verlassen wollte. Ich griff ihr um die Taille und zog sie hinab. Die Hochzeitsrobe war schwer und in der Dunkelheit kniete ich darauf. Meine Fingernägel rissen den Stoff auf, als ich versuchte, ihn hochzuziehen. Dann explodierte ein Feuerwerk in meinem Kopf: Sie hatte mir auf das Auge geschlagen. Ich hieb ihr mit der Faust ins Gesicht, als wolle ich Holz zertrümmern. Sie begann durchdringend zu schreien und ich schlug sie wieder und wieder, bis sie aufgab. Schließlich konnte ich nur noch erstickte Schluchzer hören.

»Jetzt sei still«, sagte ich.

Die Schenkel unter ihrem Gewand waren feucht und kalt wie Pilze. Meine Hand fuhr dazwischen und fand die weiche Stelle, an der ich mich befriedigen würde. Ich knöpfte mir die Hose auf.

»Jacob, bitte.« Ihre Stimme zitterte; sie hustete und schnaubte, vermutlich weil ihre Nase blutete. »Zeb hört dich.«

Wieder sah ich im Geiste, wie ihre Hand unter sein Hemd fuhr. »Lass ihn.«

»Bitte, Jacob, Jacob.« Durch Caros Tränen und Speichel klang mein Name abgehackt. »Wie wirst du dich morgen fühlen?«

»Verheiratet.«

Sie wimmerte, schluchzte und flüsterte Gebete, als ich in sie eindrang. Ihr Jungfernhäutchen war noch unverletzt; ich presste fest dagegen, bis das Fleisch nachgab und ich eng umfangen wurde.

»Du bringst mich um!«, schrie Caro. »Mörder!«

Ich presste fester, um sie meine Macht fühlen zu lassen.

»Zeb!«, schrie sie.

»Halt ihn hier raus, wenn du ihn liebst«, fauchte ich. »Ich könnte auch ihn umbringen.« Lass ihn das hören. Lass ihn alles hören – lass –

Der Orgasmus überfiel mich stark wie ein Todeskampf. Ich hörte mich selbst heulen. Mit zusammengebissenen Zähnen drückte ich meine Hüften gegen die ihren und die Lust wallte in mir auf, ich vergaß alles um mich herum, ich starb, und erst als ich losließ, wurde das Aufbäumen des Körpers langsamer und schlaffer, und ich wusste wieder, wo ich war und wer bei mir lag. Mit pochendem Herzen brach ich auf ihrer Brust zusammen. Sofort bewegte sich Caro unter mir, so dass mein Körper aus ihrem herausglitt. Dann versuchte sie, sich ihr Gewand über die Schenkel zu ziehen, doch mein Gewicht hinderte sie daran.

Es war so still um uns, wir hörten nur unseren eigenen Atem.

Vom Flussufer kam zaghaft Zebs Stimme: »Caro?«

»Bring mich nicht dazu herüberzukommen«, drohte ich ihm.

»Caro!« Es entstand eine kurze Pause, dann begann er zu weinen. Ich wollte aufstehen, um dieses Geräusch zum Schweigen zu bringen.

Sofort rief Caro: »Hab Mut«, und das Weinen wurde leiser.

»Wofür sollte er Mut brauchen?«, wollte ich wissen. »Habe ich ihn verletzt?«

Sie antwortete nicht. Ich wusste, dass Zeb, der unserem Kampf gelauscht hatte, befürchtet hatte, Caro sei auf der Stelle getötet worden.

Nach einer Weile zwangen mich meine schmerzenden Knie zum Aufstehen. Meine Frau drehte sich auf die Seite und rollte sich mit dem Rücken zu mir wie ein Kind zusammen. Ich lag ausgestreckt auf dem Rücken und schaute in die unsichtbaren Bäume. In der Dunkelheit hatte ich meinen Rock verloren, und nun, da die animalische Hitze verflogen war, kroch mir die Kälte des Waldes in die Glieder.

Langsam dämmerte es mir, was ich getan und welchen Schaden ich angerichtet hatte. Wut und Lust hatten mich zum Wahnsinn getrieben. Ich hatte sogar gewollt, dass Zeb dieses Gemetzel einer Hochzeitsnacht mit anhörte, und nun brannten mir die Wangen vor Scham. Was immer Zeb mit den Frauen trieb, hiermit hatte das nichts zu tun.

»Caro?« Als ich ihren Nacken berührte, schauderte sie. »Frau, ist dir kalt?«

»Wenn du es wieder tun willst, nur zu«, stieß sie mit hasserfüllter Stimme aus.

»Dich muss doch frieren. Lass mich meine Arme um dich legen.«

Caro ließ ein fürchterliches Lachen erklingen. »Hier, nimm dies.« Sie stieß etwas Hartes in meine Hand. Ich tastete mit meinen Fingern danach und stellte fest, dass es der Ehering war.

»Wie kann ich nehmen, was deins ist?« Ich tastete nach ihrer Hand und drückte den Ring hinein.

»Also gut«, sagte sie und ich fühlte einen Ruck durch ihren Körper gehen. Etwas landete im Laub.

»Was war das?«, fragte ich.

»Der Ring. Weggeworfen. Jetzt lass mich.«

Ich lauschte, während sie unaufhörlich von Schluchzern geschüttelt wurde, die wie von einem Tier klangen, das um seine Jungen trauert. Meine Augen füllten sich mit Tränen, und meine Kehle war zugeschnürt und schmerzte. Das hatte ich nicht beabsichtigt. Weder den Jungen noch die Flucht aus dem Haus, nicht diese ›Vereinigung‹ mit Caro. Alles das hatte ich nicht gewollt.

Als ich meine Hand auf ihre Schulter legte, schluchzte sie nur umso lauter. Ich konnte nichts tun, als dort zu liegen und auf Schlaf zu hoffen. Zeb rief nicht wieder. Jetzt rollte ich mich von ihr weg, starrte in die andere Richtung, lauschte auf den Wind in den Zweigen und dachte an das Hochzeitsgemach, das ich hätte haben können und das ich zerstört hatte, als ich Christopher Walshe erstochen hatte. Eigentlich sollte ich Caro gerade in meinen Armen wiegen und sie mich in ihren, beide trunken voneinander, oder unschuldig schlafend wie satte Säuglinge, stattdessen lagen wir mit den Rücken zueinander und zwischen uns die ganze Welt.

Schließlich sank ich in einen Traum mit wechselnden Bäumen und Pfaden. Etwas bewegte sich und ich schrak mit rasendem Herzen angsterfüllt aus dem Schlaf. Doch dann war alles wieder still. Als ich erneut einschlief, erschien mir mein Vater und sagte, mein Leben sei in Gottes Hand, und ich sah eine kleine Flamme in der Hand brennen und fürchtete mich. Das nächste Mal erwachte ich bei Tagesanbruch, Nebel sickerte durch die Bäume und ein fahles Licht erhellte den Himmel. Um meinen Bauch herum verspürte ich große Kälte und als ich an mir heruntertastete, stellte ich fest, dass die Knöpfe immer noch offen waren. Ich setzte mich auf. Das Gras neben mir war zerdrückt, doch Caro, Zeb und die Pferde waren verschwunden.

2. Teil

6. Kapitel

Prinz Rupert

Ein paar Tage später kam ich auf der nördlichen Seite aus dem Wald heraus. Alles, was ich trug, hing inzwischen in Fetzen an mir herunter, und meine Schuhe lösten sich von meinen Füßen, doch das wog wenig gegen die innere Qual, die mich zerriss. Fast wäre ich froh gewesen, von Biggin gefasst und getötet zu werden, allein die Feigheit des Fleisches ließ mich immer noch auf menschliche Geräusche lauschen und im Gebüsch ein Versteck suchen, sobald ich etwas dergleichen vernahm. Als ich aus dem Wald trat und den breiten Weg offen vor mir liegen sah, durchströmte Erleichterung meinen Körper, wenn auch nicht meine Seele. Der Morgen war mild, die Straße lag zwischen hübschen grünen Hügeln und alles schien so ausgewogen, dass ich das Gefühl hatte, durch ein Bild zu schreiten.

Schau!, sagte die Stimme, *irdische Schönheit. Sie ist nichts als Schein. Mag die Welt dem ungeübten Auge auch fruchtbar und süß erscheinen, so ist sie doch nichts als ein Haufen Totenschädel, die zeigen, wo andere auf ihrem Weg verloren gingen.*

»Ich bin verloren«, antwortete ich, »und kann nie wieder gefunden werden.«

Niemand von uns verdient Erlösung. Wir sind zu schwach und zu bestechlich, um sie zu erhalten oder uns auch nur die kindlichste Vorstellung davon zu machen. Dennoch zeigt Gott Sein Erbarmen, indem Er einige von uns rettet, und Seine Gerechtigkeit, indem Er andere verdammt. Vater hat es Izzy und mir erzählt und von den Auserwählten geredet: Mehr als einmal versuchte er diese Dinge auch Zeb zu erklären, doch der Knabe war zu jung und verspielt und begann zu weinen. Die Auserwählten waren schon vor dem Anfang der Zeit bestimmt worden und sind an ihrem inneren Licht und ihrer göttlichen Lebensart zu erkennen. In mir war alles dunkel und weder meine Lebensart noch mein Verhalten göttlich. Daher muss ich die Hölle als mein Los ansehen. Gott bahnt unseren Pfad und zeichnet mit Seinem Finger eine Furche in die Erde, und wir armen, blinden Ameisen fallen hinein.

Ich war noch nicht lange aus dem Wald herausgetreten, als mich unmäßiger Durst überkam. Gleich einem Dummkopf hatte ich nicht daran gedacht, noch einmal meinen Durst an dem Fluss zu stillen, bevor ich seine Ufer verließ, und danach hatte ich keine andere Quelle mehr gefunden. Nun schwitzte ich gewaltig in der Sonne. Gewöhnlich denkt man an unser England als ein sanftes, grünes Land, das von vielen Flüssen gespeist wird, doch ich kann aus bitterer Erfahrung beweisen, dass es möglich ist, viele Meilen auf des Königs Straßen zu gehen und dabei höchstens auf eine Pfütze zu stoßen. Im ersten Dorf auf meinem Weg traute ich mich nicht anzuhalten, aus Angst, die Kunde von unserer Flucht könnte sich bereits so weit verbreitet haben, und da ich an meinem Hochzeitsausputz leicht zu erkennen war, konnte das meinen Tod bedeuten. Doch ich fand neben der Kirche einen Brunnen, dessen Eimer ich hochzog; ich streckte meinen Kopf hinein und trank wie ein Pferd. Als ich den Kopf hob, sah ich an einem der oberen Fenster eine Frau verschwinden, als ob sie dächte, ich wolle zu ihr hochhüpfen.

Unmittelbar nach dem letzten Haus des Dorfes fand ich ein Schild, das nach links den Weg nach Devizes anzeigte. Ich hatte die verrückte Idee, nach Bristol zu marschieren, nun, da die Stadt gefallen war. Jede Arbeit, die Kraft erforderte, wäre mir recht, und in solch einem großen Ort wie Bristol sollte ich gewiss mein Brot in Sicherheit verdienen können.

Mir kam der Gedanke, dass, sollten Caro und Zeb nicht nach Hause zurückgekehrt sein, Bristol auch ihr Ziel sein könnte, um dort vielleicht die Ringe und Halsketten feilzubieten. Sollte ich Caro dort finden, würde ich mich auf die Knie werfen und sie um Vergebung bitten. Ich schleppte mich weiter und sagte dabei wieder und wieder den Schwur auf, dass ich für den Rest meines Lebens nie wieder gegen sie die Hand erheben würde, es sei denn zu ihrer Verteidigung. Andererseits beschuldigte ich sie auch, mich so bar des Lebensnotwendigsten zurückgelassen zu haben: Ihre viel gerühmte Aufrichtigkeit hatte sie nicht daran gehindert, so dachte ich bitter, das ganze Gold mitzunehmen. Dann entsann ich mich ihrer Lage: Eine wunderschöne, junge Frau in einem tief ausgeschnittenen Gewand und der einzige Mann, der sie beschützen könnte, fiebernd und mit gebrochenen Gliedern. Jeder Gauner konnte ihnen den Schmuck so leicht abknöpfen wie ich Walshe das Messer und ihnen vielleicht genauso Böses antun, wie ich es ihm angetan hatte. Doch wenn sie davonkamen – und hier ritt mich der Teufel –, lagen sie vielleicht in einem Gasthof beieinander. Das Bett war weich; sie versorgte seine Wunden und ließ ihre Hände über den Rest seines Körpers gleiten. Wieder sah ich, wie das Hemd seine Brust hochrutschte; sie starrte und starrte ihn an – sie legte die Goldketten um seinen Hals – ich schüttelte den Kopf wie ein gequälter Stier, um diese Bilder daraus zu vertreiben, und fühlte wieder, wie sie den Ehering in meine Hand stieß. Nachdem ich ihre Flucht bemerkt hatte, hatte ich im Laub danach gesucht, doch vergeblich. Die Erinnerung daran, wie sie ihn weggeworfen hatte, war ein Stich in meinem Herzen. Ich betete zu erfahren, dass sie in Sicherheit waren und dass ich von meinem Elend erlöst und gerächt werden möge – ich wusste nicht, wofür ich beten sollte und ob nicht alles sinnlos sei. Gottes Wege lassen sich durch die Gebete Gerechter nicht ändern, wie viel weniger kümmert ihn da das Gejammer der Verdammten!

Obwohl die Straße nach Devizes recht eben war, kam ich nur langsam voran, da mir die Füße inzwischen empfindlich schmerzten. Nach einer Stunde Fußmarsch zog ich meine Schuhe aus und stellte fest, dass ich auf jeder meiner Zehen eine große Blase hatte und meine rechte Ferse aufgeplatzt war wie eine Pflaume. Dennoch war es besser, als barfuß zu gehen, und wenn ich so weiterhumpelte, konnte ich gewiss noch vierzehn Meilen vor Einbruch der Dunkelheit schaffen. Während ich weiterging, haderte mein Innerstes mit mir, und mein ebenfalls aufgewühlter Verstand machte mir so zu schaffen, dass ich die Straße entlangschritt, ohne sie wahrzunehmen, und mir immerzu vorsagte:

Sie ist mein Weib. *De praesenti* mit mir vermählt, was mit dem Akt – im Wald vollzogen wurde.

Ja, doch seelisch besteht ein deutlicher Unterschied. Tränen bedeuten keine Einwilligung –

ICH BIN IHR EHEMANN.

Zeb wird bei ihr liegen. Sie wird nicht anders als Patience sein – sie wird ihre Hände auf ihn legen wie im Wald, ich spüre, dass sie ihr Spiel mit mir getrieben haben –

JESUS, lass mich nicht solches denken.

Erneut überfiel mich quälender Durst.

Einmal, als ich noch ein Knabe war, durften wir drei an einem christlichen Feiertag nach Hause ins Cottage unserer Mutter, und während ich dort im Dorf war, stahl ich Walnüsse von des Nachbars Baum. Der Nachbar war ein o-beiniger, rothaariger alter Mann und meiner Mutter, glaube ich, recht zugetan, was ich damals nicht bemerkt hatte. Ich schälte gerade die Nüsse aus ihren grünglänzenden Mänteln und rieb sie des Geruches wegen, als er laut »Jacob« rief. Der Name war wie ein heftiger Schlag auf meine Brust. Ich war bereits ein großer Kerl und durch die Feldarbeit sehr kräftig. Als er auf mich zukam, war er nicht größer als ich, dennoch hatte ich Angst vor ihm. Er nahm mir die Nüsse ab und warf sie zusammen mit dem kleinen Messer, das ich bei mir trug, auf den Boden.

»Jetzt runter mit dir«, sagte er. Ich war erzogen worden, Strafen demütig zu ertragen, also kniete ich mich hin und erwartete Schläge.

»Nein, leg dich hin. Auf den Rücken.« Und ich legte mich tatsächlich hin und hoffte, dass er mich nicht treten würde. Stattdessen stellte er je einen Fuß an beide Seiten meines Körpers und hockte sich auf mich. Er nahm die Walnüsse und das Messer.

»Siehst du das, Junge?« Er schälte eine Nuss vor meinem Gesicht. »Hier, iss das.« Und er stopfte mir die unreife Frucht in den Mund und zwang mich hineinzubeißen. Es brannte so stark, dass ich aufschrie und mir ein Teil der Nuss dabei in die Kehle geriet. In meinem Schmerz warf ich ihn ab und lief spuckend und jammernd nach Hause.

»Grüne Früchte, Junge!«, schrie er hinter mir her.

Meine Zunge war noch Wochen danach schwarz.

Ich kann nicht sagen, warum mir dieses plötzlich wieder in den Sinn kam, vielleicht wegen meines inzwischen unerträglichen Durstes. Trotzdem folgte ich weiter der Straße nach Devizes, ohne jede Ahnung, wie weit ich von Beaurepair entfernt sein mochte. Bald entschloss ich mich, an der nächsten Tür um Wasser zu bitten, und sollte Cornish selbst dort wohnen, doch es dauerte noch eine Stunde, bis ich auf ein paar Behausungen traf. Noch nicht mal eine Bierschenke war darunter, und der ganze Ort wirkte merkwürdig ausgestorben. In einem der Cottagegärten stand ein alter Mann und starrte mich an, als ich ihm entgegenwankte.

»Seid gegrüßt, Freund«, keuchte ich, »wo mag ich wohl etwas Wasser finden?«

Er betrachtete mich, ohne zu antworten.

»Ich bin ermattet von der Straße.«

Fast ohne die Lippen zu bewegen, sagte der Mann: »Du wirst ein Quartiermeister sein.«

»Was?«

Er zeigte auf meine verdreckte Hochzeitsgarderobe. »Für die Streitmächte des Königs.«

»Alles, was ich erbitte, ist Wasser für mich selbst. Gebt es mir, und Ihr werdet mich nicht mehr sehen.«

Er zögerte. Ich sah, dass sein Rücken schmerzgebeugt und seine Fingernägel schwarz und stark verkrümmt waren: die Folgen langer Unterdrückung.

»Ich trage die Kleidung eines anderen, da meine gestohlen wurde«, schrie ich. »Hört Ihr nicht, wie meine Stimme vor Durst krächzt? Seid ein Christ, Freund.«

Der Christ bewegte sich von der Mauer weg und wies wortlos über seine Schulter. Ich sah einen Brunnen und rannte hin. Das Wasser schmeckte metallisch, doch ich trank bis zum Bersten. Da ich nun wusste, was Durst auf der Straße bedeutet, trank ich weit über die augenblickliche Notwendigkeit hinaus.

»Nun geh«, sagte er. »Dies ist deine Kleidung; du bist so wohlgenährt wie alle Reichen. Sag ihnen, wir haben nichts zu essen außer den Schorf auf unseren Köpfen.«

Er muss verrückt vor Entbehrung sein, dachte ich, zu glauben, ein Quartiermeister käme ohne Pferd und Waffen. Ich begab mich wieder auf die Straße, um Ausschau nach gesünderer Gesellschaft zu halten und nach einem Haus, in dem ich ein bisschen Brot erbitten konnte. Doch mein Freund hatte gewiss Recht: Wo immer ich mich umsah, wichen die Leute von den Fenstern zurück. Nirgends sah ich Kühe oder Korn auf den Feldern stehen, die Obstbäume der Gärten waren entweder leer gepflückt oder sogar gestutzt, und nicht eine einzige Henne suchte im Staub der Straße nach Würmern. Ich ging weiter und weiter und weiter.

Daheim hatten wir nichts dergleichen erlitten: Dank irgendeiner Glückssträhne oder aus Dummheit waren wir nie um freies Quartier gebeten worden. Ich hatte davon gehört, dass Soldaten alles wegaßen, was sie konnten, und den Rest stahlen oder verdarben, und auch, dass sie Frauen schändeten, wenn der Kommandant ein Auge zudrückte. Die Streitkräfte des Königs waren besonders gefürchtet, weil die Offiziere fast keine Kontrolle über ihre Männer hatten, doch keine Armee war willkommen. Nun sah ich es mit eigenen Augen. Auf jeder Schwelle, auf der ich versuchte zu betteln, erhielt ich dieselbe, mal wütend, mal höflich gesprochene Antwort, und viele schienen überzeugt, dass ich ein Spion sei, gekommen um herauszufinden, was für den Verzehr noch übrig sei. Am Ende ging ich dazu über, des Nachts zu stehlen, meist alte Äpfel aus einem Garten oder Holzäpfel aus Hecken. Einmal brach ich in eine Meierei ein und fand einen Käse, worauf ich vor Freude weinte. So ging es etwa eine Woche, und ich konnte mich glücklich schätzen, dass ich deswegen nicht in Arrest kam.

Doch schließlich gab es überhaupt keine Häuser mehr, und die Folter begann erst richtig. Der Teufel peitschte mich mit hässlichen Bildern von Caro und Zeb voran; er ritt mich hart und gab mir die Sporen. Mein ganzes Brustbein schmerzte und ich dachte an die Worte ›gebrochenes Herz‹. Mein Schritt war langsamer geworden; ich wusste, dass Bettler tagelang ohne Nahrung gehen konnten, doch ich war an reiche Mahlzeiten gewohnt und konnte dies nicht. Was ich an Proviant fand, reichte mir nicht mehr. Ich lief im Zickzack, und ab und zu knickte mir ein Knie ein oder der Absatz meines Schuhs brach weg. Ich war wie einer, den man geschlagen hatte, mein Körper empfindlich, gebeugt, mit jedem Schritt schwächer werdend und meine Kehle ausgedörrt. Die Straße war menschenleer, und ich setzte mich, um den Blasen an meinen Füßen für eine Weile Erleichterung zu verschaffen. Als ich wieder aufstehen wollte, gelang es mir nicht, so streckte ich mich im Gras aus. Es war schön, mit der Schwärze und der Erde zu verschmelzen. Als das Tageslicht zurückkam, sprach ich mit jemandem, der mich fragte: Ist Isaiah im Gefängnis? Und ich antwortete: Vielleicht haben Patience und Cornish ihn verraten. Zeb und mir gegenüber sind sie sehr gefühllos. Wenn sie Zeb festnehmen, dann zusammen mit Caro, und sie müssen ihn in Gold aufwiegen. Auf meine Frage, wieso Patience Zeb wegen Cornish verlassen konnte, antwortete er mir singend, dass Zebedee grausam zu ihr gewesen sei und dass Mägde dadurch zu Teufeln werden, zu Teufeln, zu Teufeln, zu Teufeln.

Ja, sagte ich. Und Teufel selbst werden grausamer, je mehr Schmerzen ihnen auferlegt werden. Ich öffnete die Augen, doch da war niemand.

Die Sonne brannte stärker auf mein Gesicht. Mittag. Mein Kopf schmerzte so wie nach dem Genuss von Alkohol, und ich wollte nur noch hier liegen und mit niemand mehr reden. Eine Frau kam mit einem kleinen Kind vorbei und wechselte die Straßenseite. Danach versuchte ich aufzustehen, doch als ich gerade auf die Füße gekommen war, fiel mein Körper vorneüber und ich lag wieder im Staub. Ich rollte mich auf den Rücken. Die Walnuss steckte in meiner Kehle und brannte das Fleisch schwarz, doch ich konnte sie loswerden, indem ich einschlief. Der alte Mann stand über mir und ließ etwas auf mein Gesicht fallen. Ich sagte zu ihm, sie sind im Gasthof und liegen dort zusammen im Bett, aber er ist am Fieber gestorben. Ich machte Anstalten, mich aufzusetzen, doch mein Kopf war auf der Erde festgenagelt. Der Mann zwang mir eine weitere Nuss zwischen die Zähne, eine harte. Gleichzeitig rann etwas Kaltes in meinen Mund.

»Lasst Eure Füße auf ihm«, sagte ein Mann. Ich konnte keine Füße auf meinem Körper spüren; stand jemand auf mir? Es roch nach Rauch, und ich hörte unsere Pferde in den Wald rennen.

Der Himmel war nass. Ich lag auf dem Rücken und sah, dass sich neben meinem Kopf Männer bewegten. Dann umfing mich wieder Dunkelheit.

»Er hat die Augen geöffnet«, sagte eine freundliche Stimme neben mir und dann: »Trinkt.« Wieder wurde das harte Ding zwischen meine Lippen gesteckt, und ich drehte den Kopf weg.

»Lasst ihn, Ferris.«

»Wir können ihn aber so nicht lassen.« Warme Finger wischten mir über Mund und Kinn. Ich schaute auf und sah einen jungen Mann mit schlankem und nachdenklichem Profil, jedoch mit vollen Lippen und einer langen Nase. Verwirrt starrte er in die Ferne. Er kniete neben mir, als ob er nach jemandem Ausschau hielte, dabei strich seine Hand weiter wie abwesend über meine Lippen, so dass ich den Geruch von Schweiß und Kanonenmetall einatmete.

Ich hustete gegen seine Hand, und er wandte mir seine Augen zu, die so grau wie die meinen waren. Volles, helles Haar hing über seinen Kragen und ich sah, dass er sich vor ein paar Tagen rasiert hatte. Als sich unsere Blicke trafen, verdunkelten sich seine Augen, die Pupillen vergrößerten sich und sahen aus, als seien schwarze Tintentropfen in die graue Iris gefallen, dann schaute er weg, und seine Finger glitten von meinem Gesicht.

»Gebt mir zu trinken«, krächzte ich.

»Legt Euch auf die Seite.« Er zog an meinem Arm und biss die Zähne zusammen, während er versuchte, mich herumzurollen. »Hoch, stützt Euch auf die Ellenbogen.« Als er mich in die richtige Lage gezogen hatte, streckte ich meine Hand nach dem Wasser aus und erhielt einen schiefen Blick von ihm.

»Ihr hättet mir Arbeit ersparen können. Hier, und nichts verschütten. Es ist kostbar.«

An seinem Jackenärmel klebte Erde. Ich nahm die Metallflasche, schluckte etwa die Hälfte des Inhalts hinunter und reichte sie ihm zurück.

Er winkte mit der Hand. »Trinkt mehr«, sagte er und blieb dabei so nah, als wolle er sagen, ich gehe nicht eher, bis Ihr es getan habt.

Ich setzte mich auf und sah mich nach dem anderen Mann um, den ich gehört hatte, doch dieser war verschwunden. Auf beiden Seiten der Straße drängten sich Soldaten um kleine Feuer. Ihre einst roten Uniformen waren inzwischen vor Dreck ganz braun, nur einige kleine Flecken waren vom Matsch und Rauch der Schlacht verschont geblieben. An einem Feuer in der Nähe saß ein Junge und beobachtete uns. Er lächelte und winkte meinem neuen Freund zu.

»Schon vorhin haben wir Euch etwas Wasser eingeflößt. Trinkt nur. Ich hole Euch etwas Proviant.«

Ferris sprang auf und ging davon, wobei er bei dem Jungen, der mir aufgefallen war, Halt machte und ihm auf die Schulter klopfte, bevor er hinter einer Gruppe von Männern meinem Blick entschwand. Fahler blauer Rauch zog an mir vorbei und roch nach Zuhause, und ein leichter Regen, nicht mehr als Spucke zwischen den Zähnen, kühlte meinen Nacken. Jetzt konnte ich das gestutzte Haar der um die Feuer sitzenden jüngeren Männer erkennen. Einige von ihnen und die meisten älteren Männer trugen ihrs immer noch lang. Ich befühlte meinen Kopf; jemand hatte mein Haar ganz nah der Kopfhaut abgeschnitten. Dort lag es im Gras, ein Knäuel nasser, schwarzer Vipern.

»Fühlt Ihr Euch besser?« Er war zurück und ließ sich behende neben mir nieder.

»Habt Ihr das getan?«

Ferris warf einen Blick auf die toten Locken im Gras. »Nein.« Er hielt mir etwas hin, doch ich konnte meinen Blick nicht von dem wenden, was einst meines gewesen war und was auch Izzy und Zeb hatten.

»Hier«, er zog meine Hand von dem geschorenen Schädel weg, »am besten, Ihr esst, ohne hinzuschauen.« Es war Brot mit Käse, das Brot so hart wie unsere Absätze und der Käse voller Milben, doch ich griff gierig danach.

»Nicht zu schnell, falls Ihr die letzte Zeit nichts gegessen habt, sonst schadet Ihr Euch«, sagte Ferris. »Langsam, langsam!« Er nahm mir den Käse weg.

»Warum gebt Ihr mir zu essen?«

»Nennt es Eure Ration. Ihr seid in der Armee des *New Model.*«

»Ihr vertut Euch. Ich bin –«

»Uns fehlen Männer. Da wollt Ihr Euch einfach hinlegen und sterben?« Er lachte.

»Doch ich bin schwach, krank, verhungert.«

»Verhungert!« Die grauen Augen machten sich über mich lustig. »Na gut, Ihr habt Hunger. Das sehen wir ständig. Und dieser Aufzug! Wir dachten, wir hätten einen Deserteur gefunden, einen Offizier der Kavallerie. Bis Ihr gesprochen habt.«

»Ich habe nichts gesagt.«

»O doch. Während ich Euch aus der Ohnmacht zurückgeholt habe. Und gekämpft habt Ihr. Wir standen auf Eurem Mantel, um Euch unten zu halten.« Er bot mir ein weiteres Mal Brot und Käse an. »Einige der Jungs dachten, wir hätten Rupert vom Rhein erwischt.«

»Er ist ein Teufel«, murmelte ich in die harte Brotkruste.

»Das sagten sie auch und hätten schon beinah kurzen Prozess mit Euch gemacht, doch ich habe ihnen gesagt, dass Prinz Rupert nicht einfach so auf der Straße herumliegt. Wie ist Euer Name?«

»Ich – nun, ich hätte nicht schlecht Lust, jetzt Rupert zu sein.«

»Ja, wer wäre das nicht gern! Gebratene Gans statt Brot und Käse.«

»Wurdet Ihr angewiesen, mich anzuwerben?«

»Nein. Ich bin eigenwillig – würde keinen auf der Straße verdursten lassen, so schaute ich, ob Ihr für den Dienst an der Waffe tauglich wärt. Ihr seid es jetzt«, und als ich protestieren wollte, »jetzt.« Er wies mit der Hand zu einem der Feuer. »Yonder ist Euer Korporal – er wird Euch Drill beibringen.«

Ich überlegte. »Ist Brot und Käse der ganze Lohn?«

»Nicht immer ist es so gut! Doch manchmal gibt es Rind und acht Pence pro Tag – falls sie zahlen.«

Er stand auf und reichte mir die Hand, doch meine Hüftgelenke knirschten, als ich mich aufrichten wollte, und mein Gewicht zog ihn wieder nach unten; lachend musste er loslassen.

Während ich auf der Straße gelegen hatte, war es langsam Abend geworden, so war ich froh, dass Ferris vor mir herging, denn es war schwer, bei den um die Feuer herumliegenden Soldaten Rang oder Abzeichen zu erkennen. Er blieb vor einem Mann mit so dreckigen Haaren stehen, dass man deren ursprüngliche Farbe überhaupt nicht mehr ausmachen konnte, und der nicht nur mit Matsch befleckt war: Als ich näher hinsah, erkannte ich, dass seine gesamte rechte Gesichtshälfte mit bräunlichem Blut beschmiert war. Dort, wo es sich mit Schweiß vermengt hatte, war die Kruste aufgeplatzt.

»Prinz Rupert ist gekommen, um unter Euch zu dienen, Sir«, sagte Ferris. Ich verbeugte mich ungeschickt. Die in der Nähe sitzenden Männer lachten.

»Und wie lautet sein richtiger Name?«, fragte dieser Herr mit schmerzverzerrter Stimme.

»Wenn ich darf, Sir«, warf ich ein, bevor Ferris mein Spiel verderben konnte, »werde ich den Namen Rupert annehmen, da ich unter diesem bereits bekannt bin.«

Mit einer Handbewegung gab er zu verstehen, dass ihm das einerlei sei.

Ich wurde im Offiziersbuch als Rupert Cane eingetragen – der erste Name, der mir einfiel – und bekam zehn Schillinge in die Hand gedrückt.

»Das ist Euer Aufnahmesold«, sagte Ferris, der mit mir gekommen war.

»Aufnahme?«

»Geld für Eure Anwerbung. Haltet es gut fest, so viel seht ihr nie wieder.«

Ich erhielt einen roten Rock, zwei Hemden, Hosen und Strümpfe, dazu einen ledernen Tornister und ein blutverschmiertes Barett, das vom Kopf einer Leiche zu stammen schien.

»Dieser Rock passt mir nicht«, sagte ich und hielt ihn hoch.

Der Mann zuckte die Schultern. »Da kann ich nichts machen. Einen Meter Stoff, das ist die Vorschrift.«

»Und wenn Ihr ihm zwei gebt und wir einen Schneider finden, der sie zusammennäht?«, schlug Ferris vor.

Der Mann war einverstanden. Ich dankte ihm aus ganzem Herzen, und Ferris hob die beiden Röcke hoch und meinte, er wüsste jemanden, der diese Arbeit für einen Schilling machen würde.

Als wir durch das Lager marschierten, spürte ich, wie das Essen mich wärmte, und sehnte mich nach mehr. Um mich abzulenken, fragte ich Ferris, was wohl am nächsten Tag geschehen würde.

»Wir werden Euch in Eurem Rock sehen … und Ihr werdet an der Pike gedrillt werden«, fügte er hinzu.

»Ihr seid doch sicher kein Pikenier!«, sagte ich ohne nachzudenken.

Er blieb stehen und sah mich kühl an. »Ich habe viele Pikeniere überlebt.«

»Ich habe nicht gemeint –«, doch meine Stimme erstarb, denn ich hatte es genau so gemeint. Auf Beaurepair hing über dem Kamin in der Halle eine Pike, und jeder hatte sie schon einmal hochgenommen. Ferris war zu zartgliedrig, um solch eine Waffe zu tragen. Vielleicht, dachte ich, hatte er abseits der kämpfenden Vorhut kleinere Aufgaben. Doch eine Pike zu tragen war immer noch besser, als als Leiche im Straßengraben zu liegen, und dafür schuldete ich ihm Dank. Ich lächelte ihm zu, und er erwiderte sofort das Lächeln.

»Ihr könnt mir glauben«, sagte er. »Ich war ein Musketier. Doch jemand, der mich aus London kannte, fand, ich könne woanders nützlicher sein.«

»Wo – wieso?«

»Ich bin nicht schlecht im Rechnen und einige seiner besten Leute waren bereits gefallen. Daher helfe ich jetzt an den Geschützen«, sagte er, während wir uns an einem Feuer niederließen. »Eigentlich ist es Sache der Kavallerie, doch durch das Fieber und die Gefallenen – nun, sie brauchen Männer, die ohne Zuhilfenahme ihrer Finger zählen können.« Er verzog den Mund über seinen eigenen grimmigen Scherz. »Die gerade feuern können und dem ausweichen, was zurückkommt. Wenn der Feind in Schussweite ist, dann sind wir es auch.« Er hielt meinem Blick stand, und ich hatte das Gefühl, getadelt zu werden.

»Ich verstehe nichts vom Krieg«, sagte ich.

»Schön, wenn ich das auch sagen könnte. Es ist ein bestialisches Geschäft.«

»Obwohl es heißt, die Männer dieser Armee seien eher göttlich als bestialisch. Ist es nicht die andere Seite, die plündert? Sagt man nicht Rupert, *Graf von Plünderland?*«

Ferris grinste. »Habt Ihr deswegen seinen Namen angenommen? Ja, es gibt welche, die singen Psalmen in der Schlacht, und unsere Kommandanten bemühten sich, die Plünderer im Zaum zu halten, doch nicht etwa aus Liebe zu den Besiegten. Sie glauben vielmehr, dass die Armee Freunde braucht und dass Soldaten, einmal von der Leine gelassen, unempfänglich für Befehle werden. Vor allem wenn sie auf päpstlichen Wein stoßen.« Er warf einen Stock in die Flammen. »Wisst Ihr, ein Mann mag Psalmen singen und dennoch die Besiegten so erbarmungslos in Stücke schneiden wie –« Er suchte nach einem Vergleich und zuckte dann nur mit den Schultern.

Durch das Feuer gewärmt, zog ich mich aus und probierte das neue

Hemd und die Hose. Ferris sah mir dabei schweigend zu. Das Hemd war grob, doch fast sauber, und Hemd und Hose waren groß genug. Letztere besaß Taschen, was für mich neu war. Meine alte Kleidung packte ich in den Tornister, doch als ich meine Schuhe auszog, musste ich feststellen, dass die feinen Strümpfe von Peter und meinen Brüdern nur noch Fetzen waren. Nicht ohne Bedauern warf ich sie ins Feuer.

»Ferris, Ihr sagtet, ›vor allem päpstlichen Wein‹. Ist er so stark?«

Er grinste. »Jeder Wein, den ein Soldat findet, ist päpstlich. Das besänftigt das Gewissen.«

Ich starrte ihn an. »Wollt Ihr sagen, es gibt keine guten Soldaten? Alles Wölfe?«

»Soldaten sind auch nur Männer. Es gibt viele, die sowohl mutig als auch barmherzig sind –« Ferris brach ab, um einer sich dem Feuer nähernden Gestalt zu winken. »Was die andere Seite betrifft, da sind es sogar mehr als bei uns –«

Er brach endgültig ab und rief dem Neuankömmling ungeduldig zu: »Willkommen, mein Freund, und habt Ihr etwas erhalten?«

Ich schaute auf und sah einen Jungen, der fast so groß war wie ich und nur aus Armen und Beinen zu bestehen schien. Sein Gesicht leuchtete vor Freude, und selbst im spärlichen Licht war ich von seinen funkelnd blauen Augen fasziniert, solche, wie sie meist nur Blonde haben. Die Haare dieses Jungen waren jedoch fast schwarzbraun, und ich meinte in ihm den Kerl zu erkennen, der uns bereits zuvor von der Feuerstelle aus zugewinkt hatte.

»Dies hier ist Nathan«, sagte Ferris. »Ein guter Kamerad und keineswegs bestialisch.«

»Wer hat mich bestialisch genannt?«, fragte der Junge. »Schaut her, Ferris«, sagte er und zog, ohne auf eine Erwiderung zu warten, ein Tuch unter seinem Mantel hervor, aus dem er zwei Stücke Bratenfleisch wickelte, die in dem rötlichen Schein des Feuers fett glänzten. »Es gibt auch Brot.«

»Ihr seid ein Prachtkerl«, sagte Ferris. Zu mir gewandt fügte er hinzu: »Das Fleisch ist überwiegend gekocht.«

»Ich schätze, es ist aus Devizes«, sagte der Junge.

Ferris grinste. »Kriegsbeute, wollt Ihr sagen? Haben wir genug für Prinz Rupert hier?«

»Prinz –?« Der Junge kicherte, betrachtete mich neugierig und sagte dann: »Ich glaube, wir kennen uns noch nicht?«

»Ich habe mich heute anwerben lassen.«

Nathan ließ sich neben Ferris nieder und begann das Fleisch mit einem Dolch zu zerteilen, um aus zwei Portionen drei zu machen. Zu meiner Überraschung verdross ihn diese unerwartete Schmälerung der Portionen keineswegs. »Heißt Ihr wirklich Rupert?«

Ich nickte.

»Stammt Ihr hier aus der Gegend?«

»Wieder richtig.«

»Ich schätze, Ihr werdet Pikenier. Die großen Kerle werden meist an die Pike gestellt«, sagte er und beschrieb mir dann das Gewicht einer Pikenierrüstung. Er redete sehr viel und seine Stimme ging mir auf die Nerven.

Ferris, der meinen Gesichtsausdruck sah, meinte zu Nathan: »Er käme mit der Rüstung schon zurecht, gäbe es eine.«

»Natürlich«, stimmte der Junge zu. Er reichte Ferris das Fleisch und schnitt Brot.

»Selbst ich könnte tragen, was sie nun austeilen.« Ferris hörte nicht auf, mich anzusehen. »Doch die meisten Männer wollen es nicht. Ein Lederwams – das ist alles.«

»Würdet Ihr Pikenier sein wollen?«, fragte Nathan ihn.

»Ich schätze, Rupert hält mich für ungeeignet, egal welche Aufgabe ich als Soldat verrichten würde.«

»O nein«, sagte ich. »Ich will nur –«

»Und er hat Recht«, fuhr Ferris fort. »Die für die Rekrutierung verantwortlichen Offiziere sollen die größten und stärksten Männer aussuchen, und womit kommen sie an? Sieben Jahre älter als Nat und nicht mal so groß.«

Er gab mir von dem Fleisch, und Nathan hielt mir ein Stück Brot hin. Ich probierte meinen Anteil und fand Gefallen an seiner Zähigkeit, da ich so länger etwas davon hatte. Ferris stopfte sich ein Stück Braten in den eigenen Mund, schloss die Augen und seufzte, als er hineinbiss. Ich beobachtete, wie Nathan das Fleisch auf sein Brot legte und beides vorsichtig mit seinen langen Fingern festhielt, die gar nicht zu einem Soldaten passten. Als ich wieder zu Ferris sah, merkte ich, dass er mich anstarrte. Er sagte: »Nicht, dass Ihr etwas Falsches denkt, ich kann jeden Mann meiner Größe niederwerfen –«

»Nein, größer«, sagte Nathan.

»– und ich wette, mehr schafft Ihr auch nicht.«

Nathan hustete. Brotkrumen sprühten aus seinem Mund und schimmerten im Schein des Feuers. Ich sah, dass er lachte.

»Nat, eines Tages werdet Ihr noch ersticken«, warnte ihn Ferris.

Das verschlimmerte den Hustenanfall des Jungen nur noch. Ich hörte lautes Schnauben, während er mit dem Herunterschlucken seiner Speise kämpfte.

»Was hat er?«, fragte ich, verärgert über seine Albernheit, denn ich hatte das Gefühl, irgendwie zum Gespött gemacht zu werden.

»Ich und meine Prahlerei. Er weiß, dass ich kein Raufbold bin, was, Nat?« Ferris reichte mir noch mehr von dem Fleisch. Nathan kicherte weiter, und da ich mir fehl am Platze vorkam, stand ich auf. Die beiden wandten mir ihre lachenden Gesichter zu.

»Woher habt Ihr das Fleisch?«, fragte ich. »Ich werde versuchen, mehr zu bekommen«, denn in der Tat hätte ich mindestens die doppelte Portion essen können.

»Vom Feuer dort drüben«, Nathan wies in die entsprechende Richtung. »Aber sie werden Euch nichts geben. Es war ein Gunstbeweis für mich.«

»Das werden wir ja sehen.« Ich machte mich auf zu dem Feuer, auf das er gezeigt hatte, und sah, dass noch ein Stück Rind auf einem Spieß briet. Ich ergriff ihn, worauf die beiden Männer, denen das Fleisch gehörte, protestierend aufschrien. Daher bot ich an, mich erst mit dem einen, dann mit dem anderen darum zu prügeln, und forderte die Umsitzenden auf zu beurteilen, ob dies gerecht sei. Gelangweilt und glücklich über jede Art der Zerstreuung fanden sie, es sei gerecht. Ich richtete mich auf, damit die beiden Köche meine volle Größe in Augenschein nehmen konnten. »Nun«, sagte ich, »wer von Euch macht den Anfang?« Ich machte Anstalten, meinen Mantel auszuziehen, doch da sich keiner von ihnen bewegte, nahm ich das Fleisch und überließ sie ihrem Bedauern über ihre eigene Feigheit und den Sticheleien ihrer Kameraden.

Ferris und der Junge knufften sich gegenseitig und lachten immer noch, als ich mit meiner Trophäe zurückkam. Bei ihrem Anblick hörten sie sofort auf, und Nathan rang nach Luft und fragte: »Wie habt Ihr sie denn dazu überredet?«

Ferris sprang auf. »Ich kann es mir denken«, sagte er und nahm mir den Spieß ab, bevor ich wusste, wie mir geschah. »Ich werde ihnen sagen, es sei nur ein Scherz gewesen. Nat, gebt mir das.« Er nahm das Tuch und machte sich auf den Weg zu dem anderen Feuer, während ich mit offenem Mund dabeistand und überlegte, ob ich ihm bei seiner Rückkehr ein paar aufs Maul geben sollte.

Er kam mit dem Tuch in der Hand zurück, grinste mich an und setzte sich geradewegs zu meinen Füßen.

»Was soll das?«, fragte ich, »hey – Ihr, was soll das?« Es war merkwürdig, von oben mit einem Mann am Boden zu sprechen. Nathan schaute ängstlich zu mir auf.

»Setzt Euch hierhin und ich werde es Euch sagen.« Ferris klopfte auf das Gras. Ich ließ mich neben ihm nieder, bereit, bei der kleinsten Sache zu explodieren.

»Das war das zweite Mal, dass ich Euch heute das Leben gerettet habe«, sagte er.

»Mir das Leben gerettet! Die haben sich aus Angst vor mir beinah in die Hose gemacht.«

»Könnt Ihr eine Musketenkugel mit den Zähnen fangen? Diese Männer sind Musketiere.«

Ich erinnerte mich an Mervyns Weinschaumcreme.

»Ich habe ihnen gesagt, Ihr wäret betrunken, hättet die Sache als Scherz gemeint und das Fleisch zurückbringen wollen, nur hättet Ihr vergessen, wohin«, fuhr Ferris fort. »Ich nehme doch an, Ihr seid nicht wirklich der Graf von Plünderland, oder? Man sagt, er ziehe verkleidet umher.«

Hätte daheim jemand – Zeb oder Peter – etwas Derartiges gesagt, wäre er dafür bestraft worden. Ich starrte Ferris an.

Er erwiderte den Blick, ohne mit der Wimper zu zucken. »Ah, ja. Ihr seid genauso groß wie er. Könntet mich ohne Waffe zu Boden schlagen, was?« Er knotete das Tuch auf. »Immer noch hungrig? Und Ihr, Nat?«

Ich wurde rot.

»Hier«, Ferris schlug die letzten Falten des Tuches zurück und schob die Fleischstücke zu mir hin. »Kein Brot diesmal.«

Nathan war voll Bewunderung. »Mutig, Ferris! Wo habt Ihr das her?«

»Von ihnen, natürlich. Ich habe mir einen Anteil als Belohnung fürs Wiederbringen erbeten.«

»Vielen Dank«, murmelte ich.

Ich aß mein Fleisch demütig und schweigend und ertrug Nathans Geschwätz so geduldig wie möglich. Nach einer Weile sagte der Junge: »Ferris, wir sollten zu Russ gehen, bevor es dunkel wird.«

»Das habe ich vergessen. Wo ist er?«

»Soweit ich weiß, auf der anderen Seite des Lagers.« Der Junge stand auf. »Wir sollten uns jetzt aufmachen.«

»Einverstanden«, Ferris erhob sich ebenfalls. »Ihr seid hier gut versorgt«, sagte er zu mir. »Warm und jede Menge Kameraden um Euch herum. Schlaft gut.«

Sie gingen über das Gras davon. Der Junge war tatsächlich der größere von den beiden, und es versetzte mir einen schmerzhaften Stich, zu sehen, wie er seinen Arm um Ferris' Schultern legte, genau wie ich es bei Izzy getan hatte. Wo, fragte ich mich, war mein eigener, lieber Bruder? Litt er für meine Verbrechen? Wahrscheinlich würde ich nie wieder meinen Arm um ihn legen, mit ihm herumspazieren und seinen Rat erbitten können. Ich sah mich um. Überall hatten die Männer sich zu Grüppchen zusammengefunden, und nirgends sah ich jemanden so mutterseelenallein wie mich. Auch ich bin geliebt worden, wollte ich ihnen zurufen, denn ich fühlte mich wie ein Aussätziger.

In der Nacht schlief ich mit den anderen so nah wie möglich beim Feuer und versuchte meine schmerzenden Hüften zu entlasten. Mein erster Sold lag neben meiner Brust, so dass ein Dieb ihn nicht wegnehmen konnte, ohne mich zu wecken. Doch es war unmöglich, bequem zu liegen, und nach einer Weile gab ich es auf. Während das Feuer niederbrannte und immer mehr Männer einschliefen, hörte ich überall um mich herum Gemurmel, Schluchzer und Geraschel. Viele ließen, ohne es zu wissen, ihren Schmerz hörbar werden: »Mary, Mary, nicht so etwas«, murmelte einer in meiner Nähe, und ein anderer schrie in die Nacht: »Rettet ihn, es fällt.« Später hörte ich in einiger Entfernung Schreie, so als ob ein Mann einen Anfall hätte. Scheinbar litten sie alle, die Guten genauso wie die Bösen. Doch dann, als ich bedrückt und ruhig dalag, spürte ich das Brausen in meinem Kopf, das die Stimme ankündigte, und direkt darauf erklang es unerwartet beruhigend:

Unsere Angelegenheiten sind alle geordnet, und sollen wir sie mit unseren unbedeutenden Anstrengungen lenken? Du bist in der Armee des Herrn geschützt. Bleib da.

Bei Tagesanbruch war es ungemein kalt. Eingemummte und zusammengerollte Körper zuckten zusammen, als die Trommel das *Reveille* ertönen ließ. Ich sah, wie der Mann neben mir die Augen zu Gottes Himmel erhob und stumm fluchte. Er stützte sich auf, hustete und warf Schleim aus, dann kroch er zum Feuer und legte Holz nach. Anschließend ging er fort, kam mit einer Wasserflasche zurück und schien Wasser auf die Flammen zu gießen, denn Dampf stieg auf. Nach einer Weile wurde mir klar, dass er ein Pfännchen Wasser kochte, etwas, das ich unzählige Male gemacht hatte. Der fremde Ort hatte mich verwirrt.

Ein Ruf »Auf, auf« erschallte in unserer Nähe, und die Männer begannen zu stöhnen. Als wir uns alle aufgesetzt hatten, dachte ich, dass ich noch nie so wild aussehende Kerle gesehen hatte, zumindest nicht solche wie ein Teil der Jüngeren. Sie waren vor Kälte grau und blau, und die geschorenen Haare standen ihnen in allen Richtungen zu Berge. Ich fuhr mir mit der Hand über meinen eigenen Schädel, und es fühlte sich dort genauso struppig und wirr an.

»Wo sind Eure schönen Locken hin, Rupert?«, rief mir einer zu.

»Hat sie seiner Liebsten geschickt«, sagte ein anderer.

Ich wandte mich ab.

»Hey, Rupert, wollt Ihr etwas Brot?«

Steifbeinig humpelte ich zum Feuer. Derjenige, der mich gerufen hatte, zeigte auf etwas, das wie kochende Brühe aussah. »Das Brot ist so alt, dass man es ohne gar nicht essen kann.«

»Er vielleicht schon«, erwiderte ein anderer. Zu mir sagte er: »Großer Junge, nicht wahr? Sind sie alle so groß in Eurer Familie?«

»Ich bin der Größte.«

»Sprechen sie alle wie Ihr?« Viel Gelächter. Ihre Stimmen kamen mir hart und fremd vor, aber nicht unfreundlich. Sie klangen ein bisschen wie Ferris und ein bisschen wie Daskin; wenn sie schnell sprachen, verstand ich sie nicht immer.

»Wir sind aus London«, sagte derjenige, der als Letzter gesprochen hatte und meine Schwierigkeiten sah. »Mein Name ist Hugh, das hier ist Philip und das Bart.«

Bart holte einen kleinen Topf hervor und löffelte einen Teil der Suppe hinein. Ich sah zu, wie er auf die bräunlichen Klumpen blies. Es war Schrotbrot; zu Hause hatten wir die feinen, weißen Brötchen gegessen, genau wie die Herrschaft. »Ihr könnt das hier nach mir haben«, sagte er. »Es sollte auch Bohnen geben, doch die haben wir alle gestern Abend gegessen.«

»Und Käse?«

»Käse, Jungs! Nein, in letzter Zeit gab es keinen Käse.«

»Gestern hat mir ein Mann welchen gegeben.«

»So einen Freund sollte man sich warm halten«, sagte Bart. Er reichte mir den Topf mit dem gekochten Brot. »Muss ihn irgendwo gestohlen haben. Ist er hier?«

Ich schaute mich um und sah Ferris in einiger Entfernung sitzen und einen Schuh von innen betrachten. Als ich mich wieder den anderen zuwandte und gerade auf ihn zeigen wollte, bemerkte ich ihren starren Blick. Ihr Augen sahen aus wie die von Hunden, die Kaninchen jagen.

»Ich sehe ihn nicht«, sagte ich.

An diesem Tag begann meine Ausbildung. Als Erstes lernten wir, uns in Reih und Glied zu formieren und die Abstände einzuhalten, zum Beispiel uns mit ausgestreckten Armen, mit den Ellenbogen und so weiter zu berühren, dann lernten wir die zahlreichen Stellungen: *Wendungen, Winkelzüge, Rückwärts marschieren* und *Ausschwenken.*

Das Geschäft fing gut an. *Rechtsschwenk Marsch* war einfach, denn wir drehten uns alle nach rechts und konnten auf den Befehl *Ausgangsstellung* hin wieder unsere ursprüngliche Position einnehmen. Auch der dümmste Idiot hätte dieses mühelos bewerkstelligen können, und ich begann schon Hoffnung zu schöpfen; doch als wir nach *Rechter Hand marschiert* (was immer noch nett und einfach war) zu *Kontermarsch* kamen, gab es einiges an Gestolpere, so wie wenn kleine Kinder einen Tanz lernen, und als wir eine *Enfliade* machen mussten, ging ein Seufzer durch die Reihen. Der Korporal musste uns dies mindestens fünfmal wiederholen lassen, bevor man erkennen konnte, welche Stellung gemeint war, und selbst dann fühlten sich die Soldaten noch keineswegs sicher dabei, was man unschwer an ihren Blicken auf die Kameraden erkennen konnte. Ein dünner Mann mit glänzend gelber, straffer Haut im Gesicht hatte den Anschluss schon nach dem *Rechtsschwenk* verloren und konnte dies nicht mehr wettmachen. Auch andere waren überhaupt nicht mehr im Takt, sei es, weil sie zu langsam waren oder sich in die völlig falsche Richtung drehten. Viele schienen so wenig Vorbildung zu haben wie ich, und ein paar waren offensichtlich so dumm, dass es hoffnungslos war, ihnen etwas beibringen zu wollen.

Sobald nach kurzen weiteren Erläuterungen die Abteilung aufgelöst wurde, setzte steter Regen ein. Die Männer wanderten umher, schimpften oder hockten sich auf ihre Fersen, bis es Zeit war, wieder anzufangen. Ich fand, dass ich mich gar nicht so schlecht angestellt hatte und dass ich, einmal daran gewöhnt, so gut wie jeder andere wäre.

Als Nächstes folgte die Ausbildung an der Waffe und uns wurde erklärt, dass wir bereits in einzelne Abteilungen aufgeteilt worden waren, je nach der Waffe, die wir tragen sollten. Wie es Ferris und Nathan vorausgesagt hatten, erhielt ich eine Pike. Als ich sie in meiner Hand wog, erschien sie mir größer als jene auf Beaurepair, etwa fünf Meter lang und so schwer, dass ich sie kaum anders als auf der Schulter tragen konnte. Wir standen im Regen und versuchten, uns nicht gegenseitig zu stechen, während der Korporal mit uns die einzelnen Stellungen durchging.

An die Pike hieß nichts anderes, als sie vom Boden aufzuheben, und *Absetzen* und *Aufstellung* bedeutete in normalen Worten etwa: Stell sie so neben dir auf. Trotzdem sah ich um mich herum viel Verwirrung und Männer in der falschen Haltung, ohne dass sie es wussten.

Der Korporal brüllte erneut: »Aufstellung!«

Ich stand still, mein rechter Arm ausgestreckt und leicht gebeugt, um die Pike genau vor meinem rechten Fuß senkrecht in die Luft zu halten.

Eine Stimme, die nicht die des Korporals war, sagte: »Haltet Eure Hand auf Augenhöhe.«

Ich drehte mich um. Der Mann hinter mir hatte einen grauen Bart, wirkte jedoch rüstig und stark und besaß den Blick eines erfahrenen Soldaten. Er wies auf seine Waffe. »Daumen gestreckt und die Pike dagegen drücken.«

»Danke, Freund.« Ich machte es ihm nach und merkte, dass ich so zwar die Waffe fest im Griff hatte, aber mein Arm in der korrekten Position schmerzte. Allerdings mussten wir in dieser Haltung auch eine ganze Weile verharren.

Als Letztes lernten wir *Piken bereit*, was drei Schritte erforderte. Ich stellte mich ungeschickt an, und die Bewegungen wollten mir nicht flüssig gelingen. Die Pike, die ich zwischen rechter Schulter und Arm einklemmen sollte, rutschte weg, und ich musste sie mit der linken Hand fangen, bevor sie einen meiner Kameraden köpfte. Danach mussten wir wie beim ersten Mal wieder *Aufstellung* einnehmen und gingen zum nächsten Schritt über.

»Schultert Eure Pike!«

Als ich das Ding auf meine Schulter packte, löste sich die Sohle von einem meiner Schuhe. Die Pike fiel nach hinten und die anderen brüllten, ich solle besser Acht geben. Der Korporal kam, um nachzusehen, was los war.

»Auf einem Schuh kann ich das Gleichgewicht nicht halten«, sagte ich. Er wies mich an, beide auszuziehen, so stand ich da und schaute zu, wie sich der Schlamm zwischen meinen Zehen hochquetschte, während er wieder nach vorne ging.

»Schultert Eure Pike!«

Hätte ich gewusst, wie viele Haltungen noch an diesem Tag geübt werden mussten, hätte ich mit weniger Enthusiasmus exerziert. Mit vor Kälte tauben Füßen lernte ich das *Tragen, Vorrücken, Dichtmachen* und andere Haltungen mit ihrem endlosen *Fällen, Packen, Schultern* und *Absetzen.* Es schien, als ob an der Pike für alles drei Bewegungsabläufe notwendig seien, und ich bezweifelte bereits recht stark, ob das in der Hitze des Gefechts gelingen konnte.

Nachdem wir das ganze Drillprogramm durchlaufen hatten, waren die neuen Soldaten zu überhaupt keiner Haltung mehr fähig, sondern nur noch verwirrt und in einer elenden Verfassung. Diejenigen, die des Lesens mächtig waren, erhielten ein Papier, auf dem die wichtigsten Punkte in Form eines Knittelverses standen. Ich faltete es und vergaß es kurz darauf.

Der Korporal schickte mich wegen der Schuhe erneut zum Tross und stellte mir eine entsprechende Anweisung aus. Dafür bekam ich ein Paar Stiefel, die besser als alles waren, was ich je daheim getragen hatte. Sie waren sogar groß genug, obwohl ich spürte, dass sie von den Füßen des letzten Mannes ausgetreten waren.

»Warum Stiefel?«, fragte ich.

»Die Treter, die wir hier haben, sind zu klein. Gebt mir die, Soldat«, denn ich trug immer noch meine eigenen Schuhe.

»Bei dem einen ist die Sohle abgerissen.«

»Das spielt keine Rolle, notfalls machen wir aus zwei kaputten Paaren ein ganzes.«

So kamen meine Schuhe auf einen Haufen mit anderen, und das war das Letzte, was ich von ihnen sah. Einst war ich Jacob. Ich wusch mich mit parfümiertem Wasser für die Hochzeitsnacht. Nun war ich Rupert und erhielt Kriegsstiefel.

Am Nachmittag brachen wir das Lager ab, und ich war froh, dass die Straße eben war, auf der wir marschierten. Im Gehen dachte ich über das Gelernte nach. Auf Beaurepair hatte es in Sir Johns Bibliothek ein altes Exerzierhandbuch gegeben, das die Taktik der Niederländer erläutern sollte. Wir jungen Männer hatten es alle heimlich gelesen und dabei manchmal mit dem Besen als Musketier oder Pikenier posiert. Wir hatten die Kupferstiche von den klassischen Schlachten mit den Augen verschlungen: Geordnet vorwärts marschierende Truppen zeigten sich dort mit aufgereihten Piken in Igelstellung und mit Abteilungen verschiedener Soldatenverbände. Ich hatte das, was man Armee nennt, bewundert. Doch unsere Armee marschierte in kleinen schnatternden Grüppchen, denn jeder wollte die Zeit mit seinen Freunden verbringen. Manchmal trugen diese Kameraden die gleichen Waffen, manchmal auch nicht, und ich kam zu dem Schluss, dass solche Bücher, ähnlich wie Benimmbücher, geschrieben werden, damit nicht getan wird, was getan werden sollte.

Während wir uns so fortschleppten, begannen vor allem die Männer aus London mir von den Kämpfen zu erzählen, die sie gesehen hatten, und von ihren innigsten Hoffnungen. Ich sagte, ihr Drill sei bewundernswert, denn das dachte ich wirklich.

»Ihr wärt erstaunt zu sehen, wie sie die Männer in London drillen«, sagte Bart. »Sie werden geschult, die Stadt gegen Angriffe zu verteidigen, für die Freiheit des Volkes.«

»Nach dem, was Ihr sagt, sind hier keine so guten Männer«, gab ich zu.

»Außerdem wollen die meisten gedrillten Truppen nicht von zu Hause weggehen«, fuhr Bart fort und ereiferte sich immer mehr. »Doch die Londoner, nun! Fünfzehntausend Jungs, hauptsächlich Rekruten, die regelmäßig exerziert werden. Und sie können ihre Sache.«

»Ich wette, sie machen der anderen Seite Angst«, kam ich ihm entgegen.

»Die Reiterarmee des Königs – um die Wahrheit zu sagen, sie hat einige gute Männer, doch sie ist verwildert. Keine Disziplin, Krethi und Plethi.«

»Wer sind ihre Männer?«

»Große Lords, arme Landtrottel«, hier zögerte er, aber ich lächelte, »Papisten, Pöbel aus dem Norden, wo sie glauben, dass der König Parfüm pisst, irisches und welsches Gesocks …«

»Und Männer aus den reichen Bischofsstädten. Wo Kathedralen und fette Priester sind, da findet man auch Royalisten«, warf Hugh ein.

»Die bringen ihre Flittchen mit«, sagte Philip.

Ein anderer Mann, der hinter uns marschierte, rief: »Er hat nichts als Flittchen im Kopf.«

»Gibt es hier nicht auch Frauen?«, fragte ich, denn ich meinte, welche in der Nähe des Trosses gesehen zu haben. »Wer sind sie?«

Hugh lachte. »Viele sind mit einigen der Männer hier verheiratet, andere mit allen.«

»Es gibt Frauen, die ihr Geschlecht verbergen«, warf Bart ein. »Um unbehelligt mit ihren Männern ziehen zu können.«

Philip lachte schallend. »Oder um noch freier herumhuren zu können.«

Ich wollte von ihm wissen, was aus diesen Soldatinnen wird, wenn ihre Männer getötet werden. Da ich keine Antwort erhielt, fragte ich, wohin wir marschierten.

»Jetzt, da Devizes gefallen ist, ziehen wir in Richtung Winchester«, sagte Hugh.

»Gefallen?«

»Ja, wo seid Ihr denn gewesen? Und vor zwei Wochen Bristol! Euer Namensvetter war dort.«

»Mein Namensvetter?«

»Prinz Rupert. Er hat die Stadt verteidigt.«

»Ich wusste, dass Bristol verloren war. Ist Rupert also tot?«

»Nein, er nicht. Black Tom hat ihn nach Oxford zum König geschickt. Wir hätten ihn unter das Schwert legen sollen, aber so ist Fairfax nun mal, edelmütig bis zum Gehtnichtmehr.«

»Der Edelmut in Person«, sagte Bart.

»Werdet Ihr ihn mir zeigen?« Obwohl ich das Gefühl hatte, Fairfax habe einen Fehler begangen, indem er sich wie ein Ehrenmann gegenüber einem Totenbeschwörer verhalten hatte, war ich begieriger denn je darauf, ihn zu sehen.

Philip erklärte: »Er ist weiter nach Exeter gezogen. Er ist genauso dunkelhäutig wie Ihr; trägt sein Haar jedoch eine Spur länger.« Darauf lachten alle, und so wusste ich, dass einer von ihnen mich geschoren hatte.

»Ihr erkennt ihn sofort«, fügte Bart hinzu.

»Hat Rupert deshalb aufgegeben? Weil Fairfax Fairfax ist?«

»Nun, in Bristol haben sie lange Mauern, die nur schwer anständig zu bemannen sind. Und das Wasser wurde knapp. Wenn das passiert …« Hugh winkte vielsagend mitsamt der Hand. »Wir haben die Festung mit den Vorräten eingenommen, doch er hat seine Männer und die Bürger gerettet.«

»Dann waren die Bürger alle Royalisten?«

»Nicht als Rupert die Stadt verließ, da nicht mehr! Seine Männer rauben die Menschen aus, und er schaut weg, versteht Ihr. Als er herauskam, rief die gesamte Stadtbevölkerung: ›Verschont ihn nicht!‹ – sie hätten ihn in Stücke gerissen, wenn Black Tom nicht gewesen wäre.«

Ich kam wieder auf die Frage zurück, die ich bereits gestellt hatte. »Was passiert mit den Frauen auf der Verliererseite?«

»Das kommt darauf an«, sagte Philip. »Auf Euren Kommandanten, auf das Glück, das man gerade hat, auf die gesellschaftliche Stellung der Person, um die es geht … Ich habe schon alles gesehen. Hab gesehen, wie sie durchbohrt wurden. In Nantwich wurden irische Huren Rücken an Rücken ertränkt – das war Fairfax.«

»Das stimmt nicht«, sagte Bart. »Eine Verleumdung. Er ließ sie gehen.«

»Ach, ja?«, spottete Philip. »Dann war es in Naseby.« Er wandte sich zu mir: »Habt Ihr von Naseby gehört?«

Ich nickte. Ich wusste, was jetzt kam, die aufgeschlitzten Gesichter, dennoch war ich neugierig, die Geschichte von ihm zu hören.

»Nun, Ihr wisst, dass uns Gott den Sieg geschenkt hat?«

»In der Tat.«

»Cromwell sagte, es war ein Gemetzel! Anschließend flohen ihre Frauen das Feld, einige von ihnen aus englischen Herrschaftshäusern, einige von ihnen irisch. Sie konnten nicht ein Wort englisch sprechen, was wollten sie also hier, dreckige, papistische Huren? Wir durchbohrten sie.«

»Was, alle?« Ich konnte mein Entsetzen nicht verbergen.

»Nur die Schlampen und die Irischen. An die hundert. Sie hörten nicht auf zu jammern und den Satan anzuflehen, ihnen zu helfen.«

Ich konnte nichts sagen.

»Sie waren walisisch, nicht irisch«, warf Hugh ein. »Sie sprachen walisisch.«

»Irisch oder walisisch, sie gingen jedenfalls breitbeinig.« Philip zwinkerte mir zu.

Ich fragte: »Und die englischen?«

»Ich sagte Euch ja, den Schlampen haben wir's heimgezahlt. Was den Rest angeht, einige haben's uns heimgezahlt, und einige – nun, wir haben ihnen die Gesichter aufgeschlitzt.« Er lächelte bei dieser Erinnerung. »Dem Anschein nach waren es Damen von Stand, doch keine anständige Frau wäre dieser Armee gefolgt. Daher haben wir ihnen die Wangen zerfurcht – ihrem Handel ein Ende gesetzt.«

»Es war niederträchtig«, sagte Hugh kopfschüttelnd.

»Stellt Euch vor, diese Biester hätten uns verwundet auf dem Schlachtfeld gefunden? Ihr wisst, was sie mit uns gemacht hätten?«

Stutzköpfe. Die wildesten, die geschorenen Rekruten unterwegs zu Raubzügen. Man hatte mir gesagt, in Gegenwart eines Offiziers einen anderen Mann *Stutzkopf* zu nennen bedeutete eine Geldstrafe, da es eine solch schlimme Beleidigung war. Ich dachte daran, dass Zeb kaum reiten oder laufen konnte und dass Caro im blauen Gewand meiner Herrin einen falschen Eindruck erweckte. Der Schmuck. O lieber Gott, lass sie nicht solchen Männern in die Hände fallen. Ihnen und mir zuliebe, lass mich nicht an ihrem Tod schuldig sein.

»Geht es Euch gut?« Sie starrten mich an. »Ihr habt Euch auf die Lippen gebissen.«

Ich nickte und dachte dabei, dies ist Neugier, nicht Mitleid. Izzy, wie konnte er nur für jeden Mitleid empfinden?

Die Männer in den ersten Reihen begannen Psalmen zu singen:

»O lasst dem Herrn ein neues Lied erklingen;
denn Er hat Wunderbares vollbracht:
Seine rechte Hand und Sein heiliger Arm
Haben Ihm den Sieg gebracht …«

Solange ich mich auf die Psalmen konzentrieren konnte, war alles gut, aber ich musste immer wieder an Philips Worte denken. Ich hatte bereits gehört, dass es in den Reihen der Parlamentarier genauso Plünderer und Möchtegernschänder gab wie unter den Königstreuen, doch dass sie durch eine strengere Disziplin zurückgehalten wurden. Diese Beschränkungen hätten ausreichen sollen, und, wie Ferris es ausgedrückt hatte, Soldaten waren auch nur Männer; aber bislang hatte ich mir nicht überlegt, wie es wohl wäre, unter ihnen zu leben. Gottes Armee! Ich konnte nicht länger neben Philip marschieren. Ich bewegte mich von ihm fort und beschleunigte meinen Schritt. Erst als ich Ferris neben einer der großen Kanonen erblickte, merkte ich, dass ich nach ihm Ausschau gehalten hatte. Er lächelte mir zu, sagte aber nichts, und wir gingen im Gleichschritt weiter.

»Wart Ihr in der Naseby-Schlacht?«, fragte ich.

Ferris schaute überrascht.

Ich fuhr fort: »Was geschah mit den Frauen der Royalisten, die auf dem Feld zurückgelassen worden waren?«

Er runzelte die Stirn. »Sie wurden barbarisch misshandelt.« Er schaute mich scharf an. »Wollt Ihr wissen, wie?«

Ich spürte, wie ich errötete.

»Ihr wisst es schon«, sagte er und wandte mir sein Profil zu.

»Ich hatte gehofft, von Euch zu hören, dass es nicht so war«, sagte ich.

»Es war so. Mehr hört Ihr nicht von mir.«

Ich fand ihn ungerecht. »War es meine Schuld? Ich war nicht dort.«

Erneut drehte er mir das Gesicht zu. »Manche Männer ereifern sich an den Sünden der anderen. Jemand hat Euch infiziert, Euch mit seinen Prahlereien erhitzt, und nun wollt Ihr von mir noch mehr hören.«

»Nein, ganz gewiss nicht.«

»Ich kann es riechen. Aber Ihr werdet enttäuscht sein. Ich habe immer Erbarmen gezeigt, wo ich nur konnte, ob Männern, Frauen oder Kindern gegenüber.«

Wir marschierten weiter. Von Zeit zu Zeit schaute ich zu meinem Kameraden, doch dieser starrte stur geradeaus.

»Vergebt mir, Ferris«, bat ich. So hatte ich auch Izzy nach unseren Kinderspielen um Vergebung gebeten, wenn ich etwas grob mit ihm umgegangen war. Dieser Mann ähnelte Izzy irgendwie, und ich sollte mich an ihn halten, nicht an die Rekruten – obwohl Hugh vielleicht kein schlechter Kerl war.

»Ihr werdet noch Gelegenheit bekommen, Menschen zu verletzen«, sagte er und sah mich dabei geradewegs an.

Für einen Soldaten waren dies äußerst ungewöhnliche Worte. Ich dachte, dass er, gleich mir, vielleicht ein besseres Leben hinter sich gelassen hatte.

»Ferris, wie seid Ihr zur Armee gekommen?«

Er schwieg.

Ich versuchte es anders: »Welchem Handwerk seid Ihr vor dem Krieg nachgegangen?«

»Ich war Tuchmacher in Cheapside.«

»Seid Ihr verheiratet?«

Er verzog das Gesicht.

War alles falsch, was ich sagte? Ich gab nicht auf: »Was werdet Ihr tun, wenn der Frieden kommt?«

»Ich würde gerne den Tuchhandel aufgeben und selbst ein Stück Land bestellen«, lautete die überraschende Antwort.

»Was, wie ein Bauer?«

»Nein, vielmehr als freier Mann, ohne einen Herrn über mir. London ist ein einziges großes Babylon, ein Sodom des Betrugs – oh, ja, auch in den Häusern der Bürger! Ihr wärt überrascht, wüsstet Ihr, was da vor sich geht. Zwischen den Gebeten ersinnen sie neue Wege, die Milch der Bediensteten mit Wasser zu versetzen.«

»Ihr seid verbittert, Ferris.«

»Und Ihr nicht?«

Nun hatte er zum zweiten Mal den Finger auf etwas gelegt, das ich verborgen glaubte. War ich so einfach zu durchschauen? Zu Hause hatte keiner so gedacht, doch die Menschen aus London waren anders. Wir marschierten ein paar Schritte weiter, während Angst meinen Magen in Aufruhr brachte.

»Meine Verbitterung, könnt Ihr mir sagen –«

»Ich bin kein Wahrsager!«

»Nein, nein. Ein Scherz«, sagte ich. Ein Mann, den man nicht belügen sollte. Letztes Jahr noch wäre mir seine Freundschaft eine große Freude gewesen. Doch wie konnte ich ihm von dem Jungen oder von dem, was ich im Wald getan hatte, erzählen?

Aber selbst während ich mit mir haderte, öffnete sich mein Geist zu ihm hin. Wieder spürte ich, wie sehr ich Isaiah vermisste und wie ich mich nach einem guten und aufrechten Freund sehnte. In Begleitung eines solchen könnte ich vielleicht besser werden und besser leben.

»Ihr möchtet bei mir bleiben«, sagte er.

»Ferris! Wie könnt Ihr das wissen?«

»Wieso nicht! Eure Art zu gehen drückt es aus.«

»Ist das etwas, das ein Mann deuten sollte? Zu welchem Zweck?«

»Nun, es ist eine große Hilfe beim Abrichten von Hunden.« Er grinste und ich sah, dass er mir vergeben hatte. Hatte es damit zu tun, dass er mich für seinen Hund hielt?

»Seid nicht beleidigt«, fügte er hinzu.

7. Kapitel
Böser Engel

Von da an blieb ich bei ihm, es sei denn, wir wurden zwangsweise getrennt, zum Beispiel beim Exerzieren. Durch häufige Wiederholungen hatte ich Erfahrung gesammelt. Nicht nur, dass ich den anderen Männern in Reih und Glied folgen konnte, sondern ich konnte auch ohne Verzögerung und fehlerfrei die verschiedenen Haltungen eines Pikeniers einnehmen. Außerdem hatte ich gelernt, der Trommel zu folgen und die Schläge für *Achtung, Rotte, Vorwärts, Waffen bereit, Attacke* und *Rückzug* zu unterscheiden. All diese Lektionen bemühte ich mich so gut wie möglich umzusetzen, denn ich war der stolze und sorgsame Arbeiter geblieben, der ich stets gewesen war.

Nach Ferris' Worten bestand seine Aufgabe darin, der Artillerie zu helfen, und daher wurden wir häufig getrennt. Abgesehen davon hatte er unter den Kanonieren seine eigenen Freunde. Er hatte in der Tat viele Freunde, die alle zu der besseren Sorte gehörten – nach zwei Tagen war mein Rock fertig, denn einer seiner Freunde war Schneider –, und er lachte häufig mit ihnen. Doch er hasste eine gewisse Form der Unzucht, vor allem amouröse Geschichten über Frauen, die zu freiem Quartier verpflichtet waren, von Männern, die hinterher ihre Eroberungen zählten. Manchmal berichteten die Soldaten auch Schandtaten, die man den Kavalleristen des Königs zuschrieb, und wenn das Vergnügen in ihrer Stimme ihren heimlichen Neid ausdrückte, spürte Ferris dies und verabscheute es.

Manche Männer nannten ihn scherzhaft Mistress Lilly und hatten wahrscheinlich auch für mich einen Spottnamen, gaben jedoch Obacht, dass ich ihn nicht hörte. Ich war noch nicht so von Ferris beeinflusst, dass ich schon sanft geworden wäre. Meistens reichte es aus, einem Mann nit schnellem Schritt entgegenzutreten und ihn anzustarren, um einen Streit zu beenden.

»Ihr macht mir Angst, Rupert«, sagte Ferris an dem Tag, an dem er gesehen hatte, wie ich einen Mann, der meinen Tornister stehlen wollte, mit bloßem Blick in die Flucht geschlagen hatte.

»Habe ich je einen Kampf vom Zaun gebrochen?«

»In der letzten Zeit nicht. Aber wenn ich Euch so sehe, frage ich mich, weiß er, wann er aufhören muss?«

Auch dies erinnerte mich an Izzy. »Solange Ihr da seid, werde ich es stets wissen«, sagte ich.

»Wusstet Ihr es in der Vergangenheit nicht?«

Er wartete. Ich wandte mich ab.

»Ihr solltet versuchen, die Männer als Freunde zu gewinnen.«

Ich verstand, was er meinte. Den Männern, die in unserer Nähe marschierten, war ich gleichgültig. Mehr als einmal hörte ich auf dem Rückweg von den Latrinen oder vom Exerzierplatz das Ende eines Gespräches oder meinen Namen, doch kaum hatte mich einer erspäht, brach die Unterhaltung ab. Ich machte mir jedoch nichts aus ihrem Geschwätz. Doch gelegentlich redeten sie auch mit Ferris, und er, freundlich wie er war, schien sich darüber zu freuen. Dadurch fühlte ich mich stets an den Rand gedrückt. Ich hatte ihm das einmal vorgeworfen, doch er erwiderte, dass ein Mann auf dem Schlachtfeld Freunde brauche, dass ihn einer dieser Männer bei Bristol unter einer Leiche hervorgezogen habe und dass sie immerhin seine Kameraden seien.

Ab und zu leistete Nathan uns Gesellschaft, doch zwischen Ferris und ihm war eine gewisse Kälte entstanden. Der Junge hing in der Nähe herum und wusste offensichtlich nichts mit sich anzufangen, und obwohl er stets höflich mit mir sprach, spürte ich mehr als einmal, wie er mich mit einem funkelnden Blick fixierte, so als hätte ich ihm Leid zugefügt. Ich konnte mich an nichts dergleichen erinnern, und da mich sein Gerede ermüdete, freute ich mich jedes Mal, wenn er wieder ging.

Kurz nachdem Ferris mir gesagt hatte, ich solle mir ein paar Freunde suchen, marschierten wir nebeneinander, und er fragte mich, ob ich Familie hätte. Das war die Frage, die ich befürchtet hatte. Er hatte schon einmal in dieser Richtung gefragt, doch einer dieser Tölpel hatte uns unterbrochen – das einzige Mal, dass ich froh darüber gewesen war. Ich hatte mir dann meine Geschichte zurechtgelegt, und nun, da ich sie brauchte, blieb sie mir im Hals stecken.

»Ich weiß nicht, ob meine Brüder leben oder tot sind«, sagte ich. »Einen der beiden sah ich zuletzt auf dem Anwesen unseres Herrn auf dem Land. Er wurde fälschlicherweise wegen etwas verdächtigt … und ich musste gehen, ohne zu wissen, was aus ihm wurde.«

Ferris hob eine Augenbraue, und ich hatte das Gefühl, ich hätte genauso gut alles gestehen können. »Und der andere?«

»Verwundet, als ich ihn das letzte Mal sah. Doch nicht von mir. Er hatte Fieber. Ich verlor ihn in einem Wald aus den Augen, und als ich herausgefunden hatte, fandet Ihr mich auf der Straße.«

Sein Blick blieb ernst und nachdenklich an mir hängen. »Es scheint, Ihr habt Euer Zuhause in großer Eile verlassen.«

»Ja.«

Wir gingen ein paar Meter. Ich wusste, dass er mehr erwartete, doch als er wieder sprach, war es folgende Frage: »Sind sie wie Ihr, diese Brüder?«

»Äußerlich? Sie sind nicht so groß. Doch wir sind alle dunkelhäutig. Zebedee – er ist der Jüngste – ist der bestaussehende Mann, den man sich nur denken kann, die Herrschaft mit eingeschlossen. Jeder, der ihn sieht, nun, Frauen –«, ich brach ab.

»Ein schwarzer Mann ist ein Juwel in den Augen der Frauen, was? Und der andere?«

»Isaiah ist der Älteste. Er hat einen schwachen Körper und sieht älter aus, als er ist. Doch er arbeitet so viel wie die meisten.«

Ferris nickte. »Ich meinte eher, ob ihre Seelen auch so in Aufruhr sind?«

»Ich würde sagen, sie haben keinen Grund.« Das war so nah an einem Geständnis, wie es mir möglich war.

»Wenn Ihr nur herausfinden könntet, was aus ihnen wurde«, sagte er nachdenklich.

Wir marschierten schweigend weiter. Ich spürte seinen guten Willen mir gegenüber. Vielleicht würde ich eines Tages in der Lage sein, ihm alles zu erzählen, sogar dass ich auch einer dieser abscheulichen Frauenschänder war. Ich wusste, die Tatsache, dass sie mein Weib war, würde für Ferris nichts ändern. Er hatte sich bereits mehr als einmal deutlich zu diesem Thema geäußert und gesagt, kein Mann dürfe eine Frau zwingen, auch nicht die eigene, denn das verletze ihre ureigenste Würde. Immer, wenn er darüber sprach, presste er Fäuste und Kiefer zusammen, so dass ich zunächst annahm, er habe, seit er in der Armee war, viele solche Fälle mit angesehen; doch als ich ihn danach fragte, sagte er, das sei etwas, was er, Gott sei Dank, noch nie habe mit eigenen Augen sehen müssen.

»Vielleicht kommen wir am Haus Eures Herrn vorbei«, rief er plötzlich aus. »Wer weiß, vielleicht verlangen sie dort freies Quartier.«

Ich hatte Ferris erzählt, wo Beaurepair lag, und die Ankündigung, die Armee marschiere in diese Richtung, jagte mir einen furchtbaren Schrecken ein.

»Ich kann nie mehr zurückgehen.«

»Ihr habt einen neuen Namen, Prinz Rupert, einen geschorenen Kopf und einen langsam sprießenden Bart.«

»Ich kann meine Größe nicht verbergen.«

»Ihr seid nicht der einzige große Mann in England. Ich werde Euch am Abend davor den Kopf scheren.«

»Jesus schütze mich davor.« Ich fühlte heftige Magenkrämpfe bei dem Gedanken, diese Ländereien wieder zu betreten.

Ferris sagte beruhigend: »Wahrscheinlich werden sie uns woanders unterbringen.« Ich dachte an Mister Biggins Anwesen und fand diesen Gedanken noch um ein Vielfaches schlimmer. Ferris fuhr fort: »Das heißt, wir müssen Fat Tommy in der Nacht rüberschicken, um was in Erfahrung zu bringen.« Fat Tommy war ein lebendes Skelett und konnte so schnell gehen, wie andere Leute rannten. »Er kann als Bettler auftreten; Ihr werdet ihm eine Tagesration Brot und Bier dafür geben müssen.«

»Das sind Luftschlösser.«

»Was sonst sollte ein Mann auf dem Marsch tun? Kommt schon, zu wem sollen wir ihn schicken?«

»Zebs bester Freund war Peter. Ein Diener.«

»Und Euer Familienname?«

»Cullen. Meine Brüder heißen Isaiah und Zebedee.« Mehr brachte ich nicht über die Lippen. »Und –«

»Ja?«

»Ach, nichts.« Ich konnte die stinkende Wunde Caro noch nicht aufdecken, noch nicht. »Ich muss wissen, was der Herr mit Izzy gemacht hat, und ob sie sie erwischt haben –«

»Sie? Ihr sagtet, Isaiah sei zu Hause geblieben?«

»Ihn, ich meine Zeb. Wird Tommy das alles behalten können?«

»O ja«, sagte Ferris. Seine Augen fixierten mich. »Tommys Geschichte wird so gut sein wie Eure eigene.«

Nach diesem Gespräch wirkte er etwas kühler, doch wir gingen darüber hinweg wie über viele missliche Momente. Er mochte es nicht, wenn ich versuchte, ihn zu täuschen, aber er merkte, wie es in mir arbeitete. Je näher wir meiner Heimat kamen, umso besessener wurde ich: Ich hatte Schwierigkeiten zu atmen, mein Kopf schmerzte, und die Ration, so ärmlich und fad sie auch war, wollte in meinem Bauch keine Ruhe geben. Schließlich erkannte ich bei Sonnenuntergang einen Hügel, den die Leute um Beaurepair Mulberry Hill nannten. Er befand sich auf Walshes Land. Wir waren schon recht nahe, bevor ich den Ort erkannte, denn von dieser Seite hatte ich ihn bloß ein einziges Mal gesehen. Dieses Wiedererkennen traf mich so heftig, als sähe ich schon den Galgen, an dem die fertige Schlinge für mich baumelte.

»Was habt Ihr, Rupe?«, rief jemand.

Ich schwankte, als sei ich betrunken.

»In ihm steckt der Teufel«, rief jemand von hinten.

»Ihm ist schwindelig«, rief Ferris über die Schulter. Ein paar Minuten später flüsterte er mir zu: »Und?«

»Dieser Hügel. Dort lebt jemand, der mich hasst, der mich lebendigen Leibes verbrennen würde.«

»Lebendig verbrennen? Verbrennen?« Er starrte mich an.

»Verbrennen, hängen – auf alle Fälle grausam umbringen.«

»Ah«, murmelte Ferris. »Nur Mut, er wird keine Chance dazu bekommen. Wer hasst Euch so erbittert?«

»Ein Mann – und auch eine Frau.«

»Haben sie Namen?«

Ich schwieg. Wir trotteten weiter, und mir gelang es, mich wieder gerade zu halten.

»Ich werde Euch heute Abend scheren«, sagte Ferris nach einer Weile.

»Danke.« Ich wünschte mir so sehr, dass er mich verstünde, zumindest ein bisschen, daher fuhr ich fort: »Erinnert Ihr Euch, gesagt zu haben, einige Männer erwärmen sich an den Sünden anderer?«

»Nein.«

»Nun –« Ich hatte falsch angefangen, doch wie gewöhnlich konnte ich es nicht auf sich beruhen lassen. »Ihr habt mir von ihnen erzählt. Und ich glaube, dass es Menschen gibt, die durch die Sünden anderer beschmutzt und verletzt werden. Ich kann nicht immer frei über mich zu Euch reden. Ich möchte Euch nicht anstecken.«

»Oh, Ihr fürchtet, ich könnte Euch nacheifern? Glaubt Ihr, Ihr seid der erste Sünder, den ich treffe?« Er lachte. »Jetzt erinnere ich mich wieder an unser Gespräch über Männer und Sünden. Ihr fragtet mich nach der Naseby-Schlacht! Glaubt Ihr nicht, das ich mich schon dabei hätte anstecken lassen können?«

»Ja, natürlich, Ihr habt – Dinge – gesehen, doch meine eigenen Taten verursachen mir Alpträume. Ich möchte solche Träume nicht an Euch weitergeben.«

»Ich habe selbst schon jede Menge davon.«

»Ihr sagtet, dass Ihr manchmal Angst vor mir hättet.«

»Vor allem, wenn Ihr so redet. Gesteht! Habt Ihr nachts ein Dorf angezündet?«

Ich rollte die Augen.

»Nun, auf solche Gedanken bringt Ihr mich. Ihr seid zu stolz, Rupert. Ich wette, Ihr denkt, Gott könne Euch nicht vergeben.«

»Das dachte ich. Doch jetzt nicht mehr, nachdem er mir solch einen Freund gesandt hat.«

Dies versöhnte ihn irgendwie. Es wurde dunkel, und schon bald schlugen wir das Lager auf. Er hielt Wort, erhitzte einen Topf Wasser über dem Feuer und schor mir erstaunlich geschickt den Kopf. Während der ganzen Zeit ruhte seine Hand fest in meinem Nacken. Während er mir mit der Klinge über die Haut fuhr, beobachtete ich sein Gesicht und sah seine völlige Konzentration, die Versunkenheit eines Handwerkers. Da die Klinge stumpf war, schnitt er mich gelegentlich ganz leicht, wobei er jedes Mal die Stirn runzelte.

»Ihr wärt ein guter Barbier«, sagte ich, nachdem er fertig war und ich meinen geschorenen Schädel betastete.

Im Schein des Feuers sah ich, dass er lächelte, ob wegen des Kompliments oder meines merkwürdigen, neuen Aussehens, vermochte ich nicht zu sagen.

»Das erinnert mich an alte Zeiten«, fuhr ich fort. »Die Dienerschaft an einem schönen Abend draußen und die meiste Arbeit erledigt. Ich saß bei meinen Brüdern. Wir lasen Pamphlete.« Trotz allem, was geschehen war, wurde mir bei dieser Erinnerung warm ums Herz. »Über Gottes Commonwealth in England. Zeb und Peter hatten Tabak und wir wechselten uns mit dem Vorlesen ab. Hinter den Ställen konnten wir uns vor dem Verwalter verstecken und auch die Mägde kamen, wenn es ihnen möglich war. Ich mochte eine von ihnen ganz besonders, Caroline.« Ich hoffte, dass er in der Dunkelheit nicht sehen konnte, wie ich bei dem Namen zusammenzuckte.

»Was waren das für Pamphlete?«, fragte Ferris neugierig. »Nichts, was Euer Herr gemocht hätte, oder?«

»Nicht im Geringsten! Wir hatten *Alle Männer sind Brüder* und *Von der königlichen Macht und wie man sie niederschlägt* und ein paar andere. Ich war völlig in ihrem Bann.«

»Konntet Ihr alle lesen?«

»Mein Vater hatte für uns drei einen Tutor gezahlt.«

Mein Freund schaute mich überrascht an.

»Wir waren nicht immer Diener«, sagte ich. »Ein anderes Mal werde ich Euch erzählen, wie das kam. Unser Izzy brachte Caro das Lesen bei, als sie noch ein Kind war.«

Die Erinnerung holte mich süß und schmerzhaft ein. Mein Bruder über sie gebeugt und ihr eine Zeile in dem ABC-Buch zeigend. Die ganze Kindheit über war er ihr Held und Favorit gewesen; als Belohnung hatte er sich selbst verleugnet und geopfert, und ich hatte sein Opfer auch noch mit Füßen getreten. Er würde seinen Schatz nie *Schwester* nennen können, sie Weihnachten unschuldig küssen oder sie mit dem Baby seines Bruders im Arm glücklich sehen können. Falls sie nicht schon tot waren – nein, das war nicht möglich, so grausam konnte Gott nicht sein –, mussten sie sich irgendwo, jeder für sich, fragen, was aus mir geworden sei.

Ferris sprach.

»Entschuldigt?«, sagte ich.

»In London. Ich schrieb solche Pamphlete und druckte sie auch.«

»Was, genau jene?« Ich zwang meine Gedanken, sich von Izzy und Caro abzuwenden.

»Nein, doch so ähnliche. Ich hielt Kontakt zu Männern mit Ideen, keine unnützen Projekte, sondern solche, die Adam von der Knechtschaft erlösen sollten. Unser größtes Anliegen war, dass das gewöhnliche Volk, das in die Schlacht zog und freie Quartiere zur Verfügung stellte, zu Hause nicht von kleinen Königen tyrannisiert würde, denn wofür hätte man dann überhaupt gekämpft?«

Ich dachte an Sir Bastard und nickte.

»Jetzt ist die Zeit gekommen«, fuhr er fort, »da wir vielleicht genau das erreichen können. Diese armen Menschen, die vor der Tür der Reichen hungern, die nicht eine Parzelle des gemeinsamen Bodens umgraben und bewirtschaften dürfen, während alles jagdbare Wild in Mylords Park eingeschlossen ist – jetzt ist ihr Tag. Das Land erhebt die Waffen, und das Werk wird vollbracht werden!« Er klopfte mir auf die Schulter und lachte. Jetzt, da er so erregt war und der Schein des Feuers auf sein Gesicht fiel, bemerkte ich zum ersten Mal, wie gut er aussah. Ich erwiderte sein Lächeln, und einen Moment lang schauten wir uns beide einfach nur an.

»Seid Ihr verheiratet, Rupert?«, fragte er.

»Ja«, antwortete ich überraschend wahrheitsgetreu.

»Ich hatte eine Frau, Joanna. Sie half mir mit den Pamphleten.«

»Seid Ihr Witwer?«

»Gott schenke ihrer Seele Ruhe. Sie konnte nicht schreiben, doch sie half mir beim Binden der Seiten. Ich lehrte sie mithilfe der Bibel lesen. Manchmal wünschte ich, sie wäre hier, doch was für ein Ort ist das für eine Frau?«

»Vielleicht ist sie im Geiste bei Euch.«

»Manchmal – so wie jetzt – bin ich plötzlich überzeugt, dass alles gut wird. Das kommt vielleicht von Joanna. Wir waren glücklich; wir mochten einander gern.«

»Wie lange wart Ihr verheiratet?«

»Nicht lange. Sie war erst sechzehn, als sie starb. Ungefähr um diese Zeit hätte sie niederkommen sollen.« Seine Stimme war plötzlich belegt. »Eines Tages erkrankte sie und begann zu bluten, am nächsten Tag wurde das Kind tot geboren. Sie hat das Bett hernach nie mehr verlassen und wurde mit jedem Tag schwächer. Evas Fluch, sagte der Doktor, Kindbettfieber. Sie sehen so viele auf diese Art sterben.«

Ich fragte mich, ob Caro mit einem Kind von mir aus dem Wald geflohen war. »Dennoch«, sagte ich, »muss ein Mann leibliche Nachkommen haben.«

»Das Kind war nicht von mir.«

Vor Schreck schlug ich die Hand vor den Mund und fragte mich, ob ich ihn richtig verstanden hatte. Sein Atem ging schnell. Ich schaute mich um, ob auch niemand sonst ihn hören könnte. Die anderen Männer lachten über irgendeinen Scherz.

»Es war nicht meins«, wiederholte er. »Ich wusste davon. Sie war im vierten Monat, als wir uns vermählten.«

»War sie Witwe?«

»Sie war vergewaltigt worden.«

Ich konnte nicht glauben, was ich da hörte. »Warum wurde sie nicht mit dem Mann vermählt, der es getan hatte?«

»Er war bereits verheiratet.«

»Warum unternahm ihr Vater nichts gegen ihn?«

Ferris lachte wild. »In der Tat, warum nicht? Mein Diener – er machte ihrer Magd den Hof – flüsterte mir ein paar Hinweise ins Ohr. Die Mutter war eine längst verblasste Schönheit und litt an einer Gebärmuttererkrankung. Der Vater war ein Mann mit starken Trieben – nachdem es sich herumgesprochen hatte, war es keine Frage der Mitgift mehr. Keiner wollte anbeißen.«

»Keiner außer Euch?« War es möglich, dass er so sehr um Geld verlegen gewesen war?

Ferris antwortete: »Ich hätte besser sagen sollen, kein ehrenwerter Mann wollte anbeißen: Es gab einen, der sich anbot, einen, der sie verachtete. Am Ende nahm ich sie ohne die Mitgift.«

»Warum, wenn der andere sie sicherlich genommen hätte?«

»Ihrem Vater gefiel es nicht, dass ich mich einmischte. Er hätte die Sache anders gelöst. So konnte er wenigstens seinen Geldbeutel schonen; er hatte die Wahl, entweder so oder Joanna dem anderen Mann ausliefern.«

»Gefielt Ihr Euch?«

»O ja«, seine Stimme war weich geworden. »Ich hatte bereits daran gedacht, sie zu fragen, bevor das alles herauskam.«

»Aber man konnte von Euch nicht erwarten –«

Ferris ignorierte mich. »Sie schlossen sie ein. Jeden Tag sah ich, wie sie vom Fenster gegenüber zu mir herüberschaute. Einmal sah sie so traurig aus, dass ich die Fensterflügel öffnete, um mit ihr zu reden, doch sie lief ins hintere Ende ihrer Kammer.«

»Fürchtete sich vor Euch.«

Er nickte. »Das war wie ein Stich in mein Herz. Ich begann darüber nachzudenken, ob Gatte zu Recht Besitzer bedeutet oder Beschützer und Freund. Ich hatte tausend Verwendungszwecke für die Mitgift, und sie abzulehnen bedeutete, dass der alte Mann aus seiner Gottlosigkeit auch noch Profit schlug. Doch es war der einzige Weg.«

»Ihr müsst als Hahnrei verachtet worden sein«, flüsterte ich.

»Des Hahnreis Weib ist sein Besitz, nur ein Besitz, den er verleiht«, zischte er zurück. »Dieser nicht enden wollende Fluch des Besitzes! Wir besitzen unsere Brüder – und auch unsere Frauen sind Leibeigene –«

»Ihr würdet die Gemeinschaft der Frauen praktizieren?«, fragte ich, entsetzt über den Gedanken, Ferris könne der Urheber des Pamphletes sein, über das ich mit Walshe gestritten hatte.

»Ihr missversteht mich völlig! Dieser Verkauf des Mädchens war – eine zweite Vergewaltigung und kein Heilmittel für die erste. Warum dauert es so lange, bis selbst gute Menschen das verstehen? Viele meiner Freunde, die sich selbst Christen nennen, drängten mich, zuzusehen und nichts zu tun.« Er war erregt. Ich fasste seinen Arm, und er fuhr fort: »Es wäre gut ausgegangen. In unserer Hochzeitsnacht legte sie die Arme um meinen Hals und weinte. Auch ich weinte und sagte ihr, ich würde mich ihr nie nähern, solange sie das Kind trüge. Ich liebte sie, und was die Gottlosen und Herzlosen sagten, bedeutete mir nichts.«

Er wandte das Gesicht ab; ich hörte, wie er sich schnäuzte und nach Luft rang.

»Und dann«, zwang er sich fortzufahren, »starb sie, und ihr Vater war in Sicherheit. Er ist nie an ihr Totenbett gekommen oder hat mich danach besucht. Ich begrub sie und das Baby – es war ein Mädchen –, verkaufte alles, ließ das Geld bei meiner Tante und trat in die Armee ein.«

Auf seinen Wangen waren Tränen, die ich gerne getrocknet hätte, doch ich wagte nicht, ihn zu berühren. Ich hielt seine Hand, schwach und hoffnungslos. Ich war nicht in der Lage zu sprechen. Wie konnte ein Mann wie ich jemanden wie ihn trösten? Er hatte einfach gesagt, dass er Erbarmen zeigte, wo immer er konnte. Außer an roher Kraft war er mir in jeder Hinsicht überlegen.

Wir saßen schweigend beisammen, während das Feuer niederbrannte, und ich dankte Gott inständig dafür, dass er mir einen Christen gezeigt hatte, der wie der Apostel Paulus Nächstenliebe als die wichtigste Tugend ansah. Ich schwor, dass ich, sollte ich je Gelegenheit dazu haben, mein Weib und meine Brüder um Vergebung bitten würde, und ich dachte darüber nach, wie viel sowohl Izzy als auch Ferris durchgestanden hatten, um jene zu beschützen, die sie liebten, auch wenn sie beide keine Männer der Waffe waren. Doch diese Gedanken bereiteten mir immer mehr Schmerz, daher versuchte ich sie abzuschütteln. Wir legten uns zur Nacht, und nach einer Weile hörte ich, dass Ferris leicht und schnell atmete. Vielleicht war er bei seiner Joanna, denn er lachte einoder zweimal im Schlaf, und es war ein viel fröhlicheres Lachen, als ich es je von Ferris dem Soldaten vernommen hatte. Schlaflos beobachtete ich das Feuer. Als die Leidenschaft meiner Gebete abkühlte, spürte ich in meiner Brust den heimlichen Wunsch, ich hätte sein Reden unterbrochen. Nach solch einem Herzenserguss würde ich ihm nie, niemals erzählen können, was zwischen mir und meinem Weib passiert war, und doch würde er früher oder später danach fragen.

Am nächsten Tag lief für die anderen Männer alles seinen gewohnten Gang. Nathan schwätzte über Politik. Doch ich litt immer größere Angst, je näher wir unserem Haus kamen.

»Mut«, sagte Ferris, »niemand würde Euch erkennen.«

»Ich habe noch anderes zu befürchten. Was, wenn die Nachrichten schlecht wären?«

Zuletzt teilten sich die Hügel wie in einem bösen Traum, um den Blick auf Beaurepair freizugeben. Eine kalte Hand griff nach meinem Inneren, während ich hinunter auf die Gebäude schaute. Die meisten von ihnen lagen weitab der Straße in einem geschützten Tal, und wir konnten sie zunächst von der Seite und dann von vorne überblicken, als wir die Mauern des Parks umrundeten. Wir kamen am Jagdhaus vorbei. Dahinter konnte ich das (nun geschlossene) Tor sehen, durch das ich hinter Zeb und Caro hinausgeritten war, und die Felder und den Wald. Ich fragte mich, ob der Torwächter seine Arbeit verloren hatte. Dort war das Fenster meiner alten Kammer, und ein Mann, vielleicht Godfrey, schlich langsam durch den Kräutergarten.

Ferris sah zum Haus, dann zu mir und wieder zum Haus. »Haben sie Euch gut behandelt?«

»Einige von ihnen«, antwortete ich. »Die Herrin hatte gute Seiten. Doch Sir John war ein Trunkenbold, und der Sohn –« Ich fand keine Worte, die für den Sohn ausgereicht hätten.

»Ich war noch nie in solch einem Haus«, fuhr er fort und konnte seinen Blick nicht abwenden. »So groß.«

»Haben die Bürger in London keine großen Häuser?«

»Schaut, Fat Tommy ist hinter uns.«

Wir traten weg und trödelten herum. Ich rieb meine wunden Füße, um unsere Untätigkeit zu nutzen, und Ferris hielt nach dem dünnen Soldaten Ausschau. Es dauerte nicht lange, bis er uns erreichte, dabei sah es aus, als würde er mit seinen knochigen Beinen kleine Sprünge machen.

»Tommy, wie gefiele Euch eine zusätzliche Ration?«, fragte Ferris. »Prinz Rupert hier möchte Nachricht von seinen Freunden aus diesem Haus.«

Ich zeigte ihm die verschiedenen Fenster und Türen, während Ferris Nathan und die anderen vorbeiziehenden Männer auf Abstand hielt. Tommy besaß eine rasche Auffassungsgabe. Dann traten wir wieder in Reih und Glied und besprachen, dass er einen Bettler mimen sollte. Ich warnte ihn, er möge vor Godfrey schweigen. Er sollte versuchen, mit Isaiah Cullen oder mit Peter Taylor zu reden, und möglichst herausfinden, was aus den geflohenen Bediensteten geworden war.

»Sagt auf keinen Fall, dass ein Mann aus der Armee Euch gesandt habe, es sei denn, Ihr könnt mit Isaiah allein reden«, beschwor ich ihn. »Unter vier Augen könnt Ihr ihm Grüße von mir bestellen.«

»Wenn wir das Lager errichtet haben«, sagte er nickend. »Sowie ich mich davonmachen kann.«

Wir einigten uns auf eine Tagesration einschließlich Bier, sobald er mit Auskunft zurückgekehrt sei. Ferris und ich würden versuchen, von seinem Verschwinden abzulenken.

»Das Glück ist auf Eurer Seite«, sagte Ferris zu mir, als ich an meinen alten Platz zurückgekehrt war.

»Was meint Ihr damit?«, fragte ich außer Atem.

»Wir werden weder hier noch im nächsten Dorf Halt machen. Das Tageslicht ist noch ausreichend, und sie wollen nach Winchester und dann nach Basing-House ziehen.«

»Ein Haus? Bekommen wir dort freies Quartier?«

»Nur wenn wir es einnehmen. Es ist eine Hochburg der Papisten und seit einiger Zeit unter Belagerung. Cromwell fürchtet, dass das Wetter umschlägt und seine Artillerie im Schlamm versinkt.«

»Das habt Ihr mir noch gar nicht erzählt.«

»Nathan hat es mir gesagt, während Ihr bei Tommy wart.«

»Oh«, schon wieder Nathan, der Ferris von dem Neuen Jerusalem die Ohren voll schwatzte.

»Warum zieht Ihr die Stirn kraus, Rupert?«

»Wisst Ihr, ich sollte zurückgehen und Genugtuung leisten.«

»Ich fragte, warum Ihr die Stirn runzelt?«

Genugtuung. Was für ein majestätischer Klang. Ich könnte mich der Bestrafung stellen; wahrscheinlich nur eine Wahl zwischen verschiedenen Todesarten, denn mein Kopf würde vermutlich im Feld abgeschossen werden. Auch wenn ich machtlos war, was Caro und Zeb betraf, so konnte ich doch Isaiahs Namen rein waschen. Doch selbst als ich mich an dieser Vorstellung erwärmte, nagte etwas in mir. Ich sah mich wieder im Haus, und mein Entschluss geriet ins Wanken: Ich wäre mutig genug, mich selbst auszuliefern, doch ich wusste, war ich erst dort, würde mich der Mut verlassen. Schließlich sah ich, dass es darauf hinauslief, dass Ferris mit Nathan, Russ und den anderen Freunden weitermarschieren würde, während ich allein der Gerechtigkeit die Stirn bot. Bei diesem Gedanken sank mein Mut zu Boden wie Blei.

Wir richteten uns in einem der umliegenden Dörfer für die Nacht ein. Nachdem die Männer an bequemeren Quartieren vorbeigezogen waren, schimpften sie unzufrieden darüber, dass sie jetzt Strohballen als Lagerstätte ausstreuen mussten. Bei der Zuteilung kam Tommy mit uns in die gleiche Scheune, was sicherlich Gottes Fügung war. Als ein Offizier die Runde machte, um nach uns zu sehen, fragte ich ihn, ob dieses Basing-House tatsächlich das war, was man sich erzählte, nämlich die größte, geheime Anhäufung eines Schatzes, gestohlen von papistischen Priestern.

»Es ist ein Nest voller Papisten«, sagte er, »John Paulet, der Marquis, ist ein erklärter Rekusant und hat geschworen, Basing-House mit allen Mitteln für den König zu halten. Wenn es sein muss, bis zum Tod.«

»Und der Schatz? Ist es wirklich so viel?«

»Wer kann das sagen? Sie haben goldene Götzen in ihren Kirchen. Wir werden es herausfinden, Freunde.«

Die Männer erwiderten sein grimmiges Lächeln.

»Warum sollen wir eine einzelne Burg einnehmen?«, fragte Ferris. »Wenn ganze Städte von den Königstreuen gehalten werden?«

Ich sah, wie Tommy aus dem Tor heraustrat und es hinter sich schloss.

»Es gibt dem Feind Mut. Und, was für einige noch schlimmer ist, es blockiert den Wollhandel. Londons Bürger sind davon betroffen.« Die Stimme des Offiziers zeigte keine Gefühlsregungen. Ich sah in sein faltiges Gesicht, sah die Narben auf seiner rechten Schläfe und fragte mich, ob er in Naseby dabei gewesen war.

»Ihre gottlosen Reichtümer könnten in göttliche Hände gelegt werden«, fügte er mit der gleichen Stimme hinzu.

Dies war ein Herz, das ich nicht lesen konnte; ich überlegte, ob Ferris es könne.

Wir legten uns auf dem losen Stroh nieder. In der Nacht tobte ein Sturm. Unter dem Hämmern des Regens und plötzlichem Donnergrollen lauschte ich dem üblichen Schnarchen, dem Husten und der Unruhe der Männer um mich herum. Manche stöhnten, vielleicht wegen der nassen Straßen und der Bürde des kommenden Tages. Ich wartete auf Tommy, hoffte, dass er rechtzeitig zurück wäre, und schlief überhaupt nicht. Als sich der Sturm legte, döste ich ein wenig ein und wachte wieder auf, als Wasser meinen Hals hinunter rann. Ich drehte mich, und eine Hand berührte die meine. Mein Kundschafter war eiskalt, und Regen tropfte von seinem Haar auf meinen geschorenen Kopf, sodass ich aufsprang.

Er flüsterte ärgerlich: »Stellt Euch nicht so an, Mann, ich bin nass bis auf die Haut.«

»Das tut mir Leid, Tom. Neuigkeiten?«

Er legte sich neben mich. »Reibt meine Hände, um Gottes willen. Sie sind eisig.« Ich rieb sie und hauchte sie an. Solch kaltes und knochiges Fleisch war abscheulich. Er konnte kaum vermeiden, dass seine Zähne klapperten. Es war wie bei Zeb, als er im Fieber lag.

»Dünne Menschen spüren die Kälte am meisten«, sagte er.

»Denkt an die Ration«, riet ich ihm und versuchte weiter, seine Hände zu wärmen. »Hier, steckt Eure Hände unter meine Achseln.« Die leichenähnlichen Hände lösten sich von meinen. »Also, was gibt es für Neuigkeiten?«

»Was wollt Ihr am dringlichsten hören?«

Ich war unsicher, womit ich beginnen sollte. »Nun, mit wem habt Ihr gesprochen?«

»Ich konnte keinen Isaiah oder Peter finden. Solche Männer gibt es dort nicht.«

Mein Herz zog sich zusammen. »Wen dann?«

»Eine Magd.« Ich hätte fast aufgeschrien, doch dann fuhr er fort: »Französin, recht hübsch.«

Madeleine. Wenn meine Herrin sie behalten hatte, war Caro nicht zurückgekehrt. Oder sie war eingesperrt.

Ich wartete voll Angst darauf, von Caro oder Patience zu hören, unsicher, was mir mehr Schrecken einjagen würde.

»Doch Ihr habt nach Isaiah gefragt?«, wollte ich wissen.

»Natürlich. Sie sagte, dass sie sich an ihn erinnern könne und dass er weggelaufen sei; es gab dort ein großes Tamtam mit den Bediensteten, ungefähr zu der Zeit, als Ihr Euch habt anwerben lassen.« Er lachte heiser, die Kehle voller Schleim. »Zwei Männer sind mit einer Magd davongerannt. Sie sagte, es sei schon die zweite Magd, die sie verloren hätten. Und ein Junge lag tot im Teich. Klingt nach einem netten Haus.«

»Haben sie weder die Magd noch die Männer erwischt?«

»Sie suchen immer noch nach ihnen. Aber nicht am rechten Ort, was, Jacob?«

»Und der dritte Bruder? Isaiah?«

Er räusperte sich und spuckte aus.

»Isaiah? Er ist doch nicht tot, Tommy?«

»Nicht, dass sie wusste. Sie haben ihn vor Gericht gestellt. Er wurde ausgepeitscht und aus dem Haus gejagt; sie sagten, er sei töricht, aber kein Schurke.«

Ausgepeitscht. Oh, Izzy, vergib mir. »Wenn er kein Schurke war, warum wurde er dann fortgejagt?«, fragte ich. »Er war doch ein Teil ihres Haushalts?«

»Manche sagten dies, manche das. Sie fanden vielerlei Papiere und Pamphlete an einem geheimen Ort hinter den Ställen vergraben, dort, wo nach Aussage dieser jungen Magd, deren Namen ich vergessen habe, die Brüder sich getroffen und miteinander geredet haben. Andererseits war *er* geblieben und das sprach für seine Unschuld. Die anderen Diener bescheinigten ihm einen hervorragenden Charakter.«

Und die Roches wiesen ihn aus dem Haus, dachte ich. Ich konnte mich an den Namen dieser jungen Magd – dieser jungen Hure, dieser jungen Spionin – erinnern, auch wenn er es nicht konnte. Wir hatten nichts hinter den Ställen vergraben, sondern alles verbrannt. Jetzt wusste ich, was sie in der Nacht, in der ich den Jungen getötet hatte, getan hatten, und vermutlich auch in den anderen Nächten. Wir wähnten uns naiverweise in Sicherheit, nachdem wir die Papiere verbrannt hatten, doch diese Teufel hatten bereits eine Mine gelegt, die uns in Stücke reißen würde. Mein Atem kam stoßweise. Angenommen, ich stände je wieder Cornish gegenüber, meine erster Gedanke wäre zu rennen, egal wie fett und grau er war.

»Sie sagen, einer der Brüder habe den jungen Burschen ertränkt«, fügte Tommy hinzu.

In der Dunkelheit war es unmöglich, seinen Gesichtsausdruck zu erkennen.

»Sie hatten eine alte Mutter«, sagte ich. »Vermutlich habt Ihr jedoch keine Nachricht von ihr?«

»Ihr fragtet nicht danach.«

»Und haben sie je wieder etwas von diesem Isaiah gehört, seit er das Haus verlassen musste?«

»Nichts, soweit sie sagte.«

»Nichts. Danke, Tom. Ich sehe Euch dann morgen.«

»Ach, das hätte ich fast vergessen. Der Erbe ist tot, vergiftet.«

Ich meinte, vor Schreck in Ohnmacht zu fallen. »Vergiftet? Von wem?«

»Den Brüdern. Von wem sonst?«

Wahrscheinlich hatte Mervyn sich das Gift selbst beigebracht. Oder hatte Mounseer auf unsere Kosten ein letztes Mal gelacht?

»Gott möge alle Giftmischer verrotten lassen. Ich habe dort etwas Suppe gegessen«, sagte Tommy. »Was Euch betrifft, so müsst Ihr schlauer sein.«

»Was heißt das, schlauer?« Ich dachte, er wolle noch mehr von meiner Ration haben.

»Ich habe Euch vorhin Jacob genannt. Ihr habt es nicht bemerkt.«

Ich hatte es nicht bemerkt. Während ich überlegte, wie ich meinen Fehler wieder gutmachen konnte, verschwand Tommy in der Dunkelheit. Ich hörte ihn vor sich hin schnauben: »Prinz Rupert, fürwahr!«

Schlaflos quälte ich mich hernach herum. Ich war nicht sicher, ob ich mein Brot und Fleisch für einen guten Zweck ausgegeben hatte. Ich konnte nichts mehr wieder gutmachen, auch wenn ich mich noch so bemühte. Izzy mochte inzwischen ein Soldat sein, gezwungen, auf der anderen Seite zu kämpfen. Ich schauderte. Doch nein, ich glaubte kaum, dass einer von ihnen, weder er noch Zeb, dafür gesund genug wäre. Izzy war nicht stark genug, die Auspeitschung zu ertragen – er würde noch lange danach krank sein. Ich war schuld, dass mein Weib und meine Brüder Not litten. Ich sagte mir, dass Zeb und Caro den Schmuck hatten. Hatte Izzy verstanden, was Cornish ihm angetan hatte? Hatte er versucht zu beweisen, dass diese Teufel selbst die Papiere vergraben hatten?

Ich drehte mich auf die andere Seite, und meine Gedanken gingen in eine andere Richtung. Jetzt war ich erstaunt über Patiences Kälte – Patiences hatte in Zebs Armen gelegen und dabei seinen Untergang geplant. Fleischeslust war das eine, doch dies war eine wirklich teuflische Mischung. Was Cornish betraf, er wusste, wer den Jungen getötet hatte, und hatte deshalb zweifellos Pläne für mich.

Es gibt Feinde, gegen die man nicht mit Größe und Kraft ankommt. Ich fürchtete mich vor einer Frau und einem alternden Mann, weil sie mich an Phantasie bei weitem übertrafen. Ich hielt mich jetzt an einen Freund, der mir vielleicht helfen konnte, doch ich hatte Angst, ihn zu verlieren, wie ich Caro verloren hatte, wenn ich ihm mein Herz ausschüttete. Tommy hatte gesagt, ich sei nicht schlau. Ich hatte mir selbst ein entsetzliches Netz gesponnen; doch ich würde wenigstens versuchen, aus meinen Fehlern zu lernen. Allerdings sah ich dafür noch keine Möglichkeit und lag noch lange wach.

Ferris wachte vor mir auf und schüttelte mich, bis ich die Augen öffnete. »Rupert, Tommy ist zurück.«

»Wir haben bereits miteinander geredet.« Ich rieb mir das Gesicht. »Doch ich bin nicht schlauer, als ich war.«

»Ist er denn dorthin gelangt?«

»Es hat gut geklappt. Doch alles, was er herausfinden konnte, war, dass sie Isaiah ausgepeitscht und fortgejagt haben. Von den anderen haben sie nichts gehört.«

Er klopfte mir auf die Schulter. »Dann könnt Ihr nichts machen. Das ist hart.« Er wusste gar nicht, wie Recht er hatte, denn ich hatte keine Möglichkeit, den Schmuck zurückzubringen.

Kalte Luft blies durch die Fenster der Scheune. Mein Freund saß neben mir im Stroh; er sah elend aus, und als ich mir sein Profil genauer betrachtete, fand ich, dass er kaum dicker war als Tommy. Mir graute es nach der schlaflosen Nacht vor dem Tagesmarsch. Draußen hörte ich Männer Wagen schieben und mit Töpfen klappern, und ich erinnerte mich, dass meine Ration versprochen war. Ferris öffnete seinen Sack und hielt mir ein Stück Brot hin.

Ich schüttelte den Kopf: »Nein, behaltet es.«

»Ich kann nichts essen, wenn Ihr nichts habt. Kommt schon.«

Wir gingen in den Hof vor der Scheune des Bauernhofes. Jemand hatte Eier gefunden und sie in die Asche gelegt, damit sie hart würden; der Bauer würde ärgerlich sein, nicht nur wegen der Eier, sondern auch wegen der Henne, die zweifellos unter dem Mantel eines der Soldaten steckte. Unsere morgendliche Mahlzeit mit etwas zu trinken wurde ausgeteilt, und mein Anteil ging direkt zu Tommy. Ich hatte daran gedacht, ihm die Bezahlung zu verweigern, doch vor Ferris konnte ich das nicht. Mein Freund goss sich etwas Wasser aus dem Kessel in einen Topf und tauchte die Hälfte seines Brotes hinein, dann bot er mir die Pampe an. So muffig, wie es war, der Geruch besiegte meine Selbstkontrolle, und ich schlang den Inhalt wie ein verhungerter Hund hinunter.

»Wenigstens ist es warm«, sagte ich. Ich hoffte, Ferris würde deshalb nicht allzu hungrig bleiben. Nicht weit entfernt teilte der Dieb die heißen Eier an seine Freunde aus und lachte, als die Männer mit ihnen jonglierten. Ich sah, dass Philip hinging und eins erbat. Er winkte mir zu und ich nickte zurück. Der Dieb verweigerte ihm das Ei und ich freute mich. Dann zeigte der Rekrut auf mich. Es folgten eine Reihe neugieriger Handbewegungen und Gelächter.

»War das der Kerl, der mir das Haar abgeschnitten hat?«, fragte ich Ferris.

»Wie kommt Ihr darauf?«

Ich beobachtete, wie Philip seinen Schädel tätschelte und in gespielter Überraschung grinste. »Er war es.«

Ferris zuckte die Schultern. »Das ist doch egal, oder? Ihr seid seitdem noch einmal geschoren worden.«

»Ihr spracht einmal von der Würde des Körpers.«

»Ich habe gesehen, wie Köpfe abgeschossen wurden.«

Er schien nicht gut in Form. Da wir an jenem Tag nicht exerzieren mussten, packten die Männer gleich nach dem Essen ihre Sachen zusammen, bereit, weiterzumarschieren. Die Straßen waren völlig aufgeweicht, und dort, wo die Männer vor uns die Wege aufgewühlt hatten, versanken wir bis zu den Knien im Schlamm. Wie Vieh zogen die Truppen mit gesenkten Häuptern mühsam dahin.

»Fürchtet Ihr Euch immer noch vor einem Kampf?«, fragte ich Ferris.

Er nickte. »Das werdet Ihr auch, wenn Ihr erst mal mitten drin seid.«

»Wann wart Ihr das letzte Mal in einen Kampf verwickelt?«

»Bristol. Wir waren von Ende August bis zum zehnten September dort. Wir begannen den eigentlichen Angriff um zwei Uhr morgens, und es war acht, als der Prinz um Waffenstillstand bat. Wir mussten zwei Stunden mit der Pike vorstoßen. Zwei Stunden.« Er pfiff.

»Ist das lange?«

»Ihr seid Pikenier. Rechnet es euch aus.«

»Zuletzt in Bristol gekämpft? Ich dachte, Ihr wärt in Devizes dabei gewesen?«

»Ja, Devizes! Das zählt nicht. Sie haben sofort aufgegeben. Doch Bristol – erst bekam ich einen Schlag auf den Kopf und wurde ohnmächtig, dann fiel ein Kamerad, den eine Kugel in den Bauch getroffen hatte, auf mein Gesicht, und sein Blut lief mir in Mund und Nase. Russ zog ihn weg, sonst –« Ferris zog eine Grimasse. »Ich kann es immer noch schmecken.«

Ich schauderte, während wir weiterstampften.

»Direkt nach Devizes haben wir Euch gefunden, Prinz Rupert. Manche der Männer hielten Euch für Graf Plünderland selbst, andere behaupteten, ein schwarzer Mann bringe Glück und Ihr hättet uns bereits Glück gebracht.« Er grinste bei dieser Erinnerung.

»Ihr habt nicht daran geglaubt?«

»Nein, natürlich nicht! Gott entscheidet diese Dinge, nicht die Haut eines Menschen.«

»Amen.« Doch ich wollte ihm Glück bringen. »Warum Ihr? Warum habt Ihr mich gerettet?«

»Oh, das war nicht ich allein. Die Rekruten haben mitgeholfen.«

»Ihr meint, sie haben mir das Haar geschnitten. Ihr wart derjenige, der mir zu essen und zu trinken gab.«

»Nun, zu Beginn wart Ihr nicht gerade dankbar! Sie hielten Euch nieder, während ich Euch etwas einflößte.« Er lachte und drehte sich zu mir. »Was macht das für einen Unterschied? Rupert?«

»Es macht überhaupt keinen Unterschied.« Mir war merkwürdig kalt. Vielleicht wurde ich krank.

»Geht es Euch gut, Freund? Fehlt Euch etwas?«

»Es ist nur der Hunger«, sagte ich und erbrach das Brot, das er mir gegeben hatte.

Als wir Winchester erreicht hatten, war ich schweißüberströmt, mir war schwindelig und ich konnte kaum noch laufen. Ferris schleppte mich weiter und sagte, sowie wir angekommen seien, könne ich mich hinlegen.

Die Soldaten waren angewiesen worden, sich wie Christen zu benehmen, nichts zu entwenden, den Einwohnern nichts anzutun und ihnen keine Unannehmlichkeiten zu verursachen, sofern wir ohne Widerstand aufgenommen und nicht gezwungen würden, den Ort zu erobern. Wir warteten, bewaffnet und bereit, vor dem Stadttor, während Cromwell den Bürgermeister, einen Mann namens Longland, herbeizitierte und freien Zugang in die Stadt forderte, »um die Einwohner vor dem Ruin zu bewahren«.

Man munkelte, Longland habe eine halbe Stunde Zeit zu antworten. Die Männer lausten sich, rieben ihre Hände und schützten sich vor der Kälte, indem sie auf der Stelle traten, während ich mich darauf konzentrierte, aufrecht zu stehen, um nicht überrannt zu werden, sollten wir die Stadt mit Gewalt einnehmen.

Longland kehrte nach kurzer Zeit mit der höflichen Antwort zum Tor zurück, es sei nicht an ihm, die Stadt aufzugeben, sondern das sei das

Amt des Statthalters Sir William Ogle, doch er selbst werde es auf sich nehmen, Ogle darum zu bitten.

Doch damit wollte Cromwell sich nicht aufhalten, und wir stürmten die Stadt unabhängig davon, was Ogle vielleicht tun oder erwidern würde. Ihre Männer leisteten kaum Widerstand, sodass die ganze Armee hineingelangte, ohne dass es zu Verletzten kam.

»Setzt Euch hierhin«, sagte Ferris und führte mich zu einer niedrigen Mauer. »Falls Ihr angesprochen werdet, seid Ihr zu krank, um Euch zu bewegen. Ich werde herausfinden, wohin wir gehen müssen.« Er bahnte sich durch die herumstehenden Soldaten einen Weg zu den nächsten Offizieren. Ich saß da, hielt den Kopf in den Händen und dachte darüber nach, ob ich hier sterben sollte, ohne je einen Kampf gesehen zu haben.

»Rupert.« Ferris war zurück und zog an meinem Arm. »Sie betten die Kranken und Verwundeten in eine nahe gelegene Kirche. Wir müssen Euch dorthin bringen.«

Ich erhob mich, schwankte und erlaubte ihm, mich zu führen, egal wohin. Männer schwärmten wie Ameisen durch die Straßen.

»Ogle hat sich in der Burg verbarrikadiert«, fuhr Ferris fort. »Daher werden wir sie nun doch belagern müssen. Ich werde mich nicht um Euch kümmern können.«

Er war außer Atem. Ich hing an ihm und fürchtete, nicht mehr aufstehen zu können, sollte ich fallen.

»Lehnt Euch nicht so auf mich, Ihr drückt mich zu Boden«, sagte er atemlos. Wir stolperten weiter; einmal rutschte ich auf dem Kopfsteinpflaster aus und Ferris fluchte. Zuletzt schleppte ich mich ein paar Stufen hinauf und durch einen spitzen Bogengang in das Haus Gottes. Ich hörte Ferris noch rufen: »Hilfe, hierhin, ich bitte euch«, bevor ich auf die Steinfliesen der Kirche niedersank.

Während der Belagerung lag ich auf einem Weidengeflecht und nahm nichts weiter als ein paar Schlucke Bier und einige fürchterlich schmeckende Löffel Erbsen zu mir, die mir irgendjemand reichte. Manchmal meinte ich mit Zeb zu reden. Andere Male war ich mit Caro zusammen und wir wurden erneut getraut. Einmal muss ich etwas Unanständiges gesagt haben, denn der Mann, der die Verwundeten versorgte, grinste hernach jedes Mal, wenn er meiner ansichtig wurde. Ferris erzählte mir später, dass der zweite Tag der Beschießung ein Sonntag gewesen sei, was sie zunächst erschreckt habe, bis Hugh Peter, Cromwells eigener Geistlicher, sie ins Gebet geführt und sogar noch gepredigt habe, als das

Feuer eröffnet wurde. In all diesem Spektakel lag ich im Fieberwahn und schmeichelte vielleicht sogar dem Wärter mit honigsüßen Worten.

Als ich wieder bei Verstand war, sah ich als Erstes hoch über mir die Decke mit ihren Schnitzereien und Goldverzierungen. Ein Geruch nach Fäulnis und Blut stach mir in die Nase, und als ich den Kopf wandte, sah ich eine Reihe Verwundeter entlang des Mittelschiffes aufgebahrt. Ihre Schreie und Gebete hallten von den Kirchenmauern wider und klangen in erschöpftem Gemurmel aus. Kameraden, Ehefrauen und Frauen, die als Ehefrauen durchgingen, weinten über den geschundenen und zerschmetterten Körpern, die zu pflegen sie gekommen waren; Männer wurden vor Schmerzen wahnsinnig und schrien nach den längst verstorbenen Müttern, die einst mit einem Kuss den Schmerz hatten lindern können. In meiner Nähe atmete einer so heftig, als befinde er sich inmitten eines schweren Gefechts, während auf der anderen Seite ein Mann etwas Unverständliches jammerte, bevor seine Worte in Heulen übergingen, als ihn der Schmerz übermannte. Von Zeit zu Zeit krächzte ein junger Kerl im Fieberwahn heiser nach ›Jim‹.

Eine gesprungene, alte Glocke ertönte und der Boden unter uns begann zu wackeln. Das waren die Kanonen, die losgingen, und ich dachte sofort an Ferris. Ich richtete mich ein wenig auf und sah, dass sich einer der Wärter über einen Mann in der Nähe beugte. Zunächst brachte ich nichts weiter als ein Flüstern aus meinem trockenen Mund und so schlug ich mit der Hand auf den Boden. Er kam sofort zu mir herüber, und es gelang mir, mich verständlich machen.

»Welcher Tag ist heute, Freund?«, krächzte ich.

»Ein großer für Euch«, erwiderte er. »Ich hatte nicht geglaubt, Euch noch einmal sprechen zu hören.«

»Wie lange ist es denn her, seit ich hierher kam?«

»Drei Tage, vier.« Er ging fort und kam mit einem Becher Kräutersud zurück. Während ich meine Kehle benetzte, fügte er hinzu: »Euer Freund wird froh sein, wenn er sieht, dass Ihr durchkommt.«

Ich hörte auf zu schlucken. »Ist Ferris hier gewesen?«

»Einer der Schützen ist jeden Abend gekommen. Ist das sein Name?«

»Dann wird er auch heute Abend kommen.«

Der Mann lächelte. »Falls nicht, seid Ihr in ein, zwei Tagen zumindest wieder gesund genug, um nach ihm zu suchen.«

Ich trank den Rest der Medizin und legte mich umgeben von Schmerzensschreien nieder, um zu warten.

Stunden vergingen. Zeitweise schlief ich, doch wenn ich erwachte, erinnerte ich mich sofort daran, dass mein Freund kommen würde. Vom langen Liegen auf dem Weidengeflecht war ich überall wund, daher versuchte ich mir durch Lageänderungen Erleichterung zu verschaffen. Als ich das nächste Mal erwachte, war es bereits Nacht und das Gewölbe der Kirche eine dunkle Höhle. Hier und da schien eine Kerze von der Rückseite einer Bank. Die Verwundeten waren ruhiger, vielleicht schliefen sie, doch irgendetwas anderes, Merkwürdiges lag in der Luft. Schließlich merkte ich, dass die Kanonen verstummt waren.

Irgendetwas hallte in der Kirche wider: eine Pritsche schlug gegen die Tür. Ich sah, wie am anderen Ende des Kirchenschiffes ein kleiner blonder Bursche hineingebracht wurde, das Gesicht blutüberströmt.

»Wer ist das?«, schrie ich die Träger an. Sie legten ihre Last ab und schauten sich nach mir um. Einer von ihnen brüllte in meine Richtung: »Woher soll ich das wissen? Selbst seine Mutter würde ihn nicht mehr erkennen.«

Ich starrte auf die verstümmelten Züge. Der andere Träger untersuchte den Verwundeten und schüttelte den Kopf.

»Keiner Eurer Freunde, hoffe ich«, rief der Mann, der mir das erste Mal geantwortet hatte. »Er ist soeben gestorben.«

Ich drehte mich auf die Seite und weinte, wie ich nie zuvor geweint hatte, nicht über Caro, nicht über meine eigenen Brüder. Ich klagte wie eine Frau und scherte mich nicht darum, ob jemand es hörte. Ich schaukelte vor und zurück.

»Rupert? Erkennt Ihr mich?«

Ich öffnete die Augen. Seine Wange war von irgendetwas aufgeschlitzt und geschwollen, die ganze Seite seines Gesichtes durch einen Bluterguss dunkel gefärbt und die Haut darüber gespannt. Ich schaute hinüber zu der Pritsche, auf der ich den toten Mann gesehen hatte. Er lag noch immer dort. Ich schaute wieder zu Ferris, zog ihn zu mir und küsste ihn.

»Gebt Obacht auf meine Wunde«, sagte er gequält. Ich küsste stattdessen seine Hände, hielt sie fest und war nicht in der Lage zu sprechen. Er fühlte sich warm und stabil an.

»Ihr seid ein guter Anblick.« Er lächelte mit der einen Seite seines Mundes, um nicht seine verletzte Wange zu bewegen. »Ich hätte nicht gedacht, Euch so wohl anzutreffen.«

»Ihr wart vorher schon einmal hier?«, fragte ich.

Er nickte. »Ich habe Euch etwas Suppe gebracht.«

Es fiel mir schwer, mich aufzusetzen, und mein Löffel war verloren, oder jemand hatte ihn während meines Deliriums gestohlen. Ferris gab mir seinen. Ohne dass ich Hunger verspürte, begann ich die Suppe auszulöffeln.

»Ein Mann ist exekutiert worden«, sagte Ferris. »Vor der gesamten Armee.«

»Ein Soldat?«, fragte ich zwischen zwei Löffeln. »Wofür?«

»Plünderei. Cromwell wollte ein Beispiel statuieren.« Er sah sich um. »Es gibt hier Dinge zu sehen, Rupert –! Ihr könnt Euch glücklich schätzen.«

»Glücklich wegen meiner Freunde«, sagte ich. »Bleibt Ihr eine Weile bei mir?«

»Jetzt nicht«, sagte er. »Sie wollen bald zu der Artillerie sprechen. Seit wir mit der Belagerung begonnen haben, bin ich hier gewesen, wann immer ich konnte. Ich komme bald wieder.«

Ich ließ den Löffel fallen und ergriff seine Hände. Zu meinem Erstaunen öffnete er meine Finger und lockerte meinen Griff.

»Seht Ihr, wie schwach Ihr noch seid? Esst. Behaltet den Löffel.« Er klopfte mir auf die Schulter und ging davon, wobei er sich die zerschundene Wange hielt. Wann immer ich daran dachte, wie er meine Hände abgeschüttelt hatte, hätte ich weinen mögen. Es war die Schwäche. Ich war in seiner Gewalt, doch er war ein barmherziger Mensch.

Nachdem das Fieber abgeklungen war, erholte ich mich schnell. Ferris brachte mir zusätzliche Nahrung – jetzt auch Fleisch, Butter und was immer ich bei mir behalten konnte, allerdings fand ich später heraus, dass er in dieser Zeit selbst fast nichts aß. Nach weiteren zwei Tagen wurde ich zurück in meine Abteilung geschickt. Dort stellte ich fest, dass er erfolgreich Extraportionen für mich organisiert hatte mit dem Argument, dass man die wichtigen Fähigkeiten eines Pikeniers bei einem so großen Kerl, der tagelang nichts gegessen habe, nur durch zusätzliche Käserationen erhalten könne. Ich verschlang alles, was ich kriegen konnte, und hoffte, dass es erst zu einem Kampf Mann gegen Mann kommen würde, wenn ich wieder ganz bei Kräften wäre.

Ich hatte weiterhin Glück, denn es kam nicht zum Nahkampf. Etwa eine Woche, nachdem wir das Stadttor erreicht hatten, gab Ogle auf. Er erhielt sicheres Geleit und durfte hundert Männer mitnehmen, die restliche Garnison wurde entwaffnet und frei gelassen. Die Verteidigungswälle wurden mit dem vorhandenen Schießpulver in die Luft gesprengt, danach zogen wir weiter nach Alresford. Was aus den bedauernswerten Männern wurde, die mit mir in der Kirche gelegen hatten, habe ich nie erfahren.

Nichts war mehr, wie es gewesen war. Ich war froh, dass die Männer Ferris bereitwillig halfen, dass sie sich über seine Gesellschaft freuten und auch, dass er eben dank dieser Kameradschaft die Extrarationen für mich bekommen hatte – doch am liebsten hatte ich seine Gesellschaft, wenn ich ihn für mich alleine hatte, und während meiner Krankheit hatten sich ihm einige seiner alten Bekannten wieder genähert.

Wir marschierten von Winchester nach Basing. Ich wäre hoch erfreut gewesen, die Zeit im Zwiegespräch mit Ferris zu verbringen, doch wie gewöhnlich musste ich die anderen ertragen. Vor allem Nathan, der ununterbrochen über Winchester redete. Aber auch Russ. Ich schätzte Nathan nicht älter als neunzehn und aus recht guter Familie, und der etwa dreißigjährige Russ stellte sich als der Soldat heraus, der Ferris bei Bristol davor bewahrt hatte, im Blut zu ertrinken. Er wurde es nie müde, damit zu prahlen, so als wolle er sagen, was habt Ihr schon je für Ferris getan, was auch nur halb so gut gewesen wäre? Was Nathan betraf, so war er nichts als ein geschwätziger Junge; ich verstand nicht, warum er sich überhaupt hatte anwerben lassen, denn er hatte wenig Lust zu kämpfen. Obwohl er ständig alle unterbrach, hörte er bei Ferris aufmerksam zu. Diese beiden, Nathan und Russ, warfen mir Seitenblicke zu, fuhren aber mit der Unterhaltung fort, auch wenn sie bemerkt hatten, dass ich zuhörte. Das hatten sie zu Beginn nicht getan. Sie drängten mich weg; nun, falls sie mir den Krieg erklärten, war ich nur allzu bereit dazu. Ging Nathan auf der einen Seite neben Ferris her, ging ich auf der anderen, denn ich würde es nicht zulassen, dass sie ihn und mich trennten, nicht einmal beim Marschieren. Derweil versuchte Ferris Frieden und Freundschaft zu stiften.

»Rupert war Diener in einem der großen Anwesen, an denen wir vorbei gekommen sind«, sagte er. Ich schüttelte den Kopf.

Doch Nathan war gar nicht erst an mir interessiert. »Ferris, wart Ihr in der Naseby-Schlacht?«

Ferris schwieg.

»Wie war es dort?«, hakte Nathan hartnäckig nach. Ich wartete darauf, dass mein Freund ihn tadeln würde, so wie er mich getadelt hatte, doch

Ferris antwortete schlicht: »Genau wie Cromwell es gesagt hat. Wir haben sie mit unseren Schwertern niedergemäht.« Er klang erschöpft.

Ich hoffte, dass Nathan nun nach den Frauen fragen würde, damit er Ferris' Zorn auf sich ziehen möge, doch er fuhr fort: »Stimmt es, dass Jesus auf unserer Seite gekämpft hat?«

»Ich habe ihn nicht gesehen«, sagte Ferris.

Wir stapften schwerfällig durch den klebrigen, gelben Lehm.

Russ warf ein: »Damals schien es gar keine so sichere Sache. Es war die erste wirkliche Prüfung für das *New Model*, und Rupert, ich meine den Prinzen –«, er warf mir einen Blick zu, »- ist ein schlauer Bastard. Doch am Ende hielten unsere Männer zusammen und nicht ihre.«

»Wie war das Terrain?«, fragte Nathan.

»Widerlich, uneben, ein paar rutschige Abhänge, für die Kavallerie hoffnungslos. Doch wir konnten einen Hügel erreichen; das half. Und zahlenmäßig waren wir ihnen überlegen.«

»Zwei zu eins. Und hatten Jesus auf unserer Seite«, sagte Ferris.

Russ lachte, während Nathan verlegen aussah. Rot geworden fragte er Ferris: »Habt Ihr tapfer gekämpft?«

»Ich bin nicht weggelaufen.«

»Leichen über vier Meilen verstreut, die meisten nackt«, sagte Russ. »Wir brauchten jedes Stück Stoff.«

Ich befühlte das Barett, das ich erhalten hatte.

Plötzlich wandte sich Nathan an mich. »Wie gefallen Euch die Piken, Rupert?«

»Ich habe Winchester verpasst.«

»O ja. Ferris erwähnte es, doch ich hatte es vergessen. Nächstes Mal werdet Ihr mittendrin sein, nicht wahr?«

Ich schwieg.

»Habt Ihr keine Angst?«, hakte er nach.

»Ich sorge dafür, dass andere vor mir Angst haben.« Ich sah, dass Ferris mit dem Rücken zu uns mit Russ sprach. So ergriff ich Nathans Arm, zog ihn auf die Zehenspitzen hoch und kam mit meinem Gesicht ganz nah an seins heran. Er wich zurück und stieß einen kleinen Schrei aus.

»Ich habe dieser Tage mehr Gesellschaft, als mir lieb ist. Versteht Ihr?« Ich legte eine Hand auf mein Messer, ließ es ihn sehen, dann warf ich ihm den Blick zu, der den Tornisterdieb in die Flucht geschlagen hatte.

»Jetzt entschuldigt Euch.« Ich wies mit dem Kopf in Ferris' Richtung. Der Junge wandte mir ein Paar himmelblaue Augen zu, in denen Tränen standen. Scheinbar schämte er sich dessen, denn er richtete sich gerade auf. Ich sah, dass Ferris und Russ sich umgedreht hatten und uns beobachteten.

»Martin sagte, er wolle mir einen Lederriemen flicken«, murmelte Nathan. »Ich will sehen, ob er damit fertig ist.« Er drehte sich schnell um, verbeugte sich hastig vor Ferris und Russ und nickte mir zu, ohne mir dabei in die Augen zu blicken. Ferris warf mir einen kalten Blick zu.

»Ich werde ihm Gesellschaft leisten«, sagte Russ, verbeugte sich vor Ferris, doch nicht vor mir und ging ebenfalls davon, wenn auch nicht so schnell.

»Ich habe es gesehen«, sagte Ferris zu mir. Seine Stimme klang ärgerlich; ich wich vor seinem Gesicht zurück, wie Nathan vor meinem zurückgewichen war. Wir gingen schweigend weiter.

Hinter uns hörte ich jemanden sagen: »Nathan ist ziemlich schnell davongesprungen.« Raues Gelächter ertönte, dann eine weitere höhnende Stimme: »Ihr seid der rechte Mann für ihn, was? Dann tretet vor, sagt, der Junge sei Euer Freund und Ihr wärt gekommen, um an seiner Stelle zu kämpfen.«

Wieder lachten sie, doch als ein dritter Mann sagte: »Marschiert mit ihm und Ihr werdet ein Messer in Eurem Rücken finden«, murmelten sie anschließend nur noch undeutlich.

Ich begann mich zu fürchten.

»Wisst Ihr, was Russ zu mir gesagt hat, kurz bevor der Junge gegangen ist?«, fragte Ferris.

Ich zuckte die Achseln.

»Er sprach über einen bösen Engel. Und auch andere Männer haben davon gesprochen, während Ihr krank wart.«

Ich marschierte weiter, ohne ihn anzusehen.

Ferris brüllte: »Ich habe mich eingeschränkt, um Euch zu füttern! Warum führen wir diesen Krieg? Ist es nicht für die Freiheit und das Recht des Mannes zu sagen, was er will?«

»Ich wollte nur –«

»Und wem will er denn was?«

»Hört auf, Ferris! Ihr seid wie – wie –«

»Ja?«

Ich zitterte.

»Ich bin nicht Euer Geschöpf, Rupert. Egal, wer es gewesen ist.«

»Ihr versteht davon nichts.«

»Aber ich beginne Euch zu kennen.« Ferris griff meine geballte Faust. »Ihr wollt mich schlagen? Nun, nur zu. Ihr seid viel größer als ich.« Er hob sein Gesicht dem meinen entgegen und brüllte: »Seht zu, ob Ihr mich daran hindern könnt, Freunde zu haben.«

Jemand hinter uns rief: »Gut gesagt, Kamerad!« Sofort wirbelte ich herum und sah, dass alle Männer mich anstarrten. Bis zu diesem Moment hatte ich nicht gewusst, wie sehr Ferris zwischen mir und ihnen stand. Ich wurde hochrot und ließ die Fäuste fallen.

Schweigend gingen wir weiter nebeneinander her. Jetzt war ich derjenige, dem Tränen in den Augen standen. Als ein Soldat vorbeikam, drehte ich beschämt den Kopf weg.

Mit der Zeit beruhigte sich mein Atem. Ich sah immer wieder zu Ferris, doch dieser lief mit schnellen Schritten weiter, wie ich es bislang nicht von ihm kannte. Es schien, als hätte ich etwas von seiner Fähigkeit, die Körpersprache zu verstehen, gelernt, denn ich wusste, dass dieser Schritt ein Weg war, mich auszuschließen.

»Ihr müsst mit jemandem reden, den Ihr mögt«, sagte ich schließlich.

»Diese Entscheidung treffe ich allein.«

»Ich gehe und hole sie zurück. Höflich.«

»Haltet Euch von ihnen fern«, fauchte er mich an.

»Kann ich trotzdem weiter mit Euch marschieren?«

»Würdet Ihr mit einem bösen Engel marschieren?«

»Ich bin ein Mann, der um Vergebung bittet.«

»Sagt lieber, Ihr versucht, mich zu halten.«

Kaum hatte er dies gesagt, zeriss etwas in mir. Was hatte sie gesagt? *Haltet mich bis zur Vermählung.*

Dann kämpften wir, und sie verließ mich.

In jener Nacht kampierten wir in Alresford, dem Herrschaftssitz von Cromwells altem Freund und Kameraden Richard Norton. Man sprach nur über Belagerungen. Sie sagten, wir könnten schon am nächsten Tag die Mauern von Basing-House überwunden haben, und unsere Stimmung war gut. Es erklang sogar das komische, unzüchtige Lied, das die Offiziere bisher untersagt hatten, nun aber nicht mehr missbilligten. Dem jungen Mann, der gebettelt hatte, er sänge das Lied nur wegen der Melodie, wurde erlaubt, es ohne Text zu summen.

Mir war nicht nach Singen. Meine Gedanken drehten sich einzig darum, meinen Freund wieder milde und mir zugetan zu stimmen. Er hielt sich von mir fern, wandte sein Gesicht ab und sah so unglücklich aus, dass es mir lieber gewesen wäre, er hätte mich geschlagen. Ich ging zu der Stelle, wo er mit gekreuzten Beinen saß und sich mit einem Stück Roggenbrot abmühte, setzte mich ihm gegenüber und legte ihm mein Stück Fleisch, den besten Teil meiner Ration, in den Schoß.

»Hier«, sagte ich, »ich weiß, dass Ihr Euch meinetwegen eingeschränkt habt.«

»Ich möchte Euer Mahl nicht.« Er nahm das Fleisch und legte es behutsam ins Gras.

»Wie kann ich beweisen, dass es mir Leid tut?« Ich zeigte ihm meine Handgelenke. »Hier, ich werde sie aufschneiden.«

Ferris starrte mich an.

Ich fuhr fort: »Ich tue alles, was Ihr sagt.«

Er schüttelte den Kopf und seufzte. »Genau das ist es, Rupert. Eure wilde Art, die –« Er kniff die Lippen zusammen, als wolle er etwas zurückhalten.

»Dann nehmt das Essen.«

Er hob das Fleisch auf, doch nur, um es mir zu reichen. »Hier. Was ich mir von Euch wünsche, ist Freiheit.«

»Ihr habt sie.«

Er fuhr fort: »Ich bin krank, meine Seele schmerzt, und ich kann nicht noch mehr Unfrieden vertragen. Freunde, Gesellschaft – sind mein einziger Trost. Wollt Ihr mir das nehmen?«

»Ich bin ein Freund.«

Er seufzte erneut.

Ich nahm das Fleisch zurück. »Warum seid Ihr krank?«, fragte ich. »Eine entzündete Wunde?«

»Das und –« Er beugte seinen Kopf und sein Haar fiel nach vorn; sein Körper sackte zusammen wie der einer Marionette, der man die Fäden abgeschnitten hat. »Der Angriff ist das eine. Wären wir näher bei London, würde ich desertieren.«

»Ihr fürchtet Verwundung, Tod?«

Ferris hob den Kopf und sah mich forschend an. »Habt Ihr je Schmerz gefühlt, Rupert? Nicht ein Schnitt in einen Finger, sondern Schmerz, der einen schreien lässt – ohne dass es dagegen Hilfe gibt?«

Ich versuchte mich zu entsinnen.

»Nein«, fuhr er fort, »ich sehe, dass Ihr solchen Schmerz nie verspürt habt. Doch Ihr lagt zusammen mit den Verwundeten in Winchester.«

»Sie riefen nach ihren Müttern.«

»Todesqualen lassen die Männlichkeit dahinschmelzen wie eine Flamme das Wachs einer Kerze. Dies«, er zeigte auf seine verwundete Wange, »ist nur ein Vorgeschmack.«

Wir schwiegen eine Weile, dann fuhr er fort: »Tod kann auch Erlösung sein. Es gibt Dinge, die ich mehr fürchte –«

»Verstümmelung? Ich würde Euch immer zur Seite stehen.« Ich ergriff seine Hand.

»Mehr als – oh, Ihr versteht mich nicht.« Er klang, als sei er meiner überdrüssig. Beleidigt löste ich meinen Griff.

»Keiner meiner Freunde kann mir helfen, nein, auch Nathan nicht.« Ferris sah mir in die Augen. »Doch Streit und Eifersucht sind ein Kummer, den ich nicht ertragen kann.«

»Eifersüchtig – das bin ich nicht. Und ich werde auch nicht mehr streiten.«

»Nein, Ihr Mann des Zorns?« Er schenkte mir ein trauriges Lächeln. Mann des Zorns, böser Engel: Ich erhielt hässliche Namen. Obwohl sein Ärger plötzlich verflogen schien, hatte sich etwas zwischen uns geändert. Ferris musste wissen, dass ihn ein guter Hieb von mir flach legen würde. Forderte er mich heraus, ihn zu schlagen, statt Russ und Nathan aufzugeben, dann musste ich mich ihnen gegenüber milde zeigen.

»Morgen werden wir alle Hände voll zu tun haben«, sagte ich.

»Ja. An solch einem Ort gibt es für die Artillerie viel Arbeit«, pflichtete Ferris mir bei. Sein Gesicht sah jetzt eher nachdenklich als traurig aus. »Sie haben alles geplant. Wir werden eine gute Aufstellung haben – unsere auf der einen Seite, Colonel Dalbiers Männer auf der anderen Seite, zumindest hat Russ mir das so erzählt. Ich bin an eins der kleineren Geschütze versetzt worden.«

»Warum?«

»Sie haben einen stärkeren Mann für die Kanone. Er lädt schneller.«

»Ihr seid nicht für das Soldatentum geschaffen, Ferris.«

»Ich hoffe, Gott schuf keinen Mann als Sol–«, er stockte.

»Doch Ihr fürchtet, ich wäre dazu geschaffen?«

»Sagt mir, Rupert, sagt es mir ehrlich. Wie seid Ihr damals auf diese Straße gekommen, in diesem Aufzug? Warum könnt Ihr nicht zurückgehen?«

Ich dachte nach. »Jetzt ist nicht die Zeit dafür.«

»Werdet Ihr es mir nach der Belagerung sagen?« Er sprach leise, beugte seinen Kopf vor und versuchte mich zu überreden.

Mein Körper wippte vor und zurück, auf der einen Seite sehnte ich mich danach, es ihm zu erzählen, auf der anderen Seite schauderte ich bei der Erinnerung an das, was geschehen war, als ich Caro mein Herz geöffnet hatte. Ein abscheulicher Gedanke stieg in mir hoch: Vielleicht hatte er schon alles von Tommy gehört.

»Freunde sollten keine Geheimnisse haben«, drängte Ferris weiter. Er nahm meine Hand; ich wich seinem Blick aus, bevor er alles von mir erflehen konnte.

»Wir sprechen später darüber«, sagte ich, und meine Hand spürte seine feuchte Handfläche und seine langen, wohlgeformten Finger, mit denen er mir den Mund abgewischt hatte. »Bitte vergebt mir, was ich heute getan habe.« Ich entzog ihm meine Hand und streckte mich für die Nacht aus.

»Ich werde Nathan und Russ sagen, dass es Euch Leid tut«, sagte Ferris. Er stand auf, als wolle er gehen.

»Ja, tut das. Bittet sie darum, mir zu verzeihen. Ihr habt die Gabe dazu.« Ich kämpfte das aufkommende Misstrauen nieder.

Er starrte schweigend auf mich herab.

»Bitte geht zu ihnen«, drängte ich.

Ferris lächelte. »Das ist der richtige Weg. Ich werde morgen mit ihnen reden.«

Er legte sich neben mich.

»Ihr bleibt hier?«

»Vielleicht sehen wir uns zum letzten Mal. Gute Nacht, mein Bruder in Christi.«

Er schloss die Augen und schien einzudösen. Ich beobachtete, wie sich sein Kopf vor und zurück bewegte und er Mund und Augenbrauen zusammenzog. Es schien, dass ihm die verwundete Wange eine Menge Unannehmlichkeiten bereitete. Seine Hand tastete wiederholt danach, fiel jedoch dann wieder zurück: Ich erinnerte mich daran, wie er bei meinem Kuss in der Kirche vor Schmerz zusammengezuckt war. Kurz darauf schlief ich ein.

8. Kapitel
Mistress Lilly

Am nächsten Tag erreichten wir Basing, und ich stellte fest, dass es verrückt war zu behaupten, wir könnten es sofort einnehmen. Ein Blick auf Basing-House genügte, um die schreckliche Macht des Ortes zu spüren, denn es war eher eine Art Zitadelle mit Wachtürmen nach allen Richtungen als ein Haus. Diese Türme wurden durch eine angeblich zweieinhalb Meter dicke und mit gestampfter Erde gefüllte Befestigungsmauer miteinander verbunden, die alles abfangen würde, was wir gegen sie werfen konnten. Sollte keine Bresche geschlagen werden, mussten wir uns mitsamt unseren Waffen über die Mauer kämpfen, während ihre Männer uns bequem von den Wällen herunter aufspießen konnten.

Hinter der Mauer war alles ein zusammenhängender Gebäudekomplex – ein Angst einflößender Ausdruck von Stärke. Auf der einen Seite stand das alte, aus feinen roten Ziegeln erbaute Haus. Es war von zwei großen Türmen flankiert und von mächtigen Erdwällen umgeben. Man behauptete, William der Bastard selbst oder seine Freunde hätten diese Erdwälle errichten lassen, denn so lange herrschte hier schon Unterdrückung. Das alte Haus vermittelte für sich genommen bereits den Eindruck, als könne es jeder Belagerung standhalten; doch dieses alte Haus war nur die Hälfte dessen, was den Namen Basing trug, denn in einiger Entfernung erhob sich das neue Haus, dass zu Zeiten König Jakobs errichtet worden war. Dieses zweite Gebäude war für sich alleine schon ein Palast, und obwohl es durch Kanonenbeschuss beschädigt worden war, schüchterte seine Größe den Mut eines jeden Belagerers ein. Für mich sah es aus, als habe man viele Gebäude zusammengeschoben und mit Kuppeln überhöht. Russ kam auf dem Weg zu den Gepäckwagen an mir vorbei und sagte, es besäße fast vierhundert Räume. Sir Johns Beaurepair, das mir einst groß erschienen war, wirkte dagegen wie ein Schuppen. Manche behaupteten, das alte und das neue Haus seien durch einen langen, überdachten Gang miteinander verbunden und dadurch ein einziges Gebäude, und obwohl Russ sagte, dass dies Unsinn sei, konnte ich nicht umhin, mir auszumalen, wie die Verteidiger zwischen den beiden Häusern hin und her eilten, wie Ratten in einem Rohr.

So viel zu dem, was innerhalb der Mauern lag. Außerhalb, dort, wo das gewöhnliche Volk gelebt hatte, stand nicht ein Cottage mehr. Man hatte sie alle dem Erdboden gleich gemacht, damit sie dem Feind nicht als Schutz dienen konnten, denn der auf seine eigene Verteidigung versessene Paulet hatte keine Skrupel, die Steine bescheidenerer Behausungen niederzureißen.

Wir schlugen unser Lager im Park auf; an die sechstausend Mann, die wenig zu tun hatten, bis die Kanonen in Stellung gebracht worden waren. Ein Holländer, Colonel Dalbier, kein Mann des *New Model*, doch mit dem Segen des Parlaments für die gleiche Sache kämpfend, hatte sich bereits in Stellung gebracht und keine Zeit verloren, denn sein Bataillon hatte gute Arbeit geleistet. Ein großer Gefechtssturm, und ein Teil der das neue Haus umgebenden Mauer war durch seine Geschütze dem Erdboden gleich gemacht worden. Es ging das Gerücht, dass sich beim Zusammenbruch der Mauer Schätze in den darunterliegenden Hof ergossen hätten. Dieser Anblick habe die Belagerer angestachelt, denn jeder Soldat hatte von den sagenhaften Reichtümern gehört, die dort lagern sollten.

»Werden wir es wirklich plündern?«, fragte ich einen in der Nähe stehenden Mann.

»Was glaubt Ihr, warum die hier sind?«, fragte er zurück. Er zeigte auf eine Horde Männer mit Karren und Wagen, die in großer Entfernung vom Schlachtfeld ihr Lager aufgeschlagen hatten. »Alles Krähen. Die Festung ist schon so gut wie geschleift.«

»Die Armee wird sicherlich alles nehmen, was da ist?«

»So viel sie tragen können. Da bleibt noch eine Menge übrig.«

Jetzt war klar, warum Cromwell sich beeilt hatte, seine Artillerie zu holen, bevor die Straßen zu schlecht wurden. Der Ort war so gut verteidigt, dass man nichts tun konnte, bevor nicht Ferris und seine Kameraden uns eine Passage durch die Mauern geschlagen hatten. Laut denkend sagte ich: »Dieser Ort hier ist wie eine eigene Stadt.«

Der Mann lächelte: »Zeigt mir eine Stadt, die Cromwell nicht einnehmen könnte. Davon abgesehen war Gott mit uns in Naseby und wird weiterhin mit uns sein.«

»Falls Gott eine neuerliche Naseby-Schlacht plant«, sagte ich und zog erst einen, dann den anderen Fuß aus dem Schlamm, »dann offenbart er seine Liebe nicht im Wetter.«

»Gott segne Euch«, rief der andere, »das hat alles sein Gutes. Weiche Erde für die Pioniere.«

Er ging davon. Ich blieb, wo ich war, während der Regen jede Faser auf meinem Rücken durchweichte. Jene, die sich innerhalb der Mauern des Basing-House, oder *Loyalty House*, wie die Papisten es angeblich nannten, befanden, genossen die unaussprechliche Behaglichkeit eines Daches – zweier Dächer – über ihren Köpfen, dazu noch Wein und Federbetten. Ich wusste bereits, dass Schauspieler und dergleichen darunter waren, kaum ein Mann, der zu ehrlicher Arbeit fähig war. Zudem beherbergte das Haus kriegerische und abscheuliche Frauen, die Pfähle aus den Fenstern auf unsere Soldaten geworfen hatten, und eine Horde Priester, die lateinische Zaubersprüche murmelten. Doch wir würden sie zerquetschen und auch ihr Wespennest durch beständigen Beschuss zu guter Letzt zu Fall bringen. Auf keinen Fall würden wir hier wieder wegkommen, bevor nicht eine der beiden Seiten völlig vernichtet war. Umherschauend betete ich nur, dass es nicht die unsrige sein möge.

Kaum war Cromwell eingetroffen, beriet er sich mit Dalbier, und die beiden verbrachten einige Zeit mit der Erkundung der Örtlichkeiten. Ferris ging mit den anderen Kanonieren zu unserer Brustwehr. So nannte man die vorderste Verteidigungslinie, hinter die sich die Männer zurückziehen konnten. Pioniere waren vorwärts gekrochen und hatten dabei ihre Gräben in einem Winkel ausgehoben, der es dem feindlichen Beschuss nicht einfach machen würde, sie auf einen Streich zu vernichten. Daher war die Brustwehr auch ganz nah an der gegnerischen Verteidigungslinie. Ab und zu hörte man eine von Dalbiers Kanonen dröhnen und sah danach weißen Rauch über dem Feld aufsteigen.

In den ersten paar Tagen konnten wir nichts tun, außer Latrinen auszuheben und die Geschütze in Stellung zu bringen. Ich grub Gräben für die Latrinen und legte Holzplanken darüber. Ich wusste, dass mir spätestens in zwei Tagen von dem Gestank übel werden würde, und tatsächlich wünschte ich jedes Mal, wenn ich eine aufsuchen musste, Menschen könnten ihre Nasen verschließen, so wie Hunde die Ohren flach anlegen können. Noch schlimmer war es, dort in Gesellschaft anderer Männer zu sein. Soldaten beschwerten sich über Durchfall, Verstopfung und Hämorrhoiden, als ob das irgendjemanden interessierte, und mir blieb auch die tierische Freude nicht erspart, mit der manche jeden Haufen oder Furz bejubelten. Nie hatte ich meine Kameraden als so ungehobelt empfunden wie hier, und ich wäre fast überall hingegangen, um mich in der Natur zu erleichtern, doch weit und breit gab es nichts außer einer

Schlammwüste. Immer wieder machten Gerüchte die Runde, irgendein Soldat sei von den Planken kopfüber in die Scheißgrube gerutscht, und in diesen Geschichten spürte ich eine verwerfliche Freude an allem Dreckigen und Abscheulichen, das einen anderen treffen konnte.

Bei Tage sah ich nichts von Ferris, höchstens vermutete ich ihn hier und da in der Ferne. Jedes Mal, wenn eine Kugel in der Nähe seiner Stellung einschlug, ballte ich die Fäuste und betete. Kam er schließlich ins Hauptlager zurück, klebte Nathan wie eine Klette an ihm und das nicht nur in der ersten, sondern auch in der zweiten Nacht. Mochte der Junge sich auch vor mir fürchten, seine Angst war nicht so groß, dass er Abstand gehalten und meinen Freund und mich allein gelassen hätte. Ich überlegte, ob Ferris meine Entschuldigung wie versprochen weitergetragen hatte.

Die Männer vertrieben sich die Zeit, so gut sie konnten: Sie reinigten Waffen, die sie noch nicht benutzt hatten, schrieben Briefe, die vielleicht nie gelesen werden würden, warfen Steine und rangen miteinander. Die Gottesfürchtigeren warfen einen Blick in ihre Feldbibeln. Gerade jetzt waren jene Soldaten, deren Frauen mit uns zogen, besser dran, da diese neben dem Kochen und Ausbessern der Kleidung viel Zeit für die Versorgung der Kranken aufbrachten. Zusätzlich zu den üblichen Wunden machte ein starker Husten die Runde in den Truppen. Alles um uns herum war nass, grau und braun. Zuerst wollten wir in den Hecken und auf den Feldern nach Essbarem suchen, doch jeder, der versuchte, das Gelände zu durchstreifen, endete als Schlammklumpen. Alles Essbare und zudem vieles nicht Essbare war in der zweiten Nacht verschwunden.

Bei Tag mied ich Nathan und Russ, doch da sie abends immer mit Ferris zusammen waren, musste ich ihre Gesellschaft hinnehmen, wollte ich ihn überhaupt zu Gesicht bekommen. Wir suchten uns ein Feuer oder entzündeten selbst eines, um unsere nassesten Sachen daneben auszubreiten. Es gab keine Möglichkeit, das Elend, ewig durchnässt zu sein, zu lindern. Unsere Hände waren rissig und zwischen den Fingern aufgesprungen. Manche waren die nasse Kleidung so leid, dass sie sich nackt neben das Feuer setzten und die dampfenden Hemden und Hosen den Flammen entgegen streckten. In den schlimmsten Nächten konnte man aufwachen, weil einem das Hemd auf dem Rücken steif gefroren war, während man mit dem Bauch zum Feuer gewandt lag. Ich fragte mich, wie viele dieser Männer keine Heimat und keinen Herrn hatten und wie viele ein verzweifeltes und durchnässtes Weib, das mit dem Baby hinterhertrottete. Es war jetzt Mitte Oktober und ich glaube, viele wären davongelaufen, wenn sie noch irgendwo als Schnitter Arbeit gefunden hätten.

Die langen, dunklen Stunden schleppten sich dahin. Russ erzählte von vergangenen Taten, Nathan vom Neuen Jerusalem und ich von nichts. Ferris schien sich elend zu fühlen, was in seiner Situation nur natürlich war, doch ich sah, dass ihn nicht nur die Kanonen und Geschützdämme beschäftigten. Ihm war nicht wohl in seiner Haut, und ich spürte, dass er von mir eine Aussprache mit Nathan erwartete. Wohl in der dritten Nacht, als es bereits spät war und der Junge immer noch nicht da, fand ich Ferris allein am Feuer sitzen. Ich wollte ihm gerade ein Geschenk machen, einen halben Laib gutes Brot, als er alles verdarb, indem er mir ins Wort fiel.

»Ich habe mein Möglichstes getan, um Frieden mit Nat zu machen«, sagte er. »Ich habe um Vergebung für Euer Messer gebeten. Doch wozu ist das gut, wenn Ihr ihn weiterhin nur anstarrt?«

»Ich starre nicht«, rief ich, und in der Tat hatte ich auch nicht das Gefühl, es zu tun.

Ferris seufzte und sagte, dass Nathan jung und noch grün sei, dass er freundlich behandelt werden müsse und dass er nur ein Bürschchen sei, auch wenn er sich für einen Krieger halte.

»Dann sollte er nicht bei der Armee sein«, erwiderte ich.

»Das sage ich ihm auch immer wieder, worauf er antwortet, dass überall junge Kerle kämpfen –«

»Hungerleider vielleicht. Doch er kann lesen und schreiben und hat Eltern, oder nicht? Warum bleibt er?«

Ferris schaute mich einen Augenblick an, zögerte und sagte dann: »Um auf den Punkt zu kommen … Er ist leicht zu entmutigen – wie Ihr nur allzu gut wisst –, und außerdem ist da noch etwas. Er hat etwas über Euch gehört.«

»Von wem?«

Vor Ärger verengten sich die Augen meines Freundes zu Schlitzen: »Plant Ihr bereits Vergeltung? Ihr hört mir nicht zu, Ihr müsst nachsichtiger werden. An Eurer Stelle würde ich –« Er brach ab, denn Russ und Nathan näherten sich.

»Ich brauche keine anderen Freunde«, beschwerte ich mich. »Ich würde gerne mit Euch allein reden.«

»Und wenn ich morgen erschossen werde? Dies sind keine schlechten Männer. Setzt Euch zu uns und seid freundlich.«

Unglücklich setzte ich mich zu ihnen. Zweifellos schaute ich finster drein und tat mir mit dem Jungen keinen Gefallen. Nathan belästigte uns nicht länger mit seinem Geschwätz, sondern strapazierte meine Nerven auf eine neue Art, indem er fragte, wie viele Männer der Artillerie getötet worden waren und wie nah um Ferris herum die Schüsse gefallen waren. Dies war etwas, was ich gar nicht wissen wollte, doch ich hielt meine Zunge im Zaum.

»Einem meiner Kameraden wurde das Gesicht weggeschossen«, sagte Ferris düster. Er hielt seinen Arm hoch, und ich schreckte vor dem Anblick des rötlichbraunen, inzwischen angetrockneten Schleims zurück.

»Was haben die Ärzte getan?«, fragte Nathan.

»Was hätten sie schon tun können? Die Männer nahmen ihn erst gar nicht mit, sagten, sie würden so nur eine Trage verschwenden, und ich schätze, sie hatten Recht damit. Es war noch vor dem Mittag passiert, doch bei Sonnenuntergang lebte er immer noch.« Ferris sprach mit zusammengebissenen Zähnen.

»Aber jetzt ist er tot?«, fragte Russ.

»Ja. Er starb, sobald es anfing zu dunkeln.«

Russ und Ferris warfen sich einen Blick zu, den ich zu verstehen meinte, offensichtlich im Gegensatz zu Nathan.

»Sie heizen uns mächtig ein«, fuhr Ferris fort. »Karrenweise Steine, außerdem Kugeln und Granaten.«

»Die Brustwehr ist ihnen sehr nah«, sagte Russ und fügte für mich hinzu: »Das kann es sehr blutig werden lassen.« Das zu hören fürchtete ich am meisten.

Ferris sagte: »Wir können im Moment nur Granaten werfen.« Ich hasste die Vorstellung, dass er das tat, denn die Granaten – Tonhülsen voll Schießpulver – gingen manchmal schon in der Hand des Soldaten los. »Doch Cromwell kommt gut mit den Geschützgräben voran. Wir werden bald eine brauchbare Bresche geschlagen haben.«

»Was heißt das?«, fragte ich.

»Wenn die Mauern beginnen einzubrechen«, erklärte Russ, »dann hat man eine Rampe, über die die Männer hinauflaufen können.«

»Die königliche Kanone«, fügte Ferris mir zugewandt hinzu, »feuert ungefähr – sechzig – Pfund.« Seine letzten Worte wurden fast von einem Gähnen verschluckt.

Russ meinte zu ihm: »Ihr solltet schlafen, Junge.« Etwas Zärtliches lag in seiner Stimme, und zu mir sagte er: »Es ist eine ermüdende Arbeit. Keiner Eurer Lords würde sich auch nur einer Kanone nähern oder gar als Kanonier arbeiten.«

»Ihr werdet Euch Euer Gesicht nicht wegschießen lassen«, sagte Nathan zu Ferris.

»Die Sache läuft leider anders, Nat«, Ferris lächelte schwach. »Betet weiterhin für mich. Wie lautet das Kennwort? Schlaf.«

Er legte sich auf die Seite, stellte fest, dass er mit der verwundeten Wange auf dem Boden lag, und drehte sich so lange, bis nichts mehr die Wunde berührte. »Sie spannt«, murmelte er und zog wegen der Kälte die Knie hoch.

Murrend lagerte sich auch der Rest von uns in unseren feuchten Sachen um das, was vom Feuer noch übrig war. Nathan sorgte dafür, dass Ferris zwischen ihm und mir lag, als ob ich in der Dunkelheit zu ihm hinüberkriechen und ihm die Kehle durchschneiden würde. Er machte so viel Wind darum, dass ich versucht war, den Platz zu wechseln und mich so auszustrecken, dass ich mit dem Kopf in seinem Schoß zu liegen käme.

Russ und Nathan wünschten mir heuchlerisch eine gute Nacht, was ich erwiderte. Ferris murmelte: »Schlaf gut, Rupert«, als meine er es auch so.

»Schlaf gut, Ferris.«

Als ich einige Zeit später aufwachte, hörte ich seinen rasselnden Atem. Überall hörte man Keuchen; wir verloren mehr Männer durch Ruhr oder entzündete, brodelnde Bronchien als durch Waffen und Schwerter. Ich döste kurz ein und war sofort bei Zeb, um über eine Arbeit zu schimpfen, die er ungetan in der Küche zurückgelassen hatte. Als ich aus dem Traum zurückkam, lag ich eine Weile wach und dachte an jene, die ich verloren hatte, bis ich schließlich wieder einschlief. Der armselige Rest der Nachtruhe war voller Ängste und Unterbrechungen. Gegen Morgen fühlte ich mich seelisch und körperlich immer elender, nicht nur wegen der Kälte, sondern auch, weil ich so starken Harndrang verspürte, dass ich nicht schlafen konnte, aber ich wollte auch nicht pinkeln, weil ich noch im Halbschlaf war.

Von einem Geräusch aufgerüttelt, öffnete ich die Augen und sah, dass Ferris bereits auf war und von einem heftigen Hustenanfall geschüttelt wurde. Kurz darauf räusperte er sich und spuckte in die zischende Glut. Keiner der anderen Männer bewegte sich. Melancholisch betrachtete Ferris den schlafenden Nathan. Ich dachte, dass er mich vielleicht auch so anschauen würde, und stellte mich schlafend. Als ich meine Augen wieder öffnete, hatte er bereits seinen Helm aufgesetzt und holte etwas Brot aus dem Tornister. Ich sah zu, wie er hineinbiss, und hörte ihn seufzen; es war offensichtlich zu hart.

»Ich hab noch welches«, flüsterte ich.

Ferris kam zu mir und lächelte. Ich stand auf und holte den halben Laib aus meinem Sack, den ich für ihn verwahrt hatte. Er gab gar nicht vor, es abzulehnen, sondern drückte mir die Hand und sagte: »Vielen Dank.« Dann ging er in Richtung seines Regiments davon und aß das Brot im Gehen. Ich schaute ihm hinterher, wie er um die Schlammpfützen herumging und sich auf das graue Feld zubewegte.

Der Rest von uns fühlte den Tau auf Haaren und Kleidung, fluchte oder betete je nach Neigung und bereitete sich auf den Tag vor, der uns erwartete. Ich erleichterte mich endlich, pinkelte in den Schlamm neben die anderen und wurde deswegen beschimpft. Daraufhin dachte ich darüber nach, ob ich noch der gleiche Mann war, der seinen Körper einst mit parfümiertem Wasser gewaschen hatte.

Nachdem wir unsere Waffen in Stellung gebracht hatten, kam der Tag, an dem Cromwell bei John Paulet, dem Marquis von Winchester und Herrn von Basing-House, anfragte, ob dieser auf verständige und ehrenvolle Weise aufgeben oder seine und unsere Leute der Gefahr eines Ansturms aussetzen mochte. Denn, so schrieb er unmissverständlich, der Marquis und seine Getreuen mussten als bekennende Papisten mit äußerster Härte rechnen, sollten sie bis zum bitteren Ende kämpfen wollen, und nach dem Gesetz der Waffen liege ihre einzige Hoffnung auf Gnade in der Kapitulation. Doch entweder war es der törichte Stolz des Marquis oder die Angst, wir seien weniger ehrbar, als wir vorgaben – zumindest konnte er nicht dazu gebracht werden, die Waffen zu strecken. Es war nun an der Zeit, sie zu beeindrucken. Der Befehl wurde erteilt und unsere großen Kanonen begannen zu feuern.

Nur selten verließ mich die Angst um Ferris, und da ich wenig anderes zu tun hatte, stand ich auf dem Feld und beobachtete jede Kugel und jede Granate, die in die äußeren Mauern einschlugen. Immer, wenn es dem Feind gelang, einen Treffer in der Nähe unseres Regiments zu landen, duckte ich mich. Nach einer Weile gesellte sich Price zu mir, ein großer, gut gebauter, jedoch kränklich aussehender Mann, der an dem im Lager grassierenden Husten litt. Er war es, der mir am meisten über das Basing-House und seine Bewohner erzählte.

»Allesamt römisch-katholisch«, sagte er. »Der Marquis hat seinen einzigen protestantischen Kommandanten verstoßen, und es war eine schmutzige Art, wie er Colonel Rawdon loswurde. Paulet vergeudete dabei fünfhundert Männer auf einen Streich.«

»Er muss großes Vertrauen in seine Götzen haben«, bemerkte ich.

»Sowohl in die Mauern als auch in den Papst. Auf die eine oder andere Art wird dieser Ort seit Jahren belagert.«

»Und hat es immer überstanden?« Ich versuchte mir vorzustellen, wie viele Lebensmittel dort drinnen wohl lagern mussten.

»Ja. Mit der in London ausgebildeten Truppe ist es uns fast gelungen einzudringen.« Price brach ab, um etwas Schleim abzuhusten. »Doch es endete in Schande.«

»Wieso? Waren unsere Männer feige?«

»Ich würde es nicht feige nennen. Sie waren über die Mauer – der schwerste Teil! – und sie sind bis in den Stall vorgedrungen.« Er zeigte auf ein massives Gebäude innerhalb der Mauern. »Er war randvoll mit Lebensmitteln und Getränken gefüllt. Könnt Ihr Euch vorstellen, dass die Hurensöhne dort geblieben sind und sich vollgestopft haben, während das Dach über ihren Köpfen in Flammen stand?«

»Sind sie verbrannt?«

»Die Verteidiger haben sie beschossen. Der Rest wurde in die Flucht geschlagen.«

Ich dachte an den Käse, den ich entlang der Straße gestohlen hatte, und konnte gut verstehen, wie sich plötzlich die Ketten der Pflicht und der üblichen Vorsicht gelöst hatten. Solch ein Reichtum musste für hungrige und frierende Männer einfach unwiderstehlich sein.

»Wurde innerhalb der Mauern nie das Essen knapp?«, fragte ich.

»Einmal hatten wir sie fast – sie hungerten und hatten nur noch Hafergrütze zu essen. Ein paar von ihnen haben versucht, über die Mauern zu fliehen. Paulet ließ sie hängen, sonst wären ihnen weitere gefolgt. Sie waren verzweifelt.« Er seufzte. »Doch dann befreiten sie sich von unserer Belagerung. Der einzige Weg ist jetzt, die Häuser dem Erdboden gleich zu machen.«

»Und Cromwell hat geschworen, genau das zu tun?«

»Er und davor schon Dalbier.«

Ich fragte, warum Dalbier, wenn er darauf angesetzt worden war, die Sache nicht schon vor unserer Ankunft erledigt hatte.

»Es braucht Zeit«, sagte Price. »Der Mann kann rechnen.«

»Das heißt noch nicht, dass er auch ein Soldat ist«, erwiderte ich.

Price sah mich überrascht an. »Glaubt Ihr, der Krieg sei nur eine Sache des Waffengeklirrs? Er ist ein Pionier und genau das braucht die Artillerie.«

Ich versicherte ihm, dass ich großes Vertrauen in die Artillerie hätte.

Cromwells große Kanonen gingen los, dann Dalbiers, dann wieder Cromwells, manchmal auch alle gleichzeitig, während wir warteten und immer tiefer in den Matsch des Feldes einsanken. Jene, die nichts mit dem Bombardement zu tun hatten, blieben hinter der Brustwehr und vertrieben sich die Zeit, so gut sie konnten.

An diesem Tag ging ich auf der Suche nach Ferris ein einziges Mal nach vorn und sah ihn mit vor Anstrengung gespanntem Körper seine Waffe laden. Er richtete sich auf, stützte seinen Rücken mit einer Hand ab und schien so weit davon entfernt, auch nur einen Gedanken an mich zu verschwenden, dass ich den Mut sinken ließ und wieder an meinen Platz zurückkehrte. Die ganze Zeit über war der Himmel schwarz, und es goss wie aus Kübeln.

Als ich vom Ausschauen nach Ferris zurückkehrte, stellte ich mich wieder neben Price, und wir beide hielten unsere Piken hoch, während wir zusahen, wie die Kanonenkugeln in die Mauern von Basing einschlugen. Plötzlich taumelte er.

»Was ist mit Euch?« Ich streckte meine Hand nach ihm aus, doch er krümmte sich, stöhnte und erbrach eine widerliche, stinkende Flüssigkeit. Er ließ die Pike fallen, die glücklicherweise zwischen und nicht auf den beiden vor uns stehenden Männern landete.

Price richtete sich wieder auf. »Entschuldigt, Kameraden.« Er langte nach der Pike, die ihm einer der beiden reichte, ließ sie jedoch sofort wieder fallen und kippte selbst vorneüber.

Der Mann, der ihm die Pike zurückgegeben hatte, beugte sich über ihn. »Soldat?«

Price rührte sich nicht. Der Mann sah mich hilflos an. Ich zog unseren gefallenen Kameraden auf die Knie und stellte fest, dass er blutige Scheiße unter sich gelassen hatte.

»Am besten bringt Ihr ihn zum Lazarettzelt«, sagte der andere. Ich zog

Price auf die Füße, doch da er wie tot war, lastete sein gesamtes Gewicht auf mir.

»Er ist groß«, sagte ich, doch niemand bot mir Hilfe an, daher zog ich ihn mir über die Schulter, durchquerte mit meiner unsauberen Last die Reihen, so gut ich konnte und legte ihn auf das zertrampelte Gras vor dem Zelteingang. Es gab keine Tragen. Der Gehilfe des Regimentarztes, ein kleiner, verschwitzter Kerl, den ich in Winchester nicht gesehen hatte, kam heraus und fragte mich, um welche Art der Verletzung es sich handele; ich erklärte, dass es eher eine Art Ruhr als eine Schussverletzung sei. Er sagte mir, dass fast alle Männer im Zelt an einer derartigen Krankheit litten.

»Hätten wir Zelte für die Gesunden, bräuchten wir sie nicht für die Kranken«, beschwerte ich mich. Der Mann sah mich an, als wolle er sagen, dass er sich genauso sehnlich wie ich Zelte wünsche, doch sie sich wohl kaum aus den Rippen schneiden könne.

»Bringt keine mehr«, sagte er, »es sei denn, sie sind verwundet.«

»Was, wenn sie erbrechen und die Ruhr haben?«

»Legt sie auf die Seite.«

»Sie werden zertrampelt werden«, widersprach ich.

»Dann tretet nicht drauf.« Er lachte. Zuerst war ich außer mir, doch dann erkannte ich, dass er schon halb verrückt war, weil er weder Platz noch Kraft für so viele Kranke hatte und der eigentliche Angriff ja erst noch bevorstand.

Wenigstens hatte ich Price vor der Kampfhandlung gerettet. Als ich ging, taumelte ein anderer Mann in das Zelt, der sich über seinen Ledermantel erbrochen hatte, und ich überlegte, ob er wohl zurück in seine Reihen beordert werden würde. Ich kehrte an meinen Platz zurück, sank dabei im Feld bis zu den Knien ein und versuchte mehr als einmal auf allen vieren meine Stiefel aus dem Schlamm zu ziehen. Auf meinem Weg hielt ich erneut nach Ferris' Regiment Ausschau, doch ich konnte ihn nicht erkennen. Von meinem Platz aus konnte man die Männer kaum unterscheiden und die großen Kanonen rauchten alle. Ich wischte mir an meinem roten Rock die Hände ab. Er war dreckverspritzt, und ich dachte an meinen Hochzeitsrock und daran, wie Peter die Perlmuttknöpfe daran befestigt und mich einen Prinzen genannt hatte. Plötzlich sehnte ich mich danach, die Jacke wiederzusehen. Ich wühlte in meinem Tornister, doch sie war nicht mehr da. Vermutlich hatte man sie in Winchester gestohlen und die Knöpfe abgeschnitten. Damit hatte ich meine letzte Erinnerung an fröhlichere Tage verloren; nicht mal ein einziger Faden war jetzt noch übrig.

Als ich zurückkehrte, stand ein anderer Mann in meiner Reihe und hielt Prices verlassene Pike. Zuerst erkannte ich Philip nicht, so schlammverspritzt und verschmutzt war er.

»Ich dachte, Ihr wärt ein Musketier?«, fragte ich und nahm meine eigene Waffe wieder auf. Seine Gesellschaft war mir nicht recht.

»In die Luft gesprengt. Letzte Nacht.«

»Aber Ihr seid nicht verletzt.«

»Hugh hat es erwischt. Er hat eine Hand verloren.«

Ich wunderte mich über die Ungerechtigkeit dieser Welt, die Philip gerettet und Hugh zum Krüppel gemacht hatte. Zu dem Glücklichen sagte ich: »Doch Ihr könnt doch nicht einfach so zu uns kommen!«

Er überhörte es. Mit einem zerberstenden Geräusch feuerte die Kanone erneut, und Philip rief: »Wie in Winchester.«

»Wie das?«

»Schoss ein Loch so groß, dass dreißig Männer nebeneinander hindurch konnten. An einem einzigen Tag.«

»Dann ist es hier doch anders.«

»Wir kommen schon rein, keine Angst.« Er grinste mich an. »Sie werden die Priester hängen, foltern und vierteilen.«

Ich machte mir nicht die Mühe zu antworten. Es regnete heftig, Philip hob sein Gesicht zum Himmel und ließ das Wasser den Schlamm abwaschen. Er hatte ein junges, freundliches Gesicht, Gott stehe jedem Gefangenen und jeder hilflosen Frau bei, die diesem Gesicht vertrauten. Im Gegensatz dazu wirkte Ferris mit seiner roten und vom Rauch schmerzenden Wunde inzwischen teuflisch. Ich erinnerte mich an die Geschichte, wie er in Bristol fast im Blut ertrunken wäre.

»Da ist Euer Kumpan«, sagte Philip und wies mit dem Finger in eine bestimmte Richtung.

Mein Herz machte einen Sprung: Ich bemühte mich, seinem Finger zu folgen, erblickte jedoch lediglich Nathan.

»Nun, nun!« Philip hob eine Augenbraue. »Er kommt auf Euch zu.«

In diesem Augenblick spürte ich, dass ich die Demut zeigen könnte, um die Ferris mich gebeten hatte, und winkte dem Jungen zu, doch dieser bemerkte mich nicht. Nathan trug keinen Helm, und seine zarten Züge wirkten so angespannt, als quäle ihn große Angst. Sein nasses Haar hob sich fast schwarz von seinem Nacken und seiner Stirn ab.

»Hübscher kleiner Kerl, nicht wahr?«, fragte Philip. »Ihr wisst, was man über ihn sagt?«

Schließlich erblickte mich der Junge. Er kniff die Augen zusammen, wandte den Kopf ab und ging in eine andere Richtung.

»Haltet dies«, befahl ich Philip und drückte ihm meine Pike in die freie Hand.

Er warf mir einen schlüpfrigen Blick zu.

»Nathan! Nathan!« Ich drängte mich durch die Reihen auf seinen roten Rock zu, den er erst kürzlich erhalten hatte und der deshalb immer noch auffällig leuchtete. Als ich schließlich seine Schulter erwischte, drehte er sich weg und verzog das Gesicht wie ein schmollendes Kind.

»Bleibt ruhig, Mann, ich möchte nur –«

»Er ist bei den Waffen, Rupert.«

»Ich weiß. Er ist nicht derjenige, den ich suche.«

»Ich habe ihn nicht mehr gesehen«, fuhr er fort, ohne mir zuzuhören, »seit wir gestern Abend zusammengesessen haben.«

»Hört mich an, Nathan! Ich möchte mit Euch reden und mich entschuldigen für – für die hässlichen Worte Euch gegenüber. Seid so gut und vergebt mir.«

Ich konnte mich räuspern, wie ich wollte, meine Stimme blieb hart und spielte die Lüge nicht mit. In Ferris' Gegenwart konnte ich mich erniedrigen, doch schon die Gesellschaft des Jungen, seine Falschheit und sein Gejammer brachten mich wieder auf. Ich versuchte meine Stimme so milde wie möglich klingen zu lassen und fügte hinzu: »Ferris sagte, er wollte Euch meine Entschuldigung übermitteln.«

»Ja«, murmelte er. »Vielen Dank, doch ich muss weiter –«

»Nathan!« Ich legte mir die Hand auf das Herz. »Hat Ferris es Euch nicht gesagt?«

»Ich schwöre, ich habe ihn nicht gesehen.« Nathan versuchte loszukommen. »Lasst mich gehen, tut mir nicht weh.«

»Ich bitte um Vergebung, warum sollte ich Euch verletzen?«

Die freundlich gemeinten Worte klangen gereizt ob seiner Sturheit. Ich packte ihn bei den Schultern, um seine Aufmerksamkeit zu erhalten.

»Bitte, Jacob! Lasst mich gehen!«

»Bei Gott, Nathan –« Ich verstummte.

Ein Schrei entfuhr ihm. Zu spät nahm er beide Hände vor den Mund.

Wut stieg in mir auf. Ich biss die Zähne zusammen, um mich im

Zaum zu halten, und fragte ihn, als sei er ein Kind: »Wer hat gesagt, mein Name sei Jacob?«

Der Tölpel hatte nicht den Mut wegzurennen, sondern blieb zitternd stehen. Er hatte die Hände wieder fallen lassen, so dass sie schlaff wie Handschuhe herabhingen.

»Fat Tommy.« Ich schüttelte ihn. »Nicht wahr?«

Ein paar Männer traten näher heran, und ich wandte mich ihnen zu: »Private Streitigkeiten, Freunde; Ihr seht, ich stelle lediglich eine Frage.«

»Er ist ein Mörder! Er wird mich umbringen!«, kreischte der kleine Narr.

Ich ließ seine Schultern los, streckte meine Hände aus, um zu zeigen, dass ich unbewaffnet war, und lachte in Richtung der Umstehenden. »Er ist ein Junge, Gentlemen, obwohl man es ihm nicht ansieht, denn er wirkt eher wie ein Muttersöhnchen.« Ich fragte sie, ob sie gesehen hätten, dass ich dem Jungen irgendein Leid angetan hätte, ob er eine blutige Lippe oder irgendwo blaue Flecken hätte. Sie schauten auf Ferris' *Zögling*, auf seinen zitternden Mund und auf die hervorquellenden Tränen und lachten mit mir.

»Bitte seid Zeugen unseres Gesprächs, Gentlemen. Also, Nathan«, ich hielt ihn wieder fest, so wie eine Katze die Maus nicht laufen lassen kann, »schaut mich an.« Ich wusste, dass er dazu nicht in der Lage sein würde; er versuchte es, zuckte jedoch zurück.

»Schaut mich an«, ich packte ihn immer fester an den Armen, bis es vermutlich schmerzte. Als er sein Gesicht dem meinen zuwandte, lockerte ich den Griff – nicht zu sehr – und fuhr sanft fort: »Es war Fat Tommy. Ihr seht, ich weiß es bereits.«

Nathan schniefte und versuchte die Tränen zurückzuhalten. »Was werdet Ihr mit ihm machen?«

»Nichts. Was hat er Euch sonst noch gesagt?«

Er schaute wieder weg, starrte zu Boden, und seine schwarzen Wimpern hoben sich von der bläulichen Haut unter seinen Augen ab. Ich hätte ihn am liebsten erwürgt.

»Hat er Euch mit seinem Gerede über mich Angst eingejagt?«

Nathan schüttelte den Kopf. Als er sich das nächste Mal zwang, meinem Blick zu begegnen, sah ich den flehenden und zu Tode erschrockenen Geist Christopher Walshes. Zweifellos wusste er Bescheid und folglich kannte auch Ferris die Geschichte.

Ich ließ seine Arme los. »Tommy ist ein verdammter Lügner«, sagte ich wegen der noch immer zuhörenden Männer. »Als Beweis lasse ich Euch in Frieden gehen.«

Er rannte weg, während ich noch eine Minute brauchte, um meine Selbstbeherrschung wiederzuerlangen. Ich konnte Tommys schmierige Stimme hören, wie er ausführlich von Walshes Wunden und Mervyn Roches Todeskampf berichtete, und dazu Nathans Entsetzensschreie und seine Ausrufe, wie: *Er hat mir mit dem Messer gedroht! Er wird uns alle vergiften!* Bis sie gemeinsam Ferris' verbleibende Güte mir gegenüber zunichte gemacht hatten. Es gab vieles, was ich diesen beiden heimzahlen wollte. Ich würde auf eine Chance während des Angriffs warten, wenn mein Freund nichts davon erfahren würde.

Der Regen hatte nachgelassen. Ich kämpfte mich mit den Ellenbogen wieder zu meinem Platz neben Philip zurück, der die beiden Piken wegen des Gewichts aufrecht in den Schlamm gesteckt hatte.

Er grinste mich an: »Immer noch keine Bresche.«

Ich grinste zurück: »Was wolltet Ihr mir über den Jungen erzählen? Den hübschen kleinen Kerl?«

»Nicht ich sage das, sondern es macht allgemein die Runde, dass er einem Mädchen mehr gleicht denn einem Jungen.«

»Wollt Ihr sagen, *ich* benutze ihn als Mädchen?« Ich lächelte immer noch und versetzte ihm gleichzeitig einen Stoß, so dass er nach hintenüber kippte.

»Nein!«, rief er vom Boden aus. »Ihr nicht.« Er kam schnell wieder auf die Beine und ich ließ ihn gewähren, denn ich konnte ihn leicht ein weiteres Mal umhauen.

»Wer dann?«, wollte ich wissen.

Sein Gesicht bekam einen verschlagenen Ausdruck. »Kann mich nicht erinnern, dass irgendwelche Namen erwähnt wurden.«

»Wer hat das erzählt?«

»Weiß ich nicht mehr. Ist so eine Sache mit Gerüchten.«

»Eure Tage als Pikenier sind vorbei«, sagte ich. »Geht und sucht Euch etwas anderes, oder Ihr werdet das Ende der Belagerung nicht erleben.« Ein paar gezielte Tritte, und er lag mit dem Gesicht im Morast. Er stand spuckend auf, wobei der Schlamm schmatzende Geräusche von sich gab.

»Fragt Eure gute Freundin Mistress Lilly«, kam es aus roten Lippen, die von einem Bart aus Schlamm umgeben waren. Ich stürzte auf ihn los, doch er duckte sich zwischen zwei Männer und rannte davon.

Sie henkten Männer, die zusammen erwischt wurden. Als ich acht war, versteckte ich mich hinter meinem Vater, als sie einen grinsenden, ungestalten, vielleicht geistig zurückgebliebenen Mann mit Stricken fesselten: Aus der Menge ertönte das Wort Sodomit, doch er war allein. Er stand so, dass die Menge ihn gut sehen konnte, und wartete mit auf dem Rücken zusammengebundenen Händen, während sich die Henker um die zweite Gefangene kümmerten: eine Hexe mit bloßem, von blutigen Wunden bedeckten Kopf. Einer der Männer bemühte sich, sie aufrecht auf einem Schemel zu halten, während ihr der andere die Schlinge um den Hals legte. Immer wieder fiel ihr der Kopf auf die Brust, so dauerte es ein Weilchen, bis das Seil an der richtigen Stelle saß. Ich sah, wie sich der Mann vor uns am Hintern kratzte und vortrat, um einen besseren Blick zu haben; damit versperrte er mir die Sicht. Dann hörte ich die Leute um uns herum keuchen und lachen, und mein Vater drehte sich zu mir um und hob mich hoch. Ich konnte sehen, wie die beiden mit den Beinen in der Luft strampelten. Die Augen der Frau waren verdreht und die Zunge hing ihr aus dem Mund, deshalb lachte die Menge. Mein Vater setzte mich wieder ab und führte mich weg. Kurz bevor wir um die Ecke bogen, schaute ich zurück und sah, wie sie sich als schwarze Silhouetten vor dem Himmel abhoben und genauso baumelten wie die Krähen, die der Gärtner daheim an die Bäume nagelte.

»Was ist ein Sodomit?«, fragte ich.

»Jemand, der sich über Gott und die Natur lustig macht.«

»Was wird aus ihnen?« Ich meinte die Leichen.

»Du weißt doch, was in der Bibel steht«, antwortete mein Vater. »Sie werden in die Grube geworfen werden.«

Ja, ich kannte die Bibel. Sie würden verbrannt werden, der schlimmste Schmerz, den es gab. In der Hölle würden auch die Toten alles spüren, als seien sie noch lebendig.

Der Regen fiel wieder stärker. Nachdem meine Wut abgeflaut war, lastete bleierne Kälte auf mir. Sollte ich an der Ruhr sterben, dann Lebwohl an Caro, Zeb, Izzy, Ferris. Ich sollte gottesfürchtiger sein, das wusste ich, doch all meine Ängste konzentrierten sich auf das eben Gehörte. Das hieß Verdammnis: Die Seele, gleichermaßen unempfindlich für Barmherzigkeit und Sünden, folgte blind ihrem eignen zerfurchten Weg in die Hölle. Statt an meine ewige Erlösung zu denken, stürzte ich mich auf meine schmutzige Angst, wie sich ein hungriger Mann auf den

Kadaver eines Huhns stürzt. Es stimmte, Ferris und Nathan waren falsch. Ich hätte zehn Jahre meines Lebens für Isaiahs Rat gegeben. An eines erinnerte ich mich schließlich: Er hatte gesagt, der Charakter eines Mannes solle an seinen Absichten gemessen werden. Philip besaß keinen nennenswerten Charakter. So erkannte ich, wenn auch zu spät: War die vergiftete Klinge eingedrungen, fraß sich das Gift immer tiefer in den Körper hinein. Im eisigen Regen stand ich bis zu den Knien im Schlamm, meine Kleidung scheuerte bei jeder Bewegung, und ich sah oder fühlte nichts von dem, was vor mir auf dem Feld vonstatten ging.

Was ich sah, waren Bilder. Jedes erschien für einen kurzen Moment vor meinen Augen, um dann von einem anderen abgelöst zu werden: das Strahlen auf Nathans Gesicht, als er seinen Arm um Ferris' Schultern legte, das Lächeln meines Freundes bei der Bitte an Nathan, weiterhin für ihn zu beten. Wieder sah ich sie einander wie Kinder schubsen, die sich spielerisch kämpfend im Gras rollen; wieder hörte ich das Gelächter, das mich ausgeschlossen hatte.

Und dann kamen die letzten Bilder, die schrecklichen. Ich spürte sie kommen und versuchte sie zu vertreiben, versuchte mich zu wehren gegen das Betätscheln und das Ablecken – und den Rest. Ferris und Nathan waren überall, sie waren in meinem Mund, sie schlossen sich über meinem Kopf, wie sich der Teich über Walshe geschlossen hatte.

Etwa eine Stunde lang wusste ich kaum, wo ich war oder was ich tat. Ohne Vorwarnung spottete die Stimme in meinem Kopf: *Sie treiben ihr Spiel vor deiner Nase.*

Es gibt keine Gelegenheit, antwortete ich stumm, doch indem ich es im Geiste aussprach, erkannte ich sofort mögliche Gelegenheiten. Die Stimme verstummte wieder und ließ mich in einem jammervollen Zustand zurück, allerdings nicht nur wegen ihrer Enthüllung.

Sie vermittelte mir Einsichten, wie ich sie von meinem Vater nicht kannte. Obwohl er mich als Jungen vor der Schwachheit und der Verderbtheit des Fleisches gewarnt hatte, handelten seine Worte doch eher von Reinheit, vom süßen Duft der Enthaltsamkeit, von Gottgefälligkeit sowohl des Mannes als auch der Frau. Nie, auch nicht, als er von der Macht der Versuchung sprach, hatte er lüstern die Sünden der anderen aufgezeigt, nein, er hatte nicht von den Sündern der Bibel gesprochen und noch viel weniger von der Schande deren, die mir bekannt waren. Er war ein tugendhafter Mann Gottes gewesen und zu weise, einen jungen Mann durch das Aufzählen von Sünden zu verderben oder in Wallung zu bringen.

Ich dachte an das, was mir die Stimme in letzter Zeit eingeflüstert hatte, und meine Angst wuchs, als ich an ihre Worte im Wald dachte. Hatte sie mich nicht, in einem Moment, da mein Blut bereits in Wallung war und wild nach Macht dürstete, noch angefeuert? Das war nicht rechtens, und als ich die Frau bezwang, die ich liebte, hatte die Stimme nicht ein Wort des Widerspruchs geäußert.

Zeig ihm, was aus einem Jungen wird –

Bei dieser letzten Erinnerung wurde mir so kalt wie dem Jungen selbst, obwohl mir gleichzeitig der Angstschweiß aus allen Poren brach. Es war eine schauerliche Vorstellung. Ich wusste nun, wessen Stimme in meinem Kopf und meinem Herzen sprach; wer mich als einen der Seinen jagte.

Es dämmerte bereits, doch das Bombardement ging weiter. Ferris konnte erschossen sein oder aufgrund der Ruhr dahinsiechen, ich wusste es nicht. An den Kanonen zu stehen bedeutete, umherfliegenden Bruchstücken ausgesetzt zu sein, die sich grausamer als Schwerter in die Männer hineinbohrten: Es war eins dieser kantigen Teile gewesen, das in Winchester Ferris' Wange aufgeschlitzt hatte. Von Zeit zu Zeit wurden Schützen auf Tragen vorbeigebracht, und jedes Mal hatte ich große Angst, er könnte einer dieser so grausam Verwundeten sein, für die der Tod gar nicht schnell genug kommen konnte.

Wie in Trance ging ich zu einem der Feuer, an dem zwei Männer gerade behaupteten, die Mauern würden sich des Nachts von selbst wieder aufbauen und Basing würde von der Zauberkraft und der Macht des Satans beschützt. Ein Dritter tadelte sie und meinte, dass solch schändlicher Aberglaube höchstens von den Priestern innerhalb der Mauern verbreitet werden dürfe. »Wir werden sie kriegen, meine Freunde«, sagte er, »keine Angst.«

Die Ration wurde ausgeteilt – Brot, Butter und Fleisch –, und nachdem ich alleine gegessen hatte, zog ich meinen Mantel um mich herum und bettete mich auf etwas Stroh, das jemand auf dem Schlamm ausgestreut hatte. Obwohl es meinen Muskeln aufgrund der ständigen Kälte an Kraft mangelte, hatte ich mich halbwegs an die nassen Sachen und das Schlafen in Stiefeln gewöhnt. Letztere waren dienlicher als Schuhe, die einem in diesem schlammigen Gelände einfach von den Füßen gezogen werden konnten.

Es gab einen Knall, dann folgten Schreie. Als ich mich umsah, entdeckte ich einen Mann, der die blutenden Stümpfe seiner Finger in den Schein des Feuers hielt, während ein anderer sein Gesicht mit den Händen umklammerte. Ein weiterer Schuss ging los. Kameraden drängten sich um den Mann, der sich das Gesicht hielt, und versuchten mit vor Erschütterung zusammengebissenen Zähnen seine Hände wegzuziehen, während der Mann ohne Finger eher überrascht denn schmerzerfüllt aussah. Ich vermutete, dass er eine Weile keinen Schmerz fühlen, doch dann von Pein überwältigt würde. Philip, der Hugh die Waffe gereicht hatte, die seine Hand weggeschossen hatte, hatte ihn einfach stehen lassen. Ich hoffte, dass Hughs andere Freunde sich barmherziger verhielten.

Der Mann, der von schändlichem Aberglauben gesprochen hatte, setzte sich neben mich und legte sich seine Ration in den Schoß. Ich beobachtete, wie er verbissen auf dem Fleisch herumkaute und sich anschließend die Finger ableckte, als wolle er nicht einen Tropfen Fett vergeuden. Mit seinem grauen Bart sah er aus wie jemand, der früher schon gedient hatte. Ich wunderte mich darüber, dass ein Mann, der einen Krieg überlebt hatte, in einem weiteren zu kämpfen wünschte.

Der alte Soldat lächelte, als er mich auf dem Stroh liegen sah. »Nicht mehr lange, Freund, und Ihr könnt Euch zwischen Laken betten.«

»Ich habe vergessen, wie sie sich anfühlen«, antwortete ich. »Sagt mir, wird die Artillerie noch lange weitermachen?«

»Sie werden bald aufhören.«

Auf diese Bemerkung hin setzte ich mich auf. »Manche behaupten, dass wir morgen drin sein werden.«

»Vielleicht. Ich schätze, dass wir zumindest endlich Risse im Mauerwerk sehen werden. Und wenn der Spalt erst mal weit genug ist, dann gibt es keine Gnade mehr!« Er schlug sich mit der Faust in die Hand und runzelte die Stirn. »Ich wünschte nur, die Ruhr hätte uns nicht so geschwächt.«

»Dass wir aber auch immer im Regen liegen müssen.«

Er nickte. »Die Schotten machen es besser. Die haben Zelte für ihre Männer.«

»Wirklich?« Ich hätte nicht gedacht, dass ein wildes Volk solche Vorkehrungen treffen würde.

»Ja, wirklich. Dieses verdammte Wetter reicht aus, um aus einem Mann einen Royalisten zu machen«, fuhr er fort.

»Wieso einen Royalisten machen?«

»Wegen ihrer Frauen, zu denen man sich legen kann. Aber der Teufel mag die Lust holen, wonach ich mich sehne, ist Wärme!« Er lachte. Das Letzte, woran ich mich erinnern wollte, war mein Zusammensein mit einer Frau, doch ich lachte ebenfalls.

Die Geschütze verstummten langsam. In den Fenstern von Basing-House gingen Lichter an, und ich überlegte, was die Papisten wohl dachten, wenn sie auf uns hinabblickten und sahen, wie wir nass und schlammig über die Erde krochen. Ein junger Kerl legte ein paar Holzscheite ins Feuer. Ich war ihm sehr dankbar, denn meine Hände fühlten sich an wie totes Fleisch. Als ich mich erhob, ließ die Bewegung meines Mantels die Flammen auflodern, und so erblickte ich Ferris, der zur anderen Seite des Feuers hinüberging.

»Ferris, Mann, bleibt hier!«

Er blieb stehen und wandte sich um. Ich rannte zu ihm hin, zögerte jedoch, als ich seinen Blick sah.

»Was schmerzt Euch, Ferris? Ist Euer Gesicht schlimmer geworden?«

»Ich bat Euch, Nat freundlich zu behandeln«, sagte er.

»Ich bat ihn um Vergebung!«

»In der Tat. Seine Arme sind voller blauer Flecken.«

Meine Dummheit verfluchend stammelte ich: »Ich wollte ihn nur festhalten. Glaubt nicht alles, was Ihr hört – ich schenke auch nicht allem Glauben, was man über Euch sagt –« Dann zuckte ich zusammen, denn ich hatte etwas angefangen, was ich nicht fortführen konnte; ich konnte es nicht einmal benennen.

Ferris sah mich verächtlich an. »Nach dem, was ich Euch über Joanna und mich erzählt habe, habt Ihr da nie verstanden, dass ich mich nicht um das schere, was Dummköpfe sagen? Wenn ich jemanden als Dummkopf erkenne, warum sollte ich mich dann mit seinen Schrullen aufhalten?«

Ich atmete auf; vielleicht hörte er nicht auf Tommy. Doch da war immer noch Nathan. Bestand zwischen ihm und Nathan das von Philip angedeutete Verhältnis, dann waren seine harten Worte über Dummköpfe vielleicht auf mich gemünzt.

»Ihr solltet mal darüber nachdenken«, fuhr er fort, »warum Ihr Euch überall Feinde macht.«

»Habe ich mir Euch zum Feind gemacht, Ferris?«

»Indem Ihr Nat quält, seid Ihr auf dem richtigen Wege.«

»Doch ich habe ihn um Vergebung gebeten«, sagte ich erneut.

»Streitet nicht ab –!«, rief er, dann verzog er das Gesicht. Ich schätzte, dass ihm sein wütender Gesichtsausdruck Wundschmerz verursacht hatte. Er kniff vor Schmerz die Augen zusammen und wandte den Kopf ab, bis er sich wieder unter Kontrolle hatte, dann schaute er mich wieder an und sagte ruhig: »Wenn Ihr meine Freunde vertreiben wollt, muss ich mit ihnen gehen.« Als ich ihn berühren wollte, wehrte er mich mit einer schnellen Handbewegung ab und ging mit vor Kälte steifem Schritt davon. Ich stand verstört und elend da, als er zu einer Gruppe Männer trat und aus meinem Blick verschwand. In jener Nacht lag ich allein, und während ich auf etwas Schlaf hoffte, fiel mir ein, dass Price immer noch nicht zurückgekommen war.

9. Kapitel
Gottes Werk

Die Nachricht, dass zwei unserer Offiziere gefangen genommen worden waren, verbreitete sich im Nu im ganzen Lager. Bei spärlichem Licht und dichtem Nebel hatten sich ein paar feindliche Reiter ungesehen angeschlichen und Colonel Hammond und Major King abgefangen. Diese waren gerade auf dem Weg, um mit Cromwell zu sprechen, stattdessen wurden sie als Gefangene ins Innere von Basing geschleppt. Einige unserer Männer gaben widerwillig zu, dass der Überfall ein mutiger, eher den Protestanten würdiger Schachzug gewesen war. Cromwell verlor keine Zeit und bot an, die Männer auszutauschen, doch seine Vorschläge wurden abgelehnt. Er warnte den Marquis, sollte den Offizieren etwas zustoßen, würde Paulet selbst in der Stunde des Angriffs keine Gnade finden.

Diese Stunde rückte immer näher. Die ›brauchbare Bresche‹, von der Ferris gesprochen hatte, war endlich geschlagen worden und erfüllte mich wahrscheinlich mit genauso viel Angst wie jene innerhalb der Mauern.

Das erste Anzeichen war ein langsam tiefer werdender Riss im Verteidigungswall. Zuerst sahen ihn nur wenige, doch dann stießen die Männer an den Kanonen gellende Schreie aus, die sich durch alle Reihen fortsetzten, und ich überlegte, ob Ferris bei diesem wilden Geschrei wohl mitmachte.

Doch das war noch gar nichts: Die so geschickt vom Wall gelöste Mauer bekam nun eine Kugel nach der anderen ab, und langsam zog sich der Riss zwischen den Steinen entlang nach oben. Unsere Kanonenkugeln trafen weiter den unteren Teil, bis das Bauwerk anfing, in sich zusammenzubrechen. Ferris, so dachte ich, würde uns zweifellos in das Haus kriegen. Ich stellte ihn mir vor, wie er stirnrunzelnd Pulver nachstopfte, und betete, dass, egal, was er mir zugefügt hatte, alle gegnerischen Kugeln und Hülsen weit von ihm entfernt einschlagen sollten.

»Das ist es, Soldat«, sagte ein Mann, der neben mir auf dem Feld stand. »Das können sie nicht mehr flicken. Ich schätze, wir machen weiter, bis wir alle auf einmal hineinkönnen, und dann liegt alles in Gottes Hand.«

Mein Mund fühlte sich trocken an. »Wird das noch heute sein?«

»Eher morgen früh. Ist das Eure erste Schlacht?«

»Ja.«

Er lachte mir zu und zeigte dabei sein gelbliches Pferdegebiss. »Dann habt Ihr einen verflucht schwarzen Anfang gewählt, Soldat. Nichts ist schlimmer als das Ende einer Belagerung.«

Sollten wir lebend hier rauskommen, dann musste mit der Maske Rupert wieder gütiger gesprochen werden, damit sie wieder zu Fleisch und Blut würde. Ferris musste von Nathan weggelockt werden. Der Junge war unnatürlich; Ferris' Sorge um ihn spornte böse Zungen an. Abgesehen davon hatte Nathan Russ und Tommy. Mein Bedürfnis nach einem Freund war größer als seins. Und dann dachte ich, sollte ich tatsächlich zu den Verdammten gehören und kein Recht auf Freunde haben, dann würde Gott sicherlich Ferris töten oder zum Krüppel machen, um mir eins auszuwischen. Ich verspürte eine noch größere Angst als um mich selbst: Die Vorstellung, er würde verletzt, war so, als würde ich selbst verletzt. Wäre er in Not, dachte ich, täte ich für ihn, was er für den Kanonier getan hatte, dem das Gesicht zerschossen worden war, auch wenn sie mich dafür hängen sollten und er nie erfahren würde, wer ihn erlöst hätte.

Ein Hammerschlag traf mein Ohr: Die auf der anderen Seite stationierte Artillerie hatte das Haus mit einer Kugel getroffen. Doch auch unsere Jungen spielten ihre Rolle und feuerten eine Kugel ab, die die Front des alten Hauses traf. Aus dem Inneren wurde heftig zurückgeschossen, und die Kanoniere wurden mit Feuer bestrichen. Schreie ertönten, die mir Übelkeit verursachten; Rauch wehte herüber zu uns und brannte mir in den Augen, während ich verzweifelt versuchte zu erkennen, wer getroffen worden war. Die Kanonen wurden immer wieder abgefeuert, und es kam mir so vor, als würden sie noch schneller nachgeladen als am Vortag.

»Da!«, rief der Mann neben mir. »Geschafft.«

»Wo?«, schrie ich, denn ich konnte keine Bresche erkennen. »Sind wir durch?«

»Noch nicht. Doch wenn sie so weitermachen – dann schätzen sie wohl, dass es nicht mehr lange dauert.«

Männer rannten vor und zurück und versuchten, etwas zu sehen. Wie eine Welle lief ein Gemurmel von vorn nach hinten durch die Reihen: »Sie fällt!« Die große Mauer brach in sich zusammen, und vor unseren Augen schlug eine gut platzierte Kugel einen Teil von ihr weg. Ein Triumphschrei ging durch die Reihen. Einmal, als ich noch sehr klein war, hatte ich gehört, wie eine betrunkene Meute hinter Vaters Haus eine Hexe, die einen Obstgarten vergiftet hatte, verfolgte und dabei wie ein Hunderudel bellte. Ich erinnerte mich an Ferris' Worte ›schlimmer als tot‹. Wir sahen eine weitere Kanonenkugel die Lücke vergrößern; Steine und Erde brachen herunter, und wieder ertönte dieser fürchterliche Schrei.

Die nächste Kugel sorgte für einen weiteren Einschnitt in die Verteidigungsanlagen; unsere Männer wandten ihre Geschütze dieser Stelle zu und erweiterten die Lücke. Steine flogen durch die Luft; Staubwolken stiegen auf und vermischten sich mit dem Rauch. Um mich herum beglückwünschten die Soldaten die Kanoniere. *Tapferer Kerl*, sagte ich in meinem Herzen zu Ferris, als könnte ihn das am Leben halten. Zu meinem Waffengefährten brüllte ich: »Sie kämpfen gut.«

»Ja«, rief er zurück. »Morgen wird es blutig.«

Betäubt von den Schüssen und dem Geschrei sahen wir zu, wie die Kanonen einen Weg für uns frei schlugen. Mein neuer Freund jagte derweil die Läuse unter seinem Hemd. Schließlich wurde es zu dunkel, um weiterzumachen, und der Großteil der Soldaten drängte ins Lager zurück. Obwohl ich wusste, wie wertlos meine Gebete waren, konnte ich nicht aufhören zu beten, dass Ferris gerade irgendwo rußig und müde, doch unverletzt Ladestock und Wischer aus der Hand legen mochte.

Bevor er sich in sein Hauptquartier nach Basingstoke zurückzog, ging Cromwell in jener Nacht herum, schüttelte Hände und machte den Männern Mut für den morgigen Tag. Ich wollte einer derjenigen sein, die er berührte oder mit denen er sprach, denn er erfüllte mich mit Bewunderung. Nicht wenige Männer wären für Oliver Cromwell auch durchs Feuer gegangen; genau wie Fairfax konnte er das Vertrauen der Leute bis zu einem Grad gewinnen, den ich kaum bei einem anderen Mann erlebt hatte, mit Ausnahme von Zebedee, doch Zebs Eroberungen waren ganz anderer Natur. Cromwell war kein Frauenheld, er war männlich und direkt, und die Liebe, die er erweckte, beruhte auf seinen Verdiensten. Er war ein guter Taktiker und jemand, der viel für seine Soldaten tat. Man wusste, dass er häufig nach London schrieb, um für seine Männer dieses oder jenes zu erbitten. Doch würde er jeden hängen, den man beim Plündern erwischte; dieser Mann war eisenhart.

Ich drängte mich nach vorn, um von ihm bemerkt zu werden. Als er schließlich meinen Blick spürte, nahm er mit festem Soldatengriff meine Hand und sagte: »Ihr seid ein kräftiger Kerl, genau das Richtige für die Pike.« Mein Herz schlug so schnell wie das eines Kindes.

»Möge ich Euch einen guten Dienst erweisen«, sagte ich errötend über die Inbrunst meiner eigenen Stimme. Wer war er, dieser Held, dieser Kriegsgott der Christen, der mich so verlegen werden ließ? Rein äußerlich machte der Mann einen schlampigen Eindruck, mit dünnen, strähnigen Haaren und einer rotglühenden Nase, die sich hervorragend für Soldatenwitze eignete. Seine Gestalt war wenig anziehend, doch er machte sich trotzdem nicht die Mühe, diesen Mangel mithilfe eines Barbiers oder eines Schneiders zu verbergen. Sein Ansehen wurde dadurch jedoch keinen Deut geschmälert. Seine Tapferkeit und seine Tugend zählten weit mehr als sein gewöhnliches Äußeres. Ich schwänzelte um ihn herum wie um eine Majestät. Dann wandte er sich an einen Offizier, und ich verlor ihn für einen Moment aus den Augen.

Uns war befohlen worden zu warten, denn er hatte spezielle Anweisungen für alle Regimenter. Ich hielt nach Hugh Peter Ausschau, Cromwells persönlichem Geistlichen und einem höheren Diener Gottes, der die ganze Strecke von Salem gekommen war, um unserer Sache zu dienen. In meinen Augen war auch er ein Mann, der den Keim der Größe in sich trug. Er war voller schöpferischer Ideen und mit dem starken Vertrauen ausgestattet, dass die Macht Gottes das menschliche Tun in die rechten Bahnen lenkte; daher liebte ich es, ihm zuzuhören. In Salem, so hatte er den Soldaten gesagt, gäbe es weder liederliche Bequemlichkeit noch Bettlertum, sondern Arbeit und Brot für jedermann. Dieser Bericht gefiel mir sehr, schmerzte mich jedoch auch, denn nach Salem hatte ich einst Caro mitnehmen wollen.

»Wo ist Hugh Peter?«, fragte ich den Mann vor mir.

»Er gibt dem Parlament Bescheid, dass Winchester gefallen ist«, lautete die Antwort.

»Still, still!«, riefen die Offiziere. Sofort verstummte alles. Cromwell war auf ein Podest gestiegen, so dass alle ihn sehen konnten, und begann mit der Rede.

»Morgen«, fing er an, »werden wir in ein Vipernnest stoßen.« Er schaute die umstehenden Männer an. »Während Ihr schlaft, werde ich Wache halten und über die Bedeutung des Psalms Hundertfünfzehn nachdenken, der da von Heiden und Götzendienern handelt. Wisset, dass dieser Mann, John Paulet, die Worte *Aimez Loyaute* in jedes Fenster seiner päpstlichen Festung eingraviert hat, was so viel bedeutet wie *Liebt die Loyalität*; doch seine Loyalität beschränkt sich auf wahnsinnige und vergängliche Idole. Sollte dieses Haus auch noch so wild verteidigt werden, mit Gottes Hilfe wird es dem Erdboden gleich gemacht: Denkt an Jericho und Babel und die Städte an Euphrat und Tigris, und solltet Ihr immer noch zweifeln, lest, bevor Ihr Euch zum Schlafen niederlegt, den Psalm Hundertfünfzehn, von dem ich gesprochen habe.« An dieser Stelle schaute er sich erneut um, und einige Männer nickten inbrünstig. »Jeder Mann sei vor Sonnenaufgang auf und bereit. Um sechs wird das Signal für Euren Angriff in Form von vier Kanonenschüssen ertönen.«

Er hob zum Abschied seine Hand und stieg vom Podest herab. Besonnen, so wie Männer, denen Ernstes bevorsteht, zerstreuten sich die Soldaten.

Diese Worte ›vier Kanonenschüsse‹ klangen in meinen Ohren wie Totengeläut. Ich konnte nicht alleine sein, daher streifte ich umher und entdeckte Ferris beim Erbsenkochen. Trotz unseres Streites überkam mich große Freude, ihn lebendig und unverletzt zu sehen. Schüchtern näherte ich mich meinem Freund, verbeugte mich und fragte, ob ich in seine Bibel schauen dürfe. Ich wusste, dass er eine besaß, denn ich hatte ihn bereits beim Lesen beobachtet.

»So lenkt Hugh Peter also Eure Gebete jetzt, zusammen mit denen Cromwells«, sagte er. Ich hatte ihn noch nie so müde gesehen. Er durchwühlte seinen Tornister nach der Bibel, reichte sie mir und wandte sich wieder seinem Topf zu.

»Er ist ein heiliger Mann«, sagte ich, froh über das Gespräch.

»Nein, aber lasst es gut sein.« Er kräuselte verächtlich die Lippe. Dampf stieg auf, und er schirmte seine verwundete Gesichtshälfte dagegen ab.

»Darf ich meine Lektüre nicht selbst wählen? Wer ist denn jetzt der Tyrann?«, fragte ich. »Was hat Euch Hugh Peter je getan?«

»Mir? Nichts. Er frohlockt nur zu sehr über die Gefallenen.«

»Aber dies ist Gottes Werk. Das habt Ihr selbst gesagt. Wir sollten frohlocken, wenn Gottes Feinde fallen.«

»Ah, ja«, rief Ferris. »Gottes Feinde!«

Ich war sprachlos. Hatte er nicht selbst von dem Werk gesprochen, das vollbracht werden musste?

Ferris sah mich streng an. »Wie dem auch sei, ich setze meine Doktrinen nicht mit Fäusten durch. Das überlasse ich Hugh Peter und seinesgleichen.«

»Keine Doktrinen durchsetzen! Ihr seid in der Armee!«

»Das weiß ich«, sagte er barsch.

»Legt Ihr Eure Hand nicht mehr auf Gottes Werk?«

»O doch. Ich kann auch Eure Hand darauf legen.« Er nahm meine Hand und hielt sie an seine Wange. Die Haut war heiß und mit getrocknetem Eiter und Blut verkrustet. »Schön, nicht wahr? Morgen werde ich einem anderen Gottes Werk zufügen.« Während er meine Hand fahren ließ, sah ich, dass die Locken an seiner verwundeten Seite versengt waren. »Gottes Werk«, sagte Ferris, »ist es, in Frieden zu leben, Land zu bestellen und aus Überzeugung zu arbeiten.«

»Doch manche müssen gewaltsam überzeugt werden«, sagte ich.

»Überzeugt. Glaubt Ihr, ich liebe den Mann, der mir das angetan hat, jetzt mehr? Das ist nicht Gottes Werk. Und Basing-House wird es auch nicht sein.« Er lächelte kalt. »Wisst Ihr nicht, dass es ein Golgatha werden wird?«

»Ihr wisst es ja selbst nicht.«

»Ich kann es sehen. Da seid Ihr und lest Eure Kriegslieder, und der dort drüben ist bereit, jedes Götzenbildnis zu zerstören, wenn es nur aus Gold ist.« Er schaute auf einen laut redenden und gestikulierenden Kerl, der von aufgeregten Zuhörern umgeben war. »Dennoch habe ich Euch genährt, Euch Eure Kraft zurückgegeben. Ihr werdet morgen ein guter Henker sein.« Er wandte sich wieder seinem Kochtopf zu, als sei er meiner Anwesenheit überdrüssig, doch das konnte ich nicht ertragen. Ich legte meine Hand auf seinen Arm. Er schüttelte sie ab.

»Was? Kommt her!«, rief ich. Ich stieß ihn in die Brust. Die Suppe flog ins Feuer, und Ferris lag auf dem Boden.

»Hör auf, Hurensohn!« Ich hörte einen Schlag und sah einen Blitz. Jemand hatte mir von hinten eins über den Schädel gegeben. Vor Schmerz war mir schwindelig. Mein Mund war mit blutigen Nadeln bespickt: Ich hatte mir in die Wange gebissen. Jemand verdrehte mir die Finger, bereit, sie zu brechen; als ich versuchte, meine Hand frei zu bekommen, fiel etwas herunter. Ich blickte nach unten und sah mein Messer auf dem Boden liegen. Mir wurde klar, dass ich es gegen Ferris gerichtet hatte. Trotz meiner verdrehten Finger gelang es mir, mich zu befreien. Männer eilten herbei, um ihm zu helfen, doch er winkte hustend und erschöpft ab. Vor Scham schlug ich die Hände vors Gesicht. Ich hörte, wie Ferris aufstand und zu mir kam, als wolle er mich versöhnlich umarmen, doch er trat lediglich an meine Seite und sprach mir ins Ohr.

»Das musste ja so kommen«, sagte er atemlos in die Stille, die um uns herum entstanden war. »Doch um solche Spiele zu spielen, müsst Ihr Euch einen stärkeren Freund aussuchen.«

»Ich kann nichts dagegen machen!«, schrie ich.

»Das ist das Schlimmste, was Ihr je gesagt habt.«

Ich hörte, wie er ausspuckte.

Schmerz hämmerte in meinem Schädel; das Gemurmel der Männerstimmen schwoll wieder an. Ich nahm die Hände vom Gesicht und schaute mich um, doch die anderen Männer vermieden meinen Blick. Ferris war weg. Schließlich sah ich ihn in einiger Entfernung mit Nathan und Fat Tommy zusammensitzen. Die Erbsen im Feuer begannen zu rauchen und zu stinken.

»Hier«, sagte eine Stimme. Der Mann hinter mir streckte mir mein Messer entgegen. »Hebt es Euch für die Priester auf.«

Ich verbeugte mich und nahm es entgegen.

Außer Ferris' Bibel gab es nichts, was meine Einsamkeit und mein Schamgefühl hätte lindern können. Ich legte mich hin, um mich den Blicken der Männer etwas zu entziehen, und schlug Psalm Hundertfünfzehn auf. Der Schein des Feuers tanzte auf den heiligen Worten.

Warum sollen die Heiden sagen:
Wo ist unser Gott?
Aber unser Gott ist im Himmel;
Er kann schaffen, was er will.
Jener Götzen aber sind Silber und
Gold, von Menschenhänden gemacht.
Sie haben Mäuler, und reden nicht;
Sie haben Augen, und sehen nicht;
Sie haben Ohren, und hören nicht;
Sie haben Nasen, und riechen nicht;
Sie haben Hände, und greifen nicht;
Füße haben sie, und gehen nicht; sie
Reden nicht durch ihren Hals.
Die Solche machen, sind ihnen
Gleich, und alle, die auf sie hoffen.

Die Solche machen, sind ihnen gleich. Doch Papisten und andere Götzenanbeter können hören und sehen und riechen, obwohl es ihre Götzen nicht vermögen. Ich legte das Buch nieder, um vielleicht die innere Bedeutung zu erfahren. Dann fiel mir wieder ein, dass wir das Haus stürmen würden. Ich las weiter: *Die Toten werden dich, Herr, nicht loben, noch die hinunterfahren in die Stille.*

Hinunterfahren in die Stille. Wir würden sie zurücklassen wie ihre Götzen, außer Stande zu sehen, zu hören, zu schmecken, zu fühlen und zu gehen. Ferris hatte sich als wahrer Prophet erwiesen: Basing sollte ein Ort der Verwüstung werden, ein Golgatha.

Ich wusste, was es hieß, eine Seele hinunterfahren zu lassen in die Stille. Es kam die Wut, dann ein fürchterlicher Todeskampf, und gurgelndes Wasser über dem Kopf des Jungen.

Obwohl überall um mich herum gebetet und in der Bibel gelesen wurde, sah ich auch, wie Männer ihr Mitgefühl an der Wurzel packten und es ausrotteten. Etwas hässlich Neues hatte sie ergriffen; als sie zwischen mir und dem Feuer entlanggingen, sah ich, wie hart ihre Gesichter waren. Ängstlich stellte ich mir vor, was der Morgen wohl bringen würde. Ferris sah traurig aus, weil er es bereits wusste; sein Wissen ließ ihn zart und müde aussehen. Philip freute sich auf den Angriff. Es ging das Gerücht, dass es in Basing-House viele adlige Frauen gäbe: ein Fest für ihn, und diesmal würde Hugh ihn nicht zurückhalten können. Mein eigener Freund hatte mich scheinbar verstoßen.

In mir wuchs der Drang, zur Bibel zurückzukehren. Ich wusste, nur so konnte ich wieder mit Ferris sprechen, ihn um Vergebung bitten, und ich legte mich geradewegs dort wieder hin, wo ich stand. Niemand kam, um dem bösen Engel Gesellschaft zu leisten, und ich konnte nach diesem Psalm nichts mehr lesen. Ich steckte das Buch in mein Hemd, schloss die Augen und suchte einen Weg zurück in eine Zeit, die noch voller lieblicher Versprechungen war. Jener Tag mit Caro im Irrgarten. Ihre Zunge in meinem Mund und das Bienengesumm. Oder der Sommer davor, als Caro und Patience das Leinen draußen aufhängten und wir drei Brüder nebeneinander arbeiteten und uns dabei neckten.

Ich drehte mich, um meine Hüfte zu entlasten, und hörte dabei, wie jemand in der Nähe sagte, dass es zehn Uhr sei. Es würde noch etwas dauern, bis unsere gesamte Kompanie Nachtruhe gefunden hätte. Ich konnte auch noch nicht schlafen, doch ich wollte mich ruhig verhalten und nicht im Weg sein. Ich mochte nicht länger an Caro und meine Brüder denken; ich drehte mich wieder auf die andere Seite und öffnete die Augen.

Dort saß Nathan, seine nach vorne fallenden Locken berührten fast die Flammen. Ich beobachtete ihn mit halb geschlossenen Lidern. Scheinbar nahm er an, dass ich schlief, denn er schenkte mir keine Beachtung und schwenkte den Inhalt seines Kochtopfes herum. Wieder Erbsen. Sie mussten sie aus Winchester mitgebracht haben. Ich erinnerte mich daran, wie Ferris' Suppe ins Feuer gekippt war, und nahm an, dass Nathan ihm eine zweite Portion zubereitete.

Ich studierte den ›hübschen Kerl‹. Je trockener sein Haar wurde, desto mehr lockte es sich. Er hatte den weichen Nacken eines Mädchens, und wie ein Mädchen kümmerte er sich sorgsam um die Zubereitung der Mahlzeit, ohne sich um mich zu scheren. Die hochgekrempelten Ärmel erlaubten einen Blick auf seine Gelehrtenhände und seine weichen, schlanken Arme. Nicht gerade viel Kampfkraft an ihm dran: dieser Gedanke wärmte mich. Ich fragte mich, ob Ferris herüberkommen und bei der Zubereitung helfen würde, oder ob ich ihn die ganze Nacht nicht mehr zu Gesicht bekäme. Er war so hart mit mir wie jemand, dessen Liebe man für immer verloren hat. Mein Rücken bekam Zug, daher drehte ich mich wieder vom Feuer weg. Vielleicht würde morgen mein Körper auf dem Feld liegen und steif frieren, und es gäbe keinen, der ihn beerdigen würde. Nun, das wäre ein Ende.

Ein Flackern erregte meine Aufmerksamkeit, und ich sah, dass Nathan mich beobachtete. Sofort wandte er das Gesicht ab und seine Schultern verhärteten sich. Ich setzte mich hoffnungsvoll auf.

»Nathan?«

Er flüchtete zur Seite, so dass das ganze Feuer zwischen uns war.

»Nathan, bitte hört mich an. Es war mir ernst, als ich Eure Vergebung erbat. Ich fürchte, Ihr habt mich missverstanden.«

Er nickte und rührte weiter in seinem Topf. »Und vergebt *mir*, Rupert, falls ich *Euch* beleidigt habe.«

»Es war mein Fehler, ich bin hitzig und cholerisch. Ich hoffe, Ihr könnt es mir vergeben?«

»Ja, Rupert.« Eine undeutliche, heuchlerische Stimme: Er fürchtete sich immer noch vor mir, obwohl er die Mundwinkel nach oben in Richtung seiner kalten, blauen Augen zog. Das Lächeln einer Schlange. Ich fühlte die Bisswunde in meiner Wange. *Wenn ich Euch je allein erwische,* schwor ich in meinem Herzen, *werdet Ihr spüren, was es heißt, gebissen zu werden.* Es war, als hätte ich mir den besten Wein versprochen, und dank dieser Stärke lächelte ich ihn fast zärtlich an. »Seid so gut, Nathan, und sagt Eurem Freund Ferris, dass wir wieder versöhnt sind.«

»Ja, Rupert.«

»Wir sollten nicht streiten, wenn uns morgen vielleicht das Jüngste Gericht erwartet.«

»Ich werde es Ferris sagen.« Er zog sich zurück. Meine Hoffnung wuchs, denn er hatte den Topf auf dem Feuer gelassen. Ich legte mich wieder hin, gab vor zu schlafen und wartete darauf, dass er geholt würde. Sanft und demütig wiederholte ich in Erwartung meines Freundes Worte der Liebe und Versöhnung.

Ferris erschien wortlos auf der anderen Seite des Feuers. Wie Nathan beugte er sich über den Topf, so dass der Feuerschein sein entstelltes Gesicht beleuchtete, das viel dünner war als damals, als wir uns zum ersten Mal auf der Straße begegnet waren. Ich setzte mich auf und wartete darauf, dass er mich bemerkte. Sofort trafen sich unsere Blicke, doch er verbeugte sich nicht und nickte mir nicht einmal zu.

»Ja, er hat es mir gesagt«, sagte er. »Doch ich bin nicht gekommen, Euch zu sehen, sondern um den Topf mit den Erbsen zu holen, da er zu große Angst vor Euch hat.«

»Die Bibel«, sagte ich und streckte sie ihm hin, während er den Eisentopf in ein Tuch wickelte.

Erst wollte er sie nehmen, dann überlegte er es sich anders. »Ich hole sie später.«

Vielleicht wollte er sich zu mir setzen. Aber nein, er brauchte lediglich beide Hände, um den Topf zu tragen. Er ging mit dem dampfenden Gericht zu einer Gruppe Männer in einiger Entfernung; ohne hinzusehen wusste ich, dass Nathan darunter war. Ich saß mit angezogenen Knien auf dem Boden, hatte den Kopf auf die Arme gelegt, bedauerte mich wie ein Kind, mit dem keiner spielen will, und hatte Ferris noch nichts von den schönen Worten gesagt, die ich mir vorher zurechtgelegt hatte. Ich steckte die Bibel zurück in mein Hemd und legte mich wieder hin. Fat Tommy würde immer noch bei ihm sein: Ich schauderte bei dem Gedanken an all die Geschichten, die er über einen Cullen erfinden konnte, der seinem Herrn entlaufen war. Keine Wahrheit war so hässlich, als dass man sie nicht noch schlimmer machen konnte. Jetzt nannten mich die Männer böse, und Nathan fürchtete sich, zurück zum

Feuer zu kommen. Es schüttelte mich, als hätte ich Fieber, wenn ich daran dachte, dass Ferris vielleicht Tommy Gehör schenkte.

Als ich aufschaute, wanderte mein Blick gleich zu der Gruppe von Männern, und ich sah, dass Ferris mich anstarrte. Sofort wandte er sich ab.

Danach hatte ich gleichermaßen Angst, Ferris zu sehen wie ihn zu verpassen. Wie so oft entfloh ich dem Elend durch Schlaf. Ich schlief, während die anderen noch aßen und redeten, und wundersamerweise träumte ich zwar nicht, dafür wachte ich zwischendurch häufig auf.

Als ich in den frühen Morgenstunden einmal aufblickte, sah ich Bewegung auf der Schutzmauer und Männer, die im Mondschein hinuntersprangen. Ich hätte Alarm geben sollen, doch etwas sagte mir, dass dies keine Scharmützler waren, sondern arme Teufel, die hofften, dem Hamagedon zu entfliehen, das John Paulet über sich und die Seinen gebracht hatte. Es waren Diener, wie ich einer gewesen war, und ich ließ sie laufen.

Kurz bevor es dämmerte, wachte ich erneut auf und konnte nicht länger liegen bleiben. Ich tastete in mein Hemd: Die Bibel war da, warm in der Dunkelheit. Der Mond stand hinter einer Wolke. Ich kroch zum Feuer, nahm ein Holzscheit heraus, blies auf die Glut und suchte mir einen Weg über das Gras. Ich sah Tommy und hörte sein Schnarchen; einen Augenblick dachte ich daran, das glühende Scheit in sein gehässiges Maul zu stopfen, doch jetzt war nicht der rechte Zeitpunkt.

Zuletzt fand ich den, den ich gesucht hatte. Ferris schlief auf dem Rücken, sein Atem ging schnell und flach. Sein Soldatenmantel war trotz der Kälte offen. Nathan lag neben ihm und hatte sich so gedreht, dass sein Kopf auf der Brust meines Freundes lag, während Ferris' Arm die Schulter des Jungen umschlang.

Ich nahm die Bibel und legte sie auf Ferris' Hemd, wobei ich ein paar Strähnen von Nathans Haar zur Seite schob. Als ich wieder in Ferris' Gesicht sah, schaute er mir direkt in die Augen. Wir starrten einander an, sein Blick im Schein des Feuers schwarz und völlig unbewegt. Vielleicht, dachte ich, ist er in Trance: Einer, der mit offenen Augen träumt. Dann bewegte sich Nathan, presste sein Gesicht auf die Brust meines Freundes, und Ferris zog seinen Mantel über den Kopf des Jungen, als wolle er ihn vor mir schützen.

Ich zog mich zurück. Männer fluchten, als ich auf dem Weg zu meinem Platz am Feuer über sie stolperte. Als ich wieder lag, zog ich die Knie an die Brust, um den Schmerz zu lindern, der in mir war.

Ich war wohl wieder eingeschlafen, denn bald darauf ertönte der Weckruf, und zum ersten Mal beteten die meisten Männer um mich herum, anstatt zu fluchen. Von allen Seiten hörte ich, wie sie Gott anflehten, dass sie den Angriff heil überstehen mochten, dass sie sich würdig erwiesen und dass sie wieder nach Hause zu Margaret oder zu Vater kommen würden. Ich sprach kein derartiges Gebet, doch hielt ich Caro und meine Brüder eine Minute lang in meinem Herzen, dann stand ich, von den üblichen Schmerzen geplagt, auf. Während der Nacht war das Feuer in der Nähe von Ferris nicht ausgegangen, und die Flammen gaben gerade so viel Licht, dass ich sehen konnte, wie er sich erhob und die Bibel von seiner Brust fiel. Er hob sie auf und schaute, bevor er es verhindern konnte, in meine Richtung. Ich verbeugte mich. Er wandte sich ab.

10. Kapitel
Golgatha

Die bittere Dunkelheit vor Anbruch des Tages war erfüllt mit dem Rascheln unsichtbarer Männer – Geister, wegen eines abscheulichen Verbrechens verdammt, sich immer wieder zu bewaffnen und zu kämpfen. Die Offiziere formierten ihre Männer mit der Hilfe von Blendlaternen, Laternen, die zum Feind hin kein Licht durchscheinen ließen. So ruhig, wie ein Geistlicher seine Predigt vorbereitet, dachte ein Teil von mir darüber nach, wie passend der Name *Blendlaterne* für eine verlogene Religion sei. Während die Soldaten ihre Patronentaschen füllten und sich die Kehlen befeuchteten, kämpfte der Pulvergestank mit dem des holländischen Gins. Es war ein Alkohol, den ich aufgrund seines üblen Geruchs stets abgelehnt hatte. Jetzt reichten sich die Männer bauchige Flaschen davon durch die Reihen, während sie auf den geistlichen Beistand des Priesters William Beech warteten.

»Was ist das?«, fragte ich, als mir eine Waffe gereicht wurde.

»Pikeniere erhalten für den heutigen Tag Hellebarden«, sagte der Waffenverwalter. »Und Schwerter.«

Ich besah mir die Hellebarde, die ich erhalten hatte. Sie war kürzer als eine Pike und gekrümmt. Offensichtlich sollten wir gut um uns schlagen und zuhacken können. Mein Herz schlug heftig in der Brust.

»Und Schwerter«, wiederholte der Kerl und hängte mir ein Wehrgehenk um den Hals.

»Hier.« Der Mann neben mir drückte mir eine Flasche in die Hand. »Spült das runter.«

Ich nahm einen Schluck der widerlichen Flüssigkeit und verbrannte mir die Kehle. Spuckend wollte ich es ihm zurückgeben, doch er ließ mich nicht. »Trinkt, Soldat. Das gibt Euch Mut.«

Nach Luft ringend goss ich noch mehr von diesem giftigen Gebräu in mich hinein.

»Und betäubt den Schmerz. Guter Junge.« Mein Kamerad nahm die Flasche, hielt sie sich an den Mund und kippte den ganzen Rest hinunter.

William Beech hatte begonnen. Er bewegte die Arme, als wolle er eine Viehherde zusammentreiben, stampfte auf und war offensichtlich von seinem Tun völlig ergriffen.

»Sie sind Gottes erklärte Feinde«, rief er mit heiserer Stimme, der offensichtlich die Feuchtigkeit zugesetzt hatte. Jedes Mal, wenn er vor eine Laterne trat, sah ich seine Worte in Atemhauch aufgehen und sich mit dem Nebel verbinden, der um uns war.

»Papisten ... Parasiten ... verdienen das gleiche Schicksal wie alle, die sich gegen die göttliche Allmacht stellen ...«

Seine eindringlichen Worte, von allen Seiten durch Husten und Keuchen unterbrochen, trieben wie Wolkenfetzen zu mir herüber. Ich hielt Ausschau nach Ferris, konnte ihn jedoch nicht sehen und überlegte daher, ob sein Gesichtsausdruck angesichts dieser Predigt wohl eher wütend oder verzweifelt wäre. Mein Blick fiel auf einen Mann, der zustimmend nickte und dabei die Fäuste ballte: Es handelte sich um Colonel Harrison, dessen Hass auf die Rekusanten und andere Parasiten noch größer war als der von Beech. Ich erkannte diesen Offizier rasch, denn bei früherer Gelegenheit hatte ein Soldat Harrisons reine und stürmische Liebe zu Gott hervorgehoben, und Ferris' Gesicht hatte dabei Abscheu bekundet. Jetzt sah ich Gottes Vollstrecker heftig atmen, während er versuchte, trotz der rauen Luft und des Räusperns der Soldaten die Predigt ganz hören zu können.

»... das gerechte Schicksal, das der Herr der Heerscharen Sodom und Gomorrha zumaß ...«

Die Männer spülten so viel Gin hinunter, wie sie nur konnten. Hinter der Menge lag das Land verwüstet und zertrampelt.

Ein lautes »Amen« ertönte. Überall sah ich, wie Helme über die Baretts gezogen und kleine Strohbüschel als Erkennungszeichen in das Loch auf der Rückseite gestopft wurden. Ich wog die Hellebarde in meiner ungeübten Hand.

Kommandeure schritten die Reihen ab, um sicherzugehen, dass unsere Aufstellung korrekt war. Als Erstes sollte die Kavallerie unberitten durch die Bresche eindringen, denn sie waren die frischeste Truppe und zudem mit guten Ledermänteln ausgestattet. Ich erkannte, dass wir, bis ich dort anlangte, die Verwundeten niedertrampeln mussten. Die Kommandeure gingen zurück auf ihre Posten, und eine Art Zittern durchfuhr das Feld. Mein Mund wurde plötzlich so trocken, dass ich kaum schlucken konnte, und außerdem musste ich so dringend pinkeln, dass ich es, bevor es anfangen würde zu schmerzen, gleich an Ort und Stelle tat.

Während ich mich mit kalten Händen an meiner Hose zu schaffen machte, bemerkte ich, dass mein Nachbar auch damit beschäftigt war.

Er sah meine Überraschung und sagte heiser: »Das ist immer so vor der Schlacht. Schaut Euch um.«

Tatsächlich konnte ich überall in den Reihen Männer pinkeln sehen. Nach gegorenen Äpfeln riechender Dampf stieg aus dem Schlamm auf. Es war ein Brauch, über den ich, genauso wenig wie über den Genuss von holländischem Gin, nie etwas in Sir John Roches Drillhandbuch gelesen hatte.

Die Kirchenglocke läutete sechsmal und direkt darauf folgten vier Kanonenschüsse. Ich dachte, mein Herz müsse mir zerspringen.

»Jesus sei mit Euch! Und keine Schonung«, schrie mein Nachbar. Die Trommeln gaben den Befehl zum Vorrücken, und die Truppen setzten sich in Bewegung, zunächst langsam, dann im Laufschritt, bis wir am Ende wild vorwärts stürmten. Ich konnte die Trommeln nicht mehr hören, aber das Einzige, was noch zählte, war, mit den Kameraden Schritt zu halten. Als wir den Park zur Hälfte durchquert hatten, füllte sich die Bresche plötzlich mit Soldaten, die uns kampfbereit erwarteten.

Die Männer schrien: »Für Gott und das Parlament!« Ich sah die ersten zur Bresche hochlaufen und sich auf die Verteidiger stürzen. Ich sah Blitze, gefolgt von Musketenfeuer und Schreien. Ich hatte Mühe, meine Waffe aufrecht zu halten und beim Laufen nicht über sie zu fallen. Ganz vorne sah ich einen großen, dicht gedrängten und ineinander verkeilten Haufen von Männern. Kurz darauf drängten wir uns durch die Bresche, während von innen mit Hellebarden nach uns geschlagen wurde. Ich hieb zurück und schnitt dabei ein Gesicht auf. Von oben wurde mit Musketen auf uns herabgefeuert, es regnete Handgranaten, und ich sah, wie der Kopf eines Mannes vor mir in Stücke geschossen wurde, und spürte, wie sein Blut und sein Gehirn auf mein Gesicht spritzten. Da die Männer in der Bresche keine Zeit hatten, die Musketen nachzuladen, drehten sie sie um und schlugen damit aufeinander ein. Männer fielen schreiend zu Boden und wurden gegen die Steine gepresst, das Kratzen und Geklirr ihrer Helme verstärkte den höllischen Krach. In der Nähe ertönte wieder eine Trommel, wurde jedoch sofort von Schüssen und Schreien erstickt. Etwas Warmes umfloss mein Bein: Das Blut eines Mannes ergoß sich auf mich. Er fiel rückwärts gegen meine Brust; ich sah seine braunen Augen auf mich gerichtet und Blut zwischen seinen Zähnen, bevor er neben meine Füße sank.

Die Verteidiger konnten die Bresche auf diese Weise nicht lange halten und zogen sich schließlich zurück. Unsere Männer brachen hinein wie die Flut, obwohl die Heiden sich bemühten, uns für jeden gewonnenen Fuß zahlen zu lassen. Paulets Männer flohen in die Gebäude zurück.

Es gab keinerlei Ordnung mehr, sondern nur noch verzweifelten Kampf. Überall ertönte ein neuer Schrei: »Nieder mit den Papisten!« Obwohl ständig Männer von Granaten oder Kugeln getroffen fielen, erstürmten wir die Gebäude und drangen durch die Fenster des ersten Stockes ein, dort, wo die Wohnräume lagen. Im Inneren waren die Hellebarden nutzlos, daher warf ich die meine beiseite und nahm mein Schwert zur Hand. Die Männer drängten sich wie auf einem Jahrmarkt, so dass es schwer war, die Waffen zu ziehen. Wo es ihnen jedoch gelang, ihre Waffen zu schwingen, hieben und stachen sie zu, dass ich Mühe hatte, in dem Blut nicht auszurutschen. Es herrschte ein scheußlicher Gestank, den ich zunächst nicht zuordnen konnte, und als ich merkte, dass er von den aufgeschlitzten Därmen herrührte, drehte sich mir der Magen um und fast hätte ich mich übergeben müssen.

Mir gegenüber sah ich einen großen, blonden Kerl mit Helmbusch im Kampf gegen einen der Unseren, so verwandte ich all meine Kraft darauf, ihm das Schwert in den Nacken zu stoßen. Wir fällten ihn geradezu zwischen uns. Viele Male war ich von Herzen dankbar für meinen Helm. Einer von ihren Männern versuchte, mir die Hand abzuschlagen – die er als Einziges erreichen konnte –, und fügte mir einen blutigen Schnitt über den Fingergelenken zu, den ich zwar sah, aber nicht spürte. Schweiß rann mir in die Augen. Unter Geschrei und Waffengeklirr gewannen wir langsam Boden, während sich der Feind immer mehr zurückzog. Fielen ihre Männer, so rückten jedoch neue nach, und ich merkte, dass es im Inneren der Festung noch eine versteckte Armee geben musste, die wir würden ausräuchern müssen.

Es war wohl kaum die rechte Zeit, sich umzuschauen, doch selbst ein kurzer Blick reichte aus zu erkennen, dass Basing die ihm nachgesagte Größe noch bei weitem übertraf und dass unser altes Haus, das ich für so reich angesehen hatte, im Vergleich dazu ein kümmerlicher Misthaufen war. Die große, mit Fackeln ausgeleuchtete Empfangshalle wirkte jetzt wie ein geschmücktes Schlachthaus. Überall gab es Bilder und Statuen, unsittliche Götzen in Öl und in Stein. Da mir Schweiß in die Augen tropfte, musste ich blinzeln, doch ich erblickte so meisterhaft geschnitzte

Holzbalken, als seien sie aus feinster Spitze. Wandbehänge aus Samt und Gold wurden durchbohrt oder durch die Piken von den Wänden gerissen: Männer wurden hochgewirbelt und fielen zerstückelt durch bleiverglaste Fenster. Ich sah, wie ein Soldat einem anderen sein Schwert in die Kehle rammte, und hörte einen schrillen Schrei, der verstummte, als die Klinge zurückgezogen wurde. Über ihnen, hoch an der gegenüberliegenden Wand, hing ein marmorner, totenblasser Christus, der vom Kreuz herab auf sein Volk schaute.

Da mir nichts anderes übrig blieb, drängte ich mich die ganze Zeit weiterhin blind vorwärts, stach hier auf einen Mann ein, wurde da von einem anderen weitergestoßen. Ein Brennen in meinem Schenkel deutete auf einen Schwertstich hin, doch rasend vor Schmerz und voller Angst, mir noch schlimmere Wunden zuzuziehen, war ich nicht in der Lage, meine Verletzung näher zu untersuchen. Der Drill, den ich für eine kriegsgetreue Vorbereitung gehalten hatte, war dagegen ein Tanzfest gewesen.

Schließlich konnten Paulets Männer die Flut nicht mehr eindämmen. Unsere Soldaten rannten mit gezückten Schwertern die Treppen hinauf. Ich ließ mich von ihnen mitreißen und geriet in einen weiteren Kampf vor den Türen der Gemächer. Diener und Herrschaften verbarrikadierten den Weg, waren jedoch den heranstürmenden Gegnern zahlenmäßig weit unterlegen und wurden daher gegen die Türen gespießt oder zur Seite getreten. Wir stemmten uns gegen die Bretter, bis die Riegel nachgaben. Aus dem Inneren klang Wimmern, und ich wusste, dass wir die Frauen des Hauses gefunden hatten. Sie hatten sich wie Kaninchen im Feld zusammengedrängt: Ich wollte ihnen nichts tun. Rasch blickte ich mich nach Philip um, konnte ihn jedoch nicht entdecken. Ich zweifelte wenig daran, dass die Frauen vor meinen Augen gewaltsam geschändet würden, doch die Männer schleiften sie aus dem Raum heraus und die Treppen hinunter. Einige, die Widerstand leisteten, wurden die Treppe hinabgestoßen, und ihre Schreie trafen ins Mark. Eine alte Frau brach sich im Fallen das Bein, und ich sah, wie sie am Fuße der Treppe versuchte, zwischen den Männern wegzukriechen, während das Gemetzel dort weiterging.

Inzwischen waren noch mehr Männer die Treppe hinaufgestürmt. Sie brachen die Tür zu einem weiteren Gemach auf und fanden darin einen alten Mann in merkwürdig priesterlichen Gewändern und eine junge Frau, die beide vor einem Gottes Gebote verhöhnenden Götzenbild knieten. Die Frau war für ein Gebet falsch angezogen. Ihr Kleid hatte die hellgrüne Farbe einer von Minze durchsetzten Milch, glänzte wie Metall und war so tief ausgeschnitten, dass sie damit fast ein Kind hätte stillen können, ohne sich aufzuschnüren; und in diesem Aufzug kniete sie vor Gott. Ich sah ihre Schönheit, ihre schwarzen, ägyptischen Augen und die bronzefarbenen Haare, doch auch ihre arrogante Haltung, die in diesen Zeiten für viele den Untergang bedeutete, und so erging es ihr auch.

Einer unserer Leute wollte den Mann gefangen nehmen, sah jedoch, dass er nach einer Truhe griff, und hielt es für besser, nicht so lange zu warten, bis er wusste, was sich darin verbarg, daher feuerte er als Erster. Die Hure schrie, als sie sah, wie sich der alte Mann verwundet an die Schulter griff, dann sprang sie auf, beschimpfte uns und nannte uns »Rundköpfe« und »Verräter«.

Ein Soldat schlug ihr ohne zu zögern mit dem Schwert über den Schädel. Sie rang nach Luft und fasste nach der Wunde, dann durchbohrte er sie. Ich hörte das knirschende Geräusch der in sie eindringenden Klinge, doch sie blieb aufrecht stehen, schaute ihm in die Augen und griff sanft nach unten, als wolle sie die Falten ihres Kleid zurechtrücken, bis ihre Finger die Schneide umfassten. Sofort zog er die Klinge zurück und zerschnitt ihr dabei die Hand, worauf sie die blutende Handfläche auf ihr Gesicht drückte, und ihre Lippen zuckten, als wolle sie weinen. Blut floss unter ihrem Haar hervor und den Hals entlang, und ich sah, wie sich ein roter Fleck auf dem grünlichmilchigen Stoff über ihrem Leib ausbreitete.

Plötzlich schoss Blut unter ihren Röcken hervor. Der alte Mann schrie wie ein abgestochenes Schwein. Der Soldat, dessen Werk dies alles war, starrte das Mädchen mit so hasserfülltem Blick an, als wolle er sie in Stücke reißen. Sie schaute zu mir, schien um Hilfe zu bitten, brach dann langsam zusammen, bis ihre Wange den Teppich berührte. Ich sah ihren geöffneten Mund und wie sich ihre Schultern hoben und senkten. Das Rückenteil ihres Kleides wurde fleckig.

Der Soldat wandte sich an die Umstehenden. »Und so werden Stolz und Eitelkeit gänzlich nach unten gezogen und vernichtet!« Seine Stimme bebte vor Leidenschaft; tatsächlich zitterte er am ganzen Körper, als sei er dem Satan selbst begegnet. Ich nickte und fühlte nichts außer einer großen Kälte in mir.

»Fesselt den Alten«, befahl er.

Ich sah nichts, womit ich ihn hätte fesseln können. Ein anderer Mann stach mit seinem Schwert nach dem seidenen Gürtel des Mädchens, der inzwischen blutbefleckt war. Ihr Haar streifte meine Hand, als ich an der Schnalle zog. Schließlich löste er sich, und ich fesselte den Gefangenen. Der erste Soldat hatte immer noch nicht genug. Er kniete sich hin und riss ihr die Kleidung vom Leib, bis sie nackt vor den Augen des alten Mannes lag.

Den gefesselten Priester ließ man dort, sprachlos und von stummen Schluchzern geschüttelt, im Anblick der Toten liegen. Der Mörder band sich das Kleid der Frau an den Ärmeln um den Hals, so dass es ihm wie ein Umhang über den Rücken fiel, und lief im Gefolge der anderen hinaus, um ›weiter Wölfe zu jagen‹. Ich lehnte mich gegen die Mauer und presste schwitzend eine Hand auf meinen verwundeten Schenkel, bis ich wieder aufrecht stehen konnte. Als ich zur Tür ging, verfolgte mich der Blick des alten Mannes.

Es gab viele Flure, die zu vielen Gemächern führten. Männer drängten hin und her, stießen Gefangene vor sich her, zerschnitten Bilder in großen, geschnitzten Rahmen und stießen Statuen um. Ich sah einen Soldaten mit blutigen Perlenketten um den Hals. Andere trugen Silber und Stoffe weg oder rissen Frauen das Ohrgeschmeide ab. Sie trampelten über die Toten und Sterbenden hinweg, rutschten auf deren Blut und Erbrochenem aus und zertraten deren Eingeweide. Der Gestank war unerträglich. Ich wehrte einen Mann ab, der auf mich einschlagen wollte, bis er sich lieber einem Kleineren zuwandte.

Direkt neben mir befand sich eine weitere Tür. Ich öffnete sie, fand dahinter ein leeres Schlafgemach mit einem Schlüssel und schloss die Tür von innen ab. Wieder überfiel mich ein übermächtiger Drang zu pinkeln, so stellte ich mich neben das Fenster und erleichterte mich gegen die Wand. Die Szenerie draußen verschwamm, und ich spürte, wie mir Tränen in die Augen stiegen, spürte es jedoch völlig ohne Gefühle, so wie ein Narr nicht sagen kann, warum er lacht oder weint.

Der Blick vom Fenster ging zum Hof, der offensichtlich unter unserer Kontrolle war. Unter mir standen vier aneinander gefesselte Priester; in einer anderen Ecke kauerte eine Gruppe Frauen, entblößt bis auf die Haut. Die Frau mit dem gebrochenen Bein konnte ich nicht sehen. Die Kleidung hatte man auf einen Karren gehäuft, und einige Männer schleppten noch weitere Gewänder aus dem Haus, um auch sie auf den Haufen zu legen. Schwaches Tageslicht ließ gerade die Farben der aufgehäuften Kleider erkennen. Es war immer noch bitterlich kalt. Auf dem

Boden lag eine alte, kranke Kreatur unter einer Decke, die nackten Beine staken wie dünne Stöcke hervor.

Auf der anderen Seite des Raumes war eine weitere Tür: Ich ging hindurch und befand mich in einem kurzen, auf unheimliche Weise leeren Flur, der jedoch von den Klängen wütender Kämpfe widerhallte. Am Ende führte eine Treppe nach oben. Ich lief zum Fuß der Stufen; der Lärm und das Getrampel über mir machten deutlich, dass dort oben erbittert gekämpft wurde und die Männer des Marquis noch längst nicht besiegt waren. Ich wusste, dass ich hinaufgehen sollte, und wünschte mir nichts sehnlicher, als zu bleiben, wo ich war.

Während ich zögerte, klirrte Metall, und zwei Männer rollten und rutschten die Treppe hinab und rangen nach Luft, als sie mit Gesicht und Rücken auf den Stufen aufschlugen. Einer der Köpfe war mit Blut und Schlamm verkrustet, der Mann hatte seinen Helm verloren, doch an seiner Kleidung erkannte ich ihn als einen der Unseren. Der andere, groß, dicklich und allem Anschein nach ein Diener, schien besser dran zu sein. Beide hatten ihre Waffen verloren und rangen inzwischen miteinander. Trotz ungefähr gleicher Körpergröße war unser Soldat jedoch viel schlanker gebaut als Paulets Mann, der demgemäß die Oberhand gewann und den anderen mit dem Schädel gegen die Stufen schlug.

Ich schlich mich von hinten an den großen Kerl, ergriff mein Messer, warf mich auf ihn, packte sein Haar und zog seinen Kopf zurück. Er wandte mir sein Gesicht zu, doch ich stach unterhalb seines Ohres zu und zog die Klinge durch das Fleisch bis zur anderen Seite seiner Kehle, so dass meine Hand schmerzte. Es roch nach Eisen. Er fiel vornüber auf den darunter Liegenden, der daraufhin seinen Kopf zur Seite drehte und den Mund schloss, um sich vor dem warmen Schwall zu schützen. Der Papist gab ein schnaubendes, blubberndes Geräusch von sich, hörte jedoch nicht auf zu kämpfen und versuchte mich abzuwerfen. Ich ließ meinen Griff nicht locker und stach erneut zu, diesmal in den Rücken. Er schrie etwas, das wie ›Erbarmen‹ klang, doch darüber waren wir lange hinweg. Sein Kampf endete mit einem Zucken der Füße.

Der Kleinere schob das Gesicht des Gegners von seinem eigenen weg. Ich richtete meinen Oberkörper auf, zog den Toten zur Seite und ließ unseren Mann sich aufsetzen und sich das frische Blut mit einem Ärmel vom Kinn wischen. Dadurch wurde auch etwas von dem Schlamm weggewischt und ich erstarrte. Da war etwas – die Lippen –

»Gott belohne Euch!«, keuchte er. Seine Augen waren zusammengekniffen, und Tränen traten unter verklebten Lidern hervor. Ich versuchte die gebrochene, atemlose Stimme einzuordnen. Dann, als ich den Dreck auf Gesicht und Haaren anstarrte, öffneten sich himmelblaue Augen.

Nathan.

Mein Herz schlug so heftig, dass ich kaum atmen konnte; vom Schnitt durch die Kehle hatte ich immer noch einen steifen Arm, und meine Muskeln spürten noch den Kampf des sterbenden Mannes gegen die Umklammerung.

Tränen und Blut rannen Nathans Kinn herab. Er wiegte sich vor und zurück, um auf die Beine zu kommen, war jedoch zu schwach, um sich selbst aufrichten zu können.

»Rupert, Gott segne Euch!« Er streckte mir seine schlaffe Hand entgegen. »Bruder, Retter.« Seine Saphiraugen richteten sich auf mich, jedoch nicht mit dem verschlagenen Blick der vergangenen Nacht, sondern mit Bewunderung. Nach dem Tod des Mädchens ließ mich dieser Blick taumeln und zurückschrecken. Ich verstand, wie er gemeint war, ein momentaner Ausdruck seiner Liebe zu seinem eigenen Leben, doch meine eigene Erregung begann zu verebben. Ich stand verwirrt da und hielt mein Schwert in der Hand, bis eine Gruppe unserer Soldaten von der anderen Seite in den Flur stürmte.

»Jesus kämpft auf Eurer Seite, alles in Ordnung«, sagte ich und erschrak vor dem krächzenden Klang meiner eigenen Stimme. »Wo ist Eure Waffe?«

»Am oberen Ende der Stufen. Ich hole sie.«

Ich half dem Jungen auf die Füße und rannte dann weg, den Neuankömmlingen entgegen, die alle Türen probierten, um zu schauen, ob sich dahinter wohl noch Papisten versteckt hätten. Lärm und Geschrei ertönte von oben. Ich stürmte in ein Zimmer zur Rechten: Ein Schlafgemach, leer und kalt. Gegen den düsteren und bewölkten Himmel hoben sich die Fenster hell ab, und drei darin in Blei eingefasste Medaillons leuchteten rot. Ein lauter Schluchzer entfuhr mir, ich ergriff den neben dem Bett stehenden Stuhl und schleuderte ihn genau gegen das mittlere und kunstvollste Bild. Glasscherben fielen wie Bluttropfen zur Erde.

Von draußen ertönte ein Schrei, und ich lief zu dem zerborstenen Rahmen. Von unten starrten Leute zu mir herauf. Funkelnde Scherben lagen auf den Steinen und dazwischen der unversehrte Stuhl. Ich trat vom Fenster zurück in den Raum. Die Glasscherben erinnerten mich an Sir Bastards Kelch; ich hob eine auf und sah darin eingraviert das Wort

Loyalität. Ich ergriff die auf dem Bett liegende Leinenhaube, wickelte das Glas vorsichtig darin ein und drückte es an meine Brust. Während ich das tat, breitete sich ein roter Fleck auf dem Leinen aus, und ich stellte zum ersten Mal fest, dass das Brennen in meinen Augen nicht vom Schweiß herrührte: Mit zitternden Fingern ertastete ich einen Schnitt auf der Stirn, der mich Ferris ähnlich machte. Jemand hatte mir genau unter dem Rand des Helms einen Hieb versetzt, ohne dass ich es gespürt hatte. Anschwellendes Gebrüll verriet, dass sich der Flur erneut füllte, und ich eilte mit einem Pulk von Männern zurück in den Hof.

Die Götzenanbeter wurden von allen Seiten nach draußen getrieben. Sie stolperten, manche heulten, da ihr Fleisch von Pulver verbrannt war, andere hatten klaffende Wunden an Kopf oder Gliedern. Die Soldaten kannten kein Erbarmen. Ich sah, wie ein Soldat des *New Model* einem geblendeten Mann, der sich an eine Mauer lehnte, mit der Muskete die Nase brach, um ihn Tempo zu lehren. Selbst jene, die nicht schwer verwundet waren, weinten laut, während sie vorangetrieben wurden, denn sie wussten, dass auch sie keine Nachsicht zu erwarten hatten. Auch unsere Männer waren vom Kampf schwer gezeichnet. Irgendwie verschämt, dass ich nicht hart gefochten hatte, tat ich, als würde ich die Gefangenen auf ihrem Weg vorwärtstreiben.

Soldaten liefen eifrig in der Kälte umher und zogen, je nach Willen der Offiziere, die Leute aus oder fesselten sie. Ich ging von Gruppe zu Gruppe und hörte Männer sagen, es seien mindestens dreihundert Gefangene gemacht worden, obwohl ich nicht annähernd so viele erblicken konnte.

»Werden sie getötet werden?«, fragte ich den Mann, der die vier Priester in seinem Gewahrsam hatte.

»Nicht hier. Sie werden nach London geschickt.«

Ich wusste, was das bedeutete: Sie würden gehängt, gestreckt oder gevierteilt werden. Die Wache erzählte mir, viele papistische Priester seien bereits bei dem Angriff getötet worden. »Die hatten mehr Glück als diese«, fügte der Mann hinzu, und ich fand, er habe damit Mitgefühl ausgedrückt. Er fuhr fort: »Die Gefangenen sind aus allen möglichen gesellschaftlichen Positionen. Habt ihr die alte Ratte gesehen? Nackt unter der Decke?«

Ich nickte in Erinnerung an die zerbrechlichen Beine, die ich vorhin gesehen hatte.

»Inigo Jones«, erklärte die Wache, doch mir sagte der Name nichts.

Ferris winkte mich aus einer Gruppe von Männern zu sich herüber.

»Schaut her«, sagte er, ohne mich vorher zu begrüßen. Er kniete sich hin und hob den Kopf eines feindlichen Offiziers hoch, dem man in die Brust geschossen hatte und dessen seltsames, komisches Gesicht zu lachen schien. Die kecken und unerschrockenen Augen verhöhnten alles, was man ihm angetan hatte. Ferris drückte sie mit den Daumen zu.

»Sie nennen ihn Major Robinson«, sagte er. »Ich kannte ihn als den Schauspieler Robbins.«

»Ihr kanntet ihn?«

»Ich habe ihn einmal auf der Bühne gesehen.« Mein Freund legte Robbins' Kopf auf die nassen Steine zurück. »Sie sagen, Colonel Harrison habe ihn erschossen.«

»Ich habe noch nie ein Schauspiel gesehen«, sagte ich.

»Wisst Ihr, was Harrison gesagt hat, als er es tat? *Verflucht sei, wer Gottes Werk nachlässig ausübt.* Ihr habt die gleiche Gesinnung wie er.«

»Wenn ich je dieser Gesinnung war, Ferris, so habe ich sie jetzt geändert.«

Mein Freund schaute mich erschöpft an.

»Ich habe nur wenige getötet«, sagte ich, »und über einen von ihnen, denke ich, werdet Ihr Euch freuen.«

»Wenn es hieß, Ihr oder er, dann ja. Auch ich würde mich nicht von eines anderen Schwert durchbohren lassen.«

Ich überlegte, ob ich ihm jetzt von Nathan erzählen sollte, beschloss jedoch zu warten, denn sollte der Junge inzwischen getötet worden sein, gäbe es keinen Beweis. Wir schauten einander schweigend an. Hinter ihm murmelten die Gefangenen seltsame, lateinische Verse.

Ferris sagte: »Verzeiht mir. Ihr seid nicht Harrison.«

»Sagt mir«, antwortete ich, bevor ich mich selbst daran hindern konnte, »ich bitte Euch, was hat Fat Tommy –«

Ein Schrei ertönte aus Richtung der Männer: Ein Herr, der nichts außer einem reich bestickten Hemd trug, wurde aus dem Haus direkt zu Cromwell gezerrt.

»Paulet«, sagte Ferris. Wir traten näher heran, um besser sehen und hören zu können. Der Mann zitterte so, dass einzig seine Bewacher ihn daran hinderten zu fallen, dennoch versuchte er, jedem der dort anwesenden Soldaten in die Augen zu schauen. Hugh Peter, der gerade aus London eingetroffen war und nun neben Cromwell stand, fragte den Marquis, ob er seine Sache nicht für hoffnungslos halte. Der Angesprochene hatte den ersten Schreck angesichts der Menge überwunden, hielt sich nun aufrecht und antwortete immer noch zitternd, dass er, selbst wenn der König außer Basing-House kein Land mehr in England besäße, genauso gehandelt und es bis zum Letzten verteidigt hätte. Ich fand, dass er wie ein halsstarriger alter Sünder wirkte. Befehle wurden erteilt, ihn nach London in den Tower zu bringen und seine Söhne von ihm fernzuhalten, so dass sie im Sinne einer reinen Religion erzogen werden könnten.

»Er war im Brotofen und hat den Rosenkranz gebetet!«, rief einer der Soldaten, der geholfen hatte, ihn hinauszubringen. Es herrschte allgemeines Gelächter, als der Römling abgeführt wurde.

»Sie schenken ihren Götzen immer noch Glauben, selbst wenn die Lage hoffnungslos ist«, sagte ein Mann vor uns.

Ich hörte Ferris murmeln: »Wollt Ihr ihm jeglichen Trost nehmen?«, daher fragte ich ihn, welchen Trost eine falsche Religion wohl zu spenden vermochte.

Er antwortete mir ungeduldig: »Das genau ist die Frage, die er umgekehrt auch uns stellen würde.«

Rasch musste ich einsehen, wie dumm es von mir gewesen war, die Fenster einzuwerfen, denn wir hatten um mehr als nur um Gefangene gekämpft. Es gab Vorräte und Schätze, einem König Salomon angemessen, die dieser ruchlose Paulet in Frankreich, Italien und anderen korrupten Orten erstanden und hier gehortet hatte. Er hatte einen Schatz angehäuft, der Diebe, Motten und Rost anzog.

Das Plündern begann schon, bevor der Angriff vorüber war, und nachdem die Gefangenen in sicherem Gewahrsam waren, war die ganze Armee daran beteiligt. Männer rannten durch die Gemächer und rafften so viel Gold und Schmuck zusammen, wie sie dessen habhaft werden konnten. Sie streiften ihre dreckige Kleidung ab und zogen das gute, saubere Leinen an, das sie in den Schränken fanden, und manche Freundschaft zerbrach wegen eines Geldsacks, den man nicht teilen wollte oder der später, nachdem man den in den Kellern gefundenen Wein getrunken hatte, gestohlen wurde, während man seinen Rausch ausschlief. Kostbare Düfte wurden über verlauste Hemden gegossen; in den Vorratskammern und Küchen stopften die Männer ihre Säcke und Stiefel mit getrocknetem Obst, Käse und allem voll, was ihnen noch kein anderer vor der Nase weggeschnappt hatte.

Uns war befohlen worden, nichts mutwillig zu zerstören, da alles verkauft würde, um uns zu entlohnen und zu ernähren, doch was Essen und Gold betraf, so zogen es die Männer sicherheitshalber vor, sich selbst zu helfen. Selbst Ferris nahm sich, was er zu fassen bekam, und ich sah, dass er eine Geldbörse und zwei Hemden ergattert hatte, von denen er mir sofort eines abgab. In meinem Tornister hatte ich drei Weinflaschen, eine mit Rubinen besetzte Halskette, die ich unter einem Kopfkissen gefunden hatte, und zwei silberne Kandelaber. All dies war aus den Kammern und Gemächern entwendet worden. Anschließend machten wir uns zur Scheune auf und schleppten so viel von den Nahrungsmitteln und Getränken weg, wie wir tragen konnten. Unterwegs trafen wir auf ein paar hitzigere Kerle, die auf Bilder und Statuen der Römlinge einschlugen, da diese nicht verkauft, sondern zerstört werden sollten, doch den meisten Soldaten stand der Sinn eher nach Genuss denn nach Zerstörung, und sie sahen ihre heiligste Aufgabe darin, sich die Bäuche voll zu schlagen.

In der Kapelle der Götzenanbeter standen reihenweise süß duftende Wachskerzen, so als wüchse dort ein gespenstisches Binsenkraut. Wir nahmen sie mit in eine der Kammern, in der ein Feuer brannte. Für die Truppen war es, als seien Morgen, Mittag und Abend miteinander verschmolzen. Nachdem unsere Kerzen angezündet waren, saßen wir im lodernden Schein der Flammen, worauf sich andere Männer mit ihrem eigenen Proviant rasch zu uns gesellten. Die Auswahl der Nahrungsmittel aus der eroberten Scheune war vielfältig, so hatten wir jetzt Wein, Schinken, verschiedene Käsesorten, gepökeltes Rindfleisch, Würste und gefüllte Kuchen. Jemand kochte über dem Feuer Eier in einem Helm. Alle waren fröhlich: Jeder hatte einen Sack voll geplünderter Dinge und den Bauch voller Wein.

Russ war nirgends zu sehen. Das Gleiche galt für Nathan, und ich fragte mich, ob ich ihm nur das Leben gerettet hatte, damit ein anderer ihn hatte töten können.

»Habt Ihr irgendjemanden von – den anderen gesehen?«, fragte ich Ferris. Ich wollte nicht ›von unseren Freunden‹ sagen, da ihn das vielleicht herausfordern würde.

»Nicht einen.« Ferris' Gesicht war gerötet. Er warf den Kopf zurück und kippte mit glänzenden Augen den Wein hinunter. »Hier, gebt mir Euer Messer.« Seine ungeschickte Art, den Schinken zu schneiden, erinnerte mich an Mervyn Roche. Wir aßen Fleisch ohne Brot und spülten mit Wein hinunter. Ferris zog sich ein Kissen vom Bett, auf dem bereits Männer schliefen, obwohl der Tag noch nicht einmal halb zur Neige war, und legte es auf den Boden, damit wir bequemer sitzen konnten.

Gesang ertönte, von der unflätigsten Art. Jemand hatte solch schmutzige Verse gedichtet, wie ich sie nie zuvor vernommen hatte:

Eine ältliche Jungfrau nahe Temple Bar,
ach, was sie doch für eine Königin war,
trieb es mit einem hässlichen Köter,
dabei hatten sich Christen erboten …

Selbst der eher derbe Peter auf Beaurepair hätte solches nicht gesungen. Ferris nahm es offensichtlich vor Müdigkeit und Trunkenheit kaum mehr wahr.

»Wenn ein Offizier das hört, bekommen wir Ärger«, sagte ich zu ihm, als die Männer die letzten Zeilen so laut wiederholten, als wollten sie die Decke sprengen. »Eine ältliche Jungfrau, das ist nicht nur obszön, sondern könnte sich auch gegen uns richten!«

»Das haben sie von den Kavalieren gelernt«, murmelte er. »Dies ist nicht die rechte Zeit für Psalmen. Cromwell hat erlaubt, den Ort hier zu plündern. Das bedeutet, dass gesoffen wird, und mit dem Saufen kommt der Rest.«

»Warum erlaubt er es? Weil Paulet ein Papist war?«

»Und weil wir seinetwegen die Burg stürmen mussten. Abgesehen davon hatten es sich die Soldaten wegen ihres guten Betragens in Winchester verdient.«

»Männer müssen belohnt werden.«

Er nickte. »Die Frauen hier haben allen Grund, Cromwell zu danken. Er hängt jeden, der sie vergewaltigt.«

Bei seinen letzten Worten errötete ich, vor allem, als er noch hinzufügte: »Eines will ich Euch zugute halten, Rupert. Was das Plündern betrifft, seid Ihr die Unschuld selbst.«

Weinseligkeit sprach aus mir, bevor ich es verhindern konnte. »Könntet Ihr sonst noch etwas zu meinen Gunsten sagen?«

Meine Worte klangen so flehend, dass sein Blick sofort sanfter wurde. »Vieles. Ihr besitzt große Stärke.« Dann wurden seine Gesichtszüge wieder härter; er runzelte die Stirn. »Doch alles in allem seid Ihr zu unbeherrscht.«

Ich hatte es gewusst. Seine Gedanken waren vergiftet worden. »Was hat Tommy Euch gesagt?«

»Tommy? Nichts.«

»Ich bitte Euch, Ferris, lügt mich nicht an! Ich weiß, dass er –«

Ferris hob seine Hand, um mich zu unterbrechen. »Wann habt Ihr je erlebt, dass ich eines anderen Namen angeschwärzt hätte?«

»Doch sie erzählen Euch Dinge?«

»Ihr solltet lieber fragen, ob ich dem Gehör schenke. Unsere Streitigkeiten, Rupert, sind nur zwischen uns beiden.«

»Ihr habt Nathan Gehör geschenkt.«

»Da hatte ich meinen Grund zum Streit. Ich hatte bereits darum gebeten –« Er brach ab, und ich merkte, dass er nicht wieder mit mir zanken wollte. »Nathan ist ein zarter, wohlerzogener Junge. Er sollte daheim bei seiner Mutter und seinen Schwestern sein.«

»Darüber haben wir bereits geredet«, sagte ich.

»Lasst es uns erneut versuchen. Ihr seid ein Mann, warum ihn also mit der Faust zerquetschen wollen?«

»Er stellt sich zwischen mich und Euch. Ich habe keinen anderen Freund.«

Ich wartete darauf, dass er sagen würde: ›Ihr müsst Euch eigene Freunde machen‹, stattdessen trank er noch einen Schluck Wein, reichte mir die Flasche und sagte: »Gebt mir von dem Käse.«

Ich sah ihm beim Essen zu. Durch das Feuer, die Körper der Männer und die flackernden Kerzen war es heiß im Raum geworden; Ferris' Stirn und seine Nasenflügel glänzten. Es juckte mich, ihm zu erzählen, wie ich Nathan hätte vernichten können und ihm stattdessen das Leben gerettet hatte.

»Ich würde mich gerne zu Tode saufen«, sagte Ferris und schloss die Augen.

Ich begann: »Ist dies die rechte Zeit, traurig zu sein?«

»O ja.« Sein Lachen klang bitter.

»Aber Ihr habt die Belagerung doch unversehrt überstanden«, sagte ich.

»Besser, man hätte mich in Stücke geschlagen.«

»Sorgt Ihr Euch um Nathan?«

»Mehr, als Ihr wissen könnt.« Er öffnete die Augen und sah mich an. »Vielleicht ist er gesund und in Sicherheit. Wir wollen ihn noch nicht für tot erklären.«

»Nein, von ganzem Herzen nicht.« Ich bot ihm erneut vom Wein an;

er trank die Flasche leer und bat mich, eine neue zu holen. Neben dem Kamin stand eine geöffnete und unberührte Flasche, die ich ihm reichte. Niemand protestierte. Man flüsterte und fluchte zwar noch hier und da, doch der allgemeine Tumult war vorbei. Mehrere Männer hatten sich aus dem Fenster heraus erbrochen. Allerdings waren nicht alle von ihnen so weit gekommen, und jene Unglücklichen waren von ihren Kameraden rückhaltlos verflucht worden. Ein muffiger Geruch nach Wein und Erbrochenem hing in der Luft, während das Feuer langsam herunterbrannte und die Zecher in den Schlaf fielen.

Als ich aufhörte, mich im Raum umzuschauen, bemerkte ich, dass Ferris mich sehr streng ansah.

»Ihr habt jeden Tag im Feld Ausschau gehalten«, sagte er.

Unsicher, was ich darauf antworten sollte, schwieg ich.

»Nat hat es mir erzählt«, fügte er hinzu.

»Nathan?« Nun hatte ich Ferris in Verdacht, dass er uns durch Lügen versöhnen wollte. »Er hat Euch erzählt, was ich gemacht habe? Warum?«

»Ich bat ihn darum.«

Wir schauten einander an. Stille breitete sich zwischen uns aus, ohne mir jedoch Angst einzujagen; ich schaute ihm länger in die Augen, als ich es je bei einem Mann, außer bei Izzy, getan hatte.

»Was ist Wein nur für ein Zeug«, murmelte er.

Plötzlich ertönte Geschrei; zwei streitlustig gewordene Männer hatten begonnen, einander anzurempeln und stießen auch ihre schlafenden Nachbarn aus Versehen an. Da sie keine Ruhe mehr geben wollten, schoben jene von uns, die noch stehen konnten, sie auf den Flur und schlossen sie mitsamt ihren Flüchen und Verwünschungen aus.

Als wir uns wieder ausgestreckt hatten, gelang es Ferris, die verwundete Wange nach oben, einzuschlafen. Zunächst legte ich mich neben ihn, doch da meine Hüften trotz der Wärme fürchterlich schmerzten, ging ich zum Bett und fand die eine Seite leer. Die meisten Männer hatten sich monatelang nach einer Matratze gesehnt, waren aber jetzt offensichtlich zu betrunken, um noch darauf zu liegen zu kommen. Immer noch in Stiefeln, streckte ich mich neben einem Mann namens Bax aus und war bereits fest eingeschlafen, noch bevor ich mich ausziehen oder mich unter die Decke legen konnte. Als ich einige Zeit später erwachte, stellte ich fest, dass Ferris zwischen mich und Bax gekrochen war.

Gegen Mittag wurde unsere Ruhe durch lautes Hämmern an der Tür unterbrochen: Hökerer und Kaufleute waren hinter allem her, was irgendwie als lohnenswert betrachtet werden konnte. Basing sollte ausgeplündert und bis auf das Gerippe ausgenommen werden. Die überschüssigen Vorräte wurden an die Leute vor Ort verkauft; die Bilder, Messbücher, Rosenkränze und gottlosen Statuen wurden auf Karren gepackt, um sie öffentlich zu verbrennen und damit unsere Verachtung gegenüber einer Religion zum Ausdruck zu bringen, die zur Hälfte aus Aberglaube und zur Hälfte aus Mammon bestand. Alles, was die Soldaten nicht einpacken konnten, fiel den Händlern zum Opfer: Teppiche, Wandbehänge, Tafelsilber, Leinen, Betten und andere Möbel, Kleidung, Bezüge und Glas. Es gab genug, um mindestens zwei Paläste damit auszustaffieren, und viele Krähen, die sich über den Kadaver hermachten. Sogar die Gebäude selbst wurden gierig vernichtet, denn Cromwell lud die umliegenden Bauern ein, sich Steine und Mauerwerk zu holen. Da Paulet ihre Häuser niedergemacht hatte, waren sie dazu nur allzu gern bereit.

Als Ferris und ich vom Bett aufgestanden und über die vom Alkohol halb toten Männer gestiegen waren, wurden wir in die große Halle befohlen und sollten zusammen mit einem Mann namens Rigby die Gewänder, die man den Frauen genommen hatte, zählen und sortieren. Mein Kopf schmerzte, und Ferris hatte geschwollene Augen. Auch Rigby wirkte, als wünsche er sich entweder mehr Selbstbeherrschung oder einen stärkeren Magen.

Kaum hatten wir begonnen, die Kleider auf einem Tisch zu stapeln, da trat Nathan zu uns und fragte, ob er uns helfen könne; der Hauptmann habe ihm befohlen, sich irgendwo nützlich zu machen.

Ferris strahlte beim Anblick des Jungen, küsste ihn auf beide Wangen und sagte, er sei froh, ihn unversehrt wiederzusehen. Nathan warf mir einen glücklichen Blick zu, den ich nur schlecht ertragen konnte. Ich fürchtete fast, er käme zu mir herüber und würde mich auf beide Wangen küssen, als Belohnung dafür, dass ich ihm das Leben gerettet hatte, doch er blieb, wo er war, und lächelte.

»Lasst uns drei Stapel machen«, schlug Rigby vor. »Gewänder von Adligen, von Dienerinnen und einen Stapel mit den ruinierten Kleidern.«

Dies schien uns ein guter Plan. Ferris fällte hörbare Urteile über die leinene Wäsche, während Nathan sich als eifriger Frauenbeobachter herausstellte, denn er wusste, welches die kostbarsten Gewänder und teuersten Spitzen waren.

Ferris fragte ihn lachend: »Wie kommt es, dass sich ein Kerl so gut mit Seidenstoffen auskennt?«

»Oh, meine Schwestern. Sie waren verrückt nach Roben und lagen Vater ständig in den Ohren, er möge ihnen neue Stoffe kaufen. Und diese hier sind prächtig, oder etwa nicht?« Er hielt einen leuchtendroten Rock hoch. »Ich werde keine graue Maus heiraten, sie muss strahlen und schön sein.«

»Eine noble Lady?«, neckte ihn Ferris.

Rigby fiel ein: »Eine Prinzessin!«

Einen Moment lang waren wir so fröhlich, wie ich es einst zu Hause gewesen war. Doch dann hielt Ferris ein glänzendes, grünes Gewand mit einem Schlitz hoch, an dem eine schwärzliche Blutkruste klebte. Fliegen schwirrten davon, als er es ausschüttelte. Nathans Gelächter brach abrupt ab.

»Nicht schwer zu erraten, was ihr zugestoßen ist«, sagte Ferris.

»Ich habe es mit angesehen«, sagte ich und fühlte, wie mich erneut große Kälte überkam. »Sie gab unserem Mann eine freche Antwort.«

»Und er erwiderte sie entsprechend.« Er breitete den glänzenden, ruinierten Stoff aus. »Ob sie in London wohl jemanden finden, der solches kauft? Irgendeinen sparsamen Bürger ...!«

Rigby schaute dümmlich drein. Ich sagte zu ihm: »Er hat sie wegen nichts umgebracht.«

»Nicht, um Gottes Werk zu verrichten?«, fragte Ferris, doch seine Stimme klang sanfter als noch vor zwei Tagen.

»Rupert hat Gottes Werk getan«, sagte Nathan.

Ich warf stolz den Kopf in den Nacken, bekam mich aber dann wieder unter Kontrolle, und das war gut so, denn er fuhr fort: »Er hat mich während des Angriffs gerettet. Sonst wäre ich gestorben, denn ein Kerl hatte alles darangesetzt, mir das Hirn aus dem Schädel zu schlagen.«

Ferris starrte mich an und legte, ohne dass er es gewahr wurde, das Gewand wieder vor sich auf den Tisch. Ich hob eine Augenbraue, wie jemand, der sagen will: *Nun?*

»Niemand sonst war dort, er war meine einzige Hilfe.« Nathan plapperte zu meiner großen Freude immer weiter.

Ferris schien benommen. Ich nahm ihm das ruinierte Kleid ab und legte es auf die Seite.

»Ihr hattet sehr großes Glück, Nat«, sagte er leise. »Lasst uns alle die Geschichte hören, wenn Ihr nur zunächst das grüne Gewand nehmen und den Hauptmann fragen könntet, was wir damit machen sollen? Er ist irgendwo oben.«

Nathan sprang davon wie ein Reh.

»Der Mann ist draußen«, sagte Ferris. Er zog mich von Rigby fort in eine Ecke; seine Vehemenz überraschte mich. »Ist das möglich?«, flüsterte er. »Warum habt Ihr das getan? Und sagt nicht, es geschah aus Liebe zu ihm.«

»Das sage ich auch nicht.«

»Warum also?«

Ich blickte mich um. Rigby schaute neugierig in unsere Richtung. Wenigstens einmal in meinem Leben wusste ich instinktiv, was ich zu antworten hatte, genau wie Zeb es gewusst hätte. Ich zog die Haube unter meinem Hemd hervor und reichte sie Ferris.

»Schaut hinein«, sagte ich.

Er schlug das Tuch auf, fand die Glasscherbe mit der Inschrift und beugte sich darüber. Ich hörte, wie er erst rasch und dann wieder langsamer atmete. Schließlich schaute er auf und lächelte mit der gesunden Mundhälfte.

»Was soll ich bloß mit Euch machen, Prinz Rupert?« Er hielt inne und fuhr dann leiser fort: »Es scheint, als könnte ich nicht lange böse sein.«

»Zunächst nennt mich bei meinem richtigen Namen«, sagte ich. »Ohne meinen Namen bin ich nicht ich selbst.«

»Welcher Mann kann hier schon er selbst sein?« Er kratzte sich am Kopf. »Wie möchtet Ihr also genannt werden? Cullen?«

»Ich kann nicht von Rupert zu Cullen werden. Ich habe meinen Nachnamen auch nie gemocht. Nennt mich Jacob.«

»Und wie werdet Ihr mich nennen?«

»Ihr seid Ferris.«

»Jacob.« Er probierte den Namen, während er mich anschaute. »Jacob, ich muss Euch etwas sagen.«

»Über Tommy«, sagte ich. »Er hat Euch meinen Namen bereits genannt.«

Ferris zögerte und zog mich dann noch weiter von Rigby weg. Einen Moment bewegte er nur seine Lippen, bevor er stotterte: »Ich, ich bin –«

»Sagt es!«, flehte ich.

»Ich – verlasse – ich verlasse die Armee.«

Ich hatte gewusst, dass er das eines Tages sagen würde. Meine Einsamkeit hatte es in Alpträumen geflüstert; ich hatte geträumt, er sei davongelaufen, wäre aus dem *New Model* ausgetreten, und ich hätte ihn verloren.

»Gott – möge – mit Euch sein.« Jedes Wort war wie ein Stich in mein Fleisch, und nach dem letzten spürte ich, wie sich mir die Kehle zuschnürte. Ich wusste, was das bedeutete, und tatsächlich stieg mir bereits das Wasser in die Augen. Ich tobte innerlich, dass ich in solch einem Moment wie ein weinerliches Mädchen, wie Nathan, in Tränen ausbrechen musste und so in Erinnerung bleiben würde. »Wahrscheinlich geht Ihr nach London zurück«, presste ich mühsam heraus.

»*Wir* werden gehen«, sagte er. »Denkt Ihr, ich wäre so grausam, es Euch zu sagen und Euch dann zurückzulassen?«

Daraufhin brach ich in Tränen aus. Ich wischte sie mit der Handfläche weg und bat ihn, dies noch einmal zu wiederholen.

»Kommt mit mir«, sagte er. »Falls Ihr wollt.« Ich fühlte, wie sein Lächeln mir das Blut erwärmte.

Ich keuchte, lachte und weinte gleichzeitig, während ich Ferris an mich drückte; über seine Schulter sah ich, wie Rigby schnell auf die Wäsche hinunterschaute.

»Falls! Falls!«, schrie ich und fühlte mich dabei leicht und frei. Dieses Gefühl der Glückseligkeit hatte ich beinahe vergessen.

Ferris schob mich von sich weg. »Die Armee schadet Euch«, sagte er. »Ich habe Euch hineingebracht, ich muss Euch auch wieder herausholen.«

»Wann wird das sein?«, fragte ich.

Der Tür wurde aufgestoßen und Nathan stürmte zu uns herein. Ferris legte einen Finger auf seine Lippen. ›Nat‹ sollte es demnach nicht erfahren. Meine Seele hüpfte vor Entzücken, als wir zurück zu dem Tisch gingen, an dem Rigby versuchte so auszusehen, als nähmen ihn die Kleiderstapel völlig in Beschlag.

»Er sagt, wir sollen die Flecken herausschneiden«, rief Nathan, »doch den Rest behalten, um noch den Stoff verkaufen zu können.«

Wir fuhren mit unserer Arbeit fort. Der prahlerische Genuss, mit dem der Junge den blutigen Stoff herausriss, konnte nur seiner Angst entspringen. Warum wohl hatte Ferris beschlossen, ihn zurückzulassen? Vielleicht lag es daran, dass Nathan noch Russ und andere Kameraden hatte. Ich hoffte, er hatte zwischen uns wählen müssen, und dass schließlich ich der wenn auch ungestüme und unbeugsame Freund war, von dem er sich nicht trennen konnte.

11. Kapitel
Der Knochenmann

Gegen Abend kam ein kühler Wind auf. Nach ihrem Saufgelage beschwerten sich die Männer über Kopfschmerzen; das ganze Lager war von Müdigkeit befallen. Wir breiteten uns im Park auf einem Stoß Decken aus, die wir gefunden hatten, und machten uns über Nathans Geschichte von einem wundersamen Fisch lustig.

»Ich sage euch die Wahrheit«, wiederholte Nathan. »Er wog zwanzig Pfund.«

»Wer hat den Fisch gewogen? Trägt derjenige eine Waage mit sich herum?«, amüsierte sich Russ.

»Ja, vielleicht sogar eine Fischwaage«, warf ein anderer ein.

Ferris rollte ungläubig mit den Augen. »Das Gewicht spielt keine Rolle. Doch was den Rest angeht –«

»Hört Ihr mir überhaupt zu?« Nathan wurde rot. »Es gab Zeugen – die schworen – dass er ein Papier in seinem Maul hatte, und darauf stand –«

»Werft mich zurück ins Wasser!«, rief ein Mann. Die anderen lachten.

Ferris fragte: »Nat, wie konnte man nasses Papier lesen?«

Der Kampf war zu lang und zu hart gewesen; niemand war in der Stimmung für verrückte Geschichten. In der Hoffnung, Nathan zum Schweigen zu bringen, hielt ich ihm ein Stück Käse hin. Dabei merkte ich, wie sehr die Wunde an meinem Schenkel schmerzte.

»Vielen Dank, Rupert, und – aber hört doch zu! Dieses Papier war eine Prophezeiung, dass der Krieg am zweiten Advent enden werde –«

»Ja, sicher«, sagte Russ. »Danach wird er auf keinen Fall weitergehen.«

Die anderen grinsten. Schmollend biss Nathan in den Käse.

Überall standen vollgepackte Karren und Kutschen. Der Großteil von Basing war bereits vernichtet worden, doch einige Männer krochen immer noch auf den Resten herum.

»Schaut, da«, sagte Russ.

In der geplünderten Festung leuchtete plötzlich orangefarbenes Licht.

»Er hat es in Brand setzen lassen«, rief Nathan aus.

Ferris sagte: »Dabei gab es dort doch immer noch Sachen, die sich hätten verkaufen lassen.«

Ich bewunderte die zarten Funken, die wie Engel in den dunkelblauen Himmel aufstiegen. Das orangefarbene Licht wurde schwächer, und blasser Rauch floss aus den Fenstern, nachdem die Flammen die Türen, die geschnitzte Wandtäfelung und die Balken angegriffen hatten. Zu guter Letzt hatten die Händler also doch nicht alles bekommen, und ich war froh darüber, denn obwohl ich wusste, dass sie für das, was sie mitnahmen, zahlten, missfiel mir, wie leicht sie sich mit dem davonmachten, was wir mit Schweiß und Blut errungen hatten.

Aber ich war nicht wirklich zornig. Obgleich es Stunden her war, seit Ferris mich so glücklich gemacht hatte, war die Aufregung in mir noch kaum abgeklungen. Ich starrte vor mich hin.

»Und das ist das Ende von Basing«, sagte Russ. »Was machen die da?«

Soldaten rannten auf die Ruine zu. Der Wind trug das Krachen und Bersten des Feuers zu uns herüber und wieder fort.

»Ich werde nachschauen gehen«, rief Nathan und stand auf.

»Nat –« Ferris zog an der Jacke des Jungen, »bleibt hier.«

»Beruhigt Euch, ich werde nicht hineingehen!« Nathan wand sich frei und rannte auf die Menge zu.

»Nat!«, rief Ferris ihm nach. »Nat – wartet –«

Ich erhob mich, um besser sehen zu können. »Da kommt Cromwell geritten«, sagte ich zu Ferris. »Was macht er? Wisst Ihr es?«

»Unter dem Schutt sind noch Verwundete«, antwortete Russ an seiner Statt.

Ich starrte ihn an. »Woher wisst Ihr das?«

»Warum sonst würde –« Er brach ab, als der Wind wieder in unsere Richtung wehte. Die Geräusche des brennenden Hauses wurden lauter, und ich konnte darin Rufe und Schreie ausmachen. Ferris schaute dem davoneilenden Nathan nach und biss sich auf die Lippen.

Bald war alles gepackt und bereit für den Marsch nach Westen, der am nächsten Tag erfolgen sollte; Soldaten saßen herum und schauten von Zeit zu Zeit in Richtung der Ruinen. Der Himmel war bis auf die orangefarbenen Rauchwolken über Basing inzwischen schwarz.

»Ich muss Euch etwas zeigen«, flüsterte Ferris im Schutz des Gepolters. »Geht in den Hof. Ich werde dort auf Euch warten.«

Ich blieb noch eine Weile sitzen und redete mit den anderen, während er sich erhob und in Richtung der für die Nacht zusammengestellten Karren ging. Als ich den richtigen Zeitpunkt für gekommen hielt, lief ich direkt zu dem angegebenen Ort, wo mein Freund gerade mit einem Mann sprach, den ich zuvor noch nicht gesehen hatte. Die beiden lehnten an einem Karren und sprachen leise miteinander. Es stank nach versengtem Mauerwerk und nach noch etwas anderem, was ich lieber nicht genauer bestimmen wollte. Der Mann schaute auf und erstarrte, als ich mich näherte. »Mein Freund«, hörte ich Ferris flüstern.

»Gott, ist der groß!«, rief der Mann aus.

»Nicht zu groß«, antwortete Ferris. Er rief mich mit normaler Stimme: »Jacob, dies hier ist Mister Bradmore, ein Fuhrmann. Mister Bradmore, Jacob Cullen, den einige auch Prinz Rupert nennen.«

Darauf keuchte der Mann eher, als dass er lachte. Wir verbeugten uns voreinander.

»Kauft Ihr etwas?«, fragte ich Ferris.

»Teppiche«, erwiderte er. Seine Stimme kam mir unnatürlich laut vor. »Sie sind hier drin, und dies«, er klopfte auf die Seite des Karrens und flüsterte wieder, »ist für die heutige Nacht Eure Bettstatt.«

»Hier schlafen?« Ich drehte mich zu Bradmore. »Um das zu bewachen? Was werdet Ihr zahlen?«

»Er weiß es noch nicht«, raunte Ferris dem Mann zu. »Ja, Jacob«, wieder schwoll seine Stimme an, »als Wache.« Er winkte mich näher heran und hauchte mir ins Ohr: »Er versteckt uns unter seiner Ladung und wird uns so aus dem Lager bringen.«

»Warum auf einem Karren? Wir könnten das Lager zu Fuß verlassen«, zischte ich zurück.

»Dieser Karren fährt nach London«, antwortete Ferris. »Wir werden hierher zurückkommen, wenn alles schläft.«

»Warum nicht jetzt?«

»Ich habe noch etwas zu erledigen. Und Jacob, wir müssen heute Nacht nüchtern bleiben.«

»Nicht ein Tropfen«, versprach ich.

»Dann bis heute Nacht«, flüsterte Ferris dem Mann zu.

»Seid guten Mutes«, erwiderte Bradmore. Er spuckte in seine Hand und schlug dann erst mit Ferris und dann mit mir ein.

Wir gingen zurück, um uns wieder zu unseren Freunden zu setzen, wobei Ferris auch diesmal vorauslief. Aus einiger Entfernung sah ich einen Soldaten mit hängendem Kopf am Feuer sitzen. Er bewegte sich kaum, als Ferris zu ihm trat, doch ich wusste, dass es Nathan war, als mein Freund niederkniete und ihn umarmte.

Ich kam näher, und Ferris schaute mich flehend an. »Männer wurden lebendig verbrannt. Nat hat sie gehört.«

»Römlinge«, sagte ich. »Gottes Feinde.«

»Wo seid Ihr die ganze Zeit gewesen?« Ferris streichelte Nathans Kopf und Nacken. »Wir waren im Hof –«

»Unsere eigenen Männer!«, weinte der Junge. »Schrien um Gnade – dachten, wir hätten das Feuer gelegt –«

Unter dem Dreck und getrockneten Blut sah sein Gesicht so bleich aus, als sei er vergiftet worden.

»Aber Ihr habt versucht, sie hinauszubringen«, sagte Ferris.

Der Junge bedeckte seine Augen.

Ferris seufzte. »Er zittert wie ein Hund. Hier, Nat, versucht zu schlafen.« Er zog seinen Mantel aus, legte ihn über Nathans Knie und wickelte ihn warm ein.

Es war ein Elend, wach zu bleiben und zu warten. Beinah noch schlimmer als der Angriff, denn ich hatte nichts zu tun und viel zu überdenken. Ferris und ich hatten verabredet, am Rande der Gruppe auf der dem Feuer abgewandten Seite zu schlafen, um einfacher fortzukommen. Jetzt wehte kalte Luft über mich hinweg, und ich zitterte heftiger als Nathan.

Es war das erste Mal seit der Schlacht, dass ich mich niedergelegt hatte, ohne vorher getrunken zu haben. Wenn ich mich umdrehte, um Rücken und Hüften zu entlasten, schmerzten mich die Wunden. Der Schenkel brach immer wieder auf und blutete, so dass der Stoff meiner Hosen an der Wunde klebte. Vor Schmerz zusammenzuckend zog ich das steif gewordene Tuch ein weiteres Mal aus ihr heraus. Die Hand, die an der Hose zog, war steif und entzündet. Die eitrigen Wunden an den Knöcheln verkrusteten nicht so schnell, wie ich es mir wünschte, meine Augenbraue war heiß, dort wo die Klinge sie getroffen hatte, und meine Brust schmerzte heftig.

Selbst nach den fürchterlichen Bildern, die ich gesehen hatte, Frauen, die erstochen worden waren, Männer, die niedergetrampelt worden waren, hoffte ich, dass nicht allzu viele Narben zurückbleiben würden, so selbstsüchtig ist das Fleisch. Ich dachte an Kains Mal und an Ferris, der sich nicht einmal auf seine zerschnittene Wange legen konnte, und daran, wie wenig ich an seinen Schmerz gedacht hatte.

Der Mond schien. Ich wusste nicht, ob das gut oder schlecht für uns war, hielt es aber eher für ungünstig. Immer noch in Ferris' Mantel gewickelt, murmelte Nathan im Schlaf und sprach im Traum vielleicht zu dem Freund, der ihn verlassen würde.

Mein Herz machte einen heftigen Satz in meiner Brust, als ich erwachte: Jemand hatte meinen Nacken berührt. Scheinbar war ich am Ende doch eingeschlafen, denn Ferris war, ohne dass ich es bemerkt hatte, aufgestanden; sein Haar glänzte weiß in dem bläulichen Licht. Er trug lediglich sein Hemd. Ich ergriff meinen Tornister, stand auf und folgte ihm über den hart gewordenen Schlamm, der unter meinen Stiefeln knirschte. Dabei fühlte ich das bekannte Stechen und Ziehen: Die Wunde an meinem Schenkel brach wieder auf. Am Eingang zum Hof blieb er stehen und wartete auf mich.

»Ihr habt Eure Jacke vergessen«, flüsterte ich und versuchte dabei mein Herzklopfen zu unterdrücken.

Er legte den Finger auf die Lippen und zeigte auf etwas. Keine zehn Meter entfernt lagen Männer und schliefen.

Ich konnte unseren Karren nicht sehen und beugte mich flüsternd zu meinem Freund: »Und jetzt?«

»Folgt mir. Falls Ihr etwas hört, falls sie aufwachen, bewegt Euch nicht.«

Wir gingen an den voll gepackten Wagen vorbei. Mein Hemd war nass vor Schweiß und mein Mund so trocken wie vor dem Angriff. Aus dem Inneren meines Tornisters erklang ein klickendes Geräusch, und ich biss mir in der Erwartung, die Wachen würden gleich brüllend aufspringen, auf die Lippe. Dies war die Stelle, wo die Priester gefesselt worden waren. Jetzt standen hier so viele Karren, dass man nicht an ihnen vorbeisehen konnte. London leckte sich die Finger nach den Früchten der Sünde. Ferris zog mich entlang eines zugedeckten Wagens und aus dem Mondschein heraus. Ich machte einen Satz, als ich in der Dunkelheit seine Finger auf meinem Gesicht spürte; er zog mich am Haar, damit ich den Kopf herunterbeugte.

»In diesem hier sind Männer drin«, raunte er mir ins Ohr. »Dieser da ist unserer.« Er stieß mit der Hand mein Kinn in die angegebene Richtung, und ich sah einen Karren im vollen Schein des Mondes stehen. Daneben bewegte sich etwas.

»Die Wachen sind da«, flüsterte ich atemlos.

Ferris hielt mir sofort den Mund zu. Er zog meinen Kopf wieder herunter, und ich merkte, wie sehr ich ihn erschreckt hatte, denn er atmete heftig.

»Unser Freund. Kommt.«

Er trat hervor, und ich war sehr froh, dass er als Erster ging. Mit Sicherheit war der Mond noch nie so hell und der Frost noch nie so klirrend gewesen. Als wir näher herankamen, formte sich das, was ich gesehen hatte, zu dem geisterhaften Fahrer eines geisterhaften Karrens. Ich dachte an die Geschichten der alten Bauernfrauen um Beaurepair herum und an den Knochenmann: Ihn zu sehen verhieß, innerhalb eines Jahres zu sterben. Die Erscheinung verharrte bewegungslos, bis wir nahe herangekommen waren, und zeigte dann auf die Stelle, an der wir hinaufklettern sollten. Ferris kletterte vorsichtig auf den Karren und legte sich auf ein paar Säcke. Ich versuchte, es genauso zu machen. Das Holz ächzte unter meinem Gewicht, und der Karren neigte sich zur Seite. Meine Handflächen waren schweißnass und rutschten daher die Querstange entlang. Der graue Mann bedeckte sein Gesicht. Dann war ich oben, legte mich neben Ferris und sah, wie sein Atem zum Mond aufstieg.

Mein Freund fasste nach unten und zog etwas, das wie ein Teppich aussah, über sich, wobei er mir eine Seite davon anbot. Das schwere Ding schimmerte in dem Mondlicht seltsam fahl, als habe eine riesige Schnecke darauf ihre Spur hinterlassen. Wir zogen schweigend daran, bis wir vollständig bedeckt waren. Es hielt die Kälte etwas ab, doch hatte ich Angst, vor lauter Staub niesen zu müssen. Wenn wir gefasst werden, fiel es mir plötzlich ein, werden sie ihn vor meinen Augen erschießen?

Der Knochenmann bewegte sich geräuschlos hin und her, verschnürte hier etwas und band dort etwas los. Er zog eine Plane über uns hoch und legte sich an der Öffnung nieder, als wolle er schlafen.

»Ruht Euch aus.« Ferris' Atem wärmte meine Wange. »Weckt mich, falls ich schnarche, und wenn Ihr sonst etwas hört, zieht den Teppich über unsere Köpfe.«

»Verlasst Euch auf mich«, erwiderte ich flüsternd. »Was ist, wenn ich Wasser lassen muss?«

»Das geht nicht.«

»Hättet Ihr mir das bloß vorher gesagt.« Meine Knie stießen gegen seine; ich versuchte mich bequemer hinzulegen. Der Geruch des Teppichs erinnerte mich an die Wandbehänge auf Beaurepair; ich sah den lächelnden Izzy mit seinem türkischen Teppichklopfer hantieren und betete, dass er es sicherer und wärmer haben möge als ich.

Die Glocken der Kirche von Basing schlugen sechs.

Im nächsten Moment klatschte der Teppich gegen mich und drückte so fest auf mein Gesicht und meine Glieder, dass ich Angst hatte zu ersticken. Ich hielt meine Augen geschlossen, um sie vor dem Staub zu schützen. Als ich sie wieder öffnete, sah ich einen schmalen Streifen Licht, der wie in eine Höhle eindrang. Ferris wachte auf und hob ein Teppichende mit den Fingern an, so dass wir atmen konnten. Noch mehr Gewicht wurde auf uns gedrückt: Der Mann belud den Karren.

»Wir werden ersticken«, flüsterte ich.

»Seid still.«

Metall klirrte; der Mann schirrte sein Pferd an. Als Nächstes spürten wir das Schwanken des Karrens, als der Fuhrmann aufstieg, und dann ertönte ein Peitschenknall.

Wir fuhren los. Unter dem Teppich drückte Ferris meine Hand, um mir Mut zu machen, so wie ich einst Caros gedrückt hatte. Etwas flitzte über meinen Schädel. Als ich versuchte, es zu erwischen, rissen meine Hosen erneut die Kruste von meinem Schenkel. Wir lagen schweigend und vom Hufschlag gerüttelt da und lauschten so gut wir konnten auf jene um uns herum, die mit dem Leben in der Armee fortfuhren. Meist drangen nur dumpfe, unbestimmte Geräusche zu uns, doch manches war auch klar und deutlich zu hören: Das Klicken eines Schließhakens, ein Schwert, das auf Stein traf, und vor allem Männerstimmen, die sich laut über etwas beschwerten oder triumphierten. Ein Mann erzählte einen Streich, den man Joseph gespielt habe, ein anderer wurde ausgeschimpft, weil er unachtsam mit seiner Waffe gewesen war. Es hatte etwas Merkwürdiges. Wir gehörten schon nicht mehr dazu und würden auch nicht mehr diese Sprache sprechen. Nie mehr von Käfern befallener Käse, nie mehr Drill an der Pike und nie mehr Kampieren auf freiem Felde. Nie mehr Rupert Cane. Ich lächelte in den dunklen Mutterleib hinein, in dem Ferris und ich, unter Teppiche gestopft, darauf warteten, wiedergeboren zu werden.

»Hier lebt auf jeden Fall noch einer.«

Die Plane war zurückgeschlagen worden; das Gesicht des Fuhrmanns grinste mich verkehrt herum in blendendem Sonnenlicht an. Links von mir stöhnte Ferris und klopfte sich den Staub und das Stroh aus dem Gesicht.

»Lasst mich mal kurz raus«, rief ich und kämpfte mit den verschiedenen Teppichlagen. Kaum war ich hinunter ins Gras gesprungen, erleichterte ich mich gegen eins der Karrenräder. Ferris folgte mir, und während er dort stand, fragte er den Mann, wie weit wir schon von Basing entfernt seien.

»Zwei oder drei Meilen«, antwortete er.

Wie auf ein Kommando drehten wir uns um und schauten die Straße zurück. Am Horizont war die Luft schwarz verhangen.

»Seht Ihr das?«, fragte der Mann.

Ferris nickte. »Es schwelt immer noch. Das ist jetzt unbedeutend.«

»Unbedeutend?«, fragte ich. Es schien mir ein zu geringes Wort für das, was wir gesehen hatten.

»Niedergebrannt, vollständig zerstört. Es gab nicht genug Männer, es zu halten.«

Ich spürte Darmbewegungen und ging hinter einen Busch am Straßenrand, denn trotz der Armee hasste ich es immer noch, bei einem so privaten Geschäft gesehen zu werden. Der Fuhrmann lachte über meine Geziertheit. Wir kletterten wieder auf den Karren und setzten uns dieses Mal auf die Ladung.

Ich betastete die Teppiche. »Wer wird sie bekommen, Freund?«

»Jeder, der sie sich leisten kann, Adel, Bürgerschaft«, rief der Fuhrmann zurück. »Auf einem Tisch sehen sie prächtig aus.«

»Habt Ihr sie billig erworben?«, fragte ich.

Er zuckte die Schultern. »Ich kaufe für einen anderen. Zwei oder drei Ladungen sind schon weg.«

Ferris streckte sich auf der Ladung aus und schaute in den Himmel. Ich fragte flüsternd: »Was habt Ihr diesem Mann gezahlt?«

»Nichts. Wir sprachen eine Weile miteinander; er fand Gefallen an mir.«

»Ihr könntet ihm das andere Hemd geben, das Ihr gefunden habt.«

»Das habe ich Nat letzte Nacht gegeben.«

Plötzlich fiel mir etwas ein und ich starrte ihn an. »Ferris, wo ist Euer Mantel?«

Er kreuzte die Arme.

»Den habt Ihr Nathan auch gegeben! Und Euer Tornister – die Börse, die ihr in Basing –«

»Erinnerungsstücke«, murmelte er.

»Aber ahnte er nicht –?«

»Ich habe den Tornister unter seinen Kopf gelegt, damit er ihn findet, wenn er aufwacht.«

Sein Blick sagte mir, ich solle aufhören, und das tat ich auch.

Die Landschaft zog auf beiden Seiten an uns vorbei, die Hügel dampften wie die Flanken eines Tieres. Ab und zu kamen uns leere Karren entgegen, die Fahrer trieben die Pferde mit der Peitsche an, in der Hoffnung, noch etwas von Paulets Schmuck und Tafelsilber zu ergattern.

»Alles abgegrast«, rief Ferris dem Ersten hämisch hinterher. »Sauber abgeschleckt und die Ruinen in Brand gesteckt.«

Der Fahrer sah nicht zurück, sondern fuhr geradewegs weiter.

»Nun gut, soll er seine Reise machen«, sagte mein Freund und ließ sich wieder auf die Teppiche fallen. Er war schlecht gelaunt, und ich konnte seine Gedanken erraten: *Nat vermisst mich inzwischen. Wie nimmt er es auf?*

»Kennt Ihr diese Gegend?«, fragte ich ihn, um ihn abzulenken.

Er schüttelte den Kopf. »Ich weiß nur, dass es sich um die Wollstraße handelt.«

»Was werden wir in London machen?«

»Bei meiner Tante leben, essen und schlafen. Von Bestien wieder zu Männern werden.«

Ich stellte mir vor, wie es sein würde, mich nach all der Zeit wieder zu waschen.

»Wir müssen uns neue Kleidung beschaffen«, fuhr Ferris fort und besah sich meinen zusammengeflickten Mantel, und wieder erinnerte ich mich an den Mantel, den ich auf meiner Hochzeit getragen hatte und der verloren war.

»Das heißt, einen Schneider«, sagte ich. Auf Beaurepair bekamen wir drei Anzüge pro Jahr gestattet, allerdings waren sie meist schon getragen, nur meine mussten neu geschneidert werden, da mir die Sachen der anderen Männer nicht passten.

»Wir werden Euch sofort einen Schneider besorgen. Doch mein Onkel war fast so groß wie Ihr. Einige seiner Sachen werden Euch dienen können, bis die neuen fertig sind.«

Die Bestimmtheit in seiner Stimme erstaunte mich. »Ferris, seid Ihr reich?«

Er zögerte. »Ich bin nicht arm. Ihr müsst Euch über den Schneider keine Gedanken machen.«

Dieses Gespräch ließ mich spüren, wie wenig ich über unser zukünftiges Leben wusste, und ich zitterte vor Hoffnung und Angst.

Drei Tage waren wir bis London unterwegs. Wir hätten schneller sein können, doch da Tauwetter die Straßen aufgeweicht hatte, mussten ich und Ferris gelegentlich absteigen und helfen, die Räder aus dem Schlamm zu ziehen. Ich hasste diese Arbeit, denn das Ziehen und Ausrutschen erinnerte mich an den Tag, an dem ich geholfen hatte, den Teich abzusuchen.

»Vorsicht mit der Ware, Jungs«, warnte uns der Fuhrmann, wenn wir mit zitternden Beinen zurück in den Wagen kletterten. Wir banden meine Stiefel und Ferris' Schuhe an die Deichsel und breiteten meinen Mantel mit der Innenseite nach unten auf den Waren aus, um sie vor unseren matschigen Strümpfen und Hosen zu schützen, bevor wir uns schlafen legten. Unser Nachholbedarf an Schlaf erstaunte mich, offensichtlich machte ich jede verlorene Stunde des letzten Monats gut und schlief mit Unterbrechungen den ganzen Tag lang wie ein Fiebernder. Dem bis auf die Knochen abgemagerten Ferris erging es nicht anders, und so vergaßen wir unsere Wunden für eine Weile.

Mein Tornister war unter den Teppichen begraben und damit außer Reichweite neugieriger Hände. Von meinem Sold war nichts mehr übrig, man hatte uns die Rückstände für November versprochen. Doch ich hatte immer noch die mit Rubinen besetzte Kette und die Kandelaber, von denen ich hoffte, sie wären Ferris und mir in den Gasthöfen dienlich. Unser Retter hielt jedoch vor Häusern, die er kannte, und wenn das Pferd sicher weggeschlossen war, schliefen Ferris und ich unter der Plane, um die Waren zu bewachen. Mir war das recht, so behielt ich meine Schätze für mich.

Die erste Nacht verbrachten wir vor dem Haus einer gewissen Mistress Ovie. Über Bradmores Beziehung zu dieser Dame wollten wir lieber nicht nachdenken. Sie küsste ihn zum Abschied vor unseren Augen, und dieser Kuss ließ keine Fragen offen. Auch in der zweiten Nacht wurden wir von einer Frau empfangen, doch bei dieser handelte es sich offensichtlich um seine verheiratete Schwester. Ihr Gatte, ein Mann namens Walters, kam heraus, um sich die Ladung anzusehen, und staunte nicht schlecht, als er uns Männer auf den Waren entdeckte, worauf Bradmore herzlich lachte.

In jener Nacht schlief ich tief und traumlos. Ich wachte auf, als der Himmel noch grau war, und wurde von einem Glücksgefühl durchströmt, das ich nicht mehr gespürt hatte seit der *gesegneten Zeit*, wie ich für mich jenen Lebensabschnitt nannte, der noch nicht von Walshe und meinen späteren Taten besudelt war. Ferris schlief wie gewöhnlich länger; ich hatte bereits bemerkt, wie sehr er das morgendliche Aufstehen hasste. Ich studierte seine Gesichtszüge. Obwohl sein Gesicht zu schmal war, vermittelte es Güte. Dadurch, dass die vernarbte Wange von mir abgewandt war, sah er anmutig und stark aus. Seine Mundwinkel zeigten nach oben, als träume er etwas Schönes, und seine Lider zuckten; ich fragte mich, was er wohl gerade sah, und wünschte, er würde aufwachen. Mein Wunsch wurde erhört, denn er murmelte plötzlich etwas und kratzte sich ungeschickt am Nacken.

»Oh, ich werde lebendig gefressen«, sagte er gähnend. Seine Augen öffneten sich, und sein Blick wanderte zu mir. »Ganz langsam. Ihr nicht?«

»Seit ich mich habe anwerben lassen.«

Jetzt lächelte Ferris. »Heute –«, er machte eine Pause, um sich am Schenkel zu kratzen, »werden wir in sauberen Laken schlafen. Ich habe mir bis jetzt nicht erlaubt, daran zu denken, um nicht schwach zu werden. Federbetten, Kohlenfeuer, Eingemachtes.« Er streckte sich unter der Plane. »Doch vor allem saubere Laken.«

»Jedem sein Paradies«, sagte ich.

»Kriege sind süß allein für diejenigen, die sie nicht kennen«, fügte er hinzu. »Doch wo ist Bradmore?«

»Er ist nicht spät, sondern Ihr seid heute früh dran«, sagte ich, amüsiert über seine Ungeduld.

»Heute ist London-Tag! Ah, Jacob, würdet Ihr meine Tante kennen –«

Er legte einen Finger auf die Lippen. Wir hörten, wie ein Pferd über das Kopfsteinpflaster in unsere Richtung geführt wurde, und eine Minute später zog Bradmore die Plane zurück und ließ so kühle, frische Luft ein, dass sie uns blinzeln machte.

»Hier, Jungs, fangt. Für Euch von meiner Schwester.«

Ich nahm, was er mir zuwarf. Eine in Papier eingewickelte Pastete und ein Stück Käse.

»Eure Schwester ist eine wahre Christin«, sagte Ferris.

»Ganz meine Meinung, das ist sie in der Tat.« Er stellte einen Krug Bier neben uns. »Aber auf der Fahrt wird nicht getrunken, verstanden – sonst gibt es Flecken. Sie hätte Euch letzte Nacht ins Haus geholt, doch ich sagte ihr, dass Ihr hier gebraucht würdet. ›Großer Gott, Schwester‹, sagte ich, ›sie sind jung, Soldaten. Die Erde ist ihnen so recht wie ein Federbett.‹«

Ferris grinste mich an.

Bradmore hatte inzwischen das Pferd eingespannt. Seine Schwester kam heraus, um ihn ein letztes Mal zu umarmen und zum Abschied zu küssen, dann fuhren wir los. Ihre Kleinen riefen uns hinterher: »Lebwohl, Onkel Harry.« Sobald wir außer Sicht waren, pinkelte ich vom hinteren Teil des Karrens hinunter, indem ich auf der zusammengefalteten Plane kniete; ich hatte dies tun wollen, seit mir dieser Einfall am Vortag gekommen war.

»Bitte bringt nicht die Sitten der Armee in das Haus meiner Tante. Versucht Euch zu benehmen«, sagte Ferris, allerdings lachte er dabei.

Mein Freund wurde den ganzen Tag über immer aufgeregter. Ich beneidete ihn, denn ich musste seine unschuldige Fröhlichkeit ständig mit meiner Schuld und Angst vergleichen, als das *New Model* in Sichtweite von Mulberry Hill gekommen war. Während wir uns der Stadt näherten, wurde die Landschaft ebener. Unterwegs machten wir an einem Ort namens Staines Halt, denn dort gab es Wasser. Wir stiegen aus, um uns zu erleichtern, tranken von dem Bier und aßen die Pastete. Danach war Ferris die meiste Zeit in Gedanken versunken, denn er kannte immer öfter die Namen der Orte, an denen wir vorbeikamen. Regelmäßig rief er aus: »Jacob, dies hier heißt soundso.« Zunächst war ich verwirrt, denn da wir noch nicht in London waren, verstand ich nicht, was ihm dieser Landstrich bedeutete, doch schließlich erzählte er mir, dass seine Mutter hier geboren sei und seine Tante häufig von daheim gesprochen habe.

»Sie wird sich freuen zu hören, dass ich es gesehen habe«, sagte er. Ich wandte mich ab, um mein Lächeln zu verbergen, denn in meinen Augen redete er wie ein kleiner Junge.

Am späten Nachmittag beobachtete ich etwas, das ich ihm mitteilen wollte: Die tief gesunkene und hinter uns liegende Sonne erleuchtete mit ihrem roten Schein eine mächtige, mit Türmen verstärkte Mauer, die sich in einiger Entfernung gegen den blauschwarzen Himmel abhob.

»Wessen Besitz ist das?«, fragte ich ihn.

»Ist was?«

»Die Mauer. Wem gehört sie?«

Er schrie: »Eine Mauer?« Und wieder stellte ich fest, was für hervorragende Augen ich haben musste, denn Ferris konnte noch nicht einmal die Türme ausmachen. Seine Augen glänzten, als er mir schließlich sagte: »Das ist die Stadtmauer.« Er strahlte vor Stolz und beobachtete, ob ich auch angemessen beeindruckt war, als er hinzufügte: »Ihr kennt jemanden, der bei ihrer Errichtung mitgeholfen hat.«

Ich wollte mich gern über ihn lustig machen und rief deshalb: »Tapferer Ferris«, worauf er versuchte, so zu tun, als ob das nichts Besonderes gewesen sei.

»Also, wann war das?«, fragte ich.

»Der Bau begann vor drei Jahren, nach Turnham Green. Man dachte, der König würde bis zur Stadt vordringen. Zuerst gab es Gräben und Ketten zur Abwehr der Kavaliere. Wir gruben mit bloßen Händen, Männer, Frauen, Kinder – alle von Angst getrieben – und der Idiot kam nie!«

»Und dann wurde die Mauer errichtet?«

Er schüttelte den Kopf. »Es dauerte noch ein weiteres Jahr. Zuerst die Verteidigungstürme und dann die Verbindungsgänge dazwischen. Sie führt um die ganze Stadt herum.«

Ich holte tief Luft. »Ganz herum? Um jeden Teil?«

»Jeden Teil. Wir werden durch sie hindurchfahren, dann könnt Ihr sehen, wie sie gemacht ist.«

In der Armee war mir aufgefallen, dass einige der Londoner das Wort ›Heilige‹ gebrauchten, wenn sie von den Puritanern und Bürgern der Stadt gesprochen hatten. Jetzt war ich sprachlos, wie viel ein Volk schaffen konnte, das von Gottes Gnade überzeugt war.

Es dauerte noch eine Weile, bis wir die Mauer erreichten, und Ferris hatte genug Gelegenheit, mich so erstaunt zu sehen, wie er es sich gewünscht hatte. Als wir näher kamen und er besser sehen konnte, fasste er mich am Ellenbogen und zeigte auf ein großes Festungswerk.

»Dieses da ist die Ecke des Hyde Park, Jacob.«

Als Bradmore einwarf, dass wir in der Nähe des Hyde Park in die Stadt einfahren würden, dachte ich, Ferris platze gleich vor freudiger Erwartung. Wir fuhren über eine Holzbrücke, und mein Freund erzählte mir, dass wir den Verteidigungsgraben überquerten. Ich lehnte mich hinaus, um das berühmte Werk sehen zu können, das etwa fünf Meter breit und anderthalb Meter tief war, und ich dachte daran, dass Frauen beim Graben geholfen hatten. Kurz danach passierten wir ein Tor in der Mauer.

Jetzt konnte ich sehen, was dahinter lag, erblickte London, und mein Herz machte einen Freudensprung. Während wir weiterfuhren, drängten sich die Häuser immer dichter um den Karren, und Ferris zeigte auf all die Dachspitzen, die sich vor dem Abendhimmel abzeichneten.

»Das ist Fleet Bridge«, erklärte er mir, als sich die Häuserfronten dicht um uns geschlossen hatten und ein gewisser fauliger Geruch in der Luft lag.

Ich sah etwas Blasses im schwarzen Wasser der Fleet zappeln.

Er fuhr fort: »Das dort ist Ludgate – und da –»

»Paul's Cathedral«, warf ich ein, um mein Wissen zu zeigen, das von einem Bild auf Beaurepair stammte. Die Wahrheit war, dass mich die Größe dieses heiligen Baus überwältigte, der vor uns am Ende der Straße aufragte. Er war von anderen Gebäuden und kleinen Hütten umgeben, die scheinbar an seinen Seiten gewachsen waren. Auf unserem Bild hatte die Kathedrale stolz und für jedermann sichtbar emporgeragt, während man hier nur einen Ausschnitt davon sehen konnte. Ich war sehr darüber erstaunt, dass man aufgrund der engen Straßen und der überhängenden Dächer überhaupt nur das von der Stadt erblicken konnte, was direkt vor einem lag; wir fuhren ständig durch eine Art Tunnel mit ungesunder Luft.

»Wir werden uns Bücher auf dem Kirchplatz besorgen – seht, da –« und er wies auf das Haus eines berühmten Mannes. Noch nie hatte ich ihn so lebhaft gesehen, nicht einmal, als er einmal von dem großen Werk gesprochen hatte, das in England gerade entstand.

»Ich dachte, Ihr mögt London nicht«, forschte ich nach. »Zumindest kann ich mich daran erinnern, dass Ihr es einmal das Sodom der Betrügerei genannt habt, oder nicht?«

»Das trifft auch zu, aber das ist nicht alles – oh, Jacob, schaut –« und wieder war er ganz entzückt, bis Bradmore uns in Cheapside aussteigen ließ.

So betraten wir die Stadt der Heiligen, oder Sodom, ganz wie man will.

3. Teil

12. Kapitel
In Freiheit

Nun würde ich gleich das Haus kennen lernen, in dem Ferris gelebt hatte, den inzwischen neu getäfelten Laden, in dem er mit Stoffen gehandelt hatte, und all die Dinge, die sein Leben ausgemacht hatten, bevor wir uns trafen. Ich hatte auch nicht vergessen, dass er in diesem Haus sein Leben mit Joanna Cooper geteilt, sie mit in sein Heim und sein Bett genommen hatte und sie schließlich hatte dort sterben sehen.

Kaum waren wir vom Karren heruntergestiegen, merkte ich, wie seine verstorbene Frau plötzlich allgegenwärtig war, denn sein Lachen erstarb abrupt. Mit schmerzenden und steifen Gliedern humpelten wir mühsam durch die dunkle Kälte, bis Ferris anhielt und einfach sagte: »Dies ist unser Haus.« Allerdings blickte er sofort zur gegenüberliegenden Straßenfront, und ich sah an seinem Gesicht, wie Hass in ihm aufkochte. Schweigend starrte mein Freund vor sich hin, während ich vor Kälte von einem Fuß auf den anderen hüpfte.

»Bietet Euch nicht als Schauspiel dar.« Ich versuchte ihn an seinem Hemdsärmel wegzuziehen. Er keuchte und ich merkte, dass er die Luft angehalten hatte.

»Ja.« Mehr sagte er nicht. Er erlaubte mir, ihn zur Haustür seiner Tante zu führen.

Auf unser Klopfen kam sie selbst an die Tür. Groß, dünn und mit aufrechter Haltung beugte sie sich vor, um in der Dunkelheit sehen zu können, wer wir wohl sein mochten. Sie trug eine Wachskerze, und ich sah, wie sie den Mund verzog, als der Schein auf Ferris' zerschundene Wange fiel. Dann drückte sie ihn wie eine Mutter wortlos an die Brust und zog ihn hinein.

Ich folgte ihnen die Treppe hinauf und sah zu, wie sie meinen Freund fast gewaltsam auf einen Stuhl drückte. Sie beugte sich vor, betastete seine Narbe und seufzte; als er zuckte, zog sie ihre Hand zurück, so, als hätte sie sich verbrannt. Ferris wirkte teilnahmslos, doch ich sah, dass er mit den Tränen kämpfte.

Schließlich bemerkte mich seine Tante, drückte mir die Hände und bat mich, mich zu Hause zu fühlen. Blutverschmiert und vor Schmutz starrend, wollte ich mich nicht hinsetzen, doch sie nötigte mich trotzdem dazu. Die Wärme des Feuers war so wohltuend, dass ich, auch ohne zu einer Tante zurückzukehren, selbst ein paar Tränen vergoss.

»Blau vor Kälte, nicht mal ein Mantel, wo ist dein Mantel?«, jammerte sie und rieb seine Arme.

»Ich habe ihn verloren«, sagte Ferris.

Die Tante rief nach der Magd, befahl ihr, Wasser zu erhitzen, Essen aufzutragen, überall Feuer zu entfachen, Wein zu öffnen, Betten zu machen, Heilkräuter anzurühren, um die Haut zu behandeln, und das alles auf einmal; das Mädchen zuckte bloß mit den Schultern, meinte, sie würde tun, was sie könne und zunächst einmal Wasser bereitstellen, damit wir uns die Hände waschen könnten, bevor sie sich um Essen und Trinken kümmern würde. Ferris und sie schienen sich nicht zu kennen.

Warmes Wasser wurde gebracht und ein Handtuch. Die Tante sagte nichts, als wir damit Gesicht und Hände abrieben und das vormals weiße Leinen sich schwarz färbte. Kurz darauf erschien das Mädchen mit Speisen: in Scheiben geschnittener Hammelbraten, eingelegtes Gemüse, Wein und Brot in einer feinen weißen Serviette. Ich sah, wie sie mich beim Hinausgehen von der Seite musterte.

Wir verschlangen das Fleisch, so schnell wir es mit unseren Messern zu schneiden vermochten. Ferris sagte: »Tante, Ihr habt mich wieder zum Leben erweckt. Und Jacob auch, schaut, wie er zulangt.«

Die Tante schimpfte ihn aus, weil er einen Gast neckte. Ich versuchte mich anständig zu benehmen und den Wein in kleinen Schlucken zu trinken, doch mein Bauch schrie so laut, dass die Höflichkeit übertönt wurde. Abgesehen davon hatte ich gesehen, dass Ferris genauso gierig aß wie ich.

»Wir sind ein verrohtes, dreckiges Paar«, sagte er.

Sie erwiderte: »Ich habe all deine Kleidung verwahrt, Christopher.«

Zum ersten Mal hörte ich seinen richtigen Namen.

»Deinem Freund werden sie zu klein sein, aber Josephs Mäntel müssten ihm passen. Wir müssen zusehen, dass ihr euch wascht und saubere Sachen bekommt.«

»Bevor wir das ganze Haus verlausen«, sagte Ferris. Er sprach mit vollem Mund und lächelte sie mit feuchten und glänzenden Augen an.

»Rebecca erhitzt das Wasser«, sagte die Tante. »Ich werde es in deine Kammer bringen lassen. Und sie soll ein Feuer entzünden, und eins für – Verzeihung, Sir?«

»Jacob Cullen«, sagte ich, froh darüber, Rupert begraben zu können.

»Ich werde Euch eine Kammer heizen lassen, Mister Cullen, und zusehen, dass Euch Wasser hinaufgebracht wird.« Als ihr Blick auf meinen leeren Teller fiel, schob sie die Platte mit dem Fleisch in meine Richtung.

»Ihr seid zu gütig, Madam.« Obwohl ich mich dafür schämte, konnte ich nicht aufhören zu essen.

Als wir fertig waren, dankte sie Gott in einem Gebet für unsere sichere Heimkehr. Ich beugte meinen Kopf und fragte mich, ob Gott tatsächlich liebevoll auf mich herabschaute.

Ferris stand als Erster auf, um sich zu waschen. Seine Tante blieb mit im Schoß gefalteten Händen sitzen und starrte mich mit den neugierigen Augen eines jungen Mädchens an.

»Wie seid Ihr hierhergekommen?«

»Auf einem Teppich.«

Sie lachte und schüttelte den Kopf. »Kommt schon, erzählt es mir! Seid Ihr gelaufen?«

»Ein Fuhrmann hat uns heimlich fortgebracht.«

Ihr Lächeln erlosch. »Heimlich –? Ihr seid nicht in Ungnade gefallen?«

Ich schüttelte den Kopf. »Er hatte genug davon.« Ihr unschuldiges ›in Ungnade‹ rührte mich, nach dem brutalen Sieg, den wir errungen hatten.

»Man sagt, es ist so gut wie vorbei«, fuhr sie fort. »Vordem waren die Männer und Jungen noch verrückt danach, ins Feld zu ziehen, jetzt denken die Menschen wieder mehr an Frieden.«

»Mmm.« Das mussten die Menschen sein, die davon gekostet hatten.

»Wart Ihr in der Naseby-Schlacht, Mister Cullen?«

»Ferris war dort.«

»Und stammt seine Verwundung von dort?«

»Nein, Winchester. Meine habe ich von Basing-House.«

»Eure?« Sie stand auf und kam zu mir herüber. Ich strich das Haar über der Braue weg und sah, wie sie erstarrte.

»Ihr müsst furchtbar gelitten haben!«, rief sie.

»Nicht so sehr. Die Schnitte in meinem Schenkel haben mir mehr Schmerzen verursacht.«

Ihre Augen wanderten meinen Körper entlang, bis sie das auf meinen Hosen geronnene, schwarze Blut entdeckte. Sie fuhr sich mit der Hand an den Mund. »Herr, erbarme Dich unser! Morgen wird ein Doktor kommen.«

»Ich glaube«, sagte ich in Erinnerung an die Truppenärzte, »es reicht, wenn die Wunden gewaschen und frisch verbunden werden.«

Sie versprach, mir eine hervorragende Heilsalbe zu geben.

»Und waren die Schlachten so bestialisch, wie man sagt?«, fragte sie.

»Christopher wird Euch viel zu erzählen haben«, antwortete ich. »Ich möchte seinen Bericht nicht verderben, indem ich etwas erzähle, bevor er Gelegenheit dazu hatte.«

Sie nickte und sagte, sie wolle Kleidung für mich heraussuchen gehen.

Nachdem sie die Stube verlassen hatte, muss ich eingedöst sein, denn ich sprang auf, als Ferris eintrat: ein Soldat, der sich in einen Kaufmann verwandelt hatte. Die Kleidung schlackerte zwar lose an seinen Gliedern, ansonsten aber verkörperte er bis hin zu dem blütenweißen Kragen das Sinnbild eines Bürgers. Ein würdiger Mensch. Ich starrte diesen Mann an, der wie ich ein anderes Leben gelebt hatte, bevor wir uns in der Armee begegnet waren. Sein Haar glänzte; nur sein vernarbtes Gesicht und seine zerschundenen Hände zeugten davon, dass er je etwas anderes getan hatte, als Stoffe zu falten und Gold zu zählen. Seine Hände würden wieder weich werden, die Narbe verblassen. Ich stellte mir vor, wie er Beaurepair einen Besuch abstattete und meiner Herrin Respekt erwies. Sie würde ihn verächtlich abweisen – und mir vielleicht befehlen, ihm zu dienen.

Er lächelte unsicher und raffte die losen Falten seines Gewandes zusammen. »Schaut her. Die Armee hat mich ausgezehrt.«

»Ihr werdet wieder Fleisch ansetzen«, sagte ich.

Ich ging als Nächster nach oben. Die Tante wies mir eine Kammer zu, in der das Mädchen bereits ein Feuer entfacht und das Bett bereitet hatte. Ich fand, sie sei ihren Lohn wert, andererseits sagte man den Londonern auch nach, sie seien sehr flink und schnell und könnten ein Fohlen schlachten und braten, bevor man es auf dem Lande überhaupt gefangen hätte.

Neben der Wanne mit dem heißen Wasser hingen Handtücher und eine nach Lavendel duftende Seifenkugel. Als ich mich auszog, merkte ich, wie sehr die Kleidung an mir klebte, vor allem durch mein eigenes, aber auch durch das Blut anderer Leute. Ich legte meine Kleider auf einen Haufen, doch einmal ausgezogen, sahen sie aus wie die Lumpen eines Bettlers. Ich fuhr mir mit der Seifenkugel über den Körper und rieb das Blut und den Schweiß ab, so gut ich konnte. Rötlich verfärbtes Wasser rann mir aus den Haaren, und meine Füße waren in jämmerlichem Zustand, mit Blasen nur so überdeckt. Um mit dem Dreck auch die ganze Armee abzuwaschen, rieb ich so lange an mir herum, bis mir die Haut schmerzte, nur die Wunden sparte ich auf, denn ich wollte die zarte Haut dort nicht wieder aufreißen. Mir brannten die Fingerknöchel, als ich meine Hände in das heiße Wasser tauchte. Nachdem ich die Kruste an meinem Schenkel aufgeweicht und abgetupft hatte, sah ich, dass die Wunde, wie ich gedacht hatte, nicht etwa grün und eitrig stinkend war, sondern so, dass sie gut heilen würde, wenn meine Hose nicht länger daran rieb. Das war ein großes Glück und wieder dankte ich Gott dafür. In seiner Güte hielt er vielleicht meine schmutzige Seele immer noch für so wertvoll, dass er mich noch nicht vernichten wollte.

Neugierig, was aus mir geworden war, betastete ich meinen Körper. Genau wie Ferris war ich dünner geworden, jedoch so zäh und fest wie hartes, gutes Holz. Überall hatte ich kleine Schnitte und Prellungen, doch angesichts der wahren Trophäen des Angriffs zählten diese kaum. Mit den Fingern betastete ich den Wulst auf meiner Stirn: Ich würde mein Haar jetzt wieder wachsen lassen. Als ich aufstand, um mich abzutrocknen, spürte ich, wie meine Wunden brannten.

Die Tante hatte mir einige Sachen ihres verstorbenen Joseph herausgelegt, und wenn ich etwas an den Knöpfen zog, mochte es auch gehen, obwohl ich fürchtete, dass die Nähte nachgeben würden. Besonders willkommen waren mir die Strümpfe. Zwar musste ich meine Füße wieder in die gleichen alten Stiefel stecken, doch jetzt, da sie nicht mehr auf der bloßen Haut rieben, war es weniger quälend.

Ich hatte schon häufig bemerkt, dass ein neuer Ausputz den, den er schmückt, ungewöhnlich glücklich, wenn nicht sogar verrückt vor Glück stimmt, denn man weiß, wie schnell der Glanz verfliegt. Auch mir erging es so, trotz meines Moralisierens. Als ich wieder herunterkam, bewunderten mich Ferris und seine Tante in der Kleidung des Gatten, wobei sie sagte, es sei gut, wenn sie getragen und nicht von Motten zerfressen würde, während Ferris meinte, alles, was ich jetzt noch bräuchte, seien neue Schuhe. Sein Gesicht glänzte ölig, dort wo seine Tante etwas auf die verletzte Wange geschmiert hatte. Sie trat zu mir und strich auch mir etwas davon auf die Stirn. Es tat weh und stach in der Nase, doch ihre Hand war sanft und wohltuend liebevoll.

»Auch sein Schenkel ist verwundet«, sagte Ferris.

Die Tante erwiderte, dass sie das wisse, und bot an, auch diese Wunde zu versorgen, jedoch wollte ich ihr diese Mühe ersparen und meinte, dass ich es sehr gut allein machen könne.

»Dann müsst Ihr etwas von dieser Salbe mit auf Eure Kammer nehmen«, sagte sie zu mir. »Becs soll Euch Leinenstreifen reißen.«

Ferris fühlte sich in seinen eigenen Sachen nicht so glücklich wie ich mich in der Kleidung eines anderen. Ich beobachtete, dass er mit hängendem Kopf an den kalten Hammelknochen herumspielte und ins Feuer starrte. Seine Tante sah ihn ernst an und bat ihn, ins Bett zu gehen, wenn ihm danach sei. Es gäbe noch reichlich Gelegenheit für ihn, seine Geschichten zu erzählen.

»Habt Ihr mein Päckchen noch?«, fragte er.

»Natürlich. Ich hole es.« Sie eilte hinweg.

Ich fragte Ferris, um was für ein Päckchen es sich handele.

Er antwortete: »Dinge, die ich sie bat für mich aufzuheben.«

Die Tante kehrte mit einem Bündel zurück. Ferris legte es auf den Tisch und begann den Knoten zu lösen. Als Erstes kam ein Haufen weißes Leinen zum Vorschein, von dem ich annahm, dass es als Polsterung diente, doch als er es mit großer Sorgfalt zur Seite legte, sah ich, dass es sich um das reich bestickte Nachtgewand einer Frau handelte. Als Nächstes holte er eine Kette mit einem goldenen Medaillon hervor: Er öffnete es und starrte hinein wie in einen Zauberspiegel. Ich konnte es kaum erwarten, auch hineinzusehen.

»Hier«, sagte er plötzlich und schleuderte es über den Tisch. Es schlug gegen das Holz, und ich wunderte mich, dass er nicht sorgsamer damit umging, denn es war sehr hübsch emailliert.

»Vorsicht, Christopher!«, sagte seine Tante und es klang, als ob sie sich mehr um ihn als um das Medaillon sorgte.

Es waren zwei Miniaturen. Auf der linken Seite Ferris, so fröhlich und herausfordernd blickend, wie ich ihn selten gesehen hatte: Ich hätte mein Leben darauf verwettet, dass das Bild am Tag der Hochzeit gemalt worden war. Die Lippen waren geöffnet, als wolle er etwas sagen, die Augen weit geöffnet und geradewegs auf den Betrachter gerichtet: ein Mann, der jedem offen sagt, was ihm auf der Zunge liegt.

Auf der rechten Seite seine Joanna. Sie überraschte mich. Zum einen war sie sehr hübsch mit braunen Augen und feinem, blonden Haar, Caro nicht unähnlich, während ich sie mir blass und einfach vorgestellt hatte. Doch während Caro manchmal etwas höhnisch blickte, besaß Joanna die

Augen einer Heiligen. Einen solchen Blick hatte ich bislang nur auf Basing gesehen, auf dem Gesicht der Mutter Gottes, als sich ihr Porträt schwarz verfärbte und im Feuer verbrannte. Während ich das Medaillon schloss, indem ich die Miniaturen aufeinander klappte, wandte sie ihren reinen Blick ihrem Mann zu, bevor ihre Lippen auf die seinen gedrückt wurden. Ich stellte mir vor, wie sich ihre Bilder dort drinnen für immer küssten.

»Meine Tante hat sie gemalt«, sagte Ferris. Ich schaute überrascht auf.

Sie nickte und lächelte. »Meine Mutter war schon Porträtmalerin. Es gab in unserer Gegend auch einen sehr gut aussehenden Porträtmaler, doch er brachte Unglück über ein törichtes Mädchen, dessen Eltern die beiden alleine gelassen hatten. Das half uns, gut ins Geschäft zu kommen.«

»Nur bei den verheirateten Frauen nicht«, warf Ferris ein. »Sie sahen in ihm einen Meister seiner Kunst –« Er fing die Hand seiner Tante ab und küsste sie, als sie ihm eine spielerische Ohrfeige geben wollte. »Erfahren und geschickt, was seine Technik anging.«

»Ein sehr liebevolles Geschenk«, sagte ich, während ich das Medaillon von allen Seiten betrachtete. »Und wirklich gekonnt.«

»Das finde ich auch.« Ferris stand auf und legte ihr die Arme um den Hals. »Sie ist meine Mutter und mein Vater in einer Person«, sagte er. Seine Tante schloss die Augen und legte ihre Wange auf seinen Arm.

Ich sagte: »Ihr könnt Euch glücklich schätzen, sie zu haben.«

Er fuhr hoch. »Jacob! Verzeiht mir! Ihr sagtet einmal, Ihr würdet mir Eure Geschichte erzählen, sobald die Belagerung vorbei wäre, und wir haben nie mehr davon geredet.«

»Dafür gibt es noch Zeit genug«, sagte ich.

Ferris wandte sich an seine Tante. »Auch Jacob hat seine Frau verloren.«

»Nun, ihr seid beide feine, junge Männer«, sagte sie. »Und ich hoffe, es ist erlaubt zu sagen – ohne dass es zu hart klingt –, dass ihr wieder heiraten werdet.«

»Ihr habt es nicht getan, Tante.« Ferris knetete ihre Hände. »Habt Ihr lange Zeit um ihn getrauert?«

Sie lachte. »Nun, wir waren nicht wie ihr. Euer Großvater hatte für mich gewählt – doch ja, es tat mir Leid, als Joseph starb, ja.«

Sie schauten einander einen Moment an.

»Doch es drängt mich nicht nach einem neuen Gatten. Davon abgesehen, würde er dir mein Geld nehmen.« Sie umarmte ihn und drückte ihn. Ferris blieb ernst. Die Tante fuhr fort: »Ich habe nie so eine Trauer gespürt wie du, und vorausgesetzt, du überlebst mich, wird es auch nie dazu kommen.« Sie wandte sich mir zu. »Er hat eine Woche lang nichts gegessen und einen Monat lang nicht geschlafen. Der Pfarrer konnte nichts ausrichten. Doch ich wollte seine Seele nicht gehen lassen. Ich hänge an ihm.«

»Der Pfarrer hielt ihr vor, sie sei zu sanft mit mir, wo ich doch christliche Ergebung lernen müsste«, sagte Ferris.

»Er meinte es nur gut, Kind.«

Sie schaukelten vor und zurück und wiegten sich liebevoll. Ich erinnerte mich daran, wie Izzy und ich unsere Gesichter aneinander geschmiegt hatten als Trost. Hatten wir es von der Mutter gelernt? Ich konnte mich nicht mehr entsinnen.

»Nie gab es einen besseren Ehegemahl als dich«, sagte die Tante leise zu meinem Freund. »Und sei versichert, sie wusste es. Sie weiß es auch jetzt im Himmel.« Sie küsste sein Haar. »Und nun solltet ihr vielleicht zu Bett gehen, dein armer Freund hat für einen Abend genug gehört.«

Ich verstand, was gemeint war, und sagte, ich würde in meine Kammer gehen. Die Tante drückte mir die Flasche mit der öligen Medizin in die Hand und rief die Magd, um sie zu bitten, mir ein paar Leinenstreifen zu bringen, die groß genug sein sollten, damit ich damit mein Bein verbinden konnte.

In meiner Kammer brannte ein angenehm warmes Kohlefeuer und auf dem Bett lag eins von Josephs bestickten Nachthemden. Die Magd klopfte, trat mit den Streifen ein und wünschte mir im Hinausgehen eine gute Nacht. Das Nachthemd passte gerade. Ich schmierte das Zeug über den Schnitt auf meinem Schenkel, spürte, wie die Wunde brannte, und wickelte die Streifen darum. Dann kroch ich zwischen die Laken, streckte Arme und Beine aus und stöhnte vor Genuss darüber, das frische, nach Lavendel duftende Leinen auf meiner Haut zu spüren. Mein Fleisch fühlte sich so schwer und kraftlos an, als löse es sich von den Knochen, und ich schlief auf der Stelle ein, noch bevor ich hören konnte, wie die anderen beiden die Treppe heraufkamen.

Am nächsten Tag erwachte ich recht früh. Der Schmerz in den Hüften, der mich bei der Armee geplagt hatte, war verflogen, und das warme Bett war unsagbar bequem, nachdem ich bei Kälte und Regen unter freiem Himmel geschlafen hatte. Ich wälzte und rollte mich hin und her – der Inbegriff der Faulheit. Trotzdem war ich voller Tatendrang, daher zog ich mich an und ging hinunter, als ich hörte, wie Leben in das

Haus kam. Ich fand Ferris' Tante beim Inspizieren der Weinflaschen. Ihre Augen leuchteten, als sie mich erblickte, und ich sah, dass jeder Freund von ›Christopher‹ auch ihr Liebling sein musste.

»Solange Ihr hier seid, werden wir feiern«, sagte sie aufgeregt. Sie trug ein schlichtes, dunkles Kleid, doch ihr Gesicht strahlte vor Erwartung. Offenbar waren nicht alle Bürger schwermütig.

»Ich werde Euch ein Frühstück bringen«, fuhr sie fort.

»Nach schlechten oder überhaupt keinen Rationen«, sagte ich, »fühlt es sich paradiesisch an, etwas Gutes zu essen.«

»Dann lasst es Euch schmecken.« Sie eilte davon, und als sie die Tür zur Treppe öffnete, erklang ein schepperndes Geräusch: Das Mädchen kochte unten bereits. Ich hatte plötzlich großes Verlangen, Ferris zu sehen, mit ihm zu reden und mich mit seinen neuen beziehungsweise alten Gewohnheiten vertraut zu machen. Ich stieg die Stufen zu seiner Kammer empor, die nach vorne hinausging und in der er mit Joanna geschlafen hatte, und klopfte an die Tür.

»Ferris?«

Stille. Ich öffnete die Tür und steckte meinen Kopf in die Kammer.

»Ferris, wir sind bereits alle angezogen, ich würde gerne mit Euch reden. Kommt Ihr hinunter?« Da er nicht antwortete, ging ich zu seinem Bett, teilte die Vorhänge und tastete im Dunkeln nach seinem Gesicht. Ich berührte nichts als die Laken. Erschrocken fuhr meine Hand über die Bettdecke: Sie war gänzlich flach. Ein Gedanke schoss mir durch den Kopf. Ich schob meine Hand zwischen die Laken: Sie waren warm, und als ich am Kopfkissen schnüffelte, fing ich den Geruch seines Haares ein. Dann musste er ohne mein Wissen nach unten gegangen sein und redete wahrscheinlich in diesem Augenblick mit der Tante. Doch als ich wieder hinunterging, stand eine Schüssel Warmbier auf dem Tisch, die Tante saß beim Feuer, und von Ferris keine Spur.

»Christopher ist nicht in seinem Bett«, sagte ich zu ihr.

»Ah.« Sie schaute hinunter auf den gefliesten Boden. »Er wird zum Grab gegangen sein.«

»Was, noch vor Tagesanbruch?«

Doch sie hatte Recht. Er kam feucht und kalt zurück, als ich gerade das Warmbier austrank. Seine Tante bat ihn, sich ans Feuer zu setzen, doch er ließ sich mir gegenüber nieder.

»Ich hole dir etwas zu essen«, sagte sie, »und wenn du mich nicht zornig sehen willst, dann isst du es auch. Es ist zu kalt, um durch den Tau zu streifen.« Sie legte ihm die Hand auf den Kopf und ging hinaus; ich wartete und hoffte, dass er reden würde. Er starrte durch mich hindurch wie in jener Nacht, als ich ihn bei Nathan liegend geweckt hatte. Draußen rief unablässig ein Vogel.

»Ferris«, sagte ich.

Der Vogel rief weiter, während Ferris langsam die Hände hob und sein Gesicht vor mir verdeckte. Dann stand er auf und ging wieder nach oben. Ich hörte, wie die Tür zu seiner Kammer ins Schloss fiel.

In jenem Herbst war er freundlich zu mir, manchmal sogar fröhlich, doch das Sarkastische des Soldaten Ferris war durch eine Schwermut abgelöst worden, die ihn nur selten verließ. Stückchenweise verstand ich, wie er dem einsamen Bett entflohen war, das er mit Joanna geteilt hatte, und sich dem *New Model* zugewandt hatte – und wie er, nachdem die Armee ihn zu guter Letzt zurückgeschlagen hatte, wieder nach Hause gekommen war, um festzustellen, dass noch nichts verheilt war. Wenn ich ihn so sah, konnte ich nicht einmal eifersüchtig sein. Jacob Cullen war geduldig! – und ich glaube, ich liebte ihn während dieser Monate, wie ich vordem und seitdem nie einen Freund geliebt hatte.

Jeden Tag ging er spazieren, angeblich um besser schlafen zu können, und meist begleitete ich ihn. Es bereitete mir großes Vergnügen, die Namen der Gebäude zu lernen, warum sie berühmt waren und so weiter. Der Schneider, der kam, um bei mir Maß zu nehmen, erzählte mir, wenn ich in sein Geschäft käme, würde ich ein seltenes Stück zu Gesicht bekommen, einen aus weich gegerbtem und parfümiertem Leder gefertigten Anzug mit Goldstickereien. Ich ging hin, um ihn mir anzusehen, und er war, genau wie der Schneider gesagt hatte, nur noch schöner. Wie alle Schneider, Goldschmiede und dergleichen sah der Mann mit scharfem Blick, aus wessen Börse das Geld floss, und wusste daher, dass Ferris für meine Kleidung zahlte. Er schätzte mich sicherlich nicht so ein, dass ich um einen Lederanzug bitten würde, doch ich konnte mir vorstellen, dass er so stolz auf seine Kunstfertigkeit war, dass er ihn allen zeigen wollte. Ich erzählte Ferris von diesem Wunderding und fragte ihn, was man sich sonst noch ansehen konnte. Er zeigte mir daraufhin die vornehmen Straßen: nicht nur in Cheapside, wo mich die teuren Handschuhe und Strümpfe in Erstaunen versetzten, sondern auch Paternoster Row und Cordwainer Street.

Ferris zog Grimassen und sperrte den Mund auf, um meine unbeholfene Art nachzuahmen. »Ich hätte nie gedacht, dass dich so eitle Dinge derart beeindrucken könnten«, sagte er. »Sehnst du dich etwa nach Schleifen und Federn?«

Ich lachte und meinte, es sei eben alles neu für mich. Ein anderes Mal zeigte er mir London Bridge, und nachdem ich einige Male auf und ab spaziert war, mich durch die Menge gedrängt hatte und vor lauter Faszination halb trunken war, berichtete er, dass man dort die Köpfe Toter auf Pfähle spieße.

Das Wetter war in jenem Jahr besonders schlecht, und wir redeten häufig über die Männer, die immer noch um Recht und Sieg kämpften. Manchmal quälte sich Ferris wegen Nathan, denn inzwischen wünschte er, auch ihn aus der Armee geholt zu haben, aber auch das ertrug ich. Bis Mitte November hatte er seiner Tante längst alles über seine Teilnahme an dem Feldzug erzählt, zumindest das, was er für sie für zuträglich hielt, und er freute sich, wenn er Neuigkeiten von anderen hörte. Zu ihrer Information oder einfach zu ihrer Unterhaltung schnappte er irgendwelche Geschichten rund um das Parlament oder die neusten Siegesmeldungen der Armee auf, und seine angeborene Höflichkeit half ihm, von den unterschiedlichsten Leuten etwas zu erfahren. So fand er Ende November heraus, das Colonel Robert Blake den Royalisten Francis Wyndham in Dunster Castle belagerte.

»Ich habe es von einem Fischhändler erfahren«, erzählte er seiner Tante, als wir nach Hause kamen. »Erst gestern hat er einen Brief von seinem Bruder erhalten.«

»Ich habe den Namen Dunster noch nie gehört. Liegt das in Devonshire?«, fragte sie.

»Somersetshire. Der ganze Westen ist bereits gefallen.«

Die Tante sprach Dankgebete und flehte im gleichen Atemzug, der Krieg möge bald vorüber sein.

Ich stellte jedoch fest, dass Ferris seiner Tante nicht von allen Begegnungen erzählte. Eines Tages, als wir gerade in Cheapside unseren Spaziergang begannen, kam uns ein würdig aussehender, alter Mann mit aufrechtem Gang entgegen. Er trug einen dunkelblauen Mantel und einen Hut mit roten Federn. Er und Ferris erblickten sich im gleichen Moment, woraufhin er sogleich in eine schmale Gasse abbog. Mein Freund legte sofort einen Schritt zu und bog in die gleiche Gasse ein.

»Wer ist das? Was machst du?«, fragte ich. Ferris ging so schnell, dass mir die Beine schmerzten, obwohl sie länger waren als seine. Der Graubart wusste, dass wir ihm folgten, und ohne zu rennen, ging er so schnell, dass sein Rücken von einer zur anderen Seite schwankte. Mein Freund lief hinterher und genoss die Jagd.

»Ferris, um Himmels willen!«, rief ich. Der Flüchtende musste mich gehört haben, denn er schritt noch schneller aus, und ich sah, dass Ferris' Gesichtsausdruck dem eines Hundes glich, der zum Sprung ansetzt. Ich überlegte, ob ich ihn am Ärmel packen sollte, doch er spürte es wohl und steigerte sein Tempo noch. Ich beschloss, es ihm nicht gleichzutun, sondern zurückzubleiben und zu beobachten, was geschehen würde. Was dann folgte, verblüffte mich. Mein Freund überholte den alten Mann – der auswich, als er vorbeilief – und fuhr herum, um ihm den Weg zu verstellen. Daraufhin drehte sich der Kerl um und sah, dass ich mich von hinten näherte. Er erstarrte. Ferris rannte auf ihn zu und spuckte ihm ins Gesicht. Nicht ein Wort fiel. Mein Freund wich zurück, starrte den Feind weiterhin finster an und ging dann in einem Halbkreis um ihn herum auf meine Seite. Der Mann wehrte sich nicht. Er wischte sich über den Mund, taumelte leicht, eilte unter einem Torbogen hindurch und war verschwunden.

Als Ferris wieder auf gleicher Höhe mit mir war, schaute er mir in die Augen. Mit diesem Blick hatte er mich damals gewarnt, ihn nicht von seinen Freunden fern zu halten, daher erstarb mir meine Frage auf den Lippen. Wir setzten schweigend unseren Weg fort, bis wir London Wall fast erreicht hatten, doch dann blieb ich stehen und streckte meine Hand aus, so dass er auch anhalten musste. Wir waren beide verschwitzt und atmeten heftig.

»Ich weiß nicht, was ich davon halten soll«, sagte ich. »Wer –?«

»Mister Cooper.« Er spuckte noch einmal aus, diesmal jedoch auf den Boden, und ging dann langsam weiter. Ich folgte ihm und begann zu verstehen, warum der Alte Fersengeld gegeben hatte, als er uns gesehen hatte.

»Du jagst ihm hinterher, wann immer du ihn triffst?«

Er schwieg, doch seine Haltung verriet mir, dass ich richtig geraten hatte.

»Er ist alt, Ferris. Der Tod holt ihn bald ein. Warum sollte –«

»Es gefällt mir«, sagte er ungerührt.

»Doch wie hast du seine Tochter geheiratet, wenn –?«

»Damals nicht, du Narr! Damals musste ich freundlich tun, um sie von ihm wegzubekommen.«

Ich entsann mich seines unerschrockenen Gesichtsausdrucks auf dem Porträt. Vielleicht hatte die Tante ihn nicht gemalt, wie er war, sondern wie er gerne sein wollte.

»Ihr Tod hat mich davon befreit«, fügte er hinzu.

»Solltest du nicht versuchen, Vergebung zu üben? – Für dein eigenes Heil«, fügte ich hastig hinzu, denn sein Blick wurde so grimmig, als sei ich Cooper persönlich.

Ferris schnaubte. »Du ermüdest mich, Jacob, und du bist der letzte Mann auf Erden, der Vergebung predigen sollte. Wann hast du je aufgehört zu spucken?«

Ich hatte Angst, weiter in ihn zu dringen. Doch als wir wieder zurück in Cheapside waren, drückte er meine Hand und betrat das Haus, ohne dem gegenüberliegenden Gebäude auch nur einen finsteren Blick zuzuwerfen. Seine Laune schien sich offensichtlich gebessert zu haben. Die Tante, die gerade Kohl schnitt, bemerkte unsere glühenden Wangen und meinte, unser Spaziergang sei sicherlich gesund gewesen. Ferris sagte, er sei sogar höchst vergnüglich gewesen und Jacob habe geredet wie ein Prediger.

»Feldarbeit ist wie der Dienst in der Armee«, sagte ich. Ferris und ich saßen uns am Tisch gegenüber und hatten jeder unsere eigene Meinung. »Jeden Tag pflanzen, der Boden entweder aufgeweicht oder gefroren, Schweiß, Dung und Verletzungen.« Die Vorstellung, auf dem Feld zu arbeiten, jagte mir Schrecken ein, da ich, abgesehen davon, dass ich wusste, was für eine Plage es mit sich brachte, inzwischen von London verzaubert war.

»Unter dem Befehl eines Verwalters, ja«, sagte Ferris. »Doch in der Kolonie wird es so etwas nicht geben. Wir werden unser eigener Herr sein.«

»Die Erde befiehlt«, widersprach ich. »Und zwar auf die härteste Art.«

Es war unser ständiger Streitpunkt. Mein Freund, so vornehm erzogen und so völlig unerfahren, war wild darauf, im kommenden Frühjahr wegzugehen und freies Land zu bestellen, ein Plan, über den er schon vor seinem Eintritt in die Armee lange debattiert hatte. Vergeblich versuchte ich ihm zu vermitteln, was ich von Kindesbeinen an kennen gelernt hatte: das Roden, Verbrennen, Pflügen, Eggen, Pflanzen, Hacken und Düngen; der Kampf gegen Krähen, Schnecken, Fäulnis; und was sonst noch alles einen so ermüdete, dass anschließend kein Bett mehr zu hart war. Und dann die Rückenschmerzen bei der Ernte, wenn man bis in die Dunkelheit hinein arbeiten musste. Ich erzählte ihm, dass ich gesehen hatte, wie Männer auf dem Stoppelfeld umfielen und einschliefen, ohne gegessen zu haben oder sich zu bedecken. Mein Atem war die reinste Vergeudung, denn Ferris sah das alles nur als Mittel zu einem glorreichen Triumph. Lächelnd versicherte er mir, dass er sich darüber ausgiebig gebildet habe. Las er nicht gerade Gervase Markham und die anderen Autoren?

»Soll Markham dich überzeugen, wenn ich es nicht vermag«, rief ich erzürnt. »Wenn auch nur ein Funken Wahrheit aus ihm spricht, dann lies, was er übers Umgraben schreibt, das allein sollte ausreichen. Es ist Sklaverei! Ich wette mit dir um alles, was du willst, dass dein Autor in diesem Punkt mit mir übereinstimmt.«

Ferris sagte, ein Mann meiner Größe sollte Ausdauer genug haben.

Er besaß Freunde, die seine Meinung teilten, wobei die meisten von ihnen genauso unerfahren waren wie er selbst, dafür mindestens ebenso fanatisch. Sie kamen vorbei, tranken Wein und kritzelten kleine Zettel voll. Dem Gärtner Jeremiah Andrews, der so runzelig aussah wie einer seiner eigenen Äpfel und der wie ich eine gewisse Vorstellung von dem täglichen Kampf mit der Erde hatte, konnte ich zuhören, ohne dass meine Geduld allzu sehr strapaziert wurde. Doch dann war da noch dieser große Dummkopf Roger Rowly, ein Schneidergeselle, dessen eigene Hosen vom ewigen Sitzen am Hintern völlig durchgescheuert waren. Er erachtete das Pflügen, Säen, Pflanzen, Ernten und all die anderen Tätigkeiten keineswegs als harte Arbeit und dachte, glaube ich, die Frauen würden auf dem offenen Felde Kinder gebären.

Eines Tages redete er über das Torfstechen.

»Dafür braucht es so viel Kraft, das kann sich keiner von euch vorstellen«, sagte ich.

»Wir können nicht alle Pikeniere sein«, warf Ferris ein und die anderen lachten.

Eingedenk der Tatsache, dass mein Temperament mich schon oft beschämt hatte, beruhigte ich mich und fuhr fort: »Solche Plackerei lässt sich nur ertragen, wenn man nichts anderes gewohnt ist.«

»Wir können lernen zu arbeiten, wenn wir müssen», sagte Rowly mit Nachdruck, dabei sah er so aus, als könne er gerade Nadel und Faden heben.

»Wir haben Besseres verdient«, beschwor ich sie.

Meine Argumente stießen auf vollkommen taube Ohren, deshalb hütete ich den restlichen Nachmittag meine Zunge.

Ein anderes Mal, beim Besuch von Harry und Elizabeth Beste, erhielt ich mehr Unterstützung. Die beiden hatten drei kleine Kinder, von denen eines noch gestillt wurde. Sie hatten die gleichen Schriften wie Ferris gelesen und waren ebenso begeistert von der Idee, dass die Menschen in Freiheit leben könnten, wenn sie gemeinsam Land bearbeiten würden; doch im Gegensatz zu Ferris sahen sie auch die Schattenseiten.

»Während wir noch dabei sind, uns ein Dach über dem Kopf zu bauen, könnten die Kinder krank werden«, sagte Elizabeth. »Sie brauchen Wärme.« Ihr Gatte nickte. Der ebenfalls anwesende Rowly schaute zum Himmel, was jedoch nichts nützte, denn man respektierte die beiden. Elizabeth war anmutig und ihre Haut so weiß, dass die Venen auf ihrer Stirn bläulich durchschimmerten. Ihr dichtes Haar glänzte mattgolden. Sie besaß eine sanfte, tiefe Stimme, mit der sie Streitigkeiten schlichtete und Hoffnung verbreitete, und auch ihr Mann, ein Hufschmied, sprach sanft, besaß jedoch so kräftige Arme, dass selbst ich nicht freiwillig mit ihm gekämpft hätte. Harry hatte durch hängende Augenlider ein etwas müdes Aussehen, doch tatsächlich war er sehr viel wacher als die meisten.

Rowly erzählte von Frauen, die mit ihren Kindern herumzogen, und nannte sie den lebenden Beweis, dass auch Babys die Kälte gut ertragen konnten, vorausgesetzt, sie blieben nah bei der Mutter. Ich sagte, dass die Kälte selbst für erwachsene Soldaten schwer zu ertragen sei, und forderte Ferris auf, mir zu widersprechen, was er jedoch nicht tat.

»Es hindert die Entwicklung der Kleinen«, sagte Elizabeth. »Vagabundierende Frauen haben dünne und hässliche Kinder.«

»Ich hoffe –«, sagte ich und brach ab. Die anderen starrten mich an.

»Fahr fort, woran denkst du?«, fragte Ferris.

Ich sah, wie sich Caro vorwärts schleppte, durch Matsch und Schnee. War mein Samen in ihr angegangen, müsste sie inzwischen schwer an dem Kind tragen. »Ich denke, dass eine Frau – eine Frau ohne Schutz –« Ich konnte nicht weiterreden, denn zu meiner Überraschung und meinem Entsetzen versagte mir die Stimme. Im Raum herrschte Stille. Ferris schien mich mit seinem Blick zu verschlingen.

»Entschuldigt mich bitte.« Ich ging hinauf zu meiner Kammer, und schon auf der Treppe kamen mir die ersten Tränen.

Genau wie Ferris' Gedanken waren auch die meinen vom Geist einer Frau besetzt. Unsere Gespräche, die den letzten Zusammenkünften auf Beaurepair so ähnlich waren, hatten diesen Geist zu uns an den Tisch gerufen, und die Erwähnung einer vagabundierenden Frau hatte ihn Gestalt annehmen lassen. Während der Wochen, in denen ich draußen im Regen gelegen hatte, hatte ich mich mehr als einmal gefragt, ob Caro genauso Kälte und Nässe erlitt, doch mein Herz war bei solchen Gedanken stets hart geblieben. Dafür musste ich jetzt bezahlen. Ich weinte mit der Verzweiflung eines Mannes, der nichts wieder gutmachen kann, bevor ich mich auf der Matratze ausstreckte und zusah, wie der Himmel langsam dunkel wurde.

Schließlich hörte ich, wie man sich unten verabschiedete und lachte. Er kam sofort herauf und klopfte an die Tür.

»Herein.«

Ferris trat mit einer Kerze ein, die er auf dem Kaminsims abstellte, bevor er sich auf meine Bettkante setzte. »Also. Wer ist sie?«

»Du weißt es.«

»Fürchtest du, dass sie tot sein könnte, Jacob?« Ferris nahm meine Hand zwischen die seinen; ich ließ sie dort ruhen.

Als ich antwortete, klang meine Stimme kalt: »Sie war halb nackt, als sie fliehen musste.«

»Und du darfst nicht gefunden werden«, er drückte meine Hand, »sonst würdest du schreiben und Nachforschungen anstellen?«

»Wir werden wegen Diebstahl gesucht.« Kaum hatte ich diese Worte ausgesprochen, fiel mir wieder Fat Tommys loses Mundwerk ein. »Und ich habe einen – einen Mann getötet. In Notwehr. Er griff mich im Dunkeln an.«

Ferris' Blick wich nicht von meinen Augen. »Es erscheint kaum gerecht, dafür gejagt zu werden, wenn das ganze Land gerade nichts anderes tut.«

»Vermutlich ist sie tot.«

»Ich fürchte, damit hast du Recht.« Seufzend drückte Ferris erneut meine Hand. »Werde ich je die ganze Geschichte erfahren?«

Ich schüttelte den Kopf.

»Komm mit hinunter.« Er ließ meine Finger los, suchte in seinem Ärmel nach einem Taschentuch und reichte es mir. »Meine Tante ist zurück, und unten ist es viel wärmer als hier oben.«

Ich putzte mir die Nase und schnaubte dabei so heftig, dass es wie ein hässlicher Furz klang. »Was wurde beschlossen, nachdem ich gegangen war?«

»Oh, das Übliche. Geld auf die Seite legen, bis wir uns einig sind, was wir damit machen.« Er lächelte wehmütig. »Wir brauchen mehr Leute.«

»Mehr Frauen«, schlug ich vor.

Ferris hob die Augenbrauen. »Ja, warum nicht! Hast du vor, dich wieder zu verheiraten, Jacob?«

»Ich meinte, Männer zusammen mit ihren Frauen zu gewinnen. Es muss doch nicht wieder wie in der Armee sein, oder?«

»Schon aber, willst du dich denn wieder verheiraten?«

»Noch nicht. Und wie könnte ich auch?«

»Dies sind merkwürdige Zeiten«, sagte Ferris. »Tausende werden verschwunden sein, ohne dass man weiß, ob sie wirklich tot sind. Das Volk muss leben.«

Wir gingen nach unten.

Ferris war nicht der Einzige, der über mein Recht zu heiraten nachsann. Irgendwann Anfang Dezember fiel mir auf, dass die Magd Rebecca Gefallen an meiner Gesellschaft fand. Sie war erpicht darauf, mir das Frühstück zu bringen, blieb daneben stehen, sah mir beim Essen zu und fragte mich, ob es gut sei und so weiter. In solchen Momenten schaute sie mich direkt an, und ihre Stimme klang sanfter, als wenn sie mit Ferris oder seiner Tante sprach. Diese bescheidene Gunstbezeugung schmeichelte mir und amüsierte mich, jedoch hoffte ich für sie, dass sie bald abkühlen würde, denn obwohl sie mit ihrem schwarzen Haar und einer reinen, weißen Haut nicht hässlich war, erregte sie mich nicht im Geringsten. Sie hätte in mein Bett kommen können – nun, das vielleicht doch nicht. Auf jeden Fall war ich höflich zu ihr, mehr aber auch nicht, und sie war deswegen weder beleidigt noch wagte sie sich weiter vor. Mein Haar wuchs wieder, und die Tante sagte, ich sei gut aussehend und hätte etwas Ägyptisches an mir, was meiner Eitelkeit schmeichelte. So lebten wir alle friedlich zusammen bis zum Abend von Christi Geburt.

13. Kapitel
Heiligabend

»Was, Jacob, schon wieder so früh auf?«

Ich saß allein im Raum, zuckte mit den Schultern und lächelte, als die Tante hereinkam. Die gänzlich schwarzen Fensterläden reflektierten den Schein meiner Kerze in ihrem Zauberspiegel. Als die Tante ihre Kerze neben meiner abstellte, fing das Fenster auch diesen Schein ein und verdoppelte ihn, so dass es nun vier waren. Sie setzte sich zu mir in dieses freundliche, gelbe Licht.

Wir schwiegen. Wir brauchten nicht viele Worte, da wir uns in des anderen Nähe wohl fühlten. Während ich sie betrachtete, überlegte ich, wie anmutig sie früher gewesen sein musste. Sie hatte die gleichen blonden Haare und hellen Augen wie ihr Neffe, nur hatte die Zeit ihr Haar verblassen lassen.

»Rebecca soll uns etwas von dem Warmbier bringen.« Sie wusste, dass ich von diesem Gebräu, das ich erst in der Stadt kennen gelernt hatte, gar nicht genug bekommen konnte. Sie ließ mir ihre Kerze und ging das Mädchen suchen; ich blieb zurück und beobachtete, wie die Flammen miteinander tanzten und zu weißgoldenen Engeln wurden.

Der Raum, in dem ich so untätig und irgendwie schwermütig saß, war gemütlich und besaß eine solide Schlichtheit, die gemeinhin als »niederländisch« bezeichnet wurde, zudem atmete er die Reinlichkeit seiner Bewohner. Schwarze und weiße Fliesen auf dem Boden, dazu dunkle Schränke mit religiösen Büchern. Vergeblich suchte ich nach jenen Pamphleten, deren Ferris sich gerühmt hatte. Über dem Kamin hing ein Gemälde des alten Joseph Snapman, dessen schlichte, einem Messgewand ähnliche Kleidung nicht von seinem scharfen, lebhaften Gesicht ablenken konnte. Als seine Witwe hatte die Tante das Haus geerbt. Ihre Schwester Kate Tuke hatte einen Mister Henry Ferris geheiratet, jedoch waren sie beide der Pest zum Opfer gefallen, als ihr Sohn erst zwei Jahre alt war. So war der kleine Christopher zu dem kinderlosen Paar Sarah und Joseph gekommen. In ihrem Haus war er zum Mann geworden und hatte sich eine Frau genommen, von ihrem Haus aus war er in den Krieg gezogen.

Kurz nachdem Rebecca mir das Gebräu gebracht hatte, hörte ich, wie Ferris die Treppe hinunterpolterte. Inzwischen wusste ich, dass er, während ich immer entweder tief schlief oder ganz wach war, die Zeit vor und nach dem Schlaf als eine Art lebender Geist im Dämmer verbrachte, so wie ich ihn mit offenen Augen und ohne Verstand in jener Nacht mit Nathan gesehen hatte. Morgens war er ungeschickt und einmal sogar die Treppe hinuntergefallen, wobei er vor Schreck laut geschrien hatte. Jetzt waren seine Schritte schwerfällig, und ich hörte, dass er die Tür mit dem Fuß aufstieß.

»Guten Tag, Rupert«, sagte er und trottete wieder davon.

Ich rief: »Ferris? Willst du nichts essen?«

Linkisch kam er zurück und meinte: »Sei so gut und bitte Becs, ein Stück Brot zu holen«, dann verschwand er wieder.

»Ferris! Komm zurück!«

Am Ende folgte ich ihm nach unten. Er war im hinteren Zimmer und zitterte in seinem Hemd.

»Würdest du mir helfen, dies hier sauber zu machen, Jacob?«

Halb unter einem Stoß Brennholz, zerbrochenen Kisten und verschmutzten Stoffresten begraben entdeckte ich eine Maschine. Als wir sie hervorzogen, sah ich, dass es sich um eine Druckerpresse handelte, wie ich sie bislang nur auf Abbildungen gesehen hatte. Sofort spürte ich meine Unwissenheit, da ich nicht die geringste Ahnung davon hatte, wo man sie anfassen musste.

Ferris sah meinen Blick. »Würdest du es gerne lernen?«

»Sehr gern.« Ich ging um die Presse herum und versuchte zu erkennen, wie die einzelnen Teile zusammengehörten. Ferris fand einen Lederbeutel und darin einen Lappen, mit dem er über die Metallteile wischte. Er seufzte, als er die vielen Rostflecken entdeckte. Im ganzen Raum stank es plötzlich nach Schweinefett.

»Es ist zu feucht hier«, bemerkte er, »aber es gibt keinen anderen Platz. Schau her«, und er zog einen grünlichen Papierstapel hervor. Ich nahm den schimmeligen Stoß in die Hand und las *Über wahre Brüderschaft.* Als ich umblättern wollte, rutschte mir das oberste Blatt des Pamphlets weg und flatterte zu Boden. Innen las ich ein Schreiben an die Mitglieder des Parlaments, in dem sie ermahnt wurden, jedem armen Mann und jeder armen Frau ein Cottage, ein Schwein, eine Kuh und vier Acker Land zu versprechen. Das Schreiben trug das Datum 1643 und war mit *Ein Freund der Freiheit von England* unterschrieben.

Ferris lachte. »Du hast mir nicht geglaubt, nicht wahr? Doch komm, ich sterbe vor Hunger.« Gemeinsam gingen wir wieder nach oben.

Rebecca brachte uns beiden einige Brötchen und einen Krug Bier. Ich sagte: »Danke«, und versuchte sie dabei nicht anzusehen. Ferris plapperte wie ein Idiot und hielt sein Brötchen mit einer Serviette, damit kein Schweinefett darankäme.

»Willst du dir nicht die Hände waschen?«, wollte ich wissen.

»Oh, das ist nicht der Mühe wert, ich werde gleich wieder nach unten gehen – wenn wir genug sind, könnten wir im Frühjahr säen, das bedeutet, dass wir jetzt sofort anfangen müssen, um sie an den Haustüren zu verkaufen, halt, warte, einer der Buchhändler an der Kathedrale nimmt Pamphlete –«

Brotkrümel fielen ihm auf den Tisch und er leckte sie mit der Zungenspitze wieder auf. Rebecca starrte ihn an, so dass er vor Lachen schnaubte und erneut Krümel versprühte. »Du wirst es doch nicht der Tante sagen, oder, Becs? Was für ein Schwein ich war? Jacob ist *kein* Schwein, nicht wahr, Becs?«

Das Mädchen errötete und verließ den Raum.

»Was hat sie?«, rief Ferris.

»Wo ist dein Scharfblick geblieben?«, fragte ich leidenschaftlich. Ich schämte mich für das Mädchen und für mich selbst.

»Was, du und Becs –!« Ungläubige Freude überkam ihn, doch als er mein Gesicht sah, hörte er damit auf. Einen Moment lang starrten wir einander an, und ich hatte das Gefühl, Abneigung in seinem Blick zu spüren.

Den restlichen Tag lag ein gewisses Kribbeln in der Luft. Ich genoss es dennoch, da es für mich neu war, *Die Geburt Christi* und nicht *Weihnachten* zu feiern und dazu noch als Gast nicht andere bedienen zu müssen. Ich half der Tante, war besonders liebenswürdig zu Rebecca (obzwar das vielleicht nicht sonderlich klug war, verdiente das Erröten des Mädchens doch eine gewisse Höflichkeit) und schwatzte mit den Nachbarn, die ihre besten Wünsche beziehungsweise den neusten Tratsch überbrachten. Ich erfuhr, dass Mister Cooper sein Geschäft aufgab, vielleicht war er es leid, auf der Straße immer wieder Ferris ausweichen zu müssen. Nicht ein einziger Besucher erschien betrunken, und ich überlegte, ob die Roches dieses religiöse Fest überhaupt wiedererkennen würden.

Ferris mied die Gesellschaft größtenteils. Er werkelte im Hinterzimmer herum, und wenn er herauskam, war er überall mit Fett beschmiert.

Von Zeit zu Zeit warf er einen Blick in die Stube, verbeugte sich und lächelte, lehnte es jedoch mit den Worten »ich klebe überall« ab, jemandem die Hand zu schütteln. Die Besucher schienen ein bisschen beleidigt, was ich an ihrer Stelle vermutlich auch gewesen wäre. Sie verabschiedeten sich würdevoll, wobei sie seufzten, der junge Herr möge zu einem solchen Mann werden, wie es sein Onkel einst gewesen war.

»Sie haben ihn nie verstanden«, sagte seine Tante. »Rauf und runter! Rauf und runter!«, fügte sie hinzu, als er bereits wieder auf dem Weg nach unten war.

Ferris kam sofort wieder zurück und wischte sich die Hände an einer Leinenserviette ab. »Die Druckerpresse ist nicht zu sehr eingerostet –«

»Christopher!« Seine Tante nahm ihm das Tuch weg.

»Oh, ich werde alles wieder in Ordnung bringen, was ich verderbe. Lass uns Freunde sein.« Er zog sie an sich und tanzte wie ein Bär mit ihr herum. Danach war er auch schon wieder zur Tür hinaus, ohne ein einziges Wort mit mir gewechselt zu haben.

»Habt Ihr je so etwas Verrücktes gesehen!« Doch sie lachte. »Er bemerkt kaum, dass wir hier sind«, sagte sie. »Schon als Kind war er so, immer mit irgendetwas beschäftigt …«

Sie freute sich, ihn weniger schwermütig zu sehen, egal, was die Nachbarn dazu sagen mochten.

Ich fühlte mich weit weniger glücklich. Es gibt eine ganz bestimmte Art und Weise, wie ein Mensch einen anderen Menschen, der ihn gerade verärgert hat, anschaut. Er spürt Hass in sich aufsteigen, und manchmal legt er sich sogar die Hand auf das Herz, als ob er seinen Körper vor dem auflodernden Geist schützen wolle. Doch zugleich entgeht ihm nicht die geringste Bewegung oder Änderung der Gesichtsfarbe und kein Atemzug des anderen, und der Verhasste sieht sich entblößt wie am Tag des Jüngsten Gerichts. Ferris' Gesichtsausdruck damals, als ich versucht hatte, seine Freunde von ihm wegzutreiben, hatte mich erzittern lassen, denn er hatte mich angesehen, als ob mein ganzes Leben als ein hässliches Schauspiel offen vor ihm liege. Ich hatte auch andere Blicke erhalten: Caros Versprechen, Nats dümmliche Dankbarkeit, das schiefe Lächeln Ferris', als ich ihm die Glasscherbe mit der Inschrift *Loyalität* gegeben hatte, selbst Rebeccas Hundeblick, wenn sie mir beim Essen zuschaute. Keiner hatte mich auf die Art vorbereitet, wie Ferris eben hinausgegangen war, ohne mich zu sehen. Ich war nur noch Zuschauer seiner Vorführung, und seit ich nicht mehr nach der Pfeife Mervyn Roches tanzen musste, hatte ich mich nicht mehr so erniedrigt gefühlt.

Die Tante schaute mich an und setzte sich dann zu mir ans Feuer. »Das bleibt nicht lange so«, sagte sie. »Er wird schnell ermüden.«

»Warum ist er so – so –?«

»Oh, weil morgen die Geburt unseres Herrn gefeiert wird, schätze ich. Für einen Mann, der seine Frau verloren hat, ist dies eine schlimme Zeit. Er schlägt die Stunden tot.«

»Wird er die Presse wirklich benutzen?«

»Warum nicht? Er kann sie handhaben. Geht hinunter zu ihm, wenn Ihr wollt; Becs kann mir Gesellschaft leisten.«

Ich blieb, wo ich war. Bäte er mich um Hilfe, wollte ich ihm gerne von Nutzen sein, doch ich würde nicht bereit stehen, um sein Handlanger zu sein. Ein Werkzeug kann man benutzen, einen Mann muss man fragen.

Wir aßen zu Abend: gekochtes Pökelfleisch, eingelegten Kohl, Apfelwein und als Nachtisch Apfelkompott. Ferris war wortkarg, und als Rebecca die Schüssel mit den Äpfeln auf den Tisch stellte, sprang er auf. Da er sich nicht selbst bediente, füllte die Tante ihm etwas Kompott ab. »Diese Äpfel haben sich gut gehalten«, sagte sie. »Sie stammen aus unserem eigenen Garten.«

»Ingwer«, murmelte Ferris.

Ich sah ihm beim Essen zu. Sein Gesicht glühte, vielleicht wegen der Gewürze, und er hob den Löffel abwesend an seine Lippen. Sein Blick ruhte nicht auf uns, sondern weilte in der Zukunft. Die Tante und ich hatten noch nicht einmal halb aufgegessen, da ließ er den Löffel klirrend in den Teller zurückfallen und stand auf, um zu gehen.

»Willst du uns nicht noch ein wenig Gesellschaft leisten?«, fragte seine Tante. »Die Geburt des Herrn steht kurz bevor.«

»Wann wird die Presse einsatzbereit sein?«, fragte ich neugierig.

Er setzte sich wieder hin. »Sie ist nicht zu sehr eingerostet. Ich habe sämtliche Lettern gesäubert und poliert. Du könntest mein Druckergehilfe sein.«

»Um was zu tun?«

»Oh, die Schriften zu setzen. Du wirst lernen, Spiegelschrift zu lesen.«

»Ich meinte, was werden wir drucken?«

»Das habe ich doch schon gesagt! Gleichgesinnte Männer – und auch Frauen – zu vereinen –«

Das Gesicht der Tante wurde düster. »Was, Christopher, redest du immer noch davon, von hier wegzugehen?«

»Ich muss, Tante, es ist das, was ich immer gewollt habe, seit ich der Armee beigetreten war. Das Neue Jerusalem.«

Ich seufzte und schlug die Hände vor das Gesicht.

Ferris polterte wieder die Treppe zu seiner Presse hinunter.

»Ihr wisst«, sagte ich zur Tante, »wenn er tatsächlich jungfräuliches Land bestellen will, sollte er schon längst damit angefangen haben. Es ist besser, noch ein Jahr zu warten und zur rechten Zeit zu pflügen.«

Sie biss sich auf den Daumennagel. »Er kann es nicht erwarten, mich zu verlassen.«

»Ich habe ihn noch nie so erlebt«, sagte ich. »Er ist nicht mehr der gleiche Mann.«

»Das kommt davon.«

»Von der Aufregung?«

»Vom Trinken.«

Ich starrte sie an.

»Konntet Ihr es nicht riechen?«

Wir gingen zusammen nach unten. Er stand über die Maschine gebeugt wie damals über den Bohnentopf und tat, als bemerke er uns nicht. Auch das erinnerte mich an die Armee, als ich am Feuer auf ihn gewartet hatte. So vieles ist sinnlos, dachte ich, und es ist sinnlos, auf den einen Blick zu warten, der endlich besagt: *Willkommen.*

Die leere Flasche lag direkt hinter der Tür und eine gerade geöffnete stand unter der Presse. Die Tante sah es sofort. »Du wirst nie damit aufhören, nicht wahr?«

Er stellte sich hin, als wolle er einen Wortwechsel mit ihr beginnen, doch sie wehrte ihn sofort ab, indem sie mit ihm wie mit einem kleinen Jungen sprach. »Du wirst dich noch verletzen, wenn du betrunken die Presse bedienst.«

»Ich weiß, was ich tue«, sagte Ferris.

Sie nahm beide Flaschen an sich, ohne ein weiteres Wort darüber zu verlieren. Ihr Neffe setzte sich auf den dreckigen Boden und seufzte.

»Warum wartest du nicht damit bis nach den Feiertagen?«, versuchte ich ihn zu überreden. »Zwei Tage sind doch keine lange Zeit.«

»Ich möchte anfangen.«

»Ja, aber zwei Tage?«

»Ich möchte –«, und dann musste er würgen. Ich dachte, dass er sich jetzt aufgrund des Alkohols übergeben müsse, doch dem war nicht so. Er schien zu weinen. Ich machte einen Schritt auf ihn zu, doch er drehte sich weg.

»Warum legst du dich nicht ins Bett?«, fragte ich. »Ich bitte Rebecca, dir eine Wärmepfanne hineinzutun.«

Er schüttelte den Kopf.

»Deine Tante sorgt sich um dich, Ferris.«

Darauf drehte er sich blinzelnd zu mir um. Die Tränen, wenn es denn welche gegeben hatte, waren bereits getrocknet. Ich führte ihn die Treppe nach oben, zurück in die Stube, wobei er gegen jede einzelne Stufe stieß und ich mich fragte, ob dies nun unser Lebensstil sein würde. Er ließ sich schwankend auf einen Stuhl fallen und saß stumm am Kamin, während sein Bett angewärmt wurde.

»Fühlst du dich unwohl?«

»Nein. Und nun verdrück dich! Du bist schlimmer als meine Tante.«

Ich ließ die Hand, die ich ihm angeboten hatte, sinken, und als das Mädchen kam und sagte, das Bett sei nun warm, musste er die letzten Stufen alleine nach oben torkeln.

»Was ist mit ihm geschehen?«, fragte Rebecca, als sie sein dumpfes Gepolter auf den Dielen über uns vernahm. Ein Schlag verkündete uns, dass er auf sein Bett gefallen war.

Ich zuckte die Schultern. »Das Übliche. Am besten, man hält den Keller verschlossen.«

»Was, wird er so weitermachen?«

»Woher soll ich das wissen?«

Sie betrachtete meine Miene und sagte: »Pfui!«, da sie mich offensichtlich für einen gefühllosen Freund hielt. Wäre ich nur wie Nathan, dessen Schmerz sich so weich und zart auf seinem Gesicht widerspiegelte: Doch Elend ließ meine Züge nur noch härter erscheinen. Dabei hätte ich weinen mögen, und hätte sie nur ein freundliches Wort zu mir gesprochen, hätte ich meinen Kopf auf ihre Brust gelegt wie ein Baby. Gott allein weiß, wohin das geführt hätte, daher hatte Er ihr vielleicht das Herz mir gegenüber verschlossen. Die Tante kam aus dem Keller zurück, und ich sagte ihr, dass Ferris im Bett sei.

»Er hat gar nicht so viel getrunken, nur die Flaschen, die wir gefunden haben«, sagte sie. »Hier, helft mir, sie leer zu machen.« Sie stellte die offene Flasche und zwei Becher vor mich hin.

Es war guter Wein und das sagte ich auch. Sie erzählte mir, dass er aus

Ferris' eigenem Keller stamme. »Die Weinflaschen wurden nicht verkauft, er hat sie mir gegeben.«

»Damit Ihr sie vor ihm wegschließen könnt?«

»Egal ob ich es kann oder nicht, ich habe es jedenfalls nicht getan.«

Wir saßen am Kamin, tranken und beobachteten das Feuer. Der Alkohol ließ in meiner Seele ein tröstendes Lied erklingen. *Leidet nicht mehr*, hieß es da, und schnell erlag ich dem Charme seiner Wirkung. Meine Augen begannen zu brennen und rot zu werden, als ob ich in einer verrauchten Taverne gewesen sei.

»Werdet Ihr mit ihm aufs Land gehen?«, fragte mich die Tante.

»Wenn es sein muss. Aus ihm wird nie ein Bauer.«

»Ich weiß nicht«, sagte sie. »Hier scheint er nicht voranzukommen. Wenn er weiter trinkt, dann geht er besser.«

Ihre blassen Wangen glänzten. Vorsichtig legte ich meine Hand auf ihre knotigen und steifen Finger, auf denen sich die Venen sichtbar abhoben: die rauen und ehrlichen Finger einer Frau, die ein Leben lang gearbeitet hatte. Mitleid schmerzte in meiner Brust wie ein scharfes Messer. Und wie immer fühlte ich, dass ich kein guter Trostspender war. Nach einer Weile küsste ich ihre traurige Hand und ging zu Bett. Die Stufen schwankten unter meinen Füßen, und als ich mich in meiner Kammer umwandte, meinte ich, die Wände kämen auf mich zu.

Ich kämpfte um mein Leben mit einem fürchterlichen gelben Ungeheuer, das irgendwie in meine Kammer gekommen war. Es jagte mit scharfen Krallen über Wände und Decken, und seine Schreie klangen wie die von brünstigen, wilden Katzen in heißen Sommernächten. Ich wusste, dass es sich um einen Gesandten des Teufels handelte, der darauf wartete, dass ich einschlief, um mich in seinem Rauch zu ersticken. Schließlich gelang es mir, seinen Schwanz zu fassen, ihn zum Fenster zu ziehen und hinauszuwerfen. Ich sah, wie das Ungeheuer auf dem Kopfsteinpflaster zerschellte, doch als ich mich umdrehte, lag jemand in meinem Bett, der offensichtlich tot war, denn er war bis über das Gesicht eng in ein Leichentuch gewickelt. Ich war jetzt wieder ein kleiner Junge und rief nach meiner Mutter, doch stattdessen kam Caro in ihrem Hochzeitsgewand herein und sagte, der Tote sei Zebedee. Ich wusste sofort, dass er unter dem Totenhemd völlig entstellt war. Sie begann sein Gesicht auszuwickeln, obwohl ich schrie, sie solle aufhören. Ich bedeckte mein Gesicht, um nicht hinsehen zu müssen. Dann trat Isaiah hinter mich (der wie Caro erwachsen war, nur ich schien viel kleiner) und riss mir mit einer Kraft, die er nie besessen hatte, die schützenden Hände von den Augen. Er zwang mich, an das Bett zu treten, und sagte, Zeb sei bei einer Waffenübung ums Leben gekommen. Immer noch hielt ich meine Augen geschlossen, doch schon bald spürte ich, wie sich seine Finger in sie hineinbohrten. Ich schrie nach Mutter und Vater, und seine Nägel gruben sich in meine Augen, als ob er sie ausstechen wolle. Als ich daraufhin erneut schreien wollte, war meine Zunge trocken und blieb stumm, so dass ich vom Bett her ein Rascheln hören konnte –

Ich war schweißgebadet. Ein stechender Schmerz durchfuhr meine Brust; ich legte meine Hand darauf, fühlte das Herz gegen die Rippen schlagen und dachte, man könne tatsächlich an seinem Traum sterben. Ein Schreck zuckte wie ein Blitz durch meine Glieder, denn die Kerze brannte, doch ich erkannte, dass ich nur vergessen hatte, sie zu löschen. Mein Nacken war so nass, dass ich das Kissen umdrehte, um eine trockene Stelle zu finden.

Als ich schließlich still und ganz sicher wach dalag, hörte ich ein leises Geräusch in der Kammer. Wegen des wimmernden Klangs dachte ich sofort an das Katzenuntier. Ich schaute mich um und sah sogar unter dem Bett nach: nirgendwo eine Katze. Dann hörte ich das Geräusch erneut, und ich merkte, dass es aus der Kammer nebenan, aus der von Ferris, kam. Es wurde lauter, und ich wusste jetzt, was es war. Obwohl man es die Sünde von Onan nannte und eine unnatürliche und dreckige Untugend schimpfte, hatte man es stets dort gehört, wo wir unser Lager aufgeschlagen hatten. Wann immer man nachts aufgewacht war, hatte man das Rascheln und den schnellen Atem eines Mannes hören können. Russ hatte es das Schlaflied der Armee genannt … Inzwischen stöhnte Ferris und ließ sich offensichtlich aufs Schönste hinreißen. Ich überlegte, ob er gar am Ende noch die Tante aufwecken würde. Bei diesem Gedanken musste ich lächeln. Doch der nächste Gedanke ließ dieses Lächeln wieder ersterben. Die Magd schlief allein in einer Dachbodenkammer. Ich erinnerte mich an sein Gelächter, daran, wie er sie ›Becs‹ genannt und wie er die Brotkrumen mit der Zunge aufgelesen hatte, damit sie sah, was er im Gegensatz zu mir für ein Schwein war – seinen wenn auch schnell wieder versteckten Verdruss nach meiner Anspielung, dass sie mich möge. Alles passte zusammen.

Dass er bei Tage den Witwer spielen und sich nachts so verhalten konnte! Ich war jetzt froh über die Kerze, die ich in die Hand nahm. Äußerst behutsam drückte ich die Klinke meiner Tür, und als ich hinaus auf den Flur trat, war er so laut zu hören, dass ich mich wunderte, der Einzige zu sein, der davon wach geworden war. Seine eigene Tür – o Unbesonnenheit der Lust! – stand offen und wirkte im Schein der Kerze wie ein vergoldeter Rahmen. Ich blies die Flamme aus und schlich weiter. Geräuschlos ließ sich seine Tür noch weiter aufschieben, so sah ich ein Frauengewand auf der Truhe in der Ecke liegen. *Judas!,* dachte ich. Ich machte einen Satz auf sein Bett zu und riss Vorhänge und Decken weg. Im flackernden Schein seiner Kerze sah ich, dass Ferris allein im Bett lag und sein Kopf von einem Stoß Leinen zum Teil umrahmt wurde. Ich erkannte das weiße Tuch als Joannas Nachtgewand. Der Witwer lag da und presste sein verschmiertes und glänzendes Gesicht in die weichen Falten des Stoffes. Als er zu mir aufschaute, lagen Verzweiflung und Wehrlosigkeit in seinem Blick. Ich hörte, wie er versuchte, seinen Atem zu beruhigen. Er war nicht in der Lage zu sprechen oder wütend auszusehen, allerdings nur, weil er zu abrupt in seiner Trauer gestört worden war.

Erschüttert über meinen abscheulichen Fehler hätte ich laut weinen können, als ich sein Gesicht mit dem Frauenhemd abtupfte. Ich deckte ihn wieder zu und blies die Kerze aus. Dann setzte ich mich stumm, bewegungslos und verwirrt auf die Bettkante, in Erwartung, dass er sich aufsetzen und mir befehlen würde, sein Haus zu verlassen. In der Dunkelheit brannte mein Gesicht.

Ferris bewegte sich nicht. Ich hatte sogar den Eindruck, dass sein Atem ruhiger wurde. Ich hoffte, dass er durch die plötzliche Dunkelheit des Raumes einschlafen würde. Am Morgen würde er dann vielleicht alles für einen Traum halten. Doch nein, er war wach gewesen und hatte in seinem einsamen Bett ihr Hemd – hatte sie – fest an sich gedrückt, so wie er es wohl jede Nacht getan hatte, seit wir in London waren.

Ich weiß nicht mehr, wie lange ich dort ausharrte. Schluchzer füllten meine eigene Brust, und der Versuch, sie zu unterdrücken, drohte mich zu ersticken. Ich biss mir in die Hand, um mich wieder unter Kontrolle zu bekommen. Schließlich ging sein Atem leichter und klang schon fast, als würde er wieder wegdösen, doch dann räusperte er sich. Vielleicht wollte er mit mir sprechen. Ganz vorsichtig erhob ich mich und beugte mich über ihn. Ich zog die Decke zurück, die sich außen kalt und glatt anfühlte, von unten, dort wo er geweint hatte, jedoch heiß und klebrig war. Ohne die Kerze, die ich ja törichterweise ausgeblasen hatte, konnte ich nicht sehen, ob ich ein schlafendes Gesicht aufdeckte oder eines, das in der Dunkelheit aufschaute und mich wahrnehmen konnte. Plötzlich überkam mich eine Flut von Tränen. Genau wie Izzy war er mir ein Freund gewesen und wie Izzy hatte er dafür zahlen müssen. Je heftiger ich versuchte, meine Tränen zu unterdrücken, desto schlimmer wurde es: Ich schluckte und versuchte meinen Atem zu kontrollieren. Nach einer Weile waren ein Seufzer und ein Rascheln vom Bett zu hören. Ich legte mich auf die Bettdecke, mein Gesicht neben seinem.

»Verzeih mir. Ich bin der größte aller Idioten –«

Ich konnte es nicht sagen. Die Worte stiegen in mir auf, stauten sich jedoch in meiner Kehle. Buße. Im Dunkeln streckte ich mich so weit vor, bis ich mein nasses Gesicht auf das seine drücken konnte, genau wie ich es früher mit Izzy getan hatte. Ein Duftgemisch, das nach Schlaf, seinem Haar und seinem Nacken roch, stieg zu mir auf; sein Gesicht war verweint, nass und warm unter dem kühlenden Salz. Seine Nase drückte gegen meine Wange; er roch nach Wein. Er gluckste, als wolle er wieder in Tränen ausbrechen. *»Pscht«,* sagte ich. In der Dunkelheit leckte ich seine Tränen auf. Als Zeichen der Buße. Während ich seine Tränen trank, passierte es, dass ich ihm mit der Zunge über die Lippen fuhr, die offen standen und nach säuerlichem Wein und Salz schmeckten. Nasses Haar klebte an meinem Hals. Er murmelte etwas. *Pscht.* Ich drang meine Lippen auf die seinen, um ihn zu beruhigen, dann drückte ich tiefer und schmeckte seinen Speichel. Ich wollte ruhig bei ihm liegen, ihn wissen lassen, dass er mir so willkommen war wie ich mir selbst, und mich im Schutz der Dunkelheit in ihn vergraben.

Ein Keuchen, dann entzog er sich mir, und die zärtliche Berührung unserer Münder hatte ein Ende. Ich erstarrte in der Dunkelheit, ein Säugling, dem die Brust entrissen wird, der Schmerz des Verlustes war überwältigend, lass mich, lass mich. Sein Atem verging auf meinen Lippen.

»Jacob?«

Seine Stimme klang schläfrig und unsicher, doch mein eigener Name stach mich heftig. Ich hatte das Gefühl, in eiskaltes Wasser getaucht zu werden oder beim Umschauen plötzlich festzustellen, dass die anderen Mitglieder des Haushaltes uns beobachteten. Ich erhob mich von der Decke, griff nach dem Frauenhemd und drückte es in seine Hände. Er atmete heftig, ließ ansonsten jedoch keine weiteren Geräusche vernehmen. Ich konnte ihn immer noch in meinem Mund schmecken. Die Luft in der Kammer traf mein nasses Gesicht wie ein Eishauch, ich berührte seine Wange, zog ihm die Decke wieder über den Kopf und verließ den Raum.

Während ich mit den Laken meines eigenen Bettes kämpfte, konnte ich nicht leugnen, dass mein Blut in Wallung war und dass dieser … Trost den animalischen Trieb in mir genauso geweckt hatte, wie es wohl die Begegnung mit einer Frau vermocht hätte. Ich fuhr mir mit der Zunge über die Zähne und schluckte. Sein Mund war bereits geöffnet gewesen, als ich – das Wort Kuss reichte aus, mein Gesicht so rot werden zu lassen, dass ich mich wunderte, damit nicht das Zimmer in Brand zu stecken. Bei dem Gedanken, dass ich ihn beim Frühstück treffen würde, musste ich innerlich stöhnen.

Doch das war es nicht, was mich am meisten quälte: Der Teufel verstärkt Begierden und schärft seine Stachel für jede einzelne Seele. Jetzt flüsterte er mir zu: *Und wenn er sich dir nicht entzogen hätte …?* Die Frage setzte sich mit trockener, sandiger Fröhlichkeit in meinen Kopf fest, *Seine* Stimme, das schwöre ich. Und mit diesem Geflüster verursachte er einen solchen Tumult in mir, dass ich die restliche Nacht kein Auge mehr zutat.

14. Kapitel
Alpdrücken

Arme Tante. Obwohl wir am nächsten Morgen eigentlich die Geburt des Herrn hätten fröhlich begehen sollen, fühlten sich ihr Neffe und ich offensichtlich so schlecht, dass sie nicht wusste, um wen von uns sie sich mehr kümmern sollte.

Als ich eintrat, saß Ferris bereits am Tisch und aß. Mein Blick wanderte sofort zu ihm hin, und obwohl schon wieder Tränen in mir aufstiegen, täuschte ich hoffentlich ein passables Lächeln vor und wünschte ihm einen guten Morgen. Er erwiderte recht höflich meinen Gruß, doch seine Augenlider waren so geschwollen, dass ich seinen Blick nicht deuten konnte.

Die Tante küsste mich und wünschte mir eine fröhliche Ankunft des Herrn. Als sie mein Gesicht sah, stieß sie einen kleinen Schrei aus.

»Siehst du das, Christopher! Was für ein Anblick am Geburtstag unseres Herrn!«

»Wir beide sehen krank aus«, sagte Ferris. Diese harmlosen Worte ließen mich zittern wie Farn, der von einer Windbrise erfasst wird.

»Oh, der Wein«, beeilte ich mich zu sagen. »Ihr wisst, dass ich selten, äh …« Ich verstummte aus Angst, das Geplapper der Tante könnte ein Echo im Kopf ihres Neffen erzeugen.

»Erst sage ich Christopher, dass er auf sich aufpassen soll«, fuhr sie fort, »und jetzt finde ich Jacob im gleichen Zustand vor! Ist das die Möglichkeit, ein großer Mann wie Ihr? Ihr hattet doch nicht mehr als ich!«

»Er hat mir Alpträume verursacht. Ich habe geträumt, mein Bruder sei tot«, erwiderte ich und hätte mir wegen des Wortes ›geträumt‹ am liebsten die Zunge herausgerissen.

»Ach, das tut mir Leid!« Ihre Gesichtszüge wurden weicher.

»Ich sah ihn aufgebahrt.« Mich schauderte, was keineswegs vorgetäuscht war.

Die Tante zwickte mich in die Wange. »Setzt Euch und esst etwas. Wir sollten heute fröhlich sein.«

Ich fragte mich, wie oft ich wohl bis zu meinem Tod aufgefordert würde, ›fröhlich zu sein‹. Kann ein Mensch seine Sorgen und Freuden nach dem christlichen Kalendarium richten? Natürlich sollten alle individuellen und zeitlich begrenzten Sorgen unter der zeitlosen Sonne der Erlösung dahinschmelzen. Ich schenkte der Tante ein scheinheiliges Lächeln, bevor ich die Augen schloss und ein Dankgebet sprach. Als ich sie wieder öffnete, blieb mein Blick in Dankbarkeit an ihr haften. Alles war einfacher, als Ferris anzuschauen. Ich nahm ein Brötchen und etwas Butter und wählte meinen Platz so, dass ich ihm nicht gegenübersaß.

Er nahm zwei gekochte Eier von einem Teller und begann sie zu pellen.

»Jacob, bist du gestern Nacht in meine Kammer gekommen?« Direkt vor der Tante! Mein Mund schien voll Lehm zu sein, als ich ihm antwortete: »Nein, ich nicht.«

»Ah …« Er streute Pfeffer über sein erstes Ei. »Egal.«

Ich zwang mich zu fragen: »Fehlt irgendetwas?«

»Nein.« Mit gebuttertem Messer stach er in das Eigelb. Eine Minute später verkündete er: »Tante, ich glaube, wir sollten den Wein wegschütten.«

»Einer von uns sollte weniger davon trinken«, erwiderte sie. »Meiner Meinung nach ist es weniger eine Frage der Qualität als der Quantität.«

»Ich spreche nicht von Kopfschmerzen«, insistierte Ferris. »Mein Kopf ist klar, zumindest, was den Moment betrifft. Dieser Wein verursacht Träume.«

»Bei mir nicht«, sagte die Tante. »Und ich habe eine halbe Flasche mit ihm getrunken.« Sie blinzelte mir zu.

»Jacob hatte einen Traum. Und ich – nun, entweder war es ein Traum oder ein Alpdrücken!«

»Ein was?«, fragte die Tante.

Ich wollte nicht hören, was er ihr erzählte. Mein Gesicht brannte, und ich war überzeugt, dass beide es bemerken mussten.

Ferris tätschelte den Tisch, als müsse das Holz beruhigt werden. »Ein Traum. Ein Traum.«

»Ist dieses Alpdrücken ein Geist?«, fragte die Tante.

Er rieb sich lächelnd die Augen. »Ja. Aber es war nur ein Traum.«

»Wovon hast du geträumt?« Ihr Blick war unruhig geworden. »Doch nicht auch noch vom Tod?«

»Nein, nein, ich weiß nur nicht, wie ich es sagen soll –« Er brach in Gelächter aus. »Euer Neffe ist ein merkwürdig übermütiger Träumer.«

Die Tante spitzte die Lippen; Ferris lachte weiter und schüttelte dabei ungläubig den Kopf. Ein übermütiger Träumer. Ich fühlte, wie die Wärme in meine Hände, Arme und in meinen Bauch zurückkehrte; ich lehnte mich zurück und konnte das Brot wieder schmecken.

»Heute bitte keinen Übermut, wenn ich bitten darf«, sagte die Tante. »Nicht an diesem Tag.«

»Einverstanden«, erwiderte Ferris. »Oder besser gesagt, nicht noch mehr Übermut, denn ein Mann kann, was er gedacht hat, nicht rückgängig machen – was, Jacob?«

»Entschuldige«, wich ich ihm aus, »ich habe nicht zugehört.«

»Ich habe gerade gesagt, dass man einen übermütigen Gedanken nicht mehr aus dem Kopf bekommt.« Er nahm den Löffel aus der Eierschale und drehte sich so, dass er mir geradewegs in die Augen schauen konnte. »Aber Jacob, warum einen Traum fürchten?« Er hielt den Löffel hoch, um seinen Worten Nachdruck zu verleihen. »Es war der Wein. Mein Wort darauf, du hast keinen Bruder verloren.«

»Ich wünschte, ich wüsste das mit Sicherheit«, sagte ich.

»Und auch keinen Freund«, fügte er hinzu.

Seine Stimme klang zärtlich. Ich wollte ihm für diese Versicherung danken, doch die Zunge blieb mir am Gaumen kleben; ich brachte lediglich ein verwirrtes Gebrabbel hervor. Er beugte den Kopf über das Ei und begann das Eigelb auszulöffeln. Ich hätte öffentlich Buße getan, nur um ihn richtig zu verstehen. Ich wagte nicht zu fragen … wusste er, dass ich tatsächlich bei ihm gewesen war? Wer war seiner Meinung nach der übermütige Träumer? Wer hatte die ›übermütigen Gedanken, die man nicht mehr aus dem Kopf bekam‹ …?

Während des heiligen Gottesdienstes stand ich neben Ferris und hörte ganz entfernt den Priester sprechen, während ich die Form der Hände meines Freundes betrachtete und die Art, wie er sie faltete. In der kalten Luft der Kirche konnte ich seine Haut und seine Haare riechen. Es schmerzte mich, so dazustehen, mein Gesicht eine devote Maske über einer verrotteten Seele.

Auf dem Rückweg redete ich mit der Tante und fühlte mich besser, doch als wir uns dem Haus näherten, bekam ich Zahnschmerzen. Innen machte es die Wärme des Feuers nur noch schlimmer, aus dem Stechen wurde ein tobender Schmerz, bis schließlich ein quälender Dämon meinen Zahn mit Hammer und Meißel bearbeitete. Eine Weile half es mir, Nelken zu kauen, doch das führte dazu, dass mir die Zunge brannte.

Inzwischen aßen wir Gans, Pasteten, Kürbiskuchen und Nüsse: Jede Speise war mit Schmerzen gewürzt. Am Ende der nachmittäglichen Feierlichkeiten stöhnte ich laut.

»Welcher ist es?« Ferris und die Tante standen mit mir vor dem Spiegel, jeder dem anderen im Weg. Sie befahlen mir, mich hinzusetzen, hielten kleine Spiegel und versuchten mit Kerzen meinen Mund auszuleuchten.

»Nichts«, sagte die Tante. »Nirgendwo etwas Schwarzes oder blutiges Zahnfleisch.«

»Vielleicht ein Weisheitszahn«, schlug Ferris vor. Er sprach sanft und in seinem Gesicht drückte sich mein Leid aus.

»Vorne«, klagte ich.

»Welcher?«

»Es fühlt sich an, als seien es alle.«

»So ist das mit Zähnen«, sagte die Tante. Sie ließ sich auf einen Stuhl fallen. »Ihr könnt sie Euch nicht alle ziehen lassen!«

Ferris tastete meinen Unterkiefer von innen ab und drückte dabei auf jeden einzelnen Zahn. »Hier? Hier?«

Ich war nicht in der Lage, den Schmerz zu lokalisieren. Ich konnte mich lediglich an den Stuhllehnen festkrallen und aufpassen, dass ich Ferris nicht biss.

»Ich wünschte, meine Zähne wären so gut«, sagte er. »Vielleicht sollten wir auf jeden Fall den Doktor holen?«

»Erst probieren wir es mit Heilkräutern«, sagte die Tante. »Am heutigen Tag wird kein Doktor bereit sein, wegen eines Zahnes zu kommen.«

Tinkturen wurden angerührt, die mich so schläfrig machten, dass ich am liebsten für immer eingeschlafen wäre: trotzdem pochte der Schmerz in mir weiter. Heißes und Kaltes wurde gegen meinen Kiefer gepresst, ohne dass es etwas bewirkte. Die Tante schüttelte verwirrt den Kopf. Es war erst sechs Uhr abends.

»Jedoch immer noch Glück im Unglück«, sagte sie. »Mit einem fehlenden Vorderzahn werdet Ihr zwar nicht schöner, dafür wird der Arzt Euch aber auch nicht den Kopf abreißen.«

»Sind die hinteren Zähne fester?«

Sie nickte heftig. »Fürchterlich. Mir wurde einst einer gezogen, und ich würde sagen, eine schlimmere Bestrafung kann es kaum geben!«

»Ich will nicht mit einer Zahnlücke herumlaufen.«

»Oh, Ihr seid hübsch genug.« Ich muss die Stirn gerunzelt haben, denn sie fügte hinzu: »Jacob! Eitelkeit!«, dann küsste sie mich auf die Stirn und sagte: »Vergebt mir, mein Kind. Jetzt lasst uns schauen, was es sonst noch gibt.«

Baldriantee half nicht, den Schmerz zu lindern.

Die Tante ging auf und ab. »Er muss Würmer in den Zähnen haben.«

»Bringt ihn zu Bett, solange er es noch aushalten kann«, sagte Ferris. Ich dachte an Zeb und seine gebrochene Rippe. Sie halfen mir die Stufen hinauf, denn die verschiedenen Mittel hatten mich benommen gemacht. Dann zogen mich beide bis auf das Hemd aus. Ferris schien es nicht peinlich, meinen Körper anzufassen, aber ich war auch kaum noch in der Lage, irgendetwas genau wahrzunehmen. Müde und benommen, wie ich war, hätte ich sofort einschlafen müssen, doch der Schmerz kroch Schritt für Schritt in meinen Oberkiefer, in mein Ohr und breitete sich in der gesamten Schädelhälfte aus. Ich lag auf der Seite – auf dem Rücken – auf dem Bauch – das Gesicht im Kissen vergraben – nichts half, so löschten die Qualen im dunklen Zimmer meine Welt aus. Mit geballten Fäusten stellte ich mir vor, wie mein Kopf von innen von einer strahlendweißen Flamme erhellt wurde, die aus meinen Ohren und Augen in die Nacht hinausleuchtete. Erleuchtung durch Leiden! Dieser theologische Gedanke ließ mich lächeln, doch sofort schwoll der pochende Schmerz wieder an, wurde heißer und heftiger und schien meinen Schädel von innen aufzubrechen, wie ein Küken, das seine Eischale aufpickt. Ich schlug meinen Kopf auf das Kissen und rief nach Jesus. Wieder hörte ich die verwundeten Männer von Winchester. Nun, wenigstens rief ich noch nicht nach Mutter.

Die Tante trat, gefolgt von Ferris, mit einer Kerze an mein Bett.

»Hier«, sagte sie und hielt dabei einen Zinnbecher hoch.

Mohn. Der Geruch war mir von Beaurepair her vertraut. Ich trank den Becher in einem Zug aus.

»Ihr werdet jetzt schlafen«, sagte sie mir. »Sobald es hell wird, besorgt Christopher einen Arzt.«

Ferris berührte meine Wange. »Er holt ihn dir raus.«

»Wenn der Schmerz erst bis in den Kopf steigt, ist er teuflisch –« Das Flüstern der Tante brach ab, als sie die Tür hinter sich schloss. Unbeachtet vergoss ich ein paar Tränen, doch der Mohn ließ mich recht bald einschlafen.

Meine Träume waren eher wirr als übermütig. Die Tote von Basing war bei mir in der Kammer und bat mich, ihr das Kleid zurückzugeben. Sie zog es trotz der Flecken und allem an. Ich sagte ihr, dass ich solch eine Garderobe nicht hätte, doch sie schlug die Bettdecke zurück und offenbarte damit meinen völlig bekleideten Körper. Dann nahm sie ein Messer aus meinem Gürtel.

»Ist es das?«, fragte sie immer wieder, und ich bejahte es. Danach berührte sie meine Hand. Die ihre war kalt und nass, und ich wusste, dass sie aus dem Weiher gekommen war.

»Wollt Ihr die Stelle sehen, an der sein Messer in mich eingedrungen ist?«, fragte sie und öffnete die Bänder ihres Gewandes. Ich sagte nein, doch sie erwiderte, dass sie es mir trotzdem zeige. »Hier.« Sie beugte sich über mich und zeigte auf ein blutiges Loch an ihrem Halsansatz. Ich legte meine Finger darauf, und sie lachte und nannte mich den Ungläubigen Thomas. Auch mein Vater war da, doch ich kann mich nicht daran erinnern, was er sagte oder tat.

Als ich aufwachte, spürte ich zunächst nichts. Dann merkte ich, dass Ferris' Hand auf meiner Wange ruhte und er eine Kerze hochhielt. Der Schmerz schoss heftig in meinen Kiefer.

»Aaah! O nein, nein!«

»Der Doktor ist hier, Jacob.«

»Es ist jetzt im hinteren Teil meines Mundes!« Ich hatte Panik, dass man mir letztlich alle Zähne ziehen musste.

»Mister Chaperain wird die richtige Stelle schon finden«, erwiderte er, doch er klang nicht wirklich sicher.

»Ich sage ihm, dass du hinunterkommst.«

Zitternd zog ich mich an und fürchtete mich dabei wie eine sündige Seele vor dem Jüngsten Gericht. Ich sagte mir, dass ich mich glücklich schätzen konnte, zum Mann gereift zu sein, ohne je schlimmeren Schmerz gespürt zu haben, doch wie kann Philosophie körperliche Angst besänftigen? Ich verstand plötzlich und habe es seitdem häufig bestätigt gefunden, dass ein Mann auch mit noch so viel Gottvertrauen seine Hand nicht in eine Flamme halten kann. Unsere Natur ist dagegen. Die Frau von Basing, die mich in der Nacht heimgesucht hatte – was hatte sie gefühlt, als die Klinge ihre Eingeweide zerschnitt? Sie hatte nicht geschrien, doch vielleicht nur, um uns ein letztes Mal zu täuschen?

Der Zahnschmerz war tatsächlich gewandert. Er war nun im Unterkiefer rechts zu spüren, eine weiße Flamme des Schmerzes, die ihre Spielchen mit mir trieb und um meinen Kieferknochen herumleckte, als wolle sie mich von innen verzehren. In der Hast des Anziehens zerrte ich an meinen Kleidern und ging schließlich in Hemd und Hosen nach unten. Ferris stand am Kamin. Die Tante war da und sah krank aus. Neben ihr stand ein kleiner, glatzköpfiger Kerl mit wenigen schwarzen Locken um die Ohren. Er wirkte so kräftig wie eine Bulldogge, hatte monströse Waden und krumme Beine. Mitten im Raum stand ein Stuhl.

Ich nickte der Bulldogge zu. »Mister Chaperain. Guten Morgen, Tante.«

»Setzt Euch, Sir.« Er wandte sich an meine Tante. »Jetzt sehe ich es auch, Madam.«

»Er meint«, erklärte mir Ferris, »dass du zu groß bist, um festgehalten zu werden, und daher lieber gefesselt werden solltest.«

»Ich werde still sitzen«, sagte ich entrüstet.

»Bei allem Respekt, Sir, meine Erfahrung hat mich gelehrt, dass nicht einmal die tapfersten Herren dies vermögen«, murmelte Chaperain. »Wenn Ihr Euch nicht fesseln lasst, kann ich Euch keinen Zahn ziehen.«

Hatte ich nicht gerade noch überlegt, dass die Natur es nicht zulässt, sich selbst zu quälen? »Nun gut«, sagte ich.

»Zunächst fesseln wir Euch noch nicht«, er lächelte mir zu. Ich setzte mich auf den Stuhl und hatte, glaube ich, mehr Angst als in der Armee oder vor Walshe. Ein Mann mag noch lachen, wenn ein bloßes Risiko für Schmerz besteht, aber nicht, wenn er sieht, wie Folterbank und Schraubstock für ihn vorbereitet werden. Gefesselt. Ich begann bereits unter den Armen zu schwitzen.

»Ich werde Euch etwas geben«, beruhigte mich die Tante. Sie drückte meine Hand und verließ das Zimmer. Der Doktor nahm inzwischen einen kleinen Hammer und begann meine Zähne abzuklopfen, als wolle er hartgekochte Eier aufschlagen. Einer seiner Schläge ließ mich vom Stuhl hochfahren.

»Ah! Das wird er sein«, murmelte er vor sich hin. »Bitte setzt Euch wieder«, und wieder klopfte er auf die gleiche Stelle. Dieses Mal flog meine Hand hoch, und mein Handrücken traf seine Nase.

»Entschuldigt mich«, murmelte ich, als wir beide schwankend an unsere Gesichter fassten.

»Das macht nichts. Der ist es, Sir! Ich werde mein Kampfbataillon bereit legen. Versteht Ihr nun die Notwendigkeit, einen Patienten zu fesseln?«, sagte er zu meinem Freund, der bereits aussah, als sei ihm übel.

»Mohn, schnell!«, rief Ferris. Zu Chaperain gewandt sagte er: »Bitte wartet, bis der Mohn Wirkung zeigt.«

»Ich habe noch andere Patienten –«

»Ihr werdet dafür entlohnt werden.«

Die Tante kam mit einem weiteren Becher Mohnsaft. Ich trank ihn in einem Zug aus.

»Nur Mut, es wird bald vorüber sein«, sagte Ferris. Er sah freundlich, aber betrübt auf mich herab. Wir schwiegen, bis der Trank seine Wirkung zu zeigen begann. Obwohl wach, schien ich zu träumen und drohte seitlich vom Stuhl zu rutschen.

»Jetzt«, sagte die Tante. Ich wurde wieder in eine aufrechte Haltung gezogen und spürte, wie ich an Armen und Beinen gefesselt wurde. Ich fragte, ob man mich fesselte, damit dieser Hund mich beißen konnte. Ferris wollte von mir wissen, wofür ich mich selbst hielt, einen Bullen oder einen Bären? Als ich lachte, steckten sie mir Watte in die linke Mundhälfte, damit ich die Kiefer nicht mehr schließen konnte. Ich merkte, dass sie mir Tücher über Hals und Brust legten. Etwas Metallisches schabte über die Zähne auf der rechten Seite. Ich schloss die Augen und ließ sie zu.

»Kein Grund, das Gesicht so zu verziehen, wir haben noch gar nicht angefangen«, hörte ich eine Stimme.

»Alles Gute, armer Junge!«

»Haltet seinen Kopf fest! Fertig?« Jemand umfasste von hinten meinen Kopf – es muss Ferris gewesen sein – und der Doktor setzte sich rittlings auf meinen Schoß, um mich mit seinem Gewicht auf dem Stuhl zu halten. Ich konnte seine eigenen, verfaulten Zähne riechen, und die Finger, die er mir zwischen die Lippen steckte, schmeckten nach Hering.

»Gebt mir einen Lappen, hier, er sabbert auf mich herab –«

Rotglühender, weißglühender Draht wurde tief in das Zahnfleisch unterhalb des Zahnes getrieben. Irgendein beißendes Gift wurde in eine weiche, offene Wunde gestreut – ich brüllte trotz seiner Finger in meinem Mund. Die Watte war zum Teil bis in meine Kehle gerutscht und drohte mich zu ersticken.

»Madam, könntet Ihr freundlicherweise die Stuhlbeine festhalten?«

Ein knirschendes, splitterndes Geräusch. Es klang wie das Kernholz einer Eiche, wenn sie gefällt wird. Ich trank mein eigenes Blut. Ich versuchte es auszuspucken.

»Hört auf! … Gebt mir nochmals den Lappen!«

»Lasst ihn spucken«, sagte Ferris. »Jacob, spuck.« Er ließ meinen Kopf los, damit ich mich über eine Schüssel beugen konnte, die die Tante hielt. Die Bulldogge wischte sich das Gesicht.

»Noch einmal und wir sind fertig. Haltet ihn wieder, Sir.« Mein Kopf wurde erneut zurückgezogen. Dann knirschte und zerrte es, als ob mein gesamter Kiefer herausgerissen würde. Ich schrie aus vollem Hals, immer und immer wieder.

»Da«, sagte jemand.

Das Knirschen hörte auf und ein nach Rost schmeckender Schmerz pulsierte in meiner Zunge. Ich merkte, dass es sich wieder um Blut handelte. Ich öffnete die Augen. Der kleine Mann hielt den Zahn hoch, der mir, benommen wie ich war, so groß und so geformt wie eine Alraunwurzel erschien. Mit blutbesprenkeltem Gesicht erhob er sich von meinen Schenkeln.

»Es wird Euch jetzt besser gehen«, sagte er.

Die Tante kam zu mir und wischte mir über den Mund; ich spürte, wie mir etwas Nasses und Schweres von der Brust genommen wurde.

»O Herr, der arme Junge!«, jammerte sie. »Und schaut – wir hätten ihm vorher sein Hemd ausziehen sollen.« Ich blickte an mir herunter und sah die hellroten Flecken auf meinem Hemd, dort wo das Blut durch die Tücher gedrungen war.

»Bluten sie alle so?«, fragte Ferris. Er kam um den Stuhl herum und hielt mir etwas Wasser an die Lippen. Ich öffnete meinen Kiefer, um zu zeigen, dass ich mit der Watte nicht trinken konnte, und er holte sie heraus. Die Tante löste mir die Fesseln.

»Oh, sie bluten alle«, sagte Chaperain. »Wollt Ihr den Zahn behalten?«, fragte er mich. Ich nickte. »Verwahrt ihn gut«, fuhr er fort, »er ist der gesündeste, den ich je gezogen habe.« Er zeigte mir, dass er weder Löcher noch sonstige Mängel hatte. Dann schlief ich auf dem Stuhl ein.

Mein Kopf schien ein einziges Durcheinander zu sein. »Mir ist schlecht«, sagte meine Stimme, und Ferris stand aus seiner Ecke auf und holte einen Topf. Ich erbrach mich heftig, und schwärzliches, stinkendes Zeug rann mir aus dem Mund. Er starrte mit gerunzelter Stirn darauf und rief: »Tante!« Ich hörte, wie ihr Kleid in der Türöffnung raschelte, als sie herbeieilte.

»Er erbricht es!«, rief Ferris. »Schaut her.« Er schob den Topf in ihre Richtung: Sie nahm ihn, schwenkte den Inhalt herum und roch daran.

»Nun?«, wollte Ferris wissen.

Sie stellte das ekelige Zeug ab und wischte mir mit irgendetwas Parfümiertem über meine Augenbrauen und Lippen.

»Blut, in seinem Bauch schwarz geworden. Das, was er geschluckt hat.«

»Wird noch mehr kommen?«

Sie zuckte die Schultern. »Bleib in seiner Nähe.«

Doch es kam nicht mehr. Während sie gegessen hatten, hatte ich zwei oder drei Stunden geschlafen. Ich konnte den Kochfisch noch riechen.

»Ich möchte zu Bett gehen«, sagte ich.

»Becs soll Euch eine Wärmepfanne hineintun«, sagte Ferris.

»Jetzt. Ich will jetzt gehen.« Als ich aufstand, war ich zwar schwach, aber doch so wohl, dass sie sich damit zufrieden gaben, hinter mir die Treppe hinaufzugehen. Meine Füße schlurften über den Boden. Ein sauberer Spucknapf wurde gebracht, und die Tante gab mir ein paar Herztropfen, bevor ich mich auszog.

»Der Mohn und der fehlende Schlaf machen Euch wirklich bettreif«, tröstete sie mich. »Und alles nur wegen eines Zahns, was?«

»Er ist weg«, sagte ich. Ein dumpfer Schmerz nagte an meinem Kiefer. Das Zahnfleisch war um die Zahnlücke herum völlig wund, und ich versuchte, nicht mit der Zunge dagegen zu kommen, da sich bei jeder Berührung Blut mit meinem Speichel mischte, wie Wein in Wasser. Ich war hundemüde, und sobald die Laken mir Wärme spendeten, schlief ich auch schon ein.

Ich verschlief den ganzen restlichen zweiten Feiertag und wachte erst in der Dämmerung des nächsten Morgens auf, weil ich das heftige Bedürfnis verspürte, Wasser zu lassen. Nachdem ich der Natur Genüge getan hatte, stieg ich mit Gänsehaut wieder ins Bett und rieb die Füße aneinander, hatte allerdings nicht mehr den Wunsch zu schlafen, sondern war neugierig zu erfahren, wie spät es wohl sei. Die Glocken von Saint Paul's bestätigten meine Vermutung, dass es vier Uhr war.

Ich lag still in der Dunkelheit und fuhr von Zeit zu Zeit mit der Zunge in das Loch, wo der Zahn gewesen war. Das Fleisch dort war zart und wund: Wenn ich es anstieß, spürte ich ein dumpfes Stechen. Doch das war keine große Angelegenheit mehr. Was mich inzwischen quälte, war vielmehr die Frage, wie ich wohl vertraulich mit Ferris reden und herausfinden könnte, ob er sich wirklich für einen betrunkenen Träumer hielt. Dieses *Alpdrücken* war sein Scherz gewesen. Er kannte das

Wort Alpdrücken, er hatte es in der Dunkelheit ausgesprochen. Doch wusste er, dass ich tatsächlich da gewesen war? Wenn dem so war, dann konnten meine Worte nur Entschuldigungen und Ausflüchte sein, und er, wie konnte er mir antworten? Oder angenommen, er wusste es wirklich nicht, warum es ihm mitteilen? Er hatte gesagt, dass ich keinen Freund verlieren würde und hatte sich seitdem mir gegenüber freundlich verhalten, dennoch konnte er sich immer noch mit Abscheu von mir abwenden oder mich sogar des Hauses verweisen. Ich dachte an Nathan und die Einflüsterung der Stimme. Doch die Stimme war voller Lügen. Ich rieb mir den malträtierten Kiefer.

Mitten in diesen nächtlichen Gedankengängen traf es mich plötzlich wie ein Schlag, dass ich *ein* Urteil noch viel mehr fürchten sollte als das meines Freundes. Der Jacob jener alten Pamphletleserunden – wer war an seine Stelle gerückt? Bis zu der Nacht, in der ich Walshe ermordet hatte und sogar noch danach, hatte ich mich für einen guten Menschen gehalten. Caro fand, dass ich mich zu leicht erregte, doch sie fand mich auch großherzig und aufrichtig. Und doch hatte ich um sie nicht so getrauert, wie es richtig gewesen wäre. Andere Ehegatten waren nicht so kalt: Wieder sah ich, wie Ferris sein Gesicht in Joannas altem Schlafhemd verbarg. Das brachte mich zurück zu der Frage: Hatte ich eine Tat schändlicher Wollust begangen? Ich erinnerte mich wieder an meine heftige Erregung, und bei diesem Gedanken breitete sich die Lust, diese Kupplerin des Teufels, plötzlich wie ein Schandfleck in mir aus: Mein Glied wurde steif, und ohne weitere Überlegungen legte ich bei mir selbst Hand an.

Da hatte ich meine Antwort. Ich zwang mich, die Hand wieder zu öffnen und an Stiefelputzen zu denken, eine Arbeit, die ich verabscheute, doch es dauerte noch lange, bis sich mein Blut wieder beruhigte. Scham schwärte in mir wie schwarzer Auswurf. Eines wenigstens konnte und würde ich tun, nämlich mich vom Alkohol fernhalten, bis der Satan wieder schwächer war und an Macht verloren hatte. Ich beschloss, meiner Mutter einen Brief zu schreiben, und setzte ihn in Gedanken tatsächlich schon auf, was mir half, langsam wieder zurück in den Schlaf zu finden.

Doch der Beelzebub kennt jede Menge Fangschlingen und breitete sofort wieder seine Netze über meinem Schlaf aus. Ferris lag neben mir im Wald. Er war so verliebt wie eine Frau, nahm meine Hände und steckte sie sich unter das Hemd. Diese Bilder ließen mich aus dem Schlaf hochfahren, und ich konnte mich nicht länger zurückhalten. Ich tat es immer noch halb benommen, und die Lust vermischte sich mit dem Schmerz im Kiefer, so dass ich beinah meinte zu sterben. Noch lange danach lag ich wach und hatte Angst, wieder einzuschlafen, obwohl überhaupt keine Gefahr mehr bestand. Ich hatte ein eigenes Alpdrücken, das begonnen hatte, mich zu beherrschen.

15. Kapitel
Gebrochene Männer

Als ich an jenem Tag schließlich nach unten ging, wartete Rebecca bereits wie üblich auf mich und stellte mir jede Menge Fragen zu meiner Gesundheit. Ich versicherte ihr, dass die Zahnschmerzen verschwunden seien und dass ich nun wieder etwas essen könne. Sie erwiderte sofort, sie werde mir etwas vom gestrigen Früchtekuchen bringen, der sei ›so gut, dass es ein Jammer wäre, nicht davon gekostet zu haben‹, und sie habe ihn extra für mich aufgespart. Ich sagte ihr, dass ich das sehr nett fände, und als sie den Raum verließ, legte ich den Kopf auf die Tischplatte und dachte, wo immer Männer und Frauen zusammenlebten, zogen ihre Begierden dem jeweils anderen den Boden unter den Füßen weg. Jetzt musste sich nur noch Ferris in Rebecca verlieben, um unser Elend komplett zu machen. Der Gedanke ließ mich verkniffen lächeln; ich richtete mich wieder auf, und so fand sie mich bei ihrer Rückkehr vor.

»Ich freue mich, Euch wieder fröhlich zu sehen«, sagte sie. »Der Herr und die Herrin haben erzählt, was für Schmerzen Ihr gehabt habt, und das auch noch für einen guten Zahn. Die Herrin sagte, es sei eine Schande gewesen.«

Sie hatte die Speise auf einem hübschen niederländischen Teller arrangiert und, ohne darum gebeten worden zu sein, auch etwas Warmbier mitgebracht. Errötend stellte sie beides vor mich hin. *Oh, Kind,* dachte ich, *schau dich anderswo um, ich bin bereits zweimal verkauft.* Mit förmlicher Höflichkeit sagte ich ihr, der Kuchen sehe sehr gut aus, doch das reichte auch schon, um einen verliebten Blick zu bekommen. Mithilfe eines Schlucks Bier zerkaute ich in der linken Mundhälfte vorsichtig die Kuchenkruste.

»Schaut, Sir.« Sie hielt mir etwas hin: den Zahn. Mir gefiel es nicht, ihn in ihrer Hand zu sehen, daher nahm ich ihn ihr ab, nur um ihn neben den Teller zu legen.

»Er ist so fest wie Marmor«, sagte sie. »Mister Chaperain sagte, Eure Zähne seien ausgezeichnet.«

»Ausgezeichnet!«, schnaubte ich.

»Sind sie es denn nicht?«

»Glaubt er, ich habe mir Zahnschmerzen ausgedacht, nur um der Freude willen, ihn zu sehen?«

»O nein, Sir. Er meinte nur, dass Ihr gute Zähne habt.«

Ich wusste, dass ich mich ungehobelt benahm, und fragte mich, warum sie so an mir hing. In der Hoffnung, irgendjemand werde sie bald wegrufen, nahm ich noch ein Stück Kuchen, knabberte daran und fragte: »Wo sind die anderen?« Weiter wollte ich nicht gehen, um ihr zu sagen, dass mir ihre Gesellschaft lästig war.

»Die Herrin besucht Mistress Osgood.« Von dieser Jane Osgood hatte ich schon mehr als einmal gehört – eine junge Frau, schwanger und inzwischen so dick, dass es mindestens Zwillinge werden mussten. Da es sich um ihre erste Schwangerschaft handelte, hatte sie furchtbare Angst.

»Kommt sie nieder?«

Rebecca zuckte mit den Schultern. »Die Herrin hat nichts dergleichen gesagt, aber der Termin muss kurz bevorstehen.«

»Und Mister Ferris –?«

»Ist hier.«

Ich blinzelte.

»Arbeitet an der Presse«, erklärte Becs. Meine Fragen waren ein Fehler gewesen, denn egal wie belanglos das Gerede war, so gab es ihr doch einen Grund zu bleiben. Daher wandte ich mich wieder dem Kuchen zu, und schließlich verließ sie das Zimmer, wobei sie mir noch einen verschmitzten Blick über die Schulter zuwarf. Sie war neuerdings viel kecker, und ich seufzte. *1646*, dachte ich, *wird so werden wie das alte Jahr, ein Chaos.* In dieser Laune kaute ich weiter, bis sich ein Krümel der Kuchenrinde in die Wunde bohrte. Meine Augen füllten sich mit Tränen und das Fruchtstück wurde von Blut umspült.

»Jacob!«, Ferris steckte seinen Kopf durch die Tür. Ich meinte, Freude in seinem Blick zu erkennen. »Wie lange bist du schon auf?«

»Nicht lange.«

»Willst du mitkommen, wenn du aufgegessen hast? Zu Saint Paul's Cathedral?«

Ich nickte, errötete vor Freude und er setzte sich, um auf mich zu warten. Er hätte nicht zu fragen brauchen, denn es gab für mich nichts Schöneres, als mit ihm durch London zu laufen. Manchmal ging ich alleine umher, doch obwohl es viel zu bewundern gab, zum Beispiel Märkte, Kirchen, Paläste und Uferpromenaden, zermürbten mich manchmal die Menschenmassen, vor allem unten am Fluss und außerdem hatte ich stets Angst vor Taschendieben. Dann gab es noch die so genannten Wassergräben und Kanäle, doch wer vom Lande kam, bezeichnete sie richtiger als fließende Jauchegruben, denn vor lauter Dreck stand das Wasser fast in ihnen. Sämtliche Straßen waren nicht nur vom Regen nass, sondern auch Nachtgeschirre wurden in sie entleert, und ein fürchterlicher Gestank stieg von den schwitzenden, grünlichen Steinen auf. Obwohl ich mich schon einige Wochen in der Stadt aufhielt, staunte ich immer noch darüber, wie die Einwohner es fertig brachten, über schwarzes Gemüse, verfaulende Katzen und brodelnde Scheiße zu gehen und das Ganze dabei offensichtlich weder zu sehen noch zu riechen. Trotz meines Ekels ließ ich jedoch nie die Chance aus, etwas Neues zu sehen, und wenn Ferris mir ein oder zwei berühmte Gebäude zeigen konnte, hatte ich das Gefühl, mein Wissen anzureichern und dadurch auch ohne Geburtsrechte Bürger dieser Stadt werden zu können.

Obwohl Saint Paul's ganz in der Nähe lag, hatte ich die Kathedrale noch nie betreten. Der Ausflug ließ sich gut an, denn Ferris schien sich über meine Aufregung zu amüsieren, und in dieser Stimmung war er oft besonders freundlich zu mir. Ich schob den Kuchen zur Seite, ohne ihn aufzuessen.

Der Tag hätte nicht scheußlicher sein können, dunkel und stürmisch. Die meiste Zeit schirmten uns drei- und viergeschossige Häuser gegen den Wind ab, die alle versuchten, noch ein bisschen höher in die Luft zu ragen als ihre Nachbarhäuser, und so blieb am Ende nur ein kleiner Spalt Himmel übrig, durch den das Licht einfallen konnte. Ich hatte das Gefühl, wir gingen in einen Stollen hinein, statt auf der Erde herumzuspazieren. Trotz der Kälte waren viele Leute unterwegs. Viele Männer schienen wie wir zu den Geschäften rund um den Kirchplatz von Saint Paul's unterwegs zu sein. Manche sahen gelehrt aus, andere waren von Alkohol und der Menge angeregt und wirkten eher laut und ungestüm. Es gab auch Frauen: Marketenderinnen, die an kleinen Ständen heiße Maronen und Gebäck feilboten; andere wiederum eilten mit gesenktem Haupt vorbei, eine davon vielleicht eine Hebamme auf dem Weg zu Mistress Osgood. Zwei dieser Frauen liefen eine ganze Straßenlänge eilig vor uns her, und ihre Worte wurden vom Wind zu uns nach hinten getragen. Ich hörte, wie die eine sagte: »Sie kann nicht verheiratet sein, denn sie kann nicht trocken in ihrem Bett liegen«, und wie die andere antwortete: »Was! Sechzehn und noch wie ein Kleinkind!« »Ja«, sagte die erste, »und ihre Mutter sagt, es ist alles nur eine List …«

Ich hörte nichts weiter von dieser unglücklichen Person. Von Zeit zu Zeit kam ein übel riechender Schwall aus einer der Gassen oder holte uns an einer Ecke ein. Ich sperrte den Mund auf, als ich vor uns einen Mann mit vier Hüten übereinander sah. Ich konnte mir nur schwer vorstellen, wie er es schaffte, sie aufzubehalten.

»Ist er geistesgestört?«, fragte ich.

Ferris lachte mich aus. »Die sind zum Verkauf.«

Kaum hatten wir dieses Menschengedränge hinter uns gelassen, wurden wir vom Gewühl vor den kleinen Läden rund um Saint Paul's aufgesogen, viele von ihnen so gegen die Mauern des Platzes geschmiegt, dass sie gar keine eigene Fassade zu haben schienen. Ich hielt an und sagte zu Ferris: »Wir hatten einen Kupferstich, auf dem dieser ganze Platz zu sehen war. Doch wo mag der Künstler gestanden haben?«

Er dachte nach. »Ich weiß es nicht. Es gibt, soweit ich weiß, keine Stelle, von der aus man alles überblicken könnte.«

Ich war verwirrt, als wir auf die Buchverkäufer zugingen, doch Ferris meinte, dass wir ein paar Geschäfte zu erledigen hätten, er mir aber hinterher gerne die Kathedrale zeigen wolle. Er trat in eine Art Hütte, die an der Kirchenmauer lehnte. Im Inneren fanden wir einen blässlichen jungen Mann, dessen Haar so schwarz war, dass es fast bläulich glänzte. Er schien sich im Dunkel des hinteren Teils zu verstecken, doch als er Ferris sah, kam er nach vorn.

»Willkommen. Ich habe Euch dieses Jahr gar nicht gesehen«, sagte er.

»Ich war im Krieg«, erwiderte mein Freund und berührte dabei seine Wange.

»Dann seid umso mehr willkommen.« Sie klopften einander auf die Schulter. »Es gibt einige neue Dinge, die Euch gefallen könnten«, fuhr er fort, »wenn Ihr mir die Ehre gestattet …?« Er bückte sich, um aus einem Stoß Papier, der im hinteren Teil des Ladens lagerte, einige Seiten herauszuziehen. Ferris machte sich daran, die Blätter zu überfliegen und runzelte dabei ab und an die Stirn. Andere Kunden standen herum und falteten Karten auf oder lasen Theaterstücke, wobei sie mit den Fingern die Zeilen entlangfuhren und stumm die einzelnen Worte nachsprachen. Ein großer, lebhaft aussehender Gentleman war so in seine Lektüre vertieft, dass ich herausfinden wollte, um was es sich handelte. Doch als ich mich ihm näherte, klappte er das Buch zu und drückte es mit einem finsteren Blick an die Brust, als wolle er sagen, ›Schert Euch zum Teufel, Ihr unverschämter Kerl‹, so dass ich mich zurückzog, ohne mehr als den Namen des Autors erkannt zu haben: ein gewisser Aretino. Ich dachte, es könne sich dabei um einen spanischen Namen handeln und der Schreiber sei vielleicht ein Mönch. Nach der Zurückweisung durch den großen Gentleman studierte ich den Inhalt des Regals hinter der Theke, wo vor allem Predigten und politische Pamphlete standen, jedoch kam mir keiner der Titel bekannt vor.

»Freiheit ist keine Sünde«, hörte ich meinen Freund sagen. »Packt es mir bitte ein.« Es raschelte, während sein Einkauf sorgfältig vor dem Wind geschützt wurde.

»Werdet Ihr wie früher mal wieder mit uns speisen?«, fragte Ferris.

Ich schaute auf. Der junge Mann zögerte. »Ich – ich habe mich vermählt, während Ihr fort wart.«

Ferris zuckte mit den Schultern. »Kein Grund, nicht zu kommen.«

»Und mein Vater ist gestorben.«

»Das zu hören tut mir aufrichtig Leid –«

»Er hat mir den Laden hinterlassen. Hier bin ich jetzt immer.«

»Nicht mal einen Becher Wein unter Freunden.« Als Ferris bedauernd lächelte und den Hut lüftete, errötete der Mann. Wir gingen hinaus in den dunkelnden Tag. Draußen drehte Ferris sich mit dem Rücken zum Wind, verstaute das dünne Päckchen sorgfältig zwischen Hemd und Mantel und fluchte: »Ich habe vergessen, ihn wegen Papier zu fragen.«

»Wir können zurückgehen.«

»Zu spät«, sagte er. »Alles zu spät. Wollen wir in die Kathedrale gehen?«

Ich zitterte. Es war so kalt, dass ich am liebsten heimgegangen wäre, aber vielleicht war das meine einzige Chance, die Kirche zusammen mit ihm zu betrachten.

»Wir können auch wiederkommen«, sagte er, als er mein Zögern sah. »Es gibt noch etwas, das ich in der neuen Tauschbörse erstehen möchte.«

Widerwillig schlenderte ich neben ihm weiter. Doch als wir dort ankamen, gab es dort so viel zu sehen, dass ich Ferris bat, alleine umherwandern zu dürfen. Er war sofort damit einverstanden, und ich hatte den Eindruck, er sei froh, mich für eine Weile los zu sein. Nachdem ich mir die ganzen Juwelen, Lebensmittel, Parfümtöpfe und Bücherstapel angeschaut hatte, traf ich ihn wieder. Außer seinem geheiligten *Freiheit ist keine Sünde* hatte er jetzt noch eine Rolle Papier im Arm.

»Was ist das?«, fragte ich.

»Im Moment noch ein Geheimnis.«

Wieder stürzten wir uns in das Gewirr aus Straßen und Gassen, deren Pflaster durch den Nieselregen jetzt noch rutschiger geworden waren. Es war gespenstisch: Schritte hallten, lange bevor das Auge eine menschliche Silhouette ausmachen konnte, und ich zuckte jedes Mal zusammen, wenn uns jemand entgegenkam. Die übliche Furcht vor Straßenräubern ließ mein Herz heftig schlagen. Ich fand es merkwürdig, dass meine Körpergröße mich nicht vor dieser Angst schützte. In der Dunkelheit wäre ich beinah ausgerutscht, nachdem ich in etwas gleichzeitig Zerbrechliches und Glitschiges getreten war, ein Gefühl, das mich schaudern ließ. Ich ekelte mich davor nachzuschauen, um was es sich handelte, daher ging ich einfach weiter und schleifte mit der einen Sohle etwas über den Boden.

Am Ende der Straße schien ein fahles, bernsteinfarbenes Licht, und ich konnte das Scheppern und Gemurmel aus einer Taverne hören. In der Tür stand ein Mann, der gerade ausspuckte und dabei offensichtlich nach jemandem Ausschau hielt.

»He, Christopher!«

»Daniel, mein Junge!« Ferris eilte auf ihn zu, um ihn zu umarmen.

»Ihr trinkt doch etwas Wein mit uns, Freund?«, fragte mich Daniel über Ferris' Schulter hinweg.

Er erinnerte mich an eine rothaarige Eule, doch sein Gesicht war, abgesehen vom Glanz des Alkohols, freundlich und aufgeweckt. Sobald sich Ferris von ihm gelöst hatte, nahm er meine Hand und schüttelte sie heftig.

»Das ist Jacob Cullen«, sagte Ferris. »Und nein, mein Freund, es tut mir Leid, aber wir müssen nach Hause. Meine Tante erwartet uns. Doch wie ist es Euch ergangen?«

Der Mann seufzte. »Ich war nicht geschaffen als Schreibstuben-Handlanger. Die Fechtschule – ja, das war eine Aufgabe.«

»Warum seid Ihr nicht –« Ich brach ab. Da Ferris und Daniel beide nach unten schauten, folgte ich ihrem Blick und sah, was ich bis dahin im fahlen Licht nicht erkannt hatte: Daniels linkes Bein war aus Holz.

»Bitte entschuldigt mich, Sir. Ich hatte nicht bemerkt –«

Er klopfte mir auf den Arm. »Warum solltet Ihr auch!«

»Dann also keine Schwerter mehr«, sagte Ferris. »Könntet Ihr denn mit einem Spaten umgehen?«

»Ich weiß nicht. Zumindest habe ich es noch nie versucht.« Daniel lachte schallend. Ich überlegte, wie viel er wohl schon getrunken haben mochte.

»Ich schlage vor, freies Land zu bestellen und Getreide anzubauen.«

»Ah, daher weht der Wind, was?« Daniel packte mich am Ärmel. »Seid Ihr auch so einer?«

»So einer?«

»Noch so ein Träumer.« Er wandte sich an Ferris. »Euer Mann ist Richard Parr. Verrückt wie der Mann im Mond.«

»Er will eine Kolonie aufbauen?«

»Vielleicht nicht eine eigene, doch er würde bei Euch mitmachen. Körperlich hervorragend geeignet, doch arm. Logiert im Twentyman's.«

»Das kenne ich.« Ferris' Blick hatte sich nach innen gekehrt. Er schüttelte seine Gedanken ab und fragte: »Werdet Ihr einmal zu uns zum Essen kommen, Dan?«

»Nein, doch vielen Dank.« Die Augen des Mannes glänzten. »Zu weit auf diesem Bein.«

»Dürfen wir dann vorbeikommen, um den neuen Sprössling zu sehen?«

»Wann immer Ihr wollt.« Doch im Moment schien er uns loswerden zu wollen. Auch ich drückte den Wunsch aus, bald wieder seine Gesellschaft genießen zu dürfen, und dann verließen wir ihn. Als wir an der Taverne vorbeigingen, hörte ich, wie einige Männer die *Ballade vom käuflichen Soldaten* grölten.

Ich kämpfe nicht zum Wohle meines Landes,
Ich kämpfe, um Beute und Lust zu erlangen …

»Der Regen hat aufgehört«, sagte Ferris. Doch das war ein geringer Trost, denn die Straßen waren so dunkel wie noch nie und die Kälte brannte mir auf den Wangen. Wir gingen schweigend ein paar Meter, bevor ich fragte: »Wird Dan dort die ganze Nacht verbringen?«

»Wenn der Wirt seine Lizenz behalten will, sollte er es ihm nicht erlauben.«

»Ich hätte nie gedacht, dass du einen Säufer zum Freund hast«, sagte ich.

»Was, wahrscheinlich glaubst du auch noch, ich sei noch nie in einer Taverne gewesen?« Er lachte kurz auf und fuhr dann sachlich fort: »Dan war noch kein Säufer, als ich ihn kennen lernte.«

Diese gebrochenen Männer, dachte ich, *sind überall. Wer wird sie aufsammeln und wieder zusammenflicken?*

Rebecca öffnete die Tür. »Ich dachte, es sei die Herrin«, rief sie, als sie uns erblickte. »Sie wird doch nicht noch länger ausbleiben?« Sie eilte zurück in die Küche, aus der es stark nach gebratener Gans roch.

»Mistress Osgood kommt vermutlich nieder«, sagte Ferris. Als er seinen Mantel aufknöpfte, ließ ihn die Wärme schaudern, dann legte er das Päckchen vom Kirchplatz auf den Tisch. Ich stellte mich vor den Kamin, rieb mir die blauen Hände und dankte Gott für die Annehmlichkeit von Kohle in solch einer bitteren Nacht.

Ferris griff nach dem Päckchen und seufzte verärgert: »Meine Finger sind zu kalt.«

»Meine auch.«

»Wir sollten uns Handschuhe aus Hundeleder besorgen.« Schließlich war er doch in der Lage, die Verpackung zu lösen. »Hier! Ein Schatz wird enthüllt.«

Freiheit ist keine Sünde sah merkwürdig aus für einen Schatz. Adam und Eva waren darauf ohne ihre Feigenblätter abgebildet und standen dem Leser nackt und schamlos gegenüber. Zwischen ihnen steckte ein Spaten senkrecht in der Erde, aus dessen Griff ein prächtiger Baum wuchs, so wie man noch keinen gesehen hatte. Am ehesten glich er noch dem papistischen Baum in Glastonbury, von dem die listigen Mönche behaupteten, er sei dem Wanderstab Josephs von Arimathea entsprungen. Denn auch dieser Spatenbaum trug gleichzeitig Früchte und Blüten. Ich wusste sofort, um was für eine Art Lektüre es sich handelte, und stöhnte innerlich.

Ferris sah es. »Keine Lust darauf, was?«

Er konnte seine Enttäuschung nicht verhehlen, und ich schämte mich sofort meiner selbst und meines Dickkopfes.

»Wir lesen es zusammen, wann immer du willst«, sagte ich, worauf seine Augen sofort aufleuchteten, und er meinte, dass wir uns zunächst aufwärmen würden. Er nahm das andere Päckchen, die Rolle, verstaute sie vorsichtig im Bücherschrank und schloss diesen ab.

»Wirst du mir jetzt sagen, was es ist?«, fragte ich.

»Ich habe dir gesagt, dass es erst einmal ein Geheimnis bleibt.«

Er steckte seinen Kopf aus der Tür und rief die Treppe hinab nach Rebecca. Das arme Mädchen eilte wie immer sofort herbei und brachte mich schon wieder in Verlegenheit, denn sie verschlang mich fast mit Blicken, bevor sie Ferris anschaute. Ich erinnerte mich daran, dass ich den Kuchen, den sie extra für mich verwahrt hatte, nicht ganz aufgegessen hatte, und errötete daraufhin. Allerdings hätte ich mich am liebsten gleich selbst dafür getreten, denn welchen Schluss mochte sie wohl aus meinen roten Wangen ziehen, dadurch wurde es nur noch schlimmer.

»Bring uns bitte etwas Wein hoch«, bat er sie.

Ich sagte: »Ferris, ich möchte keinen.«

»Nun, ich schon.«

Ich hustete. »Wir – Daniel –« Da das Mädchen zuhörte, wollte ich diskret sein.

»Und von dem Käse, den wir gestern hatten, Becs.« Sie knickste und verließ den Raum.

»Ferris, nicht.«

»Ich bin nicht Dan. Ich bin ich, mir ist kalt und ich will mich aufwärmen.«

Ich schwieg. Rebecca brachte den Wein und zwei Becher. Sie goss einen ein, und ich bat sie, den anderen wieder mitzunehmen: Ich würde warten, bis wir die Gans gegessen hatten.

»Brot und Käse kommen sofort«, sagte sie, da sie mich offensichtlich missverstanden hatte.

»Ich trinke etwas Warmbier, wenn noch welches übrig ist«, bat ich. »Gibt es noch welches?« Sie nickte und ging wieder hinaus.

»Warmbier wärmt genauso gut wie Wein«, sagte ich.

»Wenn du das sagst«, antwortete er. »Sollen wir einen Blick auf *Freiheit ist keine Sünde* werfen?«

Er zündete eine recht neue Kerze an, legte das Pamphlet auf den Tisch, nahm seinen Wein und setzte sich vor die Schrift, als handele es sich um ein Festmahl. Halb wollte ich lachen, doch dann zog ich einen Stuhl neben den seinen und bemühte mich, ein respektvolles Gesicht zu wahren. Es war leichter gewesen, den Wein abzulehnen, als ich gedacht hatte – ich hatte befürchtet, dass er mich drängen würde –, und ich fühlte mich ruhig, sicher, dass ich mich nicht zu schämen brauchte. Ferris las laut vor und machte von Zeit zu Zeit eine Pause:

Obwohl wir wissen, dass es der Allmächtige war, der Mann und Frau schuf, also Adam als Urahn und Eva als Urahnin aller Menschen, ohne Ausnahme, also Mann und Frau, das bedeutet alle Männer und alle Frauen, warum hat es seitdem so viele Könige, Herren und Grundbesitzer gegeben, die ihresgleichen mit Füßen treten und sich davor ekeln, sie Brüder zu nennen?

Ich schaute nicht auf das Pamphlet, sondern lauschte lediglich seiner Stimme. Er sprach die Worte fragend aus, als ob er von einer süßen Vision voll göttlichem Licht überwältigt würde. Seine Stimme zitterte, und als ich ihn anblickte, sah ich ein Glitzern in seinen Augen, das von einer Träne herrühren mochte. Zeb, dachte ich, hatte leiser und verführerischer gesprochen, doch Ferris' zögerliche, leidenschaftliche Art machte es für einen Freund unmöglich, ihn zu unterbrechen. Bislang hatte ich diesen Schmerz in seiner Stimme erst ein einziges Mal gehört, nämlich als er mir erzählt hatte, wie er Joanna aus ihrer Abhängigkeit befreit und ihr ein sicheres Zuhause gegeben hatte. Doch damals hatte er nicht dabei getrunken.

Und so wurde die Erde allen Menschen gegeben, damit sie sich daran erfreuen sollten. Auch wenn Eden verloren ist, könnten wir mit Arbeit und brüderlichem Umgang miteinander ein glückliches und fruchtbares Israel erbauen. Und jenen Anhängern königlicher Macht, die sagen, ihr kommt nur, alle Klassen und Ränge niederzuwerfen, antworten wir ohne Scham, dass wir nichts anderes als ihre enteigneten jüngeren Brüder sind. Ja, das sind wir, und wisst ihr nicht, dass wir ein *Fleisch und Blut sind, und schämt ihr euch nicht, euch schon so lange als Herren aufzuspielen? Doch wir werden euch bereitwillig vergeben, wenn ihr die Reichtümer, die ihr unrechtmäßig besitzt, freigebt und euch mit uns vereint –*

Die Tür ging auf. »Hier ist der Käse«, sagte Rebecca. »Und Euer Warmbier, Sir. Ich habe noch etwas Muskatnuss hinzugefügt, gegen die Kälte.«

Wir dankten ihr, und sie ging wieder hinaus, nicht ohne mir vorher einen sehnsüchtigen Blick zugeworfen zu haben, der mich zusammenzucken ließ. Ferris legte das Pamphlet nieder und schnitt uns beiden etwas Brot und Käse ab, denn obwohl ich nicht gewohnheitsmäßig trank, wollte ich doch etwas essen.

»Nun, was meinst du?«, fragte er und fuchtelte mit dem weißen Brot herum.

»Mir kommt es merkwürdig vor«, antwortete ich zögernd, »solches zu lesen und dabei gleichzeitig von einer Frau bedient zu werden. Als ich das letzte Mal derlei Dinge las, war ich selbst ein Diener, und jetzt habe ich eine Magd, oder besser gesagt –«, hier sah ich die Möglichkeit, ihn zu necken, »hast du eine. Spielen wir uns ihr gegenüber nicht als Herren auf? Ich könnte Brot holen und Warmbier machen, du etwa nicht?« Ich nahm ein Stück Käse und wartete.

Ferris runzelte die Stirn; er kaute langsam, schob das Brot in seinem Mund hin und her und weichte es mit Wein auf. »Ich weiß nicht, was ich sagen soll«, gestand er schließlich. »Glaubst du, Jacob, dass der Mann, der dieses geschrieben hat, auch Diener hat?«

Wir schwiegen, und obwohl ich ihn nur hatte necken wollen, fand ich die Angelegenheit, je länger ich darüber nachdachte, ernsthafter Betrachtung wert.

»Sie ist die Dienerin meiner Tante«, fuhr er unsicher fort. »Nicht meine.«

»Doch wir beide erteilen ihr Befehle.«

Das dampfend heiße Bier schmeckte mit den vielen Gewürzen hervorragend. Becs zeigte mir, wie gut sie für einen Mann sorgen konnte. Ich trank es aus und fuhr fort: »Wir haben keine Frauen, und sie tut für ihren Lohn vieles, was unsere Frauen natürlicherweise für uns tun würden, wären wir verheiratet.«

Jeder Mann außer Ferris hätte an dieser Stelle einen Scherz gemacht, doch er fragte mich stattdessen: »Ist dann nicht die Ehefrau auch eine Art Dienerin?«

»Nicht mehr als der Ehemann, der sich ebenfalls ohne Entlohnung um den Haushalt kümmert.«

»Das bedeutet, dass unverehelichte Männer und Frauen stets Diener haben werden – nein, warte, Jacob, wir kommen vom Weg ab. Auch Eheleute haben Diener, was beweist, dass es nicht eine Frage des Ehestandes, sondern eine Frage des Reichtums ist.«

»Würdest du deine Tante reich nennen? Sie arbeitet fast genauso viel wie Rebecca.«

»Denn Faulheit ist eine Sünde. Sie ist keineswegs arm.« Er goss sich einen weiteren Becher Wein ein.

»Würdest du Rebecca in eure Gemeinschaft aufnehmen?«, fragte ich.

»Ja«, erwiderte er ohne zu zögern.

»Warum sollte sie uns dann jetzt dienen?«

Ferris rieb sich das Ohr. »Weil der Haushalt so organisiert ist. Deswegen müssen wir auch von hier fort. Wenn ich Becs jetzt nach oben rufe, damit sie mit uns redet, verbrennt die Gans und meine Tante ist verärgert, weil sie und ich unterschiedliche Dinge wollen.«

»Du könntest dich selbst um die Gans kümmern. Mit deinen Händen arbeiten!«, neckte ich ihn.

»Nein, nein. Wenn ich sie jetzt zu uns beiden nach oben rufe, macht sie das zu einer Art Ehefrau.«

Jetzt fühlte ich mich unwohl.

»Wohingegen«, fuhr er fort, »sie in einer Kolonie mit vielen Männern und Frauen eher eine Art Schwester wäre.«

»Bist du davon überzeugt?«, fragte ich. »Als ich Diener war, arbeiteten Männer und Mädchen zusammen, und – und sie waren nicht wie Brüder und Schwestern. Nicht im Geringsten«, fügte ich hinzu, wobei ich an Zeb und Patience dachte.

Wieder schwiegen wir. Ich spürte, dass eine Spannung in der Luft lag: Mit dem Gerede über Frauen hatten wir uns auf ein gefährliches Terrain begeben, und es war mein Fehler. Wenn nur Ferris aufhören würde zu trinken.

Er nahm das Pamphlet wieder in die Hand und wollte weiterlesen, doch ich sagte: »Lass es mich still für mich lesen, hier, rück die Kerze zu mir herüber.« So kamen wir wieder zur Ruhe, und ich fuhr fort, Warmbier zu trinken, während ich *Freiheit ist keine Sünde* las. Es kam mir in den Sinn, dass Ferris selbst vielleicht diese Zeilen geschrieben hatte; er lächelte ein paar Mal beim Durchlesen. Der Inhalt wiederholte sich. Wie mein Freund, so hielt auch der Verfasser das Errichten eines Neuen Jerusalems für den einzigen Weg, mit alten Gewohnheiten zu brechen. Am Ende der Lektüre seufzte Ferris befriedigt. »Hast du zu Ende gelesen?«, wollte er wissen und schob mir die Kerze noch näher hin.

»Ja«, log ich, denn ich sah, dass der Schluss nur noch aus Ermahnungen bestand.

»Hättest du es gerne, wenn Becs mit uns käme, Jacob?«, fragte er plötzlich. Überrascht hob ich den Blick und merkte, dass er mich genau ansah. Meinte er mit *einem* von uns? Wenn ja, mit wem?

»Darüber habe ich noch gar nicht nachgedacht«, sagte ich. »Ich habe das eben nur um der Argumentation willen gesagt.«

Jemand polterte die Stufen herauf. Ich stand auf – erleichtert –, um die Tür zu öffnen und blickte auf die vor Müdigkeit schwankende, blasse Tante. Sie trat ein, brachte die Kälte der nassen Straßen mit in die Stube und roch den Duft im Haus.

»Oh, die Gans!«, rief sie. »Glaubt mir, die kommt mir jetzt gerade recht!« Ferris gab ihr einen Kuss und stocherte im Kamin herum. Ihr

Blick wanderte erst zur Weinflasche und dann vorwurfsvoll zu mir: Ich zuckte mit den Schultern, um zu zeigen, dass ich hilflos war.

»Willkommen zurück«, sagte ich betont, und ihr Blick zeigte, dass sie mich verstand.

»Nun, Christopher«, sagte sie, während sie sich neben dem Feuer niederließ und die Bänder ihres Umhangs löste. »Willst du nicht wissen, wie es Mistress Osgood geht?«

»Ich hoffe, sie ist wohlauf?« Ferris hörte auf, im Feuer herumzustochern und setzte sich zu ihr. »Niedergekommen?«

»Sie hat einen Jungen geboren, doch wie wir bereits angenommen hatten, gibt es zwei, ich habe sie verlassen, als das zweite auf dem Weg war. Sie hat solche Schmerzen, die arme Seele! – ich bin sicher, ihre eigene Mutter, wäre sie noch am Leben, hätte nicht mehr für sie beten können als ich. Und sie ist so voller Angst!« Sie verschränkte die Finger ineinander. »Es ist genau, wie es der Pfarrer letzte Woche gepredigt hat: Wenn man sieht, was eine schwache Frau alles ertragen kann, wenn sie muss, dann sollte ein Mann zu fast allem in der Lage sein!«

»Außer Zahnschmerzen«, sagte Ferris. Seine Lockerheit überraschte mich, doch dann bemerkte ich die Härte in seinem Gesicht und den mitleidigen Blick der Tante. Joanna war wieder unter uns.

Ferris nahm den Umhang der Tante. »Wer ist denn jetzt bei ihr?«

»Ihre Schwiegermutter und die Hebamme. Sie wird gut versorgt.« Die Tante knetete ihre ausgezehrten Wangen, um ihnen wieder etwas Farbe zu verleihen. Ferris erhob sich, goss etwas Wein in seinen Becher und reichte ihn ihr.

»Wir waren heute an der Kathedrale«, sagte ich, während sie trank und seufzte.

»Saint Paul's? Wie hat es Euch gefallen?« Sie wandte mir ihren müden, zärtlichen Blick zu. Wohlweislich erwähnte ich Daniel nicht, sondern erzählte ihr stattdessen von dem Buchverkäufer und Ferris' neuem Pamphlet.

Sie griff nach *Freiheit ist keine Sünde*, blätterte darin herum und blieb einen Moment an dem Bild von Adam und Eva hängen, doch ohne eine Kerze direkt vors Papier zu halten, war es inzwischen zu dunkel zum Lesen.

»Soll ich Becs sagen, sie möge die Gans heraufbringen?«, fragte Ferris. Die Tante nickte.

»Ja, erteile ihr Befehle«, warf ich ein. Er schaute mich scharf an, ging dann jedoch und kam mit der Meldung wieder, dass sofort serviert würde.

Es war vielleicht das schweigsamste Mahl, das wir je gemeinsam einnahmen. Wir waren alle müde und bereit, ohne viel zu reden beisammenzusitzen. Die Gans war sehr zart und fett, doch auch so würde ich bald einschlafen. Ich beobachtete, dass Ferris so viel von dem Geflügel aß wie wir, obwohl er von dem Brot und Käse den Löwenanteil gehabt hatte. Er trank weiter, doch weder nuschelte er, noch wurde er besonders redselig. Ich trank lediglich Bier zum Essen, worauf die Tante mir anerkennende Blicke zuwarf, ihren Neffen hingegen ängstlich beobachtete.

»Ich werde morgen nach ihr sehen«, sagte die Tante plötzlich, wobei die Worte von einem herzhaften Gähnen in die Länge gezogen wurden. Dann gähnten wir alle. Rebecca stapelte die Teller auf der einen Tischhälfte.

»Ich könnte jetzt gut zu Bett gehen«, sagte Ferris.

»Die Wärmepfanne wird schon heiß gemacht«, sagte das Mädchen.

»Becs hat das zweite Gesicht«, meinte mein Freund. Alle lachten, doch kam mir das Lachen der Tante weder herzlich noch glücklich vor. Rebecca trug die Teller hinaus, und schon bald hörten wir sie hinauf in ihre Kammer gehen. Ferris goss sich erneut Wein ein.

»Hör auf, mein Liebling«, flehte die Tante.

»Ihr könnt unmöglich glauben, dass ich betrunken bin?«

Sie senkte den Kopf und kratzte einen Wachsflecken vom Tischtuch. Wir hörten, dass Rebecca wieder hinunterkam, dann steckte sie ihren Kopf durch die Tür und sagte, dass alle Betten nun warm seien. Ferris stand sofort auf und griff nach seinem Becher.

»Gute Nacht.« Er küsste seine Tante, nahm eine frische Kerze und zündete sie an unserer an. »Gute Nacht, Jacob.«

Als wir hörten, dass er in seiner Kammer angekommen war, fragte die Tante mich flüsternd: »Wann hat er angefangen?«

»Kurz bevor Ihr zurückgekommen seid«, antwortete ich.

»Genauso war es, bevor er hier alles verkauft hat«, presste sie heraus. »Wenn er doch nur wieder heiraten würde.«

Ich sagte, dass er meiner Meinung nach Joanna tatsächlich sehr vermisse. Ob sie nicht eine passende Frau wüsste?

Sie schüttelte den Kopf. »Die Hälfte der Nachbarn hält ihn eh für verrückt. Der arme Junge!« Sie war den Tränen nah. Ich ging zu ihr hin, küsste sie auf die Stirn und sagte ihr, dass unser Geist von der Nacht und der Erschöpfung getrübt sei und sie am Morgen alles wieder in leuchtenderen Farben sehen würde.

Sie drückte meine Hand. »Geht hoch. Ich komme gleich nach.«

Ich nahm eine weitere Kerze und schleppte mich die Stufen hoch, als würde ich eine Rüstung tragen. Ich war so erschöpft, dass ich mir die Kerzenflamme zweimal direkt unter den Augen in das Gesicht flackern ließ. *Du wirst dich noch blenden,* dachte ich, als ich oben ankam. Ich stolperte über die oberste Stufe, fiel auf die Knie, fluchte vor Schmerz und ließ die Kerze auf die Dielen fallen. Sie rollte von mir weg und ging aus, und sofort bemerkte ich, dass Ferris sein Licht noch nicht gelöscht hatte. Ein fahler, gelber Schein umrahmte seine Tür und ich konnte innen einen schmalen Streifen Wand erkennen. Eine mir inzwischen vertraute Welle Schamgefühl überrollte mich, doch dann tröstete ich mich: Er hatte keinen Grund gesehen, die Tür zu verriegeln.

Eine schleppende, schläfrige Stimme rief: »Jacob? Hast du dich verletzt?«

»Nein, nein.« Meine Stimme klang dumpf; ich bückte mich, um nach der weggerollten Kerze zu greifen. Dabei schaute ich durch den Türspalt und erschrak. Die Bettvorhänge waren zurückgezogen, und er saß mit weit aufgerissenen Augen auf der Bettkante, konnte mich jedoch offensichtlich aufgrund der Dunkelheit, die mich umgab, nicht sehen. Ich erstarrte, damit er aufgrund einer Bewegung nicht etwa vermutete, dass ich ihm nachspionierte. Dann wartete ich darauf, dass er sich wieder hinlegen würde, doch er verharrte in dieser Haltung. Ohne dass ich seinen Gesichtsausdruck genau erkennen konnte, schien er mir angespannt und auch verwundert; vielleicht war es auch nur sein Wachschlaf. Dann wurde mir allerdings klar, dass er, nachdem er mich gehört hatte, wusste, dass ich immer noch draußen vor seiner Tür war. Ich musste unverzüglich dort weg. Ich griff nach der Kerze, stand auf, ging direkt in meine eigene Kammer, zog mich im Dunkeln aus und sprach hastig ein Gebet über Träume. Es wurde erhört, denn ich wurde in jener Nacht nicht versucht.

16. Kapitel

Hoffnung

Ich erwachte aus einem traumlosen Schlaf und erinnerte mich, dass wir an jenem Tag diesen bei Mister Twentyman wohnenden Richard Parr aufsuchen wollten, von dem Daniel gesprochen hatte. Im Gegensatz zu Ferris hatte ich kein Bedürfnis, all unsere Bequemlichkeit für eine dornige Wildnis aufzugeben, doch wenn es sein musste, dann sah ich ein, dass es vernünftige Männer brauchte, sei es auch nur, um solche wie Roger Rowly zu überstimmen.

Der Kaminrost war voll Asche. Eisige Luft schoss ins Bett, als ich die Decke wegschob, und ich beeilte mich mit dem Anziehen. Hagel prasselte gegen das Fenster. Am meisten wünschte ich mir, unten zu sitzen und von Ferris ins Schachspiel eingeführt zu werden. Richard Parr kann noch einen Tag warten, dachte ich, als das Prasseln des Hagels zu einem Trommelwirbel anschwoll und der Hof unten langsam weiß wurde. Auf dem Treppenabsatz stellte ich fest, dass Ferris' Tür geschlossen war: ob verriegelt, konnte ich nicht sagen. Ein leises Schnarchen drang aus seiner Kammer. Die Treppenstufen waren fast noch genauso dunkel wie am Abend zuvor und ohne Kerze musste ich mich nach unten tasten.

Dort war das Feuer bereits entzündet, und das Flackern der Flammen erzeugte ein hübsches Bild im Raum. Die Tante lag wohl noch im Bett. Becs hatte vermutlich noch nichts gehört und würde in der Küche bleiben, solange ich mich ruhig verhielt. In jenem Moment sehnte ich mich mehr danach, einsam und ruhig am Kamin zu sitzen und in die Flammen zu starren, als nach Speis und Trank. Das Geprassel gegen die Scheiben nahm ab und hörte schließlich ganz auf. Draußen bedankte sich ein Spatz.

Stille. Mein Körper sank schwer in den Stuhl, unten auf der Straße fuhr eine Kutsche vorbei. Den Raum erfüllte plötzlich eine besondere Stimmung. Etwas Besonderes kündigte sich an und geschah: Jedes Objekt in diesem Raum schien auf seine Art perfekt, vollkommen in seiner Einzigartigkeit. Der Augenblick wurde zur Ewigkeit und ich war ein Teil davon: Ich hatte weder Haut noch Knochen, sondern floss in die Welt, so geheiligt wie alles andere, und verlor mich.

Unten öffnete sich eine Tür. Die Freude verging. Ich hatte das Gefühl, wie ein Idiot vor mich hinzustarren, heftig atmend; ich blinzelte, um wieder zu Sinnen zu kommen.

»Fühlt Ihr Euch wohl, Sir?« Becs war eingetreten und schaute mich lange an.

»Sehr wohl«, antwortete ich mit erstickter Stimme.

Das Mädchen trat neben mich. »Was darf ich Euch bringen?«

Ihre Nähe bedrückte mich, und es fiel mir schwer, ihr zu antworten. Es war so, als versuchte ich, mich aus den Tiefen eines Traums wieder nach oben zu kämpfen. »Brot, Eier, Bier«, murmelte ich in der Hoffnung, dass sie wieder wegginge und meine Verzückung zurückkehren möge.

Doch als sie weg war, stellte ich fest, dass ich nicht länger den Raum ausfüllte; mir war wieder eine Haut gewachsen. Ich fühlte mich mitgenommen und war unsicher, worauf diese Vision wohl ›hindeuten‹ wollte. Oder war hindeuten das falsche Wort? Denn sie schien in sich geschlossen. Ich war berührt worden. Und dann war mir wirklich das Herz in der Brust gehüpft, genau so, wie man es immer beschrieb. Dies musste die Gnade sein, über die sie sprachen und schrieben: Ich war einer der Auserwählten, der Geretteten, trotz allem, was passiert war. Und das Alpdrücken? Lediglich eine Versuchung, die letzte Fangschlinge eines verzweifelten Teufels, um mich wegzulocken, bevor die Gnade mich zu fassen bekam. Niemand weiß, dass er gerettet ist, es sei denn, er empfängt Gnade.

Obwohl ich furchtbar gesündigt hatte, war es noch nicht zu spät.

Ich kniete mich sofort hin, dankte Gott für sein Zeichen untrüglichen Erbarmens und schwor, mein Leben zu ändern. Meine Knie waren steif, doch ich zwang sie, sich zu beugen. Ich würde einen Weg finden, meiner Mutter einen Brief zu schreiben, und dadurch von meiner Frau und meinen Brüdern erfahren. Ich würde resolut jeden unreinen Gedanken von mir fern halten, bis der mich bedrängende Teufel einsah, dass er seine Macht über mich verloren hatte; ich würde mich dankbar gegenüber meinem Freund zeigen, der mich aus der Armee herausgeholt hatte, ich würde ihn bei dem Unternehmen unterstützen, das ihm so am Herzen lag. Aus welchem Grund, dachte ich plötzlich, war ich sonst bei ihm, wenn nicht, um meine Stärke und meine Erfahrung in den Aufbau der Kolonie einzubringen? Im Gegensatz zu mir wusste er nichts vom Landleben, und zusammen würde es uns nicht an Geschick mangeln. Ich würde ihm mit all meinen Fähigkeiten helfen, und Gott würde unsere Bemühungen segnen.

Ich öffnete die Augen. Becs stand in der Tür. Ich erhob mich lächelnd und mit knackenden Knien, und sie kam mit einem Tablett voller Speisen auf mich zu. Wie gewöhnlich blieb sie und beobachtete mich beim Essen. Mein Appetit war ausgezeichnet, trotzdem trat sie ständig von einem auf den anderen Fuß und flüsterte schließlich: »Ich hoffe, es plagt Euch nichts, Sir?«

Ich versicherte ihr, dass dies nicht im Mindesten der Fall war, und lachte, doch sie schaute mich weiter prüfend an und schlurfte schließlich in so sorgenvoller Haltung hinaus, als verließe sie ein Krankenzimmer, worüber ich nur noch mehr lachen musste.

Keine Speise hatte mir je so gut geschmeckt, noch nicht einmal nach den knappen Rationen in der Armee, denn ich spürte beim Essen neuen Frieden und die Gewissheit in mir, dass alles gut werden würde. Wann hatte ich zum letzten Mal solch eine Überzeugung verspürt? Seit der Kindheit nicht mehr. Ich schob den dreckigen Teller beiseite und küsste aus schierer Lebensfreude meine eigenen Hände und Arme. Auf dem Kaminsims stand ein Kerzenstummel, den ich am Feuer entzündete; dann ergriff ich Papier und Feder und begann ohne Zögern zu schreiben:

Liebste Mutter,

ich hoffe, dass dieser Brief Euch nicht zu großen Kummer bereitet. Fürchtet keinerlei Ersuchen um Geld oder Hilfe; wüsste ich nur meine Familie so sicher, wie ich es derzeit bin, dann wäre mir das schon Erleichterung genug. Könnte ich nur ausdrücken, wie unendlich bekümmert ich bin, solches Leid über Euch gebracht zu haben, dann hätte das Herz einer Mutter vielleicht Mitleid mit mir. Obwohl ich Euch gerne früher geschrieben hätte (hier konnte ich nicht anders, als die Wahrheit für sie zu beschönigen), *hätte es doch keinen Sinn gehabt, denn als Soldat der Armee des New Model wusste ich so gut wie nie, wohin es mich am nächsten Tag verschlagen würde, und ich hätte nie bleiben können, um auf Eure Antwort zu warten. Außerdem fürchtete ich, Euch noch mehr Schwierigkeiten zu bereiten. Ich bete, dass Sir John Euch in Frieden lässt und dass die Aufregung über die Angelegenheit sich langsam legt.*

Für die Schande, die ich Euch bereitet habe, habt Ihr natürlich das Recht, mich zu verstoßen, Mutter, und doch hoffe ich, dass Ihr es nicht tut – oder wenn, dass Ihr mir dann zumindest das jedem Verbrecher zustehende Recht einräumt, näm-

lich Euch das ganze Ausmaß meiner Verfehlungen glaubhaft darzustellen. Ich bitte Euch, falls es Euch möglich ist, mich wissen zu lassen, was aus meiner Frau und meinen Brüdern geworden ist. Ich möchte jenen gegenüber, die ich verwundet habe, Wiedergutmachung leisten, oder, sollte es dafür zu spät sein, mit dem Wissen um ihren Verbleib Buße tun. Ich wiederhole, dies ist alles, was ich erbitte. Solltet Ihr mir vergeben können, würde ich mich als wirklich gesegnet schätzen, doch ein Mann, der solches Unrecht getan hat, darf keine Gnade erwarten.

Die Adresse, die ich Euch zukommen lasse, ist die einer gewissen Mrs Snapman, die mir, da ihr Neffe mein Freund ist, gestattet, mit ihnen unter einem Dach zu leben. Sie ist eine ehrenhafte Frau und weiß nichts von –

Ich hörte Ferris die Treppe hinunterpoltern und wollte sofort meinen Brief verstecken, fand dann jedoch, dass sich dies angesichts meines neuen Entschlusses nicht geziemte, und holte den Brief wieder unter meiner Jacke hervor.

»Was, du schreibst?«, fragte er, als er mich sah. »Darf ich?« Er nahm den Brief und runzelte beim Lesen die Stirn. Als er mich anschaute, war sein Blick nachdenklich. Ich fürchtete, dass er mich nach meinen Verfehlungen fragen würde, doch er wollte nur wissen: »Sorgst du dich nicht, dass dich jemand aufspürt?«

»Meine Mutter mag zwar verärgert sein, doch sie wird kaum jemanden auf mich hetzen.«

»Das meine ich nicht. Wer daran Interesse hat, wird diesen Brief vielleicht abfangen, bevor er deine Mutter erreicht: Man könnte darauf warten, dass du schreibst. Bekommt sie viele Briefe?«

»Nein«, gab ich zu. Die Wendung dieses Gespräches war mir gar nicht recht.

Ferris kam direkt auf das zu sprechen, was ich befürchtet hatte. »Falls dir deine Haut lieb ist, schick ihn besser nicht ab.« Wir beide seufzten und er fügte hinzu: »Du gefährdest damit auch meine Tante.«

»Ich habe geschrieben, dass sie unschuldig ist.«

»Welchen Wert hat wohl dein Wort bei denen?«

Er hatte Recht, doch es war schwer mit anzusehen, wie meine Ideen wieder verworfen wurden, wo ich mich doch so freudig selbst erniedrigte und tatsächlich angefangen hatte, den Brief zu schreiben. Außerdem hatte Ferris plötzlich etwas an sich, das gar nicht zu ihm passte.

»Vor nicht allzu langer Zeit meintest du, dass Caro vermutlich tot sei«, sagte ich vorsichtig. »Hier wäre die Möglichkeit, es sicher in Erfahrung zu bringen, und doch sagst du, dass ich nicht schreiben soll. Als wir Tommy nach Beaurepair geschickt haben, warst du nicht so zaghaft.«

Ferris überging meine Erwähnung von Tommy. »*Du* sagtest, sie sei vermutlich tot. Ich habe dir lediglich Recht gegeben.«

Das stimmte. Doch als ich mich gerade bei ihm entschuldigen wollte, ließ mich sein schuldbewusster Blick innehalten. Er schämt sich seiner Furcht, dachte ich. In der Armee war das Risiko unser täglich Brot gewesen, doch hier in London schien er Angst zu haben, dass jemand seine Tante belästigen könnte und damit vielleicht seine Pläne für die Kolonie durchkreuzen würde. Dann allerdings dachte ich, dass er, der er genug eigenen Kummer hatte, sich meinen nicht auch noch aufbürden musste.

»Ich werde ihn nicht abschicken«, versprach ich. Zum Beweis knüllte ich den Brief zu einer Kugel zusammen, trat an den Kamin und warf ihn ins Feuer. Gott liest ihn, dachte ich, als er zu einer schwarzen Rose zusammenschrumpfte und dann langsam auseinander brach.

Ferris trat zu mir und drückte meine Hände. »Du bist sehr fügsam geworden, seit wir das *New Model* verlassen haben«, sagte er gedankenverloren. »Was hat dich so besonnen werden lassen?«

Ich zuckte die Schultern.

»Wenn mir irgendeine sichere Möglichkeit einfällt, dann verspreche ich dir, Jacob, dass wir sie nutzen werden. Lass uns beide darüber nachdenken.« Er berührte meinen Arm. »In der Zwischenzeit gibt es etwas, das ich dir zeigen möchte. Setz dich – nein, nicht hier. Am Tisch.«

Fügsam setzte ich mich auf den angewiesenen Stuhl.

»Räum das hier alles auf eine Ecke.« Er machte sich am Schloss des Bücherschrankes zu schaffen. »Warum stehen die Teller immer noch herum? Wo ist Becs?«

»Ich habe sie vertrieben«, erklärte ich, während ich die Teller aufeinander stapelte.

»Was, hast du sie angefasst?« Er hörte auf, an dem Schlüssel zu rütteln, und drehte sich zu mir um. »Sie geküsst –?«

»Nein!« Ich schrie fast. »Es war nichts, ich erzähle es dir später.«

»Vergiss es nicht.« Er grinste. »Ich sehe mich als Beschützer der Tugend dieses Mädchens. Es kann einem Angst machen, wenn man sieht, wie deine Begierde ihre Abwehrkräfte zum Erlahmen bringt –«

Wir lachten beide. Mit einem leisen Quietschen schwang die Tür des Bücherschrankes auf, und Ferris holte die Papierrolle hervor, die er von dem Buchverkäufer bei Saint Paul's mitgebracht hatte. Er löste das schmale Band, rollte das Ding auf, und wirbelte herum, um es vor mir auf den Tisch zu legen.

»Da!«

Wir schauten auf einen meisterhaften Kupferstich von der Kathedrale und der Stadt darum herum. Er war sehr viel feiner gearbeitet als der, den wir auf Beaurepair gehabt hatten, und diente, da er Straßennamen enthielt, gleichzeitig als Karte. Ferris strich ihn auf dem Tisch glatt und drückte die Ränder mit den Ellbogen herunter.

»Hier sind wir entlanggegangen –«, er fuhr den Weg mit dem Finger nach, so gut er konnte, denn für ihn stand das Bild auf dem Kopf und die Seitengässchen waren nicht markiert. »Und hier ist Cheapside.«

Fasziniert zeigte ich auf eins der winzigen Häuser. »Ist das unseres – ich meine deines –?«

Wir beugten uns vor, um noch besser sehen zu können. Sein warmes Haar streifte mein Gesicht. Das Hemd rutschte ihm etwas von der Schulter, und ich rückte ein wenig ab.

»Schwer zu sagen«, erwiderte er. »Warte eine Minute.« Er nahm die Feder, mit der ich gerade noch geschrieben hatte, tauchte sie in die Tinte, drehte die Karte auf die Rückseite und schrieb: *Für Jacob Cullen, ein Neujahrsgeschenk von seinem Freund Christopher Ferris, 1645–1646.*

»Hier«, sagte er. »Obwohl es etwas früh kommt.«

Ich umarmte ihn. »Vielen, vielen Dank! Es ist das schönste Geschenk, das ich je bekommen habe –« Und das stimmte, denn es war nicht nur das Geschenk allein, sondern auch, dass er mein Interesse an derlei Dingen bemerkt hatte und es mit so viel Sorgfalt ausgesucht hatte.

»Damit du mich in Erinnerung behältst«, sagte er, nachdem ich ihn wieder losgelassen hatte.

»Dafür braucht es kein Geschenk.«

Ferris setzte sich zu mir und beobachtete amüsiert, wie ich auf der Karte all die Orte suchte, wo ich bereits gewesen war.

»Ich werde es nie überdrüssig werden, die Karte zu betrachten«, rief ich. Er drehte sich lächelnd zu mir um, wobei seine Augen eine winzige Bewegung vollführten, als suchten sie etwas in meinem Gesicht, dann stand er abrupt auf.

»Ich mache mir Sorgen, was mit meiner Tante los ist! Würdest du Becs bitten, mir etwas zu essen zu bringen, Jacob, während ich nachsehen gehe, ob sie wohlauf ist?«

Ich erklärte mich bereit, Becs die Stirn zu bieten, und ging nach unten, um sie zu bitten, Ferris etwas zu bringen.

»Nun seht Ihr wieder mehr wie Ihr selbst aus«, sagte sie.

»Ist es in diesem Haushalt so ungewöhnlich zu beten, dass man es für eine Krankheit hält?«, neckte ich sie.

»Auf dem Steinboden zu knien ist ungewöhnlich.«

Ich fand heraus, dass sie nicht wusste, warum die Tante noch nicht auf war, doch zurück am Kamin, hörte ich von Ferris die Neuigkeiten.

»Eine Erkältung«, sagte er. »Tränende Augen und Nase. Sie hütet am besten das Bett.«

»Müssen wir einen Doktor holen?«

»Sie sagt, nein. Nach dem Frühstück bringe ich ihr etwas Ingwer.«

Wir setzten uns schweigend nebeneinander an den Tisch. Sorgfältig rollte ich meine Karte zusammen und knüpfte das Band darum. »Ferris«, fing ich an.

»Ja?«

»Ich – etwas sehr Merkwürdiges ist mir heute Morgen widerfahren.«

»Becs hat dir die Hand aufs Knie gelegt.«

»Das ist kein Scherz. Bitte hör mir zu.«

Er setzte sich wieder auf den Stuhl mir gegenüber.

»Als ich heute Morgen herunterkam und niemand hier war, hatte ich eine – eine Vision.«

Ferris sah mich überrascht an. »Was, einen Engel? Einen Geist?« Seine Stimme und sein Blick waren plötzlich voller Verlangen. Ich wusste warum, und es tat mir Leid, ihn zu enttäuschen.

»Nein. Nichts dergleichen. Doch ich sah den Raum – die Welt – fühlte, wie sie offen vor mir lag.«

»Offen!« Er runzelte die Stirn. »Wie?«

»Das kann ich nicht sagen!« Ich begann zu wünschen, dass ich nie von diesem Thema angefangen hätte. »Ich war glücklich, und – mir war, als wäre Gott mit mir. Es war so stark, Ferris, dergleichen habe ich noch nie gespürt, seit ich zum Mann herangereift bin.«

»Wie lange dauerte es?«

»Vielleicht eine Minute, ich kann es nicht sagen. Becs' Eintreten zerstörte es.«

»War es das, was ihr Angst gemacht hat?«

»Sie sah mich kniend beten.«

»Da bekäme es jeder mit der Angst zu tun.« Doch seine Neckerei war nicht ernst gemeint. Er beugte sich vor und packte mich an den Schultern. »Also, warum hast du gebetet? Glaubst du, deine Vision hat etwas zu bedeuten? Für die Kolonie?«

»Nein, das kam darin nicht vor. Doch ich wusste, dass mir für meine vergangenen Sünden vergeben würde. Von nun an muss ich Rechtes tun.«

»Wiedergutmachung leisten.«

»Ja.«

»Bleib hier.« Er stand auf, ging zu dem Bücherschrank und zog einen kleinen blaugrünen Band heraus.

»Was ist das? Ein Buch über Visionen?«

Ferris schüttelte den Kopf. »Predigten. Schau hier.« Er blätterte die Seiten durch.

»Hier.«

Ich nahm die Predigten und las: … *Der Wunsch nach Erlösung ist in sich selbst schon der sicherste Beweis für die Erlösung, und obwohl ihn viele vortäuschen, um ihre Brüder irrezuführen, so wird doch jeder Mensch, der sich danach sehnt und in seinem Herzen nach Erlösung trachtet, ja selbst derjenige, der trauert, da er sich selbst für verdammt hält, errettet. Auch wenn niemand davon Kenntnis hat oder diesen Menschen für dessen würdig befindet, so diene dieses als Beweis. Welche sündhafte Kreatur würde je darum bitten, errettet zu werden? Das Böse trachtet nur danach, weiter Böses zu tun und Gutes vorzutäuschen. Der Törichte spricht in seinem Herzen: Es gibt keinen Gott. Doch zu sagen: Ich bin ein Sünder und sehne mich nach Erlösung, sagt auch: Ich bin ein guter Mensch. Nehmt es euch zu Herzen und beschreitet weiter die Pfade der Tugend.*

»Das ist alles, worum ich bitte«, sagte ich und legte das Buch zur Seite.

»Sagtest du mir nicht in der Armee, dass es dein Wunsch sei, Wiedergutmachung zu leisten?«, fragte Ferris. »Auch damals grämtest du dich deiner Sünden wegen; es brauchte dafür keine Vision.«

Seine Stimme war freundlich, aber ich meinte auch etwas Neckerei herauszuhören.

»Ich habe mich mehr als nur gegrämt«, antwortete ich bestimmt. »Da war die Angst vor der Verdammnis – vor Versuchungen –«

»Wir alle werden versucht«, sagte er. »Hast du das noch nicht gelernt, obwohl du ein Christ bist? Jeder einzelne Mensch –«

»Nicht jeder Mensch hört –«, schrie ich auf und brach dann ab. Ich fürchtete mich, ihm die Frage zu stellen, die mich quälte: *Und wenn etwas nur einem selbst offenbart würde? Wenn es einem Trugbilder zeigte und zu einem in Worten – in Worten! – sprach? Fürchtete da nicht ein jeder um seine Seele?*

»Hört was?«, fragte Ferris.

Ich schüttelte den Kopf.

»Finde Trost«, sagte er. »Lass die Vergangenheit ruhen.«

»Glaubst du, mir wurde Gnade zuteil?«, bettelte ich.

Ferris lächelte gequält. »Ich glaube, wenn es Auserwählte gibt, dann bist du einer von ihnen. Und als Auserwählter brauchst du meine Bestätigung nicht.«

Ich sah, dass er dieses Gespräch nicht mochte. Als er einen Moment lang gedacht hatte, ich spräche von einem Geist, hatte seine Sehnsucht nach den Toten meine Vision mit einer schnell verblassenden Herrlichkeit erfüllt. Jetzt erinnerte er sich wieder seiner selbst und fand zu seinem vertrauten Spott zurück. Seine eigenen Träume handelten von Brüderlichkeit und Gerechtigkeit: Visionen und Schwärmereien verband er mit Wichtigtuern. Als Becs das Essen brachte, begann Ferris von der Druckerpresse zu sprechen, und wir redeten nicht weiter über die Angelegenheit. Obwohl ich sicher war, ein Zeichen erhalten zu haben, und innerlich vor Entschlossenheit glühte, hatte ich das Gefühl, ich hätte ihm besser nie davon erzählt. Denn ich war Jacob, und in diesem Haus war nur für einen Propheten Platz.

Es trat ein, was ich mir erhofft hatte: wir besuchten Richard Parr nicht. Als Ferris seiner Tante den in heißem Wasser aufgelösten Ingwer nach oben brachte, traf er sie noch elender an als zuvor und blieb bei ihr sitzen, bis sie wieder einschlief.

»Becs kann sich nicht um alles kümmern, außerdem kann ich der Tante besser Trost spenden«, sagte er. »Ich werde etwa jede Stunde nach ihr sehen, es sei denn, sie wünscht es noch häufiger.«

»Lass mich dir helfen«, sagte ich, denn ich nahm gerne ein Krankenzimmer in Kauf, wenn ich bei diesem fürchterlichen Wetter nur im Haus bleiben durfte.

»Ich brauche dich mehr, als die Tante es tut. Hol deinen Mantel.«

»Meinen Mantel?« Ich meinte ihn falsch verstanden zu haben.

»Um dich zu wärmen. Heute beginnt deine Lehre.«

Der Raum hinter dem Laden war bitterkalt. Ferris suchte Holz zusammen und entzündete rasch ein Feuer. Der Kamin zog nicht sehr gut, und die Luft war schnell voller Qualm.

»Hier.« Er warf mir eine Lederschürze zu und band sich selbst eine um. »Bis du mit der Arbeit vertraut bist, wirst du dich überall mit Tinte beschmutzen.«

Auf einem abgeschrägten Holzbrett, das mir bisher nicht aufgefallen war, lag eine Art Rahmen mit kleinen Bleiquadern darin.

»Dies ist dein Setzkasten mit den einzelnen Lettern. Was fällt dir daran auf?«, fragte er.

»Sie liegen verkehrt herum.«

»Richtig! Du bist ein sehr schneller Junge! Also, du musst alles spiegelverkehrt lesen und setzen.«

Ferris holte etwas aus der Schublade unter dem Brett hervor. »Dies hier ist dein Winkelhaken.« Er legte mir das Holzstück in die Hand. Es hatte Ecken und sah überhaupt nicht wie ein Winkelhaken aus. »Ich möchte, dass du meinen Namen, deinen und den der Tante setzt, alles in einer Zeile. So.« Er zeigte mir, wie man die einzelnen, kleinen Lettern aneinander reihte. »Jetzt du.«

Ich suchte die passenden Lettern und fand J-A-C-O-B-C-U-L-L-E-N. Es war einfach, sie auf die Schiene zu legen, daher machte ich mit Christopher Ferris und Sarah Snapman genauso weiter. Ferris fingerte in der Zwischenzeit an dem Drehmechanismus der Presse herum und strich mit einer Feder Öl darauf.

»Fertig«, sagte ich. Er kam, nahm mir die Schiene ab, schmierte mit einem Finger etwas Druckerschwärze über die Lettern und presste dann ein Blatt Papier darauf. Als er das Blatt abnahm, las ich:

SIRREFREHPOTSIRHCNELLUCBOCAJNAMPANSHARAS

»Erster Fehler«, sagte er. »Den macht jeder. Versuch es erneut.«

»Das hättest du mir nach dem ersten Namen sagen können.« Doch ich machte mich daran, das Problem zu lösen. Beim zweiten Mal dauerte es länger, doch schließlich gelang mir ein:

CHRISTOPHERFERRISJACOBCULLENSARAHSNAPMAN

»Besser. Nun«, sagte er, als ich nach dem Wirrwarr von Lettern griff, »für die Zwischenräume nimmst du diese.« Er zeigte mir kleine, leere Bleistückchen. »Füg Abstände ein und Punkte«, sagte er und wies auf die Satzzeichen.

Immer schon fürchtete ich, dass man mich für ungeschickt oder töricht halten könnte; selbst wenn ich mich abgemüht hatte, Teppiche auszuklopfen oder für Dummköpfe Zinn zu polieren, hatte ich stets darauf geachtet, dass die anderen Bediensteten sahen, wie gut ich meine Arbeit erledigte. Auch an Caro hatten mich unter anderem ihre Geschicklichkeit und ihre Fingerfertigkeit, das Haar der Herrin zu frisieren und mit Bändern und Blüten zu schmücken, angezogen. Ich grinste stolz, als sein nächster Druck Folgendes hervorbrachte:

CHRISTOPHER FERRIS. JACOB CULLEN. SARAH SNAPMAN.

»Ausgezeichnet!« Er benahm sich wie ein aufgeregter Junge. »Was das Setzen angeht, Übung macht den Meister – gewöhn dich daran. Hier, ich gebe dir etwas zu setzen.« Er reichte mir einen bedruckten Bogen. »Das Vaterunser. Setz es und achte darauf, dass es genauso linksbündig ist wie hier – siehst du?»

Ich nickte. »Wo sind die Großbuchstaben für die Überschrift?«

»In den Kästen dort. Sie sind alle nach Schriftgröße sortiert, achte auf die Namen: Zehnpunkt, Zwölfpunkt.«

»Und was passiert, wenn ich damit fertig bin?«

»Dann kommt es in den Druckrahmen.« Er zeigte mir, wie die Lettern in einem Metallrahmen befestigt werden. »Und dann kannst du zusehen, wie es gedruckt wird. Setz deinen Namen darunter, dann hängen wir es oben an die Wand.«

Er ging davon, um nachzuschauen, ob die Tante inzwischen aufgewacht war.

Und wie ich arbeitete. Doch damals fiel mir kaum auf, dass ich längst nicht mehr nur dafür arbeitete, Ferris zu gefallen. Es war eine große Freude. Nie hatte mich jemand Derartiges gelehrt, meine Arbeit auf Beaurepair hatte allein im Dienen bestanden. Danach war der Umgang mit der Pike gefolgt: Die Arbeit eines Schlächters, die lediglich Körpergröße und Kraft erforderte. Doch diese Arbeit war, was man *geheimnisvoll* nannte, eine Kunstfertigkeit. Der Qualm ließ mir die Augen tränen, meine Hände waren steif vor Kälte und, verglichen mit den zarten Fingern meines Freundes, vermutlich sehr ungeschickt im Umgang mit den Lettern, doch ich machte weiter und dachte nicht im Mindesten daran, aufzuhören, bis die Tür wieder geöffnet wurde.

»Jacob, komm und iss etwas. Bist du nicht hungrig?«

Erst jetzt merkte ich, welchen Hunger ich eigentlich verspürte.

Ferris trat zu mir und begutachtete meine Arbeit. »Bravo, Lehrling! Wir sollten dir wieder die Haare schneiden.«

»Was, und dadurch Becs' Herz brechen?«

»Gib ihr eine Locke, die sie verwahren kann.«

Wir lachten so wie damals in der Armee. Fast erwartete ich, dass Nathan hinter dem Regal mit den Setzkästen hervorlugen würde. Ich wusste, dass Ferris frohen Mutes war, weil er meinen Arbeitseifer als ein Zeichen dafür ansah, dass ich mich langsam mit der Idee der Kolonie anfreundete. Ich freute mich so über seine Fröhlichkeit, dass ich auf der Stelle beschloss, mich ihr nie in den Weg zu stellen, wenn ich es vermeiden konnte. Wenn ich schon anderen gegenüber nichts wieder gutmachen konnte, würde ich wenigstens meinem Freund Gutes tun. Selbst wenn ich ihm meine Vision nicht erklären konnte, mochte er doch davon profitieren. Und sofort hatte ich etwas Erfolg damit, denn als er vor mir die Stufen hinaufrannte, bemerkte ich, wie dankbar er war. Darauf folgte allerdings ein weiterer Gedanke, den ich jedoch im Keim erstickte.

»Jacob ist einer der Auserwählten«, verkündete Ferris, als Becs gekochten Schinken und Erbsenpüree auftrug. »Das ist gewiss, also gib ihm eine ordentliche Portion.«

Becs rümpfte die Nase.

»Von nun an wird er das Tischgebet sprechen«, fügte Ferris hinzu.

»Du würdest anders reden, wenn deine Tante hier wäre«, sagte ich. Mir missfiel dieses Gespött aufs Äußerste, denn er schien damit anzudeuten, dass ich ihn angelogen hatte.

»Becs versteht das schon richtig«, sagte Ferris. »Sie weiß, was auserwählt heißt.«

Das Mädchen starrte ihn an.

»Auserwähltes Volk«, fuhr er fort.

Das arme Ding ließ fast das Geschirr fallen. Als sie hinausgegangen war, fragte ich: »Warum bist du so unfreundlich, Ferris? Was hat sie dir getan?«

»Oh, sie weiß, dass das nichts zu bedeuten hat«, sagte er.

»Das weiß sie nicht. Sie wird denken, dass ich mich bei dir über sie beschwert habe.«

Ferris summte eine Melodie.

Ich stellte den Becher mit Apfelwein ab, der mir fast von der Tischkante gerutscht wäre. »Komm schon, sie wünscht sich einen Ehegatten, und ich kreuze ihren Weg. Sie tut nichts Unrechtes.«

»Und angenommen, sie hätte Geld und wäre dir angeboten worden, würdest du sie nehmen?«

»Sie hat kein Geld – oder?«

Ferris schüttelte den Kopf. Wir kauten auf dem zähen Schinken herum.

»Ich wünschte, es wäre schon Frühling«, sagte er plötzlich. »Mir scheint, es ist Jahre her, seit ich grünen Salat geschmeckt habe.«

»Du wirst ihn nicht hier essen.«

Wir schwiegen beide. Ich, für meinen Teil, wurde von dem Gedanken überwältigt, dass mir dieser zukünftige Ort bis dahin sehr vertraut wäre, was ich mir jetzt noch nicht vorstellen konnte.

»Du druckst heute Nachmittag das Vaterunser«, sagte Ferris. »Sollen wir erst zur Tante gehen?«

Als wir nach dem Anklopfen die Tür öffneten, hatte sie sich im Bett aufgesetzt. Schon von der Tür aus konnte ich sehen, dass ihre Wangen glühten. Ferris hielt ihr einen belebenden Trank an den Mund, doch sie stieß die Schale weg. Er stellte sie neben dem Bett ab.

»Ich sterbe nicht, also müsst ihr mich auch nicht anschauen, als wolltet ihr mich aufbahren.« Sie putzte sich die Nase, und ich konnte hören, dass der Schnupfen in ihrem Kopf festsaß. »Was macht das Mädchen? Habt ihr etwas gegessen?«

»Schinken und Erbsen. Seid beruhigt, sie macht ihre Aufgabe sehr gut.«

»Mir ist heiß und kalt, Christopher. Und ich finde nicht die geringste Erleichterung!«

»Wollt Ihr etwas von dem Schinken essen?«

Die Tante stützte sich im Bett auf und fiel wieder nach hinten. »Ich kann überhaupt nichts schmecken und jeder Knochen schmerzt. Haltet mich, Jacob, damit Christopher das Kissen umdrehen kann.«

Ihr Rücken war leicht gekrümmt, und ihre Knochen drückten durch den dünnen Stoff ihres Nachtgewandes gegen meine Hand. Ich hielt sie in einer merkwürdigen Umarmung, während Ferris das Kissen ausklopfte und wendete. Als ich sie wieder hinlegte und ihr die Decke über die Schultern zog, musste sie vor lauter Staub und Federn niesen.

»Ihr habt schöne starke Arme«, sagte sie, von Husten unterbrochen. »Eine Stütze für jede Frau.« Ich muss überrascht ausgesehen haben, denn sie lachte und fügte hinzu: »Habt keine Angst, Jacob, vor mir seid Ihr sicher.«

Ich lächelte und küsste ihre Hand.

»Er setzt das Vaterunser«, erzählte Ferris. »Wenn es fertig ist, werde ich es Euch bringen.«

Doch sie fiel bereits wieder in Schlaf. Ihr Neffe legte ihr die Hand auf die Stirn.

»Sie ist heiß«, sagte er auf der Treppe. »Doch ich glaube nicht, dass es mehr als eine Erkältung ist. Lass uns deine Setzarbeit überprüfen.«

Er fand nur zwei Fehler, dabei war ich schon bis *Dein ist das Reich* gekommen. Als alles richtig im Rahmen lag und mein Name in einem kleineren Schriftgrad darunter stand (ich fand, dass es so einem dieser Sticktücher glich, wie sie Mädchen üblicherweise anfertigten), nahm er mich mit an die Presse.

»Dies hier ist eine niederländische Presse«, sagte er. »Der Rahmen ist aus Holz, daher ist sie nicht so schwer wie andere Pressen.«

»Dann war dein Onkel ein Druckermeister?«

»Nein. Er hat die Presse als Teilabzahlung einer Schuld bekommen – hat sie als Zahlungsmittel genommen, könnte man sagen; doch dann juckte es ihn, sie zu benutzen, und er zahlte einen Meister, um Listen von seinen Waren zu drucken. So hat er das Handwerk gelernt.«

»Doch hat er dann die Presse nicht selbst benutzt?«

»Das wäre gegen das Gesetz gewesen.«

»Es waren doch nur Listen.«

»Ich habe später das Gleiche gemacht, als ich mit dem Tuchhandel begann.«

»Und du, du –«

»Ich besitze keinen Meistertitel. Schau nicht so erschrocken.« Er legte seine Hand auf die Maschine. »Hier. Das ist das Druckbett – es lässt sich hin und her rollen, so dass wir die Druckerschwärze auf die Lettern bringen können. Leg deinen Druckrahmen dort auf das Bett – schau, so.«

Ich beobachtete, wie er den Rahmen mit meiner ganzen Arbeit auf dem flachen Teil der Maschine befestigte.

»Siehst du das? Jetzt färben wir die Lettern mit diesen Druckerballen.« Er führte mir die Hände. »Hier, roll sie über die Lettern.«

»Die Ballen stinken«, sagte ich, während ich sie vor und zurück bewegte. Ihre weiche Lederoberfläche roch nach verfaulten Nieren.

Ferris lachte. »Ich pinkele darauf. Um sie saugfähig zu halten.«

»Ich glaube dir kein Wort!«

»Du kannst jeden aus diesem Gewerbe fragen.« Er grinste. »Es ist dein Privileg, heute Abend darauf zu pinkeln.«

Nachdem die Druckerschwärze gleichmäßig auf den Rahmen aufgetragen worden war, legte er noch einen kleinen Rahmen über die Lettern. »Das hier nennt man Maske. Sie verhindert, dass Tinte irgendwo hinkommt, wo du sie nicht haben willst. Nun das Papier. Hinter dir liegt welches.«

Ich griff nach dem obersten Blatt eines Stapels.

»Und fass die anderen nicht an!«, rief er.

»Jawohl, Euer Gnaden.« Ich reichte ihm das Blatt.

»Gib es nicht mir, sondern leg es dort hin. Das dicke Teil ist das Tympanum – es verteilt den Druck gleichmäßig –«

»Diese ganzen Namen werde ich mir nicht merken können.« Ich legte den sauberen weißen Bogen auf das Tympanum, wie Ferris es nannte, und er zeigte mir, wie ich die Scharniere handhaben musste, damit das Papier zwischen zwei Lagen richtig eingebettet wurde. Mittels eines großen Rades am anderen Ende der Presse ließ sich das Druckbett nun darunter schieben.

»Nun, zieh an dem Hebel, um die Spindel herunterzudrücken.« Er zeigte mir, wie ich meinen Arm beugen sollte. Ich packte fest zu und zog die Eisenstange durch.

»Wenn du loslässt, geht das Ding von alleine wieder nach oben, denn es hat ein Gegengewicht«, warnte er mich. »Richtig, jetzt lass los.«

Ich sah zu, wie der Hebel wieder seine ursprüngliche Position fand. Die Spindel ging nach oben. »War's das?«

Er nickte. »Weißt du noch, wie das Papier herauskommt?«

Ich war so aufgeregt wie ein Kind, das ein Geschenk erhält, als er alles wieder löste und schließlich das Papier vom Druckrahmen nahm. Er trat neben mich, um es mit mir gemeinsam anzusehen.

Das Vaterunser war deutlich lesbar und scharf gestochen, und mein Name darunter wirkte wie der eines echten Druckers. Ich vollführte in der rauchigen Luft einen Freudensprung.

»Lass es trocknen«, warnte er mich. »Leg es hierhin, bis die Druckerschwärze eingezogen ist.«

Plötzlich kam mir ein Gedanke. »Bist du wegen des Papiers noch einmal zurückgegangen?«

»Roger Rowly hat es gebracht.«

»Ah.«

»Warum ›ah‹? Dies ist Qualitätsware … und jetzt leg einen weiteren Bogen ein, während ich zuschaue.«

Nach einigen Fehlversuchen war ich in der Lage, die Maschine vorzubereiten und richtig zu drucken. Ferris, dessen unverletzte Wange mit Druckerschwärze verschmiert war, ließ mich jeden Teil der Presse benennen, bevor ich ihn benutzte. Obwohl er mich die ganze Zeit wie ein Luchs beobachtete, konnte er am Ende keinen Fehler mehr entdecken. Fünf Abzüge des Vaterunser trockneten auf dem Ständer.

»Das ist viel für einen Tag.« Er rieb sich die Augen und schmierte sich nun die Druckerschwärze auch noch auf die andere Gesichtshälfte.

»Ferris?«

»Ja?«

»Tut dir die Narbe noch weh?«

»Manchmal juckt sie. Jetzt kommt dein Lehrlingsprivileg. Trag die Druckerballen in den Hof und wasch die Tinte ab.«

Er meinte es ernst. Ich ging hinaus, pinkelte auf die Dinger, drehte sie herum und schüttelte sie. Bei meiner Rückkehr hielt ich sie ihm zur Begutachtung hin. Er schaute von den Lettern auf, die er mit einer kleinen Bürste bearbeitete, und nickte zustimmend. »Wenn du dich das nächste Mal über den Geruch beschwerst, dann erinnere dich, von wem er stammt.«

Wir wischten unsere Hände an Lumpen ab, zogen die schweren Schürzen aus und gingen nach oben, um die restliche Druckerschwärze etwas zivilisierter abzuwaschen.

Wir setzten uns an den Kamin, und dieses Mal willigte ich ein, den Wein mit ihm zu teilen.

»Du musst noch viel mehr können, um ein richtiger Drucker zu werden«, erklärte mir Ferris. »Mehrere Seiten auf einem Bogen drucken, und alle in der richtigen Reihenfolge.«

»Was, eins – zwei – drei?«

»Nein, doch nach dem Falzen erscheinen sie in dieser Folge. Und alle ordentlich ausgerichtet und richtig abgeschlossen – keine Freiräume, Hurenkinder oder Schusterjungen.«

»Hurenkinder und –?«

»Einen Einzug in der letzten Zeile. Das sieht hässlich aus.«

Ich fragte, ob er das alles beherrsche, und er meinte, das meiste schon, nur fehle ihm die Begabung eines wahren Künstlers. »Geh und schau im

Bücherschrank nach«, forderte er mich auf. »Die große Predigtsammlung im oberen Fach.«

Ich tat wie mir geheißen. Der Band hatte ein Frontispiz, Randverzierungen und verschiedene Schriftarten: eine wunderschöne Arbeit. Er sagte, längst nicht jeder Drucker sei so begabt und manche überließen ihren Lehrlingen zu früh zu viel, was ein Buch ruinieren könne. Ich konnte mir derart nachlässige Lehrlinge nur schwer vorstellen. Warum war ich nicht in London geboren worden und in einem Gewerbe groß geworden, in dem man sich niederlassen konnte, dachte ich. Hätte ich früh genug damit angefangen, wäre bestimmt ein guter Drucker aus mir geworden. Doch es hilft nichts, sich lauthals über den Willen Gottes zu beklagen. Wie schnell vergessen wir doch unsere Vorsätze! Noch am Morgen war ich von der Gnade berührt worden und jetzt, wie der verräterische Simon, leugnete ich bereits, was mir enthüllt worden war. Ich erinnerte mich daran, dass alles gut war.

»Mehr Wein?« Ferris hielt mir die Flasche hin.

Ich schüttelte den Kopf und hielt auch noch die Hand schützend über den Becher.

»Ich werde gleich noch einmal nach der Tante schauen«, sagte er, blieb jedoch sitzen und starrte ins Feuer.

»Geh jetzt, wenn du noch weitertrinken willst«, drängte ich ihn. Er schaute verärgert, doch ich fuhr fort: »Du weißt, was ich meine.«

»Ja, ja! Sie hasst es.« Gereizt stand er auf. »Nicht nur sie, nicht wahr? Wirst du auch hinaufkommen?«

»Später, wenn du müde bist.«

»Wenn ich betrunken bin, meinst du?«

Ich sah, dass er aufgebracht war.

Nachdem er hinaufgegangen war, muss ich eingenickt sein. Ich pflückte Fusseln von irgendeinem Mantel und passte sie in einen winzigen Rahmen ein, als mich ein dumpfer Ton weckte – Becs stieß mit dem Teller gegen die Tür – und ich roch den fischigen Gestank von Aalen. Ich richtete mich in meinem Stuhl auf und ging blinzelnd hinüber zum Tisch.

Die Tiere waren auf einem Bett aus Zwiebeln und Petersilie angerichtet. Sie waren zwar nicht verkocht, doch egal in welcher Zubereitung – ich habe sie noch nie gemocht. An dieser Stelle sei bemerkt, dass einem selten ein angeborener Widerwillen gegen etwas zugestanden wird. Meistens rühmt sich irgendjemand, er kenne ein neues Rezept, das absolut jedem schmecke: ›Sicher habt Ihr sie noch nie auf die venezianische Art gegessen.‹ Becs' Gesichtsausdruck spiegelte ihre Entschlossenheit wider, mich von ihrer Fertigkeit, Aal zuzubereiten, überzeugen zu wollen. Ferris saß mir gegenüber und beobachtete amüsiert meinen Zwiespalt. Ich fürchtete, er würde lachen, doch behielt er Haltung, solange Becs zusah.

»Bitte reich mir etwas Wein«, bat ich in der Hoffnung, den Fisch hinunterspülen zu können.

»Leer«, erwiderte er zuckersüß. »Sollen wir uns noch eine Flasche bringen lassen?«

»Für mich nicht. Becs, etwas Aal bitte.« Als sie die Tür hinter sich geschlossen hatte, verzogen Ferris und ich beide das Gesicht.

»Sie werden kalt«, sagte er. Ich stach mit der Vorlegegabel in den kleinsten Aal und er fiel auseinander. Ferris nahm mir die Gabel ab, legte mir zwei Stücke auf den Teller und löffelte etwas von der grünlichen Sauce darüber. Dann nahm er sich das Gleiche und begann mit sichtlichem Genuss zu essen. Ich nahm kleine Bissen und versuchte, sie ohne Zuhilfenahme der Zunge im hinteren Teil des Mundes zu zerkauen. Es war ein mühsames Geschäft: Schaffte er zwei Bissen, gelang mir gerade einer.

Becs brachte mir Bier. »Ich bringe jetzt der Herrin das Essen«, verkündete sie und machte damit meinen erhofften Rückzug zunichte. »Wünscht Ihr noch etwas?«

Ihr Blick wanderte anklagend auf meinen Teller. Ferris strahlte sie an und schaufelte sich große Stücke des schleimigen Fleisches in den Mund. Dann schloss er die Augen, um seinen gespielten Genuss noch zu betonen.

»Das ist nicht nett«, zischte ich ihn an, nachdem sie endlich den Raum verlassen hatte.

»Ich bin kein Erwählter, so wie andere. Hier«, lenkte er ein, »trink einen Schluck Wein.« Er holte die Flasche aus seinem Versteck hinter dem Stuhl hervor, auf dem ich geschlafen hatte. Der Wein nahm mir den schlimmsten Geschmack. Doch ich bemühte mich, nicht zu viel zu trinken, sondern schluckte immer gerade so viel, dass ich den Teller langsam aufessen konnte. Ich war froh, als das Mädchen zurückkehrte. Sie überraschte uns mit einem heißen Apfelkuchen und lächelte, als sie meinen leeren Teller wegräumte.

»Er weiß jetzt, was er vermisst hat«, sagte Ferris und blickte sie mit unschuldigem Lächeln an.

Ich kochte innerlich, während sie den Stapel dreckiger Teller wegräumte.

»Du forderst sie ja geradezu auf, sie erneut zuzubereiten!«, rief ich wütend, als wir alleine waren.

»Ich mag Aal. Und sie würde ihn dir sicherlich sowieso auftischen.« Er lachte. »Weißt du nicht, was Aal mit Männern macht?«

»Er macht sie krank«, sagte ich, denn ich spürte, wie Übelkeit in mir aufwallte. Zurück auf meinem Stuhl am Kamin, wagte ich nicht, mich zu rühren. Während ich darauf wartete, dass das ekelhafte Gefühl vorüberginge, schlief ich wieder ein.

Das Feuer war fast heruntergebrannt. Ich hatte keine Ahnung, wie spät es war, und niemand war mehr mit mir im Zimmer. Als ich aufstand und langsam nach unten ging, schmerzte meine linke Hüfte. Die Küche war dunkel und Becs längst im Bett.

Bett. Meine Glieder waren so schwer, dass es mir von der Küche bis ins obere Stockwerk ein fürchterlich langer Weg schien. Es war schlimmer als auf Beaurepair, denn dort waren die große Eingangshalle, die Dienstzimmer und die Küche auf einer Etage gewesen. Ich tastete mich zurück bis zum ersten Treppenabsatz, zündete am erlöschenden Feuer eine Kerze an, bedauerte mich angesichts der nächsten Stufen und hoffte, dass Becs das Bett angewärmt hatte. Als ich den zweiten Treppenabsatz erreichte, schlugen die Glocken der Kathedrale elf. Ich hatte gedacht, es sei später.

Von oben fiel Licht auf die Stufen. Ich spürte, wie mir das Blut in die Wangen schoss, so wie jedes Mal, wenn ich mir die Nacht meiner *Verfehlung*, so nannte ich sie, in Erinnerung rief. Was, wenn Becs jetzt wirklich dort drinnen war? Sollte ich irgendein Geräusch hören, würde ich mich leise in meine Kammer schleichen und weder etwas hören noch sehen. Als ich die letzten Stufen erreicht hatte, sah ich, dass das Licht, wie ich es vermutet hatte, tatsächlich aus Ferris' Kammer kam. Wieder stand seine Tür offen. Volle fünf Minuten verstrichen: In der bewegungslosen Luft richtete sich meine Kerzenflamme auf und schien immer heller. Ich drückte sie aus, wobei das flüssige Wachs auf meiner Hand brannte, bevor es zu einer zweiten Haut wurde. Gnade, wiederholte ich innerlich, Gnade. Doch seit dem Morgen war das Wort zu einer leeren Hülse geworden. Geh weg, sagte ich mir. Geh, humpele, geh.

Aus der Kammer ertönte ein Knarren. Der Klang fuhr wie eine kalte

Klinge in meine Brust, und mein Herz schlug so heftig, als wolle es zerspringen. Die Bettdecke raschelte. Ich konnte mich nicht mehr rühren: ich musste still verharren, wo ich war. Vielleicht würde er wieder einschlafen. Angsterfüllt wartete ich, wusste, dass ich nur in meine Kammer zu gehen brauchte, und konnte es doch nicht.

Ich sah Finger im Türrahmen. Ferris stand nur mit seinem Schlafhemd bekleidet vor mir, seine Augen wirkten im gelblichen Licht besonders groß und schwarz. Wir starrten einander an.

»Du bist es«, sagte er dümmlich. Ich nahm an, dass er mich für seinen ersehnten Geist gehalten hatte. Das heftige Schlagen meines Herzens ließ langsam nach. Ich konnte gerade sagen: »Es tut mir Leid, dich –«, dann erstarben mir die Worte im Mund. Er zog an seinen Haaren, fuhr mit den Fingern hindurch und strich sie in den Nacken. Diese Bewegung hatte ich auch schon bei anderen gesehen, wenn sie mich anschauten: Caro und Becs. Ich hatte sie bei Patience gesehen, als sie Zeb angestarrt hatte.

Ich schaute auf Ferris' halbgeöffnete Lippen. Er war wieder das Alpdrücken. Ich konnte einen Schritt auf ihn zumachen – ihn zum Bett zwingen, wie ich einst den Jungen Stückchen für Stückchen zum Weiher gezerrt und dabei das Erlahmen seiner Kräfte bis zur völligen Hilflosigkeit gespürt hatte, konnte ihn aufschreien lassen –

O Herr, erlöse mich von der Versuchung, lass mich nicht – nicht –

»Brauchst du mich?«, fragte Ferris.

In meinem Kopf ertönte das tiefe Lachen der Stimme. Meine Sinne waren schmerzhaft angespannt. Alles, was ich tun konnte, war, nicht auf ihn zuzugehen.

Er fuhr fort: »Ich kann nicht schlafen.«

Die trockene, wissende Stimme des Bösen flüsterte mir zu: *Mach ihn müde.*

Ich schloss die Augen.

»Nun, Jacob.« Seine Stimme klang unsicher. Ich öffnete die Augen wieder, schaute an mir herunter und sah, dass meine Faust mit Kerzenwachs überzogen war. Auch Ferris starrte darauf, meinte: »Wenn du mir nichts zu sagen hast, dann geh am besten zu Bett«, und schlug direkt vor meiner Nase die Tür zu.

Ich zog mich aus und legte mich völlig aufgewühlt hin, mein Schädel brummte von schlechten Bildern. Dieses Mal stand es außer Frage, mein Blut zu beruhigen, ich war geladen wie eine Muskete, und der Samen schoss so heiß aus mir heraus, dass ich, auch auf die Gefahr hin, gehört zu werden, laut stöhnen musste. Mein Körper fand danach Ruhe, doch ich zermarterte mir das Gehirn. War es immer so, dass man zu den Engeln aufstieg, nur um dann in den Misthaufen zu fallen?

Und er – er – Ich rief jeden seiner Blicke und jede Geste, die sich mir ins Gedächtnis gebrannt hatten, wieder und wieder in mir auf. Dies war natürlich eine weitere Fangschlinge. Denn es fehlte nicht viel zwischen dem, was er getan hatte, und dem, wozu ich ihn hätte bringen können – kurz, ich war erneut besiegt worden. Mein Geist war so leer, dass ich schließlich Schlaf fand, und der Schlaf schützte mich eine Weile vor Angst und Scham.

Das Wissen um meine Verderbtheit überfiel mich wieder, kaum dass ich die Augen aufschlug. So konnte es nicht weitergehen; ich zog mich an und überlegte, was zu tun sei.

Möglicherweise hatte ich meinen Freund wie durch ein Glas verdunkelt gesehen, das Bild von meinen eigenen düsteren Trieben verzerrt. Dann erinnerte ich mich, wie er mit der Hand seine blonden Locken glatt gestrichen hatte, doch dieses Mal war ich auf der Hut und spürte sofort, wie sich die Fangschlinge erneut um mich zuzog und auf meine Lenden drückte, daher schob ich diesen Gedanken sofort wieder beiseite.

Ich wünschte mir noch eine Stunde Zeit, bis das Haus anfangen würde, lebendig zu werden. Ich schaute auf den schwarzen Hof; ein Blick, der mir längst vertraut war, obwohl ich im *New Model* nie damit gerechnet und auf Beaurepair nicht mal davon geträumt hatte. Im Frühling würde ich hier weggehen und etwas völlig anderes beginnen, und auch das würde sich anschließen an die vergangenen, abgestorbenen Lebensabschnitte. Ferris' Fenster ging nach vorne hinaus, daher war von dort der Blick noch merkwürdiger – zunächst sah man auf den Platz, auf dem er ein hübsches Mädchen bemerkt hatte, dann auf die Kammer, die ihr zum Gefängnis geworden war, später hatte er gemeinsam mit seiner Frau in die Nacht hinausgeschaut, bevor er sie mit in sein Bett nahm, und noch später schlossen die hohen Mauern einen Geist ein.

Ich überlegte, was er wohl jetzt gerade sah. Das Feld, auf dem er Mister Cooper jagte? Einen Spaziergang mit seinem Kameraden und Freund? Lag er einsam – Fangschlinge, Fangschlinge, Fangschlinge. Wieder zwang mich die Angst auf die Knie und ich sprach laut: »Hilf mir, Herr! Ich bin der Aufgabe nicht gewachsen, gib mir darum Kraft!«

Darauf hörte ich in der Stille, dass ich warten und Vertrauen haben müsse, wie es bessere Menschen vor mir getan hatten.

Angezogen legte ich mich wieder ins Bett, als ob ich die Zeit mit Schlaf überbrücken wollte. Als ich das nächste Mal die Augen öffnete, war der Himmel dunkelblau. Ich stand auf, trat ans Fenster und konnte die Grenzmauer des Hofes erkennen. Ich holte ein paar Mal tief Luft, ging mutig auf den Flur hinaus und dann nach unten, ohne auch nur einen Blick auf die Nachbartür zu werfen.

Alle waren vor mir aufgestanden, und Ferris saß auf seinem üblichen Platz am Tisch. Er schaute auf, als ich eintrat; verwirrt wandte ich meine Augen ab. Die Tante wünschte mir einen guten Morgen und fuhr dann fort, das Brot zu schneiden. Becs ging gerade hinaus, als ich kam, und kehrte noch einmal zurück, um zu fragen, ob ich frische Eier wünsche. Ich bejahte und hätte dies auch getan, wenn sie mir einen Teller mit Spinnen angeboten hätte.

»Guten Morgen.« Ungeschickt nahm ich mir einen Stuhl. Die Tante hob den Kopf und lächelte. Man konnte sehen, dass es ihr immer noch nicht gut ging; ihre Wangen waren unnatürlich rot und die Haut um ihre Nase vom vielen Putzen gereizt und gerötet. Aus dem Augenwinkel sah ich, wie ihr Neffe sich über seinen Teller beugte. Als ich ihm einen verstohlenen Blick zuwarf, zerdrückte er eine Brotscheibe in der Hand und biss davon Stücke ab, als wolle er das Brot bestrafen. Ich betete kurz und fiel dann in Schweigen, nicht um meinen Schwur nicht zu brechen, sondern weil mir nichts einfiel, was ich hätte sagen können.

Die Magd brachte in Butter gebratene Eier, und die Tante legte eine dicke Scheibe Weißbrot neben meinen Teller. Die Eier schmeckten ausgezeichnet, der geistige Aufruhr in meinem Kopf hatte mir tatsächlich Hunger verursacht: Ich genoss das Essen schweigend und kratzte den Teller leer. Hinterher dachte ich, etwas weniger hätte vielleicht auch den Appetit auf anderes gezügelt, doch dafür war es zu spät.

»Es ist schön, dass es Euch wieder besser geht«, sagte ich zu der Tante, während ich die letzten Eierreste aufwischte.

»Ob es mir besser geht, weiß ich noch nicht«, erwiderte sie. »Dennoch habe ich, während ich im Bett lag, meine Zeit gut genutzt und nachgedacht.« Sie klopfte sich auf den Kopf. »Christopher, kommst du bitte in meine Kammer?«

Ferris nickte. Seine Tante erhob sich und er stand gleichzeitig mit ihr auf.

»Nein, jetzt noch nicht«, sagte sie. »Nachher.« Ferris kehrte nicht an den Tisch zu mir zurück, sondern ging zum Kamin und den bequemeren Stühlen und ließ sich dort nieder. Schweigen breitete sich wie ein Umhang über uns aus. Ich fühlte mich unwohl, denn er musste mich für unfreundlich halten, daher ging ich zu ihm hinüber und setzte mich auf den anderen Stuhl, von dem aus ich ihn im Blick hatte. Er errötete heftig und begann nervös seine Beine immer wieder aufs Neue zu überkreuzen.

Schließlich fragte er, ohne mich anzusehen: »Hast du etwas zu sagen?«

»Ich bin stets erfreut, mit dir zu reden«, erwiderte ich und erinnerte mich daran, dass ich in der vergangenen Nacht nicht mit ihm gesprochen hatte, als er mir gesagt hatte, er könne nicht schlafen. Vielleicht fand er mich selbstsüchtig. Das mochte sein, denn als er sagte: »Die Tante will mir etwas mitteilen«, beobachtete er mich dabei wachsam.

»Ich weiß«, antwortete ich. »Sie sprach davon.«

»Ja.« Seine Stimme zitterte. Wir schauten beide ins Feuer. »Es betrifft dich«, fuhr er fort, als wolle er mich angreifen.

»Nun, dann sag mir, worum es geht.«

»So viel Unschuld!« Sein heiseres, bellendes Lachen tat mir weh. Wie betäubt sah ich ihn aufstehen und den Raum verlassen.

17. Kapitel
Brüder und Schwestern

Die Herrin möchte Euch sprechen.« Becs überbrachte mir diese Botschaft und zog sich wieder zurück, noch bevor ich einen Gedanken fassen und sie dazu befragen konnte.

Von Neugier getrieben eilte ich die Treppen hoch. Auf mein Klopfen wurde ich sofort gebeten einzutreten. Die Tante lehnte an einem rötlichen Kissen, hatte die Schale mit der Medizin neben ihrem Bett ausgetrunken und sah auf den ersten Blick sicherlich nicht so aus, als sei sie mit mir böse.

»Kommt und setzt Euch.« Sie klopfte auf die Decke, als wolle sie andeuten, ich solle mich auf das Bett setzen, doch ich nahm an, dass ich mir einen Stuhl nehmen sollte, und tat es. In der Kammer roch es nach Iriswurzelpulver und auf dem Tisch bemerkte ich einen unordentlichen Papierstapel, der auf ihren Kamm und die Haarnadeln gerutscht war.

»Darf ich offen mit Euch reden, mein Junge?« Ihre Stimme klang ernst. Ohne auf eine Antwort zu warten, fuhr sie fort: »Als Ihr die Armee verlassen habt, was habt Ihr da mitgenommen?«

»Mitgenommen –?«

»Geld«, fügte sie mit der für die Händler in Cheapside typischen Offenheit hinzu.

»Wollt Ihr, dass ich Kostgeld zahle?«

»Ihr seid Christophers Gast. Doch antwortet mir bitte so, wie Ihr es einem Freund gegenüber tätet.«

Es ergab keinen Sinn. Dennoch gehorchte ich. »Kein Geld. Unser Sold war im Rückstand und sollte im November ausgezahlt werden, daher haben Ferris und ich ihn verloren. Ich habe etwas Tafelsilber und etwas Schmuck aus Basing.«

»Sonst nichts auf der Welt?«

»Keinen Besitz, außer einen Anteil an dem Haus meines Vaters, doch – daran komme ich nicht.«

»Und wie gefällt Euch London?«

Ich überlegte, was diese Frage wohl mit den Rückständen zu tun haben mochte, und antwortete: »Sehr gut. Wie sollte es auch anders sein, nach einem solch herzlichen Empfang!«

Die Tante lächelte. »Seht Ihr das?« Sie zeigte auf den Papierstoß.

Ich ging hinüber und fand obenauf mein Lehrstück liegen, das Vaterunser.

»Erwähnt Christopher gegenüber nicht, was ich Euch jetzt sage«, bat sie, »doch Ihr habt das Setzen viel schneller gelernt als er. Ihr könntet jede Arbeit meistern.«

Ich lächelte zaghaft, denn ich konnte ihren Themenwechsel nicht deuten.

»Glaubt Ihr, wenn Ihr in London bliebet, würde er seine Kolonie aufgeben?« Sie schaute mich mit leuchtenden und fragenden Augen an. Sofort glühten meine Wangen.

»Das kann ich nicht sagen«, murmelte ich und senkte den Blick. Ich wollte nicht der Grund sein, der Ferris an die Stadt fesselte. Hatten sie vorhin darüber gesprochen? Wenn ja, dann verfluchte ich ihn jetzt, dass er mich so unvorbereitet gelassen hatte.

»Ihr hättet hier gute Chancen«, sagte sie.

»Eure freundliche Ermunterung ist äußerst schmeichelhaft.« Ich versuchte mich vorsichtig auszudrücken. »Doch Christophers Herz schlägt für die Kolonie.«

»Oh, vielleicht gibt es Wege, ihn zur Vernunft zu bringen. Und Ihr macht dabei Euer Glück.«

Ich starrte sie an.

»Wir werden wieder darüber sprechen.« Sie seufzte und drehte sich um, als wolle sie schlafen: Ich war aus diesem Gespräch entlassen worden.

Langsam ging ich die Treppe hinunter. In mir erwachte der verrückte Verdacht, sie wolle mir die Ehe anbieten: Meine Jugend und Kraft im Austausch für ihren Reichtum. Man munkelt häufig, Witwen seien unersättlich. Doch ich konnte diese Überlegung weder mit ihrem Charakter noch mit ihrer wohl kaum als lüstern zu bezeichnenden Haltung mir gegenüber in Einklang bringen. Und würde eine vom Verlangen getriebene Frau an ihrem Krankenlager eine private Audienz geben? Nein, nein. Entsetzt über derartige Gedanken schüttelte ich den Kopf. Offensichtlich war niemand vor meiner krankhaften Vorstellungskraft gefeit.

Als ich eintrat, war Ferris gerade eifrig mit der Feder zugange und so in seine Arbeit vertieft, dass er mich zunächst nicht hörte. So sprang er mit einem gewaltigen Satz auf, als er meiner gewahr wurde. Er hörte sofort auf zu schreiben und streute Sand über das Papier.

»Nun – nun?«, stammelte er.

»Ich verstehe sie nicht.« Ich setzte mich ans andere Ende des Tisches. »Sie fragt nach meinem Vermögen –!« Ich hob verzweifelt die Hände. »Ferris, was hat sie zu dir gesagt?«

»Sie möchte, dass du in London bleibst.« Zwar wirkte er erleichtert, dennoch sah ich, dass er noch etwas verbarg. Er stand auf, rollte seinen Papierbogen zusammen und ging zum Bücherschrank. »Wo ist die Karte, die ich dir gekauft habe?«

»Ich habe sie mit in meine Kammer genommen. Warum?«

»Einfach so.« Er ging zur Tür. »Oben liegt ein Buch – entschuldigt mich –«

»Ferris, was hast du da geschrieben?«

»Nur ein Pamphlet. Das, was du schon gesehen hast.«

»Willst du mich nicht den Schluss lesen lassen?«

»Ähm – später.« Und weg war er.

Alle in diesem Haus waren eigenartig.

Für den Nachmittag wurde Besuch erwartet; ich war dazu verdammt, die Kolonisten und ihre Phantasien zu ertragen. Harry, Elizabeth, Jeremiah, dem ich gelegentlich zuhören konnte, und Roger Rowly, den ich schlichtweg nicht ertrug. Sollte Gott mich weiter auf diese Weise mit Rowly zusammenbringen, dann musste Er danach lechzen, ihn im Himmel zu begrüßen. Ferris, der niemals untätig war, hatte jenem Richard Parr geschrieben, von dem uns Daniel erzählt hatte. Ich stöhnte innerlich, als ich hörte, dass auch Parr sich zu uns gesellen würde.

Gegen Mittag kam Ferris ohne sein Blatt Papier hinunter und wir aßen gebratene Gans und eingelegten Kohl. In meinem Bauch rumorte es so, dass ich kaum etwas davon verdauen konnte. Aus irgendeinem Grund gab es kein Apfelpüree. Ferris aß gegen seine Gewohnheit unmanierlich und kratzte mit dem Messer so über den Teller, dass ich von dem Geräusch Zahnschmerzen bekam. Becs spürte die allgemeine Anspannung und benahm sich daher äußerst zurückhaltend. Sie forderte uns in nichts heraus und warf mir auch nicht, wie sonst üblich, aufreizende Blicke zu. Ich musste zugeben, dass ich nun diese Aufmerksamkeiten vermisste, mit denen ich vorher so überschüttet worden war. Vielleicht hatte die Tante Recht. Vielleicht war ich eitel.

»Becs sollte einen jungen Mann finden«, sagte ich, als die Teller abgeräumt waren und Ferris schon wieder an den Entwurf seines Pamphletes dachte.

Er schnaubte. »Mach dir um sie keine Sorgen, sie kann schon auf sich selbst aufpassen.«

Der Entwurf lehnte gegen eine Obstschale, so setzten wir uns hin, um ihn noch einmal durchzulesen, bevor der Besuch kam. Eine gesegnete Stille senkte sich auf den Raum nieder; wir saßen so harmonisch beisammen wie damals Izzy und Caro, als er ihr das Lesen beibrachte. Dieses Mal wurden meine Gefühle nicht erweckt, und ich konnte ihm nahe sein, ohne den üblichen Schmerz zu spüren.

»Da steht nichts von Kindern«, rief Ferris aus. »Das habe ich völlig vergessen.« Er kritzelte etwas auf den Rand.

»Hast du erwähnt, was wir über Werkzeuge gesagt haben?«

»Ja, schau hier. Jedoch gekürzt.«

Das verwunderte mich. »Ich dachte, du hättest es eingefügt, während ich bei der Tante war? Auf diesem einen Papierbogen?«

»Welchem Bogen?« Er schaute sich um, als ob er irgendwo versteckt sei.

»Dem Bogen, auf dem du geschrieben hast, als ich von der Tante zurückkam. Du hast ihn mit nach oben genommen.«

»Ach, der.«

Ich starrte ihn an. »Wenn dies also die saubere Abschrift ist –«

»Ja?«

»– wo stehen dann die Bemerkungen über Kinder? Auf dem anderen Bogen, auf dem, der oben liegt?«

»Ja.« Ferris vermied meinen Blick. Solch eine Debatte über ein Blatt Papier war lächerlich, und doch konnte ich nicht aufhören, da ich spürte, dass er mir etwas verheimlichte.

»Dann geh doch und hol das andere Blatt«, forderte ich ihn auf.

»Ich kann den Text auswendig«, erwiderte er knapp. Noch eine Minute, und wir würden uns richtig streiten.

»Dann ist ja nichts verloren. Ich wollte nur sicher sein.«

Er tippte sich an die Stirn und meinte: »Alles hier drin«, dann lächelte er kleinlaut. »Alles bereit, damit Rowly es verwerfen kann.«

»Warum muss er dabei sein, Ferris?«

Er hob die Hände in Höhe. »Der Mann kann nähen.«

»Könnten das nicht die Frauen machen?«

Er blinzelte amüsiert. »Ist es das, was du willst? Ein Mädchen, um dir die Hosen anzupassen?«

»Lass uns auf jeden Fall einen Schneider mitnehmen, nur nicht gerade diesen.«

»Er ist übereifrig; doch wir brauchen Männer, die von der Sache zutiefst überzeugt sind. Die Erfahrung wird ihn ernüchtern.«

Übereifrig? Da ist er nicht der Einzige, dachte ich und betrachtete dabei die Schultern meines Freundes, die so gar nicht für schwere Arbeit taugten. Auf all seinen Reisen durch das kriegsgebeutelte, heruntergekommene Land hatte er nichts vom Anblick der Landarbeiter gelernt, die mit ausgezehrten Leibern Strohballen buckelten. Ich schwor mir, sollte es mit ihm je so weit kommen, würde ich ihn mit Gewalt nach London zurückschleppen, und die Tante und ich würden ihn als Gefangenen halten.

Unten ertönte der Türklopfer: die ersten Einwohner des Neuen Jerusalem. Harry kam die Treppe herauf und mit ihm ein Geruch nach Rauch und Pferden. Hinter ihm folgte Elizabeth mit dem Jüngsten auf dem Arm. Beide Eltern lächelten sowohl mir als auch Ferris zu, und ich dachte, dass das Treffen vielleicht doch nicht so fürchterlich würde.

»Was macht das Geschäft?«, fragte ich sie, während Ferris von unten Wein heraufholte.

»Geht ein bisschen besser«, sagte Harry. »Doch ich schwöre, die Leute essen ihre Pferde.«

Auf dem Gesicht seiner Frau spiegelte sich weibliche Nachsicht; wahrscheinlich hatte sie dies schon öfter gehört, als ihr lieb war, und ich bereute es, dieses für sie offenbar verdrießliche Thema angeschnitten zu haben.

»Ist das Pamphlet fertig?«, fragte sie und hielt dabei den Kleinen so hoch, dass er mit den Füßen in ihrem Schoß strampeln konnte.

»Als Entwurf, ja«, sagte ich. »Ich werde es heute Abend setzen.« In meinen Ohren besaßen diese Worte eine erregende Autorität, die dank Elizabeths respektvollem Blick noch verstärkt wurde.

Ferris brachte zusätzlich zum Wein kleine, warme Küchlein nach oben und sagte mit einem Blick auf mich: »Becs glaubt offenbar, dass wir etwas Süßes nötig hätten.« Während das Gebäck herumgereicht wurde, hörte ich erneut den Türklopfer und kurz darauf die Magd rufen: »Ich kann nicht!«, wie sie es manchmal tat, wenn sie zum Beispiel gerade etwas briet. Ich ging hinunter, öffnete die Tür, blickte auf Rowly, der sich auf der Schwelle verbeugte, und widerstand der Versuchung, ihm die Tür ins Gesicht zu schlagen. Ich bat ihn hinein.

»Ihr seht nicht gut aus«, stellte er beim Eintreten fest. »Fehlt Euch etwas?«

Ich konnte nicht verhindern, dass sich mein Mund bei den Erinnerungen an die Geschehnisse der vergangenen Nacht verzog. Rowly dürfte überrascht sein, wenn er wüsste, wem in diesem Haus was alles fehlte.

»Ich hoffe, Ihr schlaft gut?«, bohrte er weiter. Ich starrte ihn fassungslos an und er lächelte einfältig. »Ihr weint doch nicht immer noch?« Das war es also: Caro. Er meinte etwas gefunden zu haben, womit er mich reizen konnte.

»Bleibt hier stehen, Lumpenhändler.« Ich verstellte ihm die Treppe. »Wenn Ihr je wieder davon sprecht, findet Ihr Euch auf der Straße wieder. War das deutlich genug?«

Er plusterte sich auf. »Erlaubt es Ferris, dass Ihr seine Freunde hinauswerft?«

»Ich bin Ferris' Freund. Aber legt Euch nicht mit mir an.« Ich rollte einen Ärmel hoch, zeigte ihm den Arm, der eine fünf Meter lange Pike getragen hatte, und fügte hinzu: »Wollt Ihr Euren Arm dagegenhalten?«

Er senkte den Blick. Ich täuschte einen Faustschlag vor und sah, wie er zuckte.

»Also«, fuhr ich fort, »dieser Arm beweist, dass ich Euch mit einer Hand erledigen und mit der anderen Ferris zurückhalten kann. Vergesst das nicht.« Ich machte ihm gerade so viel Platz, dass er sich ganz knapp an mir vorbei quetschen konnte. Er senkte den Kopf, faltete die Hände und schlich demütig nach oben. Mich überkam ein warmer Schauder, und ich erinnerte mich daran, dass ich Gottes Willen nachkommen wollte. Doch vielleicht war es ja Gottes Wille, dass ich meinen Freund vor solch einem windigen Hund beschützte.

Bevor ich die oberste Treppenstufe erreicht hatte, hämmerte wieder jemand gegen die Tür, und als ich erneut hinunterging, standen Jeremiah Andrews und ein junger Mann, der nur Richard Parr sein konnte, vor der Tür. Letzterer hatte blaue, vor verrückter Freude glänzende Augen. Auf den ersten Blick besaß er nichts von Rowlys Überheblichkeit, doch stand er noch weniger mit beiden Beinen auf dem Boden. Ich begrüßte Andrews und wurde dann von Parr richtiggehend überfallen, der mir auf den Rücken klopfte und vor Freude über ›unsere großen Pläne‹ wie eine Henne gluckste. Er sprudelte los wie ein Wasserfall. Wie ich hieße? Wo Ferris sei? Ob ich auch zu der Gemeinschaft gehöre?

Seufzend stieg ich die Treppe empor. Parr hastete hinauf und Jeremiah grinste über uns beide. Noch nie hatte ich jemanden so enthusiastisch erlebt wie unseren neuen Freund, und auch Jeremiah war offensichtlich dieser Ansicht, denn er schlug sich die Hände vors Gesicht, um hinter dem Rücken des jungen Mannes gespielte Verzweiflung anzudeuten.

Parr stürmte vor uns ins Zimmer; als ich eintrat, küsste er gerade Ferris auf beide Wangen. Ich fand, dass er der Gutwilligkeit meines Freundes etwas viel zumutete, doch dann küsste er auch alle anderen.

»Ein italienischer Brauch«, zwitscherte er, nachdem er sich schließlich auf einem der Stühle am Kamin niedergelassen hatte.

Als ich sah, dass der Stuhl neben Rowly noch frei war, setzte ich mich mit großem Vergnügen dorthin.

Ferris reichte gerade die letzten Becher herum. Er gab mir einen Kuchen, den er für mich aufgehoben hatte, und lud die Gäste ein, einen Trinkspruch auszusprechen.

»Auf das Neue Bündnis«, rief Richard Parr und schüttete dabei Wein über Elizabeths Ärmel, »in dem wir für alle Ewigkeit durch den in uns wachsenden christlichen Glauben errettet werden.« Er schaute sich erregt um, und ich bemerkte seine schönen, saphirblauen Augen und musste an Nathan denken. Mehr als ein Mitglied der Gesellschaft vergaß, das Glas zu heben, und starrte ihn verliebt an. »Dem Mammon und der Bestrafung ein Ende! Auf die Geburt des Neuen Jerusalem unter der Führung eines Visionärs!« Seine Augen glänzten vor Bewunderung und ich ärgerte mich über den Blick, mit dem Ferris darauf reagierte: Offensichtlich war er gegen die Schmeicheleien dieses Tölpels nicht gewappnet.

Die Gäste tranken den Wein, lobten seine Güte und bekamen nachgeschenkt.

Elizabeth fragte: »Was soll mit Mördern und Frauenschändern geschehen, wenn wir sie nicht bestrafen dürfen?«

»Sie laufen zu lassen hieße Zügellosigkeit, nicht Freiheit«, warf Jeremiah ein.

»Wir sollten Gewalt vermeiden«, sagte Rowly. »Alle zusammen könnten wir einen Mann fangen, ohne ihn mit der Waffe zu verletzen oder ihm die Knochen zu brechen.«

»Wie soll das gehen, mit einem Netz?«, fragte Elizabeth. Die Männer lachten, doch sie sagte protestierend: »Das war kein Scherz!«

Ich konnte nicht widerstehen. »Also, Roger, angenommen, ich wäre ein Mörder oder Frauenschänder, würdet Ihr keine Schwierigkeit darin sehen, mich zu fangen? Vorausgesetzt, Ihr bekämt Unterstützung?«

»Zusammen könnten wir sogar die gemeinsten Unholde fangen«, gab Rowly zurück.

Ferris starrte mich an.

»Warum sprecht ihr von Unholden? Wo Menschen zusammenleben, gibt es immer Unstimmigkeiten«, sagte Harry. »Früher oder später wird ein Mann eingesperrt werden.«

Ein Kälteschauer durchfuhr uns alle.

»Wir sollten wie Brüder zusammenleben«, bat Ferris.

»Auch Brüder sind nicht immer einer Meinung«, sagte Jeremiah. Ich dachte, wie Recht er hatte. Ferris als einziger Liebling seiner Tante hatte keine Vorstellung von Kriegen, die schlimmer waren als jene, die der König oder das Parlament führten.

»Dann brauchen wir also einen Kerker?«, fragte Harry.

Ferris sah betrübt aus. »Ich dachte, Gesetzesbrecher könnten zur Feldarbeit gezwungen werden.«

»In Ketten? Denn wenn nicht, würden sie weglaufen«, sagte Harry.

»Er will nur die Ketten schmieden dürfen«, sagte Rowly, und ein allgemeines Gelächter erhob sich gegen den Schmied. Dieser stimmte in die Heiterkeit mit ein, sagte dann jedoch: »Diese mache ich gerne umsonst, wenn sie gebraucht werden, aber werden sie gebraucht?«

»Verlassen wir London, um einen Kerker zu bauen?«, rief Ferris.

»Es schmerzt, ich weiß«, sagte Harry. Er mit seiner riesigen, schwieligen Pranke klopfte auf Ferris' Schulter.

»Gott wird uns rechtzeitig den Weg weisen. Wir müssen nur Vertrauen in die Sache haben«, sagte Parr nachdrücklich.

»Ich merke, dass Ihr nie als Soldat gedient habt«, sagte ich zu ihm. »Dort hätte Euch Euer Bauch was von Vertrauen erzählt.« Die Aussicht, ewig in solche Dispute verstrickt zu sein und mit einem Parlament voller Dummköpfe zusammenzuarbeiten, statt allein mit Ferris reden zu können, machte mich krank.

Unglücklich sah ich mich nach meinem Freund um. Er öffnete eine weitere Weinflasche, um in unserem Babel für noch mehr Verwirrung zu sorgen. Sie stürzten sich gierig darauf und hielten seinen Keller offensichtlich schon für einen Teil der ›allgemeinen Vorratskammer‹. Wie sollte daraus ein edles Vorhaben werden? Zum ersten Mal schwankte mein Glaube an meine Vision: Mir sträubten sich alle Haare, wenn ich mir ein Leben in solcher Gesellschaft vorstellte. Allein schon ihr Anblick verriet, dass dies nicht Gottes Absicht sein konnte. Ich beschloss wieder zu beten, sobald ich mich unauffällig zurückziehen konnte; ich würde beten und auf den Geist warten.

»Gibt es noch Kuchen?«, fragte Rowly.

»Nein«, sagte ich, und Ferris meinte gleichzeitig: »Ich werde nachsehen gehen.« Doch da Harry ihm gerade jetzt eine Frage stellte, bat er mich: »Jacob, könntest du nachschauen, ob es unten noch Küchlein gibt?«, so dass ich mich plötzlich als Roger Rowlys Diener sah.

Ich ging nach unten und stellte zu meiner Verärgerung fest, dass Becs tatsächlich einen zweiten Schub gebacken hatte. Sie legte sie auf einen Teller, reichte ihn mir und streifte dabei meine Hände.

»Ich trage sie nicht hoch«, keifte ich. »Das ist deine Aufgabe.«

Sie blinzelte mich an und fürchtete, ihr kleines Fingerspiel könnte meinen Anstoß erregt haben. Ich hatte sie noch nie angebrüllt. Ich gab ihr den Teller wieder zurück und sah dabei, dass ihre Hände zitterten. Sie knickste stumm und stieg die Treppen empor. Ich folgte ihr und verfluchte mich, genau der Unhold zu sein, den Rowly in mir sehen wollte. Es fehlte nicht viel und ich hatte Ähnlichkeit mit Sir Bastard.

Als sie vor uns die Tür aufstieß, drang der Krach aus dem Raum ins ganze Treppenhaus. Das Kind weinte und sein Geschrei fügte sich in den allgemeinen Tumult. Das arme Wurm schien zu spüren, dass unsere Diskussion zu nichts führte. Die anderen waren inzwischen aufgestanden, standen herum und debattierten. Becs drängte sich bis zum Tisch durch und stellte die Küchlein darauf ab. Als sie zurückkam, warf ich ihr einen zerknirschten Blick zu, doch sie blieb kühl und schlug beim Hinausgehen die Tür zu.

»Oha! Ich weiß, wie es geht!«, rief Rowly gerade. Wenn er das wirklich wusste, warum sah er dann nicht seine eigene Gefährdung und wie viel besser er dran wäre, wenn er sich von mir fernhielte? Doch nachdem er so viel Wein, wie er nur konnte, auf Ferris' Kosten hinuntergespült hatte, war er bereits mehr als nur angetrunken. Ich drehte mich um und sah ihn verächtlich an.

»Ihr braucht mich gar nicht so von oben herab anzuschauen, ich habe es genau gesehen«, sagte er grinsend und steckte sich einen ganzen Kuchen in den Mund. Seine Backen platzten fast; er kaute geräuschvoll und versprühte dabei ein paar Krumen. »Sie ist grausam zu Euch, was? Nun, Freund, sie ist gar nicht so schlecht, doch wenn ich mir ein Urteil über Frauen erlauben darf, Ihr werdet bei Ihr nicht landen.«

Ich nahm mir selbst einen Kuchen. Ich wusste, dass ich weggehen sollte, doch seine Widerlichkeit faszinierte mich, und abgesehen davon lag er bis jetzt so falsch, dass er mich nicht reizen konnte. Er konnte mich mit Becs nicht berühren, solange ich wusste, dass ich von ihr begehrt wurde.

»Es steht Euch frei, Euer Glück bei ihr zu versuchen«, sagte ich leichthin.

»Was Frauen angeht, traut niemals einem Schneider. Wir Schneider sind ein privilegierter Stand –«

»Schneider! Ich habe noch nie gehört, dass –«

»Natürlich. Es gibt kaum ein Geheimnis, das ein Mann vor seinem Schneider verbergen kann!« Er kam näher an mich heran, fasste sich mit dem Finger an den Nasenflügel und fuhr zischend fort: »Wir sehen alles, wisst Ihr – wer missgebildet ist, wer Syphilis hat, wer impotent ist –«

»Ein charmantes Privileg«, murmelte ich.

»Ah, doch, mein lieber Herr, überlegt doch. Wir wissen, wessen Frauen am meisten Trost bedürfen. O ja!«, rief er aus, denn er hielt mich offensichtlich für geschlagen und vor Ehrfurcht verstummt, während ich mich lediglich über seine Eitelkeit wunderte: Roger Rowly, Heilmittel gegen die Bleichsucht!

»Und noch merkwürdigere Dinge –« Er schaute sich verstohlen um. Hätte ich doch nur gewusst, dass dies meine letzte Chance war, von ihm wegzukommen, doch mein böser Engel flüsterte mir zu, ich solle bleiben und zuhören.

»Als *er* verheiratet war«, Rowly machte eine Kopfbewegung in Richtung Ferris, der in der anderen Ecke der Stube stand, »sie war nicht unberührt, wisst Ihr: Sie war vor dem Kauf bereits ausprobiert worden, und wer glaubt Ihr, war –?« Er grinste so heimtückisch wie das Zerrbild eines Gesichts in aufgewühltem Wasser.

»Ihr genießt seinen Wein, nicht wahr?«, fragte ich.

»Ei! Ei! Doch hört zu –«

»Kein Wort mehr. Ich warne Euch –«

»So hört doch zu! Mit der Geschichte erweckt man Leichen wieder zum Leben!« Ferris' Wein ließ ihn inzwischen schreien. »Sie wohnten sich gegenüber und –«

Ich warf ihn gegen den Tisch. Es wurde sofort still um uns; die Gesellschaft erstarrte. Rowly lag zitternd zwischen verschüttetem Wein und Krümeln, und ich griff nach seinem dünnen, fettigen Haar, um seinen Kopf besser gegen das Holz schlagen zu können. Ich war ganz ruhig, wie wenn ein Mann in einer Schlacht zu müde ist, um noch irgendetwas zu fürchten, und alles ganz langsam geschieht. Jedes Mal, wenn ich seinen Schädel auf die Tischplatte krachen ließ, schrie er vor Schmerz, und ich zog ihn dann wieder hoch, um mehr Schwung zu haben. Spucke flog bei der Abwärtsbewegung aus seinem Mund, und als ich ihm Haarbüschel ausriss, versuchte er meinen Griff zu lösen.

»Jacob!« Ferris schrie als Erster auf. Seine Stimme war fast so schrill wie die Rowlys. Er rannte zu mir hin und versuchte, meinen Arm am Ellbogen wegzuziehen. Ich versetzte ihm einen Stoß, so dass er in die Glastür des Bücherschrankes flog. Ich verteidigte seinen Namen, und später würde er es verstehen. Richard Parr kam, zog und zerrte an meiner anderen Seite und flehte: »Das kann nicht der richtige Weg sein, bitte habt Geduld«, bis ich ihn trat wie einen lästigen Hund.

Ein Schmerz in meinen Handgelenken lenkte meine Aufmerksamkeit wieder auf Rowly. Er hatte sich in sie verkrallt, worauf ich ihm zum Ausgleich mit einem Faustschlag die Nase zertrümmerte. Elizabeth, bis dahin zur Salzsäule erstarrt, rannte in eine Ecke und drückte ihr Kind an ihre Brust; Jeremiah hüpfte mit lautlos arbeitendem Kiefer herum. Ich sah, wie Rowlys Füße auf den Kuchenteller trommelten, und hörte Ferris schreien: »Harry! Harry!«

Als ich mich umdrehte, um zu sehen, was Harry tat, berührte sein Gesicht schon fast meines, und sein Mund formte ein großes O. Alles wurde rot, dann schwarz.

18. Kapitel

Die Bedeutung einer Karte

Mein Vater würde mich bestrafen, denn ich hatte etwas Schreckliches getan. Ich hatte etwas Verderbtes in die Heilige Schrift geschrieben, und er hatte es herausgefunden. Schweißgebadet wachte ich auf und schauderte sofort vor Entsetzen: Dies war nicht mein Zuhause. Dann fiel mir wieder alles ein, und statt dass Schamgefühl und Furcht von mir wichen, verstärkten sich diese Gefühle nur.

Ich lag auf schwarzweißen Fliesen in der Nähe des Tisches. Es war dunkel. Mein Kopf und meine Schultern schmerzten; meine Knochen knirschten, und ein Auge war verklebt und ließ sich nicht richtig öffnen. Der Feuerschein erhellte den Raum etwas, daher rollte ich mich zum Kamin. Sofort begann mein Herz heftig zu schlagen, denn in einem der Stühle am Feuer saß ein stummer und unbeweglicher Schatten. Da der Feuerschein sein Profil erhellte, erkannte ich den steif hochgehaltenen Kopf und die angespannten Kiefermuskeln. Ich schauderte innerlich bei diesem abgewandten Gesicht.

»Ferris –«

»Harry hat dich außer Gefecht gesetzt. Bevor du jemanden töten konntest.« Seine Stimme klang heiser vor Bitterkeit. Ich versuchte mich aufzurichten, um ihn zu trösten, fiel jedoch stöhnend zurück.

»Habe ich mir die Rippen gebrochen?«, stieß ich mühsam hervor.

»Das hoffe ich.«

»Ist das –«, ich betastete mein geschwollenes Gesicht, »– Harrys Werk?«

»Nicht nur. Roger hat auch kräftig zugeschlagen, nachdem du am Boden lagst.«

Diese Vorstellung entsetzte mich. »Und du hast mir nicht geholfen, Ferris?«

»Ich? Ich lag mit dem Hinterkopf in Glasscherben.«

Ich hatte vergessen, dass ich ihn in den Bücherschrank gestoßen hatte. Noch mehr Schamgefühl kam über mich in widerlichen, erstickenden Wellen.

»Es war abscheulich. Ich bin abscheulich, das weiß ich jetzt.«

»Danach weißt du es immer, böser Engel.«

Die Verzweiflung in seiner Stimme traf mich ins Herz. Mit dem Gefühl, ihm sonst nichts anbieten zu können, sagte ich: »Ich wünschte, ich könnte es ungeschehen machen! Ich habe meine Strafe: Mein Kopf und meine Brust schmerzen fürchterlich.«

»Gut«, sagte er, und ich sah, wie das Wort von einem Eiszapfen tropfte. Er erhob sich, auch ich versuchte aufzustehen, rang jedoch vor Schmerz nach Luft und blieb kauernd auf dem Boden.

»Meine Tante liegt weinend oben«, sagte er mit der gleichen eisigen, tonlosen Stimme. »Es ist wieder genau wie in der Armee. Roger hat uns verlassen und Richard wird es wahrscheinlich auch; selbst Harry ist sich jetzt nicht mehr sicher. Woher sollen wir einen anderen Schmied nehmen? Ich selbst könnte dich mit Fäusten traktieren.«

Ich schaute ihm hinterher, als er den Raum verließ. Er schloss leise die Tür, als ginge er von einem Sterbenden weg.

Das nächste Mal wachte ich in meinem Bett auf, konnte mich jedoch nicht erinnern, wie ich dorthin gekommen war. Sie hatten einen Doktor für mich gerufen, jedoch nicht meinen alten Freund Mister Chaperain, sondern einen Kerl mit ungesund fischweißer Haut und fliehendem Kinn. Er erklärte mir, dass weder meine Knochen noch mein Schädel gebrochen seien, und da er auch Rowly einen Besuch abgestattet hatte, erzählte er mir, dass sich dieser jetzt bei seiner Schwester in der Nähe von Bunhill Fields aufhalte.

»Dann habe ich ihn also nicht umgebracht«, sagte ich etwas dümmlich, zumindest für einen, der von Schuldgefühlen geplagt sein sollte.

»Das würde ich noch nicht beschwören«, warnte er mich. Ich spürte, dass er mich nicht mochte. »Er hatte jede Menge Blutergüsse. Es tut einem Mann selten gut, wenn sein Gehirn in seinem Schädel herumgestoßen wird.«

»Warum wurde ich dann nicht vor Gericht gebracht?«

»Das kann ich nicht sagen, Sir.« *Doch ich halte es für eine Schande*, fügten seine Augen hinzu.

Ich wusste, dass der kleine rotznasige Schneider aus Angst nicht gegen mich aussagte. Aber was spielte er für eine Rolle? Ferris hielt sich von mir fern. Die Tante und Becs brachten mir Suppen und Salben. Ihre langen Gesichter zeigten allzu deutlich, dass man ihnen keine meiner schlimmen Taten vorenthalten hatte. Ein Freund der Tante setzte sich zu mir und las mir heilsame Verse über unbesonnenen Zorn aus der Predigtsammlung vor. Er war ein dünner, weißhaariger Mann und wirkte, als sei Feigheit seine einzige Versuchung. Ich starrte an die Decke, bis er fertig war. Becs versorgte die Schnitte und Blutergüsse auf meiner Brust, derweil ich darüber nachsann, ob ihr diese Arbeit wohl gefiel. Ihre bisherige Munterkeit schien wie weggeblasen.

»Ist – ist er krank?«, fragte ich, als ich am zweiten Tag im Bett erwachte, nachdem ich am ersten vergeblich auf seinen Besuch gehofft hatte.

»Überall Schnitte vom Glas«, gab sie kurz zurück.

Ich dachte darüber nach. »Bleibt er in seiner Kammer?«

Sie schwieg.

»Becs, ich muss ihn um Entschuldigung bitten.«

»Setzt Euch auf.« Sie schüttelte das Kissen in meinem Nacken auf, wobei ihre schmalen Fäuste heftig auf die Federn einschlugen.

Genau wie in der Armee, hatte Ferris gesagt, doch für mich war es schlimmer. Nachdem die übelsten Schmerzen nachgelassen hatten, hatte ich nur noch wenig Ablenkung und begriff, dass ein Schmerz einen anderen betäuben kann – vielleicht der Grund, warum Wahnsinnige sich selbst geißeln. Ich fürchtete, Ferris noch mehr zu kränken, daher wartete ich geduldig und las die restlichen Predigten. Sie waren so blutleer, dass ich nur noch melancholischer wurde.

Vier Tage nach dem Kampf hielt ich es schließlich nicht mehr aus und bat Becs, mir Schreibutensilien zu holen. Nachdem sie mir alles gebracht hatte und wieder gegangen war, setzte ich mich mit meinen schmerzenden Rippen so gut ich konnte auf und schrieb Ferris einen Brief. Mehrere Male formulierte ich Entschuldigungen, doch dann strich ich sie wieder durch, entweder erschienen sie mir nicht aufrichtig oder zu anmaßend; schließlich verwarf ich sie allesamt und schrieb das Folgende:

Ferris, er beleidigte und verleumdete Deine Joanna auf die abstoßendste Weise. Er schwelgte in ihrem Unglück, degradierte Deine Liebe zu ihr zu der Gefälligkeit eines Hahnreis und Dein Hochzeitsbett zu einem Bordell. Ich habe ihn gewarnt und wurde verlacht. Sag mir, was hätte ich tun sollen? Würde über meine eigene Frau so schlecht geredet, würde ich sie verteidigen. Ich habe es aus Liebe und zur Verteidigung der Liebe getan. Ich wurde dafür grün und blau geschlagen und würde es doch wieder tun, sähe ich, dass dir auch nur ein Haar gekrümmt würde.

Ich faltete den Bogen zusammen und rief nach Becs. Als ich sie bat, Ferris den Brief zu bringen, betrachtete sie ihn neugierig.

»Lies ihn, wenn du willst«, sagte ich, um sie zu beleidigen.

»Für wen haltet Ihr mich?«

Sie ging hinunter, wahrscheinlich in die Druckerei, denn ich nahm an, dass er bei seiner Presse sein würde. Ich wartete und betastete eine gelblichbraune Quetschung an meinem Unterarm, um zu sehen, wie sehr sie noch schmerzte. Die Tür am unteren Ende der Treppe ging auf: Ich lauschte angestrengt. Becs. Enttäuscht ließ ich mich auf das Kissen zurückfallen.

Seine Antwort stand auf einem Blatt Papier voller dreckiger Fingerabdrücke aus der Presse.

Die Haare auf meinem Kopf sind mehr als nur gekrümmt worden: sie sind blutig. Gewalttätige Liebe frisst das, was sie liebt, und ist reine Gier.

Bevor ich das Blatt zurückschickte, schrieb ich auf den unteren Rand:

Ich würde mir eher ins eigene Fleisch schneiden, als Dich zu verletzen. Du hättest nicht versuchen sollen, Dich zwischen uns zu stellen! Wenn Du mich nur besuchen kommst, will ich das nächste Mal standhaft bleiben und mich von ihm grün und blau schlagen lassen.

Becs überflog mit scharfem Blick das Geschriebene und schaute mich dann mitleidig an. Sofort schämte ich mich für meine Unhöflichkeit. Ich hatte sie für ihre Kälte strafen wollen, denn bis jetzt hatte sie mich gefühllos angeschaut, selbst wenn sie meine Verletzungen aus der Schlacht von Cheapside versorgt hatte. Als sie sich umwandte, um ein zweites Mal hinunterzugehen, sagte ich zu ihr: »Du bist eine Perle« und wurde mit einem Lächeln belohnt.

Als sich unten das nächste Mal die Tür öffnete, wusste ich, dass es Ferris war, und versuchte ruhig zu bleiben, während er sich meiner Kammer näherte. Sein Gesichtsausdruck beim Eintreten war nicht gerade ermutigend.

»Sag mir, Jacob«, begann er, nachdem er sich auf die Bettkante gesetzt hatte, »war es dir ernst mit dem, was du in deinem Brief geschrieben hast? Dem letzten?«

»Probier es aus – bring ihn her und sag ihm, er solle mich schlagen.«

»Und was soll uns das helfen?«

»Ich wollte nur ausdrücken, dass es mir Leid tut«, sagte ich, fühlte mich aber in eine Falle gelockt.

Er runzelte die Stirn. »Nun, wenn du je wieder solch eine Wut gegenüber einem aus unserer Gemeinschaft verspürst, dann musst du tun, was du mir geschrieben hast, standhaft bleiben und dich grün und blau schlagen lassen. Du machst große Versprechungen: Ich werde dieses und jenes tun. Doch hör beim nächsten Mal auf, bevor du den anderen verletzt und nicht erst danach.«

»Ich habe es für dich getan.«

»Für mich? Habe ich dich nicht gebeten, damit aufzuhören?«

Ich schwieg, und nicht nur weil es unmöglich war, diese Wahrheit zu verneinen. Wieder hörte ich Caro erschrocken nach Luft ringen, als ich ihr gesagt hatte, dass ich den Jungen ihretwegen erstochen hätte, und ich erinnerte mich, wie sie daraufhin im Dunkeln versucht hatte, von mir wegzukriechen.

»Nun, war dem nicht so?«, fragte Ferris trocken.

Ich nickte.

Er fuhr fort. »Sollte er sterben, was würde dann aus dir?«

»Ich wollte nur –«

»Du versuchst gar nicht erst, dich im Zaum zu halten.« Ferris wandte das Gesicht ab. »Schau her.«

Ich zuckte zusammen, als ich die blutverkrusteten Haare auf seinem Hinterkopf sah. »Er hat mich aufgehetzt – er hat deine Frau so beleidigt –«

»Mir hast du sogar gesagt, ich solle aufhören, auf Cooper zu spucken!«

»Ich habe ihn geschlagen, doch aus Liebe zu dir –«

»Aus Liebe zur Macht! Bei Gott«, zischte er, »Nat hat Glück gehabt!«

Mehr Glück, als du weißt, dachte ich und schaukelte mich langsam in Erregung.

Ferris rief verärgert: »Und erzähle mir nicht, dass Gewalt dir Kummer bereitet! Ich habe deinen Blick gesehen!« Er machte eine Pause, um sich zu beruhigen, und sagte dann leiser: »Ich hätte es leichter mit dir, Jacob, wenn Gott geneigt gewesen wäre, dich klein zu erschaffen.«

Wir schwiegen ein paar Minuten und ich sah Ferris' Zorn langsam schwinden, jetzt wo er bei mir war und seinen Gedanken Luft gemacht hatte. »Ja«, sagte er schließlich. »Und mich stattdessen groß und stark.«

Ich seufzte. »Ich weiß. Du wärest geduldig und mir ein gutes Vorbild.«

Seine Lippen deuteten ein Lächeln an. »Bei einem solchen Streit? Ich hätte dich besinnungslos geschlagen.«

Wir waren wieder versöhnt, natürlich waren wir das; zwischen uns war so viel gewachsen, dass ein Roger Rowly nicht ausreichte, es zu zerstören. Dennoch war nichts wie vorher. Nie zuvor hatte ich Ferris verletzt, doch jetzt spürte er die Möglichkeit, dass es wieder geschehen könnte. Außerdem wusste seine Tante, genau wie alle anderen, was passiert war, und ich war nicht mehr der liebe Junge.

Aus einem anderen Blickwinkel betrachtet, war das Geschehene für die Tante jedoch nicht nur schlecht. Mit der Bemerkung, ich hätte außer dem Schneider noch andere vertrieben, hatte Ferris die Wahrheit gesagt. Als ich am nächsten Tag hinunterkam, schrieb er gerade Briefe, um die verbleibenden Kolonisten zusammenzuhalten. Seine Tante war außer Haus, und vielleicht hielt er es für einen guten Zeitpunkt, die Pläne wieder aufleben zu lassen, denn ich war sicher, dass sie unseren Rückschlag größtenteils für ein Zeichen Gottes hielt. Er hatte gerade eine sehr diplomatische Botschaft an Harry und Elizabeth Beste unterschrieben.

»Harry hat doch mit Sicherheit keine Angst vor mir, nachdem er mich außer Gefecht gesetzt hat«, sagte ich und versuchte ein Lachen.

Ferris antwortete: »Er hat Weib und Kinder.«

Bei dem Gedanken an Elizabeth spürte ich einen Knoten in mir. Bis zu diesem Vorfall hatte sie mich für vernünftig und umsichtig gehalten, für einen Mann, dem man vertrauen kann. Ich hoffte, sie nie wieder zu sehen.

»Werden wir einen anderen Schmied finden?«, fragte ich.

»Ich suche einen.« Ferris zeigte mir ein neues Pamphlet, das er während meiner Bettruhe verfasst hatte: Es rief Männer und Frauen dazu auf, sich unserer Kolonie anzuschließen, vor allem solche, die Land bestellen oder mit Stoff oder Metall arbeiten konnten. »Wir werden sehen, wen Gott uns schickt. Schließlich«, er warf mir einen höhnischen Blick zu, »hat er ja schon dich geschickt.«

Becs kam mit einer Schüssel warmen Wassers und einem Umschlag für seinen Kopf herein, um die Haut aufzuweichen und damit die restlichen Glassplitter zu lösen. Ich wollte gehen, doch Ferris sagte: »Bleib und schau zu.«

So saß ich unglücklich dabei und sah, wie sich das Wasser rot färbte und er zuckte, wenn sie mit dem Umschlag seinen Hinterkopf berührte.

»Ich komme nicht heran«, sagte sie ärgerlich. »Warum lasst Ihr mich nicht Euer Haar schneiden?«

»Dann schneid es halt.«

Becs sprang auf, und ich schätzte, dass sie nicht zum ersten Mal gefragt hatte, bislang jedoch abgewiesen worden war. Sie holte eilig die Schere, bevor er es sich anders überlegen konnte. Wir schwiegen beide, bis sie die Treppe wieder hinaufpolterte.

»Also«, sagte sie und stellte sich mit Kamm und Schere hinter den Stuhl, »seid Ihr sicher, dass es Euch genehm ist?«

»Genehm? Ich will, dass mein Kopf heilt, das ist alles.«

»Dann schneide ich jetzt.« Sie setzte den Kamm an seiner Schläfe an, doch Ferris drehte sich um und nahm ihr sanft die Utensilien ab. »Nein, Becs. Lass es Jacob machen.«

»Ich kann keine Haare schneiden«, stammelte ich. »Ich habe es noch nie gemacht.«

»Doch es ist eine Arbeit, die du dir verdient hast«, sagte er. »Ich bitte dich nicht, dir ins eigene Fleisch zu schneiden, oder?« Ich erkannte die Worte meines Briefes wieder und verstand: Ich sollte alles spüren, was ich ihm angetan hatte, selbst das Haareschneiden.

»Wenn du es verpfuschst, wird Becs es schon wieder in Ordnung bringen«, fügte er hinzu.

»Nun, gut.« Ich zog den Kamm durch sein Haar. Er duckte sich und ich zog seinen Kopf wieder nach oben. »Halt still.«

»Du ziehst zu fest«, sagte er gereizt. Becs nahm mir den Kamm ab und zeigte mir, wie man Knoten löste, indem man unten anfing und sich nach oben durcharbeitete. Ich machte es ihr nach, und es gelang mir gut, bis ich mit dem Kamm einen verborgenen Schnitt berührte und Blut unter den feinen Wurzeln hervorsickerte. Übelkeit breitete sich in mir aus wie die rote Farbe in seinem Haar. Ich nahm seinen Schopf, teilte die Haarenden mit dem Kamm in Strähnen und arbeitete mich weiter hoch, so wie das Mädchen es mir gezeigt hatte. Manche Haare standen zitternd von seinem Kopf ab, andere klebten an meinem Ärmel.

»Merkwürdig, warum das so geschieht«, sagte Becs. »Immer fliegen ein paar Haare, wenn sie gekämmt worden sind.« Sie strich sie wieder nach unten. Dunkelgoldene Strähnen fielen über seinen Nacken und seine Schultern.

»Ich möchte es nicht«, wiederholte ich.

»Es muss geschnitten werden, damit die Kopfhaut aufgeweicht werden kann«, sagte Ferris unbarmherzig.

Ich fing hinten an, nahm das glänzende Haar und hieb hinein, weil es der Klinge auswich. Becs beobachtete mich kritisch und half mir von Zeit zu Zeit, den richtigen Winkel für die Schere zu finden. Das Haar wand sich und knirschte, während ich darum kämpfte, es gerade zu schneiden. Zwei Hände voll mussten abgeschnitten und auf das Pamphlet auf dem Tisch gelegt werden, bevor ich seinen Nacken und die verwundbare Kuhle am Schädelansatz sehen konnte. Der Anblick schmerzte mich, und um ihn zu vermeiden, ging ich um Ferris herum und schnitt von vorn sein Schläfenhaar, das ich einst in meinem Gesicht gespürt hatte.

»Fertig«, sagte ich. Es war eine Verstümmelung. Mein Daumen zitterte nach dem ungewohnten Halten der Schere.

»Das reicht noch nicht für einen Umschlag«, sagte Becs. Sie nahm mir, ohne vorher Ferris zu fragen, die Schere ab und schnippelte so lange an ihm herum, bis er wie eine Löwenzahnblüte aussah. Das Haar war fransig und stand ab, sie blies darauf und lachte.

»So. Am besten mache ich Euch den Breiumschlag, denn ich weiß, wo die wunden Stellen sind.«

»Wirf das Haar ins Feuer«, befahl Ferris mir.

Ich behielt nicht eine einzige Strähne zurück, sondern sammelte alles auf und ließ es wie ein Flechtwerk aus goldenem Garn auf die gräulichen Kohlen im Kamin fallen. Sie flammten auf, versprühten Funken und schrumpelten das Haar dann zu einem schwarzen, stinkenden Knäuel zusammen, wie sie es mit dem Brief an meine Mutter getan hatten. Becs schmierte einen grünlichen Brei auf den Hinterkopf meines Freundes.

»Wie schnell wird es die Splitter herausbringen?«, fragte ich demütig.

»Oh, der Rest hier wird in ein paar Tagen draußen sein.« Sie wickelte ein warmes Tuch wie einen Turban um seinen Kopf und trug dann ihre Schüsseln weg.

Wir blieben ermattet sitzen, lasen, redeten über dieses und jenes und verbummelten den Vormittag, bis das Essen aufgetragen wurde. Die Tante leistete uns dazu Gesellschaft und tat, als bewundere sie Ferris' arabische Kopfbedeckung. Doch man merkte ihr deutlich an, dass sie dem abgeschnittenen Haar nachtrauerte.

Nachdem wir uns vom Tisch erhoben hatten und sie wieder zu Mistress Osgood und deren beiden kleinen Jungen gegangen war, bat mich Ferris, oben in meiner Kammer für ihn etwas auf der Karte nachzusehen, die er mir gekauft hatte. Er sprach kurzatmig und blickte mich so merkwürdig an, dass ich ihn fragte, ob er sich wohl fühle.

»Recht wohl«, antwortete er blass und schwitzend. »Ich wüsste gerne, wo Abbot's Garden liegt. Andrews hat mir gesagt, dass es dort einen Mann namens Samuel gibt, der Kartoffeln anbauen kann.«

Ich machte mir Sorgen, dass er vielleicht Fieber bekäme, ging hinauf in meine Kammer und wollte mich vor dem Nachschauen jedoch erst etwas ausruhen, da Rücken und Brust nach Rowlys Tritten immer noch schmerzten. Ich schlief sofort ein. Als ich später wieder erwachte und hinunterging, saß Ferris mit seinem ungewohnten Turban am Feuer und erschien mir noch merkwürdiger als vorher.

»Fehlt dir etwas?«, fragte ich.

»Hast du für mich auf der Karte nachgeschaut?«

»Abbot's Garden ist nicht drauf.« Ich log ohne nachzudenken, denn ich hatte wenig Verlangen, Kartoffeln zu essen, und gar kein Verlangen, noch einmal die Stufen hinaufzusteigen.

Meine Antwort traf Ferris wie ein Schlag. Ich sah, wie sich seine Brust hob und senkte, als würde er rennen.

»Also ist – was ich will – nicht auf der Karte –?« Er schien mich nicht zu verstehen. »Willst du sagen, heißt das – sagst du – nein?«

»Ist es denn so wichtig?«, wollte ich wissen.

Er stand erregt auf. »Jacob, hast du wirklich nachgeschaut? Sag die Wahrheit – du hast gar nicht geschaut, oder?«

Die Fragerei verärgerte mich. »Ich habe nachgeschaut«, sagte ich langsam und betont. »Die Antwort auf deine Frage lautet nein.«

Er fuhr zusammen; ich sah, wie er eine Hand zu seinem Herzen führte, darauf bemerkte, was er tat, und die Hand wieder sinken ließ. Er nahm den Schürhaken und stocherte so lange in den Kohlen herum, bis sie größtenteils auseinander brachen und das Feuer zum Erlöschen kommen würde.

»Du hängst dein Herz zu sehr an bestimmte Dinge«, tröstete ich ihn und wünschte bei Gott, dass ich nicht gelogen hätte. Er wandte sich von der Asche ab, wurde rot, erstarrte und sagte verbittert: »Dann beende nicht, was du anfängst. Es wird dich am Tag des Jüngsten Gerichts nicht retten.«

»Ich fange etwas an, ohne es zu Ende zu bringen!«, rief ich aus. »Was bringe ich nicht zu Ende?«

Er starrte mich an, wie Christus Ischariot nach dem Kuss angeschaut haben mochte. All dies nur wegen Abbot's Garden und ein paar Saatkartoffeln.

»Du bist nicht wohl«, sagte ich. »Nicht du selbst. Was bereitet dir Schmerzen?«

»Wenn ich das wüsste!«, brüllte er. Er stand auf, rannte hinaus und ließ mich sprachlos zurück. Mir blieb nur, das Feuer wieder zu entfachen.

Solche merkwürdigen Tage; solch eine Traurigkeit in diesem Haus. Niemand setzte mir nach; die Schande, dass ich in Ketten abgeführt würde, blieb uns erspart; soweit ich wusste, war Rowly geheilt und wahrscheinlich um einiges weiser. Die Tante sprach wieder freundlich zu mir und war, genau wie Becs, bereit, die Sache zu vergessen.

Doch nach unserem letzten Gespräch wurde Ferris immer melancholischer und schien um seine Kolonie zu trauern: Er aß kaum, hatte nicht mehr die gewohnte Freude an seinen Pamphleten, sprach kaum noch mit mir und verweigerte sogar eine Schachpartie.

Ich brachte die Pamphlete zu dem Buchverkäufer an der Kathedrale, und wir erhielten etliche interessierte Briefe, doch nach einer Woche hatte Ferris noch keinen einzigen davon beantwortet. Sein Haar war immer noch unter dem Umschlag versteckt, und er schlich im Haus umher wie ein wildes Tier im Käfig. Becs untersuchte tagtäglich seinen Hinterkopf und zog Glassplitter heraus, die an die Oberfläche gekommen waren, und jeden Tag beschwerte er sich mürrisch über ihre Ungeschicktheit. Auch zwischen ihm und seiner Tante stimmte etwas nicht, doch was, konnte ich nicht deuten. Immer wenn sie und ich miteinander sprachen, wandte Ferris sein Gesicht ab, und ich bemerkte, dass sie nicht mehr so um seine Aufmerksamkeit buhlte, wie sie es früher getan hatte.

Vor allem bei den Mahlzeiten, wenn das Gespräch von dem Gewicht seiner Übellaunigkeit erdrückt wurde, fragte ich mich, wie lange ich hier wohl noch wohnen konnte. Allerdings kam ich immer wieder zu dem Punkt, dass es kein anderes Zuhause für mich gab.

Der Tag kam, an dem der Turban endlich abgenommen wurde und Becs den Rest des Breis mit einem Schwamm abwusch. Ich ging zu Ferris hin und berührte seinen stoppeligen Kopf, er wich meiner Hand etwas aus, sagte aber nichts. Wie merkwürdig frisch gewaschenes Haar doch ist. Seines war so weich wie Federn und schön gelb, außerdem hatte es den intensiven Geruch verloren. Er saß am Kamin, um es zu trocknen, und Becs legte ihm ein Leinentuch über die Schultern. Ich setzte mich auf den anderen Stuhl. Das Tuch wies alte Blutflecken auf, vielleicht war es das, welches sie bei meiner Zahnbehandlung benutzt hatten.

»Wünscht Ihr auch eine Behandlung für Euer Haar?«, fragte mich die Magd. Sie hatte sich schnell wieder von kühl über höflich in frech gewandelt. »Ich habe ein Rosmarinöl, das es glänzen lassen würde.«

»Nein, ich bin kein Mädchen«, antwortete ich.

»Es ist gut fürs Gehirn«, fuhr sie fort. »Hier –« Sie beugte sich von hinten über mich und legte ihre kalten Finger in meinen Nacken, so dass ich zusammenzuckte. Sie kicherte und ich lachte mit ihr. Ich wusste, dass sie zu forsch war, doch ich sehnte mich nach Fröhlichkeit.

Als ich mich umdrehte, um ihr etwas zu sagen, landete ich mit dem Gesicht fast in ihrem Busen. Sie war ein kräftiges Mädchen mit rundlichen Schultern und Armen, und der Anblick dieser Frau, wie sie da über mir hing, versetzte mir den ersten richtigen Stich seit Caro. Verwirrt hörte ich auf zu lachen und sah auf. Obwohl sich dies alles sehr schnell abgespielt hatte, war ihr nichts entgangen. Ich blickte zu Ferris: Er starrte ins Feuer. Becs streichelte mir sanft über die Nackenhaare, ging hinaus und ließ mich verwirrt zurück.

Gegen Ende Januar hatte sich Ferris endlich aufgerafft, seine Briefe zu lesen und Notizen zu seiner Korrespondenz zu machen. Um möglichst viel Streit zu verhindern, sollten wir sie zusammen durchgehen, erklärte er mir. Sollte ich gegen irgendjemanden eine starke Abneigung empfinden, würde der- oder diejenige nicht an unserem Commonwealth teilnehmen. Mir war bewusst, wie viel Freiheit er mir damit gewährte, und ich sagte ihm das auch. Im Gegenzug versprach ich ihm feierlich, niemanden mehr zu schlagen, wie sehr ich auch provoziert würde.

»Dann ist es also ein Handel?«, fragte er und streckte mir die offene Hand hin.

»Abgemacht.« Ich spuckte mir in die Hand und schlug ein. »Guter Gott, Ferris! Du fühlst dich an wie Fat Tommy. Wenn du nicht mehr isst, wirst du nie das Neue Jerusalem errichten.«

»Ich habe keinen Hunger«, sagte er mit gerunzelter Stirn.

»Kennst du die Redewendung? Essen hält Leib und Seele zusammen. Sogar als du aus der Armee kamst, warst du dicker.«

»Du übertreibst.«

Er sah aus, als würde er gleich zusammenbrechen, aber ich hütete meine Zunge und schaute mir die Liste an, die er zusammengetragen hatte. Ein Gutes hatte die Sache: Wir hatten dieses Mal mehr Leute und vor allem mehr Frauen. Es waren ganz unterschiedliche Bewerber und ich las ihre Angebote mit Interesse. Ferris besaß die saubere und ordentliche Schrift eines Kaufmanns, daher konnte ich leicht entziffern, was er geschrieben hatte. Er stand jedoch auch neben mir und wies auf wichtige Details hin. Ich las, wie folgt:

Jane Seabright, Hellseherin, kann in verschiedenen Zungen reden.

»Sonst kein Beruf?«, fragte ich. Ferris schüttelte den Kopf.

Nathaniel Buckler, ehemals Weber. Hat rechten Daumen verloren und lebt nun bei seiner Schwester in London. Nimmt jede ihm angebotene Arbeit an.

Wisdom Hathersage, Diener bei Mister Chiggs, einige private Ersparnisse, kann nur sonntags zu Treffen kommen.

Jonathan und Hepsibah Tunstall, Bedienstete, einen zweijährigen Jungen. Kennen sich in der Pflanzen- und Baumpflege aus und können kochen.

Benjamin Botts, ehemaliger Regimentsarzt (Ferris bekam leuchtende Augen, als er auf dieses Detail hinwies), *arbeitet jetzt als Zahnklempner* (hierbei wurden meine eigenen Augen feucht).

Catherine und Susannah Domremy, Schwägerinnen. Mister Domremy an der Pest gestorben. Milchmägde. Lesen Pamphlete. Keine Kinder.

Alice Cutts, Frau eines in der Naseby-Schlacht gefallenen Pferdeknechts.

Antony Fleming, Kutscher auf der Strecke nach Durham und zurück. Kein Schmied, versteht jedoch etwas von dem Handwerk. (Ferris wieder hoffnungsfroh.)

Eunice Walker, behauptet, viel vom Kochen und der Heilkunst zu verstehen. Süß riechendes Papier, sehr feine Feder, im Siegel das Bild eines von Dornen durchbohrten Herzens.

»Ein von Dornen durchbohrtes Herz?«, fragte ich. »Warum notierst du das?«

»Ich fürchte, sie könnte eine Papistin sein. Schau her«, er zeigte mir das Siegel. Es handelte sich in der Tat um ein Herz, doch den Rest hatte er falsch gedeutet.

»Dies sind Pfeile«, sagte ich und roch an dem Papier, das einen Rosenduft über die Namen der anderen Kolonisten wehte. »Deine Mistress Walker ist eine Verehrerin Amors, nicht des Papstes.«

»Gut.« Er schürzte die Lippen.

Jack und Dorothy Wilkinson, frisch vermählt, der Mann erst vor kurzem aus dem Krieg zurück, die Frau in Umständen. Weber. Brief wurde von der Frau geschrieben.

Christian Keats, Schneider. Kann Stoffe mitbringen. Seit kurzem verwitwet, drei Kinder, jetzt bei seiner Schwägerin.

Ferris legte die Briefe erst aufeinander und dann nebeneinander. »Manche von ihnen werden sich als ungeeignet herausstellen«, sagte er nachdenklich.

»Jane Seabright?« Die ›Hellseherin‹ missfiel mir sofort.

»Ja. Und ich fürchte, auch Eunice Walker.« Er hielt den Brief hoch und wedelte mit ihm in meine Richtung, so dass meine Nase erneut den Rosenduft einfing. »Zeugt das von einer robusten, gottesfürchtigen Frau, die mit uns auf den Feldern arbeiten will?«

Ich sagte, dass seine Zweifel sicherlich berechtigt seien. »Doch wir verlieren schon wieder die Frauen. Lass sie uns wenigstens anschauen.«

»Die einzige Möglichkeit ist, sie alle hier zusammenzubringen. Wenn wir als Gemeinschaft leben und arbeiten wollen, muss jeder die Chance erhalten, seine Gefährten und nicht nur uns beide kennen zu lernen.«

Ich hoffte, dass Wisdom Hathersage würde kommen können, denn sein Name bereitete mir kindliches Vergnügen, und außerdem war er der Einzige, der offen erwähnt hatte, finanzielle Mittel zu besitzen. Ich hob das Ferris gegenüber hervor.

»Wir werden hauptsächlich Leute bekommen, die fast gar nichts besitzen«, erwiderte er. »Wenn jemand gut arbeitet und zufrieden ist, warum sollte er etwas daran ändern. Unser Commonwealth wird zu Beginn eine arme Gemeinde sein, die erst nach Reichtümern streben muss.«

»Sollten wir Hathersage bitten, Geld einzubringen, wenn die anderen nichts beisteuern?«, fragte ich.

Ferris grinste. »Wer weiß, vielleicht besitzt auch er nichts. Am besten bitten wir jeden, eine kleine Summe einzubringen, was meinst du? Doch das sollten wir gemeinsam beschließen.«

Seit ich gegen Rowly handgreiflich geworden war, hatte ich ihn nicht mehr so glücklich gesehen, und ich betete, diese neue Gefolgschaft möge mir besser zusagen als die alte. Zwischen Ferris und mir war es immer noch nicht wie früher. Ich spürte, dass er einen Kummer nährte, konnte ihn jedoch nicht dazu bringen, darüber zu reden. Als ich ihn einmal deswegen bedrängte, brüllte er: »Habe ich nicht geschworen, nie wieder über dieses Thema zu reden?«, als hätte er irgendein Gelübde getan. Ich konnte mich an dergleichen Gelegenheit nicht erinnern und dachte, einer von uns müsse einem Anfall geistiger Unzurechnungsfähigkeit erlegen sein.

Ich half ihm, an alle diese Personen Briefe zu entwerfen und abzuschreiben, in denen wir sie baten, sich am zweiten Sonntag im Februar (wegen Hathersage) gegen Mittag in unserem Haus in Cheapside einzufinden, um ihre Gesinnungsgenossen kennen zu lernen. Ein Junge aus der Nachbarschaft wurde als Bote angeheuert, und der Tante wurde mitgeteilt, dass das Haus von Fremden bevölkert würde.

»Welchen Rang haben sie?«, fragte sie, bereits mit dem Gedanken beschäftigt, was man ihnen wohl anbieten müsse.

»Arbeitende Menschen und herrenlose Gesellen«, sagte Ferris. Er zeigte ihr die Briefe.

»Fleischpastetchen und Kohl dürften angemessen sein, und wären sie Könige, sähe ich keinen Anlass, etwas anderes aufzutischen.«

Glücklich, ihn wieder munterer und fröhlicher zu sehen, war sie milde gestimmt, selbst wenn es die Wiederbelebung der verhassten Gemeinschaft bedeutete.

»Und Wein«, sagte Ferris.

»Nein«, sagte ich. »Wir wissen noch nicht, wie diese Menschen sich verhalten, wenn sie getrunken haben.«

»Meinst du, sie schlagen sich gegenseitig die Köpfe auf den Tisch?«

Das brachte mich zum Schweigen.

»Er hat Recht, Christopher. Sie können Bier und andere anregende Getränke bekommen«, sagte seine Tante.

»Auch gut. Auf jeden Fall lassen wir bis dahin die Tür des Bücherschrankes reparieren, für den Fall, dass ein Langfinger dabei ist.«

Ich meinte, dass auch diese Bemerkung gegen mich gerichtet war, und beschloss, ihn zu beschämen. Nachdem ich die Tante um Werkzeug gebeten hatte, reparierte ich selbst am nächsten Tag den Bücherschrank. Ferris hatte bis dahin gar nicht gewusst, dass ich derlei Dinge beherrschte, und beobachtete, wie ich das zerbrochene Glas aus dem Rahmen löste und sorgfältig eine neue Scheibe einpasste.

»Gute Arbeit«, gab er widerwillig zu.

Plötzliche Verstimmtheit flammte in mir auf. »Als du mich damals auf der Straße gefunden hast«, sagte ich bissig, »dachtest du, ich sei vom Himmel gefallen? Seitdem stehe ich zwar unter deiner Vormundschaft, doch lass dir gesagt sein, in meinem früheren Leben gab es nicht eine Arbeit – nicht eine! –, die ich nicht bis zur Perfektion ausgeführt hätte.«

»Perfektion?«

»Perfektion! Ich sollte Verwalter werden, nach dem Tod des alten.«

Ferris zog eine Augenbraue hoch, als wolle er damit sagen, *Nun! Das höre ich zum ersten Mal.*

»Und ich hatte die beste Frau zur Gemahlin. So, genug der Prahlerei«, denn ich begann schon, sogar in meinen eigenen Ohren, wie Roger Rowly zu klingen. Ich wischte mir die Hände ab und suchte das Werkzeug zusammen.

»Du bist stolz wie Luzifer«, sagte er verwundert.

»Ein böser Engel«, entfuhr es mir. Dann stellte ich die Werkzeugkiste weg und ging geradewegs in meine Kammer.

Vielleicht sollte ich ihn verlassen. Unsere Freundschaft war so kompliziert geworden und steckte so voller Schwierigkeiten und Missverständnisse, dass ich kaum einen Weg sah, wie wir wieder miteinander ins Reine kommen sollten. Ich wünschte, wir könnten alles noch einmal von dem ersten Tag an beginnen lassen, an dem ich benommen die Augen geöffnet und er mir Wasser gereicht hatte. Dann war ich vor den Rekruten zu ihm geflüchtet, und er hatte mich aufgenommen und mich durch seine reine Güte verzaubert: Das war die Zeit, in die ich gerne zurückkehren und in ihr leben wollte. Oder vielleicht sogar noch weiter zurück, als ich mit Caro im Irrgarten gesessen hatte, noch kein Blut an meinen Händen klebte und noch kein männlicher Kuss meine Lippen berührt hatte. Doch dann wären da immer noch Walshe und die Pamphlete. Alles war vorherbestimmt und nie hatte ich die Möglichkeit gehabt, mich aus diesem Netz zu befreien.

Mit einem Gefühl der Hoffnungslosigkeit kam ich wieder zu mir und stellte fest, dass ich hinunter auf den Hof schaute, ohne ihn wirklich zu sehen. Statt Visionen lagen der blaugraue Winter einer Stadt und dunkle Zimmer vor mir.

Unter mir rief jemand etwas. Leise ging ich auf den Flur, lauschte angestrengt und konnte Ferris gebieterisch rufen hören: »Macht es selbst! Ich werde nicht –« (hier entgingen mir ein paar Worte) »– lieber schmore ich in der Hölle, als etwas Derartiges für Euch zu tun.«

Als Nächstes hörte ich die schwache und jammernde Stimme der Tante: Sie schien ihn um irgendetwas zu bitten. Mein Freund knurrte etwas, das ich nicht verstand, dann sagte er gehässig: »Ich weiß, wofür das ist!« Weitere böse Worte folgten, die ich wieder nicht verstand. So hatte ich sie noch nie miteinander sprechen hören. Niedergeschlagen ging ich wieder in meine Kammer, setzte mich auf das Bett, hielt mir die Ohren zu und fürchtete, mein zorniges Vergehen habe das ganze Haus vergiftet.

Am Ende rief mich die Tante und ich musste hinuntergehen. Das Essen stand auf dem Tisch; als ich eintrat, war Ferris leichenblass und die Tante sehr rot, doch voll des Lobes für meine Arbeit an der Tür des Bücherschrankes. Ihr Neffe hörte schmollend zu, bis sie ihn fragte: »Ist es nicht hübsch geworden, Christopher?«

»Perfekt«, erwiderte er verbittert.

Sie gab auf und wir fielen in Schweigen. Das Fleisch war zäh, und ich kaute so auf dem Ochsenschwanz herum, wie das arme Tier einst wiedergekäut haben musste. Becs hatte mich nie wieder auf die Aale angesprochen, doch ich hatte das Gefühl, dass sie es nicht vergessen hatte. Als ich mir jetzt die Knorpel aus meiner Zahnlücke holte, wünschte ich fast, es sei Aaltag.

»Jacob, Christopher muss nach dem Essen etwas mit Euch besprechen«, sagte die Tante in die angespannte Atmosphäre hinein. Ich sah erschrocken auf: Mit Sicherheit bedeutete das das Ende, und er würde mich auffordern zu gehen.

»Sag es mir jetzt«, bat ich, als ob die Nachricht durch die Anwesenheit der Tante an Härte verlieren würde oder als ob er sich dann nicht trauen würde, sie auszusprechen. Ich bemühte mich, ruhig zu bleiben, doch meine Stimme piepste wie die eines kleinen Jungen. Ferris schüttelte den Kopf, als wolle er mich warnen. Er sah so ängstlich aus, wie ich mich fühlte, was eine kleine Ermutigung war: Vielleicht würde er mich am Ende doch nicht hinauswerfen – vielleicht hatte er seine Meinung über die Kolonie geändert. Es spielte keine Rolle. Was immer er wollte, Hauptsache, ich konnte es mit ihm teilen.

Die Tante erhob sich, um den Tisch abzuräumen.

»Wo ist Becs?« Bis jetzt hatte ich das Mädchen noch gar nicht vermisst.

»Bei ihrer Familie. Ich habe ihr einen halben Tag frei gegeben. Christopher, öffne mir die Tür.« Die Tante verschwand auf der Treppe. Auf halbem Wege nach unten rief sie: »Es gibt noch einen Gewürzkuchen«, wobei ihre Stimme auf unheimliche Weise hallte.

»Jetzt«, sagte ich und wandte ihm das Gesicht zu.

»Ich kann nicht.«

Das waren seine einzigen Worte. Die Tante kam mit dem Kuchen zurück und brachte außerdem nach Zimt duftenden Glühwein mit, den ich als tröstlich empfand, denn ich stellte mir vor, wie er mein Herz umspülte. Ferris nahm sich dreimal von der Nachspeise, obwohl ich überzeugt war, dass er es gar nicht wollte. Seine Tante tat ihm mit der Ruhe einer Amme auf, die sieht, dass das Kind bald ermüden und sich dann ihrem Willen beugen wird. Er schaffte es nicht, seine letzte Portion aufzuessen, ließ den Kopf hängen und starrte den Kuchenrand an.

»Ich räume das hier nur schnell in die Spülküche, dann gehe ich sofort zu Bett«, sagte die Tante. »Gute Nacht euch beiden.«

»Gute Nacht«, wünschten wir im Chor. Sie räumte das dreckige Geschirr zusammen, und ich dachte darüber nach, dass selbst Frauen, diese sanften Geschöpfe, gelegentlich gebieterisch sein können; Gott hatte ihnen lediglich einen schwachen Körper gegeben. Ich zitterte, als sie die Tür hinter sich schloss.

Wir starrten uns argwöhnisch an. Mein Gesicht fühlte sich heiß, meine Hände kalt an. Ferris stand auf und ich folgte ihm, weil ich dachte, wir würden uns an den Kamin setzen, doch er bat mich, sitzen zu bleiben. Er holte weitere Kerzen, zündete sie an und stellte sie in einer Reihe auf, jeweils zwei zu Seiten seiner beiden Hände, dann setzte er sich mir genau gegenüber.

»Werden wir etwas lesen?«, fragte ich.

»Nein.«

»Warum dann die Kerzen?«

Er schwieg und ich merkte, dass er mein Gesicht beleuchten wollte. Nachdem er lange auf den Tisch gestarrt und zwei oder drei Mal seine Lippen geöffnet und wieder geschlossen hatte, sagte er schließlich: »Ich soll dir ein Angebot machen. Du weißt, worum es sich handelt.«

»Die Tante möchte, dass ich gehe?«

Er schüttelte ungeduldig den Kopf.

Ich machte einen neuen Anlauf. »Du möchtest –?«

Seine Pupillen verengten sich. »Dann bleibt mir also nichts erspart, nicht einmal, es auszusprechen.«

»Du wirst es für mich tun müssen«, sagte ich. »Ich weiß nicht, um welches Angebot es sich handelt.« Ich war verwirrt, denn offensichtlich war es nicht der Befehl zu gehen, und den schmerzlichen Ausdruck in seinem Gesicht konnte ich nicht deuten, daher war mir auch das keine Hilfe.

»Gut«, sagte er. »Da du offensichtlich dieses Spiel mit mir spielen willst: Die Tante hat mich gebeten, den Heiratsvermittler abzugeben.«

»Heirat!«, stieß ich lachend aus. »Ich besitze weder Haus noch Geld, wie kommt sie also zu der Annahme, ich könnte mich vermählen?«

»Sie hat ihre Mittel.«

»Ich kann doch deine Tante nicht heiraten!«

»Komm schon, Jacob! Du weißt, dass es um eine andere Frau geht.«

Es fiel mir wie Schuppen von den Augen. »Becs.«

»Meine Tante hat sie heute absichtlich weggeschickt.« Seine Stimme war kühl und bestimmt, und er lehnte sich zurück, um meinen verblüfften Gesichtsausdruck zu betrachten.

»Sie hat doch auch kein Geld«, stotterte ich.

»Und das ist dein einziger Einwand?«, fragte Ferris so streng wie der Engel, der die guten und schlechten Taten der Menschen verzeichnet.

»Ich dachte nicht an mich.« Es war eine faule Ausrede, dennoch entsprach sie der Wahrheit: Nicht Habsucht, sondern pure Überraschung hatte aus mir gesprochen. »Was ich sagen möchte, ist Folgendes. Warum möchte die Tante, dass ich Becs heirate, wenn wir nichts besitzen? Wo ist der, der –?«

»Nutzen?«

»Ja! Wenn du im Hinterkopf behältst, dass du dieses Wort gewählt hast. Wo ist der Nutzen?«

»Nun, ich weiß, welchen Nutzen Becs davon hätte«, höhnte er. »Wie oft haben wir schon darüber gescherzt?«

Wieder spürte ich ihre Finger mein Haar streicheln und meinen Kopf zurückziehen und hörte ihr tiefes Lachen.

»Sie glaubt, die Zeit sei gekommen – sie hat mit deiner Tante gesprochen?«, fragte ich nachdenklich.

»Und warum sollte sie?«, wollte Ferris wissen.

»Wie?«

»Hast du ihr Anlass zur Hoffnung gegeben?« Er beugte sich vor, als wolle er mir die Antwort entreißen.

»Nein, aber sie war in der letzten Zeit etwas – forscher. Ja, das war sie.«

Wir schwiegen einen Moment. Ich sah und hörte, dass er Atem holte, bevor er matt weitersprach, als wiederhole er eine verhasste Lektion. »Sie wird eine Mitgift von zwanzig Pfund erhalten und du kannst als Diener hier mit ihr leben.«

Ich seufzte. Für einen herrenlosen Mann, dem die Idee der Kolonie missfiel, waren das recht gute Aussichten. Keine Abhängigkeit von Ferris' Wohltätigkeit mehr, eine gute und liebe Herrin, eine hübsche junge Frau, die geschickt ihre Arbeit erledigte und all das für mich empfand, was sich ein Mann von einer Frau erhoffte. Ich würde ein Bürger Londons werden und müsste nicht in Torfhütten schlafen oder Gräben schaufeln. Doch ich war mir nicht sicher, wie ich mich ohne Ferris fühlen würde.

»Meine Tante und ich haben uns gestritten, wer dir dies mitteilen sollte«, sagte Ferris. »Sie wollte, dass es von mir käme, damit es überzeugender klänge. Ich habe mich zuerst dagegen gewehrt.«

»Doch dann hast du sie angebrüllt? Warum das?«

»Sie sagte etwas, das mir den Boden unter den Füßen wegzog.« Er sah mich beinah hasserfüllt an.

Ich senkte meinen Blick und betrachtete die Maserung des Tisches. »Ja? Was hat sie gesagt?«

»Sie sagte, dass meine Ablehnung keine Rolle spiele, solange du nicht ablehnst. Sie zwang mich geradezu, dich zu fragen.«

»Dann ist sie sicher, dass ich einwillige.«

»Bis jetzt hast du nicht abgelehnt«, hob er hervor. Ich meinte Verachtung in seiner Stimme zu hören und schaute auf, um ihm zu sagen, dass Armut einen Mann genauso in Versuchung führe wie Reichtum, doch als ich seine verkniffenen Lippen sah, schämte ich mich einer solchen Antwort. Stattdessen sagte ich: »Tut deine Tante das nur, um Becs zu einem Ehegatten zu verhelfen?«

»Sie sagt, sie gewänne einen Mann für das Haus, und wenn ihr Neffe ginge, wäre das eine gute Hilfe gegen Diebe.«

»Wenn? Bist du bereits entschlossen zu gehen?«

»Das bin ich; doch meine Tante glaubt, dein Bleiben würde auch mich hier halten. Das ist die Wurzel der ganzen Angelegenheit, obwohl sie es nie ausspricht.«

Ich erinnerte mich, wie eifrig sie mich vom Krankenlager aus befragt hatte und wie heftig ich bei dem Hinweis auf die enge Verbundenheit von Ferris und mir errötet war.

»Hat sie Unrecht?«, fragte ich. »Würdest du ohne mich gehen?«

Er nickte.

Ich fuhr fort: »Dann würde ich dich also nie wiedersehen.«

»Nicht nie; ich würde die Tante besuchen kommen«, erwiderte er. »Doch ich würde dir als ihrem Diener begegnen.«

Ich stellte mir vor, wie ich stumm hinter dem Tisch wartete, während andere mit ihm sitzen und reden durften. Ich würde seine Mäntel ausbürsten und ihm seine Hemden hinlegen. Dieses Bild schmerzte mich so, dass ich nur wiederholen konnte: »Doch du würdest gehen.«

»Du hast also deine Wahl getroffen!«, brauste er auf. »Was würde dich denn befriedigen – dass ich die Kolonie aufgebe, um dir die zwanzig Pfund zu sichern?«

Ich zögerte verschämt, denn die Frau hatte bei dem Handel überhaupt keine Rolle gespielt. Es war genau das, was ich wollte: Geld und wir beide in London.

Er fuhr fort: »Und dass ich bei eurer Hochzeit auf dich anstoße?«

Ich stellte mir Becs und mich zusammen vor. Wir würden uns über lauter Kleinigkeiten streiten, während ich innerlich vor Liebe für Ferris verging.

Es war hoffnungslos.

»Hier.« Ich legte meine Hände mit den Handflächen nach oben auf den Tisch und wies mit dem Kopf auf sie. »Leg deine darauf.«

Ferris bewegte sich nicht.

»Bitte«, sagte ich.

Er legte seine kalten Hände auf meine und ich umfasste sie.

»Also«, sagte ich, »ich habe weder zugestimmt noch abgelehnt. Sprich es offen aus, sag mir, was ich tun soll, und ich werde es tun.«

Er rief: »Wälz es nicht auf mich ab! Wähl selbst.«

»Das ist meine Wahl. Sag deiner Tante, dass ich tun werde, was immer du willst. Das ist meine Antwort.« Ich hielt seine Finger fest. So saßen wir eine Weile stumm beisammen, während die Kerzen langsam herunterbrannten.

Schließlich sagte er: »Du würdest eine Menge aufgeben.«

»Nun. Auch ohne Bigamie ist mein Lebenslauf bereits unschön«, antwortete ich, worauf er lächelte, jedoch nichts erwiderte. Die Kerzen waren zur Hälfte heruntergebrannt. Ich nahm eine und stand auf.

»Gute Nacht, Ferris.«

»Gute Nacht, Jacob.«

Als ich die Stufen emporstieg, hörte ich, wie er hinter mir die restlichen Kerzen ausblies.

Wieder hatte der Teufel nach mir geschlagen, diesmal zwar nicht mit der Fleischeslust, dafür mit der Liebe zum Geld, die die Wurzel alles Bösen ist, doch dieses Mal hatte ich ihn übers Ohr gehauen. Weder würde ich Bigamist werden noch ein Mädchen heiraten, das ich nicht liebte, stattdessen würde ich meine Faulheit und Liebe zu Annehmlichkeiten besiegen und mithelfen, die Kolonie zu errichten. Ich hatte es bereits zuvor geschworen, doch Schwüre sind nichts als Entwürfe für steinerne Denkmäler, die erst noch mit viel Schweiß und der Gefahr von Verletzungen errichtet werden müssen, bevor man sie bewundern kann. Ich sollte in die Kolonie gehen, mein Bestes dafür tun und mit meinen Genossen friedlich auskommen, damit Ferris meinen Wert erkannte.

In der Kammer angekommen, stellte ich die Kerze ab, holte die Karte vom Regal und war jetzt bereit, alles zu tun, auch wenn ich es nicht mochte, um Reichtümer für den Himmel zu sammeln. Obwohl die Schrift zu fein war, um sie bei Kerzenschein zu lesen, war ich bereit, mit dem Augenlicht zu zahlen, um Abbot's Garden zu finden und meine Gemeinheit, was Samuel und seine Kartoffeln betraf, wiedergutzumachen. Als ich die Karte aufrollen wollte, fiel etwas auf meinen Schuh und dann über die Dielen. Außerdem lag ein Papierbogen zusammengerollt in der Karte. Ich zog ihn heraus, hielt ihn hinter der Kerzenflamme gegen die Wand und las das Folgende:

Du meidest meinen Blick. Was soll ich denken? Eine Zeit lang habe ich geglaubt, dich zu verstehen, und auch jetzt bin ich mir nicht sicher, doch fürchte ich, einem schrecklichen Fehler erlegen zu sein, und erröte bei dem Gedanken, diesen unzüchtigen Streich mit der nur angelehnten Tür gespielt zu haben. Was ist mit mir geschehen? Glaube nicht, ich hätte meine Frau vergessen. Meine Nächte sind grausam: Ich liege wach, unfähig, Schlaf zu finden. Jetzt erbittet man von mir, für eine Rivalin zu sprechen und dabei zu helfen, sie in dein Bett zu treiben. Hast du das Herz, daneben zu stehen und zuzusehen, was geschieht?

Oder wirst du zu mir kommen?

Selbst wenn dies gedruckt werden würde – ich könnte diese Worte nicht verhehlen. Ich schwöre, dies ist das letzte Mal, dass ich damit zu dir komme. Ich kann es dir nicht von Angesicht zu Angesicht sagen; wie sehr ich mich auch bemühe, jedes Mal scheint meine Zunge wie festgeklebt. Lass, was in dieses Papier gewickelt ist, für mich bitten, wie es einst für dich gebeten hat, damit meine ich, geh rücksichtsvoll mit mir um. Seit einem gewissen Traum, den du kennst, finde ich keine Ruhe mehr. Erwachend dachte ich (verzeih mir die Ähnlichkeit!), mir seien Schuppen von den Augen gefallen: wäre ich da gestorben, ich wäre glücklich gestorben. Sprich zu mir, Jacob, spiel nicht den Tyrannen.

Sprich zu mir.

Die Luft war zu Wasser geworden. Ein Meer drückte mich hinab, meine Ohren rauschten, Salz verstopfte meine Lungen. Ich war erstarrt, nur meine Augen wanderten immer wieder über die Zeilen wie die Augen eines Analphabeten, der vorgibt zu lesen. Er hatte bis zur Erschöpfung im gleichen Wasser gekämpft. In der Stille klang mein Atem heiser. *In dieses Papier gewickelt.* Ich nahm die Kerze, kniete mich auf den Boden und fand, was ich erwartet hatte: die scharfkantige Glasscherbe, auf der *Loyalität* stand. Sie stach mir in die Handfläche.

Der Brief war vor etwa zwei Wochen geschrieben worden, ungefähr zu der Zeit, in der Ferris so darauf bestanden hatte, dass ich die Karte anschaue. Ich erinnerte mich, wie er an dem Tag, an dem ich mit Rowly aneinander geraten war, etwas auf ein Blatt Papier geschrieben hatte und es vor meinen Blicken geschützt hatte. Hier also wurzelten die verbitterten und rätselhaften Worte über *schwören* und *nichts erspart bleiben.*

Bevor ich mir dessen gewahr wurde, hatte ich bereits meine Kammer verlassen und ohne anzuklopfen seine Tür geöffnet. Ferris war noch auf und angezogen; er starrte mich an, als ich hineinstürmte.

»Ja?«

Ich wedelte mit dem Briefbogen herum und er runzelte die Stirn. »Nun, was gibt es?« In meiner Torheit hatte ich geglaubt, er würde das Blatt Papier sofort erkennen. Ich zeigte ihm die rote Glasscherbe in meiner anderen Hand.

Er zuckte zusammen. »Schäm dich, wie kannst du –«

»Ich habe es erst jetzt gefunden! Ich habe nicht auf die Karte geschaut! Ich habe gelogen, Ferris, ich habe nicht nachgeschaut –«

Er legte einen Finger auf die Lippen, und ich bemerkte, dass ich geschrien hatte. Schmerz stand ihm im Gesicht; er sagte etwas zu mir, doch das Rauschen in meinen Ohren war so stark, dass ich nichts hörte.

»Hier steht, willst du zu mir kommen«, fuhr ich mit trockener Kehle fort. »Also –« ich warf den Brief und das Glas auf sein Bett, die Dünung des Meeres ließ mich das Gleichgewicht verlieren. Er kam näher, und seinem Blick nach dachte ich, er würde mich umarmen. Doch stattdessen ging er zur Tür und verschloss sie. Als er sich wieder dem Raum zuwandte, umfasste ich seine Taille.

So ging ich das erste Mal zu ihm.

19. Kapitel

Besitz

Benommen wachte ich in meinem eigenen Bett auf, unsichtbare Spuren und Abdrücke auf meiner Haut. Ihn nach so großem Verlangen auf mir liegen zu haben, seine Küsse in meinem Mund; später seinen Schweiß und sein Zittern zu spüren, und all dies jetzt zu erinnern, wo sein Duft noch an mir haftete: welch eine Wonne. Ich entsann mich wieder gewisser Umarmungen, gewisser Schreie und Bitten in der Dunkelheit, dann drehte ich mich um und kühlte mein brennendes Gesicht auf dem Kissen.

Die Tante erwartete heute eine Antwort. Ferris hatte es ihr vielleicht schon gesagt; ich war kaum in der Lage, darüber nachzudenken. In meiner eigenen Sphäre kreiste ein Stern, ich war entrückt von irdischem Kummer. Alles huldigte mir; sogar die Laken streichelten mich. Langsam zog ich mich an und wartete, dass meine Seele wieder zurück in meinen Körper fände.

Als ich im Dunkeln sein Bett verlassen hatte, hatte er mich noch einmal zu sich nach unten gezogen und mir zugeflüstert, dass wir bis jetzt nur den Festschmaus genossen hätten. Darauf wäre ich fast wieder zu ihm ins Bett gestiegen, doch er lachte und meinte, ich müsse mich bis zur kommenden Nacht gedulden. Nun blickte ich auf den vor mir liegenden Tag wie auf eine Ewigkeit, die es mit allerhand Tätigkeiten, Mahlzeiten und gutem Benehmen zu füllen galt, bevor ich mich wieder an ihm und an mir erfreuen konnte.

Unten traf ich als Erstes auf Becs, die mir lächelnd Brot auf den Tisch stellte. Ich erwiderte ihr Lächeln, und sie fragte: »Habt Ihr gut geschlafen?«

Ich antwortete: »Ganz ausgezeichnet.« In diesem Moment kam Ferris von unten herauf.

»Ich dachte mir doch, dass ich dich gehört hätte«, sagte er und nickte Becs zu, als diese hinausging.

»Hast du an der Presse gearbeitet?«, fragte ich ihn.

»Mmm.«

»An einem neuen Pamphlet?«

»Ich zeige es dir.«

Während dieses ganzen Geplappers versuchte ich, einen Blick von ihm zu erhaschen. Er war rot und schaute unentwegt nach unten. Schließlich fragte ich sanft: »Willst du mich nicht anschauen?« Ich erhielt einen Blick, der mir die Hitze ins Gesicht trieb. Ohne nachzudenken, stand ich auf, doch er schüttelte den Kopf.

»Nicht hier.«

Das Brot, das ich kaute, schien keinen Geschmack zu haben.

Ferris nahm nichts, beobachtete mich jedoch beim Essen. »Meine Tante ist auf dem Markt. Ich habe noch nicht mit ihr gesprochen.«

»Wann wirst du es tun?«

»Vielleicht heute Abend. Oder möchtest du es ihr selber sagen?«

Ich warf das Brot auf den Tisch. »Ich bin nicht hungrig. Lass uns nach deinem Pamphlet schauen.« Als ich aufstand, kippte ich dabei den Stuhl nach hinten um. Wir verließen den Raum, ohne ihn aufgehoben zu haben.

Kaum hatten wir die Tür zur Druckerei geschlossen, drückte ich Ferris gegen die Wand und fuhr mit meinen Händen unter seine Kleidung. Becs war gerade auf dem Weg in die Küche, und die Tante konnte jeden Augenblick wiederkommen. Kaum hatte seine Hand mich berührt, war es auch schon zu spät, und auch er konnte sich nicht viel länger zurückhalten. Als ich sein erstauntes Stöhnen hörte, erkannte ich, in welch verrückter Umarmung wir uns befanden, und versuchte mich so schnell wie möglich von ihm wegzubewegen, entsetzt über das gerade eingegangene Risiko.

Wir strichen unsere Kleidung glatt und wurden wieder wir selbst, er sprach mit unsicherer Stimme von der vor uns liegenden Arbeit und ich versuchte meinen Verstand auf die Druckerei zu richten. Das neue Pamphlet war als Hilfe für die zweite Kolonistengruppe gedacht und warf einige Fragen auf, die berücksichtigt werden mussten. Außerdem mussten neue Abzüge des alten Pamphletes hergestellt werden, da es die Grundprinzipien auflistete, hauptsächlich das der Gewaltfreiheit, das ich bei früherer Gelegenheit so offenkundig verletzt hatte. Es war ein Glück, dass Ferris nicht meine Gedanken lesen konnte, denn ich lächelte bei der Erinnerung an die Prügel, die ich Rowly erteilt hatte. Sollte er ruhig zurückkommen und versuchen, mich und Ferris auseinander zu bringen; ich hatte Privilegien genossen, die er nie –

»Wo bleibt deine Justierung?«, fragte mich mein Freund nachsichtig.

Ich schaute mir stirnrunzelnd den Rahmen an, den ich gerade setzte: Die Lettern schienen nach rechts zu kippen.

»Etwas lenkt dich ab«, sagte er und wir brachen beide in ein hysterisches Gelächter aus. »Gefällt dir deine Arbeit nicht mehr, Lehrling?«

»Eine verrückte Frage.«

Da ich mich stark wie ein Bär fühlte, begann ich sofort mit der Arbeit, setzte drei Seiten und sorgte dafür, dass alles richtig justiert war, bevor meine Kräfte langsam nachließen. Ferris stieß einen Pfiff aus, als er sah, wie weit ich gekommen war. Er nahm einen Kasten hoch und untersuchte ihn vergeblich auf Fehler; ich triumphierte. Der Geruch von Pökelfleisch durchzog den Raum und ich stellte fest, dass ich einen Riesenhunger hatte.

»Sie werden uns gleich rufen«, sagte er und legte einen Druck zum Trocknen weg.

Ich beschloss, die letzte Zeile zu beenden, bevor ich mir die Hände abwischte.

»Jacob?«

»Mmm?«

»Du bist nicht beunruhigt –?« Seine Stimme war so sanft, als sei ich krank.

»Weswegen?« Ich wollte die Worte aus seinem Mund hören, ein Geständnis; ich hoffte, er würde wie ein Mädchen erröten.

»Wegen des Teufels«, antwortete er.

Fast hätte ich den Kasten fallen gelassen. »Was?«

»Du denkst viel an ihn. Oder etwa nicht?«

»Nicht mehr als andere.«

»Ist er es, mit dem du im Schlaf sprichst?«

»Ich habe alleine –«

»In der Armee. Wir haben dich gehört.«

Böser Engel. Jetzt verstand ich es. »Nun! Etwas lässt dich voreilige Schlüsse ziehen«, erwiderte ich, unsicher, ob mir seine Sorge um mein Seelenheil gefiel. »Willst du damit sagen, wir hätten den Teufel hereingelassen?«

»Ich glaube nicht an den Teufel.«

»Das ist furchtbar!«, rief ich aus, noch bevor ich mich bremsen konnte. »Wenn du den Teufel nicht fürchtest – nun, das heißt, du bist –«

»Schau mich an, Jacob. Gehöre ich zu den Verdammten?«

Ich schaute ihn an. Er war so freundlich wie immer, und ich dachte an seine Güte gegenüber seinen Kameraden. Ich schüttelte den Kopf, fuhr dann jedoch fort: »Um uns herum sehen wir überall erbitterte Kämpfe mit dem Bösen. Wie kann es einen Gott ohne einen Satan geben?«

»Auch davon bin ich nicht überzeugt. Dass es einen Gott gibt.« Er schaute mich ruhig an und wartete, wie ich reagieren würde.

»Du errichtest das Neue Jerusalem und glaubst nicht an Gott?«

»Das ist nur ein Name, ein Name, den die Menschen verstehen können. Der Ort wird mit Schweiß errichtet werden. Das Gleiche gilt für alle Behausungen und alles andere.«

Ich sah, dass er durch und durch gottlos war und ›ich bin nicht überzeugt‹ nur gesagt hatte, um mich zu schonen. »Hast du immer so gedacht?«

»Nein. Es hat einige Zeit gedauert. Basing-House hat Gott und mir den Rest gegeben.«

»Doch du betest – bedankst dich für die Speisen.«

»Das tue ich für meine Tante. Wenn es keinen Gott gibt, was macht das für einen Unterschied?«

Ich starrte ihn sprachlos an.

»Doch nun zu uns«, fuhr er fort. »Ich fürchtete, du würdest dich heute Morgen elend fühlen, und ich sehe, dass du glücklich bist. Das soll noch lange so weitergehen! Mehr wollte ich nicht sagen.«

»Vielleicht bin ich abgehärtet! Die Sünde ist unsere Bestimmung«, sagte ich.

»Sag besser, Liebe ist unsere eigentliche Bestimmung.«

»Du redest wie ein – du bist ein guter Mensch! Doch wie kannst du gut ohne Gott sein?«

Er grinste. »So gut nun auch wieder nicht. Doch meine Tugenden habe ich in mir, sie kommen aus mir selbst. Die Menschen verneinen häufig das Gute, das in ihnen steckt, und nennen es stattdessen göttlich. Genauso nennen sie ihre eigene Bosheit teuflisch.«

Ich versuchte, seine Ansicht zu verstehen.

»Es gibt keine Hölle, Jacob.«

»Und die Bibel?«

»Wurde von Männern wie uns geschrieben.«

Er machte mir Angst. Bei der Vorstellung, es gäbe keine Hölle, hatte ich so etwas wie den Hauch der Freiheit gespürt, doch es war ein Trugschluss. Ich bewunderte seine Tollkühnheit, fürchtete und liebte sie.

»Ferris, warum erzählst du mir das jetzt?«

Er spottete: »Vielleicht sind dir seit gestern ein paar Veränderungen zwischen uns aufgefallen?«

Es folgte ein kleines Gerangel und wieder drückte ich ihn gegen die Wand.

»Hier«, sagte er außer Atem, »beug deinen Kopf herunter.« Als ich tat, wie mir geheißen, fuhr er mit der Zunge über meinen Mund und sagte: »Wenn dir das gefällt, gib es nicht wegen einer Predigt auf.«

Trotz meiner Furcht amüsierte mich der Gedanke, es aufzugeben, da mich doch allein Becs' Nähe davon abhielt, mit ihm über den Boden zu rollen. Er bemerkte es und neckte mich: »Oder sei wie Augustus, der gebetet hat, ›Herr, lass mich keusch werden, nur noch nicht jetzt‹!«

»Hast du keine Angst vor dem Tod, Ferris?«

»Ich habe Angst, nicht zu leben.«

In der Küche schepperte es: Becs würde gleich das Essen auftragen. Ferris klatschte in die Hände, als wolle er unser Geplauder damit beenden. »Du magst doch Pökelfleisch. Lass uns essen gehen.«

Ich folgte ihm die Treppe hinauf. Ich war ein Ehebrecher mit unnatürlichem Appetit und zudem einem Atheisten hörig. Ich wiederholte diese Worte in meinem Kopf und versuchte sie als Schock zu empfinden, doch sie blieben fremd und grausam und hatten nichts mit Ferris und mir zu tun. Es war einfacher zu sagen, dass ich verliebt war.

»Vielleicht ist er in Umständen!«, rief die Tante. »Was meinst du, Christopher?«

»Es sind schon merkwürdigere Dinge vorgekommen«, stimmte er zu. »Er hat nichts gefrühstückt, das könnte die morgendliche Übelkeit gewesen sein.«

Rind. Nach dem ersten Bissen hätte ich die ganze Platte alleine verschlingen können. Seit der Nacht unserer Ankunft, als ich mich nach den Monaten des Armeefraßes auf das kalte Schaf gestürzt hatte, hatte ich keine solche Begierde nach Essen mehr empfunden. Ferris und die Tante sahen zu, wie ich mich durch zwei Teller Pökelfleisch arbeitete, wobei es meinen Freund zu amüsieren schien.

»Ihr werdet großen Durst kriegen«, warnte mich die Tante. »Gebt nicht mir die Schuld, wenn Ihr gleich nicht mehr aufhören könnt zu trinken.«

Ferris sagte verschmitzt: »Er wird die ganze Nacht auf sein«, doch ich hielt das Lachen, das er sich davon versprach, zurück.

»Ihr verhaltet euch heute beide so sonderbar«, sagte die Tante, deren Stimme langsam nachdenklich wurde. Ferris hatte ihr noch nicht erzählt, wie ich ihren Vorschlag aufgenommen hatte, und ihre ängstlichen Augen mochte unser unbändiges Verhalten entweder so deuten, dass ich heiraten und Ferris bleiben würde oder dass wir uns mit vereinten Kräften dagegen wehren würden. Ich spülte das Fleisch gründlich hinunter und merkte, wie der Wein meine Sinne belebte. Nicht, dass sie es nötig gehabt hätten – ich war so ausgelassen wie ein Narr. Mein Freund schaute zu, und das Glück spiegelte sich auf seinem Gesicht wie Sonnenlicht, das vom Wasser reflektiert wird.

»Werdet ihr heute Abend zu Hause sein?«, fragte die Tante. Wir versicherten ihr, dass wir da sein würden, und sie fuhr fort: »Ich würde gerne mit euch reden, wenn Becs nicht da ist.«

Das also würde die Stunde der Wahrheit sein. Wir nickten zustimmend, und ich glaube, dass sie zu diesem Zeitpunkt schon wusste, dass sie enttäuscht werden würde, denn sie sah plötzlich älter und müder aus. Für einen Moment hatte ich Mitleid mit ihr.

Doch ich konnte nicht lange an sie denken. Zurück in der Druckerei, spürte ich, dass ich unmöglich den ganzen Nachmittag neben ihm arbeiten konnte, daher bat ich ihn, mir als gutem Lehrling einen halben Tag frei zu geben. Er erwiderte, dass in diesem Falle auch der Lehrherr einen freien Nachmittag verdiene.

»Lass uns nach draußen gehen«, flehte ich ihn an.

Das Wetter war rau und windig. Noch vom Wein erwärmt, hüllten wir uns in Umhänge und gingen hinaus in die kalte, helle Sonne. Er führte mich in Richtung Norden, und es dauerte nicht lange, da hatten wir die Stadtgrenze erreicht. Als ich mich umsah, um zu schauen, ob wir allein seien, bemerkte ich winzige grüne Knospen an den Büschen. Vögel hüpften mit Strohhalmen und Wollresten herum, um sie nach Hause zu tragen, und ich dachte an Beaurepairs Wiesen im Sommer. Die Wolken waren so dünn und weiß wie das Haar eines alten Mannes. Wir wanderten unbeschwert wie kleine Jungen herum, stießen und rempelten uns an (ein Spiel, bei dem Ferris stets der Unterlegene war), und er erklärte sich bereit zu singen. Seine Vorstellung ließ mich vor Lachen weinen, denn er sang völlig falsch, ohne es zu wissen.

»Meine Tante hat stets meine schöne Stimme gelobt«, sagte er entrüstet.

»Liegt Taubheit bei dir in der Familie?«, neckte ich ihn.

»Dann zeig, ob du besser singst!«

Ich gab *Barbary Ellen* zum Besten, und er hatte einiges an meiner Stimme zu bemängeln, doch ich sang weiter und fühlte mich glücklicher als je zuvor, nur meine Beine schmerzten von der ungewohnten Bewegung.

Als ich nach einer Weile stehen blieb, um meine Waden zu massieren, sagte ich: »Ich bin verweichlicht, seit wir die Armee verlassen haben.«

»Die Feldarbeit wird dich davon heilen.«

Freude überkam mich in schäumenden Wellen, und ich dachte nicht an die Feldarbeit. Wir sprangen über kleine Gräben und beugten uns über Teiche, um nach Fischen Ausschau zu halten; ich sah eine Kröte von uns weghüpfen und überlegte, ob sie wohl wirklich einen Edelstein in ihrem Kopf hatte.

»Wir kehren besser um«, sagte er schließlich und wies mit seinem Gesicht zum Himmel. An Stelle der weißen Fetzen sah ich nun schwarze Wolkenketten von Osten auf uns zukommen, und der Wind wurde immer kälter und feuchter. Ich überlegte, wie spät es wohl sein mochte.

Wir beeilten uns und hatten gerade die Stadtmauern erreicht, als der Regen anfing, gegen die Hausmauern zu peitschen. Über uns wurden Fensterläden zugeschlagen. Wir kamen im Schutz der Häuser auf der einen Straßenseite gut voran, und unsere Umhänge blieben einigermaßen trocken. In einem der Hauseingänge stand unbeweglich eine in stattliche, rosa Seide gehüllte Frau. Entweder verfluchte sie ihre eigene Eitelkeit oder sie hatte sich von den kurzen sonnigen Momenten täuschen lassen, um nun feststellen zu müssen, dass sie nass würde. Ein paar Kinder liefen vorbei und spritzten dabei Wasser über meine Schuhe und Strümpfe.

An Rande von Cheapside kaufte ich einem Händler ein Stück Rosinenkuchen ab. Es schmeckte sauer, und als ich es umdrehte, sah ich, dass es von unten schimmelig war. Wir gingen zurück, doch der Mann war verschwunden. Ferris grinste angesichts meiner Verärgerung.

»Hier«, sagte ich, »verschwende es nicht!« Wir balgten uns, während ich versuchte, ihm das widerliche Stück in den Mund zu schieben. Außer Atem vor Lachen spuckte er es aus, doch ich behielt noch etwas in der Hand und drohte ihm auf dem restlichen Heimweg damit.

Glück macht herzlos, hatte jemand zu mir gesagt, als ich noch ein Kind war. Wir kamen glücklich und herzlos nach Hause. Becs öffnete uns die Tür, und wie es der Teufel wollte, sah sie meinen verliebten Gesichtsausdruck. Er bedeutete nur, dass ich mich freute, mit Ferris wieder zu Hause zu sein, und die Stunden zählen würde, bis es Zeit wäre ins Bett zu gehen, doch als sie uns die Umhänge abnahm und meinen lange in der Hand behielt, wusste ich, dass sie erwartete, in Kürze etwas zu ihrem Vorteil zu hören.

Es war zu dunkel, um mit dem Setzen fortzufahren, doch wir gingen noch einmal in die Druckerei, um vor dem Nachtmahl die Gerätschaften zu säubern.

»Wir waren träge«, sagte Ferris fröhlich. »Wir hätten erst nach getaner Arbeit ausgehen dürfen.« Er räumte die Kästen mit den Lettern weg und beschaute sich die getrockneten Seiten. »Du kannst dich um die Druckerballen kümmern.«

Ich nahm die Dinger mit nach draußen, um darauf zu pinkeln, während er mit einem Lappen über die Presse fuhr. Der Himmel war schwarzgrau gefleckt, nur über den Kaminen hing ein heller blauer Streifen. Ich passte nicht auf, pinkelte mir auf die Hand und machte daraufhin vor Schreck einen Satz, doch bald glänzte das Leder wieder sauber.

Innen war es inzwischen noch dunkler geworden, und in der Druckerei gab es keine Kerzen. Mein Freund schmierte mit einem Lappen gerade Fett auf das Scharnier der Druckwalze.

»Morgen können wir den Rest schaffen«, sagte er, als ich näher kam. »Übermorgen ist unsere Zusammenkunft.«

»Vielleicht sollten wir morgen nicht im Haus bleiben«, erwiderte ich. »Hast du gesehen, wie Becs mich angeschaut hat?«

»Ich kann es mir vorstellen.«

»Und du glaubst nicht, dass wir vielleicht besser das Haus verlassen sollten?«

Ferris zuckte mit den Schultern. »Das Wetter ist veränderlich. Lass uns abwarten.«

»Würdest du dir das Zeug von den Händen waschen?«, fragte ich.

»Warum?«

»Ich hasse den Geruch.«

Er fuhr fort, das Metall zu fetten, während ich aufgrund des Gestanks die Nase rümpfte. »Dann kommst du besser nicht heute Nacht.«

»Mach dich nicht über mich lustig.« Der kleinste Hinweis, und schon spürte ich, wie Blut und Schmerz in meinem Körper aufwallten.

Ferris lachte. »Warum, was willst du tun?« Er zog langsam das Hemd über seinem Bauch hoch.

»Bitte, nicht.« Ich verließ die Druckerei, bevor das Verlangen meinen Verstand ausschaltete, und suchte oben am Kamin Zuflucht bei der Tante.

Er wusch sich das Fett in der Spülküche ab, doch er hörte nicht auf, mich damit zu necken, sogar während des Nachtmahls. Wir saßen uns unter den Augen der Tante gegenüber; als ich von meinem Fisch aufschaute, starrte er auf meinen Mund und fuhr sich mit der Zunge über die Lippen.

»Immer noch hungrig?«, fragte er.

Ich sagte, dass es mir im Nacken zöge, und rutschte mit dem Stuhl auf die gleiche Tischseite wie er, damit ich die Tante anschauen konnte.

»Du hast Recht«, sagte er und rückte seinen Stuhl näher zu mir heran. »Hier ist es wärmer.«

»Der Fisch ist – ist sehr gut zubereitet«, sagte ich verzweifelt, wobei ich sah, wie seine linke Hand unter den Tisch glitt, während seine Rechte unschuldig ein Stück Brot in die Sauce tunkte.

»Entschuldigt mich«, sagte die Tante. »Uns fehlt ein Messer.« Sie stand auf und verließ die Stube.

»Hat sie es gesehen?«, fragte ich flüsternd.

»Nein. Nein. Beruhige dich.« Er lachte.

»Beruhige dich! Ist es das, was du wünschst?«

»Ach komm schon, das ist Teil des Spiels!«

»Ich mag dein Spiel nicht.«

»Was, noch nie gespielt?« Er lächelte und drehte sich so auf seinem Stuhl, dass er mir einen Kuss geben konnte. Meine Lippen öffneten sich ihm, obwohl ich ihm am liebsten eine Ohrfeige verpasst hätte. Dann hörten wir die untere Tür, er wich zurück, und ich saß verstört da.

Die Tante kam mit einem großen Messer zurück, und kurz darauf brachte Becs einen Teller mit Wildbret. Ich vermied es, sie anzuschauen, und sie ging wieder nach unten.

»Ihr langt nicht mehr so herzhaft zu wie vorhin«, bemerkte die Tante, als sie sah, was für eine kleine Portion ich mir nahm.

»Jacob hat schimmeligen Rosinenkuchen gekauft«, erklärte Ferris. »Ich wundere mich, dass er sich nicht vergiftet hat.«

»Aber warum habt Ihr ihn gegessen?«, rief die Tante aus.

»Ich – ähm – nur ein bisschen«, erwiderte ich, unfähig, über den Kuchen zu sprechen, während Ferris so sittsam neben mir saß und nur auf eine Gelegenheit wartete. Es dürstete mich, es ihm heimzuzahlen, daher rutschte ich auf meinem Stuhl hin und her. Es würde noch Stunden dauern, bevor wir zu Bett gehen konnten. Ich hoffte, dass er seit dem Kuss wenigstens auch litt.

»Du isst mehr, Christopher«, bemerkte die Tante anerkennend.

»Tue ich das, Tante?« Klirrend legte er das Messer ab.

»Und ich freue mich darüber! Du wirst noch etwas Fleisch ansetzen müssen, bevor du dich der Feldarbeit widmest.«

»Ich bin dick genug. Ihr wärt überrascht, wenn Ihr wüsstet, welches Gewicht ich tragen kann.«

Ich schloss die Augen und öffnete sie gleich wieder, um die Bilder zu vertreiben. Die Tante beobachtete mich und schaute nicht weg, als sie merkte, dass auch ich sie anschaute. Verwirrt senkte ich den Blick.

»Nun, Jacob, Ihr musstet heute über vieles nachdenken«, fing sie an.

Ich bejahte.

»Ihr sagtet, wir würden reden, wenn Becs weg sei«, protestierte Ferris. »Sie wird jeden Moment zurück sein.«

»Sie wurde bereits angewiesen, nach dem Auftragen des Fleisches in ihre Kammer zu gehen.« Die Tante zog ihren Stuhl heran. Ich war noch nicht bereit, und ich glaube, er auch nicht, doch wir mussten damit beginnen.

Zunächst versteckte ich mich hinter gespielter Gleichgültigkeit. »Weiß sie –? Wartet sie auf einen Antrag?«

»Sie und ich, wir haben miteinander geredet, ja.« Die Tante presste ihre Lippen fest zusammen und wartete, dass ich es aussprechen würde. Ich blickte nach rechts zu Ferris. Er beobachtete seine Tante, wobei er seine Lippen unbewusst genauso zusammenpresste wie sie.

»Die Angelegenheit muss überlegt sein«, begann ich. »Christopher und ich haben letzte Nacht darüber gesprochen. Wir sind es durchgegangen. Wir sind alles durchgegangen.«

Ich hoffte feige, dass sie mich unterbrechen und mir ersparen würde, den Rest auszusprechen, doch sie schwieg mit unbeweglichem Gesicht.

»Sie ist ein gutes Mädchen«, ich lächelte schwach, »geschickt in ihrer Arbeit, anständig, ehrlich …« (Was sollte ich sagen? Was?) »und Euer Angebot ist sehr großzügig, ja in der Tat ist es viel mehr, als ich verdiene …«

»So kommt es mir vor«, brachte sie schließlich mit brüchiger Stimme hervor.

»Doch ich wünsche mir nichts sehnlicher, als in die Kolonie zu gehen.«

Ihr Mund wurde spitz und die Haut darum herum faltig; ihre Augen schrumpften zu Schlitzen, was mich an Ferris erinnerte, wenn dieser verärgert war, und ihre dünnen, alten Lider versuchten Tränen zurückzuhalten. Ferris seufzte. Er langte über den Tisch und wollte ihre Hand ergreifen, doch sie zog sie weg und schniefte dabei vernehmlich.

»Er liebt sie nicht, Tante«, versuchte er sie zu beschwichtigen. »Becs kann einen guten Mann finden, der sie liebt, einen Diener, der mehr Geld besitzt – einen Kaufmann –«

»Er würde sie lieben, wären sie erst getraut. Der Mann sieht nicht, wie viel Glück er hat – sie ist gesund, fröhlich und sogar hübsch – was will er mehr? Ein mittelloser Soldat!«

»Also, Tante, wie könnt Ihr –«

»Sie verzehrt sich nach ihm.« Die Tante starrte mich an.

»Seine erste Frau ist vielleicht noch am Leben«, flehte Ferris.

Während ich beobachtete, wie ihr Gesicht zusammenfiel, merkte ich, wie selbstsüchtig sie war. Ich hatte natürlich gewusst, dass es hier nicht in erster Linie um Becs' Glück ging, obwohl die Tante sich freute, ihr auf diese Weise auch einen Gefallen zu tun, und mir war schon seit einiger Zeit klar, dass ich als Köder dienen sollte, um Ferris im Haus zu halten. Ich hatte allerdings nicht mit ihrer Hartnäckigkeit gerechnet. Wir waren wie Hunde, die sie in den Hof einschließen wollte.

Ferris erwischte ihre Finger. »Tantchen, Tantchen«, schmeichelte er. »Ich verspreche Euch, dass ich nach Euch schauen werde.«

»Würdest du mich lieben, Christopher, dann wärst du bereit, diese Hochzeit voranzutreiben«, sagte sie mit tränenerstickter Stimme.

Er ließ ihre Hand fallen. »Nein, das ist zu viel verlangt. Muss ich in allem Eure Meinung teilen?«

Sie weinte von neuem. Ferris versuchte mir stumm etwas mitzuteilen. Ich verstand ihn nicht und schüttelte den Kopf, bis er laut sagte: »Jacob, warum bringst du nicht schon einmal das Geschirr nach unten?« Darum brauchte man mich nicht zweimal zu bitten. Ich stapelte die Teller, während er um den Tisch ging und sich neben die Tante stellte. Als ich die schmutzigen Messer zusammensuchte, berührte er mit seinem Hals ihr Haar und zog sie an seine Brust. Die beiden wiegten sich so sanft, wie sie es an meinem ersten Abend in London getan hatten.

»Ihr seid meine Mutter«, hörte ich ihn flüstern, bevor ich den Raum verließ. Ungeschickt und ängstlich, auf den dunklen Stufen zu stolpern, tastete ich mich vorsichtig mit den Füßen bis zur Küchentür voran, hinter der Becs zu meiner Erleichterung eine Kerze hatte brennen lassen. Ich stellte meine Last auf dem Tisch neben dem Spülstein ab und überlegte, wann ich wohl wieder hinaufgehen sollte. Ferris konnte sie am besten alleine überzeugen – zumindest hoffte ich das. Nun, da ich nicht länger ihr Held war, wurde ich gewiss rasch als der Bösewicht betrachtet, der ihren Erben in die Kolonie lockte, wobei es keine Rolle spielte, dass eigentlich er es war, der mich weglockte.

Ich nahm die Kerze und schaute mich um. Auf der einen Seite stand das Zinn zum Polieren bereit, dabei hätte ich Becs helfen können. Wir wären als Diener ein gutes Paar gewesen. An einem Nagel hing ihr Ausgeh-Umhang. Neugier ließ mich mein Gesicht in seine Falten vergraben; er roch nach nasser Wolle und Rauch, aber nicht nach ihr. Näher würde ich dem Mädchen, das hoffte, meine Frau zu werden, nie kommen. Es war schwer für sie. Ich konnte nichts dagegen tun, dass sie mich mochte, doch ich hoffte, durch respektvolles Verhalten ihren Stolz nicht allzu sehr zu verletzen. Wieder versenkte ich mein Gesicht in ihren Umhang und fühlte eine merkwürdige Zärtlichkeit in mir aufkeimen. Einst hatte mich Izzy geschimpft, durch meine Zögerlichkeit einen Narren aus Caro zu machen. Das Glück der Frauen liegt nur in uns, warum ist das so? Oben küsste Ferris gerade das Haar seiner Tante, ein junger Mann tröstet eine alte Frau, da sieht man es: Frauen werden nie vernünftig. Entweder haben sie einen schwachen Verstand oder gar keinen: Großmutter Eva hat sie impulsiv gemacht; sie lassen sich von ihren Leidenschaften treiben.

Ich erinnerte mich daran, wie Ferris mich geneckt hatte, und überlegte, ob er Ähnliches wohl auch mit seiner Frau getan hatte. Oder mit anderen? Bis jetzt hatte ich ihn nie gefragt und noch nicht einmal einen Gedanken daran verschwendet, ob er sich unbefleckt zu ihr gelegt hatte. War er mit Männern zusammen gewesen, während er hier gelebt hatte? Wieder sah ich, wie Nathan ihm sein leuchtendes Gesicht zuwandte und dann schlafend seinen Kopf auf Ferris' Brust legte. Ich hätte den kleinen Narren töten sollen, als ich Gelegenheit dazu hatte.

Nun, er war nicht mehr da, vermutlich sogar tot. In einer Minute würde ich nach oben gehen. Ein Gedanke schoss mir durch den Kopf, und ich leuchtete mit der Kerze die Vorratsregale ab, bis ich einen kleinen Topf entdeckte. Ich öffnete ihn und probierte den Inhalt mit dem Finger. Honig. Ich suchte weiter und hatte beim zweiten Anlauf mehr

Glück: Gänseschmalz. Ich barg den Topf in meinem Ärmel, nahm die Kerze und ging langsam die Treppe hinauf.

In der ersten Nacht hatte ich ihm die Kleidung vom Leibe gerissen; jetzt lernte ich, ihn zu streicheln und zu küssen, während ich sie langsam abstreifte, und wurde so Zeuge einer Zärtlichkeit, die er anderswo gelernt hatte. Ich atmete seinen Duft ein, ließ meine Hand über seinen festen Rücken und dann nach vorne über seinen Bauch gleiten, umfing ihn und hielt ihn fest. Er starrte in meine Augen und stemmte sich gegen mich, als wolle er seine Stärke an meiner messen. Ich lachte, liebte seine Ungestümheit und packte ihn noch fester.

Danach leckte er im Liegen meinen Hals und streichelte mich mit der Hand. Ich griff nach dem Topf, den ich neben das Bett gestellt hatte, öffnete ihn und hielt ihn ihm hin. Ferris schaute mich überrascht an, holte mit dem Finger etwas Schmalz heraus und strich es über seine Handfläche.

»Hier.« Seine Hand schloss sich um meinen Penis und ich erschrak, wie glitschig es sich anfühlte. Ferris lächelte und fuhr fort, mich zu streicheln.

»Möchtest du, dass ich unter dir liege? Mmmh?« Er küsste mich, presste seinen Mund fest gegen meinen, stimulierte mich mit der Zunge und kniete sich neben das Bett.

Er hat bereits Erfahrung, flüsterte es in meinem Kopf.

Meine Kehle war wie ausgetrocknet. Ich starrte auf ihn herab, sah die Schönheit seiner schmalen, jungenhaften Hüften und der sanften Kurven seiner Schenkel; sah jedoch auch Unzucht und Hurerei. Nathan. Andere Männer. Ihre verschwommenen Gesichter über gierig zuckenden Körpern.

Der Schmalzgeruch störte mich.

»Jacob?« Er fuhr mit seiner Hand über meinen Arm. Ich lag noch im Bett und er zog mich zu sich.

Als ich an ihn geschmiegt hinter ihm kniete, zitterte ich; er flüsterte mir zu, was ich tun sollte, und ich versuchte, meine Erregung zu zügeln, bis er soweit war. Doch als ich seinen Nacken küsste und er den Kopf umdrehte und mir seinen Mund darbot, gab es kein Halten mehr und ich wollte ihn nur noch besitzen. Ich drang schonungslos in ihn ein, umklammerte ihn und ließ ihn all meine Stärke spüren. Als er vor Schmerz zusammenfuhr, verspürte ich ein starkes Kribbeln im Bauch.

»Wie lautet mein Name?«, wollte ich wissen.

Ferris stöhnte, und als ich hörte, was es ihn kostete, mich in sich aufzunehmen, erfüllte mich heiße Wonne. Ich glitt ein wenig hinaus und drang mit voller Länge wieder in ihn ein, als er sich unter meinem Gewicht ein wenig bewegt hatte. »Sag meinen Namen.«

»Jacob«, stieß er keuchend hervor.

Erneut versetzte ich ihm einen so heftigen Stoß, dass er für mich fast das Ende bedeutete. »Noch einmal. Sag ihn immer und immer wieder.«

»Jacob. Jacob! Jacob!«

Es war geschehen. Ich hatte mich in ihn eingebrannt.

20. Kapitel
So wie das Fleisch das Salz liebt

Es war einfacher, am nächsten Morgen Becs gegenüberzutreten, als ich gedacht hatte. Weder vergoss sie hinter meinem Rücken Tränen, noch war sie wütend oder kämpferisch. Stattdessen verhielt sie sich zurückhaltend. Ich wurde nicht länger mit lächelnden oder verlangenden Blicken bedacht.

»Wünscht Ihr etwas Brot?«, fragte sie, nachdem sie eine Schale Warmbier neben mir abgestellt hatte.

»Ja gerne, Becs. Danke.« Ich suchte ihren Blick und sprach freundlich mit ihr, denn ich wollte sie respektvoll behandeln und ihr nicht den Anschein geben, dass ich sie nicht mochte.

Mit der Tante war es schwieriger. Ferris hatte am gestrigen Abend sein Bestes getan, sie von seiner unveränderten Liebe zu ihr zu überzeugen, und ihm gegenüber schien sie auch wieder milder gestimmt, doch mich betrachtete sie offensichtlich immer noch als den Judas. Als ich zum Essen hinunterkam, erwiderte sie kaum meinen Gruß und verließ fast augenblicklich den Raum. Doch fiel es mir nicht schwer, eine solche Kränkung zu ertragen, da ich mich noch nie so stark und gut gefühlt hatte, und ich konnte nachvollziehen, dass mein zufriedener Ausdruck eine ständige Provokation für sie sein musste, da sie wohl glaubte, ich hätte mich triumphierend über ihre Wünsche hinweggesetzt.

Ferris kam nach mir hinunter, denn er hatte erst noch sein eigenes Bett zerwühlt und angewärmt. Er wies mit dem Kopf in Richtung Tür und hob die Augenbrauen, als wolle er damit sagen, *Wo ist sie?* Ich zeigte nach unten, dorthin, wo die Küche lag. Er lehnte an der gegenüberliegenden Wand und beobachtete, wie ich mein Bier trank, als ob er in diesem Anblick etwas zu finden hoffe.

»Setz dich«, schlug ich vor.

»Benutz deinen Verstand.«

Ich errötete.

»Und auch mein Rücken fühlt sich an, als sei er gebrochen.« Langsam und vorsichtig ließ er sich auf einem Stuhl nieder. Bevor ich etwas sagen konnte, ging die Tür auf, und die Tante kam zurück; sie lächelte Ferris zu, nickte kühl zu mir hin und stellte ein paar Brötchen und Honig auf den Tisch. Ich wartete, bis sie den Raum wieder verlassen hatte und ihre Schritte in Richtung Küche verhallten, bevor ich flüsterte: »Verzeih mir.«

»Und nächstes Mal?«

»Werde ich mich mehr zurückhalten.«

Er hob die Augenbrauen, um anzudeuten, dass ich gut daran täte. Ich griff nach seiner Hand, berief mich auf mein heftiges Verlangen, schwor, mich das nächste Mal zu zügeln, und wartete, bis seine Finger sich in den meinen langsam entspannten und meine Berührung erwiderten. Auf der Treppe waren Schritte zu hören. Er ließ mich los, schnitt ein Brötchen auf, bestrich es mit Honig und reichte mir eine Hälfte. Wir aßen stumm und starrten einander an.

Den ganzen Tag verbrachten wir damit, die Pamphlete fertig zu stellen. Ferris überließ es mir, den letzten Teil zu drucken, und redete derweil mit Becs und seiner Tante, da ja am nächsten Tag die erste Zusammenkunft der neuen Kolonisten stattfinden sollte. Er wollte sicherstellen, dass genug zu essen im Haus sei, und ich glaube, er hatte seine Tante in Verdacht, irgendeine Gemeinheit auszuhecken, um die Gemeinschaft zu vertreiben, so wie es mir das erste Mal gelungen war.

»Du siehst müde aus«, sagte ich, als er zurück in die Druckerei kam.

»Das hat die Tante bereits festgestellt«, erwiderte er. »Sie hat mich gerade gefragt, ob ich gut schlafe.«

Regen schlug gegen das Fenster der Druckerei, während wir die Bögen sortierten und falzten und die neuen Pamphlete stapelten. Aus dem Regen wurde Hagel, und wir unterbrachen unsere Arbeit, um zu lauschen, wie er gegen die Scheiben prasselte.

»Immerhin hat die Tante uns nicht hinausgeworfen«, bemerkte Ferris.

Es war einfach, mit ihm zu arbeiten, und ich tat, was er mir sagte. Alles schien so leicht: nur wir beide und die Presse. Trotz seiner Klagen über einen steifen Rücken bewegte er sich, im Gegensatz zu mir, anmutig, und ich genoss es, ihn zu beobachten.

»Ich bin glücklich«, sagte ich laut.

»Was?« Er hielt sich eine Hand als Trichter ans Ohr; an seiner Nase klebte Tinte.

»Ich liebe dich.«

Er kam zu mir und wir küssten uns. Die sanften, sinnlichen Küsse brachten mich sofort in Aufruhr. Man sagt, dass manche Männer durch

Küsse nicht erregt würden, vielleicht weil sie sich zu jung daran gewöhnen konnten, während ich hatte warten müssen. Ferris hatte einige Mühe, sich zu befreien, um etwas zu sagen: »Morgen –«

»Morgen?« Ich fürchtete, dass er mich nicht mehr in sein Bett lassen würde.

»Keine Schlägerei bei dem Treffen.«

»Niemals.« Ich meinte es auch so. Ich sah keinen Grund, warum ich je wieder jemanden schlagen sollte.

Ich war verrückt. Liebe ist eine Verrücktheit, das ist sicherlich keine neue Feststellung. Ich erinnerte mich, sogar auf Beaurepair gehört zu haben, vermutlich von Godfrey, dass all die großen Gelehrten vergangener Zeiten Liebe und Wahnsinn in einem Atemzug genannt hatten. Wer auch immer es gesagt hatte, auf jeden Fall erinnerte ich mich auch noch an Zebs Antwort, über die ich und die anderen sehr gelacht hatten: Für einen kalten Zuschauer mag es ein verrückter Anblick sein, wenn ein Mann und eine Frau mit wackelnden Ärschen und verzerrten Gesichtern beieinander liegen. Doch die Verrücktheit liegt allein beim Betrachter, denn die Akteure sind dem Himmel näher als irgendwer sonst auf Erden. Nun, egal ob ich in Ferris' Nähe war oder mich von ihm entfernt hielt, ich war wie verwandelt. Tagsüber gefiel ich mir in der Rolle des Lehrlings und ließ ihn den Meister spielen, doch meine Seele war wie eine Fledermaus, die umhüllt von den eigenen Flügeln die Nacht erwartet. Keine Fledermaus ist jedoch so blind wie ein Mann, der von den Begierden seines eigenen Fleisches gefesselt wird.

Zuerst war ich verblüfft, dass mein Angebeteter so unkeusch war, doch das lag nur an meiner eigenen Unwissenheit. Er hatte mir schließlich erzählt, dass er, als er zu Joanna als Ehemann ging, sie leidenschaftlich geliebt und jene Verehrung für ihren Körper empfunden habe, die man sich bei der Vermählung gelobt. Ich hatte nie Anlass gehabt, ihn für einen Christen zu halten. Jeder Mensch besitzt ein tief und unsichtbar in ihm ruhendes, geheimes Selbst, das sich erst beim Öffnen des Mundes zum Kuss offenbart, und genau da hatte ich ihn berührt. Hatte Nathan das Gleiche getan, dann war es jedenfalls Ferris nie anzumerken gewesen. Das hielt mich jedoch nicht davon ab, gelegentlich meinen Wahnsinn zu nähren, indem ich sie mir beieinander liegend vorstellte.

Andere Male quälte ich mich mit dem Wissen herum, dass ich nicht immer Liebschaften von einfachen Bekanntschaften zu unterscheiden vermochte. Ich hatte nicht einmal gewusst, dass Patience mit Zeb geschlafen hatte. Ich wusste jetzt nur, dass Ferris und ich unsere Lust von den Hausdächern schrien. Wie würden wir uns wohl unter den Blicken der Kolonisten verhalten? Geheimhaltungsversuche würden schnell scheitern. Wie viel besser wäre es, in London zu bleiben, wo die Mauern dick und die Betten solide waren, wo wir uns aneinander erfreuen und die Welt vergessen konnten.

Wir verbrachten die dritte gemeinsame Nacht und er bat mich zu flüstern; ich tat es, brannte jedoch später vor Stolz, als er sich selbst nicht zurückhalten konnte und laut aufschrie. Nachdem der kurze Rausch verflogen war, lauschte ich angestrengt. Ich war sicher, dass sie uns gehört haben mussten, auch wenn weder gedämpfte Schritte noch das Schieben eines Riegels zu vernehmen waren.

Am nächsten Tag kamen unsere zukünftigen Gefährten, um über ihre Träume zu sprechen, Bier zu trinken und Pasteten zu essen. Die Tante hielt sich fern und überließ das Servieren ganz Becs, daher fielen die gesamten Pflichten des Gastgebers auf uns beide. Ich war begierig darauf, meine Fehler vom letzten Mal wieder gutzumachen und hätte jeden Schwachkopf als Bruder begrüßt, wenn Ferris mich darum gebeten hätte.

Eunice Walker, die Frau mit dem Herz und den Pfeilen, erschien ganz in Rosa gehüllt als Erste. Sie wurde von einem Diener bis an die Tür gebracht, gestattete diesem jedoch nicht einzutreten: Ich fragte mich, ob sie wohl ihren Besuch bei uns zu Hause verheimlichen wollte. Sie war um die vierzig, plump und kokett und begrüßte sowohl Ferris als auch mich mit einem geübten Augenaufschlag. Sie war offensichtlich dermaßen geübt darin, Männern schöne Augen zu machen, dass sie gar nicht mehr anders konnte. Nach den Verbeugungen und dem ersten Austausch von Höflichkeiten fragte sie:

»Wie viele Männer und Frauen werden unter Eurem Kommando stehen, Mister Ferris?«

»Nicht unter meinem Kommando«, beeilte er sich, sie zu verbessern. »Wir wollen brüderlich miteinander umgehen, weder wird es zugehen wie in der Armee, noch wird es Knechtschaft oder Abhängigkeiten geben.«

»Ein sehr guter Plan!« Sie ging zum Bücherschrank und schaute sich völlig unverhohlen und so, als ob sie sie kaufen wolle, die Titel an. Hinter ihr stehend, bemerkte ich, dass sie eine Perücke trug. Die Strähnen, die unter ihrer Haube hervorschauten, waren viel grauer als jene, die ihr Gesicht umrahmten. »Also«, fragte sie weiter, »wie viele werden es sein?«

Ich begann innerlich zu grinsen. »Ungefähr fünf Frauen, Madam. Seid also beruhigt, es wird Euch an gleichgeschlechtlicher Gesellschaft nicht mangeln.«

Hinter ihrem süßlichen Lächeln beobachtete sie mich scharf. Ich erinnerte mich, dass ich sie oder jemanden, der ihr sehr ähnelte, in rosa Kleidern Zuflucht suchend gesehen hatte, an dem Tag, an dem wir im Regen nach Hause gegangen waren.

»Wir werden in etwa gleich viel Männer und Frauen sein«, sagte Ferris freundlicher. »Mit unterschiedlichem Familienstand: unverheiratete Frauen und Männer, Eheleute, Witwer und Witwen.«

Sie nickte bestätigend.

»Was zieht Euch hierher zu diesem Treffen?«, fragte er sie. »Habt Ihr Erfahrung, ähm –?«

»Oh, ich bin gut in Vorratshaltung. Ich kann pökeln und einlegen«, antwortete sie.

»Doch Madam, zu Beginn wird die Arbeit hart sein: Wir werden den Boden pflügen, säen und pflanzen müssen«, sagte Ferris nachdrücklich.

Sie lächelte und offenbarte dabei ihre schwarzen Zähne. Jetzt war ich mir sicher, dass es die gleiche Frau war, die im Hauseingang Schutz gesucht hatte.

»Ich werde Becs bitten, die Getränke hochzubringen«, sagte ich. Auf der Treppe nach unten musste ich im Stillen lachen.

Das Mädchen saß untätig in der Küche herum und las einen Brief. Als ich eintrat, schaute sie gespannt auf, doch dann wurde ihr Gesichtsausdruck gleichgültig, und sie setzte sich aufrecht hin.

»Oben gibt es etwas Nettes zu sehen«, sagte ich. »Eine rosa Galeone. Bitte bring das Bier hinauf, dann siehst du sie.«

Becs faltete ihren Brief zusammen, legte ihn auf den Tisch und griff nach dem Steinkrug mit dem Bier. Ich sah, wie sich ihre Gesichtsmuskeln anspannten, als sie versuchte, ihn zu halten.

»Lass mich ihn tragen«, sagte ich. Sie stellte ihn zurück und ging sofort und ohne mir zu danken zu dem Regal, auf dem die Becher standen.

»Sind wir immer noch Freunde?«, fragte ich.

»Ihr braucht mich nicht«, erwiderte Becs.

»Du mich auch nicht, schätze ich. Doch darf ich nicht trotzdem helfen?«

Sie überging diese Frage und verließ mit den Bechern die Küche. Ich folgte ihr mit dem Krug.

Als ich eintrat, wandte Mistress Walker ihre Augen sofort wieder mir zu; sie verlor keine Zeit mit dem Mädchen. Ferris schien sich unwohl zu fühlen. Meine Arme zitterten, als ich den Krug auf dem Tisch abstellte.

»Könntest du ein paar von den kleinen Pastetchen hochbringen, die du gemacht hast?«, bat Ferris Becs. Sie knickste geziert und wandte sich zum Gehen um.

»Mistress Walker hat mir gerade erzählt –«, begann er, doch dann klopfte es an der Haustür. Becs rannte die Treppe hinunter. Wir schwiegen, lächelten unbeholfen und warteten, bis die obere Tür geöffnet wurde und ein freundlich aussehender, hutloser, nüchtern schwarz gekleideter, junger Mann eintrat.

»Gott schenke Euch einen schönen Tag, meine Herren! Ich hoffe, ich bin hier richtig. Mein Name ist Wisdom Hathersage. Guten Tag, Madam.« Ich überlegte, wo wohl sein Hut abgeblieben sein mochte.

»Ich bin Christopher Ferris, dies ist Mistress Walker und dies hier mein Freund Jacob Cullen«, rasselte mein Freund herunter. Wir alle machten einen Kratzfuß, und ich überlegte, wie häufig wir diese Prozedur wohl wiederholen müssten. Mistress Walker schien sofort Gefallen an Hathersage und seinen zarten Gesichtszügen zu finden. Er hatte eine bräunliche Hautfarbe und so dunkle Augen, dass er wenig englisch aussah. Würde man ihn neben Zeb stellen, so sähe man zwar einen großen Unterschied, da mein Bruder hübscher und besser gebaut war, doch beschriebe man sie einem Fremden, würde er schließen, dass sie sich sehr ähnlich sein mussten.

»Sagt mir, Mister Hathersage, war es schwer für Euch zu kommen?«, fragte ich, denn ich musste daran denken, was er geschrieben hatte.

»Mein Herr ist sehr krank«, antwortete er. »Möchte ich das Haus verlassen, so braucht er einen anderen Mann als Ersatz, und das will vorbereitet sein.«

»Könnte nicht eine Magd einspringen?«

»Er fällt hin. Die Magd ist nicht stark genug, ihm aufzuhelfen.«

»Aha«, sagte Ferris.

»Doch sonntags dürft Ihr ihn verlassen?«, fragte ich.

»Ja, ich darf zur Kirche oder anderen christlichen Beschäftigungen nachgehen, denn an diesem Tag kommen seine Schwestern. Gemeinsam schaffen sie es.«

»Der arme, arme Gentleman!«, seufzte Eunice Walker. »Ist er von Geburt an leidend?«

»Aber nein, Madam. Während des Krieges wurde er am Kopf getroffen, und seitdem ist er nicht mehr derselbe.«

»Ist er sehr entstellt?« Sie schauderte.

»Nein.« Er wandte sich an Ferris. »Ich bin nicht sicher, Sir, wie Ihr Euch jene vorstellt, die mit Euch leben sollen.«

Ferris zögerte. »Vor allem müssen wir uns so nehmen, wie wir sind. Doch es lohnt nicht anzufangen, wenn nicht alle von uns zu harter körperlicher Arbeit bereit sind.«

»Ich verstehe etwas vom Gärtnern«, bot Hathersage an.

Ferris fragte: »Und könnt Ihr –«, wurde aber von drei Neuankömmlingen unterbrochen: den Domremys und Christian Keats. Wieder mussten wir uns einander vorstellen, und ich goss jedem einen Becher Bier ein.

Catherine und Susannah sahen nett aus; Erstere noch jung und Letztere noch nicht alt. Sie sahen aus wie Schwestern. Der alte Mister Domremy hatte, wie es viele Männer taten, eine Frau geheiratet, die dem Aussehen nach aus seiner Familie hätte stammen können. Sie besaßen die für Milchmägde typische glatte, rosige Haut und ließen rötliches Haar unter ihren frisch gestärkten Hauben hervorschauen. Eunice Walker warf ihnen einen kurzen Blick zu, bevor sie sich zu Keats gesellte.

Diese beiden jüngeren Frauen waren bei dem Gedanken an unser Unternehmen ganz aufgeregt und schienen mir, genau wie Ferris, recht phantastische Vorstellungen davon zu hegen. Der alte Mister Domremy war ein großer Liebhaber schwärmerischer Pamphlete gewesen und hatte sie sogar dem leichteren Verstand der Frauen für zuträglich gehalten. Jetzt hielten Catherine und Susannah offen an diesen Ideen fest und zeigten damit vielleicht sogar mehr Vernunft als einige der Männer, denn sie konnten zweifelsfrei nützliche Tätigkeiten verrichten. Sie sprachen insbesondere von einem neu entdeckten Rezept für einen schnell reifenden Käse mit ausgezeichnetem Geschmack und von einer Heilpflanze, mit deren Hilfe sich Entzündungen am Euter heilen ließen. Sie strahlten eine unschuldige gute Laune aus – ihr Enthusiasmus war keineswegs gespielt –, und ich war mir sicher, dass so heitere und praktische Frauen in der Lage wären, bei fast allem mit anzupacken.

Der Witwer Keats war da ganz anders und schien an Trübsal zu leiden. Wie Hathersage war er ein dunkler Typ, doch sah seine Haut ungesund gelb aus und ließ ein Leberleiden vermuten. Er hatte dicke Tränensäcke unter den Augen, dabei war er den kohlschwarzen Haaren nach zu urteilen im besten Mannesalter oder sollte es zumindest sein. Er wandte schüchtern, aber keineswegs unfreundlich sein trauriges Antlitz den Domremys zu, als frage er sich, wie jemand in diesem Tal der Tränen so fröhlich sein konnte. Als er mir erzählte, dass sein jüngstes Kind erst drei Monate alt sei, verstand ich ihn besser.

»Euer Weib schied erst vor drei Monaten aus dem Leben?«, fragte ich.

»Vor zwei. Sie hat sich von der letzten Niederkunft nicht mehr erholt. Der Herr gibt und der Herr nimmt.«

»Amen«, sagte ich.

Keats senkte den Kopf. »Der Herr sei gelobt. Er hielt mich für würdig, mich der harten Prüfung des Kummers zu unterziehen.«

In Ferris' Augen musste seine Gesellschaft ziemlich deprimierend sein: Ich hatte nie gehört, dass sich mein Freund für den geistlichen Nutzen von Joannas Tod bedankt hätte. Doch musste ich mich daran erinnern, dass dieser Mann erst kürzlich einen schmerzlichen Verlust erlitten hatte, während Ferris' Wunden schon etwas verheilt waren.

Mistress Walker war die ganze Zeit immer näher geschlichen, um auch ja kein Wort zu verpassen. Nun erzählte sie ihrerseits Keats, welch schwere Zeit sie nach dem Verlust ihres geliebten Ehegatten, eines wahren Heiligen, durchgemacht hatte, der vom Fieber dahingerafft worden war. Während sie sprach, rückte sie noch näher an Keats heran und drängte sich so zwischen ihn und mich, dass sie mich bald gänzlich aus dem Gespräch ausschloss. Da er nicht unglücklich darüber schien, überließ ich ihn ihrem Trost.

Als Nächstes trafen Jonathan und Hepsibah Tunstall ein, wobei die Frau einen kleinen Jungen auf dem Arm trug. Es war ein lustiges kleines Kerlchen, das, auf den Boden gesetzt, sofort zu krabbeln anfing und den anderen die Schuhe öffnete, was allgemeines Gelächter hervorrief. Die Eltern waren beide kräftig gebaut und schienen harte Arbeit gewohnt zu sein: Sie sahen aus, als arbeiteten sie als Diener auf dem Lande und bekämen gutes Essen. Ferris suchte meinen Blick und mir war klar, dass wir einer Meinung waren, was sie betraf.

»Warum wollt Ihr Eure Stellung aufgeben?«, fragte ich sie, nachdem sie erzählt hatten, ihr Herr sei ein anständiger Mann.

»London ist nichts für uns«, antwortete der Mann. »Unser Herr ist aus geschäftlichen Gründen hierher gezogen, doch wir wären lieber an unserem alten Wohnort geblieben. Das soll nicht beleidigend klingen, Mister Cullen, aber der Dreck bedrückt uns. Wir würden lieber pflügen und säen.«

Auch mich hatte der Dreck zu Beginn bedrückt, dachte ich, doch jetzt konnte ich die kostbarsten Freuden dagegensetzen. Ich schätzte, die Tunstalls waren wie jene Pflanzen, die, einmal umgetopft, nie mehr blühten: Egal wie arm die Erde im ersten Topf gewesen war, sie hatten ja nichts anderes gekannt.

Ferris fragte: »Könntet Ihr nicht dorthin zurückgehen, von wo Ihr gekommen seid, und nach einer neuen Stellung Ausschau halten?«

Überrascht erwiderte Jonathan: »Und der Gemeinde zur Last fallen?« Ich überlegte, wie wenig mein Freund trotz seiner Tugend vom Leben eines Dieners verstand. »Abgesehen davon«, fuhr der Mann fort, »wenn wir schon auf dem Feld arbeiten, dann können wir es genauso gut für uns selbst tun. Wer weiß, wenn alles gut läuft, vielleicht gesteht uns dann das Parlament etwas Land zu.«

Diese Antwort gefiel Ferris, denn sie entsprach seiner eigenen Vorstellung. Ich hätte gerne gefragt, warum er glaubte, dass sich das Parlament überhaupt mit uns beschäftigen würde, wollte diese Frage jedoch nicht vor der ganzen Gesellschaft stellen.

Mit den Tunstalls waren auch Jack und Dorothy Wilkinson gekommen, beide etwas älter als die Domremys und die Frau kurz vor der Niederkunft. Trotzdem war sie wohl die von der Kolonie-Idee Begeistertere, denn mir fiel auf, dass ihr Mann ständig den Kopf schüttelte und wiederholt sagte: »Ich weiß nicht, ich weiß nicht, lass uns erst einmal abwarten.« Ich verstand nun, warum die Frau den Brief verfasst hatte, und ahnte, dass sie letztlich nicht bei uns mitmachen beziehungsweise nicht bei uns bleiben würden, denn er war nicht mit dem Herzen dabei. Doch sie waren angenehme Leute, und vielleicht würde das Treffen ihm ja helfen, sich für oder gegen uns zu entscheiden. Sie standen etwas abseits, schauten sich um, beobachteten die anderen und sprachen leise miteinander, es sei denn, sie wurden angesprochen.

Alice Cutts kam die Treppe herauf, und es war sofort deutlich, dass sie für die uns erwartende Arbeit zu alt und zu schwach war. Ferris sprach besonders höflich mit ihr, erklärte ihr, welche Mühsal auf sie zukäme, und bat sie, von den Pasteten und dem Bier zu probieren, bevor sie sich wieder verabschiedete.

Als Nächstes erschienen Fleming und Botts, allerdings kamen sie nicht nur zur gleichen Zeit, sondern kannten sich unglücklicherweise auch noch und waren einander nicht wohlgesinnt. Fleming mochte um die zwanzig sein und trug so viel Eleganz zur Schau, wie es einem Mann nur möglich ist, der weder Edelmann noch reich ist: eine fleckige, mit Brokat verzierte und vermutlich aus zweiter Hand stammende Jacke und Schaftstiefel. Er nahm einen kunstvoll gearbeiteten Hut ab, unter dem blonde Locken zum Vorschein kamen, die er sich mit seiner schmalen Hand immer wieder aus der Stirn wischte. Sein Auftritt wurde durch den ihm anhaftenden Pferdegeruch etwas entwürdigt, der mich jedoch an Harry Beste erinnerte. In seinem Brief hatte gestanden, dass er etwas vom Schmiedehandwerk verstünde, doch er sah zu zart aus, um Eisen zu hämmern. Ich fragte ihn, ob er ein Tier beschlagen könne. Er erwiderte, dass er sich das durchaus zutraue, da er Erfahrung in fast allen Dingen habe, die Pferde beträfen.

»Ich fahre die Kutsche nach Durham und zurück«, erklärte er mir.

»Aber nicht in einem Stück«, warf Botts mit leise krächzender Stimme ein.

»Nein.« Fleming ärgerte es offensichtlich, dies eingestehen zu müssen. »Ich übernehme einige der Etappen.«

»Wie viele Tage dauert es von London nach Durham?«, fragte Ferris neugierig.

»Mindestens vier Tage. Das lässt sich nie genau vorherbestimmen.«

»Eine fürchterlich lange Reise«, warf Keats ein.

»Fast vierhundert Meilen.«

Wenn Fleming Eisen bearbeiten konnte, dann war er wertvoll. Doch ich konnte mir diesen Mann mit den edlen Federn am Hut weder beim Graben noch beim Schlafen in Erdlöchern vorstellen. Was für ein Narr war ich doch, dass ich es mit Harry verspielt hatte.

Fleming und Botts hätte man gut als Beispiele natürlicher Antipathie ausstellen können. Immer wenn Botts neben mir stand, roch ich diesen besonderen süßlichen Geruch, den rothaarige Menschen verströmen. Er war von Kopf bis Fuß rot: rote Haare, das Gesicht voller rötlicher Sommersprossen und leuchtend blaue Augen, deren weiße Augäpfel jedoch aussahen, als würden sie bluten. Er sah aus wie ein Fass. Seine ungeschickt gewählte Kleidung spannte überall und hatte Mühe, das Fleisch, besonders an Nacken und Armen, zu halten. Sein Kopf wirkte wie eine mächtige Knolle und seine Hände glichen Schweinsfüßen.

»Ihr habt auf dem Schlachtfeld bei der medizinischen Versorgung geholfen?«, fragte Ferris mit starrer Haltung. Ich schätzte, dass er gegen Botts eine genauso heftige Abneigung empfand wie ich.

»Ja. Hab da das eine oder andre zu Gesicht bekommen –!« Er kippte das Bier in einem Schluck hinunter und hielt mir den Becher hin. Ich füllte ihn und überlegte, ob er mich wohl für einen Diener hielt: Ferris hatte mich vor noch nicht mal fünf Minuten als seinen Freund vorgestellt.

»Mann mit weggeschossenem Gesicht. Waren nur noch Fetzen übrig. Am Ende haben wir ein Loch drin gefunden – die Kehle.«

Bei seinem *›am Ende‹* schauderte es mich, denn ich stellte mir vor, wie lange seine unbeholfenen Pranken wohl gebohrt und geforscht hatten.

Botts fuhr fort: »Alles, was ich tun konnte, war Wein reinzukippen. Wir sind am nächsten Tag weitermarschiert.« Er schüttelte den Kopf, als wolle er damit zeigen, wir furchtbar es gewesen war, doch gleichzeitig leuchtete sein Gesicht. »Ich hab Männer gesehen, die waren von Schwertern in Stücke gehauen oder halb verbrannt – das ist ein Geruch –«

»Ich bitte Euch, das reicht«, sagte Ferris mit Schweißperlen auf der Oberlippe.

»Ach ja, so ist das mit Euch Zivilisten«, sagte Botts verächtlich.

»Zivilisten? Ich war in Naseby und Basing-House dabei.«

»Dann wisst Ihr, dass ich die reine Wahrheit spreche. Ihr werdet es auch gesehen haben.«

»Gerade weil ich es gesehen habe –« Mein Freund wandte sich ab, denn er merkte, dass diesem Mann jegliche Vorstellungskraft fehlte und er daher auch kein Mitleid haben konnte. Botts schien nicht im Geringsten beleidigt und trat zu den Domremys, die etwas zurückwichen, als er sich ihnen näherte.

»Ich würde ihn nicht mal an einen Hund heranlassen«, flüsterte Ferris mir zu. »Wer fehlt noch?«

»Der mit dem Daumen?«

»Der ohne Daumen. Nathaniel Buckler.«

Ferris bat die Gäste um Ruhe und hieß sie, sich um den Tisch zu setzen. Es entstand ein allgemeines Stühlerücken. Ich beobachtete, dass Mistress Walker sich Keats angeschlossen hatte und dass niemand neben Botts sitzen wollte. Hathersage setzte sich schließlich zwischen ihn und die Milchmägde, was ihn mir noch sympathischer machte, denn ich war sicher, dass er Botts genauso wenig mochte wie ich. Zu meiner Rechten saß Hepsibah Tunstall und zu meiner Linken Ferris. Links von Ferris saß Jack Wilkinson und starrte meinen Freund ängstlich an, als sei dieser ein verkleideter Teufel. Der Blick seiner Frau wanderte über den Tisch und registrierte die Zusammensetzung der Gesellschaft, aber auch, welche Beziehungen in der kurzen Zeit bereits entstanden waren.

Ferris erhob sich. »Nun, Freunde«, begann er, »zwar sind wir noch nicht vollzählig, doch ich halte es für das Beste, schon mal anzufangen. Bitte nehmt jeweils eins dieser Pamphlete«, dabei legte er die Hand auf den Stoß mit unseren gelungensten Exemplaren, »und lest es, damit wir sehen, ob zwischen uns zumindest ein grundsätzliches Einverständnis herrscht. Ist das genehm?«

Keats hob seine Hand. »Bei einem so großen Unternehmen schickt es sich, zunächst ein Gebet zu sprechen.«

Hathersage und die Domremys nickten.

»Ihr tut Recht, mich daran zu erinnern«, sagte Ferris höflich. »Seid so freundlich, uns anzuführen, Mister Keats.«

Der Schneider stotterte eine lange, flehende Bitte um Erbarmen herunter, von der ich sicher war, dass sie Ferris irritierte, zumal Keats kurz vor dem Ende auch noch jeden aufforderte, sich Zeit zu nehmen, sein Herz zu prüfen und alle unreinen Gedanken daraus zu verbannen. Als Konsequenz dieses frommen Wunsches bekam ich erst recht unreine Gedanken und fragte mich erneut, wie wir mit diesen Leuten wohl zusammenleben könnten.

Schließlich war das Gebet zu Ende. Ich reichte jedem Gast ein Pamphlet, und da einige weder lesen noch schreiben konnten, las Ferris die *Regeln der Gemeinschaft* laut vor.

1. *Jeder Mann ist dem anderen gleichgestellt, auch Frauen bilden keine Ausnahme: Niemand wird als Diener oder als minderwertiges Mitglied angesehen, es sei denn, er hat durch falsches oder schändliches Verhalten seine Freiheit verwirkt, und selbst in diesem Falle muss er zunächst verwarnt und darf der Freiheit nur nach wiederholter Verwarnung und für eine begrenzte Zeit beraubt werden, außer seine Tat war so schwer wiegend (so zum Beispiel Vergewaltigung oder Mord), dass er für andere eine Gefahr darstellt.*
2. *Alles Eigentum ist Gemeinschaftsgut, einschließlich der Ernte, die in gemeinschaftlichen Vorratskammern gelagert wird.*
3. *Frauen dürfen ihre Ehemänner frei wählen, genau wie Männer ihre Frauen*

frei wählen dürfen. Weder Mann noch Frau darf zu einer Vermählung gezwungen werden, und die gemeinschaftlichen Vorratskammern ersetzen die Mitgift.

Ferris sorgte immer noch für seine Joanna.

4. *Kinder sind der Schatz einer Gemeinschaft und brauchen daher besondere Beachtung.*
5. *In unserem Commonwealth darf keine Gewalt eingesetzt werden. Auch Unterdrückern soll keine Gewalt entgegengebracht werden, da das hieße, auf ihr Niveau zu sinken und ihnen einen Vorwand zu liefern, sich selbst zu verteidigen, womit sie uns noch größeren Schaden zufügen würden.*

»Und wenn sie vom Grundbesitzer geschickt werden«, fügte Ferris hinzu. »Denn dann wissen wir, wie die Schlacht enden würde. Das Beste ist es, sich nicht mit ihnen einzulassen.« Er legte das Pamphlet auf den Tisch. »Dies ist ein grober Entwurf und vielleicht noch nicht so gut ausgedrückt, wie man sich es wünschte. Es kommt noch mehr, doch sollten wir vielleicht zunächst über den ersten Teil reden?«

Sie baten ihn, es noch einmal vorzulesen. Bei der ersten Regel schauten alle Männer glücklich drein und freuten sich, ihren einst Überlegenen nun gleichgestellt zu sein, bis sie merkten, dass ihnen damit auch niemand mehr unterstellt war, vor allem auch die Frauen nicht mehr.

»Die Bibel sagt, die Frau sei dem Manne untertan«, sagte Keats. Unter Dorothy Wilkinsons strengem Blick schwieg ihr Mann Jack.

»Ihre Körper sind schwach, denn auch ihr Geist ist schwach«, sagte Botts. »Frauen haben weniger Verstand und eine oberflächliche, nachahmende Intelligenz.«

»Meine Tante ist schlauer als jeder Einzelne hier«, sagte Ferris. »Hat ein Ochse mehr Verstand als ein Mann, nur weil er größer und schwergewichtiger ist?«

Keats runzelte die Stirn. »Gewährt man ihnen freie Hand, werden sie vielleicht ungebärdig.«

»Entschuldigt mich, aber ich habe jetzt nicht weniger Freiheit als bestellte ich Land«, warf Susannah Domremy ein. »Catherine und ich, wir verdienen uns unser Brot und sind so tugendhaft wie verheiratete Frauen – nein, tugendhafter als viele.«

Fleming kicherte.

»Es wird ein hartes Leben werden, kein ausschweifendes«, sagte Ferris. »Es wird kaum Zeit sein, sich ungebärdig zu benehmen. Wenn unsere Schwestern dieses Leben anzunehmen bereit sind, was wollen wir mehr? Wenn wir sie ablehnen, lehnen wir dann nicht auch ein Wirken des Geistes ab? Sollen wir Gott, unserem Herrn, Anweisungen geben, wie Er Seine Gnade verteilen soll?«

Damit war die Angelegenheit erst einmal beendet. Ich bewunderte Ferris' Gewandtheit.

»Wird Tabak erlaubt sein?«, fragte Fleming.

»Ich hatte nicht daran gedacht, irgendetwas zu verbieten«, antwortete Ferris. »Doch es wird wenig Gelegenheit geben, ihn zu genießen. Wir werden unsere Zeit mit Arbeit und nicht mit Herumsitzen verbringen.«

»Wie steht es mit Alkohol?«, fragte Tunstall.

Keats schaute ihn nervös an. »Fürchtet Ihr Ausschweifung und Trunksucht?«

»Wo Wein, Gin und dergleichen erlaubt sind, wird bis zum Exzess getrunken«, sagte Tunstall. »Mir wäre es lieber, wir erlaubten ihn nicht.«

»Wein ist eine nützliche Medizin«, warf Susannah Domremy ein.

»Ist jemand unter uns«, fragte Ferris, »der Wein für absolut lebensnotwendig hält?«

Niemand hob seine Hand.

»Dann werden wir uns wohl kaum darüber streiten«, schloss er daraus. »Wir können das Thema Wein auf später verschieben.«

Ich lächelte, denn die Person, die Wein sicherlich am meisten entbehren würde, wäre Ferris selbst.

Mein Freund holte ein neues Blatt Papier hervor und bat jeden zu sagen, wann er mit dem Landbestellen beginnen und was er in die Gemeinschaft mit einbringen könne. Hathersage versprach zehn Pfund und Samen aus dem Küchengarten seines Herrn, die Domremys boten eine Milchkuh, ein Kalb und vier oder fünf große Käselaibe. Die Tunstalls meinten ihren gütigen Herrn überreden zu können, einige Torfspaten, Hacken und Flegel abzugeben, die versehentlich mit eingepackt, aber nie benutzt worden waren, seit die Familie nach London umgesiedelt war. Fleming besaß einen kleinen Amboss und einige Hämmer und Botts medizinische Instrumente (ich schauderte) und Verbandsmaterial. In Ergänzung sollte jeder Kleidung und Bettzeug für sich selbst mitbringen und, wenn möglich, noch zusätzliche Wäsche. Eunice Walker sagte, sie sei sich noch nicht sicher, was sie beisteuern könne, würde aber darüber nachdenken. Ich war davon überzeugt, dass wir sie nicht wiedersehen würden. Keats versprach, so viele Stoffrollen mitzubringen, wie er zusammenklauben konnte, vor allem schweres Wolltuch für Umhänge und Segeltuch für Zelte. Die Wilkinsons dachten schweigend nach.

Was das Datum des Beginns betraf, so war die Gesellschaft weit weniger entgegenkommend, und mir war, als röche ich Falschheit. Unsere größte Hoffnung lag auf den Tunstalls, den Domremys, Hathersage und Keats. Hathersage meinte, er könne in einem Monat kommen, das hieß etwa Mitte März, und das Ehepaar sagte, in vielleicht sechs Wochen. Da weder die jungen Frauen noch Keats einen Herrn hatten, würden sie es als Erste schaffen. Einige der anderen, zum Beispiel Fleming und Botts, blieben so vage, dass ich das Gefühl hatte, sie wollten überhaupt nicht kommen, und darüber im Stillen frohlockte.

Ferris hatte schnell gelernt und bat Keats, vor den Pasteten und dem Kohl ein Dankgebet zu sprechen. Anschließend tranken wir auf unsere Brüderschaft und auf die Zukunft unter Gottes Führung. Da mich das Essen, die Gesellschaft und die ganze Idee der Kolonie langweilten, wurde ich immer stiller, während die anderen munter weitererzählten. Ferris warf mir von Zeit zu Zeit einen Blick zu. Der Kohl war zu stark gesalzen, und so ließ ich ihn auf meinem Teller liegen.

Nachdem alle gegangen waren, nahm ich die Liste vom Tisch.

»Was, denkst du, ist es wert?«, fragte mein Freund.

»Das meiste davon nichts.«

Er nickte müde. »Einige wenige sind aufrecht und tüchtig, aber der Rest –«

»Du musst es nicht tun«, versuchte ich.

Ferris starrte an mir vorbei aus dem Fenster.

»Hast du daran gedacht«, bohrte ich weiter, »was aus uns wird – aus *uns* –, bei so vielen? Sollen wir uns in die Wiesen legen?«

»In der Armee haben es Männer so gemacht.«

Ich verbot mir die Frage, die mein Mund sofort formen wollte, und erwiderte stattdessen: »Wir werden mit ihnen Monate, wenn nicht sogar Jahre, Seite an Seite leben.« Bitterkeit stieg in mir auf. »Genauso war es in der Armee, nie war ich mit dir allein.«

»Du warst zu eifersüchtig«, sagte Ferris. »Zu hart mit den Männern.«

Ich legte meine Hände auf seine Schultern und drehte ihn so, dass ich ihm in die Augen blicken konnte. »Du weißt, was mir gefehlt hat?«

Ferris erwiderte meinen Blick. »Ja, aber hast du es auch gewusst?«

»Du hast mich leiden lassen.«

»Das ist nicht wahr«, sagte er. »Hätte ich mich angeboten, hättest du mich verachtet –«

»Du wolltest mich nicht – du hattest Nathan –«

»Doch jetzt verstehen wir –«

»Ferris!« Ich war verärgert und musste mich zwingen, die Stimme wieder zu senken. »Wir hatten drei Nächte, und du willst alles wegwerfen.«

»Nein, Jacob! Ich –«

»Es wird nie so werden, wie du es dir erhoffst! Du hast gesehen, was in der Armee aus solchen Geschichten wurde – du siehst diese Leute, wie sollen sie – warum gibst du das Ganze nicht auf?«

»Nenn es Stolz, wenn du willst.« Sein Gesicht wirkte jetzt vornehm. Er machte mir Angst, denn ich spürte, dass er aus Furcht vor Enttäuschung aufgehört hatte zu denken.

»Ist Stolz nicht eine Sünde?«, fragte ich nachdrücklich.

»Es gibt verschiedene Arten von Stolz. Wir beide sind unterschiedliche Menschen.«

Ich war beleidigt und ließ ihn stehen.

Während der nächsten zwei Wochen ging er seine Listen der Dinge durch, die es zum Bestellen des Landes brauchte. Diese Listen waren längst geschrieben und viele Male durchgesehen, doch nie für vollständig erklärt worden. Mir wurden zahlreiche Botengänge aufgetragen. Ich musste verschiedenes Gerät besorgen und einen Ochsenkarren und einen Pflug ordern, die wir später abholen würden. In all dieser Zeit litt meine Seele fürchterliche Qualen. Eines Morgens rief er mich in seine Kammer und zeigte mir eine kleine Schatulle voller Goldstücke.

»Dies ist ein Teil meines Ersparten«, sagte er. »Der Rest bleibt hier bei der Tante.«

»Wenn Hathersage alles einbringt, was er besitzt, solltest du es ihm nicht gleichtun?«, fragte ich unfreundlich.

»Wir wissen nicht, ob es alles ist, was er besitzt«, erwiderte Ferris. »Dies hier ist immer noch mehr, als irgendein anderer mitbringt, und es ist ja nicht nur für mich, sondern für alle. Es wird vergraben und bleibt geheim, für den Fall, dass es mal dringend benötigt wird.«

»Wofür benötigt?«

»Oh, zum Beispiel für den Fall, dass du verletzt wärst.« Er schaute mich so liebevoll an, dass ich mich schämte. Welches Recht hatte ich überhaupt, etwas zu sagen, der ich sein Brot aß und wie ein Lord lebte.

Ferris sagte: »Ich habe für dich einen Schlüssel machen lassen. Hier, nimm ihn.« Er hielt mir ein Band hin und ich beugte meinen Kopf. Ferris schob den Schlüssel unter mein Hemd, und ich spürte, wie er einem kalten Wassertropfen gleich meine Brust hinunterglitt.

»Ich werde heute Abend aus sein«, verkündete er. »Dan und seine Frau haben mich eingeladen, bei ihnen zu essen und die Nacht zu verbringen.«

»Und ich bin nicht eingeladen?«

»Ihr Haus ist winzig und das Baby leicht reizbar. Sie empfangen nur alte Freunde.«

Ich würde es wohl kaum genießen, selbst wenn ich eingeladen worden wäre. Doch auch die Aussicht, alleine mit der Tante zu speisen, stimmte mich nicht froh. Je häufiger mich Ferris ausschickte, Kisten, Geschirr, Häute oder Samen zu besorgen, desto mehr schien sie mir die Schuld für die ganze Angelegenheit anzulasten.

Als Ferris am Nachmittag wieder über seinen Listen brütete, ging ich am Fluss spazieren, um die Zeit totzuschlagen. Der Wind war eisig und so heftig, dass er mich fast umwarf.

»Ich habe es dir bereits gesagt.« Ferris stand auf und rieb sich den unteren Rücken. »Lass uns nicht streiten. In einer halben Stunde gehe ich zu Daniel.«

»Wo ist die Tante?« Plötzlich bemerkte ich, dass ich sie seit dem Vortag nicht mehr gesehen hatte, und auch da nur kurz.

»Sie hütet ihr Zimmer.«

»Dann ist schon zweien wegen deiner Kolonie elend zumute.«

Er schrieb noch etwas auf seine neueste Liste. Ich ging auf und ab und fand keine Ruhe.

»Jetzt bist du auf Dan eifersüchtig«, sagte Ferris. »Ich habe es kommen sehen.«

Ich schnaubte. »Was kümmert es mich, wenn du dich zu Tode säufst?«

»Frieden! Ich werde mich nicht betrinken. Du wirst es sehen.« Er faltete seine Liste zusammen. »Glaubst du, du könntest lernen, Zelte zu nähen, wenn ich dir eine Anleitung besorgte?«

Ich überlegte. Das interessierte mich, allerdings war ich nicht so einfach zu überzeugen. »Lass es mich an billigem Stoff üben«, sagte ich schließlich.

»Das ist ein guter Vorschlag!« Er stand auf, spuckte sich in die Hände und schlug sie in meine, um den Handel zu besiegeln. »Vielleicht bekomme ich heute Abend eine Anleitung. Ein Mann kommt, der Zelte für die Armee macht.«

»Zu schade, dass wir nie in einem geschlafen haben«, sagte ich. »Wirst du morgen zurückkommen?«

»Schäm dich, Jacob. Was habe ich dir gestern Abend gesagt?« Er legte lächelnd den Kopf auf die Seite und neckte mich. »Will ein Mann, der so etwas sagt, wegbleiben?«

Die Erinnerung an seine Schmeicheleien und sein Flehen ließ mich erröten. Ich schaute ihn an und dachte, wie viel schöner ist das Lächeln eines Mannes verglichen mit dem einer Frau: Es besitzt viel mehr Kraft und Feuer. Unbehindert verließ er den Raum, meine Küsse trockneten auf seinem Mund.

Ich war allein und tröstete mich über die Eifersucht hinweg, indem ich mir jedes Wort wieder in Erinnerung rief, das er mir in der vergangenen Nacht gesagt hatte. Er hatte von unserem ersten Treffen gesprochen, wie ich ihn sofort verwundet hätte, wie er vor Wonne kaum hatte atmen können, wenn ich am Feuer vorbeiging, und wie er gefürchtet hatte, dass ich es bemerken könnte – ich konnte selbst kaum atmen, wenn ich mich dessen entsann. Nach einer Nacht und einem Tag würde ich ihn zurückhaben und dürfte mich dann nicht nur an ihm satt sehen, sondern ihn auch Hand an mich legen und mich von ihm ganz in Besitz nehmen lassen.

Doch dann fiel mir ein, dass er, wie heftig er auch seine Arme um mich schlang, immer noch an einen Ort gehen wollte, wo wir voneinander lassen müssten. Mir schien, dass ich genau wie Wein und Tabak etwas Köstliches war, doch längst noch nichts Lebensnotwendiges.

Becs brachte gepökeltes Fleisch und Senf herein. Ich aß, während ich das Pamphlet über das Pflügen und Pflanzen noch einmal durchlas, das er zurückgelassen hatte. Den Setzkasten zu benutzen schien eine ermüdende Arbeit. Das Haus war trostlos. Ich zog mich früh ins Bett zurück und überlegte, was er wohl gerade tat, ob er überhaupt an mich dachte und wie man sich fühlt, wenn man wie er weder an Gott noch an den Teufel glaubt.

Am nächsten Tag schien die Sonne. Die Tante war vor mir unten und hatte offensichtlich beschlossen, sich zu unser aller Wohl höflich zu verhalten. Sie grüßte mich herzlich, und ich erwiderte ihren guten Willen gerne. Selbst das Pamphlet über die Arbeit auf dem Lande schien, unter dem sonnigen Fenster ausgebreitet, weniger unangenehm, und ich versüßte mir die Lektüre mit Gewürzkuchen und Apfelwein. Der kleine Schlüssel lag wie ein Edelstein auf meinem Herzen.

»Hier am Tisch hättet Ihr es wesentlich bequemer«, sagte die Tante. »Becs wird ihn sofort abräumen.«

»Nein, nein, Tante. Ich fühle mich hier sehr wohl.« Das Fenster ging auf die Straße, die zu Dans Haus führte. Ich wusste, wie lächerlich ich mich benahm, doch was machte das schon? Nach einer halben Stunde schlug die Haustür zu; ich sprang auf, doch es war nur die Tante, die mit einem Korb heraustrat und zum Markt schlenderte.

Es dauerte noch eine Stunde, bis mein Wunsch erfüllt wurde, doch ich hatte Glück: Als ich aufsah, war Ferris gerade erst um die Ecke gebogen und schlenderte gemächlich einher. Neben einem stämmigen Mann, der seinen Weg kreuzte, sah er geradezu jungenhaft aus. Ich konnte ihn die ganze Straßenlänge lang beobachten. Er lächelte und hatte die Arme voller Papiere und Beutel. Wegen der grellen Frühlingssonne hatte er die Augen zu schmalen Schlitzen zusammengekniffen. Ich sah, wie er jeden bemerkte, der an ihm vorüberging, und wie er von Zeit zu Zeit zur Sonne aufschaute. Er war offensichtlich glücklich, und ich quälte mich mit der Überlegung, ob er ohne mich häufig so glücklich war. Ich hoffte, er würde zum Fenster aufschauen, doch er ging er einfach darunter her, wobei sein Gesicht unter der Hutkrempe verschwand. Ich hörte, wie sich ein Schlüssel in der Haustür drehte.

Als ich hinunterging, stellte er seine Schätze gerade auf dem Tisch ab, und Becs starrte auf die Beutel.

»Saatgut«, verkündete er, als ich eintrat. »Schau: Karotten, Zwiebeln. Wir können auch Bohnen und Erbsen ziehen.«

Ich wühlte in den Samen und Hülsenfrüchten, steckte meine Nase in die rauen Leinenbeutel und schnüffelte. »Kannst du denn gutes von schlechtem Saatgut unterscheiden?«

»Dan ist mit mir zu den Samenhändlern gegangen und hat mir erklärt, worauf ich achten müsste.« Er schaute auf die kleinen Samenhäufchen, wie andere wohl Säcke voller Gold anstarren würden. »Und Korn habe ich auch. Hier.«

Ich fasste in einen Sack, den er mir zuschob, und holte eine Hand voll heraus.

»Dinkel«, sagte ich. »Hafer und Roggen.«

Ferris starrte mich überrascht an. »Du kennst dich aus?«

»Nur zu gut.« Wieder stand ich verdreckt zwischen den Landarbeitern und sah verzweifelt, wie sich unsere Arbeit bis zum Horizont erstreckte. »Dieses hier«, fuhr ich fort und legte ein paar Körner auf den Tisch, »ist reiner Roggen und dieses hier Heidekorn.«

»Was soll das sein?« Er stürzte sich auf den Sack. »Der Mann hat gesagt, es sei Buchweizen. Hat er mich betrogen?«

Ich schüttelte den Kopf. »Das ist das Gleiche.«

»Das nächste Mal kommst du mit«, sagte er aufgeregt. »Es gab so viel zu sehen, wir hatten nicht genug Zeit, obwohl wir vor den anderen da waren.«

»Dann bist du früh aufgestanden?«

»Kein Saufgelage, wie ich es dir gesagt hatte! Und schau, hier!« Aufgeregt wie ein Kind, das etwas Neues entdeckt hat, zum Beispiel eine behaarte Raupe, lenkte er meine Aufmerksamkeit auf ein dünnes Buch mit dem Titel *Über das Zuschneiden und Nähen von Zelten, mit diversen Plänen und Beispielen aus dem Altertum.* Auf dem Buchdeckel war der Apostel Paulus beim Stoffschneiden abgebildet.

»Beispiele aus dem Altertum! In der Tat, ein glücklicher Fund«, sagte ich.

»Was ist das?«, fragte Becs.

»Kein Fund, sondern ein Geschenk. Dan hat seinen Freund gefragt, wonach man das Herstellen von Zelten lernen könnte, und das hier ist das Buch, nach dem James – der Freund – es selbst gelernt hat. Nimm es.« Er legte meine Finger auf das Buch. »Und wenn ich darüber nachdenke … im Lager sind immer noch Stoffballen, die man dafür verwenden könnte. Sie hätten verkauft werden sollen. Du könntest sie im Hof zuschneiden.« Er sah aus, als wolle er mir vor so viel Glück um den Hals fallen, doch die Anwesenheit des Mädchens ließ ihn sittsam bleiben. Ihr Gesicht war die ganze Zeit über unbeweglich wie eine Maske. Ferris drehte sich zu ihr um.

»Becs! Glaubst du, du könntest Jacob zeigen, wie man eine Nadel hält?«

»So.« Scherzhaft drückte sie Daumen und Zeigefinger zusammen. »Doch wenn er Zelte machen will, muss er noch etwas mehr wissen.«

»Doch wirst du es ihn lehren? Ach, Becs – bitte? Bitte, tu es für mich.«

Ich war froh, dass er nicht sagte, ›für Jacob‹. Becs zögerte, und ich dachte, dass sie vielleicht unseren Abschied hinausschieben wollte.

»Ich werde die Herrin fragen«, sagte sie schließlich.

»Das ist mein gutes Mädchen«, sagte Ferris. Ich mochte die Art, wie er mit ihr sprach, nicht unbedingt. Er schmeichelte ihr und war doch gleichzeitig ihr geheimer und erfolgreicher Rivale. Er musste wissen, was es für sie bedeutete, ständig in meiner Nähe zu sein. Es schien, dass auch er, genau wie sein böser Engel, der ständig eifersüchtig war, unfreundlich sein konnte.

Ferris holte Karten hervor. »Schau her, die neuesten und besten. Diese hier zeigt das freie und das umfriedete Land, zeigt, ob es trocken oder sumpfig ist, schau –«

Zu dritt beugten wir uns über den Tisch, während er die Karten aufrollte. Beim Anblick dieser fremden Felder lief mir ein Schauer über den Rücken. Einige trugen unheilvolle Namen: Marschende, Rückenschinder, Hungeracker. Ich wies Ferris darauf hin.

»Ich will guten schwarzen Lehm, wenn möglich«, erwiderte er. »Oder Ton.«

»Ton ist besonders unbarmherzig«, erklärte ich ihm. »Um Beaurepair herum war nur Ton. Er wird so hart wie –«

»Jacob!«, schrie Ferris.

»Was ist los?«, rief ich. Becs schlug sich mit der Hand auf ihr aufgewühltes Herz.

»Beaurepair – das hatte ich fast vergessen – Jacob, in der Taverne war ein Mann namens Zebedee Cullen!«

Ich ließ mich auf den erstbesten Stuhl fallen und meinte, jemand hätte mir in die Brust geschossen. »Woher weißt du das? Hast du mit ihm gesprochen?«

»Wir haben etwas getrunken, dort, wo wir mit Dan waren, und da hörte ich, wie jemand ›Cullen‹ rief. Erst habe ich mir wenig dabei gedacht, bis ich ihn sah.«

»Er gleicht mir?«

»Nicht so groß, aber – ja. Die gleiche Haut, das gleiche schwarze Haar.«

»O Gott.« Ich wankte vor und zurück. »Und haben sie ihn auch Zebedee gerufen?«

»Auch dieser Name fiel –«

»War er schön? Sah er gut aus? Viel besser als ich?«

Ferris zögerte.

Ich schlug auf den Tisch. »Komm schon! Mein ganzes Leben lang habe ich es gehört.«

Er nickte. »Der bestaussehende Mann, den ich je gesehen habe.«

»Zeb.« Meine Augen füllten sich mit Tränen, obwohl ich gar nicht sagen konnte, warum; ich war weder traurig noch fröhlich. Mir gegenüber strich sich Becs wie eine Verrückte unablässig mit einer Hand über die andere.

Zeb. Je länger ich es wusste, desto leerer fühlte sich mein Kopf an. Ferris beobachtete mich und wartete, dass ich noch etwas sagen würde. Schließlich meinte er: »Es war keine Frau bei ihm.«

Er hatte meine Gedanken erraten.

»Hast du mit ihm gesprochen?«

»Ja.« Er hustete in Richtung Becs, die sofort den Raum verließ. »Also Jacob, sei vernünftig und lass mich einmal ausreden. Er war in Gesellschaft von Zigeunern –«

»Aber hast du mit ihm gesprochen?«

»Ich musste eine Gelegenheit abpassen. Sie tranken auf die Freiheit, daher hob ich vor seinen Augen mit den anderen mein Glas und fragte ihn anschließend, ob er im Krieg gewesen sei; so kamen wir ins Gespräch.«

»Ja, aber zur Sache –!«

»Nun.« Er wandte mir seine gütigen Augen zu, die Mitleid mit meinem Durst ausdrückten. »Sei nicht traurig, Jacob. Er sagte, er habe einen Bruder, Isaiah.«

Ich versuchte mir den Hass vorzustellen, der ihn dazu veranlasste, mich sogar in einem Tavernengespräch mit einem Fremden zu verleugnen.

»Er trägt einen goldnen Ring an einem Ohr«, fuhr Ferris fort. »Ich fragte, ob er ihn aus Zugehörigkeit zu den Zigeunern trage, doch er sagte, es sei sein Ehering.«

»Sein was!«

»Das waren seine Worte.«

Ich versuchte mir einen Sinn aus Ferris' Worten zu erschließen. »Schien es ihm gut zu gehen, war er glücklich?«

»So glücklich, wie ein Betrunkener in der Regel ist.« Ferris streichelte meine Hand und sagte: »Wenn mein Rat etwas zählt – viel vermutlich nicht, wenn ich von einem Bruder rede –, lässt man Zeb am besten alleine.«

»Ich will wissen, was aus meiner Frau geworden ist.« Ich legte meinen Kopf auf die Arme, wobei ich einen Beutel mit Samen beiseite schob.

»Wird er es dir sagen, wenn du ihn fragst?«

»Ich weiß es nicht«, stöhnte ich. Ich hatte fürchterliche Angst vor einem unvorbereiteten Treffen und vor dem, was er wohl zu Ferris sagen würde. Tränen des Selbstmitleids rannen mir übers Gesicht.

»Das alte Leid«, sagte Ferris. Er legte mir eine Hand in den Nacken. »Das, was du mir nie erzählt hast.«

Ich hob meinen Kopf. »Aus Scham.«

»Kann es zwischen uns Scham geben?«

»Das kannst *du* leicht sagen.«

Sein Blick verriet, dass er verletzt und enttäuscht war. Er glaubt nicht an die Hölle, dachte ich, weil er nie dort war. Er glaubt, er kann mich mehr lieben, als ich es verdiene.

Wir schwiegen eine Weile. Ich überlegte, ob ich alleine in die Taverne gehen sollte. Zeb hatte jeden Grund, sich nach Rache zu sehnen. Und was, wenn Caro bei ihm säße?

»Also gut, wir gehen heute Abend hin«, sagte Ferris und unterbrach damit meine Gedanken. »Und morgen fangen wir mit dem Zuschneiden an, mmh?« Er rollte die Karten zusammen und verschnürte die Beutel mit dem Saatgut. Ich stand auf, nahm mir das Buch über die Zelte und sagte: »Es tut mir Leid.«

Er sah mich forschend an.

»Du warst so fröhlich, als du hereinkamst.« Wieder sah ich ihn vor mir, wie er beinah auf der Straße getanzt hatte.

»Ich bin fröhlich. Und ich hatte die Wahl. Ich hätte es dir verschweigen können. Doch egal, wo soll ich das alles hinstellen? In der Druckerei ist es zu feucht für die Samen.«

»Nicht in den Keller«, sagte ich. »Stell es nach oben.«

»Die Tante ist nicht da«, sagte Ferris.

Wir schauten einander an.

Er lag mit geschlossenen Augen auf dem Rücken. Sein Hemd war nach oben geschoben und seine Hose offen. Ich lag weiter unten im Bett und spielte die Hure. Inzwischen kannte ich ihn recht gut. Ich wusste, wie ich seine Abwehr brechen konnte, wann ich mich zurückziehen musste, damit er mich anbettelte, und wie ich meinen gebildeten Freund dazu bringen konnte, mich mit obszönen und ordinären Worten in Fahrt zu versetzen. Ich küsste seinen Bauch, gab ihm jedoch nicht, was er wollte, während er, da ihm die Kraft fehlte, mich zu zwingen, mit seinen Händen in meinem Haar wühlte.

Ein Luftzug kühlte mir das Gesicht und den Hals.

»Sag, dass du mich liebst«, befahl ich.

»So wie das Fleisch das Salz liebt.«

Ich nahm ihn in meinen Mund, bis ich sein Zittern spürte, dann zog ich ihn wieder heraus. Ich schaute auf, um zu sehen, ob er es mochte, und dachte nicht zum ersten Mal, wie sehr sich Genuss und Schmerz doch gleichen. Ich leckte den Schweiß von der Innenseite seiner Schenkel, und mein Stirnhaar fiel mir in die Augen.

»Ich komme«, sagte er atemlos. »Jacob – bitte –«

Ich nahm ihn wieder in den Mund und hielt ihn gleich einem Hund fest, der an einem Stück Wild zerrt.

Unten schlug die Uhr. Ich setzte mich auf und zog mein Hemd aus; Ferris ließ seine Hände über mich gleiten und küsste meine Brust. In diesem Moment spürte ich den Luftzug wieder, und zwar stärker als zuvor. Ich schaute auf, sah, dass die Tür offen stand und dass Becs mit ihrer Schürze bekleidet in der Türöffnung zur Salzsäule erstarrt war.

21. Kapitel

Entdeckungen

Wir waren völlig verwirrt. Ferris war so blass wie die Laken, die ich die ganze Zeit mit den Händen zerknüllte, bis er mich anbrüllte, ich möge in Gottes Namen damit aufhören.

»Ich könnte mich umbringen, dass ich die Tür nicht verriegelt habe«, sagte ich.

»Warum du?«

»Dies ist meine Kammer.«

»Ach, was macht das für einen Unterschied!« Er rollte von mir weg.

»Wird sie es der Tante sagen?«

Er zuckte mit den Schultern. »Woher soll ich das wissen? Schlimm genug, dass *sie* es gesehen hat.«

»Ich glaube, die Tante weiß es.«

»Nein, das hier nicht. O Gott, o Gott.«

Also konnte auch er vor Scham glühen und sogar vergessen, dass er Gott leugnete. Er war immer noch unbekleidet, daher zog ich eine Decke über ihn, um seine Nacktheit zu verhüllen, bevor ich mich auf die Bettkante setzte und durchs Fenster die Wolken beobachtete. Bald wäre es Zeit, zu Mittag zu speisen. War die Tante zurückgekommen? Waren die beiden Frauen gerade in der Küche, Becs entrüstet vor Abscheu und die Tante nach der Enthüllung unserer Verwerflichkeit am ganzen Körper zitternd? Mein Fehler, mein Fehler. Wie hatte ich nur die Tür vergessen können? Jede Nacht hatte ich sie überprüft, nur um uns zu dieser viel gefährlicheren Zeit zu verraten.

»Sie wird es öffentlich machen«, flüsterte ich. Ferris verbarg das Gesicht in den Laken, während sich die Kammer plötzlich in einen knisternden Scheiterhaufen zu verwandeln schien, Fett in den Flammen aufspritzte und ich daran dachte, dass man in der Hölle noch alles spürte, als sei man lebendig.

»Nein. Das würde sie nicht tun.« Halb erstickt erklangen die Worte aus dem Kissen. Er rieb sich den Nacken, und ich stellte mir diese gütige Hand bis auf die Knochen verkohlt vor.

Er fuhr mit heiserer Stimme fort: »Das wird sie der Tante nicht antun.«

»Und wenn doch?«, drängte ich. »Wir müssen uns eine Verteidigung überlegen.«

Er drehte sich gequält zu mir. »Es gibt keine, außer es zu leugnen.«

Ich dachte darüber nach. »Boshaftigkeit? Sie hasst mich, weil ich sie nicht genommen habe.«

»Sie werden fragen, warum du es nicht getan hast«, konterte er. »Sie kam mit Geld, du hattest keins. Und sie ist weder hässlich noch von Pocken entstellt.«

»Ich habe ein Weib, dessen Tod nicht bewiesen ist. Das hast du der Tante gesagt.«

Ferris' Augen waren vor Elend zusammengekniffen. »Becs liebt sie. Wenn sie es überhaupt jemandem erzählt, denn ihr.«

Zorn erfüllte mich. Ich war wütend auf mich selbst, auf Becs und all die anderen Spione: Ich biss mir auf den Knöchel, bis die Haut aufriss und Blut auf das Laken tropfte.

»Jacob.«

»Ja?«

Er setzte sich auf. »Lass uns heute Abend in die Taverne gehen. Egal, was kommt.« Ich sah, dass er sich in den Alkohol flüchten wollte, und erinnerte mich, wie die Tante in der Druckerei seinen Wein konfisziert hatte.

»Ich gehe hinunter«, fügte er hinzu. »Sie muss mich nicht auch noch hier finden.« Er strich sich das Hemd über die Hüften und steckte es in die Hose.

»Du trinkst dieser Tage zu viel«, sagte ich.

»Wir wollen nach Zebedee Ausschau halten.«

Ich zögerte, hin und her gerissen zwischen meinem Wunsch, Zeb zu finden, meiner Furcht, dass dieser mit Ferris redete, und dem Bewusstsein, dass mein Freund in letzter Zeit zu häufig Trost in der Flasche gesucht hatte.

Er griff nach meiner Hand. »Kommst du mit nach unten?«

Wir stiegen die Stufen auf Zehenspitzen hinunter und lauschten dabei auf wütende Frauenstimmen. Zu unserem Glück hörten wir noch auf der Treppe, wie die Tante zur Haustür hereinkam. Ferris fiel fast die Stufen hinunter, so verzweifelt hoffte er, sie noch abzufangen, bevor sie mit der Magd sprechen konnte. Ich eilte ihm hinterher.

Sie war bereits in der Küche, doch sie und Becs hatten sich gerade erst begrüßt, als wir hineinstürmten. Die Tante drehte sich sichtlich überrascht um. Im Arm hatte sie immer noch den Korb mit den Einkäufen vom Markt. Becs nahm einen großen Fisch aus.

»Nun, was treibt euch zu solcher Eile?«, fragte die Tante lachend.

Ferris zögerte.

»Christopher will Euch alles Mögliche zeigen«, sagte ich. Meine Stimme klang so wie immer. Wenn wir keinen Verdacht erregen wollten, musste ich die Sache in die Hand nehmen.

»Samen, Karten, Ihr wisst schon«, sagte Ferris schüchtern.

»Ach, das.« Ihr fehlendes Interesse war unmissverständlich, dennoch fuhr er fort: »Und ein Buch über die Herstellung von Zelten. Jacob wird nähen lernen.«

»Nähen lernen!« Sie kicherte wie ein junges Mädchen und schien von der Vorstellung recht angetan. »Wirst du es ihm beibringen, Becs?«

Als das Mädchen mit ablehnendem Gesichtsausdruck zu mir herüberschaute, hatte ich das Gefühl, eine Faust umschlösse mein Herz.

»Nein«, sagte sie. »Für manches sind Frauen geeigneter und Männer sollten ihre Finger davon lassen.«

»Aber Zeltmacher sind Männer«, sagte die Tante.

»Ich bezweifele, dass eine Frau ihm viel beibringen könnte«, sagte Becs. Sie zog eine lange Schnur Gedärm aus dem Fisch hervor.

Ich spürte, dass sie es nicht sagen würde oder zumindest nicht jetzt. Während die Tante ihren Korb auspackte, versuchte ich Becs meinen Dank zu signalisieren, doch jetzt, da sie wusste, wen ich ihr und den zwanzig Pfund vorzog, war es schwer, einen Blick von ihr zu erhaschen.

»Ich hole die Sachen und zeige sie Euch«, sagte Ferris und flüchtete nach oben. Die Tante trug Butter in die Spülküche.

»Gott segne dich, Becs.« Ich machte einen Satz in ihre Richtung und griff nach ihren glitschigen Fingern.

»Hände weg!«, zischte sie und fegte sie beiseite. »Und macht, dass Ihr hier rauskommt!«

Oben ging Ferris auf und ab, die Karten und Samen lagen verloren auf dem Tisch.

»Sie wird es nicht sagen«, sagte ich.

»Nein?«

Wir öffneten die Beutel, wie er es heute Morgen getan hatte.

»Will die Tante dies hier wirklich sehen?«, fragte ich.

»Worüber sonst könnten wir reden; ich habe das Gefühl, ich werde verrückt.«

Ich war unglücklich. Nicht nur hatten wir in der vergangenen Nacht in getrennten Betten geschlafen, sondern wir hatten auch eben das meine verlassen, bevor es mir recht war.

»Ferris!«

»Was?«

»Wirst du mich heute Nacht zu dir lassen oder nicht?«

Er starrte mich schweigend an.

»Du sagtest, ich solle dich nicht wegen einer Predigt aufgeben, Ferris.«

Unten ging die Tür auf. Er zuckte hilflos mit den Schultern.

»Ich komme, egal was wird, zu dir«, flüsterte ich.

»Dann verriegele die verfluchte Tür!«, zischte er zurück.

Die Tante hörte sich kurz die Vorteile der verschiedenen Saatgüter an und betrachtete dann mit etwas mehr Interesse die Karten. Sie hoffte, dass er sich nicht zu weit von einer der Kutschstationen niederlassen würde, damit er nach London kommen oder sie sogar die Kolonie besuchen könnte.

»Wir müssen weit genug von dem umfriedeten Land weg sein«, sagte Ferris. »Wir wollen keine Kämpfe, obwohl sie wahrscheinlich darauf brennen, sich mit uns anzulegen.«

Beiden gefiel ein Landstrich namens Gemeinschaftsland, da es dort einen Fluss und einen nahe gelegenen Wald gab. Er war nur zwei Meilen von einem Gasthof entfernt, von wo aus eine Kutsche nach London fuhr. Ich trat zu ihnen und hielt nach den schicksalhaften Namen Ausschau, die viel Mühe und wenig Lohn verhießen, fand jedoch stattdessen Orte namens Fettes Feld und Bullenbrücke.

»Das könnte unser Ort sein«, sagte Ferris mit verzerrtem Gesicht zu mir.

»Dieser oder jeder andere«, erwiderte ich. »Du siehst erschöpft aus. Lass uns heute Nachmittag ausgehen.«

»Hatten wir nicht gesagt, heute Abend?«

»Tagsüber sind die Straßen sicherer.«

»Ausgehen? Wohin?«, fragte die Tante. »Christopher, räum jetzt diese Beutel weg, das Essen wird gleich hochkommen.«

Ich stapelte die Karten und das Saatgut auf seinen Armen, und er brachte die Sachen hinauf.

»Wohin geht Ihr?«, wiederholte sie und blickte mich dabei unverwandt an.

»Zu einer Taverne, in der Christopher meint, gestern Abend meinen Bruder gesehen zu haben.«

»Oh, Jacob! Was für gute Nachrichten!« Sie drückte meine Hände.

»Vielleicht ist er es gar nicht«, sagte ich. »Außerdem kann man uns wohl kaum noch Freunde nennen.«

»Ein Bruder bleibt immer ein Bruder! Ich bete, dass er es ist.«

Die Tante hatte offensichtlich Kain und Abel vergessen. Man sah ihr an, dass sie die Vorstellung hegte, Zeb würde Ferris und mich zweifellos an London binden.

Etwa zwanzig Minuten später brachte Becs den Fisch hoch und stellte sich so weit wie möglich von mir entfernt hin. Sie bebte vor Abscheu, wie ein Gong bebt, wenn er angeschlagen wird. Ferris kam herunter, und die Tante betete nicht nur laut, dass wir für die Speisen vor uns auf dem Tisch dankbar seien, sondern auch, dass Gott Jacob wieder mit seinem Bruder vereinen möge.

»Amen«, stimmte Ferris mit ein.

Ich aß wie in Trance. Zu vieles war zu schnell passiert, und ich konnte noch gar nicht alles in mich aufnehmen. Mehr als einmal musste die Tante meinen Namen rufen, bevor ich merkte, dass ich angesprochen wurde. Schließlich erhoben wir uns, und Ferris holte sofort unsere beiden Umhänge.

»Es könnte spät werden, am besten stellt Ihr nichts für uns warm«, warnte er seine Tante vor, während er mir meinen Umhang reichte.

Sie nickte. »Spät, aber nüchtern.«

»Nur spät.«

Von der Schönheit der Morgenstunden war nichts mehr geblieben. Wir gerieten in eine Gruppe heimgekehrter Soldaten, die unter dem Fenster einer Frau frech einer Dohle zupfiffen und ihr das Fluchen beibringen wollten. Einer von ihnen rief Ferris zu: »Bleib stehen, mein Sohn!« und schüttelte ihm die Hand.

»Ich kenne Tom noch aus der Zeit vor dem Krieg«, erklärte mir mein Freund. Ich schaute auf und sah, wie die Frau ans Fenster trat, den Käfig nach innen stellte und die Läden schloss, während die Männer unten »Schätzchen! Komm runter zu mir!« und sogar »Ich hab ihn im Lager gesehen, mein Engel, und er schläft mit jeder Hure« riefen. Ferris hustete, und ich sah, wie froh er war, als sie sich vom Haus wegbewegten.

»Wie geht es dir, Tom, alter Kumpel?«, fragte mein Freund seinen Bekannten, ein merkwürdiges Individuum. Seine Wangen hingen herab wie die Lefzen eines Hundes, und er rollte eher vorwärts, als dass er ging. Es war offensichtlich, dass unsere Begleiter schon tief in die Flasche geschaut hatten.

»Meine Vermählung ist abgesagt. Irgendein Idiot hat ihr gesagt, ich sei tot – ich komme zurück, und da ist sie schon vermählt!«

»Hast du ihr nicht geschrieben?«, fragte Ferris.

»Wie sollte ich? Ich kann nicht schreiben. Und mein Bruder hat die Obstbäume ausgegraben. Wer war schon je so mit seiner Familie verflucht? Wofür lohnt es sich noch zu leben, mmh, Christopher?«

Ich sagte: »Sucht Euch eine Frau mit einem Obstgarten.«

»Vergesst die Ehefrauen, meine Lieben«, sagte sein Begleiter, ein dicker, etwa dreißigjähriger Mann. »Eine Magd, das ist es. Sucht Euch im Haus einen kleinen Honigtopf.«

Bei dem Wort ›Magd‹ lief Ferris rot an.

»Hey, hey! Schaut euch den an, Kumpel, wird rot wie eine Braut! Eure Magd ist freundlich zu Euch, was?«

»Nein, wirklich nicht«, sagte mein armer Freund.

»Ich sehe es Euren Augen an, Ihr verfolgt –«

»Er hat seine Füße unter dem Tisch –«

»Ist sie blond oder dunkel?«

»Wir haben eine Magd –«, begann Ferris.

Die Männer lachten.

»- doch sie mag Jacob, nicht mich.« Seine Wangen bekamen langsam wieder eine normale Farbe, und ich merkte, dass er den Anfall von Scham überwunden hatte.

»Jacob, was! Und ist sie einen Pfiff wert, Jacob?«

Sie stürzten sich jetzt auf mich, und ich hatte meinen Spaß daran, sie aufzureizen. Ich besaß eine Bettgenossin, nach der jeder Mann sich die Finger lecken würde: anmutig, blond, die festesten, weißesten Brüste, die je ein Mann durch einen Türspalt erblickt hat – bei diesen Worten zuckte Ferris zusammen, doch ich ignorierte seinen flehenden Blick und fuhr fort, ihre schlanke und anschmiegsame Taille zu rühmen, die keines Korsetts bedurfte.

»Leicht auszuziehen?«, fragte Tom lüstern.

»Wie ein Mann«, erwiderte ich. »Und alles, was darunter ist –« Ferris drohte mich mit Blicken umzubringen – »fest, ihr Männer. Stramm und vor allem begierig.«

»Du gehst sehr freizügig mit ihr um«, sagte Ferris, während die anderen nach Männerart grölten und mich drängten: *Verdammte Skrupel!* Dabei hätte ich schwören können, dass sie mich die ganze Zeit für einen Lügner hielten, selbst als sie meine Dreistigkeit priesen und mir versicherten, dass eine Frau es liebe, wenn der Mann ihr Meister sei.

»Wenn das so ist, dann ist es kein Wunder, dass sie dich mag«, sagte Ferris mit zusammengekniffenem Mund.

»Aber Christopher«, fragte Tom, »habe ich nicht vernommen, dass du jetzt auch vermählt bist?«

»Sie starb im Kindbett. Das Kind auch.«

Die Kameraden schwiegen.

Als wir uns der Taverne näherten, sagte Ferris zu mir: »Es wird so kommen, dass wir alle gemeinsam hineingehen. Du könntest dich im Hintergrund halten.«

»Du vergisst, wie groß ich bin.«

»Dagegen kann man nichts machen. Oder soll ich mit ihnen hineingehen, und du wartest draußen?«

Das schien mir der bessere Plan. Wir ließen uns zurückfallen, damit zwischen den anderen und uns ein bisschen Abstand entstand.

»Ferris, du verzeihst mir doch, was ich gesagt habe?«

»Über die Magd?« Er lachte und schenkte mir einen Blick, der uns, wenn uns jemand beobachtet hätte, zweifellos verraten hätte.

Die kleine Gruppe betrat die Taverne. Ich ging außen auf und ab und starrte durch die Fenster, dort wo eine Scheibe aus dem Blei herausgebrochen war. Links konnte ich die Schultern unserer Begleiter erkennen und weiter rechts ein paar Trinker und eine schlampige Frau, aber Zeb war nicht darunter.

Ich hörte meinen Freund sagen, dass er einen Mann suche, und folgte ihm mit Blicken, als er durch den Raum schritt und um eine Ecke herum verschwand. Ich versuchte den Namen zu lesen, den irgendein Trunkenbold in das Glas geritzt hatte: es sah aus wie *Fubsy*. Dann tauchte Ferris wieder auf und bat mich herein.

»Was hat Euch aufgehalten?«, fragte der dicke Mann, als ich wieder zu der Gruppe trat.

»Ein Nachbar, der gerade vorbeikam«, sagte ich vage.

Ferris zog zwei Hocker heran und legte seine Hand auf meinen Arm. »Jacob, hör mir kurz zu.«

Der andere Mann wandte sich einem Kartenspiel zu.

Ferris fuhr fort: »Er ist nicht hier. Aber dort hinten sitzt einer, der gestern Abend mit ihm zusammen hier war.«

Hinter mir grölten die Männer ihre Wetten. Vom Gesetz her konnte der Wirt seine Lizenz verlieren, wenn er das Kartenspiel zuließ, aber vielleicht hatte er die Offiziere bestochen. Ich stieß die Eichentür auf, die in das Hinterzimmer führte. Tabakqualm verpestete die Luft. Niemand schien hier hinten zu bedienen. Ich rief nach Bier, setzte mich mit dem Rücken zum Fenster, um die anderen besser sehen zu können, und tat, als sei ich in eine Ballade vertieft, die jemand rechts von mir auf dem Tisch hatte liegen lassen. Vor mir sah ich einen grauhaarigen Mann, der Walshe ähnelte, nur viel dünner war, und der einen schlappen, fettig glänzenden Hut trug. Sein Blick war müde und besorgt, doch als seine Genossen etwas sagten, rief er ihnen erregt irgendetwas zu. Bei ihm saßen ein junger Kerl, auf dessen speckigen Wangen sich noch kein Bartflaum zeigte, und eine Frau mit einem Pferdegesicht, deren Haar unbedeckt und lose den Rücken herabhing. Sie hatte ihren Rock hochgezogen, als ob sie ihn nicht in das Gemisch von Kautabak und Spucke auf dem Boden schleifen lassen wollte, und schien sich nicht daran zu stören, dass ihre Waden zu sehen waren. Zu meiner Überraschung erhob sie sich, ging zur Halbtür, kam sofort zurück und brachte mir mein Bier.

»Seid Ihr die Wirtin, Madam?«, forschte ich nach.

»Ja, Sir«, sie räusperte sich und spuckte aus.

»Dann sind das dort Euer Gatte und Euer Sohn?«

Sie starrte mich an, als vermute sie eine Falle, und schnaubte. Ich für meinen Teil zahlte die genaue Summe für das Bier, denn sie schien mir die Art von Wirtin, die schon mal eine Zeche vergaß.

»Ja, Nolly ist mein Sohn.« Sie schob die Münzen vom Tisch in ihre Hand. »Mein Mann ist tot.«

»Entschuldigt meine Neugier. Die Frage war töricht.«

Sie grinste, zeigte dabei ihre dunkelbraunen Zähne und sagte sogar, sie hoffe, dass mir das Bier schmecke und ich gelegentlich wieder ihr Gast sei. Ich nahm einen Schluck und war angenehm überrascht. Die Frau ging nicht etwa weg, nachdem sie mich bedient hatte, sondern setzte sich in meine Nähe, und mir kam der Gedanke, dass ihr mein Aussehen gefiel.

»Mistress«, sagte ich schmeichelnd. »Ihr macht hier gute Geschäfte. Liegt es an den Getränken oder an Eurer angenehmen Gesellschaft –«

Bevor ich den Rest meiner Schmeichelei loswerden konnte, kam ein Mann herein und verlangte nach einer Pfeife. Die Frau stand mit einem lauten, ungebührlichen Seufzer wieder auf, und während sie den Mann bediente, fühlte ich meinen Mut schwinden. Ich trank das Bier aus und ging.

In der vorderen Stube hatte sich Ferris zu den anderen gesetzt und bekam gerade Karten ausgeteilt. Ich verbeugte mich in die Runde und sagte, dass wir gehen müssten.

»Dann steige ich aus, Kameraden«, sagte Ferris.

Ein Mann protestierte. »Wir haben gerade erst angefangen, die Bank unter meinem Hintern ist noch nicht mal angewärmt!«

Lächelnd schüttelte Ferris den Kopf.

»Nur ein Blatt – Jacob soll auch spielen.«

»Zu einer anderen Zeit«, sagte ich. »Ich habe dringende Geschäfte.«

»Ja, der schwarze Mohr will zurück zu seinem Mädchen«, mischte sich jemand ein.

Ferris trat mit mir auf die Straße, wo ich sofort den Tabakqualm auf meinem Umhang roch.

»Was hast du dort drinnen gehört?«, fragte er. Wir gingen in Richtung Fluss, denn auch ohne Worte wussten wir beide, dass wir noch nicht nach Hause gehen wollten.

»Nichts.«

»Nein?«

»Sie haben über andere Dinge gesprochen«, sagte ich und sah an seinem Gesichtsausdruck, dass er mir nicht ganz glaubte. »Möchtest du weiter Karten spielen?«

Ferris schüttelte den Kopf. »Lass es uns anderenorts versuchen. Ich habe genug im Portemonnaie, um die ganze Nacht irgendwo zu sitzen.«

Und bis zur Bewusstlosigkeit zu saufen, dachte ich. Ich sagte, ich müsse nachdenken, daher gingen wir hinunter ans Kai und bewunderten die eingelaufenen Schiffe.

Ich sagte Ferris, wie gerne ich das Meer betrachtete.

»Das ist nicht das Meer«, erwiderte er. »Bloß die Themse.« Plötzlich blieb er stehen, wirbelte herum, um mich mit leuchtenden, schalkhaften Augen anzusehen. »Jacob hat noch nie das Meer gesehen!«

Er konnte nicht aufhören zu lachen.

»Nun, so gut wie. Ist da ein Unterschied?«, wollte ich wissen.

»Am Meer kannst du das andere Ufer nicht sehen, du Dummkopf –!«

Ich wusste das von Bildern. Er hätte sich nicht über mich lustig zu machen brauchen, denn es war nicht meine Schuld, dass ich auf dem Lande geboren worden war, und ich hatte tatsächlich schon häufig an das Meer gedacht, vor allem damals, als mich Sehnsucht nach Massachusetts erfüllt hatte. Manchmal, wenn ich mir vorstellte, wie groß das Meer ist und wie es die Erde umfließt, schien mir der Kopf zu platzen, bis ich aufhörte, daran zu denken. Es war einfacher, die Leute zu betrachten, die vom Meer lebten, auch wenn sie mir fast so fremd waren wie das Meer selbst. Die Seeleute waren so wild und fremdartig, dass man sie in meinen Augen kaum als Engländer bezeichnen konnte, und so sagte ich dies zu Ferris, als dieser aufgehört hatte zu lachen. Er meinte, sie hätten eine ganz eigene Art zu leben und seien vielleicht eher Bewohner ihrer Schiffe als Einwohner Englands.

»Als Junge wollte ich gerne zur See fahren«, sagte er. »Wovon hast du geträumt?«

»Von nichts. Dass mein Vater zurückkäme.«

»Hat er euch verlassen?«

»Er starb. Später dachte ich daran, nach Massachusetts zu gehen. Doch wenn ich je nach Amerika übersetze, dann bequem und mit Geld.«

Wir sahen einem Mann zu, der aus einem Tau eine Art Schlinge drehte.

»Du würdest einen guten Seemann abgeben«, sagte er. »Man muss stark sein, und eine dunkle Haut ist günstig.«

»Wieso? Damit sie dich für einen Äthiopier halten?«

»Die Hellhäutigen verbrennt die Sonne. Ich habe mal mit einem rothaarigen Mann gesprochen, der auf der *Bluebell* zur See gefahren war; er erzählte, die Haut auf seinem Rücken hätte in Fetzen heruntergehangen.«

Wir gingen schweigend weiter. Ein süßer Geruch, wie der von Früchtekuchen, vertrieb den üblichen Hafengeruch.

»Das ist Tabak«, sagte Ferris. Blass und mit gerunzelter Stirn beobachtete er, wie einige Männer einen Kran beluden.

Zärtlichkeit erfüllte mich. »Hast du Angst, nach Hause zu gehen?«

Er zögerte. »Irgendwie schon.«

»Dann bleiben wir so lange weg, bis du soweit bist.«

Wir gingen eine Weile weiter und machten uns dann auf den Rückweg. Mir wurde immer wärmer ums Herz.

»Ferris?«

»Mmh?«

»Heute Morgen sagtest du, du liebst mich, wie das Fleisch das Salz liebt.«

Ich denke, er wusste, worauf ich hinauswollte, denn er schaute mich an und schwieg weiter.

»Ferris, du lässt mich doch zu dir kommen?«

»Selbst wenn ich mich elend fühle?«, antwortete er.

»Ich muss zu dir kommen, ich muss.«

»Du musst. Und wie liebst du mich, Jacob?«

»Mit meinem Körper verehre ich dich.« Das war zur Hälfte als Scherz gemeint, aber nur zur Hälfte.

»Sag lieber, du liebst das Fleisch, das das Salz liebt.«

Ich verstand diesen Satz nicht sofort, doch dann sah ich darin eine Beleidigung. Ich ging ein Stück weiter, suchte nach passenden Sätzen und sagte schließlich: »Als du den Brief geschrieben hast, in dem du mich gebeten hast zu kommen«, meine Stimme zitterte, und ich ging ein paar Schritte schweigend weiter, damit sie sich beruhigen konnte: »… hast du auch geschrieben, dass du diese Worte nicht für dich behalten könntest, selbst wenn sie gedruckt würden. Was ist aus diesem Mut geworden? Hast du dich verändert?«

»Du offensichtlich nicht«, ereiferte er sich. »Einzig dein Schwanz und dessen Bedürfnisse! Mir fehlt es nicht an Mut, Jacob –« Er zögerte und fuhr ruhiger fort: »Und auch nicht an Liebe. Doch kannst du nicht einsehen, dass ich die Tante nicht einfach verdrängen kann? Ich lebe genauso mit ihr wie mit dir. Nein, ich liebe sie.«

»Du liebst mich«, sagte ich nachdrücklich.

»Ist hier kein Raum für Besonnenheit?«, rief er.

»Doch, doch –«, ich fand, dass er sich von einem Unterrock einschüchtern ließ, aber manche Männer schätzen Frauen zu hoch ein, und ich wusste, dass man in solchen Fällen nicht mit ihnen reden konnte.

»Wir werden jede Möglichkeit zur Vorsicht nutzen. Lass mich nur hinein, und wir werden still sein«, bat ich ihn.

Wieder gingen wir weiter. Ich spürte, dass er zustimmen würde, was auch kein Wunder war, denn abgesehen von dem, was ich gesagt hatte, wusste ich nur zu gut, dass er mich wie Salz liebte. Wenn er mich bei einer Gelegenheit ausschloss, könnte ich ihn bei anderer noch schneller entkräften.

Ferris zog an meinem Ärmel. »Still.« Er wies mit dem Kopf in eine bestimmte Richtung. Aus einer kleinen Gasse bog ein Mann, der aussah wie Zebedee, in unsere Straße ein und nahm offensichtlich die gleiche Richtung, in die auch wir gehen wollten. Ferris flüsterte: »Ist das –?«

Der Fremde hatte langes, dunkles, in den Nacken hängendes Haar, und sein Gang glich dem meines Bruders bis ins Kleinste. Entweder war der Mann vor uns Zebedee oder mein Vater hatte uns an der Nase herumgeführt.

»Ich bin nicht sicher.«

»Dann hol ihn ein, geh zu ihm.« Ferris schob an meinem Arm, als wolle er mich vorwärts schubsen.

»Nein, nein, das ist er nicht.«

»Willst du nicht nachschauen?«

»Nein. Lass mich los.«

Ich befreite mich von seinem Arm und wir schauten einander an. Meine Beine waren kraftlos.

»Was ist mit deiner Frau?«, fragte Ferris.

»Ich will nach Hause. Ins Bett.«

Das Haus wirkte öde. Becs war uns gegenüber so kalt wie eine Leiche. Sie drehte sich auf dem Absatz um und ging in die Küche, kaum dass sie uns hereingelassen hatte.

Die Tante saß mit einer Crewelstickerei in der Kaminecke. Sie war höflich, jedoch kühl und meinte, sie hätte noch gar nicht wieder mit uns gerechnet und wir stänken nach Qualm. Ferris wollte ihr einen Kuss geben, doch sie wich ihm aus. Er sah traurig aus, und ich hätte sie am liebsten geschlagen. Er ging selbst hinunter in die Küche und holte zwei Flaschen Rotwein hoch. Seine Tante seufzte, als er sie auf dem Tisch abstellte.

»Leistet Ihr uns Gesellschaft, Tante?«, fragte ich.

Sie sagte, dass sie für ihren Magen einen Becher mittrinken würde. Ich versuchte herauszufinden, ob Becs in unserer Abwesenheit mit ihr geredet hätte; eigentlich war ich mir immer noch sicher, dass sie es nicht getan hatte.

»Dann habt ihr ihn also nicht gefunden«, murmelte sie.

»Nein«, warf ich ein, bevor mein Freund irgendetwas andeuten konnte.

Eine Zeit lang saßen wir da und sprachen höflich über alles und nichts, doch uns war unwohl zumute. Obwohl der Wein nicht der beste war, spülte Ferris ihn fast so schnell hinunter wie an jenem Abend, an dem ich ihn anschließend mit Joannas Nachtgewand gefunden hatte.

»Becs hat mir gekündigt«, sagte die Tante nach ihrem ersten Becher, während ich ihr einen zweiten eingoss. Meine Hand schoss nach vorn, und auf dem Tischtuch breitete sich ein großer, roter Fleck aus. Ich traute mich nicht, zu Ferris zu schauen.

Die Tante fuhr fort: »Sie sagt, dass sie zu Hause gebraucht wird.« Und ihr Gesichtsausdruck fügte hinzu: *Und Euch, Jacob gebe ich die Schuld, denn Ihr habt sie abgelehnt.*

Ihr Blick traf mich mit voller Wucht. Ich war weder in der Stimmung beschuldigt noch geprüft zu werden.

»Wir finden ein Mädchen, das genauso gut ist«, sagte Ferris.

»Wer wir? Ihr werdet bis dahin über alle Berge sein«, jammerte sie.

»Dann Ihr«, sagte ich.

Zum Nachtmahl, das wir bei Kerzenschein einnahmen, gab es eine Hackfleischpastete. Becs trug sehr rasch auf, jedoch höflich und zur Zufriedenheit der Tante. Schließlich hatte ich das Mädchen abgelehnt. Pastete, Kohl, Soße: alles fad und schwer. Ich aß, was mir aufgetragen worden war, bat jedoch nicht um Nachschlag.

»Ich werde Becs vermissen«, sagte die Tante, nachdem das Mädchen wieder unten war. »So ordentlich und geschickt.« Ich nickte, und mir war bewusst, dass dies alles Angriffe gegen mich waren.

Ferris trank bereits den vierten Becher, seufzte und sagte: »Einer gütigen Herrin, wie Ihr es seid, Tante, wird es nie an Bediensteten fehlen. Ich werde Euch einen Handzettel drucken: *Magd gesucht.*«

Sie rümpfte die Nase. »Es ist nicht die richtige Jahreszeit, um jemanden einzustellen. Eine gute Magd wird längst eine Stelle gefunden haben.«

»Nein, überall verlieren Leute ihre Arbeit. Sie werden in Scharen kommen, Ihr werdet sehen.«

Er machte viel zu viel Aufhebens, um diese alte Frau wieder aufzuheitern. Ich wollte am liebsten aufstehen und ihm unter ihrem eifersüchtigen Blick den Mund zuhalten.

»Du siehst müde aus, Ferris«, sagte ich.

Die Tante richtete sich auf. »Es ist noch früh.«

»Oh, er wird nur aufhören zu trinken, wenn er schläft«, fuhr ich fort. »Wir sind heute viel gelaufen. Auch ich werde früh zu Bett gehen. Hier«, ich reichte Ferris eine Kerze, »mach dich auf.«

»Ich habe noch nicht ausgetrunken –«

Ich trank meinen dritten Becher leer und zog ihn hoch. »Komm schon. Gute Nacht, Tante.«

»Gute Nacht«, hauchte sie mit großen Augen.

»Gute Nacht, Tantchen.« Ihr Neffe lächelte wie die Inkarnation der Unschuld, als ich ihn in Richtung Tür führte.

Den ganzen Weg nach oben hielt ich ihn fest. In seiner Kammer angekommen, legte ich ihn auf sein Bett und küsste ihn lang und heftig, wobei ich Wein und verbrannte Tabakblätter schmeckte. Sobald er anfing, heftig zu atmen und seine Hände an meinen Seiten hinuntergleiten zu lassen, entzog ich mich ihm und ging, innerlich lachend, in meine eigene Kammer. Ich hatte gerade erst die Jacke ausgezogen, als der Riegel zurückgezogen wurde und er zu mir kam. Später meinte ich, die Dielen im Flur knacken zu hören, doch zu dieser Zeit war das Schloss längst eingerastet.

22. Kapitel
Was sich nicht reparieren lässt

Gott gebe, dass wir ihm immer dankbar sein mögen und seiner Gegenwart gedenken. Herr, der Du unsere geheimsten Taten siehst.«

Angesichts des morgendlichen Brotes und Bieres übertraf sich die Tante selbst. Ich sagte nichts; Ferris antwortete mit einem schlichten *Amen.* Wir aßen schweigend, und als ich fertig war, stellte ich meinen Becher ab und ging, meinen Umhang zu holen.

Mein Freund schaute mich überrascht an. »Warte, Jacob, ich werde dich begleiten –«

»Ich möchte alleine sein.«

»Nun gut«, sagte Ferris sichtlich verletzt. »Aber es ist noch früh.«

»Ich weiß.« Ich nahm meinen Hut und ging.

Auf der Straße schämte ich mich. Gestern Nacht noch war er so liebevoll mit mir gewesen, dass ich fast verrückt vor Freude war, und jetzt war ich so kalt zu ihm wie ein Mann, der gerade eine Frau bezahlt hat. Ich ging schnell und schaute jeden entgegenkommenden Mann so lange an, bis ich sicher war, dass es sich nicht um Zeb handelte. Die meisten Kerle senkten den Blick.

Als Erstes versuchte ich es in der Taverne, die ich am besten kannte. Ein alter Saufkumpan mit violettem Gesicht schlief in der Asche seinen Rausch aus. Scheinbar war er der Schankwirt der Frau, denn er wachte schnaubend auf, stützte sich auf den Ellbogen und schnaufte: »Was wollt Ihr, Sir?«

»Schlaft ruhig weiter.«

Außer ihm war keine Menschenseele zu sehen, obwohl ich nach hinten durchging und in alle Ecken schaute. Die Luft roch ekelhaft abgestanden. Ich konnte hören, wie der alte Taugenichts hustend Schleim in die Feuerstelle spuckte.

Ich war froh, dass sich Zeb nicht in dieser Müllgrube befand. Doch dann kam mir der Gedanke, dass er vielleicht über der Taverne logierte. Ich würde später noch einmal wiederkommen.

Der Umhang bauschte sich hinter mir wie ein Flügel auf, als ich in die nächste Straße einbog. Ich war so voller Kraft und Elan, dass ich das Gefühl hatte, ewig so weitergehen zu können. Während des Gehens versuchte ich mir Zeb vorzustellen, so, wie ich seiner vielleicht bald ansichtig werden würde: sicherlich unrasiert und womöglich bedrohlich. Doch das Bild verschwamm, bis sich vor meinen Augen ein lachender Junge formte. Wie sehr ich mich auch bemühte, das Gesicht wollte nicht so recht Kontur annehmen, so hängte ich an das Ohr dieses geisterhaften Kopfes einen goldnen Ring. Was ich ihm sagen wollte, hatte ich inzwischen viele Male und auf unterschiedliche Art und Weise wiederholt; mochte er traurig, verschlagen oder zornig sein, ich war bereit. Dennoch zog sich mein Herz zusammen, wann immer ich einen dunkelhäutigen Mann erblickte.

Als Nächstes versuchte ich es in der Taverne, in der er mit Ferris geredet hatte, fand jedoch die Tür versperrt und ging daher wieder den Kai entlang, um jeden einzelnen Mann zu taxieren. Ich hatte meinen Rhythmus gefunden und marschierte so lange weiter, bis das Themseufer grün wurde und sanft abfiel. Da wusste ich, dass ich zu weit gegangen war, setzte mich ein Weilchen hin und massierte mir die steifen Waden. Der Schlamm des Flusses roch nach Verwesung. Ich war mittlerweile überzeugt, dass es sinnlos war, zu den Tavernen zurückzukehren, dennoch beschloss ich, es zu tun, und machte mich auf müden Beinen etwas langsamer auf den Rückweg. Die grünen Uferböschungen wichen wieder festgetretenen Schlammpfaden, hier und da waren verrottende Boote festgemacht, die Bebauung wurde dichter, und schließlich trug der Wind wieder jenen übel riechenden Geruch mit sich, der mir versicherte, dass ich in die Stadt zurückgefunden hatte.

Plötzlich wurde ich mir einer Schwierigkeit bewusst. Ferris dachte vielleicht, dass ich irgendein Treffen vor ihm verschwieg, und würde mir nicht abnehmen, dass ich den Gesuchten nicht gefunden hatte. »Nirgends eine Spur von ihm, nirgends«, sagte ich zu einem in Schlamm eingebetteten Stein, doch als ich aufsah, entdeckte ich in einem Durchgang stehend Zeb. Er beobachtete mich. Ich erstarrte und hob meine Hand, er drehte sich um und lief davon.

Der Boden schien mir entgegenzufliegen, als ich über die Straße rannte. Ich spürte, wie mir beim Laufen der Hut wegflog, die Kraft in den Beinen nachließ und mein Umhang schwer wie Blei wurde; so sehr ich mich bemühte, ich wurde nicht schneller. Doch auch Zeb musste kämpfen, so verringerte sich der Abstand zwischen uns. Er blickte sich mehrere Male um, und jedes Mal fiel er dadurch ein wenig zurück.

Männer sprangen zur Seite, als wir an ihnen vorbeistürmten, und einmal probierte er eine in den Stein eingelassene Tür, doch sie war verschlossen. Als wir fast auf einer Höhe waren, sah ich, dass die Seitenstraße vor einer Mauer endete. Er musste es im gleichen Moment bemerkt haben, denn er stolperte. Ich nutzte die Gelegenheit und griff nach seinem Haar. Er fuhr herum, bekam sofort meinen kleinen Finger zu fassen und bog ihn so lange zurück, bis ich losließ. Während ich versuchte, den Schmerz von meiner Hand abzuschütteln, trat er mir so fest gegen das Schienbein, als wolle er es brechen. Tränen schossen mir in die Augen. Atemlos starrten wir einander an. Ich vermutete, dass er versuchen würde, an mir vorbeizurennen, und bewegte mich nach rechts und links, um ihm zu zeigen, dass jeglicher Versuch vergeblich wäre.

»Bleib! Bleib!«, schrie ich. »Ich will dir nichts tun.«

»Das sehe ich.«

»Vertrau mir, Zeb.«

»Dir! *Darauf* werde ich vertrauen«, sagte er und zog ein Messer hervor. »Und jetzt geh zurück.«

Unbewaffnet, zögerte ich angesichts meines mir so fremden Bruders. Er trug den goldenen Ohrring, von dem Ferris erzählt hatte, doch die eigentliche Veränderung war die Art und Weise, wie seine Gesichtszüge gealtert und versteinert waren.

»Geh zurück«, wiederholte er. Sein Blick blieb auf meinem haften und machte mir zum ersten Mal in meinem Leben Angst. Ich wich einen Meter zurück.

»Und jetzt rede«, befahl Zeb.

»Ich habe dich gesucht«, sagte ich, »um Frieden zu schließen, wenn ich darf.«

»Dazu braucht es einiges«, höhnte er. »Nach mir gesucht? Woher wusstest du, dass ich hier bin?«

»Ein Freund von mir hat dich gesehen und deinen Namen gehört.«

»Ach ja, der mit den Fragen. Jacobs Spion.«

Ich fand es schrecklich, dass er so von Ferris sprach. »Leg ihm nicht meine Verbrechen zur Last, Bruder«, sagte ich. »Er ist so gut, wie ich schlecht bin.«

»Oh, ich würde sagen, ein sehr lieber Freund.« Sein boshaftes Lachen war mehr als bedeutungsvoll. »Und du ihm, da bin ich mir sicher.«

Ich versuchte so zu tun, als hätte ich ihn nicht verstanden.

»Ich hatte viel Zeit, über dich nachzudenken«, fuhr Zeb fort. »Und über dich zu reden. Ich habe Leute getroffen, die mir sagen konnten, wer du warst.«

Seine Worte machten mir Angst. Wollte er damit sagen, dass Ferris und ich in der Stadt bekannt waren? Doch ich wagte es nicht, ihn danach zu fragen, und wollte stattdessen wissen: »Geht es dir besser?«

»Ich werde nie mehr der sein, der ich mal war. Dennoch habe ich immer noch Bewunderer. Darunter auch deinen Freund. Hat mich mit Blicken ausgezogen, hat er dir das erzählt?«

Ich fühlte einen Stich in meiner Brust.

Zeb lächelte. »Seht, seht. Mir scheint, wir sind immer noch eifersüchtig.«

Ich wollte darauf nichts antworten und wandte mein Gesicht ab, um meine Würde zurückzugewinnen. Doch das war nicht möglich, und als ich nach einer langen Pause zu sprechen ansetzte, zitterte meine Stimme. »Du siehst, ich will keine Gewalt anwenden.«

»Das würde ich auch nicht, in deiner Lage«, stellte er fest. Sein Blick wanderte an mir herunter und blieb an dem schweren Umhang und den guten Schuhen haften. »Ganz der Bürger, nicht wahr? Lebst mit ihm in Cheapside.«

Ich rang nach Luft.

»Ich wusste schon seit einiger Zeit, wo du lebst«, fügte er hinzu.

»Oh, Zeb, ich habe mich immer mit der Frage gequält, was aus dir geworden ist! Warum, warum nur bist du nicht zu mir gekommen?«

»Weil ich von dir meine letzten Prügel bezogen habe!«, schrie er leidenschaftlich. Seine Augen waren schwarz und sein Blick besessen. »Weil du Walshe erstochen und Caro – wie ein Tier – vergewaltigt hast, vor meiner Nase! Weil, weil! Hast du vergessen, dass ich da war, Bruder, oder hast du mich bereits tot gewähnt?«

Ich fiel auf die Knie. »Vergib mir. Vergib mir! Ich möchte Wiedergutmachung leisten, sag mir nur, was ich tun soll!«

»Wiedergutmachung leisten!« Er spuckte aus. Ich verharrte auf Knien und sah ihn flehentlich an, worauf er schließlich sein Messer wegsteckte.

»Ich kann dir Geld besorgen«, bettelte ich.

Zeb sah nachdenklich aus. Ich bemerkte, wie fleckig sein Schafsmantel war, und streckte ihm flehend die Hände entgegen. »Lass uns –« Fast hätte ich gesagt, nach Hause gehen, doch ich verbesserte mich und fuhr fort: »– in eine der Tavernen hier gehen. Damit wir weiter reden können.«

Er nickte. »Nur bleib mir mit den Händen vom Leib.« Er schaute auf meine ihm hingestreckten Handflächen. »Ich habe von den Zigeunern gelernt, wie man mit großen Männern umgeht. Sie machen es so geschickt, dass sie sie meistens hinterher beerdigen müssen.«

»Ich habe verstanden.« Ich erhob mich auf schmerzenden Beinen.

Er würde nirgendwo mit mir hingehen, es sei denn, er selbst konnte den Ort bestimmen. Trotz der Puritaner und der Gemeinde der Auserwählten gab es entlang den Docks so viele dunkle Spelunken, dass es verwundert, wenn ein Seemann überhaupt noch etwas von seiner Heuer übrig behält. Wir saßen in der Nähe des Fensters für uns allein; jetzt erst bemerkte ich, dass Zeb sich zu einer Seite etwas schief hielt. Die einzigen anderen Gäste waren eine missmutig aussehende Frau, vielleicht eine Dirne, und ein ältlicher Mann mit einem Korb voller Aale.

Zeb saß mit dem Rücken zur Wand und verlangte Wein. Als er uns gebracht wurde, hob er einen Becher und bat mich auf die brüderliche Liebe zu trinken. Er hatte seinen Schafsmantel ausgezogen; in seinen Hemdsärmeln und mit dem lockigen Haar, das sein Gesicht umkränzte, besaß er solch eine Ausstrahlung, dass die Schankmaid wie närrisch grinste. Ich sah, dass die gebrochene Rippe seiner Schönheit kaum einen Abbruch getan hatte.

»Wusstest du, dass Mervyn tot ist?«, fragte ich.

Zebs Gesichtsausdruck erhellte sich. »Ausgezeichnet! In der Schlacht getötet?«

Ich schüttelte den Kopf. »Vergiftet. Oder zu Tode gesoffen.«

»Wünschte, ich hätte ihn pflegen dürfen!«, rief mein Bruder, und wieder bemerkte ich eine Wildheit an ihm, die ich bislang nicht gekannt hatte.

»Zeb«, sagte ich, »ach, Zeb –«

Mein Bruder wartete wortlos.

»Zeb – woher hast du den Ohrring?«

Er lachte. »Alle Welt will das wissen. Dein Verführer und jetzt du.«

»Er heißt Ferris.«

»Und wie nennt er dich? Ehemann? Ganymed?«

»Ich werde bei meinem richtigen Namen gerufen.«

Wir tranken noch etwas Wein.

»Also, der Ohrring«, versuchte ich erneut.

»Er hat dir gesagt, dass es ein Ehering ist, und das stimmt auch. Deiner.«

Ich starrte auf den glänzenden Kringel an seinem Ohr. »Der Ring wurde weggeworfen.«

»Wir fanden ihn am nächsten Morgen, und ich überredete sie, nicht töricht zu sein. Später ließ sie ihn für mich in einen Ohrring umarbeiten.« Er lehnte sich zurück, um meinen Gesichtsausdruck zu beobachten.

»Zeb, wo lebst du?«

»Hier und dort.«

»Du bist nicht mehr mit ihr zusammen?«

»Bevor du weiter fragst, sie hat mich verlassen.«

»Weißt du, wo sie ist?«

Er trank langsam. »Nein. Wir haben uns getrennt, nachdem wir London erreicht hatten.«

Ich schauderte innerlich bei dem Gedanken, ich hätte ihr auf der Straße begegnen können. »Warum habt ihr euch getrennt?«

Er dachte nach. »Das werde ich dir nicht sagen.«

Mit unter dem Tisch geballter Faust stotterte ich: »Wart ihr –? Wart ihr, habt ihr –?«

Er lachte. »Sie hat ihren Ehering an meinem Ohr befestigt. Den Rest kannst du dir denken.«

Ich bedeckte mein Gesicht mit den Händen; meine Schultern zuckten. Ich hätte nie diese Scham und diesen Schmerz aufspüren sollen. Er war mehr ihr Ehegemahl als ich. Es schien, dass ich nichts für Caro tun konnte und es mir auch nicht erlaubt war, irgendetwas für Zeb zu tun.

»Du streitest nicht ab, Walshe getötet zu haben«, sagte er nach einer Weile. »Ich wusste, dass es das war. Bei Gott, du hast den richtigen Zeitpunkt gewählt, es ihr zu sagen.«

Ich hob den Kopf aus meinen Händen. »Das ist vorbei und vergessen.« Ich würde mit ihm nicht noch einmal den Tod des Jungen durchgehen. »Ich habe gehört, dass Izzy ausgepeitscht und aus dem Haus gejagt wurde«, fügte ich hinzu.

Dieses Mal zuckte Zeb zusammen und wandte sich ab. Mir fiel etwas ein, das er zuvor gesagt hatte. »Warum hast du gesagt, ich hätte dich geprügelt?«, wollte ich wissen. »Ich habe dich nie geprügelt.«

»Du hast ein kurzes Gedächtnis«, erwiderte er. »Als wir noch Knaben waren.«

»Nie.«

»Du hättest mich einmal beinah gehäutet. Im Obstgarten.«

Die Erinnerung regte sich: Wir beide und eine Gerte in meiner Hand.
»Du sagtest, du würdest Vater ersetzen.«
»Aber warum habe ich das getan?«
»Ja, warum?« Er starrte mich an. »Das ist etwas, das ich vielleicht deinen Freund fragen sollte, deinen Harris.«
»Ferris«, sagte ich und brach ab. Der Raum schien zu schwanken. Ich bekam kaum noch Luft.
»Er ist nicht so hübsch, wie ich es war«, fuhr Zeb fort, während Übelkeit in mir hochstieg. »Doch schmächtig – passt nicht zu dir, was? Gehst du grob mit ihm um?«
»Ich weiß nicht, was du meinst«, flüsterte ich.
»Nein?«
Ich sprang auf die Füße. Sofort blitzte Zebs Messer auf, doch ich wollte nur weg von ihm und aus dieser Stube, bevor ich erstickte: Tische und Stühle versperrten mir den Weg zur Tür, und ich stieß mir im Vorbeirennen Oberschenkel und Schienbeine an. Auf beiden Seiten kippten Möbelstücke um, so wie sich einst in der Bibel das Meer geteilt hatte. Ich hörte das Mädchen etwas rufen, während ich über die Schwelle lief. Draußen an der kalten Luft fuhr ich herum, für den Fall, dass er mir gefolgt war, doch ich war allein. Ich ging langsamer, sah, wie mich die Leute anstarrten, und bemerkte, dass ich wie ein gehetztes Tier stöhnte. In diesem Zustand stolperte ich zurück nach Cheapside, ab und zu von trockenen Schluchzern geschüttelt. Nach Hause, mich verkriechen. Ich musste nach Hause.

Ich konnte meinen Schlüssel nicht finden. Ferris ließ mich herein und war so freundlich zu mir, wie ich früher am Tage barsch zu ihm gewesen war. Da die anderen aus waren, saßen wir dicht beieinander, er legte seinen Arm um mich, und ich erzählte ihm von dem, was passiert war. Meine Hände waren eiskalt, und von Zeit zu Zeit schüttelte es mich, so als sei ich vergiftet worden.

Nachdem Ferris gehört hatte, wie sehr Zeb mich abgelehnt und wie er mein Weib genommen hatte, streichelte er meine Hand und murmelte: »Du musst ihn nie wieder sehen.«
»Er kennt dieses Haus! Nein –«, antwortete ich auf Ferris' fragenden Gesichtsausdruck. »Ich habe es ihm nicht gesagt, er kannte meinen Wohnort schon. Ich bin hier nicht sicher –«
»Will er dir etwas antun? Uns allen?«, fragte Ferris besorgt.

»Dir nicht, glaube ich.« Als mein Blick seine klaren, gütigen Augen traf, erschrak ich und fürchtete, dass er die Schuld in meinen Augen bemerken würde. »Er hasst mich, und zwar auf eine – eine – brüderliche Art.«

»Wir werden bald weg sein«, versuchte mein Freund mich zu ermutigen.

Auch er hatte Neuigkeiten: Becs war zu ihm gekommen und hatte ihm gesagt, dass sie Stillschweigen bewahren werde. Als er ihr dafür danken wollte, war sie ihm mit der Bemerkung, sie halte ihn für den größeren Judas von uns beiden, über den Mund gefahren und hatte hinzugefügt, dass er nur zur Hochzeit angestiftet habe, um an das Geld zu kommen und einen Platz für seinen dreckigen Liebling (das waren ihre Worte) zu finden, ein übler Trick, von dem sich sogar seine männliche Hure (erneut ihr Wortlaut) distanziert habe.

»Aber der Gedanke war dir doch völlig zuwider«, widersprach ich.

»Was hätte ich schon sagen können? Am Ende habe ich ihr erklärt, dass wir zu dem Zeitpunkt, als ich dir die Hochzeit vorschlug, noch nicht – nicht dieselbe Beziehung wie jetzt hatten«, fuhr er fort. »Lieber Gott, hat eine Frau schon je solch eine Erklärung gehört!«

»Scher dich nicht darum, hat sie es denn akzeptiert?«, wollte ich wissen.

»Sie sagte, sie wolle der Tante keine Schande bereiten.«

»Sonst würde sie uns wohl auf dem Scheiterhaufen sehen wollen?«

Er lächelte verbittert. »Mich vielleicht.«

»Nicht die männliche Hure?«

Ferris sah mich mitleidig an. »Dich würde sie morgen brennen lassen.«

Der Vormittag war um, und ich hatte zum Frühstück nur etwas Brot gegessen. Auch jetzt konnte ich nichts essen, obwohl Ferris ein Getue um mich machte, als habe er sich geschworen, als Stellvertreter der Tante zu handeln. Als er merkte, dass ich hart blieb, beschloss er, mit mir die Stoffe anzusehen, damit das Zuschneiden beginnen konnte. Ich fegte eine Ecke des Hofes sauber und er holte die Stoffballen vom Dachboden herunter.

»Ich habe hiermit einen großen Verlust gemacht«, sagte er und ließ sie auf den Boden fallen. »Aber damals konnte ich es mir leisten.«

Ich rollte den ersten Ballen auf, der wie die anderen ein grobes, leicht angeschimmeltes und an den Rändern ausgefranstes Leinen war. Der

Stoff lag knapp drei Meter breit. Wir schauten erst ihn und dann uns an, und dann schlug ich das Buch von Dans Freund Robert auf.

»Wo soll ich anfangen?«

»Wir müssen ihn ganz genau ausmessen«, sagte Ferris. Er lief ins Haus und kehrte mit der Werkzeugkiste der Tante zurück, der er ein Maßband und eine Schere entnahm. Im Buch waren verschiedene Zeltarten abgebildet, und wir wählten das einfachste mit schrägen Seiten und ohne Verzierungen aus. Ich bemühte mich, die Gedanken an Zeb zu verdrängen und Ferris' Anweisungen zu folgen, während wir, wie Mägde es mit Bettlaken tun, den Stoff zwischen uns falteten und ihn an den Ecken stramm zogen, um die sich kräuselnden Fäden zu glätten.

»Breite ihn auf den Steinplatten aus«, sagte Ferris. Er hob einen großen Käfer auf und setzte ihn auf einen Apfelbaum, damit er nicht störte.

»Wenn das Wetter so bleibt, werden wir noch heute damit fertig. Jetzt miss zwei Meter ab, so«, und er machte einen Schritt zurück, damit ich an den Stoff konnte. »Nein, nicht so, du musst dich am Längsfaden orientieren.« Er zeigte mir, wie ich meine Schablonen auf die Stoffkanten legen musste.

»Mache ich das oder du?«, fragte ich, als er mir die Schere abnahm.

»Sei nicht so gereizt. Ich habe im Gegensatz zu dir bereits mit Stoffen gearbeitet. Schau, so musst du es machen.«

Ich sah zu, wie er den Stoff anschnitt und ihn dann mit der geöffneten Schere aufriss, als würde er jemanden mit einem Schwert zerteilen. »Du wirst schnell ein Gefühl dafür bekommen. Immer gerade schneiden.«

Ich markierte das nächste Stück und schnitt es zu, während er genau hinschaute.

»Ist es so richtig?«, wollte ich von ihm wissen, obwohl ich wusste, dass ich nichts falsch gemacht hatte.

»Wie bei allem, wo du Hand anlegst, Jacob: perfekt. Nein, wirklich, sehr gut.« Inzwischen hatte ich ihn gepackt und wollte ihn zur Pumpe zerren. Wir balgten uns und ich schaffte es, Wasser fließen zu lassen, ließ ihn dann aber los, ohne ihn darunter zu halten. Nach dieser Herumtollerei fühlte ich mich besser. Außer Atem kehrten wir zu den Stoffbahnen zurück und falteten die bereits fertig geschnittenen Teile zusammen. Ferris beschriftete sie mit einem Stift. Der Boden war uneben, daher wäre es an einem großen Tisch leichter gewesen. Doch wir kamen gut voran, und abgesehen vom Hocken, was mir steife Waden bescherte, begann ich Freude an der Arbeit zu haben. Er zeigte mir, wie man zwei und mehr Stücke gleichzeitig zuschneiden konnte und wie man sie markierte, sodass man hinterher noch wusste, was außen und was oben ist.

»Kannst du Kleider nähen?«, fragte ich ihn.

»Ich habe es noch nie gemacht. Doch als Kind habe ich immer der Magd beim Stoffzuschneiden zugesehen.«

»Ich glaube, du könntest leicht Roger Rowly ersetzen.«

»Nein. Du wirst bald genauso viel darüber wissen wie ich.«

Der Stoff lag nicht breit genug, um alle Teile vollständig auszuschneiden, manche mussten geteilt werden. Ich sah fasziniert zu, wie er Nadel und Faden nahm und die Teile aneinander nähte.

»Nicht sehr schön«, sagte er stirnrunzelnd. »Ich wünschte, wir hätten Becs dazu überreden können, dir zu helfen.«

»Sie wird mir nie wieder helfen«, sagte ich. Plötzlich zischte er und ich sah, wie Blut von seiner Hand auf das Leinen tropfte.

»Hier.« Ich steckte seinen verletzten Finger in meinen Mund. Es schmeckte wie damals, als mir der Zahn gezogen wurde.

»Selbst wenn wir nur anfangen, ist es immer noch besser als nichts«, sagte er. »Wir können es heften, und jemand anders kann es dann fertig nähen.«

»Was heißt heften?«

»Es lose aneinander fügen, um zu sehen, ob die Teile zusammenpassen. Dann erst vernäht man es richtig und fest.«

Ich sah zu und dachte daran, dass ich Caro und Patience bei dieser Arbeit beobachtet hatte, ohne zu wissen, wie es sich nannte.

»Versuch es.« Ferris reichte mir die Nadel. »Rein und hoch, so. Und pass auf, dass sich das Fadenende nicht verknotet. Rein und hoch. Nein, rein und hoch.«

Ich stellte mich ungeschickt an, und bald war das Leinen auch mit meinem Blut befleckt.

»Ah.« Er besah sich die Blutflecken. »Vielleicht solltest du mit dem Zuschneiden weitermachen, und ich übernehme das hier.«

Wir arbeiteten friedlich nebeneinander. Wenn es so ähnlich auch in der Kolonie wäre, dachte ich, dann würde es gar nicht so schlecht werden, und zudem würde ich Zeb nie wieder begegnen. Wenn ich nur mit Ferris sein konnte, wann immer ich wollte. Ich überlegte, dass mir die Arbeit keine Sorgen bereitete, da ich es gewohnt war, mit anderen zu schuften, angefangen vom Ausklopfen der Wandbehänge – doch hier stockte ich, denn die Erinnerung verursachte mir merkwürdige Schmerzen, und ich versuchte lieber an das Schriftsetzen zu denken. Ich lernte schnell und war gesund und kräftig, allerdings könnte ich es nicht ertragen, den ganzen Tag an seiner Seite zu arbeiten und nachts von ihm getrennt zu schlafen.

»Fertig«, sagte Ferris. In seiner Stimme schwang Freude mit. »Das letzte!« Er hielt es wie eine Trophäe hoch, bevor er es zusammenfaltete und zu dem Rest legte. Ich sah, dass er die Leinenteile sauber aufgestapelt hatte.

»Genau zur rechten Zeit«, sagte ich und schaute auf in den dunkel werdenden Himmel. Ein Tropfen fiel auf meine Stirn.

»Der Stoff!«, jammerte Ferris. Eilig packten wir alles zusammen und hatten unsere Ernte kaum eingebracht, als der Regen auch schon in Strömen niederging. Ferris rannte hinaus, um das Buch und noch ein paar andere Sachen zu holen, während ich die unbenutzten Ballen zurück auf den Dachboden brachte. Als ich zurückkam, hatte er in der Druckerei eine Lampe entzündet und die einzelnen Stücke ausgebreitet, als wolle er bedruckte Bögen trocknen. Gelbes Licht erhellte ihn und das Tuch; Tropfen fielen von seinen Haarspitzen. Als ich hereinkam, schaute er lächelnd zu mir auf, und seine Haut funkelte vor Nässe. In diesem Moment war er noch schöner als Zeb, und dieses Bild habe ich auch später nie mehr vergessen. Es brannte sich mir ein, genau wie damals sein schmales, aus der Dunkelheit kommendes Profil, als er mich am Straßenrand ins Leben zurückgeholt hatte, genau wie seine Wärme und Güte in Winchester, trotz seiner verwundeten Wange, und genau wie das schluchzende Geräusch in jener Nacht, als ich das erste Mal zu ihm gegangen war, der Nacht, in der ich seinen Brief gefunden hatte.

Wir aßen mit der Tante zu Abend, ohne dass es zu Anspielungen auf geheime Dinge kam. Becs servierte uns so schnell wie möglich – sie verweilte dieser Tage nicht eine Minute bei uns – und ich kaute schweigend auf dem gepökelten Schweinefleisch und den Bohnen herum.

Die beiden anderen tauschten Neuigkeiten aus. Der letzte Monat war aufregend gewesen, vor allem für diejenigen, die keine Ahnung vom Leid des Krieges hatten. Chester war vor einigen Wochen gefallen, nachdem man es beinah ausgehungert hatte, so dass die Einwohner Lord Byron unter Tränen angefleht hatten, den Forderungen des Parlaments nachzugeben, bevor sie alle des Hungers sterben würden. Dennoch hatte die Stadt bis zum dritten Februar der Belagerung standgehalten.

Als die Truppen des Parlaments sicher aufgestellt waren, wurde bekannt, dass der König mit dreitausend irischen Soldaten die Aufhebung der Belagerung hatte erzwingen wollen, hätte Byron noch eine Woche länger durchgehalten.

»Es ist offensichtlich, dass Gott seine Hand im Spiel hatte«, sagte die Tante.

»Sagt lieber, es lag an der Dummheit des Königs«, meinte Ferris.

Sie rümpfte missbilligend die Nase. »Und Torrington? Hatte das auch mit dem König zu tun?«

»Nein, mit Hopton«, neckte Ferris sie. »Er hat die Kirche in Brand gesetzt.«

»Gott zeigt sich in den Taten der Menschen, Christopher«, entgegnete sie ihm. »Seine Hilfe zu ignorieren bedeutet, seinen Zorn herauszufordern.«

»Sehr wahr«, antwortete Ferris. Er steckte sich ein Stück Schweinefleisch in den Mund wie jemand, der genug gesagt hat.

Ich wusste über Torrington Bescheid. Fairfax hatte sich vor zwei Wochen einen Weg in die Stadt erkämpft, doch als sich die Truppen des Parlaments der Kirche näherten, ging das heilige Gebäude ›in die Luft wie ein Pulverfass‹, und genau das war es auch: Die Kavalleristen des Königs hatten fast zweihundert Fässer mit Schießpulver in dem Gotteshaus gelagert, und ihr Kommandant Hopton hatte alles ohne Skrupel hochgehen lassen. Fairfax entkam unverletzt den Steinen, dem geschmolzenen Blei und den brennenden Balken, die herabregneten, als sei das Ende der Welt nah. Auch Hugh Peter konnte am nächsten Tag zwischen den Trümmern auf dem Marktplatz eine Predigt halten. Die Tante war erfreut über das unglaubliche Glück, das diese beiden Männer Gottes erfahren hatten. Ich versuchte nicht daran zu denken, was den anderen zugestoßen sein musste.

Stattdessen machte ich mir Sorgen wegen der Worte, die Zeb mir am Morgen entgegengeschleudert hatte. Mir war übel, dennoch kaute ich auf einem zähen Stück Schweinefleisch herum und wiederholte das Gespräch im Geiste immer und immer wieder. Inzwischen erinnerte ich mich, dass ich Zeb mit in den Obstgarten genommen hatte (mit Hemd oder ohne?) und ihn dort auf Schultern und Rücken geschlagen hatte. Dann – ein Loch. Ich kam nicht weiter und konnte mich an nichts mehr erinnern, was dann gefolgt war. Sicher würde ich es, wenn – wenn –

Es war alles Unsinn, eine der Boshaftigkeit entsprungene Anschuldigung. Niemand konnte dergleichen tun und sich nicht daran erinnern. Plötzlich flüsterte mir eine trockene Stimme, die ich gut kannte, zu: *Warum hast du ihn mit in den Obstgarten genommen*?

»Jacob?«

Ich schrak schuldbewusst auf. Ferris beugte sich zu mir.

»Wir sprachen eben über dich und die Zelte; ich habe der Tante erzählt, wie geschickt du dich beim Zuschneiden anstellst.«

Ich zwang mich, bescheiden zu lächeln. »Dafür weniger geschickt beim Nähen.«

»Wo wir gerade dabei sind … Tante, ob Ihr wohl so freundlich wärt, es ihm zu zeigen?«

Ich fand, dass er ein bisschen zu schnell war. Sie wirkte unwillig, und auch wenn man über die zwischen uns herrschende unangenehme Stimmung hinwegsah, vermittelte ich wohl kaum den Eindruck eines viel versprechenden Schülers.

»Einfaches Zusammennähen?«, wollte sie wissen. »Kann Becs ihm das nicht zeigen?«

»Sie hat nicht genug Muße. Abgesehen davon muss Jacob es so lernen, dass er es später auch alleine beherrscht, und Ihr seid die bessere Lehrerin.« Ferris schaute bittend.

Sie schürzte ihre Lippen und dachte nach. Ich fragte mich, wen sie wohl in mir sah, wenn sie mich anschaute.

»Er muss lernen, wie man die einzelnen Teile aneinander heftet, Säume macht und Ecken umnäht«, drängte sie ihr Neffe.

»Wenn du so gut Bescheid darüber weißt, was zu tun ist, kannst du es ihm doch beibringen, oder nicht?«, erwiderte sie barsch.

»Wissen und Ausführung sind unterschiedliche Dinge. Er braucht jemanden, der im Nähen geübt ist.« Ferris saß da wie ein Schuljunge, der einen freien Tag erbetteln will, bis sie schließlich über seine inbrünstige Haltung lachte.

»Morgen«, stimmte sie schließlich zu.

»Gelobt seid Ihr, so etwas lässt sich nicht mit Gold aufwiegen«, sagte Ferris. Er nahm ihre Hand und küsste sie.

»Ich danke Euch von ganzem Herzen«, sagte ich und dachte gleichzeitig mit Entsetzen an den Unterricht, den mein Liebhaber mir hiermit verschrieben hatte. Mir kam der Gedanke, dass Ferris damit erreicht hatte, meine Zeit auszufüllen, während er mit den Vorbereitungen für seine geliebte Kolonie beschäftigt war.

Wir drei kamen besser miteinander aus als noch vor ein paar Tagen. Ich war sicher, dass die Tante, sollte sie etwas ahnen, was keineswegs gewiss war, es am einfachsten fand, darüber hinwegzusehen. Sie spielte mit Ferris Schach, während ich im Schein einer einzigen Kerze die komplizierteren Zeltarten studierte. Mein Kopf begann zu schmerzen, daher hörte ich auf; doch sobald ich das Buch zugeklappt hatte, fühlte ich mich wieder von Zebs schwarzem Blick durchbohrt, daher schaute ich stattdessen dem Spiel zu. Die Tante gewann und triumphierte. Sie baute eine neue Partie auf, um ihrem Neffen die Möglichkeit einer Revanche zu geben.

Die Wandbehänge waren mit Dreck verkrustet, und Godfrey sagte, ich dürfe nur einen Stock benutzen, um sie zu säubern. Bei den ersten beiden kam ich gut voran und hieb so lange auf sie ein, bis Schweiß auf meinem Gesicht glänzte und man die Motive klar und deutlich erkennen konnte: die Dame und das Einhorn, ein Garten der Wonne. Jemand, der dabei stand und zusah, meinte, ich sei ein guter Arbeiter. Als ich mich an den dritten und letzten machte, traf der Stock mit dumpfem Ton gegen etwas darin Eingenähtes, so eingesponnen wie eine Motte in ein Blatt. Ich faltete den Wandteppich auf und fand darin Caro und Zeb, die zu mir aufschauten. Sie waren mit grauem Staub bedeckt, der in die Luft aufstieg und an meinem schweißüberströmten Gesicht kleben blieb. Der Staub setzte sich auf die Teppiche, die ich gerade gesäubert hatte, und als ich mich umdrehte, um ihn wegzuschlagen, lachten sie, daher hob ich meinen Stock über ihre Köpfe, um sie Sauberkeit zu lehren. Caro schützte ihr Gesicht, drehte sich von mir weg und verbarg sich tiefer in den Teppichfalten. Ich ließ die Rute auf ihren Rücken niederfahren; sie verkroch sich tiefer in den Teppich und war plötzlich verschwunden. Als ich nach ihr suchte, stellte ich fest, dass der Teppich befleckt und verschmiert war, was offensichtlich von etwas Stinkendem auf dem Boden herrührte. Um was es sich handelte, wollte ich gar nicht wissen. Sofort war ich im Obstgarten, um Zeb zu verprügeln. Ich drehte mich um und sah, dass er mit einer Sense auf mich zurannte –

Mit einem Schrei schrak ich aus dem Schlaf auf.

Ferris schüttelte mich. »Jacob! Du bist hier, es ist alles in Ordnung.«

Ich schaute wild umher. Zeb war verschwunden.

»Was hast du geträumt? Du hast dich im Schlaf hin und her geworfen.«

»Ein Kampf.« Die beruhigende Stabilität des Lehnstuhls und die Festigkeit, mit der seine Hände meine Schultern umfassten, brachten mich wieder zu mir; ich legte meine Arme und Beine um ihn und zog ihn nah an mich heran. Als mein Kopf an seiner Brust lag, konnte ich seinen ruhigen Herzschlag hören.

»Wie spät ist es?«, murmelte ich in sein warmes Hemd hinein.

»Elf. Die Tante ist längst im Bett. Hier, lass mich los.« Er griff nach einem Kräutertrunk auf der Anrichte. »Ich dachte, du hättest einen Anfall.«

Mit der Zungenspitze probierte ich vorsichtig das Gebräu und fand es recht angenehm. Das Elend von Zebedee versank wieder in meiner Seele.

»Glaubst du, Ferris, dass die Leute wissen, was wir tun? Machen wir uns selbst etwas vor?«

»Nein«, antwortete er sofort. »Tom und seine Freunde wissen nichts. Auch Dan weiß es nicht.«

»Zeb hat dich durchschaut, als du mit ihm geredet hast.«

»Wirklich?«, fragte er interessiert.

»Er sagte, du hättest ihn bewundert.«

Ferris lachte. »Dein Bruder ist Bewunderung gewöhnt und erwartet sie mittlerweile schon. Er hält sich für einen Frauenhelden, das konnte *ich ihm* bei unserem ersten Treffen anmerken.«

»Er hat auch allen Grund dazu.« Meine Eifersucht legte sich etwas, doch nicht meine Angst, entdeckt zu werden. »Zeb wusste auch über mich Bescheid«, fügte ich hinzu.

»Er kennt dich seit Jahren, wie sollte er dich da nicht durchschauen?«

Nach Zebs Anschuldigungen, ich hätte ihn geschlagen, waren diese Worte so tröstlich wie ein mit Nadeln gespickter Pfirsich.

»Versuch nicht an ihn zu denken«, meinte Ferris nachdrücklich. »Wie sagt man noch gleich? Was sich nicht reparieren lässt, ist es nicht wert, dass man daran verzweifelt.«

»Er könnte uns auf den Scheiterhaufen bringen lassen.«

»Ist es das, was dir Alpträume bereitet?« Er nahm meine Hand. »Dafür bräuchte es Beweise. Und die würde er nicht bekommen, dafür liebt Becs meine Tante zu sehr.«

Ich schwieg.

»Ich habe vergessen, es dir zu sagen«, meinte er munter, »doch ich hatte Besuch, während du weg warst.«

»Ach.«

»Willst du nicht raten, wer?«

»Keats?«

»Botts. Du weißt, vielleicht müssen wir ihn nehmen.«

Ich stöhnte. »Weswegen, in Gottes Namen? Er ist doch höchstens ein Kurpfuscher. Da zahle ich lieber auf die übliche Art für einen Doktor.«

»Da hast du Unrecht«, antwortete Ferris. »Was wir vor allem brauchen, sind Hände. Vergiss die Berufe. Wir brauchen Leute zum Graben, kräftige Leute – die Frauen werden uns helfen, aber vor allem brauchen wir Männer.«

Widerwillig musste ich mir eingestehen, dass er Recht hatte. »Wen haben wir denn? Dich, mich –?«

»Botts, Hathersage, Tunstall. Fünf im Ganzen. Und dann die Frauen: Catherine, Susannah, Hepsibah. Sonst niemanden, soweit ich sehe.«

»Jack und Dorothy?«

Er schüttelte den Kopf.

Mittlerweile war ich hellwach. »Ferris, warum sollte ein Mann wie Botts, ein Doktor, bei uns mitmachen wollen? Da kann doch etwas nicht stimmen.«

»Er hat keine Freunde«, sagte Ferris. »So wie er aussieht, schätze ich, dass der Alkohol sein einziger Freund ist.«

»Und du glaubst dennoch, dass wir ihn nehmen sollten?«

»Dort, wo wir hingehen, wird er wohl kaum ein Trinkgelage veranstalten können, und wenn doch – nun, dann war er die längste Zeit bei uns.«

»Ich nehme an, du wirst mich dann bitten, ihn rauszuwerfen?«

»Jacob, Mann des Friedens«, sprach er wie ein Kanzelredner. »Stell dir vor, der Kerl würde sich dadurch ändern. Das wäre doch prächtig.«

»Ich sehe schon, es ist bereits entschieden«, sagte ich, als ich den vertrauten Glanz in seinen Augen sah. »Doch er gräbt lieber wie ein Sklave, denn ich will nichts von seiner Medizin haben. Wenn er sich wie ein Blutegel benimmt, jage ich ihn zum Teufel.«

»Gib dem Mann eine Chance«, sagte Ferris.

»Er ist eine Kröte, eine Beleidigung für die Augen.«

»Kein sehr christlicher Einwand. Komm schon«, fragte er listig, »wäre es dir lieber, er wäre ein hübscher Junge?«

Dem konnte ich nichts entgegensetzen, daher fand ich es das Einfachste nachzugeben. Ferris würde seiner sicherlich bald überdrüssig werden. Wir unterhielten uns noch eine ganze Weile, bevor wir zu Bett gingen. Ferris wollte am nächsten Tag zum Gemeinschaftsland fahren und nach einem guten Platz für uns Ausschau halten, während ich in Cheapside bleiben sollte, »damit aus mir ein Näher würde«, wie er es formulierte. Wenn es sein musste, war ich zwar bereit, nähen zu lernen wie ein kleines Mädchen, doch schien er mir nicht geeignet, das Land alleine auszusuchen. Wir einigten uns darauf, dass er am nächsten Tag einiges in der Stadt erledigen würde und wir uns am Tag darauf das Land zusammen anschauen gingen. Obwohl die Druckerei fast bis unter die Decke mit Ausrüstung vollgestopft war, gab es immer noch jede Menge zu besorgen. Einvernehmlich gingen wir beide leise nach oben.

In Todesangst, mit brennenden Augen und tränennassen Wangen wachte ich schweißgebadet auf. In meinem Wahn hatte ich mir die Laken vom Leib gerissen, und die Luft strich kalt über meine feuchte Haut. Ich streckte meine Hand nach Ferris aus. Er war nicht da, und mir fiel ein, dass er auf sein eigenes Lager zurückgekehrt war.

Ich stand auf, fühlte nasses Haar auf meiner Stirn kleben, hob die Decken von den Dielen auf und wickelte mich fest darin ein. Sie waren wenigstens trocken: sie wärmten meine kalte, glitschige Haut mit dem dumpfen Trost vertrauter Dinge. Ich lag unbeweglich in meiner dunklen Höhle und atmete *seinen* Geruch ein. Ich hätte viel darum gegeben, wenn er mich in diesem Moment festgehalten und mit mir geredet hätte, doch ein erwachsener Mann kriecht nicht wegen eines Alptraums in eines anderen Bett. Abgesehen davon glaubte Ferris nicht an den Teufel.

Der Morgen kam und die Sonne schien. Ich war beizeiten auf, freute mich über das helle Licht und öffnete vorsichtig Ferris' Tür. Er hatte die Vorhänge seines Bettes zurückgezogen und lag mit hinter dem Kopf verschränkten Händen wach da. Er warf mir einen unschuldig zufriedenen Blick zu. Ich erkannte sofort, dass er im Geiste bereits seinen Tag plante und dass er mit noch mehr Sämereien, Tabellen und Pflanzplänen nach Hause kommen würde. Es gab keinen fleißigeren Mann als ihn, wenn er mit dem Herzen bei der Sache war. Und keinen gütigeren, denn er hoffte Botts dazu zu bringen, dem Trinken zu entsagen. Er ist genauso gütig und freundlich wie Izzy, schleuderte ich im Stillen der Stimme entgegen, die mir die ganze Nacht ins Ohr geflüstert hatte, dass ich ihn auf dem Scheiterhaufen sehen sollte.

»Fühlst du dich wohl, Jacob?«

»Ich habe nur schlecht geträumt.«

»So geht das nicht. Du musst deine ganze Kraft in die Näharbeit stecken.« Er schaute mich amüsiert an. »Wie hieß noch gleich jener griechische Held, auch so ein großer Kerl wie du, der nähen musste wie eine Frau?«

»Mach nur weiter so«, drohte ich, »und ich lege die Nadel sofort weg.«

»Ich werde heute Schnur für die Zelte besorgen«, sagte er. »Mit einer Köperbindung sollten sie sich leicht aufstellen lassen.«

Ich wäre gerne geblieben und hätte ihn beim Ankleiden beobachtet, doch ich wusste, dass es nicht ratsam war, daher schloss ich die Tür und ging die Treppen hinunter.

Die Tante saß am Tisch und hatte offensichtlich gerade ihr Frühstück serviert bekommen; sie nickte mir zu, denn sie hatte den Mund voll Brot. Vor ihr lag feinstes Weißbrot. Nachdem ich ein Tischgebet gesprochen hatte, nahm ich mir selbst ein großes Stück.

»Sollen wir heute Morgen damit beginnen?«, fragte sie recht freundlich. Ich sagte, dass ich bereit und zu ihren Diensten sei. Ferris gesellte sich zu uns, noch bevor ich das erste Stück Brot gegessen hatte, er sah aus wie ein Engel – nicht wie der Racheengel Zeb, sondern wie ein warmherziger Engel, der aus den Träumen der letzten Nacht noch nicht so richtig erwacht war. Er war so offenkundig glücklich, dass es mich berührte, und ich sah, dass es der Tante nicht anders erging. Es ist unmöglich, jemandem die kalte Schulter zu zeigen, der so viel Freude ausstrahlt. Ich wette mein Leben darauf, dass er nicht verdammt ist, dachte ich. Ich beobachtete, wie er das Brot aß; er hatte einen ausgezeichneten Appetit.

»Ich werde den ganzen Tag unterwegs sein«, sagte er, als er vom Tisch aufstand, »es sei denn, ich bin müde oder habe zu viel zu tragen. Doch heute Abend werdet ihr Wunder sehen.«

»Du bist nicht der erste Mann, der Wunder verspricht«, sagte die Tante.

»Und bei meiner Rückkehr wird Jacob in der Lage sein, Gewänder für den Papst aus Rom zu fertigen.«

»Wenn er Zelte trägt«, sagte ich.

Ferris küsste seine Tante und warf mir hinter ihrem Rücken einen verlangenden Blick zu. Ich musste lachen und wünschte ihm einen guten Tag. Er setzte sich seinen Hut schief auf und war verschwunden.

Um zehn – genauer gesagt nach einer Ewigkeit – durfte ich hinunterkommen und etwas Salep trinken, vorausgesetzt, ich brachte meine Nähsachen mit. Die Teile, an die mich die Tante gesetzt hatte, waren inzwischen so blutig wie der Verband eines Soldaten, doch niemand konnte sagen, dass sie nicht leidlich gut aneinander geheftet waren. Was mich betraf, so wäre ich am liebsten davongerannt, hätte gekämpft oder sonst etwas getan, statt meine Kraft an solch läppischer Arbeit zu vergeuden. Es war noch viel schlimmer als das Ausschneiden. Welche Geduld musste Ferris besitzen, dass er Nähen gelernt hatte.

»Meine Hände sind zu groß. Ich werde es nie richtig können«, erklärte ich der Tante.

»Aus Euch spricht Faulheit. Jeder kann das lernen.« Sie verzog den Mund. »Das Stickmustertuch hinter Euch habe ich mit neun Jahren gemacht.«

Fast hätte ich darauf gesagt: »Was für eine große Zeitverschwendung«, doch ich konnte mich gerade noch beherrschen. Ich brauchte mir das Sticktuch nicht näher anzusehen, denn es gab in diesem Raum so wenig Dekor, dass ich es mir schon oft angeschaut hatte und seine Muster auswendig kannte: Eine Reihe o-beiniger Herren, alles Söhne eines klapprigen Vaters, näherten sich einer Reihe Damen, deren Taillen so lang und schmal wie Bettpfosten waren. Vielleicht wollten sie die Damen zum Tanz auffordern, vielleicht wollten sie sie aber auch entzwei brechen. In der Mitte dieses Meisterstückes standen das Alphabet, die Zahlen Eins bis Zehn, die Worte ›SARAHS WERK‹ und ein Datum – das Einzige, an das ich mich ohne Hinsehen nicht genau erinnern konnte. Darunter stand in verblasstem Grün gestickt: *Eine tugendhafte Frau ist die Krone ihres Gatten.*

»Eine wunderschöne Arbeit«, lobte ich sie. »Wie viele Jahre musstet Ihr dafür üben?«

»Ich kann mich nicht daran erinnern, dass ich einmal nicht direkt nach dem Frühstück die Nadel in die Hand nehmen musste.«

»Bewundernswert.« Ich dachte über die Ausdauer der Mädchen nach, aber vielleicht war diese Aufgabe ja auch nach ihrem Geschmack.

Die Tante nahm ein Stück Stoff in die Hand und öffnete den Saum, den ich gerade genäht hatte. Ich protestierte lauthals.

Sie lachte. »Meintet Ihr, ich hätte es rahmen sollen? Jetzt probiert es noch einmal, aber ohne dabei so viel Blut zu verspritzen.«

Ich saß am Fenster und gab darauf Acht, dass man von draußen den

Stoff nicht sehen konnte. Unten wurde eine Tür zugeschlagen: vielleicht war Ferris zurückgekommen. Ich beugte meinen Kopf geflissentlich über die Arbeit.

»Mister Beste«, verkündete Becs. Ihre Stimme erstarb, als sie mich bei meiner Beschäftigung erblickte. Ich weiß nicht, wer von uns beiden überraschter war: sie oder ich. Ich hätte nie damit gerechnet, Harry je wiederzusehen. Er war bereits durch die Tür, noch bevor ich meine Arbeit beiseite legen konnte.

»Mistress Snapman, guten Tag.« Sie verbeugten sich voreinander. »Und Jacob, das trifft sich gut!«

Das war eine freundliche Begrüßung. Er ergriff meine Hände und wirkte keineswegs feindlich gestimmt.

»Ich werde die Gentlemen ihren Geschäften überlassen«, sagte die Tante. Sie eilte nach unten, um Becs zu mehr Gastfreundlichkeit zu ermahnen.

»Bitte, nehmt Platz«, sagte ich nervös. »Ferris wird fast den ganzen Tag aus sein.«

Harry machte es sich auf seinem Stuhl bequem. »Ich bin froh, Euch allein zu erwischen«, begann er. »Ich muss mich entschuldigen.«

»Ich sollte mich lieber bei Euch bedanken. Es war mein Glück, dass Ihr mich daran gehindert habt, ihn umzubringen«, antwortete ich.

»Es täte mir Leid, Euch wegen so eines prahlerischen Idioten hängen zu sehen.«

Ich lächelte und wusste, dass er mich wegen Elizabeth zu Boden geschlagen hatte. »Geht es Eurem Weib gut?«

»Ja. Sie war es, die mich gebeten hat, hierher zu kommen. Wir würden gerne noch einmal von vorne anfangen, vorausgesetzt – entschuldigt meine Offenheit –, Ihr könnt Euren Zorn im Zaum halten. Ohne dieses Versprechen«, er schüttelte den Kopf, »fürchte ich, lässt sich nichts machen.«

»Ich übe mich in Geduld«, sagte ich, wobei ich bis zu den Ohren errötete. »Seht Ihr meine Arbeit hier?«

Harry hob amüsiert den weißen Stoff auf. »Was, tut Ihr Buße?«

»Ich leide genug wegen meiner Tat. Er lässt mich Zelte nähen.«

»Und wie behagt Euch die Arbeit, Mistress?«

»Es ist schlimmer als die Armee.« Wir lachten beide und ich begann mich wohler zu fühlen. »Er plant, bald aufzubrechen«, fuhr ich fort. »Wir werden uns morgen Land ansehen, Gemeinschaftsland.«

»Natürlich muss gepflügt werden.« Stirnrunzelnd zog er sich einen Stuhl zu mir ans Feuer. »Elizabeth und ich werden darüber nachdenken.«

»Er wird überglücklich sein, Euch wiederzusehen. Nachdem ihr uns verlassen hattet, war er so traurig, dass er mich am liebsten selbst verprügelt hätte.«

Harry grinste. »Sollen wir morgen mit euch kommen? Ich kann den Laden schließen.«

»Ich werde ihn fragen – nein, kommt mit uns. Sollen wir uns hier um neun treffen? Ich weiß nicht, ob er eine Kutsche mieten oder laufen will.«

»Dann um neun. Ihre Schwester wird die Kinder hüten.«

Becs schob mit einem Tablett die Tür auf. Darauf standen eine Karaffe Wein, Becher und eine große, in zwei Hälften geschnittene Wildbretpastete. Sie stellte es auf dem Tisch ab, ohne mich dabei eines Blickes zu würdigen, und verließ sofort wieder den Raum.

»Ist ihr die Milch sauer geworden?« Harry starrte ihr nach. »Bei meinem letzten Besuch hat sie Euch noch ganz anders angeschaut. Habt Ihr Euch etwa zu weit aus dem Fenster gebeugt, Jacob?«

»So in etwa.« In Ferris' Gegenwart hätte ich andere Worte gebraucht. Ich betete, dass Becs nicht hinter der Tür stand und lauschte. Sie hatte uns den billigsten Wein hochgebracht, der normalerweise Gästen nicht vorgesetzt wurde, doch Harry trank ihn mit sichtlichem Genuss. Die Pastete war gut, kross und heiß.

Als wir aufgegessen hatten, reichten wir uns die Hände, und er ging. Ich war aufgeregt wie selten und konnte es kaum erwarten, Ferris die Neuigkeiten mitzuteilen. Selbst als die Tante mich den dritten Saum erneut nähen ließ, schmollte ich nicht, sondern schaffte eine recht gerade Linie und verlor dabei nicht mehr als zwei Tropfen Blut. Meine Belohnung war jedoch armselig, denn sie verkündete, dass ich nun als Nächstes den Steppstich lernen würde. Allerdings gestand sie mir eine Pause für einen Spaziergang zu, die ich gern nutzte: einmal Cheapside rauf und runter und frische Luft schnappen. Ich hörte, wie ein junges Mädchen ihrer Freundin sagte, ich sei ein gut aussehender Mann, und kam dementsprechend mit stolzgeschwellter Brust zurück. Vor lauter Eitelkeit bemühte ich mich, gerade und hoch aufgerichtet zu gehen, und war sehr froh, dass meine Bewunderinnen nichts von meinen Nähübungen wussten.

Der Steppstich war eine noch weit größere Qual als das Säumen. Unter meiner Nadel entstand ein Fischgrätmuster, dort wo ich gerade Linien haben wollte. Schließlich wurde das Licht so schwach, dass ich erlöst wurde. Die Tante entzündete Kerzen und meinte, wir sollten aufhören.

»Christopher ist spät dran«, beschwerte sie sich.

Sofort sah ich ihn mit Zeb zusammen, seine Güte aufgespießt auf eine Messerklinge. Ich vermutete, dass mein Bruder trotz seiner wilden Beschimpfungen keinen besonderen Zorn gegen Ferris hegte, doch die Vorstellung machte mir Angst. *Zeb ist mir ähnlicher, als ich dachte*, überlegte ich im Stillen.

Doch Ferris kam unversehrt herein. Er war zwar müde, hatte aber offensichtlich den ganzen Tag seine gute Laune beibehalten und sie auch wieder mit nach Hause gebracht.

»Was hast du gekauft?«, fragte ich, denn außer Papieren konnte ich nichts entdecken.

»Ich habe Stechspaten bestellt, die nächste Woche abgeholt werden können. Und ein Joch, um zu pflügen. Und ...« Er zählte noch eine ganze Reihe von Dingen auf. Ich wartete geduldig, bis er mir seine Aufmerksamkeit zuwandte.

Als ich ihm von Harrys Rückkehr erzählte, klatschte er in die Hände und jubelte.

»Welch ein großes Glück! Lass uns darauf trinken!« Er sah auf den Wein, den Harry und ich übrig gelassen hatten. Ich dachte, der Geschmack würde ihn davon abhalten, doch keineswegs. Die Tante war jedoch nicht im Mindesten erfreut, als sie einen Schluck von dem probierte, was Becs uns zu ihrer guten Wildbretpastete angeboten hatte, und ging daher sofort nach unten, um sie zu schelten. Ferris umarmte mich, wobei etwas von dem nach Essig schmeckenden Wein über das Leinen und meinen Steppstich tropfte. Er nahm meine Arbeit hoch und besah sie lachend.

»Ich werde besser werden«, beteuerte ich.

Wir sprachen über die Reise nach Gemeinland, wobei ich erreichen wollte, einen Begleiter mitzunehmen, dessen Wissen genau wie das meine aus Erfahrung und nicht aus Pamphleten herrührte, denn ich wusste, dass nichts, was ich sagte, Gehör finden würde. Ferris freute sich über mein Interesse und erlaubte mir, einen Nachbarsjungen mit einem Brief zu dem Gärtner Jeremiah Andrews zu schicken und ihn darin zu bitten, uns bei unserem großen Unternehmen Gesellschaft zu leisten. Die Tante hatte besseren Wein heraufgeholt, der recht freizügig die Runde machte, daher waren wir, als der Rest des Wildbrets in Form eines Auflaufs erschien, recht heiter und ausgelassen. Wir aßen gut, spielten Karten und gingen früh zu Bett.

Ohne die freundliche Wärme des Alkohols wäre ich vielleicht schwermütig geworden, denn Stechspaten erschienen mir fast so bedenklich wie das boshafte Geflüster, das wieder begonnen hatte meinen Schlaf zu infizieren. Aus Furcht vor Alpträumen schlich ich mich in Ferris' Kammer und legte meine Arme um ihn. Er seufzte glücklich und drückte sich an mich, und ich behielt ihn so nah bei mir wie ein Amulett. In dieser Umklammerung fühlte ich mich sicher; meine Träume waren unschuldig, und als ich ihn am nächsten Morgen fragte, ob ich im Schlaf geredet oder mich hin und her gewälzt hätte, sagte er nein, ich hätte die ganze Nacht ruhig und still dagelegen.

Jeremiah war meiner Einladung gefolgt, und wir brachen pünktlich zum Gemeinschaftsland auf. Er schien nur mäßig erfreut, uns zu sehen, und war mit mir anfangs etwas steif, doch das verging schnell, als er über den Getreidemangel und andere Dinge zu lamentieren anhob, über Missernten, zertrampelte Felder und den Regen, der die Ernte habe im Schlamm versinken lassen. Ich hatte Ferris vorgeschlagen, eine Kutsche zu mieten, denn es war ein anstrengender, langer Weg, und Harrys jüngstes Kind wurde noch gestillt und musste daher mitgenommen werden. Doch als die Bestes ankamen, lenkte Harry einen Ochsenkarren. Ferris' Augen glänzten in der Annahme, der Karren könne in das Gemeinschaftseigentum eingebracht werden, bis der Schmied ihm sagte, dass er ihn nur geliehen habe.

Von diesem bescheidenen Transportmittel kräftig durchgeschüttelt, schaute ich mir die Augen aus in Stadtteilen, die ich nie zuvor gesehen hatte und nun auch nicht mehr kennen lernen würde. Ich sah, wie Ferris immer ungeduldiger wurde, je näher wir dem Ort kamen, und als wir schließlich an einem Gasthof vom Karren abstiegen, ging sein Atem so schnell wie der eines Fieberkranken. Als ich mich umsah, erblickte ich eine sanfte, feuchte, von Bächen durchzogene Landschaft mit Marschwiesen und Butterblumen in den Niederungen. Etwa zwei Meilen entfernt stieg das Gelände an, und Gras und Büsche gingen langsam in einen Wald über. In diese Richtung machten wir uns auf und schlenderten über die Wiesen, ohne eine genaue Vorstellung davon zu haben, wie wir vorgehen sollten.

Wie so oft schwankte ich angesichts der Unwissenheit meines Freundes zwischen Amüsiertheit und Verzweiflung. Harry und Elizabeth waren nicht viel besser, daher war nach Jeremiah zu schicken vielleicht das Weiseste, das ich je getan hatte, zumal Ferris' Naivität von seiner Sturheit noch übertroffen wurde. Nachdem er von mir erfahren hatte, dass eine bestimmte grüne Pflanze, die überall zwischen dem Gras wuchs, eine Art Butterblume war und im Mai leuchtend gelb blühen würde, war er von dieser Vorstellung begeistert. Er erinnerte sich, schon mal Butterblumen gesehen zu haben, und dachte, ihre leuchtende Farbe ließe auf fruchtbaren Boden schließen.

»Wo sie wachsen, ist der Boden feucht«, sagten Jeremiah und ich fast wie aus einem Munde. Harry nickte, als wolle er sagen, dass er dies immer schon gewusst habe.

»Hier ist der Boden zu fett und wird vor allem viel Unkraut sprießen lassen«, fuhr Jeremiah fort. »Vielleicht wird sich auf dem Lehmboden im Winter das Wasser stauen. Man könnte hier Kühe weiden lassen, aber –« Er schüttelte den Kopf.

Meine Lederschuhe waren bereits durchnässt. Wir wanderten mühsam zu einer etwas steinigeren, eher unebenen Stelle. Hier war Platz genug, um das Land in mehrere kleine Streifen einzuteilen, bevor der Boden wieder zu den verräterischen Butterblumen hin abfiel.

»Besser, wenn man von den Steinen absieht«, verkündete der Gärtner.

»Steine haben auch etwas Nützliches«, sagte Ferris. »Wir können Drainagerinnen und Zisternen damit ausfüllen.«

Jeremiah sagte: »Ich merke, Ihr habt darüber gelesen.«

Ferris schaute blitzschnell auf, doch es war nicht Jeremiahs Absicht, sich über ihn lustig zu machen.

»Haltet Ihr es nicht für einen guten Plan, Jeremiah?«, fragte ich.

»Doch, schon.«

»Als wir auf Beaurepair ein Stück Land entwässerten«, erinnerte ich mich, »haben wir die Gräben mit Heckenschnitt aufgefüllt.«

»Das ist auch gut.«

»Was ist eine Zisterne?«, fragte Elizabeth, die sich im Gegensatz zu Harry nicht fürchtete, ihre Unwissenheit zu zeigen.

Ferris blickte zu Jeremiah. »Verbessert mich, wenn ich mich irre. Eine Zisterne ist ein unter der Erde gegrabenes Loch, Elizabeth. Zuerst gräbt man eine Grube, in der ein Mann stehen kann, und dann gräbt man immer weiter mit dem Spaten um sich herum und holt die Erde heraus. So entsteht ein Loch in der Form eines enghalsigen Gefäßes, eine schmale Öffnung mit einer breiten Basis, die Grasnarbe bleibt weitgehend erhalten.«

»Doch dann würde die Grasnarbe doch einbrechen«, sagte sie. »Zum Beispiel, wenn jemand darüber ginge? So wie man in einem Moor versinkt.« In diesem Augenblick stürzte sich das Kind in ihre Arme, und sie fing es auf und drückte es fest an sich.

»Man füllt das Loch mit Heckenschnitt aus«, antwortete Ferris.

Elizabeth sah immer noch verwirrt aus, daher fuhr Jeremiah mit den Erläuterungen fort: »So kann das Wasser aus dem Boden in die Zisterne abfließen. Es fließt um das Reisig oder die Steine, oder was auch immer man in das Loch gibt, herum. Dadurch wird das Feld trockener.«

»In Beaurepair ist das Land schließlich um gut dreißig Zentimeter abgesackt«, erinnerte ich mich. »Erst war es schwammig, später konnte man mit einer Kutsche darüber fahren.«

»Dein Herr hat sich sicherlich nicht um Drainage gekümmert«, sagte Ferris.

»Als ich noch ein Kind war, schon«, antwortete ich. »Ich schätze, dass er erst später durch den Alkohol nachlässig wurde.«

Merkwürdig, sich an einen nüchternen und zielstrebigen Sir John zu erinnern. Und Godfrey – in meiner Erinnerung wurde er wieder jünger, besaß Autorität und überwachte das Graben. Er war es, der den Arbeitern immer wieder etwas aufs Feld bringen ließ, Brot, kaltes Fleisch und Apfelwein. Schmerzlich musste ich daran denken, wie ich damals zu ihm aufgeschaut hatte, ja ihn sogar geliebt hatte. Er war kinderlos und wünschte sich einen Sohn, daher war er zu uns Cullens immer sehr freundlich. Mich nannte er einen feinen Kerl; ich durfte in der Küche um Essen bitten, und er kümmerte sich um mich. Das war nun fünfzehn Jahre her. Wann hatte ich ihn zum ersten Mal mit der Geringschätzung des Jüngeren betrachtet? Von uns dreien achtete nur Izzy ihn auch später noch.

»Alles vergeht.« Ich schrak auf, unsicher, ob ich etwa laut geredet hatte. Doch niemand antwortete mir und Ferris, der uns vorausging, hatte mich wahrscheinlich nicht gehört.

Der Boden stieg an und wurde dann zu den Bäumen hin wieder flacher. Hier sah das Gras anders aus.

»Hier solltet Ihr das Getreide anbauen«, sagte Jeremiah. »Es braucht trockeneren Boden. Lasst das Vieh hier oben das Unkraut abgrasen, dann pflügt den Boden und haltet die Tiere auf dem feuchten Grund.«

Ferris sagte: »Ich hatte daran gedacht, Dinkel zu säen.«

»Woanders ginge das vielleicht, aber der schwere Boden hier ist frisch gepflügt nicht gut für Weizen. Ich würde im ersten Jahr Roggen pflanzen –«

»Wie steht es mit Erbsen und anderen Hülsenfrüchten?«, fragte Ferris. »Und was denkt Ihr über Bohnen?«

Jeremiah nickte verhaltene Zustimmung; offensichtlich hielt er es für ratsamer, den von seiner Lektüre entfachten Ferris eher zu beruhigen statt zu ermutigen.

Ferris fing wieder an: »Wenn ich die Zisterne gegraben habe –«

»Wir müssen neben den Zisternen auch Latrinen graben«, warf ich ein. »Nein, sogar noch vor den Zisternen.« Dieser Gedanke bedrückte mein Herz, nicht wegen der bevorstehenden Arbeit, sondern weil es mich an die Armee erinnerte, an das Kauern im Dreck und den Gestank. Ferris und Jeremiah sahen mich überrascht an.

»Latrinen! Gut, dass Ihr daran denkt«, sagte Harry. »Wo sollte man die planen?«

»Ich bin nicht dafür, welche zu graben«, sagte Ferris sofort. »Reine Verschwendung, nicht die Felder zu düngen.«

Elizabeth sah grimmig drein, während ich am liebsten geweint hätte. Bei Schnee und Regen in eine Ackerfurche zu scheißen, wie konnte ihm das nur zusagen? Ein weiteres Mal fragte ich mich, warum jemand, der anständig und angenehm aufgewachsen war, die Bequemlichkeit so gering schätzte.

»Wir reden ein anderes Mal darüber«, sagte ich, entschlossen, sie zu graben, ob er nun wollte oder nicht.

Wir erkundeten den Wald und stolperten dabei über Wurzeln und totes Gehölz, so dass jeder unserer Schritte von dem Geräusch knackenden Geästs begleitet wurde. Offensichtlich sammelte hier niemand Brennholz. Als wir eine Quelle und unterhalb davon ein tiefes natürliches Wasserbecken entdeckten, bejubelten wir unser Glück mit Freudenschreien, vor allem, nachdem wir alle das Wasser probiert und es für gut befunden hatten. Ferris klopfte mir und Harry auf die Schultern. Ich wusste, dass die Quelle unser Schicksal besiegelt hatte.

Auf dem Rückweg stimmten mich meine Gedanken an Godfrey traurig. Doch Ferris hatte gesagt, was man nicht reparieren kann, daran soll man nicht mehr verzweifeln, daher wandte ich mich an Jeremiah und fragte ihn, ob er diesen Flecken Erde für eine kluge Wahl hielt.

»Nicht besser und nicht schlechter als andere Orte auch«, antwortete er und enttäuschte damit meine geheimen Hoffnungen. »Ihr werdet hier etwas herausholen können. Wie viele seid Ihr?«

»Fünf, das heißt fünf Männer.«

Jeremiah runzelte die Stirn. »Habt Ihr Vieh?« Die Frauen schienen es offensichtlich nicht wert zu sein, dass man sich danach erkundigte.

»Zwei Frauen, die mit uns ziehen werden, haben uns eine Milchkuh versprochen. Ferris will uns einen Ochsen kaufen und hat einen Ochsenkarren in Auftrag gegeben, um damit Werkzeug und andere Dinge zu transportieren.«

»Er scheint in Gold zu schwimmen.«

»Er kann keine halben Sachen machen.« Da ich spürte, wie sehr Jeremiah immer noch auf der Hut war, sagte ich langsam: »Als wir das letzte Mal zusammengetroffen sind, habe ich mich schändlich benommen, wofür ich um Verzeihung bitten möchte.«

Er beugte anerkennend den Kopf.

Ich fuhr fort: »Ich habe Ferris geschworen, dass er nie wieder Zeuge einer solchen Szene werden wird, oder zumindest, dass ich nie mehr einer der Akteure sein werde.«

»Daran habt Ihr gut getan«, sagte er knapp.

»Daher«, fuhr ich fort, »was meint Ihr – könntet Ihr noch einmal in Erwägung ziehen, bei unserer Sache mitzumachen? Jetzt, da Ihr das Land gesehen habt?«

Er schwieg und presste seine Zunge gegen die oberen Zähne.

»Wenn das Unternehmen Eurer Meinung nach misslingen muss, dann sprecht es besser aus«, bat ich.

»Es gibt keinen Grund, warum es scheitern sollte«, erwiderte er überrascht. »Viele leben auf schlechterem Land. Es wird so gut sein, wie Ihr es bestellt, doch mir scheint, dass Ihr noch mehr Kolonisten braucht.«

»Mehr Männer?«

»Erfahrene Männer.«

»Und wenn wir sie finden, werdet Ihr dann mit uns kommen?«

»Ich werde darüber nachdenken.«

Mehr würde er dazu nicht sagen. Wäre ich weiter in ihn gedrungen, hätte er mich nur wieder für zu herrschsüchtig gehalten, also beließ ich es dabei.

Wir kletterten zurück auf den Karren. Elizabeth wickelte sich in ihren Umhang und legte das Kind an die Brust. Ich überlegte, wie die Früchte ihres Körpers sie wohl im Alter achten würden. Mich würde nie ein Kind achten, doch auch nie für etwas beschuldigen, dafür würde ich im Alter leer ausgehen. Ich stellte mir vor, wie ich, altersschwach und ohne Verteidigungsmöglichkeit, Beleidigungen geduldig herunterschlucken würde. In der Zwischenzeit sprach Harry über Pflüge und ihre einzelnen Bestandteile aus Holz und Eisen. Nach einer Weile merkte ich, dass Ferris mich beobachtete und sein düsterer Gesichtsausdruck nur meinen eigenen widerspiegelte. Ich zwang mich zu lächeln.

Am Rande von Cheapside kletterten Ferris, Jeremiah und ich gemeinsam vom Karren. Wir alle waren auf der Rückfahrt nüchterner gewesen, denn das Neue Jerusalem lag nun nicht mehr wie ein funkelnder Schatz vor uns, sondern war zu Erde geworden: ein Ort der Zisternen, Steine und des Dungs. Harry und Elizabeth machten sich rasch davon und wünschten uns noch eine gute Nacht. Jeremiah begleitete Ferris und mich noch ein Stück nach Hause und redete von dem Pamphlet über das Pflanzen, das Ferris gefunden und mir zum Lesen gegeben hatte. Der Gärtner meinte, dass diese neue Technik vielleicht das Saatgut vor den Vögeln schützen würde.

»Vögel vertreiben ist eine Arbeit, die einen wahnsinnig macht«, erklärte er. »Ihr braucht dafür einen Jungen, der sonst nichts anderes tut, bis die Saat eine Chance hatte aufzugehen.«

»Aber mit dem Setzen werden wir doch weniger Getreide verlieren?«, fragte Ferris.

»Das sollte man denken. Ich benutze in meinem Garten dafür einen Dibbel.«

»Ein Stück Holz, mit dem man Löcher in die Erde stechen kann«, warf ich ein, bevor Ferris danach fragen konnte.

Jeremiah blieb stehen. »Hier biegt meine Straße ab. Gott sei mit Euch, Gentlemen.«

»Und mit Euch«, erwiderte ich. Ferris lächelte und nickte, wir alle verbeugten uns voreinander. Ich sah Jeremiah nach, sein gleichmäßiger, schwungvoller Schritt ließ ihn viel jünger wirken.

»Ein wertvoller Kamerad«, sagte Ferris. »Ob er wohl zu uns zurückkommt?«

»Ich habe ihn gebeten, darüber nachzudenken.«

»Gut gemacht.« Er hakte sich bei mir unter, während wir die Straße entlangschritten. Es war dunkel und kalt, dadurch waren nur wenige Leute unterwegs. Ich dachte sehnsüchtig an das Feuer zu Hause.

»Dieses Wetter ist uns wirklich keine Hilfe«, jammerte Ferris.

»Aber es lässt auch das Unkraut nicht wachsen.«

»Recht hast du, Colin Clout.«

»Wer ist das?«

»Ein Name für einen Schäfer. Ein Landmann.«

»Ferris, sei nicht beleidigt, wenn ich dich etwas frage.«

»Das klingt nach einer Warnung! Ich kann nichts versprechen. Frag.«

»In der Armee habe ich gehört, dass einige Männer aus London, die zum ersten Mal die Stadt verlassen hatten, in Scharen losgerannt sind, um sich ein paar Kühe anzusehen. Warst du dabei?«

»Dessen schäme ich mich keineswegs«, antwortete er lachend.

»Ich kann nicht glauben, dass ein erwachsener Mann noch nie eine Kuh gesehen hat!«

»Ich weiß von einem Mann, der auf einer Insel groß wurde und noch nie das Meer gesehen hat.«

»Auch er schämt sich dessen nicht. Es ist wundervoll, wie diese Kriege für einige Menschen eine – eine Offenbarung waren.«

»Das waren sie. Aber einiges, was dabei zum Vorschein kam –« Er seufzte.

»Woran denkst du?«

»An vieles. Basing-House.«

Ich hörte die Fliegen in den Falten des blutgetränkten Kleides summen und die erstickten Schreie der Männer im krachenden Feuer. Einvernehmlich gingen wir das letzte Stück schweigend nach Hause.

23. Kapitel
Kaninchenjagd

Das Zelt machte langsam Fortschritte, wenn auch nicht im Entferntesten so schnell, wie Ferris es sich vorgestellt hatte. Mit der Hilfe von Abnähern (auch diesen Kniff hatte ich gemeistert und sah mich deshalb mittlerweile als der vollkommene Knappe im Reich der Frauen) würde das Ganze seine Form erhalten: die einzelnen Musterstücke waren inzwischen so weit perfektioniert, dass es nur noch den Hanfstoff, den man Segeltuch nannte, brauchte, um das Zelt richtig zuschneiden zu können. Ich war recht sicher, dass ich es vor unserer Abreise würde fertig stellen können, daher unternahm ich sogar besondere Anstrengungen, das Segeltuch zu besorgen; ich stattete Mister Keats' Laden einen Besuch ab und verlangte den Stoff gratis. Ich fand, dass er das meinem Freund schuldig war. Ferris sagte ich, ich hätte ihn woanders gekauft, und da ich dafür natürlich kein Geld annahm, verbrachten wir eine fröhliche Nacht miteinander.

Obwohl ich am nächsten Morgen mit recht müden Augen vor meinem Frühstück saß, bekam ich doch mit, dass die Tante in ihr Tischgebet einen besonderen Dank für die große Gnade, die dem Haushalt widerfahren sei, mit einschloss. Ferris und ich tauschten verwunderte Blicke aus.

»Große –? Von welcher Gnade redet Ihr, Tante?«, fragte er, kaum dass das *Amen* gesprochen war.

»Becs hat gesagt, dass sie hierbleiben wird«, antwortete sie. Mir erschien das kaum als ›große Gnade‹, doch dann erinnerte ich mich, wie Lady Roche an Caro gehangen hatte. Für eine ältliche Witwe war der Wechsel einer Magd sicherlich keine leichte Angelegenheit.

»Sie glaubt doch, dass ihre Familie auch ohne sie zurechtkommt«, frohlockte die Tante.

»Eine ausgezeichnete Bedienstete«, sagte ich und meinte es auch so, denn es musste für sie sehr hart sein zu warten, bis Ferris und ich das Haus verlassen würden. Sie lächelte kaum mehr in diesen Tagen, und die Blicke, die sie mir zuwarf, wenn sie sich sicher wähnte, waren niedergeschlagen und voller Enttäuschung. Kaum trafen sich unsere Augen, wandte sie sich von mir ab. Es war offensichtlich, dass sie meine Stärke und meine augenscheinliche mutige Veranlagung für einen Köder hielt, der Frauen ausgelegt wurde. Ich dachte auch, dass Ferris Recht hatte und sie sich teilweise wie in einer Falle vorkam, denn sie wirkte in meiner Gegenwart immer recht steif. Es tat mir Leid. Weder konnte ich ihr erklären, wie die Dinge lagen, noch hielt ich es für klug, einen derartigen Versuch überhaupt zu unternehmen.

Bis Ende März war das Wichtigste fertig, und Ferris sehnte sich nach der Abreise. Wir kauften unseren ersten Ochsen und stallten ihn ein, bis wir ihn brauchen würden. Eines Tages ging ich ihn besuchen und streichelte sein weiches Maul. Er schien mir ein gutes Tier zu sein. Ich steckte nun bis zum Hals in einer Sache, vor der ich mich fürchtete, und wurde von Loyalität und Liebe niedergedrückt.

Die Domremy-Frauen besuchten uns einen Abend und redeten von Weiden und Butterblumen. Die Tante verwöhnte uns mit einem Kanincheneintopf. Ich blickte Ferris an, während er redete, sah seinen lebhaften Ausdruck und die gewandten Bewegungen seiner Hände und verglich ihn im Geiste mit allen Männern, die ich je gesehen hatte, was zu seinem Vorteil ausfiel: Er war die Anmut in Person. Er lauschte begierig den Plänen der Frauen.

»Ohne eine Vorrichtung zum Abseihen können wir keinen Käse gewinnen«, erklärte Susannah.

Catherine fügte hinzu: »Und danach muss er dunkel gelagert werden. Das wird nicht sofort geschehen können, doch wenn wir eine Kuh und ein Kalb auf dem Gemeinschaftsland haben, könnten wir das Kalb saugen lassen und, wenn es abgesetzt ist, die Milch verkaufen.«

Ich konnte nicht sagen, ob dies ein guter Plan war, und dachte, dass auch Ferris dies sicherlich nicht entscheiden konnte. Sein Antlitz strahlte, so dass ich gleichermaßen hingerissen und erzürnt war. Auch Catherine, die Redseligere der beiden Frauen, ließ sich davon bezaubern. Ihr Gesicht glühte vor warmherziger Leidenschaft; ich sah, dass sie seine zärtlichen Blicke und seine sehnsüchtigen Worte falsch gedeutet hatte. Jemand sollte sie beiseite nehmen und ihr erklären, dass er einen toten Hund genauso anstrahlen würde, sähe er in ihm einen Nutzen für das Neue Jerusalem. Becs, die dabeistand und auf die Anweisungen der Tante wartete, beobachtete das arme Mädchen mit einem viel sagenden Blick.

Wir begleiteten die beiden Frauen zu ihrer Unterkunft und tauschten viele gute Wünsche aus, bevor wir nach Cheapside zurückkehrten. Auf dem Heimweg ermahnte ich Ferris, Mistress Catherine nicht zu häufig und zu freundlich anzulächeln.

»Siehst du nicht«, sagte ich, »dass sie glaubt, sie gefalle dir? Früher hast du solche Dinge sofort bemerkt, doch jetzt ist in deinem Kopf nur noch Platz für Enthusiasmus.«

»Ich habe es bemerkt«, erwiderte er und amüsierte sich dabei über meine Heftigkeit.

»Und kannst du sie nicht von ihrem Irrtum befreien?«

»Sie wird es schon noch lernen«, antwortete Ferris. »Du kannst unbesorgt sein, ich habe keine Absichten in dieser Richtung. Hier, lies das.« Er hielt mir einen Brief hin.

»Es ist dunkel, Ferris«, erklärte ich betont geduldig.

»Oh, nun gut. Jeremiah schreibt: Er wird sich uns zuwenden, und er hat viele eigene Gerätschaften, einschließlich einiger Dibbel.«

»Und was sind Dibbel?«, fragte ich streng.

»Hölzer, mit denen man Löcher in die Erde machen kann«, rezitierte er. »Wir machen Löcher in die Erde, Bruder, und machen diese Löcher mit Hölzern, und diese Hölzer, die wir benutzen, um Löcher in die Erde zu machen, werden von dem gemeinen Volk für gewöhnlich bezeichnet als –« Er machte einen Satz zurück, doch zu spät, denn ich hatte mir bereits seinen Hut geschnappt, zerknautschte ihn und hielt ihn so, dass er ihn nicht zu fassen bekam.

»Ein verschrobener Hut für einen verschrobenen Kopf«, sagte ich und ließ ihn fallen. »Und nun nimm dich in Acht mit den Domremys.«

»Keine Angst!« Er strich den verbeulten Filz glatt. »Ich habe keine Zeit, um Jungfrauen zu verschlingen.«

Einen anderen Tag kam Botts uns besuchen. Er kam unangemeldet, und ich fürchtete, Ferris würde ihn zum Nachtmahl einladen, doch mein Freund beschränkte sich darauf, Kuchen und Wein anzubieten.

»Ich bin gekommen, um Euch wissen zu lassen, wie die Dinge stehen«, verkündete Botts.

Ferris blinzelte ihn entgegenkommend an und schenkte Wein nach. Es war wundervoll zu sehen, wie es der gute Doktor schaffte, den Wein in einem Zug zu leeren und gleichzeitig Ferris, nur von einem leichten Schnaufen unterbrochen, zu erklären, dass er seine Angelegenheiten geregelt habe und in einer Woche bereit zur Abfahrt sei.

»Wir haben inzwischen vier Ochsen«, sagte Ferris. Ich schaute erstaunt, denn dies hörte ich zum ersten Mal. Botts neigte bewundernd seinen Kopf und sagte: »Ich sehe, Ihr seid jemand, der nicht nur leeres Geschwätz von sich gibt.«

»Bei Ferris kommen Taten immer vor Worten«, sagte ich. »Manchmal verzichtet er sogar ganz auf Worte.«

Jedes Mal, wenn Botts sich zu mir wandte, versuchte ich durch den Mund zu atmen, denn er roch genauso schlecht wie beim ersten Mal, nur dass sich jetzt auch noch eine Knoblauchfahne zu seinem ursprünglichen Geruch gesellt hatte.

»Taten verdienen Achtung«, sagte Botts. »Zu träumen ist eine Sache, aber etwas zu tun –! eine andere.«

Obwohl er mir seine stinkende Antwort ins Gesicht schnaufen würde, konnte ich es mir nicht verkneifen zu fragen: »Und was gedenkt Ihr zu tun?«

»Ich habe bereits gesagt, dass ich meine Instrumente mitbringen werde«, sagte er. »Davon abgesehen werde ich so viel graben und säen, wie nötig ist.«

»Sollten wir eines unserer Tiere schlachten müssen, werden Ihre Künste unbezahlbar sein«, sagte ich. Der Mann zögerte und war sich nicht sicher, ob ich mich nicht gerade über ihn lustig gemacht hatte.

Da Ferris mich besser kannte, verengten sich seine Augen hinter Botts' Rücken zu Schlitzen.

»Jacob versteht kaum etwas von diesen Dingen«, sagte er. »Als er damals hier ankam, hielt er die Themse für das Meer.«

Ich schwieg. Ferris war offensichtlich wütend, und ich überlegte, ob er am Abend wohl die Tür zu seiner Kammer verriegeln würde. Glücklicherweise konnte der Doktor nicht lange bleiben, denn er musste noch einen Abszess öffnen. Meine Erleichterung über seinen Abschied ließ mich die Worte »Gott sei mit Euch« sogar lächelnd wiederholen, wobei ich gleichzeitig bemerkte, dass er keinen Hals hatte, denn sein Kopf wuchs direkt aus seinem Körper heraus. Ferris verneigte sich tief. Botts ging, doch der widerliche Gestank, der ihn umgab, hing noch lange in der Luft. Ferris ließ sich verärgert auf einen Stuhl fallen, warf die Beine über die Armlehne und baumelte mit den Füßen in der Luft.

»Vier Ochsen!«, rief ich. »Davon hast du mir nichts gesagt.«

»Ich habe es vergessen. Was kümmert es dich – oh, Jacob, was sollen wir in Gottes Namen mit Botts anfangen?«

»Warum fragst du mich das? Du hast ihn aufgenommen.«

»Ich will einen Mann nicht fortschicken, indem ich ihn verhöhne. Aber ich will ihn auch nicht, Jacob. Ich mag ihn nicht.«

»Warum machst du dann solche Sachen?«, fragte ich und bat: »Lass mich zu seinem Haus gehen und ihm sagen, dass er nicht erwünscht ist. Jetzt ist noch Zeit dafür.«

Ferris runzelte die Stirn. »Ich weiß nicht. Wen gibt es denn sonst noch?«

Ich fuhr fort: »Die Frauen mögen ihn auch nicht. Stell dir vor, wir verlieren sie?«

»Wir brauchen Männer dringlicher als Frauen«, sagte er und biss sich dabei auf die Lippen.

Es fehlten tatsächlich noch zur Arbeit bereite Hände, und Ferris fürchtete, dass wir einige von den Freunden, deren wir uns bereits sicher wähnten, noch verlieren würden. Er plante, in den nächsten zwei Tagen erst Hathersage zu besuchen und dann Buckler aufzuspüren. Gleich nach dem Frühstück machten wir uns auf den Weg zu Mister Chiggs' Haus, in dem Hathersage diente. Draußen war es kalt, aber klar.

»Ob das seinem Herrn gefallen wird?«, fragte ich. Ich wusste, was es hieß, Diener zu sein und damit Launen und Hirngespinsten ausgesetzt.

Ferris legte sich einen Finger an die Nase. »Der Herr kann nicht laufen. Unwahrscheinlich, dass er hinunterkommt und uns sieht, oder?«

»Machiavelli.«

Hathersage selbst machte uns die Tür auf. Ferris nahm seinen Hut ab und verneigte sich tief. Ich schaute fasziniert zu, wie er unserem Freund versicherte, wir würden nicht viel seiner kostbaren Zeit in Anspruch nehmen, da wir wüssten, dass er nicht frei darüber verfügen könne und zudem vielerlei Pflichten zu erfüllen habe – anders formuliert, Ferris erinnerte Wisdom Hathersage unter dem Deckmantel der Höflichkeit daran, in was für einer Knechtschaft dieser lebte. Wir wurden gebeten einzutreten, und ich merkte, dass sich der junge Mann über unsere Gesellschaft freute. Ich vermutete, dass er den größten Teil seines Lebens in Einsamkeit verbrachte. Er führte uns in einen Raum, der vollständig mit poliertem Holz ausgekleidet war. Im Geschirrschrank glänzte Silber, kein Zinn. Reiche Schnitzerei und anderes Dekor schmückte den ganzen Saal, doch es roch nicht so, als würden dort jemals Speisen aufgetragen werden.

»Ein prachtvoller Raum«, sagte ich.

»Er wurde als Speisesaal im neuen Stil geschaffen, kurz bevor Mister Chiggs krank wurde«, sagte Hathersage. »Jetzt benutzen wir ihn fast nie.«

Wir setzten uns an den großen, ovalen Tisch.

»Wenig Geselligkeit?«, fragte Ferris.

»Nur wenn seine Schwestern in die Stadt kommen.«

»Wie viele Personen leben sonst noch in diesem Haushalt?«

»Der Koch und eine Magd. Beide verheiratet«, sagte er und lächelte schüchtern. »Ein sehr respektables Haus. Oh, und ein Gärtner. Ich sehe ihn selten; ab und zu bittet er mich um Hilfe.«

»Aber das ist doch gewiss nicht Eure Arbeit?«, fragte ich überrascht.

»Es macht mir nichts aus. Es ist eine Abwechslung, und ich komme an die frische Luft«, seufzte er.

»Demnach ist Euer Leben doch angenehm«, erwiderte Ferris. »Nur etwas eintönig? Keine Frau und wenig männliche Gesellschaft außer Eurem Herrn?« Er betrachtete das Gesicht seines Gegenübers mit freundlichem Ernst und fuhr dann fort: »Würdet Ihr hier alt werden wollen? Wenn einem Mann die Freiheit zusteht, muss er sie schließlich erlangen.«

Hathersage senkte seine hübschen, dunklen Augen.

Ferris beugte sich beschwörend zu ihm, und seine Stimme war jetzt so leise, als fürchte er, heiser zu werden. »Wir sind schon weit vorangeschritten. Vieh, Saatgut, Pflug, Karren und Gerätschaft, außerdem haben wir einen guten Standort nicht allzu weit von der Stadt entfernt gefunden – man könnte ihn an einem halben Tag zu Fuß erreichen. Seit Ihr bei uns wart, haben wir noch einen Schmied und einen Gärtner dazugewonnen.«

Er wartete. Hathersage blickte auf und schaute ihm in die Augen, worauf Ferris seinen Kopf ein wenig bittend zur Seite neigte, damit der Mann seinen Blick schwerlich abwenden konnte.

»Ich habe noch einmal darüber nachgedacht. Über das – Geld«, stieß Hathersage hervor. »Ich habe Jahre gebraucht, um es zu sparen.«

»Ist das alles?«, rief Ferris. »Dann lasst es bei einem Freund, dem Ihr trauen könnt. Bringt Euch mit, Eure Kleidung und Bettleinen. Als Erstes werden wir das Land bestellen müssen, und das dazu nötige Geld ist bereits ausgegeben worden.«

Hathersages blasse, bräunliche Wangen erröteten und seine Augen glänzten. Wie würde er sich entscheiden? Seine Lippen zuckten.

»Ihr werdet gleichgesinnte Freunde um Euch haben«, drängte Ferris ihn. Hathersage presste seine gespreizten Finger auf die Tischplatte, um sie zu kühlen.

»Alle anderen sind gebeten worden, etwas mitzubringen. Ihr seht, wie ich Euch schätze«, fuhr mein Freund fort. Hathersage starrte auf seine Finger; ich konnte kaum mehr atmen. Ferris legte seine Hände auf die von Hathersage. Der junge Mann wurde ganz steif, doch Ferris hielt ihn fest und drehte dann sanft die Handflächen seines Gegenübers nach oben. Ich sah die offenen Hände und die feuchten Abdrücke, die sie auf dem polierten Holz hinterlassen hatten. Ferris legte seine Hände um die von Hathersage, die etwa die gleiche Größe hatten. Ich überlegte, wie es sein würde, erst Hathersages und dann Ferris' Finger zu brechen.

»Kommt zu uns«, ermunterte ihn Ferris, »und seht, was wir anbieten, mit Euch zu teilen. Kommt, wann immer Ihr wollt, kommt unangemeldet, Ihr werdet immer willkommen sein.«

Hathersage starrte ihn mit halb offenem Mund an. »Ich werde heute Abend mit meinem Herrn reden.«

»Gott hilft denen, die sich selbst helfen«, sagte Ferris. »Ihr könnt jederzeit zurück nach London gehen.«

»Ich kann nicht fort, bis nicht jemand gefunden wurde, der für ihn sorgt.«

»Das beweist Euer gutes Herz; gute Herzen sind die besten Freunde. Dann sehen wir Euch also bald, einverstanden?«

»Einverstanden.«

Ferris zog als Erster seine Hände weg.

»Ein ehrlicher Kerl«, sagte er, als wir uns ein Stück von dem Haus entfernt hatten. »Mit seinem ›ich habe noch einmal nachgedacht‹. Er hätte auch sagen können, ihm sei das Geld gestohlen worden, aber nein, er war ganz offen.«

»Mmh.«

»Was, hältst du ihn nicht für ehrlich?«

Ich war sicher, dass Hathersage das war, und fühlte mich daher noch elender.

»Er hat seine Meinung nicht wegen seiner Geldsäcke und auch nicht wegen eines Pfluges oder Karrens geändert«, sagte ich schließlich und sah meinem Freund ins Gesicht.

»Wir müssen einander mögen, wenn wir wie Brüder leben wollen«, sagte Ferris. Er hüpfte geschickt über eine Stelle, an der jemand Wein erbrochen hatte.

»So mit seinen Fingern zu spielen! Du hast ihm den Hof gemacht.«

»Ich habe ihn überredet, und zwar für eine gute Sache.« Seine Augen forderten mich auf zu lachen. Fast war ich soweit, doch dann schüttelte mich der Gedanke, dass ich ihm so sehr gehorchte. Wir trotteten verstimmt nach Cheapside zurück.

Zu Hause angekommen, zog ich mich in meine Kammer zurück und breitete dort das Segeltuch auf dem Boden aus. Während ich mich über die einzelnen Teile beugte, wurde mein Verstand wieder etwas klarer. Nach einiger Überlegung verdächtigte ich Ferris nicht mehr, Verlangen nach Hathersage zu empfinden, doch das stimmte mich nicht fröhlicher. Ein begabter junger Mann, so einfach überredet. Ich erinnerte mich an Zebs Bemerkung ›er hat mich mit Blicken ausgezogen‹. War Nathan, überlegte ich, auch so von ihm verführt worden? Nachdem ich nun jede Nacht mit Ferris schlief, der sich wie Efeu um mich rankte, zweifelte ich nicht mehr daran, über was ich da gestolpert war, als ich die beiden hatte Arm in Arm beisammen liegen sehen. Jetzt musste ich über noch viel Bittereres nachsinnen als über die Eifersucht eines schönen Jungen. Bis zu dem Moment, wo wir auf den Karren geklettert waren, hatte das Bürschchen geglaubt, seinen Freund halten zu können, doch dann wachte er eines Morgens auf und stellte fest, dass Ferris mit einem anderen davongelaufen war. Einst hatte mich diese Vorstellung nur gekitzelt, jetzt zeigte sie mir ihre Krallen.

»Liebst du mich?«

Ich stellte diese Frage, noch bevor ich ihn berührte, sogar noch bevor ich in sein Bett stieg, denn ich wollte mehr hören als nur die Liebesschreie der Fleischeslust. Er lag da mit geschlossenen Augen, als würde er schlafen, doch als er meine Stimme vernahm, setzte er sich auf und zog sich die Decke bis zu den Schultern.

»Jacob«, flüsterte er, »ich bin nicht in Hathersage verliebt! Wenn du die ganze Zeit so sein wirst, nehmen wir ihn besser nicht mit. Doch ich warne dich, wenn wir ihn behalten und du deine Hand gegen ihn erhebst –«

»Behalte ihn auf alle Fälle. Liebst du mich?«

»Ich nehme dich mit, damit du in meinem Haus lebst, ich teile alles mit dir, ich lasse dich in mein Bett und in meinen Körper. Ich lasse es zu, dass du dich zwischen mich und die Frau stellst, die wie eine Mutter für mich ist, und ich nehme die Gefahr auf mich, wegen dir auf dem Scheiterhaufen zu landen. Wie kannst du da zweifeln?«

»Willst du nicht sagen –?«

»Was ist das für ein Band um deinen Hals, Jacob?«

Es war der Schlüssel zu der Schatulle, in der er sein Geld verwahrte. Ich schämte mich, war jedoch nicht beruhigt und zog mich schmollend und unbeholfen aus. »Du sprichst es nicht aus«, sagte ich anklagend.

»Ich liebe dich, ich liebe dich! Doch was beweist das? Worte sind leicht gesagt.«

»Das sind sie.«

»*Das* sagt dir, dass ich dich liebe.« Ferris zog die Decke weg und ließ seinen Körper sehen. »Und *das* lügt nie.«

»*Das* kann Tausende lieben. Was zählt, ist das Herz.«

»Aber warum solltest du an meinem Herzen zweifeln?«, rief er. »Nach allem, was ich gerade gesagt habe?«

»Sag mir nur eins!« Ich ging auf und ab in der Kammer. »Hast du Nathan geliebt?«

Ferris schien nachzudenken. Er klopfte auf die Matratze. »Komm zu mir. Ein Mann kann genauso gut im Warmen wie im Kalten reden.«

Ich stieg ins Bett und legte mich neben ihn, ohne ihn zu berühren. Er stützte sich auf einen Ellenbogen und schaute mich mit aufmerksamen, grauen Augen an.

»Ob ich Nathan geliebt habe. Wie geliebt?«

»Ich weiß, dass du ihn gefickt hast!«, brüllte ich.

Ferris zuckte zusammen und legte seine Hand auf meinen Arm. »Mäßige deine Stimme.«

»Hast du ihn geliebt?« Ich zog meinen Arm weg. »Mit dem Herzen, dem Ort, der zählt.« Ich blutete innerlich; bis zu diesem Moment hatte ich nicht gewusst, wie sehr ich gehofft hatte, er würde die Sache abstreiten.

Er rollte sich auf den Rücken und starrte an die Decke. Ich merkte, dass er sich zurückzog, dass er sich weigerte, meinem Blick standzuhalten. Als er sich mir wieder zuwandte, warnte mich sein Blick, genau wie er mich in der Armee gewarnt hatte, als er gemeint hatte, ich würde seine Freunde von ihm wegdrängen.

»Habe ich dir befohlen, mir zu erzählen, wie du vorher gelebt hast?«, wollte er wissen. »Lege ich dich auf die Folterbank, um zu erfahren, wen du mehr liebst, mich oder dein Weib?«

»Warum sagst du mir nicht –?«

»Hast du mir alles aus deiner Vergangenheit erzählt? Sag die Wahrheit.«

Mein Herz schlug heftig. Was hatte ihm Zeb in der Taverne verraten?

Er fuhr fort: »Es war nie ein Geheimnis, dass ich Nat mochte. Jetzt vergiss ihn, er ist Vergangenheit.«

»Du hast ihn geliebt.«

»Ja und? Ich habe ihn geliebt!«

»Aber du hast ihn zurückgelassen.«

Er sah mich an und verstand plötzlich. »Hast du das wirklich vergessen? Ich musste zwischen ihm und dir wählen.«

»Wir waren nur Freunde.«

Er seufzte über meine Dummheit. »Wenn du das sagst. Wir gehörten bereits zusammen.« Er legte sich wieder auf sein Kissen und streichelte mit einer Hand meine Brust. »Also gut, ich habe Nat geliebt. Aber ich *gehöre* zu dir.«

Bei diesen letzten Worten wallte das Blut in meinem Körper auf. Ich zog ihn ganz fest an mich und nahm in Besitz, was mir gehörte.

Am nächsten Tag gelang es uns endlich, das Segeltuchzelt im Hof aufzustellen. Es war nur ein ganz kleines bisschen schief. Ferris erklärte mir, dass es dazu dienen sollte, Getreide und Gerät zu lagern; um uns selbst vor den Elementen zu schützen, würden wir kleine Behausungen bauen, etwa wie die Hütten eines Köhlers. Ich wunderte mich, wie er so weise und zugleich so töricht sein konnte, mit mir all diese Monate zusammengelebt zu haben und nicht zu wissen, dass die schlimmsten Stürme *in* einem Mann losbrechen.

An jenem Abend besuchten uns die Tunstalls, um uns mitzuteilen, dass sie die Erlaubnis erhalten hatten, Harken, Spaten und anderes Gerät mitzunehmen. Als ordentliche Leute hatten sie all ihre Schätze niedergeschrieben und händigten nun Ferris die Liste aus. Er umarmte die beiden, was sie zu einem Freudensprung veranlasste (worüber ich lachen musste), doch als sie uns in die Stube folgten und die Weinkaraffe sahen, wussten sie, was los war. Wir feierten das Zelt beziehungsweise versuchten, unsere Ängste hinunterzuspülen. Die Tante erhob sich zu ihrer Begrüßung aus der Ecke, in der sie gesessen und aus Ferris' schmutziger Jacke die Schlammflecken herausgebürstet hatte.

»Hört doch bitte auf damit, Tante«, bat mein Freund. »Sie wird immer wieder schlammverspritzt sein, da kann man nichts machen. Setzt euch, Freunde.«

Sie brauchten keine zweite Aufforderung. Ich sah, wie begierig sie auf die Weinkaraffe schauten, und nahm an, dass sie daheim vermutlich wenig Wein hatten, denn es schien eher die Lust auf etwas Neues denn Unmäßigkeit zu sein. Ferris holte die Gläser aus dem Geschirrschrank, die er erst vor einer Woche als Abschiedsgeschenk für die Tante erstanden, wenn auch nicht so bezeichnet hatte.

»Wo ist der Kleine geblieben?«, fragte ich.

»Er ist bei meiner Schwester. Sie hat kein eigenes Kind«, sagte Hepsibah. Genau wie ihr Mann trank sie langsam und setzte nach jedem Schluck das Glas ab, als wolle sie erst die Wirkung spüren. »Wir denken daran, ihn bei ihr zu lassen, bis wir uns eingerichtet haben.«

Ferris wollte wissen, wann sie aufbrechen könnten. Jonathan meinte, sie könnten ohne Schwierigkeiten jederzeit mitkommen. Da der junge Herr in den Krieg gezogen sei und sich die Tochter erst kürzlich vermählt habe, brauchte das Haus weniger Bedienstete. Ihr Herr und ihre Herrin würden sicherlich froh darüber sein, wenn zwei Leute freiwillig gingen und für den Rest mehr Platz schafften. Wieder fiel mir auf, wie gesund und wohlgenährt die beiden aussahen und dass sie sich ähnelten wie Geschwister. Als ich das sagte, lachten sie.

»Wir sind Cousins«, erklärte Hepsibah.

Beide waren dunkel, hatten braune Augen und Haare und eine dunkle Haut. Sie wirkten wie Spatzen, die man kaum von der Erde unterscheiden konnte. Sie besaßen nicht diese dunkle Ausstrahlung wie Zeb oder ich, sondern hatten eine viel unauffälligere Physiognomie. Sie hätten aus Holz geschnitzt sein können, wie eine Puppe, die die Herrin auf Beaurepair einst Caro gezeigt hatte: Sie war ein Erinnerungsstück an ihre Kindheit und wurde verwahrt für die Tochter, die sie nie hatte.

»Ihr sprecht nicht wie Londoner«, sagte Ferris.

»In der Tat, wir stammen auch nicht von hier, sondern sind mit der Familie aus dem Westen gekommen, nachdem sie dort alles verkauft hatten, um sich hier niederzulassen.«

»Warum haben sie das getan?«, fragte er.

»Die Zeiten«, sagte Jonathan. »Sie gehören dem Parlament an, und der überwiegende Teil der Nachbarn waren Royalisten. Dann mussten sie dieser und jener Armee freies Quartier geben, und schließlich nutzten uns viele Soldaten so barbarisch aus, dass der Herr für sein Weib und seine Tochter fürchtete.«

»Sie haben Verwandtschaft hier«, fügte Hepsibah hinzu. »Besser gut zu verkaufen, als sich ausplündern zu lassen.«

»Warum haben sie Rechen mit nach London gebracht?«, fragte ich. »Um die Straßen zu bestellen?«

Sie lachten höflich.

»Kümmert Euch nicht um Jacobs Getue«, riet ihnen mein Freund. »Er ist erst vor ein paar Monaten hier eingetroffen und wusste von der Stadt so viel wie eine Kuh.«

»Mister Ferris«, erklärte ich den Besuchern Ehrfurcht gebietend, »kennt Kühe nur von Bildern.«

»Die meisten Werkzeuge wurden versehentlich eingepackt«, sagte die Frau, um der Unterhaltung eine andere Richtung zu geben. »Man hatte versäumt, sie mit den anderen zu verkaufen. Doch jetzt ist klar, dass Gott seine Hand im Spiel hatte! Lobet den Herrn.«

»Lobet den Herrn«, erwiderte Ferris sofort. Erneut machte er mit der Weinkaraffe die Runde.

»Ich habe deine Jacke sauber bekommen, Christopher«, ließ sich die Stimme der Tante vernehmen.

»Gott segne Euch, meine Liebe! Obwohl ich wünschte, Ihr würdet Euch mehr ausruhen.«

»Es wäre eine Schande, wenn die Jacke ruiniert würde. Du siehst so gut darin aus.«

»Nein, Tante, denkt an meine Eitelkeit!« Er beugte sich zu ihr herab, küsste sie und nahm ihr die Jacke ab. »Hier, ich werde sie in die Truhe legen.«

Als er hinausging, wandte sich Hepsibah an mich. »Also, Mister Cullen, Ihr seid vom Land gekommen, um hier bei Euren Verwandten zu sein?«

»Nein, nicht ganz, ich bin ein Freund von Ferris. Wir haben uns in der Armee des *New Model* kennen gelernt. Davor habe ich wie Ihr in einem großen Haus gedient.«

Sie blickten mich mit neu gewecktem Interesse an. »War es eine große Familie?«, fragte Jonathan.

»Adelige, doch die Männer waren lächerlich, Trunkenbolde.«

»Und die Herrin? Lebte die Herrin noch?«

»Ja. Sie führte ein trauriges Leben«, sagte ich fromm.

»Dann habt Ihr also gekämpft und seid nie nach Hause zurückgekehrt«, sagte Hepsibah. Die Tante sah mich neugierig an. Ich wünschte, Ferris würde sich mit dem Zurückkommen beeilen.

»Ich wollte nicht mehr als Dienender weiterarbeiten, und Ferris nahm mich mit zu sich nach London.«

»Seid Ihr verheiratet?«, fragte Jonathan.

»Ich – ich habe mein Weib verloren.«

»Armer Mann!«, rief Hepsibah aus.

Die Tante konnte sich nicht zurückhalten. »Er ist kein Witwer. Oder, Jacob?«

Ich schüttelte den Kopf. »Sie hat das Haus unter meinem Schutz verlassen, doch wir wurden getrennt, und ich habe seitdem nichts mehr über sie in Erfahrung bringen können. Ich bete, dass sie den Übergriffen der Soldaten entkommen ist.«

Jonathan sagte zu Hepsibah: »Zeig ihnen, was man dir angetan hat.«

»O nein! Das wollen sie nicht sehen!«

Die Tante sagte: »Mir wäre lieber – das heißt, ich –«

»Es ist nichts Unschickliches«, warf Jonathan ein. »Zeig es, Hepsibah.«

Hepsibah nahm ihre Haube ab, und so sah ich zum ersten Mal, dass ihr Haar darunter geschoren war, kürzer als meins und fast so kurz wie Ferris'. Ich hatte noch nie solch einen Frauenkopf gesehen. Die Augen der Tante weiteten sich vor Mitleid und Entsetzen.

»Waren das Rekruten?«, fragte ich, gebannt von der Vorstellung, dass uns das gleiche Unglück widerfahren war.

»Kavalleristen«, antwortete ihr Mann. »Weil sie ihnen nicht den Schlüssel zum Weinkeller geben konnte. Habt Ihr je etwas so Sinnloses – so –!« Er schüttelte den Kopf.

»Gott sei gedankt, dass es nicht schlimmer kam«, widersprach ihm seine Frau. »Sie vergewaltigen Frauen nur so zum Spaß. Mädchen, Mütter, das spielt alles keine Rolle.«

Ferris kehrte zurück und sah, wie wir alle auf den entstellten Kopf der Frau starrten.

»Die Kavalleristen haben Hepsibah dasselbe angetan wie mir die Rekruten«, erklärte ich ihm.

Fast ein wenig stolz setzte Hepsibah ihre Haube wieder auf.

»Euer Haar wurde auch geschnitten?«, fragte mich Jonathan.

»Er kann sich nicht daran erinnern«, sagte Ferris. »Wir – das *New Model* – fanden ihn halbtot am Straßenrand liegend, und ein paar von den jungen Kerlen schoren ihm den Kopf.«

»Aber warum?«, fragte Jonathan. »Was hatte er getan?«

»Brauchen solche Dummköpfe einen Grund? Sie sagten, er sei Simson und vom Teufel geschickt. Ungeschoren würde er sich erheben und im

Lager ein Blutbad anrichten. Es war gut, dass der Korporal ihre blasphemischen Worte nicht gehört hat.«

»Das hast du mir nie erzählt«, sagte ich.

»Ich wollte keine Rache. Was spielt das für eine Rolle, was sie gesagt haben? Sie haben dein Haar abgeschnitten, weil es schwarz und glänzend war.«

Ich glühte innerlich, dass er ihren Neid erkannt hatte.

»Es wächst wieder, mein Kind«, sagte die Tante. Ich drehte mich gespannt um, aber sie hatte Hepsibah gemeint.

»Lass mich die Liste sehen«, sagte ich. Ferris reichte sie weiter. Die Tunstalls hatten Sicheln, Dreschflegel, Setzstöcke und all das Übliche notiert, dazu noch eine Pflugschar, die von Brust gezogen wurde. Letzteres ließ mich seufzen. Wir würden diesen Pflug nicht brauchen, da wir ja Ochsen hatten, doch ich hatte den Verdacht, dass er, einmal mitgenommen, früher oder später auch zum Einsatz kommen würde. Dafür brauchte es einen kräftigen Mann, und ich konnte mir gut vorstellen, wer dieser Mann sein würde. Mit Männerschweiß geölt brauchte ein solcher Pflug eine Woche, um so viel Erde zu wenden, wie man mit einem Ochsengespann an einem Tag schaffen konnte. Ich legte die Liste auf den Tisch. »Brauchen wir diese Pflugschar?«

»Es ist ein Geschenk«, sagte Ferris. Er wandte sich an die Tunstalls. »Werdet ihr das alles mitbringen und auf den Karren packen?«

»Wann werdet Ihr abreisen?«, fragte Jonathan.

»Wir dachten an den zehnten April. Dann wird es Zeit zu säen«, sagte Ferris.

Wir dachten. Ich hörte dieses Datum zum ersten Mal.

»Das ist spät. Das Pflügen hätte im Winter vonstatten gehen sollen«, sagte Jonathan und sprach damit einen der vielen Zweifel aus, der auch mich quälte.

»Und nächstes Jahr wird es auch geschehen«, antwortete ich und sang damit gehorsam Ferris' Weise. »Dafür ist der Boden noch jungfräulich. Wir werden nicht viel düngen müssen, das ist ein Vorteil für uns.«

Sie erklärten sich einverstanden, ihr Gerät ein paar Tage vor dem Abreisetermin vorbeizubringen und mit uns am Zehnten zu dem Gemeinschaftsland zu ziehen. Ferris begleitete sie nach unten, klopfte ihnen auf den Rücken und rief ihnen noch etwas hinterher, als sie bereits die Straße entlanggingen. Ich blieb zurück, starrte auf die verhasste Liste und spürte den fragenden Blick der Tante auf meinem Gesicht.

Ich war immer öfter gezwungen, das zu unterstützen, wovor ich mich fürchtete. Manchmal bot ich im Schlaf dem Teufel Erklärungen an, der mir mit spöttischem Schweigen lauschte und dann als Antwort unsere wertvolle Ernte mit wildem Gelächter verhöhnte und sie zu welken Kürbissen verdorren ließ.

Eigentlich hätte ich nach dem ganzen Packen und Verstauen wie ein Toter schlafen müssen, doch am Abend vor unserer Abreise fand ich keinen Schlaf und fühlte mich trotz der geliebten Gesellschaft einsam. Ferris rollte im Bett herum; er murmelte vor sich hin, lachte und rief einmal »Joanna«, wachte jedoch nicht auf. Ruhelosigkeit fürchtend, hatte ich die Kerze brennen lassen und eine weitere mit nach oben genommen. Ich verbrachte meine Zeit damit, ihn zu beobachten, da der Schein der Kerze zu schwach war, als dass ich in der Bibel hätte lesen können, die immer noch neben seinem Bett lag. Abgesehen davon machte mir diese Lektüre inzwischen Angst, da ich vor einiger Zeit das Buch wahllos aufgeschlagen hatte und meine Augen folgenden Satz erblickt hatten: *Du sollst nicht bei Knaben liegen wie beim Weibe; denn es ist ein Gräuel. Denn welche diese Gräuel tun, deren Seelen sollen ausgerottet werden von ihrem Volk.* Später kam mir der Gedanke, dass wahrscheinlich Ferris – oder Nathan – schon bei Leviticus innegehalten hatte und das Buch, als ich es in die Hand nahm, deshalb auf dieser Seite aufschlug; doch *dann* schien es mir wie ein Omen, das meine Seele in Angst und Schrecken versetzte.

Der Judasschrei hunderter Vögel ließ mich wissen, dass draußen die Sonne aufging. Ich zog das Betttuch beiseite, so dass ich Ferris anschauen und ihn und die Kammer in meinem Herzen festhalten konnte. Er lag mit ausgebreiteten Armen auf dem Rücken, als hieße er jemanden willkommen: Er war so schlank wie ein Knabe, und nur seine vernarbte Wange verriet, dass er Waffen getragen hatte. Ich nahm seine Anmut und seine schlafende Unschuld in mich auf, um mich im Alter daran erinnern zu können.

Als er die Kälte spürte, runzelte er die Stirn und rollte zu mir hin. Ich zog die Decke über uns beide. Jede Wonne, die ich je mit ihm gekostet hatte, stach mich wie eine Klinge. Ich schloss ihn in meine Arme, presste meine Schenkel um ihn und verbarg mein Gesicht in seinem Nacken. Er zappelte und erwachte. Ich sah, dass er sofort wusste, welcher Tag es war, denn er sagte nichts und legte seine Arme um mich. So lagen wir eine Weile: reglos und aneinander gepresst.

Unsere treu ergebenen Nachbarn waren auf der Straße, um die Abreise der Fanatiker zu ihren Feldern zu beobachten. Einige von ihnen schauten mit versteckter – sehr versteckter – Bewunderung auf uns, doch die meisten Gesichter waren verschlossen und spiegelten Verständnislosigkeit für solch neumodische Pläne wider. *Mister Cooper hätte doch nicht alles verkaufen müssen*, las ich in ihren Augen, *denn der junge verrückte Kerl verlässt das Haus. Den sind wir los, und seinen plumpen, unhöflichen Freund ebenso.*

Unsere Kameraden waren eingetroffen, und wie versprochen waren die Ochsen vorbeigebracht worden. Wir alle standen im fahlen Licht des Hofes herum, während Harry das Joch anlegte. Die Tiere standen still.

»Dieser hier heißt Reuben und dieser da Pharoah«, sagte der Mann, der sie gebracht hatte.

Elizabeth streichelte einem der Ochsen das Maul. »Pharoah, Pharoah.« Thomas, das älteste der drei Beste-Kinder, starrte gebannt auf die Hufe. Die anderen beiden Tiere hießen Diamant und Blackboy.

»Haben wir den Karren überladen?«, fragte Ferris nervös.

Harry inspizierte ihn: Es war in der Tat schwer vorstellbar, dass noch mehr hineinpassen sollte beziehungsweise wie wir das alles hatten aufladen können: Reis, Käse, gesalzene Butter, Pökelfleisch, Schinken, Pumpernickel, getrocknete Bohnen, Öl und Bier, nicht zu reden von der Kleidung, dem Korn, den Samen und Gerätschaften. Oben auf dem ganzen Berg lag ein Pflug, dessen Griffe nach hinten herausstanden. Jonathan, Harry und die Domremys besaßen eigene Handkarren, während die anderen Kolonisten schwere Pakete schleppten.

Nachdem alles mehrere Male überprüft worden war, kam der schreckliche Augenblick. Die Tante war immer noch weinend im Haus. Ich zögerte, doch dann wurde mir klar, dass die anderen dieses schon durchgemacht hatten. Ich blickte in die Runde, um zu sehen, wie gut sie es überstanden hatten. Botts schien so fröhlich wie ein Mann, der sich gerade hingesetzt hat, um eine Ziege zu braten. Die Frauen hatten verquollene Augen, lächelten mir jedoch dennoch zu, während die Männer schweigend bekundeten, dass dies ein harter Schlag war. Ich wusste nur zu gut, wie sich die verheirateten Paare im Morgengrauen geküsst und umarmt hatten.

»Geh und sag drinnen auf Wiedersehen«, legte ich Ferris nahe.

»Geh du zuerst.«

In diesem Augenblick kam die Tante heraus und sah so verhärmt und alt aus, dass ich sie kaum wiedererkannte. Düsteres Vergnügen durchfuhr die gaffenden Nachbarn. Eine Frau ging zur Tante und ergriff mitleidig ihre Hand. Die Tante schüttelte sie ab und umarmte Ferris stürmisch. Ich musste an unsere Ankunft in London denken. Sie atmete schwer und stöhnte. Er warf mir über ihre Schulter einen Blick zu, aus dem hilfloser Schmerz sprach, dann barg er sein Gesicht in ihrem Nacken. Überrascht, so viel Schmerz zu empfinden, wandte ich meinen Blick ab. Die Frau, die ihre Hand hatte halten wollen, blieb steif an ihrer Seite stehen.

Jemand berührte meinen Ärmel. Becs. Sie wies mit dem Kopf auf das Haus und ich folgte ihr mit leichtem Grauen. In der Küche blieb sie stehen und wandte mir ihr Gesicht zu. Ich wusste nichts zu sagen und konnte nichts tun, also wartete ich.

Sie hatte ihr bestes Kleid an. Es war dunkel und eng anliegend; ihre feuchten Wangen wirkten sehr frisch über dem leuchtend weißen Kragen. Trotz allem war es eine Schande, dass sie nicht den Mann haben konnte, den sie wollte. Ich wollte sie gerade um Vergebung bitten, als das Mädchen mit einer fremden, heftigen Stimme ausstieß:

»Sie wird nie erfahren, was ich gesehen habe.«

»Oh –!« Die Luft strömte einfach aus mir heraus, ich hatte gar nicht bemerkt, dass ich sie angehalten hatte. Mein Dank war immer noch unausgesprochen, als sie fortfuhr: »Passt auf ihn auf, er ist ihr Leben.«

»Er ist auch mein Leben.«

Wir starrten einander an. Dann machte sie einen Schritt auf mich zu und hob gebieterisch ihr Gesicht, als sei ich der Diener. *Also gut, Waffenruhe.* Ich berührte ihren Mund mit meinen Lippen. Es war ein trockener, brüderlicher Kuss und wir hörten dabei nicht auf, uns anzustarren. Ich wollte meinen Kopf heben, als sie plötzlich ihre Arme um meinen Hals schlang und mich nach unten zog; sie schloss die Augen und drückte ihre weiche, liebkosende Zungenspitze zwischen meine Lippen. Ich hielt mich zurück und ließ sie nicht weiter eindringen, doch dann überfiel mich verräterische Erregung. Panisch versuchte ich erneut meinen Kopf zu heben, doch sie hängte sich sofort mit ihrem ganzen Gewicht an mich, drang mit der Zunge tief in meinen Mund ein und schloss die Augen, um meine Furcht nicht sehen zu müssen. Zu meinem Entsetzen fühlte ich, wie es sich in meinen Lenden regte. Sie musste sofort aufgehalten werden. Ich betete, dass Ferris nicht zurück ins Haus kommen möge, und löste langsam, aber bestimmt ihre Arme von meinem Hals.

Sie biss mich, und als ich von ihr weg wollte, schlug sie mir ins Gesicht. Ich war zu entsetzt, um zurückzuschlagen. Ich schmeckte Blut und wusste, dass sie meine Lippe aufgebissen hatte. Wir standen uns zitternd gegenüber, Becs mit geballten Fäusten und ich nach meinem Mund tastend. Ich hätte fast gesagt: »Was soll das alles bedeuten?«, doch stattdessen verbeugte ich mich vor ihr – verbeugte mich! –, stolperte aus dem Raum und schloss die Tür, hinter der sie heftig weinte.

In der Haustür stieß ich mit der Tante zusammen, die mir nicht in die Augen sah, sondern stattdessen meine Hände ergriff und murmelte: »Möge Gott Euch zu seinem Beschützer machen. Dieses Haus steht Euch immer offen.« Dann schob sie sich an mir vorbei und taumelte nach oben. Ich trat hinaus in die Sonne und sah, dass unsere Gesellschaft auf mich wartete. Ferris war sehr blass.

»Ihr habt Euch die Lippe aufgeschnitten«, sagte Hepsibah.

Ich wischte mir mit dem Handrücken über den Mund und ergriff mein Bündel. Harry setzte sich Thomas auf die Schultern, drückte Jeremiah den Griff seines Karrens in die Hand, ließ die Zügel knallen und befahl Pharoah mit einem schnalzenden Geräusch anzuziehen. Elizabeth trug das Baby in ihren Armen; ihr mittleres, etwa ein Jahr altes Kind wurde von Susannah Domremy gehalten. Die Karren quietschten auf dem Kopfsteinpflaster, und die Zuschauer machten eine Lücke, um uns durchzulassen. Am Ende der Straße drehten Ferris und ich uns gleichzeitig um, um einen letzten Blick auf das Haus zu werfen. Im Fenster seiner Kammer standen die beiden Frauen und winkten. Wir winkten zurück. Ich überlegte, ob Becs mein Blut schmecken konnte. Die Nachbarn standen reglos und sahen zu, wie wir davonfuhren.

4. Teil

24. Kapitel
Von Fangschlingen

An jenem ersten Tag ließen wir uns am Rand der Bäume nieder. Harry brachte die Tiere zum Stehen, und wir standen so reglos und schweigend herum wie jene, die wir zurückgelassen hatten. Sobald das Quietschen des Karrens aufgehört hatte, erstaunte mich vielfaches Vogelgezwitscher, und als ich aufschaute, erblickte ich in den Baumwipfeln des Waldes eine riesige Krähenkolonie.

Hepsibah ergriff die Hände der beiden Schwestern, stellte sie rechts und links von sich auf und bat uns, es ihr gleichzutun. Als wir einen Kreis gebildet hatten, verbeugten wir uns vor dem großen Werk, das vor uns lag. Meine Unterlippe war geschwollen. Etwas Haut hatte sich gelöst, und die wunde Stelle darunter war im Laufe des Tages immer wieder aufgeplatzt: eine liebevolle Erinnerung.

»Herr, wir bitten Dich, unsere Mühen mit Wohlwollen zu betrachten und sie als Zeichen für eine neue Zeit Früchte tragen zu lassen.« Hathersages Bitten wurden von den Rufen der Krähen übertönt, und am Ende sprachen wir das ›Amen‹ im Chor. Ich sah, dass Ferris während des Gebets zu dem Gott, den er leugnete, die Augen geschlossen hatte.

Dann wandten wir uns alle dem Karren zu. Harry schirrte die Ochsen ab und band sie an langen Stricken fest. Ich stemmte mich gegen das Gewicht des Pfluges, den Ferris, auf dem Karren stehend, zu mir hinuntergleiten ließ, während die anderen das Gefährt von den Seiten entluden. Ich sah, wie Jonathan den verhassten Handpflug ablud und ihn zu dem Stapel mit den Gerätschaften legte, der langsam neben ihm im Gras wuchs. Die Samen und kleineren Utensilien waren in hölzernen Truhen verpackt worden. Ganz unten auf dem Boden des Karrens lag das gegen die Feuchtigkeit geölte Zelt.

Meine Jacke und mein Hemd waren schon feucht, seit wir in Cheapside aufgebrochen waren. In meinem Bündel befanden sich mehrere Seifenkugeln und ein Handtuch; ich hatte beschlossen, so sauber wie irgend möglich zu bleiben. Das Quellwasser verhieß, dass die Schlacht bereits halb gewonnen war, und sollte es sich als zu schwierig erweisen, sich im Wald zu entkleiden, würde ich einen Eimer füllen. Stadtgebaren. Wir würden jetzt Bauern sein, sogar mein Kaufmannssoldat, der mit vor Stolz roten Wangen in der Sonne stand und seine ganzen neuen und noch unbenutzten Einkäufe betrachtete. Er half mir, das Zelt aufzustellen, während der Rest unter der Anleitung von Jeremiah Seile zurechtschnitt und Wasser und Holz aus dem Wald holte.

»Deine Nase ist verbrannt«, sagte ich.

»O nein!« Er rieb sie verärgert. »Wenn die Haut erst mal bräunt, geht das vorbei.«

Ich fragte mich, wie er unter der Sonne wohl graben und pflanzen wollte. Das Zelt ließ sich leichter aufstellen, als ich erwartet hatte, und wurde mit Pfählen befestigt. Dann liefen wir hin und her, um unser Hab und Gut hineinzuschaffen. Ich ließ ihn einige der schweren Lasten tragen, da ich es nicht einsah, sie alle auf meinen Buckel zu nehmen. In der Druckerei hatte er gesagt, das Neue Jerusalem würde auf Schweiß gebaut: sollte er herausfinden, was das bedeutete. Als ich ihm ein großes Paket auflud, das so schwer war, dass ich selbst innehalten musste, schaute er von mir weg und biss die Zähne zusammen. Ich sah, wie er langsam und unter Schmerzen zum Zelt ging, und erwartete, er würde zu Boden sinken. Er tat nichts dergleichen, doch als ich ihm folgte, sah ich, dass er mit seiner Last stehen geblieben war und sie nicht ablegen konnte, ohne das Gleichgewicht zu verlieren. Ich hatte Mitleid mit ihm und stützte die Last, während er darunter wegschlüpfte.

»Die Kraft wird mit der Arbeit kommen«, erklärte er.

»Die meisten Leute glauben, dass man bei der Arbeit Kraft verliert«, neckte ich ihn.

Doch meine entmutigenden Worte taten mir sofort wieder Leid, denn schließlich hatte er seine Bürde ja getragen. »Komm«, sagte ich. »Ich werde dein Packesel sein.« Wir teilten die restlichen Sachen ihrem Gewicht entsprechend zwischen uns auf. Als die letzte Werkzeugkiste sicher verstaut war, steckte ich meinen Kopf aus dem Zelt: die anderen waren etwas weiter entfernt, und ich konnte hören, wie die uns am nächsten stehende Frau einer anderen zurief, sie möge den Wassertopf holen.

Ich erwischte Ferris am Ärmel und zeigte auf meinen Mund. »Siehst du das?«

»Was? Ach, das! Hast du dich gebissen?«

»Becs hat mich gebissen. Heute Morgen.«

Er zog die Augenbrauen hoch. »Du hast sie geküsst?«

Ich erzählte ihm, was passiert war, und er prustete vor Lachen.

»Ja, lach nur«, sagte ich. »Aber wisse, dass es mich seitdem schmerzt.«

»Du wirst es überleben.« Ferris küsste die aufgeplatzte Lippe. »Kau Thymian, das hilft.«

»Im Wald gibt es welchen«, sagte ich listig.

»Jacob, selbst ich weiß, dass Thymian in den Wiesen wächst. Aber wir werden in den Wald gehen.« Er duckte sich weg, als ich versuchte, ihn richtig zu küssen. »Um das hier zu verstecken.« Er zeigte auf die Geldschatulle, die er aus Cheapside mitgebracht hatte. »Du hast den Schlüssel?«

Ich nickte.

»Ich werde sie vergraben, und niemand außer uns wird wissen, wo sie ist.«

»Mal etwas nicht Gemeinschaftliches. Dein bester Plan bis jetzt«, sagte ich.

»Kommst du mit?« Er winkte und ich dachte, zumindest würde es da weder eine Tante noch Becs geben.

Es war nicht schlecht. Ich nahm einen kleinen Spaten; wir gingen sehr tief in den Wald hinein und fanden einen Platz, der rundum von Büschen geschützt wurde. Ich legte mich in das Versteck, während Ferris außen herum ging und nicht einmal einen Schuh sehen konnte. Von innen konnte ich ihn sogar noch in einigen Metern Entfernung hören, so liefen wir kaum Gefahr, überrascht zu werden. Er drückte seine Geldschatulle an sich, krabbelte unter dem Laubwerk hindurch zu mir, setzte das Kistchen ab und zog meine Hände unter seine Kleidung. Schon vor Monaten hatte ich geträumt, mit ihm in einem Wald zu liegen, doch damals hatte ich dieses Vergnügen für unmöglich gehalten: die Erinnerung machte mir gute Laune. Ich verwöhnte ihn, bis er so heiß wurde wie ein unerfahrener Knabe; ich ließ ihn mich unterdrücken und den jungen Prinzen spielen. Später kam ich in den Genuss, es ihm sanft heimzuzahlen. Die ganze Zeit über zwitscherten die Vögel über unseren Köpfen und es roch nach zerdrücktem Gras.

Wir vergruben seinen Schatz unter der Stelle, an der wir uns aneinander erfreut hatten, und traten, jeder ein Bündel Brennholz tragend, wieder aus dem Wald.

Den restlichen Tag verbrachten wir damit, die einzelnen Parzellen abzugehen, Steine zu entfernen und mithilfe von Hacken größeres Unkraut zu beseitigen, das dem Pflug schaden konnte. Die Ochsen sollten so viel von dem Gestrüpp fressen, wie sie konnten, und sie waren die Einzigen, denen eine Pause vergönnt war. Als es dunkel wurde, setzten wir uns mit dem Käse, dem Brot und dem Bier unter den Sternenhimmel. Es wurde viel gelacht und geneckt, und wir waren allerbester Laune. Wir schliefen, wie es in der Armee üblich war, Seite an Seite vollständig bekleidet im Zelt und erwachten mit schmerzenden Gliedern, um noch mehr Brot und Bier zu uns zu nehmen.

Am zweiten Tag bauten wir uns Hütten. Die Grasnarbe hätte eigentlich mit Stechspaten entfernt werden sollen, doch wir mussten so schnell vorankommen wie irgend möglich, daher wurden die Tiere wieder angespannt, um das Gras umzupflügen. Ich ging neben Harry her und lernte, wie man den Pflug handhabte. Ich war entschlossen, keinen anderen als diesen Pflug zu gebrauchen, mochten Ferris und Jonathan tun, was sie wollten. Auf Beaurepair hatte man die Grasnarbe abgebrannt und dann mit Kalk als Dünger untergepflügt, doch wir brauchten die Grasziegel als Schutz. Während wir das von Jonathan und Hepsibah markierte Stück Land auf und ab gingen, folgten uns die Frauen und sammelten das Gras und die Steine in Körben. Diese brachten sie Botts, der die Steine zu Haufen aufschichtete und die Grasziegel ungeschickt auf Holzrahmen stapelte, die Harry gemacht hatte. Immer wieder nahm der Schmied seine Axt, um neue Pfähle zu schlagen, dann musste ich den Pflug allein lenken. Wenn er zurückkam, lachte er immer laut.

»Hattet Ihr nicht gesagt, Ihr hättet schon auf dem Feld gearbeitet?«, fragte er.

»Nicht so«, antwortete ich, beschämt, wie schief meine Furche neben seiner wirkte. Noch schlimmer war es, wenn er zurückkam und der Pflug still stand, weil die Ochsen meine unerfahrene Hand spürten.

Hathersage grub ein Loch für das Feuer und wischte sich dabei ständig mit dem Handrücken über die Stirn. Seine feinen Augenbrauen auf der gerunzelten Stirn gaben ihm den Anstrich eines braven Kindes, dem man eine lästige Aufgabe aufgetragen hatte. Er hatte bereits die Jacke ausgezogen, und sein ansonsten sehr sauberes Hemd war an den Ärmelenden mit Erde verdreckt. Er hatte die Erde neben der Feuerstelle sauber aufgehäuft und klopfte sie von Zeit zu Zeit mit dem Spaten glatt. Ferris und Jeremiah waren im Wald, damit Ferris lernte, Fangschlingen zu legen, während Elizabeth und die Kinder nach Beeren und Nüssen suchten.

Die Sonne stach mir in die Augen. Jonathan ging vor mir her und entfernte mit der Hacke kleine Sträucher, bevor der Pflug darüber fuhr. Das hartnäckigste und dornigste Gestrüpp, das selbst die Tiere mieden, legte er an den Rand, um später damit Ferris' Drainagegräben zu füllen.

Ich konnte kaum mit ihm Schritt halten und fühlte mich gedemütigt. Meine Hände und Arme zitterten; der Pflug blieb stecken und Pharoah schlug mit dem Schwanz nach Fliegen.

»Armes Tier, es ist müde«, sagte Susannah.

Einen Moment lang dachte ich, sie meine mich. Als ich mir das nasse Gesicht am Ärmel abrieb, verfärbte sich das Leinen von der Erde und dem Schweiß braun; kein Lüftchen erleichterte uns die Arbeit in diesem Backofen. Ich sah Catherine zu, wie sie ein Grasstück in ihren Korb legte; ihr bronzenes Haar war voller Staub. Die beiden Schwestern hatten von der Sonne und der Anstrengung gerötete Gesichter; auf Catherines Gesicht zeigten sich dunkle Sommersprossen, während ihre Genossin blasse Flecken hatte, die aussahen wie Reste von Herbstlaub.

»Wie heißt dieser gelbliche Stein?«, fragte Susannah. Keiner wusste es. Ich wünschte, einer der anderen Männer würde die Grasstücke sammeln, da ich die Frauen kaum darum bitten konnte, mich am Pflug abzulösen. Ich beneidete Ferris um die kühle Dunkelheit des Waldes.

Vielleicht würde er uns ein oder zwei Kaninchen fangen. Trotz der abgestandenen Hitze wurde mein Mund bei dem Gedanken an Fleisch wässrig, und ich bemerkte, wie ausgehungert ich war. Sofort wurde mir flau. Ich trat vom Pflug weg und sagte, ich müsse erst etwas essen und trinken, wenn ich mit der Arbeit fortfahren wolle.

Catherine ging mit mir zum Zelt, schnitt einen der von ihr mitgebrachten Käse an und fand auch etwas Brot. Ich sah ihre schwarzen Fingerabdrücke auf dem frisch geschnittenen Käse, und auch meine eigene Hand, die ihn entgegengenommen hatte, war von der Erde verfärbt. Wir blickten auf den Schmutz und dann einander in die Augen und sahen, wie unser neues Leben Gestalt annahm. Eine hässliche Gestalt. Ich nahm einen großen Schluck von dem warmen Bier, das ich in einem Tonkrug gefunden hatte, der wahrscheinlich Botts gehörte. Alle Dinge waren Allgemeingut.

»Wo ist Christopher?«, fragte Catherine scheu.

»Fangschlingen auslegen.«

»Wenn Wisdom das Feuer in Gang hat, können wir mit dem Kochen anfangen.« Sie griff nach dem Krug, hatte jedoch mit seiner Größe und seinem Gewicht zu kämpfen; ich stützte ihn, damit sie trinken konnte. Ihren hastigen Schlucken entnahm ich, dass ihre Kehle weit trockener gewesen war als meine. Ich fragte mich, wie lange sie wohl noch weitergearbeitet hätte, ohne ein Wort zu sagen. Sie klopfte an den Krug, um mir zu bedeuten, dass sie genug habe, und das Bier floss ihr über das Gesicht, über den Hals und bis in ihr Mieder.

»Entschuldigt«, sagte ich.

Sie wischte sich das nasse Gesicht ab, wobei der Dreck in winzigen, schwarzen Fetzen abgerubbelt wurde. »Gestern hat die Kuh gekalbt. Wir können sie in ein, zwei Tagen abholen.«

»Was, mit ihr von London bis hierher gehen? Dafür ist es doch sicherlich noch zu früh?«

»Nein. Sie steht im Nachbardorf! Das haben wir vor zwei Wochen so arrangiert.« Sie schaute mich neugierig an und fragte sich wahrscheinlich, warum Ferris mir das nicht erzählt hatte. Ich hätte sie aufklären können: Er wusste, dass er mich damit gelangweilt hätte. Das verschüttete Bier hatte einen weißen Fleck auf ihrem Kinn hinterlassen; sie sah aus wie ein Mann, der sich im Hochsommer den Bart abrasiert. Ich war nicht zornig über diese unschuldige Rivalin, vielleicht weil sie im Vorfeld bereits geschlagen war oder vielleicht, weil ich zu lange mit Becs unter einem Dach gewohnt hatte. Es war beruhigend, mich in Catherines Augen zu spiegeln: Jacob, weder der böse Engel noch der schmutzige Liebling, sondern einfach ein armer, unglücklicher Mann, der sich auf die Lippe gebissen hatte.

Als wir auf das Feld zurückkehrten, war auch Harry wieder da und sah gleichmütig wie immer neben sich herunter. Die Ochsen arbeiteten und spannten vor Anstrengung ihre Hälse.

»Würdet Ihr lieber etwas anderes machen?«, fragte Harry, während wir neben den Tieren herstolperten. »Steine schleppen? Susannah kann Ben mit den Pfählen helfen.«

»Lasst mich Ben helfen«, warf Catherine ein. Sie ging zu ihm hinüber, bevor sich jemand anders anbieten konnte. Da ich wusste, wie sehr er ihr zuwider war, konnte ich ihr Angebot nicht nachvollziehen, bis ich merkte, wie sie von der Hütte aus immer wieder zum Wald hinüber blickte. Wenn sie diesen Mann ertragen konnte, nur um ihren süßen Christopher im Auge zu haben, dann hatte es sie stärker erwischt, als ich gedacht hatte.

»Meine Schwägerin ist jung«, sagte Susannah, als wir uns gemeinsam über die Körbe beugten. »Sie liebt die Abwechslung bei der Arbeit.«

Ich lächelte und nickte. Schwarze Käfer krabbelten über den gepflügten Boden; zerschnittene Würmer wanden sich aus der Erde, als wollten sie unser Mitleid erflehen. Ich versuchte, sie nicht zu berühren. Das ständige Bücken trieb mir noch mehr Schweiß aus den Poren, und das warme, nasse Hemd klebte mir am Rücken, so dass ich es am Ende auszog. Jetzt würde ich so braun werden wie ein Bauer, aber mir blieb nichts anderes übrig. Susannah arbeitete in ihrem wollenen Kleid. Unter ihren Armen und Brüsten breiteten sich große Flecken aus. Es tat mir Leid, sie anzuschauen.

»Schaut her«, rief sie aus. In ihrer Hand hielt sie einen gelben Stein, etwa von der Größe eines Ziegels. Allerdings war er eher dreieckig, und in ihm war eine Muschel eingebettet, die so echt aussah, als läge sie in der Hand eines Fischhändlers.

»Schaut her!«

Die anderen waren froh, ihre Arbeit einen Moment ruhen lassen zu können. Susannah reichte den Stein herum. »Was sagt ihr dazu?«

»Elfen«, meinte Catherine.

»Aberglaube«, verbesserte sie Hathersage scharf. Wir gaben die Muschel weiter und drückten dabei den Stein. Ich fuhr mit dem Fingernagel die sanften Rillen entlang; Harry spuckte auf den Stein und rieb ihn.

»Ich habe solcherlei Dinge schon gesehen«, sagte ich.

»Habt Ihr das!«, rief Harry. »Einfach so?«

»Sie sahen aus wie große, flache Schnecken. Daheim konnte man jede Menge davon in der Erde finden, die Leute auf dem Lande mauerten sie als Glücksbringer in die Wände mit ein. Ein Stein war so groß wie ein Wagenrad.«

»Gütiger Gott!«, rief Hathersage.

Botts schaute mich zweifelnd an. »Und *der* wurde in eine Wand eingemauert?«

»Er liegt im Vorraum der Kirche«, erklärte ich ihm, »bis zum heutigen Tag.«

Es ärgerte mich, dass er die Nase rümpfte, denn jedes Wort davon war wahr.

»Auch ich habe solche Dinge schon gesehen«, sagte Hepsibah. »Nach heftigen Regenfällen konnte man sie in Lehmgruben finden. Als Kind auf dem Dorf haben wir sie gesammelt.«

»Es sind teuflische Dinge«, sagte Hathersage. »Zu Stein gewordene Tiere – das ist entweder Hexerei oder eine Strafe Gottes. Glaubt Ihr, das kommt von Sodom und Gomorrha?« Er starrte ängstlich in die Runde.

»Wie sollte es von da nach hier gelangt sein?«, spottete Botts.

»Nicht Sodom, sondern die Flut«, legte ich nahe. »Das Wasser hat einst die Erde bedeckt, und solche Steine blieben liegen, als es sich zurückzog.«

Hathersages Gesicht hellte sich auf.

»Aber warum ist die Muschel aus Stein?«, fragte Catherine. »Könnten wir auch Hunde oder Kühe aus Stein finden?«

Botts wollte wissen, ob es Stein durch und durch war.

»Brecht ihn auf und schaut nach«, schlug Harry vor.

»Nein!«, schrie Susannah. »Zerstört ihn nicht.«

»Legt ihn zurück an die Stelle, wo er war«, sagte Hathersage. Susannah runzelte die Stirn, denn sie hielt die Muschel offensichtlich für ihr Eigentum.

»Was meint Ihr?«, fragte ich Jonathan. Er zuckte mit den Schultern und sagte, es handle sich vielleicht um einen Zufall oder ein Spiel der Natur; so wie der Mensch Samen in die Erde gibt und Alraunen daraus erwachsen, so wurde dieses Meereslebewesen vielleicht aus dem Stein hervorgebracht. Ein Gelehrter könne uns vielleicht Auskunft erteilen.

Am Ende legte Susannah die Muschel neben den Steinhaufen, um für sie eine geeignete Stelle zu finden, wenn wir unsere ersten richtigen Mauern hochziehen würden; sie sagte, die Muschel sei zu schön, um sie wieder zu vergraben. Ich sah, dass Hathersage nicht glücklich darüber war, doch er nahm sie ihr auch nicht weg.

Ich bin schwarz, doch anmutig, o ihr Töchter Jerusalems.

Soweit Ferris' armseliger Versuch, mir ein Lächeln abzuringen. Ich war inzwischen einer dieser Mohren, über die ich mich einst lustig gemacht hatte, als wir von Seeleuten gesprochen hatten, und ich war völlig zerschunden, so zerschunden wie einst Rupert Cane, als dieser auf der Straße gelegen hatte und man ihm außer seinem Haar nichts mehr hatte nehmen können. Nach etwa einem Tag legte ich meinen schweren Umhang für den Winter weg. Als ich den Truhendeckel über dem Cheapside-Bürger in seinem Sarg schloss, erinnerte ich mich an den armseligen Stolz meiner Mutter, als meine Herrin mich vom Feld geholt und mir einen Platz auf Beaurepair gegeben hatte. Die letzte Stellung eines Mannes ist häufig schlechter als seine erste. Drucken, in der Stadt herumspazieren: All dieses kurze Glück war erloschen. Die einzigen Reichtümer, die ich nun zu Gesicht bekommen würde, waren Steine, die in der Sonne glänzten.

Aus Anstand gruben wir unsere Latrinen hinter den Büschen. Ich hob eine flache Grube aus und ließ die frische Erde auf einem Haufen daneben liegen. Eine Schaufel war zur Hand, mit der man seine Geschäfte bedecken und vor dem Gehen die Grube füllen konnte. Der Gestank war nicht so schlimm, wie ich gefürchtet hatte, denn es gab weniger Kolonisten als Soldaten in der Armee des *New Model*, und außerdem waren sie reinlicher. Ferris missfiel die Latrine, denn er sah sie als Verschwendung von Arbeitskraft und Dünger, doch ich konnte eher seine Laune ertragen als in einer offenen Ackerfurche mein Geschäft verrichten und damit war ich nicht allein.

»Verlange ich von dir, dass du dich den anderen vor die Nase hockst?«, rief Ferris erzürnt. »Alles, was du tun musst, ist, ans andere Ende des Feldes zu gehen, da hast du genug Privatsphäre.«

»Ich grabe und pflüge unter deinem Befehl«, erwiderte ich, »aber du wirst mir nicht vorschreiben, wie ich zu scheißen habe.«

Die Kolonisten pflügten nunmehr seit zweieinhalb Wochen und hatten so ungefähr zwei Morgen Land umgegraben; geübte Arbeiter hätten mehr geschafft. Wir pflanzten Roggen, Mais, Buchweizen und Hirse, dazu einige Erbsen, Bohnen, Karotten, Zwiebeln, Lauch und Steckrüben. Als Getreide verwandten wir hauptsächlich Roggen, da weder Weizen noch Gerste auf einem frisch angelegten Acker gedeihen würden, deshalb mussten wir die Erde vor dem Säen noch eggen. Es freute mich, dass Jeremiah etwas von den Dingen verstand, er hatte das Getreide bis auf den Roggen zum Quellen in eine Mischung aus Kuhdung und Wasser gelegt. Wir alle wechselten uns mit der hölzernen Egge ab, und sobald eine Reihe gelockert war, begannen Ferris und Jeremiah, die Saat in die Erde zu geben.

Ich beobachtete Ferris, der auf einem Brett kniete und die Körner durch ein Sieb in die Erde rieseln ließ; er war so beschäftigt damit, Mutter Erde ihre Frucht zu schenken, dass sich Catherine nackt in eine Furche hätte werfen können, und er hätte sich lediglich auf sie gekniet. So wie der Pflug den Ochsen folgte, so folgte das arme Mädchen Ferris. Immer wieder machte sie zarte Annäherungsversuche, die allesamt freundlich abgewiesen wurden. Er hatte Recht gehabt mit dem, was er in London zu mir gesagt hatte: Zumindest Catherine sah nicht, wie es zwischen ihm und mir stand. Bei Hathersage war ich mir da weniger sicher. Botts sah, glaube ich, immer nur sich selbst, aber keiner von uns hatte viel Zeit, die anderen zu beobachten. Selbst die Kinder bekamen Rasseln, um damit die Vögel zu vertreiben, aber sie waren zu jung und verstanden nicht, worum es ging. Sie zwischen den Furchen zu sehen, verursachte mir seelische Schmerzen, die ich für mich behielt. Ferris würde es nicht verstehen. Diese Wunde war mir schon lange vor dem Krieg beigebracht worden, und der einzige Mann, der ihre Tiefe ermessen konnte, war Izzy.

Es war Jeremiah, der zu den meisten Dingen die besten Vorschläge machte. Um die Vögel fern zu halten, verknotete er schwarze Lumpen, so dass sie aussahen wie Krähen, und legte sie an Schnüren entlang der Furchen aus. Nachdem er Ameisen im Zelt erspäht hatte, suchte er sorgfältig nach Ameisenhügeln und fand eine ganze Anzahl davon unter Büschen und Bäumen. Nach Sonnenuntergang, quasi dem Ausgangsverbot für Ameisen, schüttete er heißes Wasser über diese Nester und verbrühte die Bewohner, die sonst unser Getreide auf dem Rücken davongeschleppt hätten.

Ich gab es nur ungern zu, aber die Ausdauer meines Freundes überraschte mich. Wenn er nicht gerade säte, sah man seine schlanke Figur meist unten in seiner Zisterne. Diese Zisterne, ein Art abgedeckte Drainagegrube, war für lange Zeit sein wichtigstes Vorhaben. Er wollte immer schon eine bauen und hatte während der Wintermonate fasziniert über verschiedenen Plänen gesessen und Zeichnungen miteinander verglichen.

Nun, da er damit angefangen hatte, zog er es vor, diese Arbeit auch alleine durchzuführen. Von Zeit zu Zeit bat er Jeremiah oder Jonathan um Rat, schlug aber alle Angebote aus, ihm beim Graben zu helfen. Als Standort hatte er sich eine Senke ausgesucht, in der das Gras am üppigsten wuchs und bei jedem Schritt ein schmatzendes Geräusch machte. Ferris hatte dort bereits Drainagegräben verlegt, um das umliegende Land auszutrocknen, doch das größte Vergnügen bereitete ihm eben der Bau der Zisterne.

»Ich höhle den Grund aus, so wie der Plan es vorschreibt«, erklärte er mir eines Morgens, als wir gerade eine Hütte reparierten, die über Nacht zusammengebrochen war. Als ich ihm einen Grasziegel reichte, fuhr er fort: »Das Loch muss noch tiefer sein und dann nach allen Seiten vergrößert werden, so dass man Gestrüpp und Reisig hineintun kann.«

»Willst du hinterher herausgezogen werden?«, fragte ich.

»Ja. Heute grabe ich das Loch fertig – danach werde ich ohne Hilfe nicht mehr herauskommen. Morgen werde ich es dann füllen.«

»Das ist eine Arbeit, die zwei Männer erfordert. Besser, du nimmst die Äste unten entgegen, während ich mich bemühe, das Gewicht abzufangen und sie langsam nach unten zu lassen.«

Er runzelte die Stirn. »Ich bin stark genug, die Zweige hinabzulassen.«

»Der oben stehende Mann muss den anderen heraufziehen«, erinnerte ich ihn.

Ferris nickte gezwungen. Ich hatte bereits bemerkt, dass er mich, seit wir in der Kolonie lebten, um meine Kraft beneidete, etwas, das er in Cheapside nie getan hatte.

»Also, nach dem Essen?«, versuchte ich ihn zu überreden. Sein Gesicht hellte sich auf, denn in der Früh vor dem Instandsetzen der Hütte waren wir die Fangschlingen abgegangen und hatten drei Kaninchen darin gefunden.

Hathersages Feuergrube funktionierte ausgezeichnet. Er hatte die Erde kreisförmig darum festgeklopft, so dass Luft an die Flammen gelangte, ohne das Feuer zu löschen. Über der Feuerstelle stand ein von Harry extra dafür geschmiedeter Dreifuß, an dem Elizabeths Kessel baumelte. Rußbedeckt wie ein Kaminfeger schleppte Hathersage ständig Holz herbei und der kleine Thomas Beste hing ihm währenddessen die ganze Zeit am Hemdzipfel. Ich überlegte, ob der junge Mann sich bei dieser mühseligen Arbeit nicht nach der Beschaulichkeit von Mister Chiggs' Haus zurücksehnte. Der Säugling lag schnaubend im Gras und strampelte in der Sonne.

Ferris lächelte Elizabeth zu, als wir uns ihr näherten. »Und was machen die Kaninchen?«, fragte er.

»Sie schmoren in ihrem eigenen Saft«, erwiderte sie. »Jacob, Ihr seht aus, als ob Ihr vor Hunger gleich tot umfallt. Sie sind so gut wie fertig, ruft doch schon mal die anderen.«

Ich machte mich auf, die anderen Arbeiter zusammenzutreiben. Ferris linste derweil in den Kessel und neckte Hathersage wegen seiner verrußten Haut; mit den Dampfschwaden wehten die Worte »schwarz wie Jacob« zu mir herüber, und ich beschleunigte meinen Schritt.

Hepsibah und die Domremys waren im Zelt, prüften das Pökelfleisch und zählten die angebrochenen Bierkrüge.

»Der Käse geht zur Neige, wir hätten mehr mitbringen sollen«, sagte Catherine gerade betrübt, als ich eintrat.

»Etwas Besseres als Käse wartet draußen auf Euch«, erzählte ich ihr lächelnd. Ihre zartrosa Haut lief sofort dunkelrot an, und ich merkte, dass ich einen Fehler begangen hatte. Rückwärts das Zelt verlassend fügte ich hinzu: »Elizabeth erwartet Euch gleich. Seid so freundlich und bringt Bier mit.« Ich flüchtete, um nach den Männern zu schauen.

Jeremiah und Jonathan sortierten aus den Steinhaufen kleine und große Steine aus. Da es eine langweilige Arbeit war, sprangen die beiden sofort auf, als ich sie zum Essen rief. Jeremiah grinste mich an und ich sah, dass dabei seine Lachfältchen von den strahlend blauen Augen bis in sein Haar hinein reichten. Warum hatte er sich unserem Experiment angeschlossen, fragte ich mich: War er vielleicht vor einer Missetat oder vor Schulden geflohen? Ich hatte bislang außer im Fall von Botts kaum über solche Fragen nachgedacht. Nun stellte ich fest, dass wir nicht sicher wussten, warum sich die einzelnen Männer und Frauen uns angeschlossen hatten. Jeremiahs freundlicher Blick verriet nichts.

»Harry hackt Holz«, meinte er. »Soll ich ihn holen?«

»Besten Dank – und wo ist Ben?«

Die Männer schauten erst einander an und dann zu mir. »Er fühlt sich nicht wohl«, sagte Jonathan schließlich. »Die Sonne hat ihn erwischt. Er braucht Ruhe.«

Ich machte mich auf zu Botts Hütte. Die anderen verharrten an Ort und Stelle.

»Jacob, nicht!«, rief Jonathan plötzlich. Er rannte mir nach. »Lasst ihn in Ruhe, ja? Umso mehr von dem Kaninchen haben wir für uns.«

Ich blickte in sein erdbraunes Gesicht, das Gesicht eines Mannes, der sich um jeden Preis Frieden erkaufen will. »Ich werde wenigstens nach ihm sehen«, antwortete ich.

Doch ich brauchte gar nicht nach ihm zu sehen. Der Gestank von Bier und Erbrochenem wehte mir trotz der geschlossenen Tür von der Hütte entgegen. Ich spuckte ins Gras. »Wie lange ist er schon in diesem Zustand?«

Jonathan zuckte mit den Schultern. »Vielleicht eine Stunde. Beim Morgengebet war er noch wohlauf, Ihr habt ihn ja auch gesehen.«

Ich überlegte, wie viel er wohl getrunken haben mochte, und wollte die Tür öffnen, doch Jonathan hielt mich davon ab. »Was bringt es jetzt, dort hineinzugehen? Er wird Euch nicht erkennen. Sollen wir nicht lieber in Ruhe essen?«

Ich zögerte.

»Unsere guten Kaninchen essen?«, fügte er hinzu. »Ben kann warten.«

»Das ist wahr.«

Wir kehrten recht kameradschaftlich um. »Ist es das erste Mal?«, fragte ich.

»Das erste Mal, dass es ihm dabei so schlecht geht.« Er schaute mit seinen klaren, traurigen Augen zu mir auf. »Dieser Mann ist einsam; das öffnet dem Dämon der Trunksucht Tür und Tor.«

»Er ist doch den ganzen Tag mit uns zusammen! Was will er denn noch?«

»Das, was jeder Mann will, einen besonderen Freund, eine Frau, Kinder.«

»Ich habe keine Frau und Jeremiah auch nicht«, sagte ich scheinheilig.

»Nein, aber Ihr habt einen Freund. Wenn man niemanden hat –«

»Nach Erbrochenem zu stinken wird daran nichts ändern!«

»Ihr seid hart, Jacob.« Es war ein Vorwand, doch er schien mir dabei weder kriecherisch noch demütig zu sein; er war eben doch nicht aus Erde gemacht, dieser braune Mann.

»Hart, weil ich verärgert bin!«, sagte ich. »Ich habe dies kommen sehen, doch Ferris musste sich durchsetzen.«

»Er kann nicht leicht nein sagen«, sagte Jonathan. Ich wandte mich zu ihm um und sah, dass er seine freundlichen, verständnisvollen Augen auf mich gerichtet hatte. Einen Moment glaubte ich, auch Mitleid darin zu sehen, doch dann lächelte er und zuckte mit den Schultern. Wir gingen schweigend zum Kessel. Harry und Jeremiah traten gerade aus dem Wald. Hathersage hatte sich Wangen und Mund sauber gewischt.

Neben dem Kessel stand ein einfacher Tisch, den Harry gezimmert hatte. Ein graues Tuch lag darüber, und darauf standen eine große Schüssel und Holznäpfe. Aus dem Kessel schauten Schnüre hervor. Elizabeth zog an einer und brachte damit einen Krug zum Vorschein, dessen Deckel mit Teig versiegelt war. Sie ließ ihn auf den Tisch herab, während Susannah und Catherine die nächsten beiden auf die gleiche Art versiegelten Krüge herauszogen.

»Vorsicht, heiß!«, warnte Susannah Thomas mit einem Schrei, denn er wollte nach einem Krug greifen, als dieser gerade in der Nähe seines

Kopfes baumelte. Hepsibah zog den kleinen Jungen an der Hand zurück. Die anderen Frauen hantierten geschickt mit dem kochendheißen Geschirr und schnitten die Teigsiegel auf. Schließlich kam ein Tuch zum Vorschein, in dem etwas Grünliches war und das zum Abtropfen ins Gras gelegt wurde; der Geruch nach Kaninchen stieg jedermann in Mund und Nase. Ich spürte, wie mein Magen knurrte, und beschloss insgeheim, mir dieses Mal den Bauch voll zu schlagen, denn manches Mal erhielt ich nur die gleiche Portion wie Ferris, die dann in meinen leeren Eingeweiden rasselte wie eine getrocknete Bohne in einer Trommel. Das in den Krügen sehr zart gewordene Fleisch wurde in die große Schüssel gegeben und dann in die Holznäpfe verteilt.

»Habt Ihr Ben gerufen?«, fragte Elizabeth und hielt mit roten Wangen über seinem Napf inne. Fast wäre von ihrem Kinn ein Schweißtropfen in den Eintopf gefallen.

»Er ist krank und möchte nichts«, erwiderte ich und überlegte zu spät, dass ein gewitzterer Mann angeboten hätte, ihm seine Portion zu bringen. Sie legte mir noch ein Stück Fleisch in meinen Napf; Susannah teilte Schrotbrotscheiben aus. Das Tuch wurde aufgebunden, und ich erhielt noch etwas von dem gekochten Grünzeug: Brennnesseln und Fette Henne. Die Gesellschaft ließ sich zum Essen nieder und suchte in ihrer Kleidung nach Messern und Löffeln. Ich schaute auf meinen Löffel. Es war der, den Ferris mir in Winchester gegeben hatte.

»Gut gemacht, Weib«, sagte Harry.

Die anderen stimmten in das Lob über Elizabeths Kochkunst mit ein.

»Wisdom hat eine gute Feuerstelle gebaut«, meinte sie.

Hathersage blinzelte bescheiden, als Ferris sagte: »Tapfer, Hathersage«, und erhielt von Catherine einen Bierkrug gereicht, der ihn wohl vollends glücklich stimmte. Bis auf sein Schlucken und das Klirren des Bestecks herrschte Stille. Ferris lutschte das Fleisch von den Knochen. Ich stand auf, nahm mir eins der Teigsiegel vom Tisch und legte es oben auf meinen Napf: Harry tat es mir nach. Elizabeth reichte Thomas das letzte Stück, damit er darauf herumkauen konnte.

»Könnte ich bitte das Bier haben«, hörte ich Ferris sagen. Hathersage reichte den Krug sofort weiter. Ferris nahm einen so tiefen Schluck, dass man daraus schließen konnte, dass er über Botts Zustand Bescheid wusste und weitere Vorkehrungen treffen wollte, indem er den Krug leerte. Dann ließ er sich rückwärts ins Gras fallen und stellte seinen leeren Napf auf der Brust ab.

»Ist noch Käse da?«, fragte Jeremiah. Susannah lief los, um welchen zu holen; ich setzte mich auf und freute mich, dass es noch mehr zu essen gab.

»Wir sollten auch Christopher danken«, sagte Catherine, »da er sie gefangen hat. Ihr müsst mehr Fallen aufstellen, Bruder Christopher.«

»Und sie häufiger überprüfen«, sagte ich.

Ferris lächelte und lag da mit geschlossenen Augen, wobei sich die Wimpern hell von seinen bräunlichen Wangen abhoben.

Nach dem Käse schaute ich mit ihm nach der Zisterne. Ich war guter Laune, denn für einmal hatte ich mich satt gegessen. Um das Loch herum lagen große Erdhaufen, nackt und schwarz, bis Gras und Unkraut sie überwuchern würde.

»Siehst du, wie tief das Loch ist?«, wollte Ferris wissen.

Er war ein bisschen benommen vom Bier und von der Sonne und wollte, dass ich seine Heldentat bewunderte. Ich sollte zugeben, dass ich nicht mehr Erde aus der Grube hätte schaufeln können. Ich schaute in das Loch hinunter, das so widerlich aussah wie ein senkrechtes Grab, doch ich konnte nicht erkennen, wie tief es war, weil es den Himmel und unsere Gesichter spiegelte, sein Kopf in Höhe meiner Brust.

»Es füllt sich bereits mit Wasser!«, rief er.

»Und wie tief mag das Wasser wohl sein?« Ich fühlte mich nicht wohl bei dem Gedanken, dass er da hinunterging.

»Vielleicht ein paar Zentimeter, Jacob. Aber all das seit gestern!« Er zog seine Schuhe und sein Hemd aus und warf die Sachen ungeduldig ins Gras. »Komm nach einer Weile wieder, ja?«

»Möchtest du nicht, dass ich dir beim Hineinklettern helfe?«

»Nein.« Er runzelte die Stirn; ich hatte das Falsche gesagt. »Der Spaten ist immer noch da unten.«

»Ferris, pass auf dich auf! Wie willst du –«

»Schau.« Zu meinem Entsetzen sprang er einfach in den Schacht.

Ich stürzte zum Rand und sah ihn lachend nach oben schauen. »Es geht mir gerade bis zu den Waden. Hab ich dir einen Schrecken eingejagt, Jacob?«

»In der Tat«, sagte ich und nahm meine Bestrafung dafür an, dass ich größer und stärker war als er.

Er schien sich in seinem Loch recht wohl zu fühlen, doch sein Kopf war etwa einen Meter unterhalb der Grasnarbe.

»Wie bist du das letzte Mal hinausgekommen?«, fragte ich.

»Harry hat mich rausgezogen.« Er maß die Höhe der Wände. »Es wird schwerer, die Erde hinauszuschaufeln. Jacob, könntest du sie hochziehen?«

Während Harry und die Frauen also fortfuhren zu pflügen und Jeremiah auf Knien Karotten und Zwiebeln setzte, ließ ich an einem Seil einen Eimer herab und zog die Erde hoch, die Ferris wegschaufelte, um sein Erdloch zu erweitern und um unter dem kleinen Einstiegsloch einen großen Hohlraum zu schaffen.

»Das ist der letzte!«, rief er, als ich einen Eimer mit einer Mischung aus nasser Erde, Wurzeln und Würmern hochzog. »Als Nächstes komme ich!«

Ich zog ihn hoch: er setzte sich auf den Eimer, presste den Henkel zwischen die Schenkel und klammerte sich mit schwarzen Händen an das Seil. Ich hörte, wie Erde in die Zisterne hinabrieselte, als er oben über den Rand kletterte. Während er durch das Gras kroch, spuckte ich mir in die heißen und wunden Hände.

»Morgen wird sie gefüllt, dann ist sie fertig.« Er klopfte sich Hüften und Hintern ab. Wasser rann aus seinen Hosenbeinen und hinterließ zwei dunkle Flecken auf der Erde.

»Und ich bin froh, dass das Ding ein Ende hat«, sagte ich. »Eine offene Grube hätte es auch getan.«

Ferris schniefte. »Wollen wir etwas Holz dafür sammeln?«

Ich nahm eine Säge und folgte ihm hoffnungsvoll in den Wald, doch wir verbrachten die Zeit bis zum Nachtmahl damit, Äste abzusägen. Es gab wieder Brot und Käse und anschließend ging ich ins Bett, allein. Ich konnte nur einschlafen, indem ich mich selbst befriedigte und mir dabei vorstellte, es sei Ferris mit dem Mund.

Am Morgen tauchte Botts verschmiert und ganz benommen auf. Keiner erwähnte seine Trinkorgie auch nur mit einem Wort.

Zwar befand ich mich nicht in Catherines trauriger Lage, doch glücklich konnte ich mich kaum nennen. Erstens waren die Hütten elendig: Es war widerlich und unzivilisiert, unter den Grasziegeln zu schlafen, aus denen nachts Würmer herunterfielen oder sich Spinnen abseilten, außerdem war das aus London mitgebrachte Bettzeug schnell feucht geworden. Wenn die Sonne schien, breitete ich meine Laken jeden Tag auf dem Zeltdach aus, was ihnen zwar die Nässe, jedoch nicht den erdigen Geruch nahm. Ich versuchte, nicht an den Herbstregen zu denken.

Außerdem boten unsere Hütten keinen ausreichenden Schutz. Sie waren eng beieinander errichtet worden (für mich eine Qual, denn das hieß, dass jeder noch so winzige Laut auf beiden Seiten gehört werden konnte) und besaßen jeweils eine von Harry und Jeremiah zusammengezimmerte Tür, die jedoch eher eine Hürde denn einen Eingang darstellte. Ich behielt mein Messer nachts bei mir und riet den Frauen, es mir gleichzutun. Catherine und Susannah schliefen zur Sicherheit in einer größeren Hütte zusammen und wurden rechts und links von Hathersage und Jeremiah geschützt. Harry und Elizabeth teilten sich eine Grasunterkunft mit ihren Kindern. Auch Jonathan und Hepsibah hatten ein einziges Dach über ihren beiden Köpfen. Soweit ich es beurteilen konnte, lagen Jeremiah, Botts und Hathersage genauso in Einzelhaft wie ich.

Manchmal sehnte ich mich tagelang nach Ferris. An dem Morgen, an dem wir die Zisterne endlich fertig stellten, reichte ich ihm stundenlang Äste und Reisig nach unten, während er halb nackt im Wasser stand. Dann zog ich seinen geschmeidigen und glänzenden Körper heraus und sah ihm zu, wie er sich sein Hemd überwarf.

»Du schreist es ja förmlich hinaus«, sagte er kühl. »Denk daran, dass wir beobachtet werden.« Dann ging er weg. Gekränkt lief ich ihm nicht nach, sondern blieb auf dem Bauch liegen und ließ meinen Kopf über den Rand des Loches hängen. Unter mir lag nasses Geäst, und darunter konnte ich noch die größeren Teile ausmachen, bei denen ich ihm geholfen hatte, sie richtig einzupassen. Ich fragte mich, wie er es geschafft hatte, beim Arbeiten auf diesen Zweigen zu balancieren, aber natürlich war er beweglicher als ich. Eine wie mir schien recht lange Zeit richtete ich meine Gedanken auf die Zisterne und ihre Konstruktion. Ich machte mir selbst vor, dass ich mich dafür interessierte, obwohl ich gleichzeitig enttäuscht meine Hüften gegen den Boden presste.

Gelegentlich schlichen wir uns nachts hinaus und legten uns ins Gras statt in den Wald mit seinem versteckten Gehölz und seinen Fuchsbauten. Auf dem Lande war es nachts so dunkel, dass man nur allzu leicht fallen und dabei Lärm machen konnte, was ohne Zweifel unsere Gefährten aufgeweckt hätte. Ein Licht mitzunehmen wäre Irrsinn gewesen. Ich hielt es meistens als Erster nicht mehr aus, während er mich um Geduld bat. Dieses trieb ich dann so weit, dass es schließlich genauso gefährlich war, ihn in Ruhe zu lassen wie zu ihm zu gehen: Manchmal sah ich vom Graben oder vom Pfähle-Zuschneiden auf und merkte, wie er mich anschaute, manchmal hing er stumm und flehend an meinem Ellbogen, nachdem er tagelang gesagt hatte: *Jacob, bleib mir fern.* Dieser Blick musste uns meiner Meinung nach jedem erfahrenen Beobachter verraten, und ich schlug dann häufig vor, nach den Fangschlingen zu sehen. Da wir die Fallen viel zu häufig abgingen und dabei jedes Mal im Wald unseren Geruch hinterließen, entgingen uns wahrscheinlich zahlreiche Kaninchen. Ferris lachte über unsere merkwürdig gefärbte Haut – ich war nun bis zur Taille tiefbraun, während er bis auf Gesicht und Unterarme immer noch weiß war –, doch ich sah in unserer Verwandlung zu Bauern keinen Grund zu lachen. Wir kehrten jedes Mal ausgelaugt, klebrig und trunken vor Wonne zurück, und für eine kurze Weile reichte es, doch ich hatte schon bald wieder großes Verlangen. Ich wollte mit ihm in einem Bett liegen, damit er mich wieder wie früher die ganze Nacht festhalten konnte, ich wollte ihn einschlafen und aufwachen sehen. Manchmal nahm ich so heimlich wie jemand, der ein Verbrechen begehen will, meine Seifenkugel mit zu der Quelle und säuberte mich so gut ich konnte. Der Duft von Rosen und Lavendel stach mir dann genauso in die Nase wie an jenem ersten Abend in Cheapside, nachdem ich meine alten Lumpen ausgezogen hatte. Hier jedoch zog ich hinterher meine Lumpen wieder an und kehrte zu meiner Arbeit zurück.

Die Alpträume hatten wieder zugenommen, und ich wachte immer alleine auf, die Stimme vertraut und beharrlich in meinem Schädel. In letzter Zeit flog ich häufig über der Hölle durch die Luft und schaute auf die Verdammten herab, deren Strafe darin bestand, Felsen mit Pickeln und Spaten auszugraben. Sie krabbelten wie Ameisen über den schwarzen Grund. Ab und zu schoss eine Flamme empor und verbrannte einige von ihnen. Der Rest grub weiter.

Die Kuh traf ein. Ihr Kalb war gut gediehen und hübsch gefleckt. Hathersage taufte es *Kämpf-für-die-gute-Sache* (von den Frauen alsbald *Kämpfchen* abgekürzt), während die Mutter auf den weniger aufregenden Namen Betty hörte. Die Milchmägde waren froh, ihrem alten Gewerbe nachgehen zu können, obwohl noch kein Käse hergestellt werden konnte; sie untersuchten die Tiere täglich auf Verletzungen oder Anzeichen irgendwelcher Erkrankungen, fanden jedoch nichts.

Ferris und ich standen eines Tages bei der Zisterne, als Catherine mit einem Topf Milch ankam. Ich beobachtete, wie sie zwischen den Mais- und Kartoffelanpflanzungen hindurchging und dabei ihre Gabe vor sich her trug, als sei es der beste Wein. Das Gras um die Zisterne herum glitzerte im Morgenlicht; obwohl noch hier und da Tau hing, brannte die Sonne bereits auf der Haut.

Sie ging ohne Umwege auf Ferris zu und reichte ihm den Topf.

»Oh, danke, Catherine«, sagte er und setzte ihn an die Lippen. Ich beobachtete, wie sie ihm beim Trinken zuschaute.

»Ist für mich auch etwas da?«, fragte ich. Catherine würdigte mich keines Blickes, aber Ferris setzte den Topf ab und wischte sich über den Mund.

»Ausgezeichnet«, sagte er. Sie strahlte.

»Trink auch davon, Jacob.« Ferris reichte den Topf an mich weiter. Catherines Lächeln erstarb.

Ich legte meinen Kopf in den Nacken und ließ mir die Milch die Kehle hinunterrinnen. Sie war das Erste, was mich darüber hinwegtröstete, nicht mehr in London zu sein, denn ihr war weder Kreide noch Wasser zugesetzt worden, sondern sie besaß ihre natürliche Süße und ihren Rahm. Ich trank den Topf leer und sagte: »Ich könnte noch mal so viel trinken«, was als Lob gemeint war.

»Ihr habt mehr als die Hälfte davon getrunken«, sagte sie und riss mir den Topf aus der Hand. Als sie davonstampfte, lächelten Ferris und ich uns an. Zu spät bemerkten wir, dass Hathersage uns aus einiger Entfernung beobachtet hatte. Er wandte den Kopf ab.

Mir selbst war durch genaue Beobachtung aufgefallen, dass wiederum Hathersage sich in eine der Domremys verliebt hatte, doch zu schüchtern oder zu unbeholfen war, es zu zeigen. Er hielt sich nur, so oft es ging, in deren Nähe auf und war beiden gegenüber so höflich, dass man meinen konnte, er mache beiden den Hof. Als ich Ferris diese Beobachtung mitteilte, meinte er: »Vielleicht *macht* er beiden den Hof, um zu sehen, was daraus wird.« Ich jedoch schätzte den Mann eher schüchtern denn gerissen ein. Am Anfang hatte er sich an Ferris und mich gehängt, doch das war schnell vorbeigegangen, und nun hielt er sich an die Frauen, doch ich nahm an, dass er etwas ahnte.

Jetzt hustete er, strich sich die Kleidung glatt und ging Catherine hinterher. Auch auf die Entfernung sah ich, wie er sie um Milch bat. Sie sprach mit ihm, als sei sie zornig. Er schien sie zu beruhigen, und sie zeigte in meine Richtung. Er bekam den Milchtopf gereicht und trank im Gegensatz zu mir langsam und in kleinen Schlucken.

»Siehst du, dort«, sagte ich zu Ferris.

Er grinste. »Was meinst du, wird er mich ausstechen?«

»Nicht bei jeder.«

»Nun«, sagte Ferris und beugte sich über die Zisterne, »zurück zur Arbeit. Wie viel, glaubst du, ist inzwischen dort hineingelaufen?«

»Wir sollten heute Morgen die Fangschlingen überprüfen«, sagte ich.

»Du denkst an nichts anderes als an Fangschlingen, Jacob.«

»Weil wir schon viel zu lange nicht mehr nach ihnen geschaut haben.«

»Ich will das hier erst versuchen. Die Fangschlingen kommen später.«

Das war das vierte Mal in zwei Tagen, dass ich ihn gebeten und eine Abfuhr erhalten hatte. Mit ›versuchen‹ meinte er, dass er in die Zisterne hinabsteigen wollte, um zu sehen, wie stark sie den Boden entwässerte. Seit zwei Wochen sprach er von kaum etwas anderem als diesem kleinen, unterirdischen Teich, den er geschaffen hatte.

»Es ist nicht sicher genug«, sagte ich. »Das Wasser zieht dich hinunter.«

»Dann bind mir das Seil um.«

Er hatte ein Seil dabei. Unsicher, wie es gehen sollte, wartete ich, bis er sich bis zur Hüfte ausgezogen hatte, und band dann das Seil unter seinen Armen fest. Hathersage kam über das Gras zu uns geschlendert und lächelte dabei schläfrig in sich hinein. Catherine war offensichtlich seine erste Wahl, und ich glaubte, dass er bei ihr Erfolg haben konnte: Eine Frau, der Christopher Ferris gefiel, mochte auch ein Auge für Wisdom Hathersage haben, denn beide waren zierlich gebaut, verhielten sich dem anderen Geschlecht gegenüber freundlich und hatten den Kopf voller verrückter Einfälle. Wir warteten, während Hathersage sich näherte, und als er noch ungefähr drei Meter entfernt war, rief er mir zu: »Soll ich helfen, das Seil festzuhalten?«

Ich schüttelte den Kopf, stellte mich ein paar Schritte vom Rand des Loches entfernt auf und bereitete mich auf das Gewicht vor.

Hathersage beobachtete, wie sich Ferris mit den Füßen voran rückwärts in die Zisterne hinunterließ, sein Oberkörper hing noch über dem Rand.

Ferris grinste mich an. »Gib mir mehr Seil.«

Ich sah, wie er langsam in der Zisterne verschwand, erst bis zu den Hüften, dann bis zur Brust. Seine Arme zitterten. Er holte tief Luft, ließ den Rand los und dann verschwanden der Kopf und schließlich die Hände. Plötzlich krachte es, das Seil schoss mir durch die Finger und verbrannte sie. Fluchend wollte ich es wieder packen, doch es glitt durchs trockene Gras und blieb plötzlich lose liegen.

Wir stürzten zum Loch und beugten uns darüber.

»Bruder?«, rief Hathersage.

Ferris rief irgendetwas. Ich konnte hören, wie etwas aufs Wasser aufschlug und wie etwas knackte und brach: die Äste.

Ich legte mich auf den Bauch und starrte in das schwarze Loch. »Ferris, bist du verletzt?«

Hathersage stand über mir. Eine Falte seiner Hose hob sich vor dem strahlenden Himmel ab.

Von irgendwo her, weder aus der Zisterne noch vom Feld, hörte ich Gelächter und das Wort *Ertrunken.*

»Ferris!«, rief ich noch lauter.

Ein Schrei ertönte. Dann hörte ich »Jacob« und andere Worte, unverständlich und voller Angst.

»Ich zieh dich rauf!«, brüllte ich in den Hohlraum unter mir. »Halt durch!« Ich stand auf und stellte mich steif hin, doch dann hörte ich deutlich drei Worte: »Nein! Nicht ziehen!« Die Stimme schwoll nach dem letzten Wort zu einem Schrei an: Er klang wie ein verletzter Ringkämpfer, der seinen Gegner um Gnade anfleht.

Ich wollte zu ihm hinunterklettern, doch dann musste jemand uns beide hochziehen.

»Holt Harry«, rief ich Hathersage zu. Er starrte mich an.

»Reißt Euch zusammen! Los!«, schrie ich. Er drehte sich um und stolperte in Richtung Wald. Ein dumpfes, knirschendes Geräusch ertönte. Das Gras unter Hathersage gab nach, er wurde nach vorne geworfen und griff nach einem Dornenbusch. Als er strampelte, um sich in Sicherheit zu bringen, lösten sich Erdklumpen und Steine, fielen in die Zisterne und landeten auf dem Geäst. Ich hörte, wie sie weiter nach unten ins Wasser rutschten und dabei ein glucksendes Geräusch erzeugten. Da wusste ich, dass das Wasser tief war.

»Ferris –!«, kreischte ich.

»Weg vom Rand«, schrie Hathersage, der sich gerade hochzog.

»Seid Ihr noch hier? Holt Harry, bevor ich Euch den Hals breche –« Ich fiel auf die Knie. Wenn ich mich in das Loch hinunterließ, erdrückte ich ihn vielleicht. »Und bringt Spaten mit!«, schrie ich Hathersage hinterher, bevor ich meine Aufmerksamkeit wieder der Zisterne zuwandte. Erde und Steine; darunter Wasser. Inzwischen vielleicht schon über seinem Kopf.

»Ferris, sag etwas!«

Stille.

»Sag mir, wo du bist!«

Als ich ein Schluchzen hörte, kroch ich vorwärts, um es zu orten: Ich hörte jedoch nur, dass es vom Grund kam. Ich begann hinabzusteigen und hielt mich dabei an der eingestürzten Seite fest. Bei jedem hinabfallenden Stein zitterte ich. Auf halbem Weg fing ich an, Erdklumpen und Steinbrocken, alles, was mir in die Finger geriet, oben aus der Öffnung hinauszuschleudern.

»Vorsicht da unten!«, ertönte eine Stimme über meinem Kopf.

»Lasst Harry hier runter!«, schrie ich zurück.

Die Schluchzer waren jetzt deutlicher zu vernehmen: Er lebte und lag nicht zerquetscht unter mir. Ein Schatten fiel auf das Geröll. Harry.

»Ist es sicher genug für mich runterzukommen?«, rief er.

»Haltet Euch von *dort* fern.« Ich zeigte auf die Stelle, an der ich Ferris vermutete. Der Schmied ließ sich hinunterrutschen und gab mir einen Spaten.

Gemeinsam begannen wir zu graben. Ab und zu zog ich einen Felsbrocken oder einen Ast heraus, und Harry reichte das Zeug weiter nach oben; später sagte er mir, dass Hathersage sich bei dem Versuch, den Grubenrand freizuhalten, überall Blutergüsse und Abschürfungen zugefügt habe, doch während des Rettungsversuchs schaute ich nicht einmal nach oben. Alles, was uns in die Hände kam, zogen wir weg. Meine Hände waren von dem spitzen Geäst längst aufgerissen, und inzwischen konnte ich erkennen, dass das Wasser darunter trüb und schlammig war.

Ein kratzendes Geräusch war zu hören, und als ich mich umschaute, sah ich, wie sich ein großer Erdklumpen löste und dabei Finger und Teile einer Hand freilegte, was aussah, als säße dort eine Spinne.

»Harry!«, flüsterte ich.

Mein Helfer nahm die Erdspinne zwischen seine Hände, um sie zu beruhigen. Von meiner Position aus konnte ich die Finger nicht berühren und traute mich auch nicht, zu ihnen hinüberzuklettern; ich glaubte ohnmächtig zu werden. Harry nahm einen scharfkantigen Stein und begann die Erde um die eingeschlossene Hand herum wegzukratzen. Ein erdverklebter Unterarm kam zum Vorschein und färbte sich an den Stellen rot, an denen Harry ihn mit seinem Stein geritzt hatte. Über dem oberen Teil des Armes lag fest zusammengedrücktes Reisig. Harry riss es weg und warf es zur Seite.

»Ihr könnt jetzt näher kommen«, schnaufte der Schmied. »Ich sehe jetzt, wo er ist. Bleibt auf dieser Seite.« Ich bahnte mir meinen Weg und sah unter dem Reisig noch Geäst liegen, darunter allerdings schimmerte blondes Haar hervor. Wir bückten uns, um die Zweige hochzuziehen, bekamen sie jedoch nicht richtig zu packen, daher schwitzte ich vor Angst, wir könnten ausrutschen und sie auf ihn fallen lassen. Als ich mich wieder bückte, sah ich sein schmales, zu uns gewandtes Gesicht und seine geschlossenen Augen. Er war mit Erde bestäubt – heller Erde. Trockener Erde. Nicht ertrunken. Nicht ertrunken.

Vater der Lügen.

»Einer von uns wird ihn von unten hochdrücken müssen«, sagte Harry.

»Das mache ich.« Ich fegte kleine Zweige aus dem Weg, bis ich sehen konnte, was zu tun war: Ich würde mich an einem der dicken Äste in das Wasser gleiten lassen müssen.

Mein Hemd verfing sich an einem Zweig; fluchend riss ich es mir vom Leib und warf es in die Dunkelheit. Rinde schnitt mir in die Haut, als ich mich mit schmerzenden Armen so weit wie möglich hinunterließ. Ich holte tief Luft und ließ den Ast los: das Wasser ging mir bis an die Brust und war so kalt, dass ich laut aufschrie, doch meine Füße berührten Grund.

»Habt Ihr irgendwo Halt?«, rief Harry.

»Ja, hier!«, brüllte ich. Ich stemmte mich von unten gegen den linken Ast und drückte. Mit einem schmatzenden Geräusch löste er sich langsam; meine Beine zitterten, und vor Angst schossen mir Blitze durch den Kopf, doch dann gelang es Harry, den Ast zu packen und hochzuziehen, so dass meine Last leichter wurde.

»Da rüber!«

Wir versuchten ihn von Ferris wegzudrehen. Langsam ließ ich dann den Ast wieder herab und tauchte dabei vollständig in das trübe Wasser ein. Als ich wieder nach oben kam, sah ich Ferris ins Wasser rutschen und genauso untergehen. Ich tauchte erneut unter, bekam ihn zu fassen und hielt seinen Kopf hoch. Das schwere, nasse Seil zog sich um meine Füße.

»Ich reiche ihn zu Euch hinauf«, rief ich. Ich nahm Ferris wie ein Kind in meine Arme und watete in Richtung Harry, der sich inzwischen weiter nach unten vorgekämpft hatte. »Hier.« Da Ferris' Rücken gegen meine Nase presste, konnte ich nichts sehen, sondern hielt ihn einfach so lange hoch, bis ich spürte, dass Harry ihn hatte. Etwas zog an meinem Knöchel; ich befreite mich aus dem Seil und sah, wie mein Freund sicher aus dem Schacht hinausgehoben wurde. Ich hatte gerade noch genug

Kraft, mich selbst aus dem eisigen Wasser zu ziehen und nach oben zu kriechen, wobei unter mir die Erde immer weiter wegbrach.

Ferris lag bewusstlos im Gras, und Harry wischte sein Gesicht mit einem nassen Ärmel ab. Ich kniete neben dem ausgebreiteten Körper meines Freundes, packte sein Handgelenk, wurde von einer ungeheuren Angstwelle ergriffen und weinte wie eine Frau. Ich hatte gerade noch genug Selbstkontrolle, ihn nicht in meinen Schoß zu ziehen und ihn zu küssen.

Als ich in der Lage war aufzuschauen, sah ich, wie Hathersage seine wunden Hände rieb und mich beobachte, und daneben stand Elizabeth, die zu ihrem Mann geeilt war. Der kleine Thomas Beste hüpfte herum, als sei das Ganze ein Fest. Botts war inzwischen eingetroffen und hatte seinen Instrumentenkoffer mitgeschleppt. Er bückte sich, um Ferris das Herz abzuhören.

»Bruder Christopher kann sich glücklich schätzen«, sagte er.

»Zumindest, was seine Freunde betrifft«, sagte Harry. Er legte seine Hand auf meinen zuckenden Rücken. Botts war der Meinung, dass diese Worte ihm galten, und lächelte daher einfältig, bis Harry fortfuhr: »Wenn er das richtig abwägt, würde ich sagen, dass dies hier die Sache mit Rowly und mindestens noch zwei weitere Geschichten dieser Art ausgleicht.«

Die Tunstalls kamen in unserer Richtung über das Feld gelaufen. Ferris öffnete die Augen; sein Blick war so benommen und unschuldig wie damals in der Nacht, als ich ihn neben Nathan gefunden hatte; doch als er sah, dass sich Botts über ihn beugte, wurden seine Augen zu Schlitzen, und er drehte den Kopf weg.

»Jacob?«

Seine Lippen bewegten sich kaum; seine Stimme war so schwach, dass ich nicht sicher war, überhaupt etwas gehört zu haben. Botts beachtete seinen Versuch zu sprechen nicht und hielt ihm Hirschhornsalz unter die Nase: Ferris zuckte zurück.

»Er braucht das nicht.« Ich schob das Fläschchen weg und beugte mich über meinen Freund, dessen Lippen sich wieder bewegten: Ich legte mein Ohr darauf und konnte hören, wie er flüsterte: »Lass nicht zu, dass er mir weh tut.«

Ich schüttelte den Kopf. Botts hatte gerade zwei Skalpelle ausgepackt und hielt sie gegen die Sonne, um zu sehen, welches weniger Kerben hatte.

»Ich lasse ihn zur Ader, das hilft gegen die Ohnmacht«, schlug er aufgeregt vor. Ich legte meine Hand auf Ferris' Arm und schaute den Doktor an.

»Er will nicht zur Ader gelassen werden.«

»Nonsens«, erwiderte Botts. »Ich muss ihn zumindest untersuchen, wir verlieren sonst wertvolle Zeit.«

Ferris schaute mich mit großen, ängstlichen Augen an.

»Nein«, sagte ich. »Er hat zu viele Schmerzen.«

»Es liegt in der Natur eines Patienten zu leiden.« Botts breitete seine Gerätschaften aus. An manchen sah ich Schrauben. »Stammt nicht das Wort von der lateinischen Wurzel *patiens*? Anders ausgedrückt, *Leiden*«, übersetzte er für uns Umstehende. »Doch ein Fachmann lässt sich von sentimentaler Unwissenheit nicht abhalten.« Er warf mir einen vorwurfsvollen Blick zu. »Denn er heilt die Leidenden *trotz* des Schmerzes. Würdet Ihr mir helfen, ihn niederzuhalten?« Er ergriff Ferris' linken Arm und hob ihn an; mein Freund rang nach Luft. Ich sah, wie Schweiß auf seiner Stirn perlte.

»Legt den Arm wieder hin – sanft – sanft!«, herrschte ich Botts mit zusammengebissenen Zähnen an. »Fasst ihn noch einmal an, und Ihr werdet selbst einen Doktor brauchen.«

Botts zog die Augenbrauen hoch. Er kam mit seinem hochroten Gesicht ganz nah an meines heran. »Manche würden dieses Benehmen als unklug bezeichnen. Ich gehe weiter, Sir: Ich nenne es barbarisch.« Er stand auf und sah sich nach Beistand um, doch bis auf Hathersage, der mich unentwegt beobachtete, schauten alle weg.

Auch ich erhob mich und kam sehr dicht an Botts heran, um erst gar keine Widerworte aufkommen zu lassen. »Nun«, sagte ich und zuckte mit den Schultern, »dann bin ich eben barbarisch. Doch ich halte meine Versprechen. Harry, halte ich nicht meine Versprechen?«

»Ich fürchte, das tut er«, sagte Harry trocken. »Am besten, wir lassen die Sache jetzt auf sich beruhen.« Er nahm den Arzt beim Arm. »Mister Botts, darf ich kurz mit Euch sprechen?«

Botts starrte mich trotzig und mit rotem Gesicht an. Ich erwiderte den Blick. Entweder er schaute als Erster weg oder ich würde ihm seine Schweinsaugen blau schlagen.

»Ich bitte Euch, Mister Botts«, flüsterte der Schmied. Botts senkte den Blick, und ich triumphierte innerlich, als Harry ihn wegführte.

Ich kniete mich wieder neben Ferris. »Kannst du laufen?«, fragte ich.

Er versuchte sich aufzusetzen, schaffte es aber nicht.

»Ich kann seinen Rücken stützen«, schlug Hathersage vor.

Ich versuchte es erneut: »Kann ich dich tragen? Mit Hathersages Hilfe?«

Er stöhnte. »Zieh mich nicht an den Armen!«

»Dann roll dich herum und knie dich hin«, sagte ich ihm. Schließlich und unter Schmerzensschreien, die mir durch Mark und Bein gingen, gelang es, ihn mir über die Schulter zu legen.

»Macht ihm kalte Wickel«, drängten die Frauen. Ich bat sie, mir welche zu bringen, und sie machten sich auf die Suche nach Tüchern, die sie an der Quelle einweichen konnten.

»Ich werde sehen, was ich mit der Zisterne machen kann«, sagte Jonathan, der bis jetzt geschwiegen hatte. Er ging bis an den Rand und betrachtete die Ruine.

Ich machte mich mit Ferris auf den Weg zu seiner Hütte, wo ich ein Weilchen bleiben wollte, denn ich würde ihn nicht alleine lassen, solange Gefahr bestand, dass Botts zurückkam, um ihn zu quälen. Auf halbem Wege hielt ich an, um sein Gewicht auf meinen Schultern besser zu verteilen.

»Wohin bringst du mich?«, fragte er schwach.

»Ins Bett.«

Er kicherte.

»Schsch. Bleib ruhig.« Ich schmiegte mein Gesicht an seine Seite. Dabei sah ich einen Schatten: Hathersage ging einen Meter hinter uns her. Mein Herz machte einen Satz, doch es war gut möglich, dass er nichts verstanden hatte. Ich drehte mich um und bat ihn, ob er wohl so freundlich sein könnte, meine Laken von ihrem luftigen Platz auf dem Zeltdach zu holen. Bereitwillig machte er sich auf, ohne mir irgendeinen wissenden Blick zuzuwerfen. Ich trug Ferris in seine Hütte und legte ihn aufs Bett. Neben seinem Lager stand ein Wassereimer, über dem ein dreckiges Leinentuch hing. Ich wusch ihm, so gut ich konnte, den Dreck aus dem Gesicht, von den Armen und von der Brust. Sein Kopf rollte zu einer Seite.

»Hier sind kaltes Wasser und Lumpen.« Susannah stand in der Tür. »Soll ich ihm die Wickel anlegen?«

»Lasst uns warten, bis er sagen kann, wo es ihn schmerzt.«

Susannah nickte. »Ihr wisst, wo Ihr mich findet.« Ich hatte gedacht, sie würde bleiben und darauf bestehen, ihn zu versorgen, doch sie ging ohne eine weiteres Wort und duckte sich gerade unter der Türöffnung, als Hathersage mit meinen Laken ankam.

»Meinen aufrichtigen Dank«, sagte ich und beugte mich über meinen Freund, um ihm die nassen Hosen zu öffnen. Er wurde immer schläfriger und machte daher keinerlei Anstalten, mir zu helfen. Hathersage wandte den Blick ab.

»Das war doch nichts«, murmelte er. »Soll ich *Euch* auch etwas Wasser holen?«

»Zum Trinken?« Ich schaute mich um und sah einen Steinkrug. »Hier ist noch Bier.«

»Für Euer Gesicht.« Ich starrte ihn verwirrt an. Unbeholfen fuhr er fort: »Eure Tränen haben zwei Rinnen in dem Dreck hinterlassen.«

»Danke. Susannah hat welches gebracht.«

Er verbeugte sich und ging hinaus.

Ich zog meinen Patienten aus, während ich über diese letzten Worte nachgrübelte. Es dauerte eine Weile, bis ich ihm die nassen, schweren Hosen ausgezogen hatte, denn obwohl er leicht war, hatte ich Angst, ihn durch eine zu schnelle Bewegung noch weiter zu verletzen. Unter dem Stoff fühlte sich die Haut kalt und feucht an, seine Füße waren voller Schlamm. Ich wusch sie, so gut ich konnte, worauf es anschließend in der Hütte leicht nach abgestandenem Wasser roch.

So nackt vor mir liegend wirkte Ferris noch dünner als sonst; sein Bauch war fast bis unter die Rippen eingezogen und wirkte wie der eines verhungernden Hundes. Nur seine Schultern waren etwas breiter geworden. Die kompakten, sehnigen Muskeln eines schlanken Mannes. Sein Gesicht war inzwischen gebräunt, obwohl es nie so dunkel werden würde wie mein eigenes; seine Hände und Unterarme hoben sich stark von der übrigen blassen Haut ab. Ich fand nicht, dass sein Zustand sich besserte. Der Teufel war meinem Wunsch nachgekommen, ihn schlafend zu sehen, doch auf seine übliche grausame Art machte er den Genuss zum Schmerz. Und doch spürte ich Genuss. Ich hatte den Wunsch, über ihn zu wachen und sein Drache zu sein, der ihn vor Botts beschützte.

Catherine klopfte gegen die Hüttentür. »Jacob? Ich habe noch mehr Wickel gebracht.«

Ich bedeckte Ferris' Nacktheit mit einem Laken. »Habt vielen Dank, doch er schläft. Lasst sie hier bei mir.«

»Lasst mich ihn sehen.« Das war forsch für Catherine. Sie trat ein und starrte auf sein schlafendes Gesicht. Ihr Blick verriet, dass sie am liebsten das Laken weggezogen hätte und mit ihrer Hand über seinen Körper geglitten wäre. Ich war überrascht, wie ähnlich wir uns waren.

»Catherine«, sagte ich. Sie wandte sich mit großen Augen zu mir und fürchtete offensichtlich, ich würde ihr den Zutritt zu ihrem Allerheiligsten verwehren. »Würdet Ihr so freundlich sein und uns unser Essen bringen, wenn es soweit ist? Ich werde den restlichen Tag an seiner Seite wachen.«

»Natürlich. Jacob –«

»Ja?«

»Vergebt mir, dass ich mit der Milch so knauserig war.«

»Ihr hattet Recht, mich in die Schranken zu weisen, als ich Hathersages Anteil trank.«

Ihre Gesichtszüge entspannten sich. Ich fragte mich, warum ich so geantwortet hatte, wo wir doch beide wussten, dass die Milch nicht für Hathersage bestimmt war. Warum hatte ich dieses Mädchen geschont? Selbst Ferris, der stets freundlicher war als ich, hatte sich Becs gegenüber gehässig benommen. Doch damals hatte er Angst vor ihr gehabt. Ich hatte keine Angst vor Catherine. Die Frau, die ihn mir wegnehmen könnte, müsste ganz anders sein als diese sanfte Unschuld; vielleicht *konnte* ihn mir inzwischen auch nur noch ein Mann wegnehmen.

Ferris erwachte mit einem verwirrten Schrei. Ich streichelte seine Stirn und bat ihn, liegen zu bleiben. Er döste, während Catherine ihm kalte Tücher auf den Kopf und in den Nacken legte, die Stelle, an der er Schmerzen hatte. Sie war so sanft; wenn man sie beobachtete, wusste man nicht, wer von den beiden die Berührung mehr spürte. Ich erinnerte mich, wie unsanft Becs nach der Schlägerei mit Rowly mit mir umgegangen war und wie sie mich ausgeschimpft hatte; verschiedene Frauen benehmen sich sehr unterschiedlich, doch eine Frau einen Mann pflegen zu lassen hat sicherlich eine ähnliche Wirkung wie ein Streichholz in der Nähe einer Lunte. Diese hier ging, nachdem sie getan hatte, was sie konnte, glücklich davon. Er blinzelte mich unter den nassen Tüchern hervor an.

»Nun«, sagte ich, »wie fühlst du dich? Besser?«

»Mein Kopf tut immer noch weh. Legst du mir etwas auf die Schulterblätter?«

»Noch eine Kompresse?« Ich holte eins von den Tüchern aus dem Eimer, den sie mir bereitgestellt hatte. »Kannst du dich etwas aufsetzen?«

Mit zusammengebissenen Zähnen schaffte es Ferris, seinen Oberkörper etwas nach vorn zu beugen; ich fuhr mit der Hand über seinen Rücken und spürte dabei jeden einzelnen Knochen.

»Nicht so fest!«, schrie er.

»Ich habe dich kaum berührt.« Ich erinnerte mich an den angsterfüllten Schrei aus dem Schacht, der mir solches Entsetzen eingeflößt hatte.

»Die Muskeln auf beiden Seiten sind gezerrt.«

Ich legte ihm einen Wickel unter den Rücken und hielt ihm einen Becher Bier an die Lippen. Er trank gierig. Dann legte ich ihn wieder zurück, wobei er nach Luft rang und durch die Zähne pfiff.

»Was ist unten in der Zisterne passiert?«, fragte ich.

»Ich bin zu schnell gefallen – ich hätte dich bitten sollen, das Seil langsam nachzulassen –«

»Das hätte ich tun sollen, ohne dass du es mir sagen musstest.«

»Wie auch immer – ich bin zu schnell nach unten gefallen und war plötzlich zwischen den beiden großen Ästen eingekeilt, die wir da unten hineingelegt hatten. Das Wasser ging mir bereits bis zur Hüfte und ich spürte unter meinen Füßen keinen Grund. Ich hatte Angst, noch tiefer zu fallen.«

»Warum hast du dich nicht hinausgezogen?«

»Ich hatte nirgends Halt. Am Ende zog mich mein eigenes Gewicht durch das Geäst. Es war so eng – ich spürte, wie meine Schultern nachgaben.« Er machte ein gequältes Gesicht. »Ich glaube, dann habe ich geschrien, habe ich geschrien? Dann kam das Wasser über mich.«

»Konntest du mich sehen und hören?«, fragte ich.

»Da war etwas Licht, aber nachdem ich unter den Ästen und Zweigen war – ich glaube, ich habe dich gehört, doch ich hatte solche Angst und habe im Wasser gestrampelt wie ein Idiot.«

»Es hat sich angehört, als seiest du ertrunken.«

»Dann hast du gesagt, du würdest mich mit dem Seil wieder rausziehen –!« Er lächelte kläglich.

Ich schauderte.

»Und dann fiel mir die Zisterne auf den Kopf.« Fast zärtlich lachte er noch bei dem Gedanken an das entsetzliche Geschehen. »Ich habe deine Füße gesehen – wie sie in der Luft strampelten.«

»Das waren Hathersages.«

»Seine! Was hätte ich darum gegeben, ihn ganz zu sehen!«

»Wie kannst du darüber lachen, Ferris? Ist dir nicht klar, dass du fast ertrunken wärst?«

»Wer wüsste das nicht besser als ich? Das Wasser ging mir bis zu den Achseln, und ich hatte keinen Grund unter den Füßen. Eine sehr gute Zisterne.«

»Die letzte Zisterne, die du gegraben hast«, sagte ich. »Offene Gruben und nichts anderes mehr.«

Er legte seine Hand auf die meine und wir verharrten ein paar Minuten schweigend. Ich sah, wie ihm die Augen wieder zufielen.

»Du hältst ihn von mir fern?«, murmelte er. »Botts.«

»Du wolltest ihn mitnehmen«, erinnerte ich ihn.

»Schimpf jetzt nicht mit mir, Jacob. Sei lieb.«

»Ich werde hier schlafen. Und sollte er einen Fuß in die Tür setzen, bringe ich ihn um.«

»Da ist er wieder, mein leidenschaftlicher Junge.« Er schloss die Augen.

Den restlichen Tag verbrachte ich an seinem Bett, bot ihm zu trinken an, hielt ihm einen Topf hin, in den er pinkeln konnte, wechselte die kalten Wickel auf seinen Schultern, wo er die schlimmsten Schmerzen zu verspüren meinte. Alles, was ihm fehlte, war Ruhe: Er hatte sich zwar böse gezerrt, doch die Schultern waren nicht ausgerenkt.

»Du wirst keinen Knocheneinrenker brauchen«, sagte ich am Abend zu ihm. Ich saß auf dem Boden seiner Hütte und beobachtete, wie der Sonnenuntergang die Graswände entlangzog und das Pamphlet, das ich ihm vorlas, beleuchtete: Schon wieder ermüdendes Zeug, dieses Mal über verschiedene Arten des Düngens. In einer Ecke stand ein von Elizabeth gekochter Heilpflanzensud, der Verspannungen lösen und Schmerz lindern sollte.

»Schau her.« Er schlug die Decke hoch und ich sah Quetschungen, die aussahen wie Riesenbrombeeren. Eine zog sich vom Schlüsselbein das ganze Brustbein hinunter.

»Ein Wunder, dass deine Brust nicht eingedrückt ist«, sagte ich entsetzt.

»Ich habe Glück gehabt.« Er zog sich die Decke über den Kopf und schlief schnarchend ein. Ich legte mich auf ein behelfsmäßiges Lager, das noch primitiver als mein gewöhnliches Bett war. Es gab keine Salbe, die ich hätte auf die Blutergüsse schmieren können. Später würde ich aufstehen und neue Kompressen machen. Später.

In der Stille der Nacht wachte ich auf, weil jemand sich in der Hütte bewegte. Als ich merkte, dass es sich um Ferris handelte, streckte ich mich:

Meine Hüften schmerzten wie seinerzeit in der Armee. Er wälzte sich auf seinem Bett und ich hörte, wie er einatmete; er war wach. Ich stand auf und tastete nach seinem Gesicht. Es war nass vor Schweiß.

Er seufzte. »Erzähl mir was, Jacob. Damit der Schmerz nachlässt.«

»Ist es so schlimm?«

»Ich kann schlecht liegen.«

Trotz der Dunkelheit fand ich den Wassereimer, schlug seine Decke zurück, nahm ihm vorsichtig die alten Wickel ab und weichte sie frisch ein. Schließlich legte ich die kalten Tücher wieder unter seine Schultern.

»Kannst du jetzt schlafen?«

»Vielleicht.«

»Doch. Ich helfe dir einzuschlafen.« Ich begann seinen Hals und seine Brust zu streicheln, dann ließ ich meine Hand tiefer gleiten.

»Jacob, nein. Ich kann nicht!«

»Schsch. Bleib einfach still liegen. Ich sorge dafür, dass du schlafen kannst.«

Ich tat es und war sehr zart; ich nahm nichts für mich selbst und gebrauchte nur am Ende etwas Kraft, um ihm den Mund zuzuhalten.

Am nächsten Morgen war er in der Lage, mit meiner Hilfe aufzustehen, ein paar Schritte zu laufen und zu essen. Die anderen Kolonisten kamen vorbei, standen herum, boten Hilfe an oder brachten Speisen, die seinen Appetit anregen sollten. Wie ein König schritt Ferris einmal um seine Hütte, lächelte den anderen mit zusammengebissenen Zähnen zu und jaulte von Zeit zu Zeit, wenn ihn ein Muskelkrampf zwang anzuhalten. Am Ende half ich ihm zurück in sein Bett, reichte ihm etwas Brot und trat aus der Hütte, um den anderen von seinem Gesundheitszustand zu berichten und ihnen zu sagen, dass die Kompressen äußerst wirkungsvoll gewesen seien.

»Alles nutzlos«, knurrte Botts, verstimmt darüber, dass man ihm sein Opfer weggenommen hatte. »Er hat einen Sturz erlitten und ist bereits wieder auf dem Wege der Besserung; hätte ich ihn zur Ader lassen dürfen, würde er inzwischen wieder arbeiten.«

Wir standen direkt vor Ferris' Hütte, während er innen lag; ich stellte mir vor, wie er auf dem Brot herumkaute und Botts' Angriffen lauschte. Unsere Kameraden schauten von Botts zu mir, und ich dachte, dass sie mich nicht am wenigsten mochten.

»Er hat sich die Muskeln um seine Schultern herum gezerrt«, sagte ich,

»und hat durch den Erdrutsch Quetschungen erlitten. Hier.« Ich winkte Botts in die Hütte, der Rest folgte uns. Ferris schaute ängstlich auf, doch ich trat zwischen ihn und Botts, bevor ich sein Hemd hochhielt.

»Gütiger Gott, seine Brust ist ja ganz schwarz«, sagte Hepsibah. Die anderen Frauen schnalzten mit der Zunge; ich sah, wie Hathersage mitleidig seinen Mund verzog.

»Armer Kerl«, murmelte Susannah. Ihre Schwester stand steif und mit schreckgeweiteten Augen daneben, als wolle sie das Muster der blauen und schwarzen Flecken auswendig lernen.

»Ein Mann stirbt nicht an Quetschungen und gezerrten Muskeln«, verkündete Botts.

»Das weiß ich«, sagte ich.

»Doch wenn er zu viel Blut hat«, fuhr er drohend fort, »wird seine Genesung verlangsamt. Warum sollte ich nicht seine Behandlung übernehmen?«

Dieser Naseweis langweilte mich zu Tode; er würde nicht von selber Ruhe geben.

»Weil Ihr nicht darum gebeten wurdet. Er will Euch nicht«, sagte ich. »Guter Gott, Mann, wartet Ihr nie, bis Ihr von Euren Patienten gerufen werdet? Zieht Ihr umher und setzt nolens volens Schröpfköpfe oder macht Aderlässe?«

Langsam gingen wir in Kampfstellung. Harry, der gerade erst eingetreten war, warf mir einen warnenden Blick zu.

»Jacob, dein Versprechen«, ertönte eine ängstliche Stimme vom Bett. Ich ließ von Botts ab, und als er und die anderen weg waren, zog ich die Tür zu.

»Du siehst niedergeschlagen aus«, sagte Ferris. »Du solltest dir dein Gesicht waschen.« Mir fiel ein, dass ich immer noch ein genauso verheultes, dreckiges Gesicht hatte wie tags zuvor, als ich Hathersage damit überrascht hatte.

»Mein Steißbein schmerzt mich gewaltig«, fügte er hinzu.

»Du hast es dir geprellt, das ist alles.«

Ich arbeitete den ganzen Tag nicht, sondern saß mit gekreuzten Beinen neben seinem Bett und redete mit ihm, damit er nicht einschlief und dafür am Abend umso müder sein würde.

»Du musst nicht länger neben mir wachen«, sagte er plötzlich.

»Ich möchte aber.«

»Ich dachte, Hathersage würde sich anbieten, doch er hält sich fern.«

»Vermutet er etwas?«, flüsterte ich.

»Was soll er vermuten?«

»Dreckiger Liebling.«

»Was, der so unschuldige Wisdom?« Er grinste. »Jacob, weißt du noch, wie ich dich gepflegt habe?«

»In der Armee?«

»Ich meinte während deiner Zahnschmerzen.«

»Mich zu fesseln für den Doktor! Da bin ich aber freundlicher zu dir.«

Wir kicherten beide und er versuchte, mich zum Schweigen zu bringen. Als wir beide still waren, wirkte die kleine Hütte plötzlich ungemein friedlich.

»Ferris, was ist aus dem Brief geworden, den du mir geschrieben hast?«

»Ich habe ihn irgendwo aufbewahrt«, sagte er verträumt und sah dabei zur Decke. »Es scheint ewig her, nicht wahr? Und da ist etwas, wonach ich *dich* immer fragen wollte: Was ist aus deiner Vision geworden?«

»Vision?«

»Du hast etwas Merkwürdiges gesehen, daheim in unserer Stube. Erinnerst du dich? Der Auserwählte!«

»Sie hat sich nie wiederholt –« Ich schwieg. Wie hätte sie auch? Ich war unwürdig.

»Tut es dir Leid?«

Ich zögerte. »Nein.«

»Aber du möchtest zurückkehren.«

»Ich vermisse bestimmte Dinge.« Mit Sicherheit wusste er, was ich damit meinte.

»Ich denke«, sagte er und wandte mir sein Gesicht zu, »dass der große Plan, den wir hier in die Tat umsetzen, vieles ausgleicht. Arbeiten ohne Leibeigenschaft. Das heißt Schwerter zu Pflugscharen machen, Jacob: ein neues England. Stell dir vor, wie es sein wird, wenn wir erst Behausungen gebaut haben.«

Wenn sie je gebaut werden, dachte ich insgeheim, sagte jedoch lediglich: »Bau so viele du willst, trotzdem werden wir nicht zusammenleben. Daran denke *ich* und an den Winter.«

»Armer Jacob. Und wir sind nicht mehr zu den Fallen gegangen.« Er lachte leise und bewegte dabei trotz der Schmerzen die Schultern.

»Ich merke, ich hätte dir letzte Nacht keine Erleichterung verschaffen sollen«, sagte ich beleidigt.

»Jacob.« Seine Stimme war schmeichelnd und verführerisch. »Im kommenden Winter werden wir meine Tante besuchen.«

»Besuchen –?«

»Für eine Woche.«

»Sag wenigstens, für zwei Wochen!« Ich legte mich neben ihn und schmiegte mein Gesicht an das seine. »Zwei Wochen; das ist nicht lange. Sag zwei«, bettelte ich.

»Ah ...« Er zögerte die Antwort hinaus, um mich zu necken. »Das wird nicht einfach werden ...«

Wir starrten einander an.

»Dunkel, aber hübsch«, flüsterte er. In der folgenden Stille lauschten wir beide angestrengt. Der Wind trug Stimmen vom Roggenfeld zu uns her, doch draußen im Gras waren keinerlei Schritte zu hören.

Ferris hob fragend eine Augenbraue.

»Nein«, sagte ich, obwohl mich das Verlangen bereits übermannte.

»Leg den Keil unter die Tür.«

Ich stand auf und kam seiner Bitte nach.

»Sei vorsichtig – meine Schultern –«

Ich legte mich der Länge nach neben ihn. Wir küssten uns mit der Zärtlichkeit alter Liebhaber und der Ängstlichkeit frisch Verliebter: Es war gefährlich, so dazuliegen, seine Zunge in meinem Mund zu spüren und zu hören, wie er vor Lust stöhnte, je kühner ich wurde. Die Gefährlichkeit unserer Situation verlieh jedem Kuss einen neuen Nervenkitzel.

Er hob seinen Kopf etwas von meinem weg, um zu flüstern: »Wirst du still sein können? Versprochen?«

Ich nickte und fühlte, wie seine Hand meinen Bauch hinabglitt.

»Weißt du, was das ist?«, flüsterte er. Ich schüttelte atemlos meinen Kopf. Er griff fest zu. »Eine Fangschlinge. Du bist gefangen.«

Ich konnte ihn kaum noch hören, denn eine Welle der Lust durchflutete meinen Körper; er drückte sich noch näher an mich und verschloss meinen Mund mit seiner Zunge. Mein Fleisch verfing sich immer tiefer in der Schlinge; ich warf mich immer wilder hin und her und verströmte schließlich meinen Lebenssaft.

25. Kapitel
Zerbrochene Dinge

Ferris erfreute sich an den rankenden Butterblumen, die inzwischen so hoch und dick waren, dass sie eine liegende Kuh verbergen würden. Die Kastanienbäume öffneten ihre zarten Blüten und boten in ihrem Blattwerk den Krähenhorsten für ein weiteres Jahr Versteck. Jeder Baum beherbergte eine ganze Vogelkolonie und ich stellte mir vor, ich sei eine Krähe, die sich aus dem Sumpf und Geröll erhob und zur Sonne emporflog, um auf die armen, grabenden Menschen hinabzusehen. Den Himmel für sich allein und der Weg kurz oder lang, ganz nach Wunsch. Im Vergleich dazu sind Menschen nur Schnecken. Es war wie an das Meer zu denken, bald war ich völlig davon überwältigt. Warum ich? Warum lebte hier nicht jemand anders an meiner Stelle? Ich wurde von Sehnsucht gefesselt und konnte mich nicht losreißen. Vielleicht blendeten diese weißen und rosa Kastanienblüten auch die Vögel, so dass auch sie von diesem Ort nicht loskamen.

Aus der Kolonie wurde langsam eine Gemeinde. Es wurde üblich, sich Bruder und Schwester zu nennen, was mir zwar idiotisch, aber dennoch so harmlos erschien, dass auch ich mit in diesen Chor einstimmte, falls ich es nicht gerade vergaß.

Jeden Morgen kamen wir zum Gebet zusammen. Mein Atheist weigerte sich bescheiden, das Gebet zu sprechen, daher bekam Hathersage von den anderen Kolonisten diese Aufgabe zugesprochen und empfand es offensichtlich als große Ehre. Botts hielt sich an diese Übungen, schien mir aber im Grunde seiner Seele genauso ungläubig zu sein wie Ferris, jedoch nicht im mindesten so großherzig. Elizabeth zog zum Gebet ihren Jungen hinter sich her; sie hatte mit diesem ältesten Kind alle Hände voll zu tun. Der Junge wurde immer wilder und rannte über die Äcker und Wiesen, dabei musste sie sich ja auch noch um die Kleinen kümmern. Jonathan und Hepsibah halfen ihr manchmal und nahmen ihr eins der Kinder ab; sie vermissten ihr eigenes Kind und sprachen immer öfter davon, es aus der Obhut der Tante zu holen. Harry und die Domremys beteten still, ernsthaft und ohne großes Gehabe.

Was mich betraf, so lautete mein Gebet immer gleich: *Vergib mir.*

Nächtelang träumte ich vom Fegefeuer, und mehr als einmal hatten meine Schreie bereits die anderen geweckt und zu meiner Hütte eilen lassen. Ferris sorgte immer dafür, dass er als einer der Letzten eintraf und behauptete, das Aufstehen fiele ihm schwer, da sein Rücken immer noch schmerze. Wenn die anderen längst wieder gegangen waren, blieb er dann bei mir sitzen, um mit mir zu reden – jedoch nie lange genug, bis auf ein einziges, kostbares Mal, als aus den anderen Hütten lautes Schnarchen zu uns drang und er sich zu mir legte, um mich auf liebevollere Art zu trösten.

Unsere Arbeit war inzwischen weiter vorangeschritten, als ich es für möglich gehalten hatte. Auf zwei Äckern wuchsen mittlerweile verschiedene Getreidesorten, ohne dass wir viel Saatgut verloren hätten, was Ferris' neumodischer Lektüre zu verdanken war. Auch das Gemüse wuchs, und wir verbrachten viel Zeit damit, zwischen den Reihen Unkraut zu jäten. Zwischen dem Roggen wucherten Wicken, die sich mit einer Harke nicht beseitigen ließen. Alles, was wir tun konnten, war, uns mit schmerzenden Rücken zwischen den Furchen zu bücken und die Ranken an ihren Wurzeln auszureißen. Ferris besaß eine Zange, um das Unkraut auszurupfen, doch meiner Meinung nach war er damit nicht schneller als ein geschickter Mann mit einem Handschuh, so überließ er es auch nach einiger Zeit den Frauen. Vorerst hatten wir zwar den Roggen gerettet, doch dann fielen Heuschrecken über das Getreide her und verdarben es. Wir vertrieben sie mit Wermut, allerdings erst, nachdem ein Teil der Ernte bereits verloren war. Es gab auch einige dieser unseligen Kartoffeln, die Ferris und mich fast auseinander getrieben hätten. Ich verabscheute sie jetzt umso mehr und überließ ihren Anbau so oft ich konnte den anderen.

Aber wir hatten Grund, dankbar zu sein. Das Vieh hatte genug zu fressen und gedieh; Catherine und Susannah molken jeden Morgen die Kuh. Elizabeth hatte im Wald einige Obstgehölze entdeckt, darunter einen Kirsch- und einen Walnussbaum, und ihr Mann schlug und hackte weiterhin Holz für den Winter, denn wir würden einen großen Stapel brauchen.

Eines Tages ging Ferris hinüber ins Nachbardorf Dunston Byars, um zu sehen, ob die Menschen dort uns Milch abkaufen oder gegen etwas anderes eintauschen würden. Er war nicht gerade hoffnungsvoll, denn der

Ort war nichts weiter als eine Ansammlung verfallener Cottages mit vor Armut gänzlich abgestumpften Bewohnern.

Das Wetter war kühl. Ich hackte Unkraut und war ausnahmsweise froh über mein Hemd, mochte es stinken, wie es wollte. Ab und zu schaute ich auf und hoffte, die vertraute Gestalt über die Wiesen zurückkommen zu sehen, doch stattdessen erblickte ich nur Botts, der auf der anderen Seite des Ackers Krähen verscheuchte und dabei die jungen Pflanzen zertrampelte.

»Der Trunkenbold ist wieder bis zum Rand voll!«, sagte ich zu Jonathan, der in meiner Nähe arbeitete.

Er hielt gerade ein Grasbüschel in der Hand, schaute auf und rief: »Gütiger Gott! Er macht alles kaputt!« Dann rannte er, immer noch das Grasbüschel in den Händen, auf Botts zu, bemühte sich dabei aber, zwischen den Reihen zu laufen.

Ich rannte ihm nach. Je näher wir kamen, desto deutlicher sahen wir, dass der Doktor absichtlich so handelte und nicht etwa wegen seiner Trunksucht oder aus Ungeschicklichkeit. Er starrte mich an, und nicht zum ersten Mal verwünschte ich mein Versprechen gegenüber Ferris, mich friedlich zu verhalten. Jonathan schien er gar nicht zu bemerken, obwohl ihm dieser über das Feld zuschrie: »Bruder, passt auf, was Ihr tut! Bruder! Dies ist unsere Nahrung!«

Inzwischen hatten wir den Tölpel erreicht, und ich packte ihn am Arm und führte ihn von dem bestellten Land auf eine Brachwiese. Er war schwerer, als ich gedacht hatte, aber zu wackelig, um sich mir zu widersetzen. Erneut roch ich seinen merkwürdigen Schweißgeruch und dazu eine Brandyfahne.

Botts torkelte und stieß mich an. »Verfluchter Dieb! Stehlender, schwarzer Hurensohn!«

»Was habt Ihr, Mann?«, rief Jonathan verärgert. »Wieso ist er ein Dieb?«

»Er weiß genau, wieso«, knurrte Botts und stieß mir einen seiner dicken Finger ins Gesicht. »Wo habt Ihr ihn hingetan?«, schrie er mich an. »Wer versteckt ihn für Euch? Der heilige Taschendieb Christopher?«

Ich war so verblüfft, dass ich nicht einmal Ärger verspürte.

»Was soll er haben, Mann?«, drängte ihn Jonathan.

»Fragt ihn.« Wieder zeigte er auf mich.

»Hört mir gut zu«, erklärte ich dem stinkenden Untier. »Wir lassen Euch jetzt hier, bis Ihr wieder nüchtern seid. Verhaltet Euch entweder friedlich oder geht sonstwo hin. Und bleibt der Ernte fern!«, brüllte ich, »oder es wird Euch schlimm ergehen.«

»Vielleicht falle ich ja und knicke dabei ein paar Halme um«, sagte er listig. »Oder ich könnte in Eure Hütte gehen, Mohr, und herausfinden, wo Ihr ihn habt.«

»Ihr haltet Euch von sämtlichen Hütten fern, außer von Eurer eigenen.«

»Angst, was? Ich gehe jetzt auf der Stelle dorthin.«

Offensichtlich zählte er zu der Sorte Menschen, die es lieben, andere zu quälen, die schon als Kind nur zu hören brauchten ›Bounce ist ein guter Hund, tritt ihn bitte nicht‹, um wild um sich zu treten. Langsam überlegte ich, ob dies wohl eine Ausnahmesituation sei. Ich hätte eine solche Freude daran, meine Fäuste in dieses aufgedunsene Gesicht zu schlagen, doch dann verriet mir ein Blick über seine Schulter, dass Ferris von Dunston Byars zurückkehrte.

Lächelnd näherte sich mein Freund unserer kleinen Gruppe. Er trug etwas, ein mit dem Kopf nach unten hängendes Huhn, das im Rhythmus seiner Schritte das Gras streifte. Wir drei hielten inne und beobachteten, wie er unbekümmert und stolz näher kam. Ich hörte, wie Botts »Wiesel, Wiesel« murmelte.

»Hey, Ihr!«, brüllte er. »Brrruder Christopher! Was sagt Ihr zu einem Dieb in unserer Mitte?«

»Dieb?«, fragte Ferris, anscheinend nicht überrascht, ihn so betrunken zu sehen. Ich erkannte inzwischen, dass er zwei lebende Hühner trug, die beim Näherkommen trotz seines Griffes heftig flatterten. Ferris schüttelte sie ungeschickt, um sie zu beruhigen.

»Sind ihre Flügel gestutzt?«, fragte ich.

Er blickte auf sie herab. »Ja. Zumindest hat sie das behauptet.«

Ich warf einen Blick auf ihr Gefieder: ›Sie‹ hatte nicht gelogen. »Lass sie herunter«, schlug ich vor. Ferris setzte die Hühner ins Gras und band ihre schuppigen Beine los. Die Vögel gackerten, plusterten sich auf und stolzierten auf den gepflügten Acker.

»Nun«, sagte ich, um die Aufmerksamkeit meines Freundes zu gewinnen, »Bruder Ben glaubt, ich hätte ihm etwas gestohlen.«

»Was soll das sein, Bruder?« Ferris warf Botts einen amüsierten Blick zu.

»Er hat meinen Brandy genommen. Ich war erschöpft, trank darauf einen Schluck als Medizin und hatte mich gerade hingesetzt, um wieder einen klaren Verstand zu bekommen – sah, dass dieser Schnüffler in meine Richtung kam – wachte wieder auf und alles war weg. Er war es und er hat ihn noch. Ihr solltet ihn nach Hause schicken.«

»Das war nicht richtig von dir, Jacob«, sagte Ferris.

»Mir scheint, er hatte mehr als einen Schluck«, sagte ich. »Es wäre eine gute Tat, ihn davon abzubringen. Aber –«, ich hielt wie zum Schwur meine Hand hoch, »ein anderer muss den Brandy genommen haben, ich war es nicht.«

»Ich auch nicht«, fügte Jonathan hinzu.

»Hört Ihr das, Bruder Ben?«, fragte Ferris.

»So ist es Recht. Schlagt Euch nur auf ihre Seite, auch wenn Ihr gar nicht hier wart«, zischte Botts. »Und ihr beide«, er schaute Ferris und mich finster an, »haltet sowieso immer zusammen, ihr würdet einem schwarz für weiß verkaufen. Ein ehrlicher Mann hat da keine Chance. Aber sagt mir: Wenn er es nicht war, wer war es dann?«

»Ich selbst«, sagte Ferris. »Ihr hattet Euch mit Alkohol betäubt und nicht mehr gemerkt, dass ich Euch die Flasche weggenommen habe.«

Es dauerte einen Moment, bis diese Worte bei dem verwirrten Botts ankamen. Er sah aus wie ein Bulle, der versucht zu denken, und ich musste aufpassen, nicht lauthals loszulachen. Schließlich sagte er: »Vielleicht war es ein kleiner Tropfen zu viel. Aber Ihr werdet doch so christlich sein, mir die Flasche zurückzugeben.«

»Nein, es ist nichts mehr davon da, Bruder. Sinnlos, darum zu bitten.«

»Niemals habt Ihr alles ausgetrunken«, rief Botts ungläubig. »Es war noch mehr als die halbe Flasche übrig. Einen Hänfling wie Euch würde es völlig umhauen.«

»Ich habe Profit daraus geschlagen«, sagte Ferris. Gelassen blickte er Botts in die Augen. »Da läuft der Brandy«, sagte er und zeigte auf die beiden Hühner, die in einer Furche scharrten. Jonathan steckte sich die Faust in den Mund und wurde trotzdem vor Lachen geschüttelt.

Botts machte einen Schritt auf Ferris zu. Ich sah, dass der Doktor tun wollte, wonach er sich schon seit langem sehnte, nämlich sich an dem unverschämten Kerl, der seine fachliche Hilfe ausgeschlagen hatte, zu rächen, und ich fürchtete um die zarten Schultern meines Freundes. Doch bevor ich gezwungen war, Botts eine Abreibung zu erteilen, merkte er, wie ich näher kam, hielt inne und starrte Ferris an. Ich beobachtete gebannt, dass seine Haut auf den Knochen zu kochen schien, er war so puterrot, dass man ihn hätte häuten können. Ferris schien darüber genauso beeindruckt wie ich, denn er betrachtete Botts eher mit mitleidigem Entsetzen als mit der gespannten Aufmerksamkeit eines Mannes, dem ein Kampf bevorsteht. Er neigte sich sogar etwas vor. Jonathan war erstarrt. Er hielt sich immer noch die Hand vor den Mund, hatte jedoch aufgehört zu lachen.

»Ihr seid krank«, sagte ich zu dem nach Luft ringenden Doktor, denn mir kam der Gedanke, er könnte einen Krampfanfall bekommen oder sogar sterben und uns sein Grab schaufeln lassen. »Bitte geht und legt Euch hin. Wir können später noch über diese Angelegenheit sprechen.«

»Langfingriger, nichtsnutziger Hurensohn«, stieß er hervor und starrte immer noch auf Ferris.

»Kommt, wir sprechen später darüber.« Ich griff so freundlich nach seiner Schulter, wie es mein Zorn zuließ. Er warf mir einen verwirrten Blick zu und lächelte bitter. Doch er war wieder etwas zu sich gekommen und erlaubte es, dass ich ihn zu seiner Hütte führte. Dort ließ er sich auf seine übel stinkende Decke fallen und begann sofort zu schnarchen.

Ich schlenderte zurück auf den Acker. Ferris stand neben Jonathan, hielt sich dabei gerader als gewöhnlich und lachte von Zeit zu Zeit, als fühle er sich beobachtet. Als ich näher kam, meinte ich, er sähe mich verstohlen an. Jonathan, der beunruhigt darüber war, wie die Sache geendet hatte, brach das Gespräch ab, als ich zu ihnen trat, und schaute mich an.

»Ist er in Ordnung?«, fragte er.

»Er schläft.« Ich wartete darauf, dass Ferris etwas sagen würde; der lächelte, scharrte mit den Füßen und gab vor, nach den Hennen Ausschau zu halten.

Jonathans Blick wanderte zwischen uns beiden hin und her. »Ich gehe die Pflanzen hochbinden«, erklärte er und ging eine Furche entlang davon. Ferris schaute zu mir auf und schenkte mir ein bewunderndes Lächeln. »Nun, Jacob! Erst hast du mich vor dem Ertrinken gerettet und jetzt vor einer Schlägerei.«

»Und wenn ich dich wegen deiner törichten Einfälle eines Tages verlasse?«

Sein Lächeln erstarb auf der Stelle. »Törichte Einfälle? Ich hatte gesagt, dass Botts hier kein Zechgelage veranstalten soll. Hätte ich ihn nicht daran hindern sollen? Er würde hier sonst wahrscheinlich ziemlich verrückt spielen.«

»Dafür hast du ihm eine andere Verrücktheit in den Kopf gesetzt«, antwortete ich. »Er will Rache, und das wird nicht so schnell vergehen wie seine Kopfschmerzen. Was ist in dich gefahren, seinen Brandy gegen Hühner einzutauschen?«

»Wir brauchen Hühner«, sagte Ferris mit Nachdruck.

»Ich habe nicht gehört, dass jemand darum gebeten hätte.«

Wir schwiegen eine Weile, dann sagte mein Freund etwas sanfter: »Vielleicht nicht. Aber glaubst du, dass er auf den rechten Weg findet?«

»Er wird nie auf den rechten Weg finden, Ferris. Er muss gehen.«

»Aber wir brauchen ihn.« Mit einer Hand ergriff er meinen Arm, mit der anderen wedelte er in der Luft herum. »Ich kann ihn überreden –«

»Oh, du glaubst, er lässt sich mit Hathersage vergleichen?« Meine Stimme klang eisig. Sofort bereute ich meinen Ton, aber zu spät.

Ferris ließ meinen Arm los und starrte mich an. »Könntest *du* ihn besänftigen?«

»Dazu habe ich keine Veranlassung. Ich brauche vor niemanden Schutz.«

Ich ging in Richtung meiner Hütte davon und wollte mich ein Weilchen hinlegen, um meine Gedanken zu ordnen. Noch bevor ich die Tür erreicht hatte, hörte ich Ferris hinter mir schnauben. Er stellte sich vor mich und schaute mich an, wie er sich einst vor Cooper gestellt hatte.

»Lass uns nicht streiten«, sagte er, außer Atem. »Ich werde ihn wegschicken.«

Ich stand da und erwiderte seinen Blick. »*Du* wirst ihn wegschicken? Wie willst du das machen?«

Er hob flehend die Hände.

»Ich verstehe. Jacob verdreht ihm den Arm.« Bitterkeit stieg in mir auf. »Ich dachte, ich sollte meine Fäuste bei mir behalten? Aber du wirst es ihm sagen. Entweder der Befehl kommt von dir, oder du schiebst ihn selbst ab.«

»Morgen werde ich es ihm sagen.«

»Vor den anderen«, sagte ich nachdrücklich.

»Vor den anderen.« Er senkte demütig den Kopf, und mein Zorn schmolz dahin, als ich ihn anschaute. Er fügte hinzu: »Du hast Recht. Er wird sich nie bessern.«

Ich seufzte. »Du hast es gut mit ihm gemeint.«

Es bestand kein Grund mehr, in die Hütte zu gehen, daher ging ich wieder zu Jonathan auf den Acker zurück. Ferris kam nicht mit. Als ich mich umschaute, stand er geschlagen da und hatte nichts mehr mit dem Mann gemein, der so freudig den Brandy-Tauschhandel bekannt gegeben hatte. Ich schauderte, als ich mich über die zerdrückten, grünen Pflanzen beugte. Sein Fehler im Umgang mit Botts passte nicht zu ihm, wo er doch sonst mit jedermann so wendig umgehen konnte wie ein Angler mit einem Fisch. Plötzlich musste ich grimmig lächeln, denn er hatte den Doktor böse am Haken, ohne mit mir darüber zu streiten, und ich hatte mich, ohne Belohnung zu erwarten, damit einverstanden erklärt, ihn von diesem unliebsamen Fang zu befreien.

Botts verließ uns am nächsten Morgen. Ferris hielt Wort und bat ihn vor der versammelten Gemeinschaft zu gehen, kaum hatten wir die Gebete beendet. Die Gesichter der Domremys verrieten, dass sie sich darüber freuten, während einige der anderen überrascht schauten. Jedoch erhob niemand das Wort zu seiner Verteidigung.

Botts hörte Ferris schweigend an und sagte darauf: »Ihr habt mein Eigentum weggenommen und es für Eure Zwecke gebraucht. In meinen Augen seid Ihr deshalb ein Dieb. Ich habe mein Geschäft verkauft, um hierher zu kommen, und habe hier ohne Lohn gearbeitet. Ihr hättet mich trinken lassen können, ich habe niemanden damit gestört.« Er war blasser als gewöhnlich und hatte offensichtlich Kopfschmerzen, was sein Äußeres eher verbesserte.

»Kommt, lasst uns nicht als Feinde auseinander gehen«, sagte Ferris. »Eure Art passt nicht hierher, doch ich unterstelle Euch keinen bösen Willen.« Er sprach genauso sanft, wie er auch mit Hathersage gesprochen hatte. »Werdet Ihr mir vergeben, Bruder Ben?«

»Nein«, sagte Botts. Er trottete zu seiner Hütte, und als ich beobachtete, wie er sich verloren und klobig unter dem Eingang duckte, verspürte ich plötzlich einen Stich in der Brust. Wir alle standen herum und warteten darauf, dass er mit seinem Bündel wieder zum Vorschein käme.

»Könnten wir ihm nicht noch eine Chance geben?«, fragte Harry Ferris.

»Er hat die Ernte zerstört«, erwiderte mein Freund.

»Wollt Ihr nicht für ihn sprechen, Jacob?«, insistierte Harry.

»Ich?«

»Wir haben Euch Roger Rowly verziehen.«

Schließlich trat Botts wieder aus der Hütte und trug ein verknotetes

Bündel über der Schulter. Ich hoffte, er würde sich sofort auf den Weg machen, doch stattdessen kam er noch einmal zu uns zurück und suchte beim Näherkommen unsere Blicke.

»Lebt wohl, Brüder und Schwestern. Will nicht einer von Euch ein Wort für mich einlegen?«

Die anderen Kolonisten schauten angestrengt auf das Gras zu ihren Füßen, nur Harry blickte den Doktor mit offenem Mitgefühl an. Botts fuhr fort: »Ihr habt eine merkwürdige Vorstellung von Brüderlichkeit, Mister Ferris.«

Mein Freund runzelte die Stirn; die beiden schauten sich in die Augen, und ich entdeckte zum ersten Mal bei Botts eine hartnäckige Würde, die in deutlichem Gegensatz zu seinem hässlichen Gesicht stand. Sekunden vergingen, und er wandte den Blick nicht ab. Ferris schaute in meine Richtung; ich rückte näher an ihn heran.

Botts lachte und wandte sich an mich: »Wollt Ihr mich mit den Fäusten vertreiben?«

»Nicht, wenn Ihr mich nicht dazu zwingt.«

»Und wer von uns ist Eurer Meinung nach der Stärkere?«

»Geht jetzt«, sagte ich, »dann könnt Ihr den Glauben mitnehmen, dass Ihr es seid.«

Ferris senkte den Blick, als wolle er sagen, dies sei eine Angelegenheit zwischen Botts und mir und habe nichts mit ihm zu tun.

»Ich gehe gleich«, erwiderte der Mann. Er beugte sich in meine Richtung und blies mir seinen stinkenden Atem in die Nase. »Vielleicht bin ich schwach, Bruder Jacob, aber niemand beherrscht mich mit dem Blick.«

Ferris' Augen weiteten sich.

»Wer sollte Euch schon anschauen?«, fragte ich Botts. Er wandte sich ab. Meine Kehle war plötzlich wie zugeschnürt, und ich spürte wieder das Stechen in meiner Brust, das ich auch verspürt hatte, als er in seine Hütte gegangen war, um das Bündel zu schnüren. Zwar war es ein vertrautes Gefühl, doch hatte ich es noch nie wegen Botts verspürt und konnte es daher nicht richtig einordnen. Ich starrte auf seinen stämmigen Rücken und versuchte dort eine Antwort zu finden.

»Was meinte er damit, ›niemand beherrscht mich mit dem Blick‹?«, fragte Hepsibah.

»Dem Blick standzuhalten und nicht als Erster wegzuschauen«, sagte Ferris.

Die anderen verfielen in peinliches Schweigen. Ich bemühte mich, nicht in Harrys Richtung zu blicken. Wir sahen Botts nach, wie er über die Wiesen ging und immer kleiner wurde. Erst als er nicht mehr zu sehen war, wusste ich, was das Stechen in meiner Brust zu bedeuten hatte: Neid.

Während der nächsten Stunden fühlte ich mich erniedrigt und elend. Trotz meiner wiederholten Warnungen, das neue Gras sei noch zu jung und zu feucht, hatte Ferris angeordnet, dass wir versuchen sollten zu heuen, daher schnitten wir alle den Teil der Wiese mit den wenigsten Butterblumen und zeigten, wie geschickt oder ungeschickt wir uns mit der Sichel anstellten. Ich versuchte mich zu beruhigen, indem ich mehr Gras schnitt als die anderen, doch die Furcht, unser Heu würde feucht sein, bedrückte mich nur noch mehr. Die anderen warfen mir von Zeit zu Zeit einen Blick zu und hielten sich auf Abstand zu mir.

Mittags brachte mir Ferris ein Stück Brot und einen schwarzverdreckten Käse.

»Für dich, Donnerwolke.«

Ich schaute auf, hörte aber nicht auf zu arbeiten.

»Du siehst aus, als wolltest du mich umbringen. Nicht, dass es dir um Botts Leid tut, oder?«

»Nein.«

Er setzte sich neben mich. »Ruh dich einen Moment aus.«

Ich mähte weiter.

»Jacob? Willst du nichts essen?«

»Nicht auf deinen Befehl.«

Er sah sich hastig um, doch niemand war so nah, dass er uns hätte hören können. »Das war kein Befehl! Ich dachte, du müsstest hungrig sein.«

»Ich bin durstig.« Ich stellte mich gerade hin und rieb mir meine Schultern. »Hol etwas Bier.«

Ferris zögerte.

»Was ist mit dir?«, fuhr ich ihn an. »Musst immer du derjenige sein, der die Befehle erteilt?«

Er stand auf, starrte mich an, rieb sich die Hände am Hemd ab und ging davon. Ich fuhr mit dem Grasschneiden fort. Nach einigen Minuten tauchte er mit einem Krug in der Hand wieder auf. Er hielt ihn mir wortlos hin.

Ich legte die Sichel aus der Hand und setzte mich, um einen Schluck zu trinken. Das Bier war angenehm kühl; ich schaute ihn an.

»Ich habe es in der Quelle gekühlt«, sagte er und ließ sich mir gegenüber im Schneidersitz nieder. Ich trank noch einen Schluck, schniefte und würgte.

»Du bist –«

»Nein«, ich trank das Bier aus. »Ich habe schon zu viel geweint.«

»Bist du so unglücklich?«

Ich schaute in sein liebes Gesicht und wusste, würde ich etwas sagen, wäre seine Antwort: *Es tut mir Leid, dass du leidest, aber, aber, aber.*

»Hat es mit Botts zu tun?«, wollte er wissen.

In meinem Sack befand sich ein Schleifbrett. Ich streute Sand darauf, reinigte meine Sichel vom Pflanzensaft und schliff sie.

Er sah zu, wie die Klinge immer glänzender wurde. »Könntest du auch mit einer Sense umgehen?«

»Nicht auf diesem unebenen Gelände.« Ich nahm meine Sichel wieder in die Hand, packte das grobe Gras und hieb es mit einem Schlag weg.

Ferris lächelte. »Du bist ein guter Schnitter.«

»Ich bin dein Tanzbär, das bin ich.« Ich schnitt, wenn auch schwerfälliger, weiter. »Botts wusste es.«

Mein Freund wartete, während ich die Ernte für ihn einbrachte.

»Wir werden Cheapside keinen Besuch abstatten«, fuhr ich fort. »Wenn die Zeit kommt, fällt dir hier etwas ein, was dringender ist. Ich kenne dich langsam.«

»Du kennst mich schon eine ganze Weile«, sagte Ferris. »Wir haben nie darüber gesprochen, dass ich mein Leben für dich aufgeben würde.«

Die anderen waren alle ziemlich weit weg.

»Ich habe dir mein Leben gegeben«, sagte ich. »Du wirst jetzt sagen, dass du mich nie darum gebeten hast.« Er nickte und ich legte die Sichel weg. »Ferris, du hast gesagt, dass du zu mir gehörst.«

»Du weißt, was das heißen sollte.« Er berührte meinen Fuß. »Das gilt immer noch, ich will keinen anderen.« Dann fügte er in einem Anfall von Zorn hinzu: »Du redest, als ob ich mich von dir entfernen würde und nicht umgekehrt. Sei ehrlich, Jacob. Wenn du gehen willst, gebe ich dir die Hälfte von dem Geld aus der Schatulle. Oder du kannst bei der Tante bleiben, bis –«

»Bis ich Becs heirate?« Das Gras verschwamm mir vor den Augen. »Ich könnte inzwischen ihr Ehegemahl sein, aber du hast mir flehentlich, flehentlich geschrieben –«

Ich konnte nicht weiterreden.

»Das stimmt, ich habe dich angefleht, in mein Bett zu kommen«, sagte er sanft. »Aber nicht, mein Leben zu bestimmen.«

»Nachdem ich zu dir gekommen war, wurde mein Leben bestimmt. Das Angebot deiner Tante war alles, was ich besaß.«

»Ich möchte nicht, dass du gehst!«, rief er. »Ich sage nur, dass ich dir Geld gebe, wenn du gehen willst. Wenn du zurückgehen und Becs heiraten willst, nun, dann solltest du sie nicht warten lassen.«

»Es wäre dir egal?« Ich hörte mit dem Grasschneiden auf und setzte mich, um sein Gesicht besser sehen zu können.

»Ich würde eine Kreuzigung erleiden, Jacob«, sagte er langsam und betont, »doch ich würde dich nicht von ihr fern halten, wenn es das ist, was du willst.«

Wir schwiegen eine Weile. Er ergriff meine Hand, schaute sich um, beugte dann seinen Kopf und küsste die Handfläche. Langsam fühlte ich mich besser.

»Wollen wir heute Nacht in die Wiesen gehen?«, fragte er.

Ich nickte.

Etwas zögernder hakte er nach: »Wenn wir beisammen liegen, weißt du dann – dann – wie sehr ich dich liebe?«

»Ich weiß es.« Es war, wie er gesagt hatte, er gehörte zu mir. Ich wünschte, ich könnte seine Vorstellung von der Zukunft teilen, denn sie musste ihn sehr blenden, um solchen Hunger zu zügeln.

Ferris kaute auf einem Grashalm. »Ich wünschte, du wärest glücklich, Jacob. Ohne nach London zurückzugehen, meine ich.«

»Aber wir *werden* London einen Besuch abstatten?«, fragte ich ängstlich.

»Ja, wie ich es gesagt habe.«

Ich lächelte und dachte daran, dass das Wetter hier inzwischen so kalt und nass sein würde, dass ihn zwei Wochen am Kamin, dazu Braten und Wein auf dem Tisch und die gemeinsamen Nächte mit mir vielleicht dazu bringen würden, das Graben aufzugeben.

»Ich baue einen Hühnerstall«, bot ich an.

»Sie sind weggelaufen«, sagte Ferris.

Am nächsten Morgen wachte ich steif und mit schmerzendem Rücken auf. Im Mondschein war ich mit Ferris über die Wiesen gelaufen, um einen Platz zu finden, wo uns niemand hören konnte, und um dann von ihm süß und reichlich belohnt zu werden. Ich rekelte mich bei der Erinnerung daran.

Im nächsten Moment hörte ich draußen vor der Hütte lautes Gebrüll.

»Steht auf, Freunde! Hierher! Hier rüber!«

Ich erkannte Jeremiahs Stimme. Trockene Erde rieselte mir auf den Kopf, als ich die Tür meiner Hütte aufstieß.

»Jacob! Zieht Euch Schuhe an.« Jeremiah war ganz heiser: Er zeigte in Richtung der Äcker, und ich sah fünf Reiter über die jungen Pflanzen galoppieren. Mir drehte sich der Magen um: Wieder sah ich Botts' Gesicht dicht vor mir. Ich war schon einmal vor einer Gruppe Männer geflohen, und es war mir nicht sonderlich gut bekommen. Hier gab es nicht einmal die Möglichkeit zur Flucht. Es knarrte, und ich sah, dass Ferris die Tür seiner Hütte aufstieß. Er rieb sich die Augen, schaute auf und blieb erstarrt stehen. Meine Finger waren zu dick und ungeschickt, um mir die Schnürsenkel zu knoten.

»Harry! Jonathan! Wisdom!«, schrie Jeremiah, seine Stimme überschlug sich. Ferris kam wieder zu sich und klopfte gegen die Tür der Domremys.

Die Männer hatten uns erreicht. Die hinteren drei waren dunkel gekleidet und sahen aus wie Diener, so wie ich einst auch einer gewesen war, doch die ersten beiden, ausstaffiert mit Seide und Tressen, schienen Gentlemen zu sein. Die Männer zügelten ihre Pferde und umzingelten im Schritt die Hütten, ohne die Hüte abzunehmen: Als ich die gewaltigen Federn an den Hüten der ersten beiden Reiter erblickte, wünschte ich, nicht barhäuptig zu sein. Wir standen vor unseren Erdhütten und warteten darauf, was sie tun würden, während uns der Älteste der fünf anschaute, als wolle er sich uns ins Gedächtnis einbrennen. Ich erwiderte seinen Blick: Er hatte ein hübsches, dunkles Gesicht, jedoch beeinträchtigt von einer gebrochenen Nase, und unter seinem schwarzen Hut, dessen Feder eine winzige Kastanienblüte zierte, schaute graues Haar hervor. Sein Körper unter dem braunen Seidenwams war untersetzt und wirkte schlaff, ganz im Gegensatz zu dem spanischen Schwert an seiner Hüfte. Die Beine seines Pferdes glänzten vom Tau der Wiesen.

Der Mann blickte uns der Reihe nach an und blieb dann bei mir hängen: »Heißt Ihr Christopher Ferris?«

»Nein.«

Der ganz in Grün gekleidete Kerl hinter ihm zeigte mit der Hand in Ferris' Richtung.

»Ihr seid Christopher Ferris?«

»Wer will das wissen?«, entgegnete mein Freund.

»Was soll diese unverschämte Antwort?«

»Ihr habt uns keine höfliche Begrüßung geboten.« Ferris' Stimme war ruhig. Ich hoffte, dass der Reiter nicht den Schweiß auf seiner Stirn bemerkte.

»Seid Ihr Christopher Ferris?« Die Wangen des Mannes färbten sich rot.

»Ich schäme mich dessen nicht.«

»Nun, gut. Dieser Mann«, und er zeigte auf Ferris, als ob wir ihn zum ersten Mal sehen würden, »ist ein falscher Prophet, meine Freunde. Er hat euch in diese Wüste geführt, nach Ägypten. Mit der Zeit«, er starrte die Kolonisten an, »wird er euch an noch schlimmere Orte führen.«

»Wir sind aus freien Stücken hier«, sagte Harry, dessen Nasenflügel in Anbetracht der Ankömmlinge vor Abscheu bebten. »Und wer seid Ihr, dass Ihr hierher kommt und so mit uns redet?«

»Ich diene Sir George Byars«, erwiderte der Reiter, als ob wir bei der bloßen Nennung des Namens tot umfallen müssten.

»Sir George Byars ist nicht im Besitz dieses Landes«, sagte Ferris.

»Er besitzt das Landgut, und das Dorf steht unter seiner Verwaltung. Er wird es nicht erlauben, dass irgendwelche Schurken dieses Gemeindeland hier umgraben. Das ist das Gesetz.« Die große, geäderte Hand des Mannes fasste an den Griff seines Schwertes. Ich sah, wie sich Ferris' Brust unter seinem grauen Hemd hob und senkte.

»Die Gesetze Englands sind die Fesseln der Armen«, erklärte mein Freund und zitierte damit wieder einmal das alte Pamphlet *Freund von Englands Freiheit.* »Wo steht in der Bibel geschrieben, dass Euer Herr einen Gutshof bauen und sogar das Land darum einfrieden darf, wie es ihm beliebt, und wir nicht einmal Getreide anbauen dürfen, um uns selbst zu ernähren?«

Die beiden Männer tauschten zornige Blicke aus. Der in Grün gekleidete Mann ließ sein Pferd vortreten, so dass es fast über Ferris stand. Auch er war gut aussehend, doch hatte er etwas Kühles, Gleichgültiges an sich und eine Hautfarbe, die man als *cremig* bezeichnen könnte. Ich konnte riechen, dass er seine Kleidung mit Rosenwasser benetzte. Seine weichen, rötlichen Locken spielten mit dem Wind; während er sie mit seinen langen Fingernägeln zurückstrich, sagte er sehr betont: »Solche Narren haben das englische Königreich im Krieg versinken lassen, indem sie die Ungebildeten korrumpiert haben. Es täte gut, sie bei der Wurzel auszumerzen.«

Der Ältere schaute wieder in die Runde und sagte etwas freundlicher: »Meine Freunde, Sir George ist ein barmherziger Mann. Da ihr Frauen und Kinder bei euch habt, lässt er euch zwei Wochen Zeit, eure Bündel zu schnüren und den Ort hier zu verlassen. Solltet ihr danach immer noch auf euren verrückten Ideen beharren«, er zuckte mit den Schultern, »könnt ihr nicht mehr mit seiner Geduld rechnen. Und was euch Frauen betrifft, so sorgt er sich mehr um euch als ihr selbst. Ihr solltet lernen, euer eigenes Glück zu sehen, denn obwohl ihr diesen Männern hier als Huren dient, werden sie –«

Man hörte, wie einige nach Luft schnappten. »Pfui! Schämt Euch!«, schrie Hathersage.

»Doch ich sage, sie werden dennoch nicht –«

»Schimpft auf Eure eigene Mutter«, rief Harry. »Diese Frauen hier sind keineswegs so, es sind junge Mädchen, Ehefrauen und Witwen. Doch anscheinend«, er sprach ruhiger, jedoch mit Verachtung weiter, »wisst Ihr selbst nur allzu gut, wovon Ihr redet.«

»Wo Aufsässigkeit herrscht, ist auch die Unmoral nicht weit«, polterte der Ältere in scharfem Ton. Er schaute uns nacheinander an und schien die Verderbtheit förmlich zu riechen, und obwohl mir klar war, dass er nichts von uns wusste, durchfuhr es mich kalt, als sich unsere Blicke trafen. Er fuhr fort: »Sie folgt so sicher wie die Nacht dem Tag. Ich habe meine Botschaft übermittelt, und ihr habt sie vernommen. Reißt euer bisschen Verstand zusammen und nutzt ihn.«

Diese letzten Worte hatte er richtiggehend gebellt. Elizabeth fasste Harry an der Hand. Ich beobachtete die unbeweglichen Gesichter der Diener, die sich im Hintergrund der beiden Wortführer hielten; einer von ihnen hielt meinem Blick stand, und sein matter Ausdruck wandelte sich in verstohlenes Mitleid. Der Mann neben ihm schaute in meine Richtung, und der Freundliche wandte sofort seinen Blick ab.

»Wenn Sir George beschließt zu vergewaltigen und zu morden, dann können wir ihn nicht aufhalten«, sagte Ferris. Der grüne Mann spuckte aus und verfehlte nur haarscharf Ferris' Gesicht; ich sah, wie ihm der Speichel den Hals hinunterrann und in sein Hemd tropfte. Ferris rührte sich nicht, schaute allerdings ängstlich zu mir hin. Ich gab ihm zu verstehen, dass ich meine Arme bei mir behalten würde.

Die fünf Männer wendeten die Pferde und galoppierten über den Getreideacker davon, der Mitleidvolle blieb ein wenig zurück, so dass er sich schließlich im Sattel umdrehen konnte, hilflos zuckte und uns seine leere Handfläche zeigte. Staub stieg aus den Ackerfurchen auf. Mein Freund rieb sich mit dem Hemd die Haut.

»Ihr hättet Botts nicht wegschicken sollen«, sagte Harry.

Ferris trat von einem Fuß auf den anderen und schaute den immer kleiner werdenden Reitern nah.

»Was werden sie mit uns machen?«, fragte Catherine. Sie zitterte, und in ihrem braunen Gesicht wirkten die Lippen besonders blass. Ferris wandte sich ab.

»Sie sagen, wir seien Huren«, flüsterte Hepsibah. »Das machen sonst die Soldaten, sie – sie nennen die Frauen Huren, sie –« Hepsibah verfiel in Schweigen. Als hätten wir es abgesprochen, ließen wir uns im Gras nieder.

»Sie werden die Ernte zerstören«, sagte Ferris und betastete dabei die Narbe auf seiner Wange, »und die Dorfbewohner gegen uns aufwiegeln, ihnen Waffen geben.«

Elizabeth sagte zu Harry: »Wir müssen die Kinder zu deiner Schwester bringen.« Hepsibah begann laut zu schluchzen, und ihr Mann zog ihren Kopf an seine Brust und sagte: »Er ist besser dort aufgehoben, wo er jetzt ist, mein Liebling.« Er wiegte sie hin und her. Ferris senkte beunruhigt den Kopf, und ich hätte ihn gerne in die Arme genommen.

»Komm, lass uns reden.« Ich zog meinen Freund am Ärmel und führte ihn weg. »Lass uns in den Wald gehen«, sagte ich, als wir außer Hörweite waren.

»Glaubst du, dass ich jetzt *das* will!«

Er folgte mir dennoch, und wir bogen in den grünen Pfad ein, der an der Quelle vorbei zu unserem üblichen Platz führte. Ich schlüpfte als Erster unter den Ästen hindurch und wartete. Er kam hinterhergekrochen, und als er sich neben mir niederließ, legte ich meine Arme um ihn, wischte ihm den Hals ab und küsste ihn auf die Stelle, auf die der Reiter gespuckt hatte.

»Nicht, Jacob! Du wirst mir die letzte Kraft rauben.« Er kämpfte sich frei. »Ich muss nachdenken.«

»Da gibt es nicht viel nachzudenken«, sagte ich. »Wir gehen nach Hause, wir lassen sie über uns herfallen oder wir kämpfen.«

»Und deine Wahl ist der Kampf.« Er lächelte traurig.

»Nein, ich würde eher gehen.«

Ferris seufzte. »In der Armee«, fing er an, brach jedoch wieder ab. Ich umarmte ihn erneut und dieses Mal legte er seinen Kopf auf meine Schulter. »In der Armee … hatte ich so viel Mut, dass ich alles hätte tun können.«

»Das kannst du auch jetzt.« Ich streichelte seinen Arm und sah wieder, wie sich sein Profil vom dunklen Fell des Pferdes abhob.

Er schüttelte den Kopf. »Nein, irgendetwas in mir ist zerbrochen.«

»Du bist müde, das ist alles.«

»Glaubst du, Jacob, dass das, was wir tun –?«

Ich starrte ihn an. »Was wir tun?«

»Nichts, nichts. Egal«, er seufzte erneut und fuhr fort: »Ich habe andere mit mir genommen, ihnen Wunder versprochen. Sie haben ohne Unterlass gearbeitet. Jetzt sehe ich, dass ich sie nicht verteidigen kann.«

»Sie müssen sich selbst verteidigen. Das wissen sie«, erwiderte ich.

»Dann werden wir alle leiden.« Er starrte mich an. »Aber nachgeben – uns dem Willen von George Byars unterwerfen –«

»Auf seiner Seite kämpft ein Dorf«, erwiderte ich. »Unsere Freunde sind aus freien Stücken gekommen, du hast Harry doch gehört, und sie können aus freien Stücken zurückgehen.«

»Harry kann das. Was ist mit den Dienern?«

»Du hast genug Geld, um ihnen zu helfen«, sagte ich. »Lass uns nach Hause zurückkehren und wieder Pamphlete verfassen. Ich werde für dich drucken wie der Teufel.«

Ferris versuchte zu lächeln. »Mein Alptraum.«

»Was immer du willst.« Ich drückte ihn an mich und tröstete ihn, so wie ich vor sehr langer Zeit von Izzy getröstet worden war. »Mach dies hier nicht zu deinem persönlichen Basing-House. Ich könnte es nicht ertragen.«

Wir saßen schweigend beieinander und ich streichelte seinen knochigen Rücken, was mich mit Traurigkeit erfüllte.

»Dies ist dummes Geschwätz«, sagte er schließlich. »Ich wusste, dass es so weit kommen würde. Wir haben uns für die Freiheit entschieden. Wenn wir weglaufen, sobald der Mammon mit dem Fuße stampft und sich vor uns aufplustert, warum haben wir dann das Ganze angefangen?«

Als wir uns anblickten, kämpfte ich innerlich. Ich sah die Schatten unter seinen Augen und seine zusammengekniffenen Lippen. Ein weiteres Wort von mir konnte jetzt seinen Mut brechen und ihn davon abhalten weiterzumachen. Dann würden wir nach Hause zurückkehren, doch er würde sich selbst dafür verachten.

Schließlich presste ich heraus: »Also gut. Wir werden der Sache männlich entgegentreten, nur, nur –«

»Ja?«

»Sollten die anderen gehen wollen, dann lass uns um Himmels willen gehen. Versprich es mir, Ferris!«

Er drückte meine Hand.

Wir schleppten uns schweigend zurück aus dem Wald und wurden sofort von Jonathan gesichtet.

»Brüder! Kommt her, schaut Euch das an!«

Ich trottete in seine Richtung.

»Nein, Mann, beeilt Euch!«

Das war ein zusammengefalteter und an Mister Christopher Ferris adressierter Bogen Papier. »Ihr könnt es lesen«, sagte Jonathan zu mir. »Wir haben es bereits alle gelesen. Kommt schon, Bruder Christopher!«

Ich faltete den Bogen auf und las:

Sir,

vielleicht werdet Ihr Mühe haben, den Verfasser dieses Schreibens zu erraten, doch Euer Freund mit dem fahlen Gesicht mag eine Ahnung haben, die der Wahrheit nahe kommt.

Ferris trat neben mich und las mit.

Euch ist heute Schlimmes widerfahren und Ihr werdet noch weitere Misshandlung fürchten. Doch Ihr sollt wissen, dass das Gerede von den zwei Wochen nichts als hohles Geschwätz ist. Man plant, Euch, wenn Euch danach ist, weitermachen zu lassen, bis Ihr die Ernte eingebracht habt, um Euch diese dann wegzunehmen. Ihr habt in dieser Gegend nicht das erste kleine Commonwealth aus dem Boden gestampft, und Eure Feinde haben mit der Zeit gelernt, dass vorzeitige Angriffe keinen Erfolg haben, dass sich aber der Verlust der Ernte, für die man einen ganzen Sommer lang gearbeitet hat, stets als äußerst wirkungsvoll erweist.

Wenn Ihr vernünftig seid, gebt Ihr jetzt auf; doch wenn Ihr weitermachen müsst, dann ist Eure einzige Hoffnung das Parlament, denn Sir George ist mitnichten ein Mann des Parlaments und wird von keiner Partei sonderlich geliebt. Sein Nachbar, ein gewisser Sir Timothy Heys, lässt sich vielleicht aufgrund seines tiefen Hasses gegenüber Sir George überreden, Eure Sache zu vertreten. Er hält sich gerade in London auf. Schreibt ihm und adressiert Euer Schreiben an den Westminster Palast. Sir Timothy ist ein guter Mensch und offen gegenüber den Armen.

Es wäre jedoch bei weitem die günstigste Entscheidung, jetzt zu gehen; das ist der beste Rat, den Euch jemand geben kann, der, obzwar er es nicht wagt, diesen Brief zu unterschrieben, sich sieht als

Euer Freund

Post Scriptum: Von der Taverne fährt eine Postkutsche ab und Ihr bekommt dort auch Papier und Feder.

Inzwischen hatten sich die anderen Kolonisten um uns versammelt. Ferris und ich starrten einander an.

»Der Brief ist schnell gekommen«, sagte er misstrauisch. »Wer hat ihn gebracht?«

»Er hier«, sagte Hepsibah. Sie hielt die Hand eines kleinen, etwa achtjährigen Jungen hoch, den ich vorher nicht bemerkt hatte. »Er lebt in der Taverne.«

»Der Schankwirt muss ihr Gespräch belauscht haben«, sagte Ferris.

»Nein«, widersprach ich. »Es war einer der Diener, die mit hier gewesen sind. Schau, der Mann mit dem fahlen Gesicht, das bin ich. Einer von ihnen hat mich sehr freundlich angeblickt: das ist unser unbekannter Freund.«

»Es könnte eine Falle sein«, überlegte Jeremiah.

»Erzähl uns noch einmal, wer dir den Brief gegeben hat, mein Kleiner«, sagte Hepsibah freundlich.

»Ein Gentleman«, sagte das Kind. »Es waren fünf Männer, die zu uns auf einen Schluck Wein kamen, und er sagte, er müsse seinem Bruder in London etwas schreiben, und ob er eine Feder haben könne, und ob er den Brief meinem Vater anvertrauen dürfe, damit er mit auf die Postkutsche käme. Dann gab er ihm einen Silberling, zwinkerte und schrieb noch etwas anderes auf. Und als sie alle wieder weg waren, sagte mein Vater, Walter, du gehst rüber auf das Gemeinschaftsland.«

Ich drehte den Brief um. Auf der Rückseite stand: *Auszuhändigen an die Siedler auf dem Gemeinschaftsland. Ich bitte Euch, mich nicht falsch zu verstehen.*

»Dann habt Ihr Recht«, sagte Susannah.

»Aber das wirft ein ganz neues Licht auf die Sache«, rief Catherine aufgeregt. »Wir müssen an diesen Sir Timothy schreiben.«

»Ja«, schloss sich ihr Hathersage an. »Wer von uns setzt den Brief auf?«

Ich schaute auf Ferris. Sein Gesicht war grau. Langsam schritt er zur Heuwiese, ergriff eine Sichel und begann Gras zu schneiden.

»Lasst uns alle darüber nachdenken und später entscheiden, was zu tun ist«, sagte ich. Ich ging zurück in den Wald und kontrollierte allein die Fangschlingen. In einer fand ich ein Kaninchen, in einer anderen eine Krähe. Das Kaninchen hatte sich mit dem Hinterlauf verfangen und war ganz außer sich vor Angst, als es sah, dass sich sein Henker näherte. Es schrie, als ich näher kam, und hörte erst auf, als ich ihm den Kopf so fest umdrehte, dass ich ihn beinah abgerissen hätte. Die Krähe war glücklicher dran. Sie war bereits tot und voller Maden, daher warf ich sie in einen Busch.

Als ich mit dem Kaninchen über der Schulter zurückkam, saßen die anderen um einen Topf Suppe herum. Nur Ferris war noch auf der Wiese und beugte sich über die Grasbündel.

»Er möchte allein sein«, sagte Hepsibah auf meinen Blick hin. »Lasst ihn in Ruhe, Jacob, und esst etwas.« Sie nahm mir das Kaninchen ab und legte es auf den von Harry gezimmerten Tisch. Dann füllte sie mir etwas von der heißen Linsensuppe in einen Napf. Ich zögerte, setzte mich jedoch schließlich neben Jeremiah ins Gras. Catherine, die mir gegenübersaß, schien enttäuscht, dass ich Ferris nicht zur Feuerstelle holte.

»Worüber habt Ihr geredet?«, fragte ich, weil ich wissen wollte, warum mein Freund auf der Heuwiese blieb, während die anderen aßen und sich ausruhten.

»Wir denken, dass wir noch mindestens zwei Wochen hier bleiben sollten«, sagte Hathersage. »Sollten wir das gut überstehen, geschieht vielleicht etwas zu unseren Gunsten.«

»Nämlich?« Ich blies auf die Suppe, um sie zu kühlen.

»Sir Timothy. Wir wollen, dass Bruder Christopher ihm einen Brief schreibt.«

»Und will er das auch?«

»Natürlich will er das«, sagte Catherine. »Er hat uns alle zusammengeführt, da wird er uns doch wohl jetzt nicht im Stich lassen, oder?«

»Vielleicht möchte er Euch nicht in Gefahr bringen, Catherine«, sagte Hepsibah.

Ich fügte hinzu: »Er wollte hier Frieden finden. Er ist kein Mann der Waffen.«

»Er war in der Armee«, insistierte die junge Frau.

»Er hat es gehasst.« Schließlich war ich Ferris nicht so weit gefolgt, nur um zuzusehen, wie er sich heroisch anspucken ließ. Ein Gefühl der

Abneigung gegen Catherine stieg in mir auf, und ich wandte mich an Hepsibah. »Glaubt Ihr, es wäre besser zu gehen?«

»Ich bin mir nicht sicher, und das Gleiche gilt für Jonathan. Der Brief ist eine Menge wert, aber –«, sie runzelte die Stirn.

»Harry?«

Er hörte mich nicht, denn er blickte gerade zu Ferris hinüber, doch Elizabeth antwortete flehentlich: »Die Kinder, Jacob.«

»Ihr tut das Richtige«, beruhigte sie Susannah.

Jonathan und Jeremiah starrten in ihre Näpfe.

»Wenn wir einmal Recht hatten, dann haben wir auch jetzt Recht«, rief Hathersage aus. »Gott belohnt Seine treuen Diener. Wir sollten in Seinem Weinberg arbeiten und Ihm die Bezahlung überlassen. Dies habe ich auch Bruder Christopher gesagt.«

»Man braucht es ihm nicht zu sagen«, hörte ich mich entgegnen.

Hathersage ignorierte mich. »Eine ruhmreiche Zukunft erwartet uns! Er darf nicht darunter leiden, dass wir die Hitze des Gefechts fürchten.«

»Meint Ihr ein ruhmreiches Martyrium?«, fragte ich. »Das sucht Euch selbst, wenn es Euch behagt, denn ich sehe keinen Grund, warum er diesen Becher mit Euch leeren sollte.«

Die anderen waren mittlerweile sehr still. Catherine betrachtete Hathersage mit glühenden Augen; er bemerkte ihren Blick, holte tief Luft und fuhr fort. *Mein armer Ferris*, dachte ich, *jetzt zahlst du dafür, diese beiden verführt zu haben.*

»Mein Gewissen fordert, dass ich mit ihm rede«, fügte Hathersage hinzu. Er legte seinen Suppennapf beiseite, als wolle er aufstehen. »Das ich mit ihm rede und um seine Seele ringe.«

»Ich hoffe, Ihr seid ein guter Ringer«, sagte ich. »Denn wenn Ihr jetzt zu ihm geht, um ihm eine Predigt zu halten, dann breche ich Euch den Arm.«

»Jacob!«, schrie Catherine. Ich blickte mich um und sah, wie entsetzt die Frauen schauten. Nur Susannah schüttelte stumm den Kopf.

»Nicht noch einen Botts«, sagte Jonathan warnend.

»Wenn Euch dieser Enthusiast etwas wert ist, dann überredet ihn, friedlich sitzen zu bleiben«, zischte ich. Zu Hathersage sagte ich nichts mehr, beobachtete ihn allerdings so aufmerksam wie eine Katze, die ein Mauseloch im Auge behält.

»Gilt das Gleiche dann nicht auch für Euch, wenn Wisdom nicht mit ihm reden soll?«, fragte Catherine schmollend.

Ich spürte, dass ich mich auf gefährlichen Grund begeben hatte. »Bruder Christopher –«, ich zögerte, da es mir seltsam vorkam, den Namen so auszusprechen, »ist gerade beschäftigt; er weiß nur zu gut, was Ihr ihm sagen wollt. Ich bitte Euch, ihn nicht damit zu quälen.«

»Aber Wisdom möchte doch nur –«

»Catherine, schweig«, stieß Susannah hervor.

Hathersage wollte erneut aufstehen, doch als ich auf die Füße sprang, zögerte er und setzte sich wieder.

»Was!«, höhnte ich. »Gilt die Hitze des Gefechtes allein *ihm*?«

Hathersage lief rot an.

»Jacob«, sagte Jeremiah.

»Ja?« Ich blickte Hathersage drohend an.

»Angenommen, Bruder Christopher entscheidet sich, hier zu bleiben.«

»Dann entscheidet er.«

»Er kommt«, sagte Harry. Ferris kam langsam über das Feld, schüttelte dabei die Arme aus und rieb sich die Ellenbogen. Er hockte sich unschuldig neben Hathersage, der ihm etwas Linsensuppe reichte. Kaum hatte er gekostet, legte Ferris den Löffel aus der Hand.

»Ich habe nachgedacht, Freunde«, verkündete er in einem so demütigen Ton, dass ich am liebsten geweint hätte. »Wer immer gehen will, soll gehen. Ich werde meiner Tante schreiben, dass sie Euch eine Entschädigung zahlen soll, wenn Ihr wieder nach London zurückkehrt.«

»Eine Entschädigung wollen wir nicht«, sagte Harry sofort.

»Und für jene, die zu bleiben wünschen, werde ich an Sir Timothy schreiben«, fuhr er fort. Er schaute mich dabei nicht an. »Doch wir werden mindestens einen Monat auf seine Hilfe warten müssen.«

»Oder darauf, dass sie ausbleibt«, murmelte ich. Ich streckte meinen Napf aus, um mehr Suppe zu bekommen, aß sie jedoch zu heiß und verbrannte mir die Kehle.

An jenem Nachmittag packten Harry und Elizabeth ihren Hausrat zusammen und verließen uns; sie kauften sich im Dorf für teures Geld ein Maultier und luden den Amboss und ihre persönlichen Sachen auf einen Wagen.

»Wir werden keinen Mangel haben, denn er beherrscht sein Handwerk hervorragend«, sagte Elizabeth mit ihrem jüngsten Kind auf dem Arm. Der Älteste stand mit Tränen in den Augen neben ihr. »Wir werden an Euch denken, Freunde. Ich wünschte, Ihr wäret alle sicher.« Sie küsste jeden Einzelnen von uns auf die Wange.

Ihr Mann verbeugte sich vor uns, das kleine Mädchen auf seinem Rücken; das Kind krähte wegen der plötzlichen Bewegung. Er legte Ferris die Hände auf die Schultern und schaute ihn fest an. »Seid nicht mutiger, als es die Zeiten erfordern.«

Elizabeth hatte feuchte Augen. Ihr Mann legte ihr eine Hand auf den Arm, während sie sagte: »Lasst uns zum Ende kommen. Passt auf meine Schwestern auf, Ihr Männer. Brüder und Ehemänner sollen Euch beschützen.«

Ich meinte, dass sie mich dabei besonders ansah, vielleicht weil ich nun, da Harry fortging, der einzige starke Mann war. Wir standen da und sahen zu, wie sie abfuhren, genau wie damals Ferris' Nachbarn uns zugeschaut hatten. Bevor sie hinter einer Hecke am Ende des Feldes verschwanden, drehten sie sich beide noch einmal um und winkten mit den Armen, als wollten sie uns viel Glück wünschen. Ich sah, dass sie Schwierigkeiten mit dem Maultier hatten, aber dann waren sie mit dem Wagen um die Hecke herum verschwunden.

Der Rest von uns ging schweigend auf die Wiese, um das Heu zu wenden. Ich würde sagen, jeder von uns hatte das Gefühl, etwas verloren zu haben, denn wir alle hatten die Bestes sehr gerne gehabt. Ich verdankte Harry viel, und in den darauf folgenden Tagen stellte ich zu meiner Überraschung fest, dass ich sogar das Geplapper der Kinder vermisste.

Noch am gleichen Nachmittag, etwa eine Stunde nach ihrer Abfahrt, verließ Ferris das Feld, ging zum Zelt und kehrte erst wieder zu uns zurück, als das Nachtmahl serviert wurde. Anschließend nahm er mich zur Seite und zeigte mir seine Arbeit. Er hatte sich die Hände gesäubert, etwas Papier gefunden und zwei Briefe aufgesetzt: einen an seine Tante, in dem er nichts von der Gefahr erzählte, in der wir uns befanden, sondern in dem er sie lediglich darum bat, all jene, die von unserer Gemeinschaft zu ihr kommen würden, für ihre Mühen zu entlohnen; der andere, der Ähnlichkeit mit den Pamphleten aus glücklicheren Tagen hatte, richtete sich an Sir Timothy Heys. Diesen Brief an Sir Timothy zeigte er auch den anderen Kolonisten, dann versiegelte er ihn und half wieder beim Heuen.

Wir arbeiteten den ganzen klaren, hellen Abend lang, während der Mond violett-rötlich aufstieg. Ich beobachtete, wie er erst die Farbe einer Aprikose annahm und schließlich so weiß wie Schnee wurde; Himmel und Erde kühlten ab.

Ferris stand noch im Mondlicht wieder auf, um seine Briefe persönlich dem Postkutscher zu übergeben. Da ich selbst keinen Schlaf fand, hörte ich, wie er in der Nachbarhütte herumstolperte und sich dann durch das Gras davonmachte. Ich öffnete meine Tür und niedriger, weißer Nebel drang in meine Hütte wie Wasser. Wasser, das dort aufwirbelte, wo Ferris hindurchschritt – ein einsam Watender in der Dunkelheit.

Kurz nach Sonnenaufgang stand ich auf und gab Holz auf die Kohlen, um ein neues Feuer für den Tag zu entfachen. Der Nebel hatte sich gelichtet; ein frischer Wind blies die Flammen in die Tannenzapfen und die Holzspäne, die ich zum Anzünden benutzt hatte. Es würde ein klarer, trockener Morgen werden. Ich holte etwas Bier und vorgekochte Bohnen aus dem Zelt: Bohnen, Bohnen, Bohnen, genau wie in der Armee. Bald loderte das Feuer ordentlich in der Kochgrube; ich hängte den Kessel darüber, damit wir früh anfangen konnten.

Susannah trat aus der Hütte, die sie mit ihrer Schwägerin teilte. Ich dachte darüber nach, wie unterschiedlich sich die beiden in der Kolonie entwickelt hatten; Catherine war kecker geworden, während Susannah gealtert war. Ihre Augen waren wässrig und verquollen und ihre Haut mit gelblichen Flecken überzogen. Nachdem sie mir schweigend zugenickt hatte, setzte sie sich neben mich, und ich war dankbar für die Stille. Ich hielt ihr meinen Teller mit den Bohnen hin, und wir löffelten abwechselnd daraus.

»Wo ist er?«, fragte sie, nachdem sie den Löffel abgeleckt hatte.

»Weg, um seine Briefe aufzugeben.« Ich sah keinen Anlass, ihr zu sagen, dass er noch in der Dunkelheit aufgebrochen war.

»Könnt Ihr ihn nicht überreden, nach Hause zu gehen, Jacob?«

Dies war das erste Mal, dass ich sie wirklich anschaute. Catherine Domremy hatte ich häufig betrachtet, ihre Schönheit abgeschätzt und überlegt, ob sie wohl Ferris verführen könnte, doch bei Susannah hatte ich immer nur die Verletzungen, die das Gemeinschaftsland ihrem Antlitz zugefügt hatte, wahrgenommen.

Sie fuhr fort: »Catherine bewundert ihren Helden. Wisdom ist – töricht.« Ihr Blick war verständig. »Doch die anderen sind einsichtig.«

»Ich kann ihn zu nichts überreden.«

Ihre Mundwinkel verrieten Enttäuschung.

Ich fügte hinzu: »Ich wollte nie hierher kommen.«

»*Euch* kann man also überreden, bestimmte Dinge zu tun, Jacob?« Sie lächelte schwach. »Ihr liebt Eure Fäuste zu sehr, mein Freund. Wisdoms Arm brechen, fürwahr!«

»Er verdient es. Dank Hathersage und – und anderen fühlt sich Ferris verpflichtet zu bleiben.«

Susannah seufzte tief. »Da kann *ich* wenig ausrichten. Doch sagt mir, hat er keine Angst?«

»Er hat Todesangst.«

Ich legte noch mehr Zweige auf das Feuer. Susannah bedeckte sich mit den Händen die Augen, gähnte geräuschvoll durch o-förmig geschwungene Lippen und wandte sich wieder den Bohnen zu. Ich beobachtete, wie sie sich das Haar aus der Stirn strich, und spürte, dass diese Frau in der Lage war, gute Ratschläge zu erteilen.

»Ihr wart verheiratet, oder nicht?«, fragte ich sie.

»Das wisst Ihr doch.«

»Ich habe gelesen, dass Frauen viele Dinge mit List erreichen.«

»Ist dies die List eines Mannes? Wenn ja, dann eine klägliche. Heraus damit, was wollt Ihr?«

»Susannah. Wie würdet Ihr ihn dazu bringen, nach Hause zurückzukehren?«

»Habe ich *Euch* nicht Gleiches gefragt?«

Wir beendeten schweigend unser Frühstück und gingen dann mit unseren Rechen und Harken auf die Wiese, um das Heu zu wenden. Etwa eine Stunde später kam Ferris zurück. Sein Gesicht war so kalt und blass, als würde er immer noch durch den nächtlichen Nebel wandern. Susannah überredete ihn, sich etwas auszuruhen, bevor er mit der Arbeit anfinge. Die anderen Kolonisten beeilten sich, so viel Heu zu wenden wie möglich, bevor die Sonne zu heiß auf uns herunterbrennen würde.

26. Kapitel

Dinge werden bei ihrem richtigen Namen genannt

Am Ende war es gut, dass wir Heu machten, denn das Rechen und Bündeln beschäftigte uns einen Großteil der zwei Wochen. Ich gab mich ganz der Arbeit hin, und wenn ich abends den Kopf auf mein Lager bettete, sah ich noch hinter den geschlossenen Lidern Heuhaufen auftauchen.

Doch unsere Arbeit konnte den Gedanken an Sir George nicht aus der Welt schaffen: Die Frauen weinten beim kleinsten Anlass, und täglich gab es Streit. Als jedoch nach Ablauf der zwei Wochen nichts geschah, brach in unserer Gemeinschaft ein Freudentaumel aus. Hathersage lobte unablässig den Herrn. Unser geheimer Freund war offensichtlich gut informiert gewesen, und ich hoffte, dass er uns irgendwie warnen würde, wenn der Angriff bevorstünde – dass er stattfinden würde, daran zweifelte ich nie.

Das Getreide gedieh prächtig in der Sonne.

»Gott lächelt auf uns herab«, sang Hathersage. Ich überprüfte, ob Ferris außer Hörweite war, bevor ich ihn fragte, ob er noch nie gehört habe, dass der Teufel den Menschen mit Glücksködern bestückte Fangschlingen auslege. Der Glanz auf seinem Gesicht erlosch. Er hatte es nicht gewagt, mit Ferris über das Bleiben zu reden, doch mein Herz hatte sich seitdem heftig gegen ihn verschlossen, und wir redeten kaum noch ein freundliches Wort miteinander. Jedoch traf ich ihn in meinen Träumen. In einer Nacht lag ich zwischen Hathersage und Catherine und nahm sie beide; sie waren meine Kriegsgefangenen, und ich ging so brutal mit ihnen um, wie es Eroberer gemeinhin tun. Als ich erwachte, lauschte ich aufmerksam, ob ich vielleicht geschrien und damit die anderen geweckt hätte.

Am nächsten Tag dachte ich über diesen Traum nach und wusste nur zu gut, was ihn ausgelöst hatte. Ferris ging nicht mehr mit mir in den Wald, und ich war, was ihn betraf, völlig ausgehungert. Obwohl ich ihn anflehte und ihm sogar drohte, blieb er hart. Ein- oder zweimal wachte ich auf, weil er während eines Alptraumes stöhnte. Doch ich konnte ihm keinen Trost spenden. Ich wusste, dass er wegen mir seine Hüttentür verschlossen hatte, und blieb daher, wo ich war.

»Ich schlafe schlecht, seit die Reiter hier waren«, war die einzige Erklärung, die ich ihm abgewinnen konnte. Doch nach einer guten Woche hörte ich keine Schreie mehr aus seiner Hütte, sein Blick war nicht mehr so verstört, er schien zuversichtlicher und wartete sogar hoffnungsfroh auf einen Brief von Sir Timothy. Dennoch verweigerte er sich mir. Täglich ging einer von uns zu der Taverne, um nach dem Brief zu fragen; täglich bedrängte ich meinen Liebhaber und wurde abgewiesen.

Vorwurfsvoll erzählte ich ihm von meinem Traum und fragte ihn, ob er irgendwelche Geräusche aus meiner Hütte vernommen hätte. Er hob die Augenbrauen, als wolle er sagen, *diese List zieht bei mir nicht.*

»Was quält dich?«, fragte ich. »Warum behandelst du mich –«

»Nichts, nichts. Ich bin nur beunruhigt.«

Wir waren in seiner Hütte und hatten die Tür geschlossen. »Es ist schon zehn Tage her«, flüsterte ich flehenlich.

Er starrte auf den Boden und fühlte sich offensichtlich unwohl.

»Tut dir etwas weh – da?«, fuhr ich fort. »Eine Krankheit –«

»Nein, dort geht es mir gut.«

Ich umarmte ihn und drückte ihn an mich. »Küss mich.«

Er drehte seinen Kopf weg. Ich nahm sein Gesicht in meine Hände, legte meinen Mund auf den seinen und spürte, wie passiv und gehorsam er blieb, so als wolle er es möglichst schnell hinter sich bringen. Genau das hatte ich Becs angetan und spürte nun am eigenen Leibe, wie bitter es sich anfühlte.

Ich zog ihn nicht allzu freundlich an den Haaren. »Pass auf, sonst beiße ich.«

Er antwortete nicht. Gedemütigt hielt ich inne und merkte, wie angespannt er sich bemühte, Abstand zu bewahren. Ferris sah mir ins Gesicht und versuchte, sich aus meiner Umarmung zu lösen, doch ich packte ihn bei den Hüften und hielt ihn eng umschlungen fest. Es war, wie ich vermutet hatte: Sein Blut war in Wallung. An ihn geschmiegt bewegte ich mich hin und her.

»Jacob, nicht«, flüsterte er mir in den Nacken.

Innerlich brennend ließ ich ihn los. »Also gut, im Wald.«

»Nein.«

»Du willst mich.«

Er schwieg. Ich fand, dass sich diese Sache nicht mit Worten lösen ließe, zumindest nicht mit solchem Gerede. Erneut küsste ich ihn, wobei ich seine Lippen öffnete und sie von innen mit der Zunge beleckte.

Meine Hände glitten unter sein Hemd und streichelten ihn dort, dabei hielt ich ihn immer noch so fest, dass er meinen Berührungen nicht entkommen konnte. Schließlich spürte ich, wie er mich aufrichtig küsste. Als ich meinen Mund von dem seinen lösen wollte, zog er mich wieder an seine Lippen. Ich spielte mit der Zunge an seinem Ohr und beknabberte es, dann flüsterte ich ihm einen Kosenamen zu, den ich sonst nur benutzte, wenn ich ihn ritt und mein Fleisch mit dem seinen verschmolz. Er presste sein Glied fest in meine Hand, die ich in seine Hose geschoben hatte; ich fühlte, wie sich seine Rippen hoben und senkten.

»Sollen wir es hier machen oder im Wald?«, flüsterte ich.

Er stöhnte: »Im Wald.«

Doch es war zu spät, um noch in den Wald zu gehen. Er gab sich völlig hin.

Danach versuchte er nicht mehr, mich von sich fern zu halten. Seine kurzfristige Keuschheit blieb ein Rätsel, über das er nicht sprach, doch ich war zufrieden, ihn wieder erobert zu haben. Allerdings machte ich es zu meiner speziellen Aufgabe, ihn in jeder Hinsicht zu befriedigen, denn er sollte mit jedem seiner Knochen spüren, dass er ohne mich nicht sein könnte. Meine Geschicklichkeit wurde belohnt: Ferris war verliebter denn je, und ich fühlte mich sicher. In der ersten Hitze unserer Wiedervereinigung arbeiteten wir nur noch Seite an Seite, jeder Blick zwischen uns war ein Versprechen. Gott allein weiß, was die anderen sahen oder nicht sahen. Wir jedenfalls waren blind für das, was vor unseren Augen vorging, und als ich eines Nachmittags von meiner Furche aufsah, bekam ich einen ziemlichen Schrecken, denn auf der anderen Seite des Ackers standen Hathersage und Catherine in heftiger Umarmung beieinander.

»Wie werden die es wohl machen?«, fragte mich Ferris flüsternd und lächelte dabei amüsiert. Wir saßen nach dem Nachtmahl am Feuer und beobachteten, wie die frisch Verliebten mit ihren Fingern spielten. »Sicherlich nicht im Wald.« Er starrte sie gebannt an. »Was meinst du? Eine Vermählung?«

»Du bist eifersüchtig«, sagte ich, diesmal selbst nicht eifersüchtig, sondern aus tiefstem Herzen glücklich, denn wir hatten für die kommende Nacht einen Spaziergang über die Wiesen geplant.

»*Ich* habe nicht geträumt, ich würde zwischen ihnen liegen«, erwiderte Ferris.

»Das hätte ich dir nie erzählen sollen. Nun wirst du mich damit necken –«

»Pscht, gleich werden wir mehr erfahren.«

Susannah näherte sich uns. Sie ließ sich mit unglücklicher Miene neben mir nieder.

»Feiern wir bald Vermählung?«, fragte ich und wies mit dem Kopf in Richtung der beiden Turteltauben.

»Wer weiß?« Sie zerrieb einen Grashalm zwischen Daumen und Zeigefinger. »Wenn sie auf mich hören würden, gäbe es keine.«

Ferris streckte sich und sah im Schein des Feuers besonders gut aus. Seit er zu mir zurückgefunden hatte, aß er mehr und schlief besser; das war nicht zu übersehen. »Ich dachte, Ihr mögt ihn, Schwester?«

»Unabhängig von diesem Mann ist jetzt nicht der rechte Zeitpunkt für eine Vermählung, vor allem wenn man den Ärger bedenkt, der noch auf uns zukommen wird. Und dann Kinder in die Welt zu setzen …! Elizabeth Beste hat ihre Kinder aus Gründen der Sicherheit hier weggebracht. Sie hatte doch etwas mehr Verstand als die arme Catherine.«

»Elizabeth war weder jung noch frisch verliebt«, sagte ich. »Wenn Euch Catherine bittet, werdet Ihr ihre Trauzeugin sein?«

»Oh, gütiger Gott! Ich bete darum, dass sie mich jetzt noch nicht darum bittet. Würdet Ihr es tun?«

»Nicht, wenn Ihr dagegen seid«, sagte ich, erfreut über die Möglichkeit, Hathersage eins auszuwischen.

»Sie werden weder Jacob noch mich fragen«, warf Ferris bestimmt ein. »Entweder wählen sie Euch, Susannah, oder die Tunstalls.«

»Ich habe versucht, mit ihr zu reden«, seufzte Susannah. »Sie sagte, ich hätte meine Chance gehabt und nun käme ihre. Ich sagte ihr, dass meine Chance genau ein Jahr gedauert habe und ich jetzt froh sei, kein Kind am Hals zu haben. Ich fragte, ob sie je darüber nachgedacht habe. Doch es ist unnütz, einem Tauben predigen zu wollen.«

»Jetzt werden sie nie von hier fortgehen wollen.« Ich sah zu, wie die beiden sich erhoben und in der Dämmerung Hand in Hand auf den Wald zuschritten. Sie liefen den Pfad am Waldsaum entland. Wie Ferris es vorausgesagt hatte, gingen sie nicht hinein.

Fast hatten wir aufgehört, auf einen Brief von Sir Timothy Heys zu hoffen. Entweder hielt er sich gar nicht in London auf und unser Freund war schlecht informiert gewesen, oder die Bitte einer Hand voll lumpiger Landarbeiter kümmerte ihn weniger, da er dringlichere Geschäfte in der Stadt hatte. Vielleicht hatte er mit Sir George Byars längst Frieden geschlossen. Diese Vorstellung machte mir große Angst. Vielleicht hatten wir uns sogar einem Feind anvertraut, der Spaß daran hatte, uns warten zu lassen und uns zu quälen. Über unseren Feldern schien ein Gewitter in der Luft zu hängen; ich hatte das Gefühl, Sir George hatte uns in der Hand und konnte uns jederzeit zerquetschen. Seit wir die Heuschober errichtet hatten, die in den Augen seiner vorbeireitenden Diener oder Freunde eine ständige Provokation sein mussten, hatte sich dieses Gefühl noch verstärkt.

Ungefähr Mitte Juni erklärte ich mich bereit, zu der Taverne zu laufen und nachzuschauen, ob unsere Rettung gekommen sei.

»Ich komme mit Euch«, sagte Susannah. Wir machten uns noch im Frühtau auf den Weg. Ich sah, dass sie schwerfällig ging, so, als wäre sie noch nicht richtig wach.

»Susannah, kehrt um. Ihr seid ja jetzt schon müde.«

»Ich kann nicht schlafen. Lasst mich, lieber laufe ich, als mit der Hacke zu arbeiten.«

Wir gingen eine Weile weiter. »Ist es wegen Catherine?«, fragte ich.

»Wenn Bruder Christopher ihr nur einen kleinen Hinweis gäbe, wäre die ganze Angelegenheit vorbei«, rief sie aus. »Warum tut er es nicht?«

»Wieso glaubt Ihr, dass er das weiß?«, fragte ich vorsichtig.

»Hört auf, Jacob. Jeder außer Wisdom weiß es. Ach, was sage ich da?«, sie lachte höhnisch. »Wahrscheinlich weiß sogar er es.«

»Das wäre eine Art Versprechen von Bruder Christopher«, meinte ich. »Was sollte er tun, wenn sie Hathersage entsagen würde? Sich ihrer annehmen?«

»Jacob, ich will nicht –«

»Hathersage ist nicht der einzige Mann, der junges Fleisch liebt.«

Susannah wandte mir langsam ihr Gesicht zu. »Wollt Ihr sagen, dass Bruder Christopher ihr ein Kind zeugen würde?«

»Obwohl ich sein Freund bin, sage ich, er ist auch nicht besser als andere Männer.«

»Nein?«

Obwohl mir nicht wohl dabei war, erwiderte ich ihren Blick. »Wusstet Ihr das nicht? Er wurde bereits Vater, als er heiratete. Sie starb ein paar Monate später im Kindbett.«

Diese halbe Lüge schien sie zu verwirren, doch dann sagte sie schließlich: »Ich dachte nur, er könnte ihr vielleicht einen Grund geben zu hoffen.«

Ich errötete, als ich mich daran erinnerte, dass er einst gesagt hatte, Joanna zu sich zu nehmen sei die beste Tat seines Lebens gewesen. Nun hatte ich seine Sorge um sie verleumdet.

Als wir die Taverne erreichten, war die Postkutsche, vielleicht aufgrund von Zwischenfällen, noch nicht eingetroffen. Susannah war so niedergeschlagen, dass sie weinte und schluchzte. Ich hieß sie in der kühlen Stube niedersitzen und kaufte uns mit dem Geld, das mir Ferris gegeben hatte, einen Krug Bier. Nach dem hellen Sonnenlicht draußen hatte man durch die dunkle Wandtäfelung in dem Raum das Gefühl, es sei Nacht.

»Ich sehe das Weiße in Euren Augen!«, sagte sie plötzlich, nachdem wir längere Zeit geschwiegen hatten. »Ihr seid von Kopf bis Fuß ein Zigeuner.«

»Ich habe einen Bruder, der für einen gehalten wurde.«

»Ich schätze, wir beide sehen aus wie Vagabunden.«

»Und stinken wie Vagabunden.« Ich hatte befürchtet, der Schankwirt würde uns den Zutritt zu seiner Stube versagen. Wir waren jedoch die einzigen Gäste, was seine Toleranz gegenüber uns und unserem Schmutz vermutlich förderte.

»Wascht Ihr Euch immer noch in der Quelle, Jacob?«

Ich schaute sie überrascht an und hustete.

»Hätten wir einen zweiten Kessel, würde ich uns Seifenkugeln machen«, sagte sie mit sehnsüchtiger Stimme. Leicht verbittert, wenn auch amüsiert, verstand ich, dass es nicht mein Körper war, nach dem sie sich verzehrte. Armut lässt die bescheidensten Dinge kostbar erscheinen: Ich war kein schlecht aussehender Mann, und ohne Kleidung (ganz ohne falsche Bescheidenheit) konnte ich mit jedem konkurrieren, doch hier war Susannah und verzehrte sich nach meiner armseligen Seifenkugel aus Fett und Duftessenzen, mit der ich meine Haut säuberte. Doch ich hatte nicht viel Zeit darüber nachzusinnen, denn Susannah kam auf ihre Schwägerin zurück.

»Auf dem Weg hierher sind wir an einer Frau vorbeigekommen, die allein ein kleines Kind auf dem Arm trug. Sofort habe ich gedacht, so könnte Catherine in einem Jahr aussehen.« Sie biss sich auf die Lippen und verschränkte die Arme.

»Ich glaube kaum, dass er sie im Stich lassen würde«, sagte ich.

»Ich meine, vielleicht steckt ihn Sir George ins Gefängnis oder es kommt noch schlimmer.«

»Gehen wir.« Ich trank den letzten Schluck Bier aus und wollte wieder aufbrechen.

Die Sonne blendete uns, als wir hinaustraten und wieder über die Wiesen gingen. Ich dachte an Ferris und wie er seinen Kopf von der Arbeit heben würde, um uns zu beobachten, bis wir so nah herangekommen wären, dass er unsere hängenden Schultern erkennen konnte. Ich erinnerte mich, dass ich mir in London geschworen hatte, sollte er hier je erschöpft oder krank sein, würde ich ihn zurück nach Cheapside tragen. Damals war mir das ein Leichtes erschienen.

Doch, so rief ich mir ins Gedächtnis, er aß jetzt mehr (wer könnte das besser wissen als ich) und war in letzter Zeit stärker geworden. Ich erinnerte mich daran, wie er mir in der Armee seine Ration überlassen hatte, damit ich wieder zu Kräften kommen konnte, und mein Herz schmerzte vor Liebe.

»Schaut, da.« Susannah stieß mich an: Auf der Straße war eine Staubwolke zu sehen. Das erinnerte mich an Biggin und seine Gefolgsmänner.

»Es wird keinen Brief geben«, erwiderte ich.

»Nachdem wir so weit gelaufen sind, können wir die Kutsche auch noch abwarten.«

Dagegen ließ sich nichts sagen. Wir gingen zurück zu der Taverne, und ich prüfte den Inhalt der Geldbörse, die Ferris mir gegeben hatte. Ich hatte immer noch genug. Wir erreichten die Taverne, als der Kutscher dem Schankwirt gerade die Post aushändigte, und warteten, um sicher zu sein, dass für uns nichts dabei war.

Der Wirt reichte mir einen Brief.

»Oh, welche Freude!«, rief Susannah.

Ich zahlte ihm die geforderte Summe, drehte den Brief um, wog ihn in der Hand und las die Adresse *An Mister Christopher Ferris.* Susannah und ich starrten auf das Siegel: ein gewöhnliches Motiv, kein Name.

»Sir Timothy Heys?«, fragte ich Susannah.

Sie zuckte mit den Schultern. »Sieht nicht nach der Schrift eines Gentleman aus, oder?«

Der Brief mochte von der Tante sein. Doch nein, die Schrift passte eher zu einem Mann. Vielleicht hatte uns Botts geschrieben, um mit seinen einflussreichen Freunden anzugeben und uns zu beschimpfen.

»Ich werde ihn öffnen«, beschloss ich.

»Nein, Jacob. Überlass es ihm, der Brief trägt seinen Namen.« Sie legte ihre Hand sanft auf die meine. Ich steckte den Brief unter mein Hemd, und wir machten uns schweigend auf den Rückweg zur Kolonie. Die Sonne schien so hell, dass wir blinzeln mussten. Trotz ihrer kürzeren Beine hielt Susannah mit mir Schritt, zudem schien all ihre Müdigkeit verflogen. Wir stapften über die Wiesen, kletterten über Zauntritte und scheuchten Vögel auf. Bei jedem Schritt lastete der Brief wie ein Stein auf meinem Herzen.

Die Heuschober kamen in Sicht, und kurz darauf konnten wir einzelne Personen auf den Feldern ausmachen. Ich sah, wie Ferris von den Karotten aufschaute, genau wie ich es mir ausgemalt hatte. Er fragte sich zweifellos, ob dies endlich der Tag sei, an dem Hilfe käme, also das Lamm nicht länger dem Wolf ausgeliefert wäre. Es schmerzte mich zu sehen, dass er nach wochenlangem Planen und Arbeiten nur auf die Laune eines reichen Mannes wartete. An seiner Seite war Hepsibah mit ihrer Haube und hackte die Erde. Vor dem im Wind wogenden Wald wirkten die Kolonisten klein und schutzlos.

Ferris winkte uns zu und bedeutete uns mit der Hand, dass wir zu ihm kommen sollten. Ich sah, dass Catherine ihre Arbeit stehen ließ und auf dem Pfad neben dem Gemüsebeet zu ihm hinüberging. Hathersage blieb, wo er war. Ich rannte über die letzte Wiese, und Susannah versuchte trotz ihrer hinderlichen Röcke mit mir Schritt zu halten.

»Ein Brief ist gekommen«, rief ich.

Ferris' Augen wurden so groß und blickten so gespannt, wie damals in Cheapside, als ich ihn das erste Mal rückwärts auf das Bett gelegt hatte. »Ist er von ihm?«

»Wir haben das Siegel noch nicht gebrochen.« Ich holte den etwas feuchten Brief hervor, und er riss ihn mir aus der Hand und öffnete ihn, ohne darauf zu achten, wo oben und wo unten war. Seine Augen flogen über die Zeilen. Ich sah, wie er sich auf die Lippen biss.

»Lass mich auch sehen –« Ich stellte mich neben ihn und zog sein Handgelenk zu mir herüber. Ferris öffnete die Hand und ließ das Papier fallen. Susannah und ich griffen beide danach. Ich hob ihn auf und las die folgenden Zeilen:

London, bei Mistress Coleman, gegenüber dem Zeichen des Bullen.
Bruder Christopher,

meine aufrichtigen Wünsche, dass dieses Schreiben Euch in guter Gesundheit erreichen möge, Eure Brüder und Schwestern wohlauf sind und Ihr einander lieb habt. Wir sind sicher daheim und denken oft an Euch.

Ich will mich mit meinen Grüßen und Wünschen kurz halten, denn ich habe traurige Neuigkeiten für Euch. Nach unserer Rückkehr haben wir Eure Tante in Cheapside aufgesucht, nicht um Geld von ihr zu erbitten, sondern um sie wissen zu lassen, dass Ihr wohlauf seid. Sie weiß nichts von Sir George und seinen Drohungen, zumindest nicht von uns. Auch hatten wir nicht das Gefühl, Botts hätte sie irgendwie aufgesucht.

Doch nun zu der traurigen Angelegenheit. Während wir dort waren, erlitt sie eine Art Schlaganfall, der es ihr nun unmöglich macht, den Mund zu bewegen, und zudem ihre Beine und ihre Brust sehr geschwächt hat. Sie wird von einem ausgezeichneten Doktor namens Whiteman versorgt, der meinte, dass Ihr Euch an ihn erinnern müsstet. Nachdem wir uns überzeugt hatten, dass keine unmittelbare Gefahr bestand, verließen wir sie und schrieben diesen Brief, während der Doktor bei ihr blieb. Die Magd erweist sich als fähige und hingebungsvolle Krankenschwester.

Wie dem auch sei, trotz der aufopferungsvollen Pflege ist Eure Tante sehr unglücklich und weint, wann immer Euer Name fällt, was mich dazu veranlasst, Euch zu sagen, dass Ihr gut daran tätet, sofort zurückzukommen. Es grämt mich, der Überbringer solch schlechter Nachrichten zu sein, zumal ich weiß, wie sehr Ihr bereits auf die Probe gestellt werdet. Wir besuchen sie jeden Tag und tun, was wir können, und wenn Ihr Hilfe benötigt, dann vertraue ich darauf, dass Ihr Euch an uns wendet.

Harry Beste

Ferris starrte in den Staub.

»Dieser Whiteman, ist er wirklich so gut?«, fragte ich.

»Ja.« Er verharrte bewegungslos und blickte mich auch nicht an.

»Wer ist Whiteman?«, rief Catherine. »Bruder Christopher, was ist geschehen?«

»Seine Tante ist krank«, erwiderte ich. »Es ist Harry, der uns geschrieben hat.« Ich reichte ihr den Brief.

Hepsibah und Susannah rückten ganz nahe an sie heran.

»Ich kann nicht lesen, was steht da?«, wollte Hepsibah wissen. Catherine begann den Brief laut vorzulesen. Ferris setzte sich, dort wo er stand, nieder, mitten in eine Reihe Karotten.

»Fasse dich, Mann«, forderte ich ihn auf. »Du siehst, sie ist nicht in Gefahr.«

»Genau so ist meine Mutter gestorben.« Er wiegte sich mit um die Brust geschlungenen Armen und geballten Fäusten vor und zurück. Seine Nackenmuskeln waren sichtbar angespannt.

Ich hockte mich neben ihn. »Du musst zu ihr gehen.«

Er sah sich fragend um, schaute in die mitleidigen Gesichter der Frauen, zu den anderen, die weiter entfernt arbeiteten, und zu den Hütten.

»Ja, geht zu ihr«, sagte Catherine heftig.

»Und wenn Sir George mit seinen Männern kommt, während ich fort bin?« Ferris zog die Lippen hoch und ließ seine zusammengebissenen Zähne sehen, so dass es fast so aussah, als wolle er knurren.

»Eure Gegenwart würde uns auch nicht retten«, sagte Susannah. »Doch wartet, hat sie denn sonst niemanden? Kein eigenes Kind oder einen anderen Neffen?«

»Niemanden.« Er versuchte aufzustehen, fiel aber zurück. Ich verließ meine Hockstellung und hielt ihm die Hand hin.

»Wirst du mir beim Packen helfen?«, fragte er mich, nachdem er sich hochgehangelt hatte.

»Wir können Euch helfen«, bot Catherine an. Hepsibah nickte und Susannah sah mich fragend an.

»Nein, Schwestern, meinen besten Dank, aber es wäre besser, Ihr würdet mit der Arbeit fortfahren.«

Er wandte sich von ihnen ab. Ich folgte ihm zu seiner Hütte, obwohl ich sah, dass Catherine mit dem Brief in der Hand zu Hathersage und den anderen lief.

Düster schritten wir das Feld entlang.

»Das ist eine einmalige Chance für dich, Jacob«, sagte er. »Bestimme du mein Leben. Sag mir, was ich tun soll.«

»Das habe ich bereits. Geh zu ihr.«

Er stieß gegen einen Lehmklumpen und zertrat ihn. »Langsam frage ich mich, ob es nicht doch einen Teufel gibt.«

»Was ist denn hieran teuflisch? Du hast selbst gesagt, es sei eine in deiner Familie bereits bekannte Krankheit.«

»Nicht die Krankheit. Siehst du es denn nicht? Gehen oder bleiben, egal wofür ich mich entscheide, immer verrate ich jemanden.« Er lächelte grimmig. »Das ist doch wohl eine teuflische Zwickmühle, oder etwa nicht?«

»Du redest, als ob Sir George über uns käme, nur weil du zu ihr gehst.«

»Über uns käme. Ja, er ist eine Art Seuche.«

Fast hatten wir die Hütten erreicht. Ich sagte: »Nun, du bittest mich, über dich zu bestimmen, doch du bist genauso eigensinnig wie eh und je. Dann geh nicht! Bleib hier! Jetzt, nehme ich an, wirst du gehen.«

»Ich bin so müde«, sagte er mit tränenerstickter Stimme.

Ich schämte mich. »Dann werde ich mich für dich hier um sie kümmern.«

»Nein, Jacob, nein.«

»Vertraust du meinem Temperament nicht?«

»Falls sie stirbt, möchte ich dich bei mir haben.«

Es gab nur wenig zu packen, und er wollte nicht, dass ich ihm dabei half. Er küsste und streichelte mich in der Hütte. An seinen Berührungen spürte ich, wie groß seine Sorge war. Da aber jederzeit jemand hereinkommen konnte, drückte ich ihn sanft von mir weg.

Die Kutsche war an jenem Tag bereits ein paar Stunden zuvor abgefahren, daher mussten wir den Weg zu Fuß zurücklegen. Ich dachte, es täte ihm vielleicht gut. Unser Abschied von den anderen Kolonisten war so zärtlich, wie man es sich nur wünschen konnte: Unsere Genossen unarmten uns und klopften uns tröstlich auf den Rücken. Sie streckten ihre Arme nach mir aus, und zum ersten Mal wünschte ich mir, so klein wie Ferris zu sein, damit sie mich genauso ans Herz drücken könnten wie ihn. Catherine weinte, und Hathersage stützte sie, indem er seinen Arm um ihre Taille legte.

»Vergesst nicht, wir haben Eure Adresse in Cheapside«, sagte Susannah zu Ferris. »Wenn Ihr nichts von uns hört oder seht, dann sind wir wohlauf. Ihr habt bereits genug Sorgen.«

»Der Herr wacht über die Seinen«, sagte Hathersage. Ich überlegte, ob dies als Versprechen oder als Drohung gemeint war. Die anderen Männer schlugen in unsere Hände ein und wünschten uns schnelles Vorankommen und eine sichere Reise.

»Eure Tante ist eine fromme Frau«, rief uns Hepsibah nach. »Sie hat nichts zu fürchten.« Während wir in Gleichschritt fielen, sann ich über diese Worte nach, denn mir schien, dass die Snapmans und Ferrises nicht ganz so fromm waren, wie viele meinten, sonst würde dieser Mann jetzt nicht an meiner Seite gehen. Die Tante war längst nicht so unschuldig, wie man es von einer guten Frau erwarten konnte; ich dachte daran, wie sie mich benutzen wollte, um Ferris an London zu binden.

Ich wette mein Leben, dachte ich, *dass sie ziemlich schlau ist,* und dann betete ich in meiner üblichen, selbstsüchtigen Art, *Herr, lass sie nicht sterben, bevor wir dort sind.* Schon in meiner frühsten Kindheit hatte mein Vater mir beigebracht, dass Gebete nichts von Gott erbitten, sondern Ausdruck dafür sind, dass man sich seinem Willen unterwirft. Dennoch hörte ich in den Gebeten anderer meist ›Dein Wille‹ oder ›Um Gottes willen‹ und dann wurde Gott um das gebeten, was man sich gerade wünschte. Meine Gebete waren nicht besser als die der anderen.

Ich will nicht sagen, dass Gott meine Wünsche erhört hat, dennoch nahm uns ein Fuhrmann mit, kaum dass wir eine halbe Stunde gegangen waren. Der Abschied der Brüder und Schwestern klang uns noch in den Ohren. Ferris kletterte auf den Karren und legte sich mit dem Gesicht zum Himmel ins Heu. Ich legte mich neben ihn und stützte mich auf einen Ellenbogen.

»Und wieder ziehen wir nach London ein«, sagte ich und wurde immer fröhlicher bei den ganzen Erinnerungen.

Er murmelte: »Wenn wir zurückkommen, werden Hathersage und Catherine vermählt sein.«

»Schande über dich, du hast dir zwei Chancen entgehen lassen.« Es war nur ein kleiner Scherz, doch ich freute mich, ihn über die Kolonie reden zu hören, als würde sie zumindest so lange bestehen, um diese Verbindung zu besiegeln.

»Ich habe keinen von beiden je gewollt«, erwiderte er mit ernstem Ton.

»Du Untreuer«, neckte ich ihn, »du versprichst mehr, als du gibst.«

»Genau so werden sie es sehen.« Seine Miene verdüsterte sich und ich hätte mir am liebsten auf die Zunge gebissen.

An dieser Stelle unterbrach uns der Fuhrmann mit einer trübsinnigen Schilderung der Pest und ihrer Todesfolgen. Die Frau seines Bruders war von der Krankheit befallen worden. »Die Beulen unter ihrem Arm sind *so* groß.« Er ließ die Zügel los und fuhr mit den Händen durch die Luft, um die Größe der Beulen anzudeuten. »Und danach alle ihre Kinder, nicht eines blieb am Leben.«

»Und Euer Bruder? Lebt er noch?«, fragte Ferris, um wenigstens etwas Interesse zu zeigen.

»Ja, könnt Ihr das glauben? Er wohnt bei unserer Schwester in Whitefriars. Wir nehmen an, dass er nächsten Monat zu uns kommen wird. Aber er ist sehr niedergeschlagen – traurig, wie niedergeschlagen er ist.« Der Mann schien überrascht, dass sich sein Bruder so einfach gehen ließ.

»Das ist noch neu für dich«, sagte Ferris zu mir. »Der Sommer ist Pestzeit in London. Die Sonne lockt sie hervor.«

»Wieso?«

»Woher soll ich das wissen? Vielleicht durch verdorbenes Fleisch, vielleicht durch den Schweiß.«

»Wie dem auch sei, in deinem Haus herrscht keine Pest«, sagte ich, um ihn aufzuheitern. Er schwieg.

Becs öffnete uns die Tür, und zunächst entstand eine peinliche Stille, in der wir uns gegenseitig anstarrten. Ich war überrascht, wie bleich ihre Haut geworden war und wie rötlich unterlaufen ihre Augen dadurch wirkten; sie hingegen machte einen Schritt zurück, als sie sah, wie dreckig und zerlumpt wir waren. Fast hätte ich gelächelt, so anders war ihr Verhalten mir gegenüber als damals bei unserem Abschied.

»Ist sie –?«, rief Ferris.

»Gott sei mit Euch, Herr, es geht ihr gut.« Diese Antwort klang schon eher nach der alten Becs. Sie deutete einen schnellen Knicks an, und wir traten ein. Ferris rannte die Treppen hinauf.

»Der Doktor ist bei ihr!«, rief das Mädchen warnend. Dann wandte sie sich zu mir und sagte: »Ich werde etwas Wasser erhitzen und Kleidung für Euch beide heraussuchen.«

»Vielen Dank.«

»Er hätte besser daran getan, sich zu waschen, bevor er zu ihr geht, denn Ihr seid beide so schmutzig, dass sie davon einen neuen Schlaganfall bekommen könnte.«

»Ich habe mich bemüht –« Ich brach den Satz abrupt ab, denn schließlich brauchte ich ihr ja nicht zu erklären, dass ich versucht hatte, so reinlich wie möglich zu leben. Stattdessen fragte ich: »War ich auch so abstoßend, als ich hier weggegangen bin? Als jemand meinen Mund blutig gebissen hat?«

»Euer Mund ist völlig sicher, solange Ihr so schmutzig seid. Wenn Ihr Euch gewaschen habt –« Sie brach den Satz ab.

»Nun, was dann?«

Ihre Augen schauten mich unschuldig an. »Ich werde sein Bett beziehen.«

Ich folgte Ferris.

Mit *gut* hatte Becs wohl gemeint, dass die Patientin immer noch atmete, denn der Tante ging es alles andere als gut. Als ich eintrat, hatte Ferris seinen Kopf neben ihr Kissen gelegt, sehr zum Missfallen des ernsten und Ehrfurcht gebietenden Arztes. Ferris' Augen waren feucht. Er hielt ihre Hand, und ihre Finger wirkten wie aus Wachs in seiner braunen, schwieligen Handfläche. Auch die Augen der Tante waren feucht, doch ansonsten wirkte ihr Gesicht so starr, dass ich nicht wusste, ob sie mich überhaupt bemerkt hatte. Der Doktor, der mit seiner Brille und seinem Fellmantel einer Eule ähnelte, drehte sich bei meinem Eintreten um, runzelte überrascht die Stirn und war offensichtlich verwirrt, eine zweite Vogelscheuche zu sehen. Anscheinend hatte er meine Schritte auf der Treppe für die von Becs gehalten. Ich verbeugte mich, und er erwiderte diesen höflichen Gruß, wusste jedoch scheinbar nichts zu mir zu sagen.

»Hier ist Jacob, Tante«, sagte Ferris.

Die Tante schaute immer noch nicht in meine Richtung.

»Sie drückt meine Hand«, fuhr er fort. »Sie sieht und hört mich.«

Darauf war es eine Weile still. Der Doktor und ich standen unbeholfen daneben, jeder in einer Ecke des Raums. Schließlich gab er mir mit dem Kopf ein Zeichen, dass er mich auf dem Flur zu sprechen wünsche. Ich trottete ihm nach.

»Was kann Eure Kunst für sie tun?«, fragte ich, kaum dass wir den Raum verlassen hatten.

Er antwortete nach der Art aller Ärzte, dass es sich hier um einen schwierigen Fall handle, um einen sehr schwierigen, und dass solche Schlaganfälle unberechenbar seien; kurz gesagt: sollte sie sich davon erholen, so sei dies allein sein Verdienst, sollte sie sich nicht mehr erholen, sei es nicht seine Schuld.

»Wird ihr die Rückkehr des Neffen überhaupt eine Hilfe sein?«

»Es wird ihr zweifellos Mut machen«, erwiderte er, »doch sie darf sich auch nicht zu sehr aufregen. Sie hat einen sehr heißblütigen Charakter, daher habe ich sie bereits einmal zur Ader gelassen und zudem die Magd angewiesen, ihr beruhigende Schonkost zuzubereiten. Meiner Meinung nach ist ihr das überschüssige Blut zu Kopf gestiegen und hat dort einige Verstopfungen verursacht.«

»Meint Ihr, es geht ihr besser, nachdem Ihr sie zur Ader gelassen habt?«, fragte ich.

»Zumindest nicht schlechter. Ich habe Euren Kameraden, Mister Ferris, nicht mehr gesehen, seit er ein Kind war. Es scheint mir, als ob auch er eine Veranlagung zur Leidenschaft besitze?«

»In mancher Hinsicht, ja. Er lässt sich sehr von Ideen und Plänen hinreißen.«

Der Doktor runzelte die Stirn. »Eure Aufgabe wird es sein, dafür zu sorgen, dass er ihrer Gesundheit nicht zuwider handelt. Die Art, wie er sich auf ihr Bett gelegt hat –«

»Ihr werdet ihn nicht daran hindern können«, sagte ich sofort.

Wieder runzelte er die Stirn und spitzte zudem die Lippen.

»Auch wenn der Neffe etwas ungestüm ist, so werdet Ihr feststellen, dass er seiner Tante zärtlichst zugetan ist«, beruhigte ich ihn. »Er bekennt freizügig, dass er ihr all die Pflichten eines Sohnes schuldet.«

Doch den Arzt beschäftigten bereits andere Dinge. »Ihr seid womöglich – weit gereist?« Sein Blick wanderte an mir auf und ab. Für seine Nase muss ich höchst unangenehm gerochen haben, doch er ließ sich nichts anmerken und wiederholte: »Es scheint, als hättet Ihr eine lange Reise hinter Euch?«

Ich lächelte innerlich über die Rolle, die er uns zuzuschreiben schien: Ferris und ich kehrten ausgeraubt und mehrere Male bereits für tot erklärt aus dem hintersten Indien zurück. »Wir waren nicht sonderlich weit weg. Doch wir haben als Bauern gelebt und gearbeitet. Wir haben jungfräulichen Boden beackert, einer dieser Pläne, von denen Mister Ferris so eingenommen ist.«

Er nickte und spreizte die Hände, als ob er alles verstehe.

»Wie schnell wird sie genesen?«

»Sehr, sehr langsam. Ich werde sie noch mehrere Male besuchen müssen, bevor ich eine Prognose abgeben kann.«

Also würde Ferris' Dilemma so schnell kein Ende finden. »Habt Ihr es dem Neffen bereits mitgeteilt?«

»Er hat mir wenig Möglichkeit dazu gelassen.«

Offensichtlich hoffte er, seine schlechten Neuigkeiten auf mich abladen zu können. Wenn es für Ferris so leichter war, wollte ich diese Bürde gerne tragen.

»Jacob«, sagte Becs. Ich schrak zusammen, da ich ihr Kommen nicht gehört hatte. Sie fuhr fort: »In Eurer Kammer steht heißes Wasser und alles, was Ihr sonst noch braucht. Ruft mich, falls Euch etwas fehlt.«

»Danke«, erwiderte ich, verbeugte mich vor dem Doktor und sagte:

»Bitte entschuldigt mich. Ein sauberer Besucher ist für ein Krankengemach sicherlich anständiger.«

Er erwiderte meine Verbeugung und ging zurück in die Kammer, um Ferris von seiner Tante wegzulocken.

Auch auf mein Bett hatte Becs frische Laken gelegt, egal an wen sie dabei gedacht haben mochte, und die Fenster waren geöffnet worden. Ich schloss die Läden, verriegelte die Tür – eine Vorsichtsmaßnahme, die ich wohl nie mehr vergessen würde – und zog zum zweiten Mal in diesem Raum schmutzige Lumpen aus. Als Letztes kam an einem vor Schmutz starrenden Bändel der Schlüssel zum Vorschein, den er mir gegeben hatte und der immer noch glänzte.

Das Waschen tat mindestens so gut wie beim ersten Mal dort, wenn nicht noch besser. Ich ließ mir Zeit und rubbelte und wusch jeden Zentimeter meines Körpers sorgsam ab. Vom Staub befreit und noch nass gekämmt, glänzte mein Haar wieder blauschwarz, und die winzigen Narben auf meiner Brust wirkten besonders blass auf der von der Sonne gebräunten Haut. Ich musste an die Frage des Doktors denken, ob wir weit gereist seien, und lachte, weil mir plötzlich der Gedanke kam, dass er mich zunächst wohl nicht einmal für einen Engländer gehalten hatte. Ich überlegte, was er wohl zu Zeb sagen würde, dessen Augen pechschwarz waren.

Auf der Bettkante sitzend und in das Handtuch gewickelt, das Becs mir hingelegt hatte, ließ ich meine Füße noch eine Weile in der Schüssel mit dem nunmehr kalten Wasser baumeln, bevor ich sie abtrocknete. Auf der Bettdecke lag ein großes Hemd, und über einer Stuhllehne hingen eine Hose, ein Paar Strümpfe und eine Jacke. Neben dem Stuhl stand ein Paar Schuhe, von denen ich zunächst annahm, sie stammten noch aus den Funden des Joseph Snapman, doch dann erkannte ich sie als meine eigenen. Ich hatte sie sorgsam weggepackt, weil es zu schade gewesen wäre, sie in der Kolonie zu ruinieren. Als ich das Leinenhemd über meine Haut gleiten ließ, stockte mir der Atem, so zärtlich fühlte sich diese Berührung an. Ich verbarg den Schlüssel wieder unter dem Hemd und schlug die Bettdecke zurück. Darunter kam ein weißes, mit Spitzen umnähtes Kissen zum Vorschein. Gerne hätte ich jeden einzelnen Kolonisten auf den Grund der Hölle geschickt, um dieses Bett, samt Ferris natürlich, behalten zu dürfen. Ich ließ meine Hand zwischen den Laken entlanggleiten und stellte mir so bildlich vor, wie wir darin liegen würden, dass mein Glied steif wurde. Dann zog ich die Hosen, Strümpfe und Schuhe an und ging hinauf zur Kammer der Tante.

Der Doktor war inzwischen fort, und Ferris saß aufrecht und ohne zu weinen auf dem Bett. Als ich den Raum betrat, drehte er sich zu mir, schaute an mir herunter und lächelte schwach. »Jacob, von seinen Sünden gereinigt.«

»Nur äußerlich. Wie geht es ihr?«

»Du siehst es ja.« Die Tante sah unverändert aus, nur hatte sie jetzt ihre Augen geschlossen. Auch ihre Tränen waren getrocknet. »Ich glaube, sie schläft«, sagte Ferris.

»Becs wird dir heißes Wasser bringen, damit du dich waschen kannst«, schlug ich vor.

Er lächelte wieder und wusste, dass ich ihn von Herzen trösten wollte. »Ich würde gerne etwas Wein trinken.«

»Den sollst du haben.« Ich ging nach unten, stieß die Küchentür auf und erblickte dahinter Becs, die erneut Wasser zum Waschen aufgesetzt hatte. Sie wandte sich vom Kessel ab und starrte mich an; ich spürte, wie sich mein fast trockenes Haar wieder lockte, und da fiel mir ein, dass Ferris gesagt hatte, die Rekruten in der Armee hätten es aus Eifersucht abgeschnitten.

»Gib mir etwas Wein für ihn.«

»Hier.« Von einem Schlüsselbund, den sie um die Hüfte trug, löste sie einen Schlüssel. »Aber schließt die Tür wieder zu und bringt hinterher den Schlüssel zurück.«

»Vertraust du mir nicht?«

Becs verdrehte die Augen. »Habt *Ihr* alles vergessen?«

»Ich werde ihn davon abhalten, sich zu betrinken«, versprach ich.

»Der Anlass seiner Rückkehr ist traurig.« Sie goss das dampfende Wasser in eine Schüssel und fügte Lavendel hinzu.

»Du bist ein gutes Mädchen.« Das meinte ich wirklich. »Lass mich das für dich tragen.«

Wir gingen zusammen die Treppen hinauf, ich mit der Schüssel und Becs mit Seife und Handtüchern. In Ferris' Kammer beugte sie sich über die Truhe und holte Bettlaken und Kleidung hervor, wie sie es auch für mich getan hatte.

»Zeit, sich zu waschen«, sagte ich zu Ferris, nachdem ich wieder nach oben in das Krankenzimmer gegangen war. »Du kannst den Wein später trinken.«

»Ich will jetzt etwas davon haben.«

Ich sah, dass Becs mit ihrer Warnung nicht Unrecht gehabt hatte, sagte jedoch nur: »Dann komm.«

Er gab der Tante einen Kuss auf die Wange und schlich sich leise hinaus, während ich hinunter in den Weinkeller stieg, eine Flasche Wein holte und sie zusammen mit zwei Bechern auf einem Tablett nach oben trug.

Als ich zu Ferris in die Kammer trat, zog er sich gerade das Hemd aus. Er verharrte in der Bewegung, als er meinen Blick bemerkte, denn er wusste, dass mich der Anblick seines langsam zum Vorschein kommenden Oberkörpers immer besonders reizte, doch dann zog er sich das Hemd schnell über den Kopf. Ich wäre gerne geblieben, hätte ihn umsorgt, ihn gewaschen und ihm den Wein an die Lippen gehalten. Stattdessen goss ich mir selbst einen großen Becher ein und ging zurück nach oben, nicht ohne ihn vorher noch zu bitten, sich gründlich zu schrubben.

Die Tante bewegte sich nicht, als ich eintrat. Ohne das plötzliche Aufblitzen ihrer wissenden Augen wirkte ihr Gesicht fremd, und ihr schiefer Mund erinnerte mich an eine Flunder. Ich beugte mich über das Kissen, fühlte ihren Atem auf meiner Wange und setzte mich dann auf Ferris' Stuhl neben dem Bett. *Falls sie stirbt*, dachte ich, *erbt er alles*. Ich überlegte, ob das seine Entscheidung, in die Stadt zurückzukehren, beeinflussen könnte, und versuchte, mir nicht zu wünschen, dass ihre Genesung Wochen in Anspruch nehmen würde. Denn mir war klar, dass so lange für mich jede Nacht mit ihm das Paradies bedeutete, während für ihn jede Nacht aus Angst um seine Kolonisten die Hölle wäre.

Abgesehen von einem Fläschchen voll rötlicher Flüssigkeit neben ihrem Bett wirkte das Zimmer noch genauso wie an jenem Tag, als sie mir ein Vermögen angeboten hatte, und wie an jenem anderen Tag, als sie mir das Nähen beigebracht hatte. Allerdings hing ein fremder Geruch in der Luft. Nach einer Weile wurde mir klar, dass er von dem kranken Körper herrührte, der schon zu lange im Bett lag. Jemand hatte zur Luftverbesserung Rosmarin verbrannt, und außerdem hing ein schwacher Veilchenduft in der Luft, wie immer in Damengemächern.

Ich nahm ihre Hand und meinte, dass sie ganz leicht meine Finger drückte. Ich legte meine Lippen an ihr Ohr und flüsterte: »Tante. Ich bin hier, Jacob.«

Ja, ihre Hand hatte sich leicht bewegt. Ich fuhr fort: »Ich werde mich um ihn kümmern.«

Diesmal war ich nicht sicher, ob sie meine Finger gedrückt hatte. Ich nahm ihre Hand zwischen die meinen. Nach einer Weile begann mein Rücken zu schmerzen, daher richtete ich mich auf – denn ich würde mich nicht wie Ferris auf ihr Bett legen – und trank etwas Wein. Er wärmte meine Zunge, und langsam begann ich auch Hunger zu verspüren.

Die Tante bewegte sich ganz leicht auf ihrem Kissen. Ich sprang sofort auf die Beine, doch sie ruhte bereits wieder in ihrer ursprünglichen Haltung. In ihrem reglosen Gesicht erkannte ich die lange Nase und die vollen Lippen ihres Neffen.

Mich überkam der Gedanke, dass Ferris so auf seinem Totenbett aussehen würde und dass ich hier seinen Tod sah. Ich versuchte an etwas Tröstliches zu denken, daran, wie mein Freund gerade herumplanschte, und daran, wie ich ihm in der kommenden Nacht den Nacken küssen würde. Hatte ich gerade noch gefröstelt, so wurde mir plötzlich so heiß, dass ich auch diese Gedanken aufgeben musste. Inzwischen begann ich die Reise, die Krankenwache und den Wein zu spüren, und der Raum verschwamm vor meinen Augen. Ich fuhr erschrocken hoch, als der Inhalt des Bechers plötzlich über meine Hose lief. Die Tante lag unverändert da. Ich trank den restlichen Wein aus und döste wieder weg.

Ferris schüttelte mich. Ich schaute auf in sein schmales, von blondem Haar umspieltes Gesicht.

»Wasser«, murmelte ich.

»Was?«

Ich bemühte mich, dem Wort einen Sinn zu geben. »So wie –« ich spürte, dass ich errötete, »als du mich gefunden hast.«

Er sagte: »Du träumst noch.« Und dann atmete ich seinen Geruch ein. Er roch weder nach schimmeliger Uniform noch animalisch nach Schweiß, sondern sein Körper duftete sauber und frisch. Ich streckte meine Hand nach ihm aus, um unter dem Hemd seine Brust zu spüren, doch er machte einen Schritt zurück, und mir wurde klar, dass wir im Krankenzimmer waren.

Ferris nahm mir den leeren Becher aus der anderen Hand. »Wir sollen etwas essen«, sagte er mir. »Befehl von Becs.«

»Und die Tante –?«

»Sie schläft friedlich.«

Schläfrig schlurfte ich hinter ihm die Treppe hinunter. Ich roch das

Essen bereits vom oberen Treppenabsatz aus, ein bekannter und fremder Geruch zugleich. In der Stube stellte ich fest, dass das Fleisch auf ausländische Art zubereitet worden war, die *Frikassee* genannt wurde. Becs trug noch Brot hinein und streckte mir ihre Hand entgegen, nachdem sie es auf dem Tisch abgestellt hatte. Ich schaute sie dümmlich an.

»Den Schlüssel«, sagte sie ohne Umschweife.

Ich tastete in meiner Kleidung, doch dann erinnerte ich mich. »In der Kellertür.«

Becs seufzte.

»Worum ging es?«, fragte Ferris, kaum dass sie den Raum verlassen hatte.

»Ich habe den Schlüssel vergessen, als ich den Wein geholt habe.«

»Nun, schließlich ist außer uns niemand im Hause.«

Er probierte das Essen. Ich tat es ihm nach und stellte fest, dass es Leber sein musste. Ich schloss die Augen, um es nach all den Bohnen und dem Käse in der Kolonie besser genießen zu können. Die Nahrung auf dem Felde hatte mich angeödet, um nicht zu sagen, mit Abscheu erfüllt. Selbst Kaninchen waren mir längst über; allein aufgrund der anstrengenden Feldarbeit hatte ich überhaupt noch Nahrung zu mir genommen. Becs hatte unsere Mahlzeit sehr liebevoll gekocht und mit einer würzigen Sauce angereichert. Außerdem gab es mehr als genug für uns beide.

Sie brachte eine weitere Weinflasche herein und einen Becher für Ferris. »Fehlt Euch sonst noch irgendetwas? Wenn nicht, bin ich oben und schaue nach der Tante.«

»Sie schläft tief und fest«, sagte Ferris. »Du könntest dich ausruhen.«

»Ich kann mich neben ihrem Bett ausruhen. Auf dem Geschirrschrank stehen Pflaumenkompott und Käse.« Sie verließ den Raum.

Mein Freund starrte beim Essen in die Luft. Sein Haar wurde langsam wieder länger. Bald würde es mich kitzeln, wenn wir uns umarmten. Ich rückte neben ihn, rieb meine Nase an seinem Nacken und erfreute mich an dem Geruch, den er ausströmte und der so ganz der seine war. Ich spürte, dass er schluckte.

»Jacob –« Er trank einen Schluck Wein, legte seine Finger an mein Kinn und küsste mich; der Kuss schmeckte nach Wein. Ich schaute ihm in die Augen, leckte ihm den Wein von den Lippen und öffnete meinen Mund.

»Nicht hier unten«, sagte er, »das ist nur ein Vorgeschmack.« Er lachte, doch ich sah, dass er erregt war. Ich zog ihn auf meinen Schoß, meine

Schenkel zwischen den seinen, nahm ihn in die Arme und drückte ihn an mich, bis er aufschrie.

»Da hast du auch einen Vorgeschmack«, sagte ich, »wenn du schon mit dem Feuer spielst.«

Wir küssten uns erneut und er fuhr mit der Zunge immer wieder in meinen Mund. Ich begann ihm das Hemd über die Brust zu zerren.

Ferris wich zurück. »Warte. Ich muss mich noch einmal zu ihr setzen, bevor wir uns zurückziehen.« Er stand auf und holte das Obst und den Käse. »Was hat dir der Arzt gesagt?«

»Nicht viel.« Ich bemühte mich, den Schmerz zu unterdrücken, den er entfacht hatte.

Während Ferris mit einem Löffel nach den Pflaumen fischte, sagte er: »Zu mir ist er nicht offen.«

»Er sagt, er kann noch nichts versprechen.«

»Dann müssen wir vielleicht tagelang hierbleiben.«

»Oder Wochen. Frag ihn morgen selbst.«

Ferris stöhnte und bot mir eine Pflaume an. »Sie sind gut, möchtest du –?«

Kopfschüttelnd goss ich mir erneut Wein ein.

Er fügte hinzu: »Becs wirkt erschöpft. Mit der Krankenpflege und dem Haus hat sie zu viel zu tun.«

»Wir könnten ihr die Pflege abnehmen«, sagte ich, »es sei denn, sie möchte sich ganz alleine darum kümmern.«

Er nickte. »Dann müssten wir ein anderes Mädchen für die Küche finden.«

»Nein«, sagte ich.

Er schaute mich überrascht an. »Siehst du nicht, wie müde sie ist?«

»Siehst *du* nicht, dass wir keine Fremden hier brauchen können?«

Ferris spuckte einen Pflaumenkern auf den Teller und streckte seine Hand nach der Weinflasche aus.

»Bin ich ein Helfer in der Not?« Die Frage war ausgesprochen, bevor ich darüber nachgedacht hatte.

»Schlimmstenfalls, ja. Sollte es so weit kommen.«

»Sir George?«

»Das auch. Doch ich meinte, sollte die Tante sterben.« Er machte eine Pause und suchte nach Worten. Ich wartete, dann fuhr er fort: »Ich könnte ihren Tod nicht ertragen, wenn ich keinen anderen hätte, den ich lieben würde.«

Ein besserer Mensch hätte ihn vielleicht an die göttliche Liebe erinnert, doch der war ich nicht, außerdem kannte ich ihn inzwischen zu gut, um einen solchen Versuch zu wagen. Stattdessen nahm ich seine Hand.

Als wir die Treppe wieder hochkamen, sah Becs genauso erschöpft aus wie ihre Herrin. Man konnte erkennen, dass die violetten Ringe unter ihren Augen noch tiefer und dunkler geworden waren.

»Geh ins Bett, Mädchen«, forderte Ferris sie auf.

»Vielleicht braucht sie mich.«

»Hat sie nachts Schmerzen?«

Becs schüttelte den Kopf. »Doch ich kann den Gedanken nicht ertragen, dass niemand bei ihr ist.«

»Geh ins Bett«, wiederholte er. »Morgen wechseln wir uns mit der Wache ab, wenn du magst. Sie wird heute Nacht nicht aufwachen, denn Doktor Whiteman hat ihr ein Schlafmittel gegeben.«

Die Magd erhob sich. Ich hörte, wie ihre steifen Knie knirschten.

»Unten ist noch etwas Wein in der Flasche«, fügte er hinzu, als sie den Raum verlassen wollte. »Nimm dir welchen.«

Doch sie ging nicht nach unten, um sich Wein zu holen. Wir hörten, wie sie in ihre eigene Kammer stolperte und die Tür zuwarf.

»Sie wird auf das Bett fallen, noch bevor sie sich ausgezogen hat«, sagte ich.

»Das würde mich nicht überraschen.« Er massierte die Finger der Tante. Wir beobachteten beide ihr Gesicht, um darauf vielleicht irgendeine Regung zu entdecken.

»Nichts«, Ferris ließ ihre Hand los.

»Der Doktor kommt morgen wieder«, sagte ich.

Er schaute mich an. »Du willst ins Bett gehen.« Er legte ihren Arm unter die Decke, dann schlossen wir die Tür hinter uns und gingen schweigend den Flur entlang. Vor meiner Kammer blieb ich mit der Hand auf dem Türgriff stehen. »Kommst du?«

Er schüttelte den Kopf und machte einen Schritt auf seine eigene Tür zu. »Hier hinein. Ich will, dass es wie beim ersten Mal ist.«

»Warum?«

Er wiederholte: »Ich will, dass es wie beim ersten Mal ist.«

Es war noch nicht dunkel in seiner Kammer. Er zog die Läden zu, um uns vor neugierigen Blicken zu schützen.

»Nun.« Seine Hand ruhte auf dem Riegel. »Erinnerst du dich?«

Ich erinnerte mich. Ich hielt und küsste ihn, wie in jener Nacht, nach der ich mich monatelang gesehnt hatte; wir stolperten durch das Zimmer und fielen auf das Bett. Er nannte mich *Mein Schatz, mein Süßer, mein Simson*, und da solche Worte aus seinem Mund sehr selten waren, wusste ich, wie sehr er mich begehrte.

»Nimm mich in den Mund.«

Ich tat wie mir geheißen. Er schrie auf und kam fast sofort, als ob es wirklich das erste Mal sei. Als er sich wieder beruhigt hatte, sagte ich, »Nach der ersten folgte eine weitere Nacht.« Wir küssten uns, rieben uns aneinander und befriedigten uns, bis ich nicht mehr wusste, wer ich war, sondern nur noch meinen Körper spürte.

»Und wenn ihr Zustand so bleibt?«, fragte Ferris.

Wir saßen am Frühstückstisch. Genau wie in den Monaten, bevor wir in die Kolonie aufgebrochen waren, aß er Eier und ein weißes Brötchen, und genau wie damals löffelte er sich das Eigelb auf das Brot und zerdrückte etwas Salz darauf. Es amüsierte mich, dass er alles so gewissenhaft wie eh und je machte. Seit unserer Ankunft waren vier Tage vergangen, und wir versuchten immer noch, einen Plan zu fassen. Vor einer halben Stunde war der Doktor hier gewesen und hatte wiederholt, dass es der Tante weder besser noch schlechter ginge.

»Wenn sich ihr Zustand in den nächsten zwei Tagen nicht verändert, könnten wir Susannah schreiben«, schlug ich vor. »Wir könnten es auch jetzt machen.«

»Wieso Susannah?«

»Sie ist klug und verständig. Wenn sie nicht gewesen wäre, hätte ich nicht auf den Brief der Bestes gewartet.«

Er spülte das Brot mit etwas Bier hinunter. »Und weil sie dir gegenüber ein weiches Herz hat?«

»Das stimmt nicht.« Ich erinnerte ihn daran, wie Susannah den Kopf geschüttelt hatte, als ich geschrien und gedroht hatte. »Sie kann meine Launen einschätzen. Aber wenn du mich für parteiisch hältst, dann schreib doch an Hathersage.«

Er ignorierte diese Anspielung und sagte einfach: »Eher gehe ich zurück.«

»Hätte man sie vertrieben«, überlegte ich laut, »würden sie dann nicht hierher kommen?«

»Vielleicht sind sie dazu gar nicht in der Lage.«

Wir drehten uns im Kreis, da wir ständig überlegten, was wäre, wenn sich der Zustand der Tante verbesserte, verschlechterte oder unverändert bliebe. Ich versuchte ihn zu überzeugen, dass seine Anwesenheit in der Kolonie einen Angriff nicht verhindern könne, doch er erwiderte, dass er sich zeitlebens Vorwürfe machen würde, sollte er im Falle eines Übergriffs nicht vor Ort sein.

»Herr!« Becs stürmte in die Stube. »Herr, sie kann ihr Gesicht bewegen. Kommt und seht es Euch an!«

Wir folgten ihr nach oben. Ich werde nie vergessen, wie der Mund der Tante aussah, als ich ihn jetzt erblickte: die eine Seite gelähmt, während die andere Seite unter grotesken Bewegungen unverständliche Laute hervorbrachte. Allerdings wirkten ihre Augen wacher und schienen uns zu fixieren, als wir uns dem Bett näherten. Ferris beugte sich unbeholfen über sie, griff nach ihrer Hand und beobachtete gespannt ihr Gesicht.

»Sie versucht *Christopher* zu sagen.« Seine Stimme war belegt. Becs stand mit gesenktem Kopf und gefalteten Händen auf der anderen Seite. Nach einer kurzen Weile schien die Kraft der Tante nachzulassen. Sie lag wieder schlaff auf dem Kissen, nur ihre Augen blickten uns immer noch an.

»Der Doktor muss wieder kommen«, rief Becs.

Ich blieb stumm und unsicher stehen, als sie an mir vorbeieilte. Ferris küsste die Wange der Patientin. Ein Tropfen fiel aus seinem Gesicht auf das ihre, obwohl ich aus seinem wiederholten Schlucken schloss, dass er versuchte, mannhaft zu bleiben. Schließlich richtete er sich mit einem Seufzer wieder auf und drückte sich die Fäuste gegen den Rücken.

»Jetzt sei etwas glücklicher«, sagte ich und hörte dabei entsetzt, wie dünn und heuchlerisch meine Stimme klang. Doch Ferris schien es nicht zu bemerken.

»Jacob, ich bleibe bei ihr, bis der Doktor kommt. Stell dir vor, sie spricht noch einmal, und niemand ist hier!«

»Dann werde ich mit dir wachen.«

Ferris blickte auf seine Tante. Sie hatte inzwischen die Augen geschlossen. Ich machte einen Schritt nach vorn und nahm ihn in meine Arme. Diese Umarmung hatte nichts Sinnliches. Als ich meine Hand auf seinen Hinterkopf legte, spürten meine Fingerspitzen kleine Verhärtungen unter seinem Haar: die Narben, die von dem zerbrochenen Glas herrührten.

Der Doktor schwitzte in seinem pelzbesetzten Mantel und ich vermutete, dass die flinke Becs ihn trotz der Sommerhitze den ganzen Weg zu Fuß hierher geschleift hatte. Er murmelte etwas vor sich hin, hob mit dem Daumen die Lider der Tante und schaute sich ihre Zunge an. Als Nächstes legte er seine aderige Hand unterhalb ihrer Brust auf, um den Herzschlag zu spüren.

»Unregelmäßig«, meinte er, worauf sie sich ein wenig bewegte. Als er merkte, dass sie das Bewusstsein wiedererlangte, sagte er, dass er ihr Wasser untersuchen müsse, und reichte Becs eine Flasche, damit sie den Urin der Patientin auffangen könne.

»Wenn Sie jetzt freundlicherweise das Zimmer verlassen würden, Gentlemen«, bat er Ferris und mich.

Wir warteten draußen und hörten Gestöhne, als sie versuchten, sie in ihrem Bett aufzurichten. Dann sagte der Doktor zu Becs: »Das reicht, jetzt halte sie so.« Worauf sie sagte: »Kommt schon, Madam, ein bisschen« und kurz darauf: »Soll ich etwas auf ihren Bauch drücken, Sir?« Daraufhin hätte ich am liebsten gelacht, doch ein Blick auf Ferris reichte, um mich davon abzuhalten.

Becs trat aus der Kammer, rannte nach unten und kam sofort mit zwei Krügen zurück. Wir hörten, wie sie Wasser aus dem einen in den anderen goss, in der Hoffnung, die Kranke dadurch zum Wasserlassen anzuregen, und dieses Mal lächelte sogar Ferris. Schließlich ließ die Magd ein »Ah!« vernehmen, und wir bekamen mit, wie ein wenig Flüssigkeit gegen die Wand der Flasche klimperte. Becs kam triumphierend mit den beiden Krügen heraus.

Ferris schaute vorsichtig ins Zimmer. »Wir können wieder hinein«, verkündete er.

Doktor Whiteman beschnüffelte den Inhalt der Flasche mit weiser Miene. Er hielt sie gegen das Licht, und ich musste tief Luft holen, als ich den dunkelorangefarbenen Urin sah.

»Ist da Blut mit drin?«, fragte Ferris.

Der Doktor schüttelte den Kopf. Ich überlegte, woher er das wissen konnte.

»Geht es ihr wirklich besser?«, fuhr Ferris fort.

»Habt Geduld.« Der Blick des Mannes verriet Irritation ob unserer Unwissenheit. Er fügte hinzu: »Diese Angelegenheit hier lässt sich nicht mit dem Setzen einer Rübe vergleichen.« Ich spürte den Hohn in seinen Worten, doch Ferris schien offensichtlich auf diesem Ohr taub zu sein.

Der Doktor holte ein Papiertütchen hervor, aus dem er etwas Puder in den Flaschenhals schüttete. Anschließend stieß er einen ganz leisen Pfiff aus. Er schwenkte die Flasche und hielt sie gegen das Fenster.

»Und?«, fragte Ferris.

»Sie wird langsam, ganz langsam genesen.«

Ich sah, dass der gesamte Körper meines Freundes von Freude erfasst wurde, so wie sich ein Lamm freut, wenn man es an die Zitzen hält. Er zahlte dem Arzt eine viel zu große Summe und gab ihm Anweisung, uns an die Taverne im Gemeinschaftsland zu schreiben.

»Aber du wirst doch morgen noch hier sein, Ferris?«, rief ich.

»Ja, ja.« Er bat den Doktor, abends noch einmal vorbeizuschauen, und begleitete ihn nach unten. Kam war ich allein, schimpfte ich stumm und verfluchte meine verdammte Selbstsüchtigkeit.

Ferris kam die Treppe wieder hochgerannt und warf die Arme um meinen Hals. »Jacob, es wird nicht mehr lange dauern.« Da ich meiner Stimme nicht traute, lächelte ich lediglich und ließ mich umarmen.

Gemeinsam saßen wir im Krankenzimmer, jeder auf einer Seite des Bettes. Seine Augen waren jetzt trocken und besaßen wieder diesen *Glanz*, den ich so fürchtete. Eine merkwürdige Müdigkeit überkam mich und ich spürte, dass ich trotz der frühen Stunde am liebsten wieder eingeschlafen wäre. Als mir das Kinn auf die Brust sank, hörte ich, wie er fragte, ob ich Schmerzen habe oder zurück ins Bett gehen wolle, doch die Dunkelheit hatte mich bereits erfasst und ich konnte nicht mehr antworten. Gegen Mittag (wie ich später entdeckte) fiel die Schwere von mir ab, ich holte tief Luft und spürte, wie der Atem meiner Brust entwich. Ich öffnete die Augen. Die Tante regte sich: Ihr Neffe tätschelte sanft ihre Hand, und sie klopfte mit den Fingern auf seine.

»Siehst du?«

Ich sagte, dass sie in der Tat Fortschritte gemacht habe, doch dass wir nicht voreilig sein sollten und warten müssten, bis das Ausmaß ihrer Genesung keine Zweifel mehr ließe.

»Der Doktor hat schon keinen Zweifel mehr. Und gehören Doktoren nicht zu den vorsichtigsten Menschen überhaupt?«

»Aber sie sind eben auch nur Menschen und können sich daher irren.«

»Ach, Jacob, ich weiß.« Er sah mich gütig an. »Ich weiß. Doch je länger wir bleiben, desto schwerer wird der Abschied.«

»Wann also?«

»Ich habe an übermorgen gedacht.«

Ich protestierte lauthals, und er bat mich, am Bett der Kranken leise zu sein. Wir stritten uns, das heißt, er argumentierte und ich flehte ihn flüsternd an. Wie so oft blieb er freundlich, jedoch unnachgiebig, weshalb mir den restlichen Nachmittag ganz elend zumute war.

Gegen Abend hatte ich mehr Glück. Die Bestes hatten diesen Zeitpunkt gewählt, dem Haus einen Besuch abzustatten, und Ferris war überglücklich, sie wiederzusehen. Nach der ersten Begrüßung gingen sie mit uns nach oben ins Krankenzimmer, doch die Tante schlief. Verglichen mit ihrem verzerrten und bleichen Gesicht wirkten die beiden Besucher, als strotzten sie vor Gesundheit: Harrys hübsches, von der Sonne gebräuntes, ruhiges Gesicht und Elizabeth wieder mit dem Teint einer Perle, nachdem die Rauheit der Kolonie langsam aus ihren Zügen gewichen war.

»Wo sind die Kinder?«, fragte Ferris, als wir wieder hinuntergingen.

»Bei Elizabeths Schwester.«

Das unten in der Küche bratende Wildbret duftete durchs ganze Haus, und Becs brachte uns Pastetchen und Wein. Das erinnerte mich an die Tage, da die Kolonie nur eine schrullige Idee im Kopf meines Freundes war, da Gäste kamen und zwar unsinnige Dinge erzählten, jedoch wie vernünftige Leute wieder nach Hause gingen.

Ferris erzählte ihnen von Doktor Whitemans Ansichten, und sie tranken auf das Wohl der Tante, waren jedoch entsetzt, als sie von seinen Abreiseplänen erfuhren.

»Ihr könnt doch jetzt noch nicht gehen«, sagte Elizabeth zu meinem Freund. »Selbst wenn es Eurer Tante besser geht, ist ihr Zustand doch noch der, dass sie ihre Familie in der Nähe braucht, und Ihr seid alles, was ihr an Familie geblieben ist.«

Ferris behagte das gar nicht, doch ich hatte die Hoffnung, zu dritt würden wir schaffen, was ich alleine nicht vermocht hatte. Wir redeten so lange auf ihn ein, dass wir, als wir uns zu Tisch setzten, bereits eine Woche gewonnen hatten. Elizabeth gebrauchte all ihre weibliche List und beschrieb ausführlich Schicksalsschläge, von denen sie gehört hatte und die auf ärztliche Fehler zurückzuführen waren. Als Ferris am Ende einlenkte, hätte ich Harry und Elizabeth am liebsten umarmt.

Danach wandte sich das Gespräch ihrem Wohlergehen zu, und sie behaupteten, zu der alten Lebensweise zurückgefunden zu haben. Der Amboss war sicher zu Hause eingetroffen, obwohl man das Maultier ein ums andere Mal mit der Peitsche hatte überreden müssen, und Harry hatte einen Hof pachten können, in dem das Schmiedefeuer geschützt war. Elizabeths Schwester lebte inzwischen bei ihnen, um bei der Versorgung der Kinder zu helfen, und Elizabeth hatte sich bisher erst einmal mit Margaret (der Schwester) gestritten, und zwar an einem Waschtag.

»Harry wird bald wieder so weit sein, dass er einen Gehilfen einstellen kann«, sagte Elizabeth, während Becs gerade die leeren Teller abräumte.

»Würdet Ihr je einen Lehrling nehmen?«, fragte ich.

»Eines Tages vielleicht.«

»Ich könnte Lehrlingsarbeiten verrichten«, sagte ich.

»Aber Jacob, du bist zu alt«, warf Ferris ein.

Ich fand, dass er übertrieb, und fuhr fort: »Da ich kein Weib habe und tue, wozu ich aufgefordert werde, wo ist der Unterschied? Zeig mir einen Jungen, der so arbeiten kann wie ich.«

»Es gibt Gesetze, was diese Angelegenheiten betrifft«, sagte Harry. »Über das Alter und so. Aber würde ich keinen Gehilfen finden – meint Ihr es ernst?« Er grinste mich an, während er mit der Messerspitze ein Stück der Bratenhaut aufspießte.

»Sicherlich sucht Ihr einen Mann, der schon einige Erfahrung hat?«, fragte Ferris.

»Um einem Freund zu helfen, nun – ich könnte ihn meinen Diener nennen. Wahrscheinlich muss ich Euch nicht fragen, ob Ihr mit einem Hammer umgehen könnt, oder, Jacob?«

Es entstand eine Pause. Ferris schaute schmollend nach unten.

»Vielleicht möchte Wat seine Stellung bei dir wiederhaben«, sagte Elizabeth. »Solltest du ihn nicht zuerst fragen?«

Harry überlegte. »Inzwischen wird er etwas anderes gefunden haben.«

»Wenn die Sache schief geht, werde ich vielleicht mit Euch reden«, sagte ich langsam. »Und, Ferris, ich nehme an, dass du dann auch hierher zurückkämst?«

Ferris ignorierte meine Frage und sagte zu Elizabeth: »Erst war es das Drucken. Er würde jedes Handwerk lernen, wenn er könnte.«

»Das beweist seinen Eifer«, meinte sie und sah mich dabei freundlich an.

Ferris lächelte gezwungen.

Elizabeth fühlte sich offensichtlich unbehaglich, denn sie begann von

Harrys Bruder Robert zu erzählen, der als Diener auf einem Landsitz gearbeitet hatte und alsbald feststellen musste, dass sein Herr verrückt war.

»Die Marotten des Mannes waren höchst sonderbar«, erklärte sie. »Er drangsalierte die Dienerschaft – beschuldigte sie, seine Bettdecken zu vergiften, und manchmal behauptete er sogar, sie schnitten die Gesichter aus den Porträts in der Eingangshalle. Robert musste mit dem Verwalter Mister Cattermole durch den Garten gehen und bekam dabei gesagt –« (an dieser Stelle mussten wir etwas warten, denn Elizabeth prustete vor Lachen, und auch Harry, der sich die Hand vor den Mund hielt, erging es nicht besser) »– und bekam gesagt, was er tun musste, sollte der Herr nackt über die Flure spazieren. ›Mit häufig wiederholten, freundlichen Worten‹, sagte der Verwalter, ›können wir ihn meist überreden, zu Bett zu gehen, vorausgesetzt es ist keine Nacht, in der sein Bett vergiftet ist.‹ Robert wollte gerade fragen, was in solchen Nächten zu tun sei, als der Herr hinter einem Busch hervorsprang, brüllte: ›Kommt raus, Nebukadnezar!‹ und auf Mister Cattermole schoss –«

Ferris und ich hielten die Luft an.

»Robert und Cattermole liefen schreiend in eine Laube. Woraus ihr schließen könnt«, sagte Elizabeth, »dass die Kugel ihr Ziel verfehlt hatte. Der alte Mann wurde vom Gärtnergehilfen (der sich als tapferer erwies als der ganze Rest zusammen) überwältigt, entwaffnet und sehr zerknirscht und verwirrt ins Haus zurückgeführt. Doch das war genug, und Robert ging nach Hause, um wieder bei seinen Eltern zu leben.«

»Und Mister Cattermole?«, fragte ich so laut, dass ich das Gelächter übertönte. »Ist er auch weggegangen?«

»Nein, er nicht«, antwortete Harry. »Der Mann hat dort recht gut verdient – Ihr versteht – und hielt es dementsprechend lange aus.«

Elizabeth wischte sich die Tränen aus den Augen. »Und erfreute sich daran«, sagte sie. »Doch ach, der arme Herr, verrückt zu sein – ist nicht zum Lachen –«

Wir stimmten mit ihr überein und brachen dann alle vier in lautes Gelächter aus.

»Entschuldigt mich«, sagte Ferris, als die Heiterkeit abebbte. »Ich glaube, das war die Haustür. Becs wird ihn eingelassen haben.« Er ging hinaus, und wir hörten ihn die Treppen hinabsteigen.

»Der Doktor«, erklärte ich. Wieder hörten wir Schritte, die an unserem Flur vorbei weiter nach oben gingen. Kaum hörten wir die Tür des

Krankenzimmers aufgehen, beugte sich Elizabeth über den Tisch. »Jacob, sollte er nicht hierbleiben?«

»Sagt das nicht mir, Elizabeth. Ich bin bereits heiser, so oft habe ich versucht, ihn dazu zu überreden. Nur was Ihr und Harry gesagt habt, hält ihn davon ab, übermorgen wegzulaufen.«

»Ich hätte gedacht, dass er sie mehr liebt«, sagte Harry nachdenklich.

»Er liebt sie inniglich. Es zerreißt ihn fast in zwei Hälften.«

Elizabeth öffnete den Mund, doch in diesem Augenblick hörten wir ihn die Treppe herunterkommen. Ich schenkte den Gästen Wein nach und war dabei, ihre Becher bis zum Rand zu füllen, als Ferris gerade rechtzeitig zurückkehrte, um den Obstkuchen zu genießen, den Becs uns hochgebracht hatte.

»Sie hat etwas Farbe bekommen und ihr Herz ist stärker«, verkündete er. »Und es gibt zwei Arzneitränke, Becs, die du ihr verabreichen musst.«

Die Bestes dankten Gott. Ich versuchte glücklich auszusehen.

Ich konnte nicht mehr erreichen, als wir zu dritt bereits geschafft hatten. Egal, was ich tat, Ferris würde nicht länger als eine Woche bleiben. Ich drängte ihn, eine Woche sei nichts, wenn es um die Fürsorge einer geliebten Tante, nein, einer Mutter gehe. Er erwiderte, dass er sie einer Pflegerin überlasse, die sein vollstes Vertrauen genieße und ihm sicherlich jeden Tag Nachricht zukommen lassen würde. Ich argumentierte, dass es den Kolonisten gut täte, ihre Angelegenheiten auch ohne ihn zu regeln, und dass so jeder eine entscheidendere Rolle in ihrem kleinen Commonwealth spielen könnte, doch er schaute mich nur befremdet an und fragte, ob ich glaubte, er hätte bislang den anderen geschadet. Ich überzeugte ihn, dass wir von unserer Zeit in London profitieren könnten: Er nickte und schrieb mir, wie in der Vergangenheit, eine Liste mit Dingen wie Saatgut und Messer, die ich für die Gemeinschaft erstehen sollte. So hatte ich erneut die Rolle eines Laufburschen inne, während er an der Seite der Tante wachte. Schließlich suchte ich Zuflucht in jenen Künsten, die nicht vieler Worte bedürfen, einen Mann jedoch wirkungsvoller umstimmen können als Beredsamkeit. Er kam begierig in meine Kammer und ließ alle Anzeichen einer unersättlichen und heftigen Lust erkennen, nur um dann am nächsten Tag vorzugeben, er verließe unser Bett für immer. Ich war am Ende. Manchmal schaute ich ihn an, sah seinen gütigen Blick auf mir ruhen und fragte mich, was er war. Ich hätte ihm ohne große Schwierigkeiten das Rückgrat brechen können, doch trotz all des Schmerzes, den ihm die Kolonie bereits eingebracht hatte, wollte er unbedingt dorthin zurückkehren, und ich konnte seinen Geist nicht einen Zentimeter beugen.

In mein Bündel schnürte ich so viele Seifenstücke ein, wie ich von Becs erbetteln konnte, und Ferris lachte laut auf, als er sie erblickte.

»Willst du damit handeln, Jacob? Oder isst du sie, weil du gar schwanger bist?« Er kitzelte meine Taille.

Ich schlug seine Hand weg. »Ich finde keinen Gefallen daran, wie ein Tier zu stinken.«

Ferris schaute mir ernst ins Gesicht. »Du stinkst nicht.«

»Dann ist irgendetwas mit meiner Nase nicht in Ordnung. Hier, reich mir diese Hemden.« Ich lächelte ihm nicht zu, daher verließ er nach einer Weile meine Kammer.

Er hatte für uns Sitzplätze in einer Kutsche erstanden. Er sagte, es sei wegen des Regens, denn er glaube, es würde nass werden, und außerdem hätten wir zu viel zu tragen. All dies mochte stimmen, doch ich spürte seine Abneigung, mit mir zusammen auch nur einen halben Tag zu gehen, solange ich so traurig war. Schließlich machte ich keinen Hehl daraus, wie bedrückt mein Herz war.

Am nächsten Morgen um acht sollte es losgehen. Da die Bündel geschnürt und die Messer und anderen Werkzeuge gut verstaut waren, hatten wir nichts weiter zu tun, als Wein zu trinken und bei der Tante zu sitzen. Ich trank einen Becher nach dem anderen und hatte das Gefühl, das Herz sei mir gefroren. Ferris beobachtete mich ängstlich, und ich erwiderte seinen Blick und gab ihm so deutlich zu verstehen, dass er es nicht wagen solle, mich zu maßregeln. Der Wein schaffte es nicht, das Eis in meiner Brust zum Schmelzen zu bringen, im Gegenteil, ich fand sogar, dass er schlecht und sauer schmeckte, doch das kam meiner Stimmung nur entgegen.

Schließlich sagte er: »Ich wusste gar nicht, dass du dir so viel aus Wein machst.«

»Was lässt dich glauben, dass ich mir irgendetwas daraus mache? Ich verbringe mein Leben damit, zu tun, was mir zuwider ist.«

Er seufzte. »Würdest du lieber – würdest du lieber noch etwas hier bleiben? Wenn du möchtest, gehe ich alleine, und du kannst nachkommen, wann immer es dir beliebt.«

»Du bist die Güte in Person«, erwiderte ich. »Aber nein, ich werde weiter dienen.«

Seine grauen Augen wurden ganz eng und starrten unbehaglich auf die schlafende Tante. »Sei nicht so grimmig, Jacob.«

»Wann hast *du* mich je grimmig erlebt?«

Das Wort *du* kam von ganz tief unten, dort wo die Stimme die Wände ihres Verlieses auf die Probe stellte und aussprach, was lange in Ketten gelegen hatte. Ich spürte eine Mischung aus Entsetzen und Wonne, denn die Stimme hatte noch nie durch mich zu einer anderen Person gesprochen.

Ferris ließ nicht erkennen, dass er etwas Befremdliches gehört hätte. Er schaute nach, ob die Tante immer noch schlief, und sagte dann freundlich: »Hast du Roger Rowly vergessen? Du –«

»Das! – Das war ein Spiel.« Ich fühlte, wie die Stimme in mir immer weiter anschwoll und ich sie nur noch mit Mühe im Zaum halten konnte. »Sollte ich je wirklich grimmig werden, dann wirst du es schon merken. Und jetzt hör auf.«

»Ich habe doch nur gemeint, dass –«

»Hör auf.«

Ich sah, dass Ferris erstarrte, und merkte, dass ich ihn genauso angesehen hatte wie einst Nathan. Er hatte diesen Blick noch nie in seiner ganzen Wucht verspürt und wurde aschfahl.

»So, jetzt bist du gewarnt.« Der Druck in mir ließ nach und meine Stimme war wieder meine eigene. Ich öffnete eine weitere Flasche, die ich mit hochgebracht hatte. Er streckte seine Hand aus, doch ich setzte die Flasche an meine eigenen Lippen und trank mehr als die Hälfte des Weins, ohne einmal Luft zu holen. Sollte er mir den Wein missgönnen, würde es nur noch schlimmer für ihn werden. Ich stand nicht unter seinem Befehl.

»Jacob, bitte –« Er beugte sich vor, um mir die Flasche abzunehmen. Ich ließ sie nicht los, und er sank zurück auf seinen Stuhl.

»Du hast mich grimmig genannt. Nenn mich nie wieder grimmig.«

Es entstand eine Stille. Ferris betrachtete die Spitzen des Leinentuches. Ich sah seine gesenkten Augenlider und spürte plötzlich das Verlangen, ihn in meinem Bett zu haben, doch beim Aufstehen stolperte ich über den Stuhl. Wider Erwarten lachte er nicht, sondern blieb einfach sitzen, als ob ich mich nicht bewegt hätte.

»Kommst du nicht?«, wollte ich von ihm wissen.

»Wenn du es wünschst.«

Er stand sofort auf und folgte mir. Wir gingen in meine Kammer und dort hielt ich ihn zum ersten Mal stumm und mutlos in den Armen. Ich bat darum, liebkost zu werden, und er kam meiner Bitte widerspruchslos und ohne Verlangen nach, so als würde er eine Leiche aufbahren. Dann wollte ich, dass er sich unter mich legte, doch er weigerte sich und schien daran auch noch Gefallen zu finden. Wir kämpften, ich boxte ihn in Rippen und Bauch, kam auf ihm zu sitzen und verdrehte ihm den Arm auf dem Rücken. Er versuchte seinen Arm frei zu bekommen, deswegen versetzte ich ihm einen heftigen Ruck und spürte, dass er zusammenzuckte wie jemand, der gebrandmarkt wird.

»Keine Gefolgsleute diesmal«, flüsterte ich ihm ins Ohr. »Nur wir zwei.«

»Dann tu es«, spie er ins Kissen. »Mach ein Ende mit uns.«

Gewaltsam zog ich seinen Arm noch höher und hörte, wie er nach Luft rang. Noch mehr und er würde laut schreien. Ich hatte ihn, das *Wiesel*, er gehörte mir, und dieses Mal hatte ich das Gefühl, über ihn zu herrschen.

»Lass mich rein«, sagte ich.

Ferris schüttelte den Kopf.

»Lass mich rein.« Ich drückte meine Knie in seinen Rücken, versuchte eine bessere Hebelwirkung zu erzielen und noch mehr Gewicht auf seinen verdrehten Arm zu bekommen. Seine Muskeln zogen sich krampfhaft zusammen und gaben dann nach, so dass ich seine Schenkel öffnen konnte.

»Was, keine Befehle für mich?« Ich versuchte seine Beine weiter zu spreizen. »Mach dies, mach das?«

Er antwortete nicht. Ich hörte, dass er heftig atmete, um dem Schmerz nicht nachzugeben, deshalb legte ich noch mehr Gewicht auf den Arm und zwang ihn damit, laut zu stöhnen. Seine Beine gaben nach, er war am Ende seiner Kraft. Ich spuckte mir in die Hand und rieb mein Glied damit ein.

Seine Schulter knackte leise.

Dann, ganz plötzlich – vielleicht lag es an diesem Geräusch – erlosch meine Erregung. Ich war außerstande, es ihm zu besorgen. Alles, was ich tun konnte, war, ihn loslassen und mich neben ihn auf die Matratze legen, dabei brach ich in wütendes Schluchzen aus. Er sagte kein Wort und berührte mich auch nicht. Mein Mund fühlte sich so pelzig an, dass ich nicht ordentlich sprechen konnte, daher nuschelte ich nur: »Warum, warum nur bist du mit zu mir in die Kammer gekommen?«

»Um dich von ihr wegzuschaffen.« Seine Stimme zitterte, jedoch nicht zärtlich, sondern eher wie ein Pfeil, der mich von neuem ins Herz traf. Nachdem er mir diese Wunde zugefügt hatte, rollte er sich von mir weg, und ich lag da und sah nichts mehr, außer meiner eigenen Verwirrung und Schande. Ab und zu hörte ich das alte Tosen in meinem Kopf und spürte, wie quälende Worte in mir aufwallten.

Er liebt dich nicht.

Kein Wunder. Ich war brutal zu ihm.

Du arbeitest bereits ohne Bezahlung. Er wird dich jetzt um dieses Privileg auch noch betteln lassen.

Mir kam es vor, als hätte ich stundenlang so dagelegen, doch irgendwann muss ich eingeschlafen sein, denn es gelang ihm, in der Dunkelheit aus dem Bett zu kriechen. Ich merkte es erst, als ich hörte, wie er seine Tür verriegelte.

Ein Klingeln. Die Bettvorhänge wurden zurückgezogen. Ein Gewicht fiel auf meine Brust und ließ mich vor Schreck nach Luft schnappen.

»Ferris?«

Er war über mir auf der Bettdecke, so dass meine Hände unter ihr gefangen waren. Ich hob den Kopf, um zu sehen, was er tat, worauf mir etwas direkt unter meinem Kinn in den Hals stach.

»Ich knie auf deinen Armen«, sagte er. »Eine Bewegung und ich ersteche dich.«

Als ich in sein Gesicht schaute, war es, als hätte ich es nie zuvor gesehen. Seine Augen wirkten verletzt und fixierten mich wie eine Giftschlange. Er hatte die Zähne gebleckt und ich spürte, wie das Ding an meinem Hals tiefer in mein Fleisch eindrang.

»Damit du es weißt«, sagte er. »Wenn du das noch ein einziges Mal tust, dann töte mich am besten dabei. Denn falls du es nicht tust, dann werde ich dich mit Sicherheit töten.«

»Du, töten?« Die Worte waren als Appell an seine freundliche Natur gedacht, klangen zu meinem Entsetzen aber eher verächtlich.

»Ich könnte es jetzt tun.« Er bewegte die Klinge so heftig, dass ich zuckte. »Danke Gott, dass du hier im Haus meiner Tante und nicht im Wald bist.«

Ich dachte: *Er hat es in Erwägung gezogen.*

»Im Wald könntest du mich niemals überwältigen«, sagte ich.

»Es gibt immer Wege.«

Ich fiel auf das Kissen zurück und spürte wie als Tribut für meine Trunksucht einen heftigen Schmerz in meinem Schädel. Das Eindringen des Messers in meine Haut war unerträglich. »Ferris, hör damit auf! Es gibt keinen Grund –«

»Ich erfahre gerade, wie es ist, einen anderen zu etwas zu zwingen.« Ein feiner Spuckeregen befeuchtete meine Wangen und mein Kinn.

»Ich habe dich nicht gezwungen! Bei meiner Seele, ich hätte nicht –«

»Du warst unfähig, sonst hättest du es mir besorgt, bis ich zerborsten wäre.«

Ich erinnerte mich daran, wie ich das letzte Mal an seinem Arm geruckt hatte und die Knochen dabei aufgeschrien hatten, und mir wurde übel. »Ich war eine betrunkene Bestie«, murmelte ich. »Wenn du wüsstest, wie Leid –«

»Oh, das weiß ich. Tut es dir nicht immer Leid! Erst Nathan, dann Rowly, und dann hatte ich den Kopf voller Glassplitter. Jedes Mal habe ich mir gesagt, dies war das letzte Mal.«

»Aber es *wird* das letzte Mal gewesen sein«, flehte ich.

»Du hast zum letzten Mal bei mir gelegen. Egal ob betrunken oder nüchtern.«

Ich starrte ihn an. »Bei dir gelegen?«

»Du bist von einem Teufel besessen, und dein größtes Vergnügen ist es, mich schreien zu hören.« Er hielt mir immer noch die Klinge an den Hals. »Du und George Byars, ihr seid gleich. Er ist ein Meister im Arme-Verdrehen.«

»Du hast gesagt, es gibt keine Teufel.« Ich versuchte meine Hand zu heben und bekam auf qualvolle Weise sein Messer zu spüren.

»Und ich stehe zu dem, was ich sage. Das Böse in einem Menschen ist sein eigener Teufel, und deiner, Jacob, heißt Herrschsucht.«

Ich erinnerte mich, wie wir nach unserer ersten Nacht über Teufel geredet hatten und er noch so verliebt war, dass er kaum die Hände von mir lassen konnte. Damals hatte er meine Kraft nicht gefürchtet.

»Dann soll ich mich also nicht mehr zu dir legen?«, spottete ich. »Wir haben diesen Tanz schon einmal getanzt und am Ende hast du dich an meine Hosen geklammert.«

»Hast du gehört, was ich gesagt habe, oder muss ich es noch einmal wiederholen?« Seine Stimme klang eisig. Langsam bekam ich es mit der

Angst zu tun, nicht wegen meines Halses, sondern wegen der vielen Tage, die noch vor uns lagen. Etwas demütiger fragte ich: »Bist du sehr verletzt?«

»Du bist tollkühn wie eh und je.«

»Ferris, glaub mir –«

»Du musst die Kolonie verlassen.«

Ich rang nach Luft und einen Moment lang dachte ich, sein Gewicht auf meiner Brust würde mich ersticken. »Warte, Ferris, warte.« Mühsam stieß ich die Worte hervor. »Bis heute Abend wirst du anders darüber denken.«

»Betrüg dich nicht selbst.« Er verlagerte sein Gewicht, und das Atmen fiel mir wieder etwas leichter.

»Ich kann dir gegen Sir George dienlich sein.«

»Mir dienlich sein! Darum geht es doch überhaupt nicht. Das ist genau das Falsche. Ich will Freunde, die zusammen arbeiten und sich gemeinsam schützen.«

»Kannst du meine Kraft nicht für eine gute Sache einsetzen?«

»Gute Sachen sind für Männer wie dich die gefährlichsten. Das war einer der Gründe, warum ich dich aus der Armee geholt habe.«

»Wenn wir jetzt anfangen zu predigen, dann lass uns auch die Dinge bei ihrem richtigen Namen nennen«, rief ich, verärgert über diese Litanei. »Du konntest es gar nicht erwarten, deinen großen, dummen Freund nach London zu holen, um ihn einzureiten.«

»Das leugne ich nicht.«

Er sprach, als ob ich eine Sünde wäre, zu der er, nachdem er ihr entsagt und sie bereut hatte, nun offen stehen konnte. Ängstlich widerrief ich. »Vergib mir, ich habe ungerecht gesprochen.«

Doch Ferris hörte mir nicht zu. Er sagte wie zu sich selbst: »Das Verlangen hatte meine Urteilskraft verdorben. Ich hätte Nat mitnehmen sollen.«

Es war, als hätte er mir einen Dolch mitten ins Herz gestoßen. Ich starrte zu ihm auf, und er erwiderte standhaft und ohne zu lächeln meinen Blick. Das Schweigen zwischen uns breitete sich immer mehr aus. Dann nahm Ferris das Messer von meinem Hals, stand auf und verließ die Kammer.

Und so kam es, dass die Kutschfahrt zurück auf das Gemeinschaftsland meine schlimmsten Vorstellungen übertraf. Gegen halb sieben aßen wir schweigend Brot. Ich hatte einen säuerlichen Geschmack im Mund, mein Bauch war gefüllt mit bitterer Galle, so dass ich von Zeit zu Zeit heftig würgen musste und schon bald schweißgebadet war. Ich wollte kein Brot und aß es trotzdem, allerdings schmerzte mir beim Kauen der Schädel. Ab und zu warf ich Ferris einen verstohlenen Blick zu und sah, dass er ganz blass war und geschwollene Augen hatte. Ich überlegte, ob er nach dem Kampf wohl vor Wut und Erniedrigung geheult hatte. Wenn er bemerkte, dass ich ihn beobachtete, wandte er sein Gesicht ab und dann konnte ich den kleinen Bluterguss an seiner einen Halsseite sehen. Bei dem Gedanken an all die Blutergüsse unter seiner Kleidung stöhnte ich innerlich.

Kurz nach sieben ging er hinauf, um seine Tante noch einmal zu küssen. Als er herunterkam, trug er sein Bündel bereits auf der Schulter und postierte sich, ohne mich eines Blickes zu würdigen, neben der Haustür. Ich ging hinauf in meine Kammer, um ebenfalls mein Bündel zu schultern, und als ich wieder herunterkam, flüsterte er: »Ich sehe, dass du wie immer deinen Weg erzwingen willst.«

Becs war schon eine Weile auf und kam nun aus der Küche, um mit uns an der Türschwelle zu warten. Vielleicht spürte sie etwas, denn sie sprach freundlich, fast mitleidig mit mir. Daraus schloss ich zumindest, dass sie nichts von meinem monströsen Betragen der letzten Nacht mitbekommen hatte. Diesmal gab es weder Küsse noch Bisse, dafür reihum sittsame Abschiedsworte, während mein Körper und meine Seele von Elend zerfressen wurden wie ein Kadaver von Würmern. Ferris erinnerte sie daran, uns zu schreiben oder den Doktor aufzufordern, es statt ihrer zu tun. Ich wunderte mich, wie rau seine Stimme klang. Kaum hatte er die Anweisungen beendet, fielen wir wieder in Schweigen. Wir gingen nebeneinander im Gleichschritt die Straße entlang, ohne einander anzuschauen. Ich erinnerte mich an unseren Streit in der Armee, daran, wie er gesagt hatte, dass er nicht mir gehöre, und ich fragte mich, ob er mich je wieder lieben würde.

27. Kapitel
Unerzwingbares

Die Gesellschaft in der Kutsche war recht gesprächig: ein Ehepaar, eine Frau mit einem Säugling und ein Junge, der zum ersten Mal allein reiste. Der größte Schwätzer war ein harmloser, langweiliger, doch fröhlicher Schulmeister mittleren Alters. Zuerst unterhielt er sich mit Ferris und dann mit mir und schließlich wollte er uns einander vorstellen.

Ferris nickte mir kühl zu und sagte mit seiner gebrochenen Stimme: »Ich hatte zunächst den Eindruck, Euch bereits zu kennen, Mister Cullen, doch ich stelle fest, dass ich mich geirrt habe.«

Mir fiel keine Erwiderung ein. Die Wut, die in mir so getobt hatte, dass ich meinte zu bersten, war inzwischen zusammengeschrumpft und abgeklungen. Ich hätte ihm in der Kutsche die Schuhe geküsst, wenn ich mir irgendetwas davon versprochen hätte. Stattdessen atmete ich den Geruch feuchter Kleidung und den Gestank nach Knoblauch ein und kämpfte gegen eine aufkeimende Übelkeit.

Die Kutsche rumpelte weiter. Ab und zu musste ich mich an meinen Nachbarn vorbeidrängeln, um mich aus dem Fenster heraus zu übergeben, und während dieser Torturen hörte ich den Kutscher fluchen und ohne Unterlass die Pferde verwünschen, selbst wenn die Straße eben und leer war. Ich war erstaunt, so üble Worte aus seinem Mund zu hören, und schon um meine eigene Stimme zu hören, sagte ich dieses zu unserem ermüdenden Weggefährten. Er erwiderte, dass dieser Mann mehr als einmal deswegen ermahnt und zur Ordnung gerufen worden sei, doch dass sich diese Angewohnheit seiner so bemächtigt habe, dass er sie nicht mehr abschütteln könne.

Da ich sah, dass Ferris uns zuhörte, sagte ich, eine schlechte Angewohnheit, zum Beispiel die Trunksucht, könne das Glück eines Mannes auch gegen seinen Willen zerstören und ein solcher Fall sei bemitleidenswert. Zuerst meinte ich, die Trunksucht zufällig erwähnt zu haben, doch während ich diese Worte aussprach, fiel mir ein, dass mein Freund dieses Beispiel nur zu gut verstehen konnte. Vielleicht würde er im Nachhinein mein Vergehen milder beurteilen.

Ferris schaute mich nicht an, sondern richtete seine Bemerkungen an den Schulmeister. »Was auch immer jemanden in eine Bestie verwandelt, macht ihn auch bemitleidenswert. Doch trotz unseres Mitgefühls müssen wir uns vor solchen Männern in Acht nehmen, denn sie wenden sich nur allzu leicht gegen ihre Freunde.«

Der Schulmeister meinte, dies seien wahre Worte, und führte als Beispiel den Nachbarn seiner Schwester an, der sein Weib ohne jeglichen Grund schlug.

»Und damit«, sagte er, »verletzt er auch sich selbst schwer, er schadet seinem Ruf und dem Gefühl, aus einem Fleisch zu sein.«

Dieses pedantische Gerede schmerzte mich mehr als alles, was ich als Junge erduldet hatte, daher war ich froh, als seine Schlussfolgerung im Gelächter der anderen Passagiere unterging, die sich sehr viel lauter als wir über Streiche unterhielten, welche man erst kürzlich in London eingetroffenen Bauerntölpeln gespielt habe.

Ich wollte an das anknüpfen, was Ferris gesagt hatte. »Dann habt Ihr also Mitgefühl mit solchen Männern, Sir?«, hakte ich schwer atmend nach. »Denn was unser Freund hier sagt, ist die Wahrheit. Obwohl sie schuldig sind, fällt das Leiden, das sie verursacht haben, doch auf sie zurück, daher –«

»Ich glaube, meine Freunde kennen mich als mitfühlend«, erwiderte Ferris. »Ich habe sogar große Ausdauer darin. Doch zwei Dinge müssen dazu gesagt werden.« Bei seinem maßvollen Ton drehte sich mir der Magen um. »Die erste Überlegung ist folgende«, fuhr er fort. »Man muss sich bereits sehr erniedrigt haben, wenn man von dem Mitleid erfleht, der einem einst freiwillig die Privilegien der Liebe gewährt hat.«

Der Schulmeister hörte interessiert zu und nickte. Nie, dachte ich, waren mir ›die Privilegien der Liebe‹ so sehr wie das verlorene Paradies erschienen, und nie war Ferris so grausam zu mir gewesen.

»Die zweite Überlegung«, fuhr er mit noch heiserer, wenn auch gleichmäßiger Stimme fort, »ist, dass sowohl die Liebe als auch das Mitgefühl ihre Grenzen haben. Dank der Liebe kann ich einem Freund hundertmal verzeihen, doch es gibt Dinge, die ein Mann nicht dulden darf, sonst ist er kein Mann mehr.«

›Dank der Liebe.‹ Hatte er das wirklich so sagen wollen? ›Sonst ist er kein Mann mehr‹ – als ich aufschaute, sah ich, dass seine Augen trotz der kontrollierten Stimme vor Schmerz zusammengekniffen waren, und dieser Anblick erfüllte mich selbst mit großem Schmerz.

»Lasst uns ein Beispiel nehmen«, begann ich verzweifelt. »Angenommen, ich würde einem lieben, guten Freund gegenüber gewalttätig. Ich bereue die Tat –«

Der Pedant unterbrach mich. »Ihr, Sir«, rief er. »Ich hoffe, dass Ihr nie gewalttätig werdet. Ich nehme an, wenn Ihr wütend seid, stellen sich nur wenige Männer gegen Euch!«

Ich versuchte, mich deutlicher auszudrücken. »Ich habe gesagt, wenn ich es bereue –«

Doch der Idiot wollte mir einfach nicht zuhören. Er forderte Ferris auf, sich über den Fremden lustig zu machen.

»Ich stelle mir vor, dass unser großer Freund hier meistens den Sieg davonträgt. Er bringt Widerworte zum Schweigen, was?« Er tat, als wolle er meine Armmuskeln fühlen, doch ich schlug seine Hand von meinem Ärmel weg. Es ist mir immer noch ein Rätsel, dass ich ihn nicht geradewegs erstochen habe.

Ferris lächelte grimmig. »In der Tat tut Ihr sicherlich wohl daran, Euch nicht seinen Zorn zuzuziehen. Doch angenommen, unser Freund – ich hoffe, Ihr versteht, dass ich ihn nur als Beispiel nehme?«

Der andere Mann nickte. Ferris warf mir einen Blick zu, der mir großen Schrecken einjagte, und fuhr dann fort: »Wie Ihr bemerkt habt, ist Mister – Cullen? – gut ausgestattet, um Gehorsam zu erzwingen. Doch Freundschaft, Liebe – lassen sich nicht erzwingen.«

»Doch was hat das mit schlechten Angewohnheiten und Reue zu tun?«, fragte der Schulmeister.

»Ich meine, dass wiederholte Vergehen, selbst wenn sie vergeben werden, die Liebe zunichte machen. Daher bin ich zu dem Schluss gekommen, dass man zwar Gehorsam, aber niemals Liebe erzwingen kann.«

»Das ist die Tragödie eines jeden Ehegemahls, was?«, fragte der andere lächelnd. »Dennoch gehört Gehorsam zum Wesen des Weibes.«

»Es ist eine hündische Tugend«, sagte Ferris und wandte den Kopf ab, als sei er dieses Gespräches überdrüssig. »Jene, die sie einfordern, sollten lieber ein Tier heiraten.«

Der Schulmeister räusperte sich, beschloss, dass mein Freund am Ende doch nur scherzte, und lehnte sich mit einem philosophischen Seufzer zurück in seinen Sitz, als wolle er sagen: *Nun, und wenn schon.*

Die Pfeile, die Ferris auf mich abgeschossen hatte, vergifteten meine Brust mit großer Angst und entsetzlicher Scham. Wieder fühlte ich, wie die Laken an meinem Schenkel zogen, als ich ihn mit meinem Gewicht fast erdrückte. Eine Frau kann um Hilfe schreien. Er konnte es nicht, und als er versuchte, sich von mir zu befreien, hatte ich seinen Arm ergriffen, um *Gehorsam* zu erzwingen –

»Mister Ferris!«, rief ich. Einige der Passagiere unterbrachen ihr Gespräch, so laut hatte ich plötzlich gesprochen. »Ihr habt Recht – Liebe ist, ist –«

Er hob höhnisch eine Augenbraue, und ich musste an mein Knie auf seinem Rücken denken. Meine Kehle war wie zugeschnürt.

Einen Augenblick lang ruhten seine meergrauen Augen auf mir. Ich starrte zurück, flehte ihn an, doch er senkte die Augenlider und schloss mich aus. Die Kutsche rumpelte über eine Unebenheit, und ich musste zum Fenster gehen und würgte an meiner eigenen Schlechtigkeit. Mit schweißnasser Stirn beobachtete ich anschließend von meinem Platz aus, wie er den Kopf gegen das Holz hinter ihm lehnte, und betrachtete die Form seines Mundes.

Der Schulmeister war sehr still geworden. Vielleicht hatte er doch einen Schimmer von dem erhascht, in das er da hineingestolpert war. Es war mir jedoch gleichgültig. Ich brannte bei lebendigem Leibe.

Mitreisende stiegen aus, andere stiegen zu. Die Frau mit dem Säugling verließ uns und wurde ersetzt durch ein altes, verrunzeltes, nach Pisse stinkendes Weib. Irgendwann muss ich eingenickt sein, denn ich schrak plötzlich mit dem Gefühl hoch, dass irgendetwas nicht stimmte. Ferris hatte sich ans Fenster gesetzt und verbrachte dort den letzten Teil der Reise. Er starrte hinaus, und das dumpfe graue Licht fiel auf seine Wangen. Reglos erinnerte er mich an eine Statue, die ich irgendwo gesehen hatte, doch welcher Bildhauer würde einer Statue einen solch düsteren Gesichtsausdruck schenken? Der Schulmeister hatte längst seinen Bestimmungsort erreicht und Ferris und mich als Fremde zurückgelassen.

Ein feiner Sprühregen bedeckte die Sitze und den Boden um das Fenster herum. Er hatte das Wetter richtig eingeschätzt. Ich sah, wie sein blondes Haar dunkler wurde und kleine Tropfen von den Haarspitzen hinunterfielen. Ferris blieb, wo er war. Einmal hatte er mit triefendem Haar zu mir aufgeschaut, mit im Kerzenlicht vor Liebe strahlendem Gesicht. Wann war das?

Wegen tiefer Furchen und Regenwasser kam die Kutsche nur noch langsam voran, die Räder sanken immer wieder ein. Bei dem Gedanken, zusätzlich zu meiner Scham und meinem Schmerz auch noch feuchte

Hütten und Kleider ertragen zu müssen, war ich versucht, von der Kutsche zu springen und zu Fuß nach London zurückzugehen. Ich hätte bei Harry Unterschlupf finden können. Doch ich erwischte mich bei dem Irrglauben, dass ich heimlich gehofft hatte, Ferris würde hinter mir her von der Kutsche springen. In Wahrheit würde ich wahrscheinlich im Schlamm stehen und zusehen, wie er mir mit seinen Statuen-Augen vom Fenster aus hinterher starrte und für immer aus meinem Leben verschwand. Ich war nicht dafür geschaffen, geliebt zu werden. Die Fleischeslust war etwas anderes; einst hatte ich geglaubt, niemand würde mich auch nur ansehen (das war, als ich noch mit Zeb zusammenlebte), doch selbst damals – aber ich wollte nicht an Caro denken. In der Armee hatte es Ferris gegeben, und danach hatten mir die Blicke der Londoner gezeigt, dass ich alles andere als hässlich war. Doch meine Seele war von einer Hässlichkeit befallen, gegen die keine Medizin half. Obwohl Ferris reglos am Fenster verharrte, verließ er mich, und zwar nicht anders, als wäre ich erst auf die Straße getreten, nachdem die Kutsche bereits abgefahren war.

Die Tür wurde aufgestoßen und er stieg aus. Ich hörte ein platschendes Geräusch, als er unten landete. Der Kutscher reichte ihm sein Bündel, und er warf es im Weggehen über die Schulter, wobei er auf dem nassen Untergrund leicht ausrutschte. Es dauerte etwas länger, mein Bündel vom Dach der Kutsche loszubinden. Bis der fluchende Kutscher es mir hinuntergereicht und ich es geschultert hatte, war Ferris bereits gut fünfzig Schritte entfernt. Ich folgte ihm ziemlich mutlos und versuchte an seinem Gang irgendwelche Anzeichen für Reue zu finden. Er ging so aufrecht und hurtig, wie es das Bündel zuließ, und ich musste an den ersten Tag in der Kolonie zurückdenken, als ich ihm eine zu schwere Last aufgebürdet und er sie mit angespanntem Kiefer getragen hatte. Ich überlegte, dass ihn diese Entschlossenheit zu einem ausgezeichneten Soldaten machte, doch dann dachte ich weiter, dass auch Gehorsam zu einem guten Soldaten gehört.

Zuerst erblickte ich Hathersage. Als Ferris näher kam, sah er von seiner Hacke auf, und dann winkten beide einander zu. Schließlich rannte Hathersage auf meinen grausamen Freund zu, als sei er der verlorene Sohn, und rief dabei auch noch den anderen die Neuigkeiten zu, so dass Ferris in kürzester Zeit von einer neugierigen Gruppe umringt wurde. Ich beobachtete, wie man dem lieben Bruder Christopher die Hand schüttelte, ihn umarmte und ihm Küsse auf die Wange drückte. Sie winkten auch mir zu und lächelten in meine Richtung, doch niemand ließ von ihm ab, um auch mich willkommen zu heißen – solch einen Unterschied machten sie zwischen uns. Oh, Bruder Wisdom, sagte ich zu mir selbst, wenn Ihr nur wüsstet, was dieser Mann, den Ihr so umschmeichelt, jede Nacht mit mir in London getrieben hat, jede Nacht bis auf eine! Die Dinge, die er freimütig eingesteht, würden mir, sollten wir gemeinsam in der Hölle schmoren, nicht einmal einen freundlichen Blick einbringen!

Ich ging zu ihnen. Sie belagerten immer noch Ferris, der ihre Fragen mit seiner rauen Stimme beantwortete. Die Tante sei auf dem Weg der Besserung und wir hätten ein paar neumodische Werkzeuge mitgebracht. Er danke ihnen aufrichtig für ihre Gebete, die zweifellos geholfen hätten. Ob sich Sir George in irgendeiner Form gerührt habe? Ob mit der Ernte alles in Ordnung sei?

Die Kolonisten begrüßten mich höflich, aber oberflächlich und kurz und wandten sich sogleich wieder ihrem Liebling zu. Nur Susannah löste sich aus dem Haufen, kam auf mich zu und hielt mir freundlich ihre Hand hin. »Nun, Bruder Jacob, ich hoffe, Ihr hattet eine gute Zeit in London? Bruder Christopher sagt, Ihr hättet neue Messer und Axtschneiden in Eurem Gepäck.«

»Das stimmt.« Ich senkte die Stimme. »Und auch etwas für Euch, Susannah.«

»Für mich? Ein Geschenk?«

Ich war froh, Ferris und seinen Jüngern entfliehen zu können.

Unter der trockenen Zeltplane legte ich mein Bündel ab und begann die Verschnürung zu lösen.

»Ich weiß gar nicht, was es sein könnte«, grübelte sie. »Habe ich Euch um etwas gebeten?«

»Schließt Eure Augen und streckt die Hände aus«, sagte ich.

Sie tat, wie ihr geheißen. »Beeilt Euch, Jacob! Ich komme um vor Neugier!«

»Nun, erwartet weder Silber noch Gold, denn das habe ich nicht«, warnte ich sie. »Strengt Eure Nase an, könnt Ihr denn nichts riechen?«

Sie zog die Luft durch die Nase. »Lavendel, nicht wahr? Ihr habt Lavendel mitgebracht?«

Ich lachte über ihren überraschten Gesichtsausdruck. »Hier.« Ich legte in jede der ausgestreckten Hände ein Stück Seife.

»Ah!« Während sich ihre Finger um sie schlossen, öffnete sie die Augen und lächelte mich freudestrahlend an. »Ihr seid zu gütig. Zu gütig.«

»Eine einfache Besorgung.« Die anderen Seifenstücke verbarg ich vor ihren Augen und hatte auch nicht vor, sie im Zelt zu lassen. »Den einzigen Dank, den ich erbitte, ist, dass Ihr so gut sein mögt und den anderen gegenüber nichts erwähnt.« Ich wollte sie nicht mit dem Rest teilen müssen.

»Nicht mal Catherine gegenüber«, versprach sie und steckte die Seife sofort zwischen ihre Brüste.

»Seid bedankt, Jacob.«

Sie wirbelte wie eine junge Frau herum, wollte gehen, hielt inne, kam zurück und küsste meine Hand, bevor sie aus dem Zelt tanzte. Ich musste trotz meines Schmerzes wegen Ferris lächeln. Die fachmännische Art, mit der sie das Geschenk an ihrem Busen versteckt hatte, war alles andere als kokett gewesen, daher wusste ich, dass er sich getäuscht hatte, als er meinte, sie sei mir zugetan, doch ich glaubte, sie immerhin als Freundin bezeichnen zu können. Das Merkwürdige war, dass ich nie vorgehabt hatte, solch ein Geschenk zu machen, doch ihre freundliche Begrüßung, als alle anderen kaum ein Wort an mich richteten und gänzlich von Ferris eingenommen waren, hatte etwas in mir wachgerufen – ein plötzliches Bedürfnis zu teilen und Dank zu erhalten. Wie gelingt es Männern, geliebt zu werden, fragte ich mich. Ich hatte mein ganzes Leben mit Männern verbracht, die geliebt wurden, nur scheinbar hatte ich nie etwas von ihnen gelernt.

Allein im Zelt, begann ich die Axtschneiden auszupacken. Sie waren hübsch scharf und schwer. Ich wog die größte in meiner Hand und fuhr mit dem Daumen über die Kante. Kein Wunder, dachte ich, dass die Herrschaften, wenn sie die Wahl hatten, lieber durch das Beil als durch den Strick starben.

Ich suchte gerade nach einem guten Ort, um die Messer zu verstauen, als ich hörte, wie jemand, vielleicht Jonathan, die Worte ›welch eine Beleidigung‹ vor dem Zelt sprach. Darauf folgte der Satz ›wie die Tiere‹, und ich erkannte an der verächtlichen Stimme Ferris als den zweiten Redner.

Ich hatte keine Zeit, irgendetwas zu fühlen, außer der entsetzlichen Gewissheit, dass er mich beschuldigt hatte. Mir brach am ganzen Körper Schweiß aus, und meine Beine gaben nach. Um mich aufrecht zu halten, klammerte ich mich an einen Stapel mit Körben, der neben mir stand, doch die beiden Männer traten gerade rechtzeitig ein, um zu sehen, wie ich zusammen mit den Körben umkippte.

Jonathan und Ferris knieten neben mir, und Jonathan wedelte mir mit meinem Hut Luft zu.

»Alles in Ordnung«, sagte er beruhigend. Er hielt meine Hand hoch, und ich sah, dass ich ein Messer mit einer langen Klinge umklammerte, als ob ich gerade gekämpft hätte. Ich wischte mir über die Stirn und ließ das Messer ins Gras fallen.

»Ihr habt Glück gehabt. Ihr hättet hineinfallen können.« Jonathan sprach zu mir wie zu einem Kinde, und in der Tat fühlte ich mich wie ein verwirrtes Kind, das fürchterliche Angst hat, seine Bosheit könne aufgedeckt werden. Jonathans Stimme und sein Verhalten waren jedoch freundlich.

Ferris hielt auf der anderen Seite von mir etwas Abstand und ließ den anderen Mann mich berühren und mir Luft zuwedeln. Dann stand er auf, sagte zu Jonathan: »Er hat letzte Nacht zu viel getrunken. Das wird der Grund dafür sein«, und verließ das Zelt.

Jonathan stieß einen Pfiff aus. »Habt Ihr Euch demnach überworfen?«

»Nicht zum ersten Mal.« Ich konnte weder seine Neugier noch sein Mitleid brauchen, sondern suchte nach einem Weg, die Frage zu stellen, die mir auf der Zunge brannte. Schließlich wählte ich den direkten Weg. »Wo wart Ihr? Genau vor dem Zelt?«

»Ja. Ich war gerade dabei, ihm von Schwester Jane zu erzählen.«

Er sah mein fragendes Gesicht.

»Hat Susannah es Euch nicht gesagt? Ich sah Euch beide hier hineingehen –« Sein Gesichtsausdruck wurde listig. »Aber vielleicht hattet Ihr ja andere Dinge zu besprechen.«

»Zur Sache«, bettelte ich. »Ihr spracht über Schwester Jane?«

»Schwester Jane oder Mistress Allen, wie wir sie zuerst nannten, kam zu uns an dem Tag, an dem Ihr nach London aufgebrochen seid. Ich und Jeremiah gingen zu der Taverne, um zu sehen, ob es Nachricht von Euch gäbe, und auf dem Rückweg trafen wir auf zwei Männer und einen jungen Kerl, die gerade über eine Frau herfielen. Am helllichten Tag.«

Fast hätte ich erleichtert gelächelt, stattdessen fragte ich mit ernster Miene, was für Kerle das gewesen seien und warum sie es getan hätten.

»Niemand weiß, wer sie waren. Der Junge war nicht älter als zwölf, muss eine richtige kleine Ausgeburt des Satans sein! Anscheinend dachten sie, sie hätte Geld bei sich, doch da sie keins bei sich trug, verprügelten sie sie mitten auf der Straße. Als wir auf sie zurannten, liefen sie davon.«

»Sie waren zu dritt und Ihr nur zu zweit«, bemerkte ich.

»Selbst dafür waren sie zu feige.«

Also hatte Ferris seine Erniedrigung für sich behalten. Ich versuchte mich auf Jonathans Geschichte zu konzentrieren und ordentlich beeindruckt zu wirken.

»Und Schwester Jane ist eine der Unseren geworden?«

»O ja.« Jonathan nickte leidenschaftlich. »Sie hatte keine Wahl. Ihr Zustand ließ es nicht zu, alleine die Straße entlang zu wandern – und schon gar nicht, von solchen Kerlen verprügelt zu werden. Selbst als wir beide sie stützten, konnte sie kaum gehen.«

»War sie krank?«

Jonathan machte eine Pause und genoss seine Erzählung sichtlich. »Wir haben sie sofort Hepsibah übergeben, denn es schien, dass wir keine Zeit mehr verlieren durften. Und bis zum Abend war ein Kind geboren!«

Ich hielt den Atem an. »Und lebte?«

»Ja, und wie! Die Schläge haben ihn zu früh kommen lassen, doch er sieht kräftig aus. Gott hat uns ein gutes Zeichen gesandt – die Erhebung der Unterdrückten und die Ankunft eines neugeborenen Kindes.«

In meiner kurzen Abwesenheit hatte ich also außerordentlich viel verpasst.

»Eine große Gnade«, bemerkte ich. »Und werden wir Eurer Meinung nach noch mehr solcher Helden sehen? Könnten sie aus dem Dorf sein?«

»Vermutlich entlassene Soldaten. Hier, könnt Ihr aufstehen?«

Ich ergriff die Hand, die er mir hinhielt, obwohl ich sie eigentlich nicht brauchte. »Sie ist nicht herausgekommen, um Ferris zu begrüßen?«, bemerkte ich, nachdem ich wieder aufrecht stand.

»Nein, wahrscheinlich stillt sie den Säugling. Wenn man von den blauen Flecken absieht, ist sie wahrhaftig nicht hässlich, aber Ihr und ich, wir sind ja bereits versprochen, oder?«

Wieder packte mich das Entsetzen, doch der gesunde Menschenverstand sagte mir, dass er Susannah meinte. »Oh, glaubt Ihr das? Ferris ist der gleichen irrtümlichen Ansicht«, erklärte ich ihm. »Aber Ihr werdet schon noch merken, wie falsch Ihr liegt. Übrigens, was macht die andere Schwester? Ist sie inzwischen mit Hathersage verlobt?«

»Das müsst Ihr sie fragen.« Er lächelte mich an. »So, Ihr habt wieder ein bisschen Farbe bekommen. Ich kehre besser zu meiner Hacke zurück.«

»Vielen Dank, Jonathan.« Ich wandte mich erneut meinem Bündel zu und leerte es dieses Mal bis auf die kostbaren Seifenstücke.

Als ich gerade hinausgehen wollte, kam mir Ferris mit seinem eigenen Bündel entgegen. Er ging schweigend um mich herum, und ich dachte, *Du wirst lange warten, wenn du glaubst, dass ich dich um etwas bitte.* Hätte er jedoch wirklich *bitte* zu mir gesagt, hätte ich mich sofort auf den Boden geworfen. So ging ich vom Zelt weg und spitzte die Ohren, für den Fall, dass er mich zurückrufen sollte.

Ich hatte vorgehabt, ihm einige der Seifenstücke abzugeben. Stattdessen packte ich sie in das Stroh meiner Lagerstatt und hoffte, dass sie nicht von den kleinen Tierchen gefressen würden, die Gott uns schickte, um uns zu quälen. Nachdem ich die Seife versteckt hatte, öffnete ich die Hüttentür und ließ damit einen feinen Regen herein. Wasser tropfte vom Erddach, und ich beschloss, an diesem Tage nicht auf dem Feld zu arbeiten. Irgendetwas störte die Krähen: Sie flogen in einer großen Wolke über den Waldrand und ließen sich dort wieder nieder. Der Anblick erinnerte mich daran, wie sehr ich dieses verrückte Projekt, den alltäglichen Dreck um uns herum und das Wagnis, leichtfertig von Sir George überrannt zu werden, verabscheute. Blind hatte ich mich in die Hände von Philistern begeben. Ich erkannte, dass es verschiedene Formen der Blindheit gibt, und erinnerte mich an die letzte schöne Nacht, die wir in London verbracht hatten. Wenn ich gewusst hätte, dass es unsere letzte Nacht war, hätte ich sie genossen wie einen Wassertropfen in der Hölle. Ich hatte es nicht gewusst, sie war vorbei, und ich hatte die Dinge zwischen uns zerstört. Ich lag auf dem Bett, sah hinaus in den farblosen Himmel und gab mich ganz meinem Kummer hin.

»Möchtet Ihr etwas essen?«

Jemand stand in der Hüttentür; eine Frau, so viel konnte ich gerade noch ausmachen, obwohl es schon fast dunkel war. Ich blinzelte und meinte Susannahs Gestalt zu erkennen.

»Jacob, möchtet Ihr etwas essen? Ich habe Euch etwas aufgehoben. Jonathan sagte, Ihr wäret ohnmächtig geworden.«

»Nicht ganz.« Es war in der Tat Susannah. Hinter ihr stand ein Händchen haltendes Paar, bei dem es sich nur um Catherine und Wisdom handeln konnte. *Wartet nur, meine Turteltäubchen*, dachte ich. *Es hält nie.*

»Seid Ihr krank?«, fuhr Susannah fort. »Jacob?«

Ich setzte mich auf und dachte über meinen Zustand nach. Die morgendlichen Kopfschmerzen hatten nachgelassen, und dort, wo ich vorher Übelkeit verspürt hatte, machte sich jetzt ein leichtes Hungergefühl breit.

»Kaninchen«, ließ sich Hathersages Stimme vernehmen. »Jeremiah hat sich in Eurer Abwesenheit um die Fangschlingen gekümmert.«

Immerhin gab es keine Bohnen. Ich stand auf und streckte mich. »Danke, Freunde.«

Wir stampften über das nasse Gras und versuchten, nicht auszurutschen. Ich überlegte, ob ich mich ab jetzt damit begnügen musste, Susannah und nicht Ferris als engsten Freund zu haben. Es wäre, wie auf Holzbeinen zu laufen, und ich würde eher nach London und zu Harry zurückrennen, als das zu ertragen. Das heißt, ich hatte gar keine Wahl, denn ich *könnte* es nicht ertragen.

Das Feuer brannte, und die meisten der anderen saßen im Kreis darum herum und unterhielten sich, denn sie hatten bereits gegessen. Jonathan sang, und obwohl er eine schöne Stimme hatte, wünschte ich nach einer Weile, er würde aufhören, denn er hatte offensichtlich Schwierigkeiten, sich an den Text zu erinnern. Es war wie in der Armee, ich schaute jeden in der Runde an und hielt doch nur nach einem Ausschau. Er war nirgends zu sehen, und ich saß zwischen meinen *Brüdern und Schwestern* und spürte in meinem Herzen einen Schmerz, den ich mit niemandem teilen konnte.

Susannah stellte einen Napf mit gekochtem Kaninchen und Gemüse ins feuchte Gras, dort, wo meine Hand ruhte. »Kommt und esst etwas, dann wird es Euch wieder besser gehen.«

»Wirklich?«

Dennoch nahm ich den Napf hoch und ergriff den Löffel, den sie mir gebracht hatte, denn inzwischen hatte ich jenen verloren, den er mir in Winchester gegeben hatte. Das Fleisch war nicht schlecht und – o Wunder – es gab genug.

»Jeremiah scheint eine glückliche Hand mit den Fangschlingen zu haben«, bemerkte ich.

»Er macht seine Sache nicht schlecht«, erwiderte sie. Dann streifte sie unsichtbar für die anderen meinen Ärmel und fuhr fort: »Bruder Christopher will nichts essen.«

Ich dachte schweigend über ihre Worte und ihre Berührung nach. Jonathan begann ein neues Lied.

»Vielleicht sollte ein Freund ihm etwas ausrichten?«, fragte sie leise.

Dieser freundliche Gedanke schnürte mir fast die Kehle zu. »Dann würde ich Euch als meinen Botschafter wählen, Susannah. Doch wir können nichts tun.«

»Betet«, riet sie mir. »Betet und habt Geduld.«

Ich wollte fragen, *den Teufel anbeten?* Denn Gott würde es sicherlich nicht gefallen, wenn die Dinge zwischen ihm und mir wieder ins Lot kämen.

Sie fuhr fort, als ob sie meine Gedanken gelesen hätte: »Erbittet von Gott das Beste für uns alle. Und lasst Ihn entscheiden, was das Beste ist.«

»Ich bin voller Sünden und habe solche Mühe, mich Seinem Willen zu ergeben«, erwiderte ich mit schiefem Lächeln.

»Wir sitzen hier alle im selben Boot«, sagte sie, »und was Eure Demut betrifft, das kann Er auch ohne Eure Hilfe bewerkstelligen.«

»Speisen und eine Predigt«, neckte ich sie. »Vielen Dank für alles.«

»Hier, nehmt etwas Brot.« Sie bot mir einen harten Kanten an. »Ich habe letzte Woche an Euch gedacht.«

»An mich?«

»Ich habe in der Bibel gelesen und mir eine Stelle notiert, schaut.« Sie zog etwas aus ihrem Ausschnitt heraus. Ich sah sie überrascht an und sie lachte. »Genauso wie ich Sachen dort hineinstecke, hole ich auch welche heraus. Die Seifenstücke sind längst verschwunden.«

Ich schaute auf das Papier, das sie mir hinhielt, doch da ich es in der Dunkelheit nicht lesen konnte, faltete sie es und steckte es mir in den Ärmel.

»Er kommt«, flüsterte Susannah. »Hinter Euch.« Ich musste nur meinen Kopf wenden und sah, wie er über die Wiese auf uns zukam. Sein blondes Haar leuchtete im Schein des Feuers. Auch er musste mich gesehen haben, denn er hielt an, und statt näher zu kommen, ließ er sich genau dort nieder, wo er sich gerade befand. Eine Frau war bei ihm.

»Das ist Schwester Jane«, sagte Susannah, die meinem Blick gefolgt war. »Wir fanden es richtig, sie in ihrem Zustand aufzunehmen, sagten ihr jedoch, sie könne nur bleiben, wenn Bruder Christopher damit einverstanden sei.«

»Zu Beginn habe ich gedacht, wir würden ohne Könige auskommen«, sagte ich. »War das nicht seine Idee?«

»Ihr tut ihm Unrecht, Jacob. Ich würde ihn nicht einen König nennen.« Sie schaute zu den beiden hinüber, die sich am Rande des Feuerscheins niedergelassen hatten. »Sie scheinen sich gut zu verstehen. Ich würde sagen, dass er sie behält.«

»Er hat stets Gewalt verabscheut.« Damit hatte ich mich selbst geschlagen; ein Mann, der sich wie ein Tier benimmt, sollte sich mit Tieren zusammentun. Ich brauchte jetzt nur noch eine Bibel, in der ich nach Susannahs Kapitel und Vers suchen konnte, und alles wäre wieder wie in Basing.

Gott würde auf die eine oder andere Art Seinen Willen durchsetzen. Im Himmel gab es zwar keine Hochzeiten, aber ein Jonathan konnte dort seine Hepsibah finden und ihr Gesicht bis in alle Ewigkeit anlächeln. Ich war sicher, dass Ferris' und meine Seele sich auch losgelöst vom Körper nie wieder anschauen würden. Man sagt, der Teufel ersinne besondere Strafen für unnatürliche Liebhaber; vielleicht schaut der eine immer hin, wenn der andere gerade wegschaut. Bis in alle Ewigkeit. Diese Strafe wurde bereits vollzogen, indem Ferris mich mied. Ich verdiente es, ich war jähzornig und meine Liebe eine Vergewaltigung. Was wäre, wenn ich Nathan nie in seinen Armen schlafend erblickt hätte? Wären wir dann keusch geblieben? Hätte er mich in der Armee gelassen? Im Innersten widerstrebte es mir zu wünschen, das alles wäre nie passiert, das heißt, ich konnte meine Sünde nicht bereuen. Mein verdorbenes Herz hielt daran fest.

Als ich ein Geräusch ähnlich einem Katzenschrei vernahm, drehte ich mich um und sah, dass die Frau ihr Kind auf dem Schoß hielt. Ich vermutete, dass sie von mir nicht mehr als einen schwarzen Umriss sehen konnte, daher nutzte ich die Gelegenheit, sie etwas sorgfältiger zu betrachten. Sie trug ein graues Kleid, das ich schon mal an Catherine gesehen zu haben meinte, doch ansonsten konnte ich wenig erkennen. Ihr Haar war zu einem Knoten aufgesteckt, und anscheinend war sie genauso blond wie Ferris.

Ferris sagte etwas zu ihr und sah dann zu mir hinüber. Ich hätte mich abwenden und nicht zeigen sollen, dass ich sie beobachtete, doch mein Blick blieb auf der Frau haften. Sie hielt das Kind hoch, und ich sah, dass es so dunkelhäutig wie ein kleiner Türke war. Als sie sich streckte, um aufzustehen, beleuchtete der Schein des Feuers ihr Gesicht und ließ ihren vollen Mund und ihre runden Augen sichtbar werden. Sie sah nicht übel aus, genau wie Jonathan gesagt hatte. Als Frau war Jane Allen genau nach meinem Geschmack, sonst hätte ich sie nicht bereits einmal geheiratet. Sie war keine Fremde, sondern Caro, mein eigenes Weib. Mein Kopf dröhnte, und ich bekam kaum noch Luft. Vor meinen Augen tanzten Sternchen und Funken.

»Mir wird wieder übel. Bitte entschuldigt mich«, sagte ich zu Susannah, obwohl ich kaum wusste, was ich tat.

»Das tut mir Leid. Denkt daran, habt Vertrauen in Gott.«

»In den Teufel, denn *Seine* Einfälle kennen keine Grenzen«, erwiderte ich.

»Mein Freund –« Susannah brach ihren Satz ab, als ich aufstand. Ich war einfach aufgestanden wie ein Narr, ohne darüber nachzudenken, dass die abseits sitzende Frau so meine Silhouette im Gegenlicht des Feuers erkennen würde. Ich erstarrte. Sie hatte ihren Kopf zu Ferris gebeugt, doch er machte eine Bewegung in meine Richtung und schien ihr etwas zu sagen. Ich sah, wie sie sich an den Hals fasste. Innerlich erzürnt über meine eigene Dummheit stolperte ich zurück zur Hütte. In der Dunkelheit schien sie über der Erde zu schweben. Ich ließ mich auf das Stroh fallen und war nicht mehr in der Lage zu denken. Irgendetwas schrie immer wieder in meinem Kopf: *Sie hat ein Kind, ein kleines dunkelhäutiges Kind, o Gott, o Gott, o Gott.*

Auf Beaurepair hatte ich einst gesehen, wie Sir Bastard nach einem Windhund getreten hatte, der mit ihm hatte spielen wollen. Der Hund rannte unter den Tisch und blieb dort gut eine Stunde, wobei er die ganze Zeit winselte und sich um die eigene Achse drehte. Izzy meinte, er trauere, Zeb sagte, er versuche, den Schmerz der Prellung zu lindern, während Godfreys Meinung nach Sir Bastard ihm eine innere Verletzung zugefügt und ihn damit so gut wie getötet hätte. Das Tier legte sich hin und starrte ein Stuhlbein an. Trotz der Tatsache, dass sich Izzy damit vor unseren Augen zum Narren machte, kroch er unter den Tisch, nahm den Kopf des Hundes in den Schoß, wiegte ihn hin und her und wartete darauf, dass er sterben würde. Nach einer Stunde stand der Hund auf und lief steifbeinig davon, auf geheimnisvolle Weise geheilt.

Nun lag ich in der erdrückenden Dunkelheit der Hütte und hatte den gütigen Bruder, der hätte meinen Kopf wiegen können, verloren. Sollte ich zurückgehen und sofort mit Caro reden, bevor sie wieder wie ein Geist verschwand? Doch dazu fehlte mir der Mut. Schon weil ich sie so nah bei Ferris gesehen hatte, wäre ich am liebsten weggerannt.

Und dann gab es ja noch Zebedee. Würde sie mir wohl das gleiche

Lied vorsingen wie er, oder wenn nicht, wem von beiden sollte ich glauben? Wenn sie zusammen gereist waren, dann war das Kind sicherlich von ihm. Doch dann hatte er mir gewisse Dinge nicht erzählt.

Vielleicht hatte ich einen Sohn.

Ich überlegte, dass sie eine Frau war, der ich Unrecht zugefügt hatte und die erst kürzlich auf der Straße angegriffen worden war. Wo war mein Mitgefühl? Ich war schlimmer als die Angreifer, denn ich war ihr Ehegemahl. Letzten Sommer waren wir kichernd in das Brautgemach geschlichen und voller Vorfreude gewesen, bis ich die Reiter hatte kommen sehen. Alles, was sie danach erlitten hatte, war meine Schuld, und hier war ich und verspürte scheinbar weder Verlangen noch Mitleid. Der Grund dafür war, dass ich alles an Ferris verschwendet hatte. Jeder meiner Schritte und jedes meiner Worte gehörte ihm, und das, obwohl diese Frau und ich ein Fleisch gewesen waren.

Sie scheinen sich gut zu verstehen, hatte Susannah gesagt.

Jetzt wusste ich, was der Hund getan hatte, als er scheinbar benommen dagelegen hatte. Er hatte nachgedacht, nachgedacht, nachgedacht.

Ich wachte vor Schmerzen auf, ein Flackern in meinem Hinterkopf. Die Stimme war zurück, spie Asche und tanzte auf und ab, als wolle sie das stille Lager auslöschen.

Ich habe nach dir Ausschau gehalten.

Um mir Unrecht zu tun, antwortete ich. Ich stand auf, denn vielleicht war einer der Kolonisten noch wach und würde mir Gesellschaft leisten.

Wir bleiben am besten unter uns. Bleib hier und lerne.

Ich verstand die Worte, noch bevor sie Form angenommen hatten.

In dein Mitleid eingewickelt sehe ich eine Schlange, die bereits ihre Giftzähne zeigt.

Das Wort *Mitleid* rieselte wie Sand durch meinen Schädel.

Parasiten müssen getötet werden. Denk an Basing-House.

Dort hatte Ferris Mitgefühl gehabt!

Kannst du das beschwören? Du warst nicht bei ihm.

Ich schwöre es.

Du würdest für ihn bluten, was?

Nein!

Aber durch dich ist er grausam geworden. Er wird nie wieder anders zu dir sein.

Die Stimme lachte und klang wie Blasen im Schlick.

Deine kleine Schlange ist jetzt Witwe. Ich habe ihr diese Lüge in den Mund gelegt und ihre Zunge versiegelt. Soll ich das Siegel lösen?

Ich habe ihn angelogen.

Auch er hat gelogen. Der Vater der Lüge hat durch euch beide gesprochen und euch in ein Bett gelegt. Ich habe ihn dich kosten lassen.

Ich hielt mir die Ohren zu.

Der süße Held. In der Hölle gibt es besondere Umarmungen für ihn, heiß und endlos –

»Jesus! Jesus! Hilf mir!« Ich schrie diese Worte heraus und fiel wieder zurück auf das Bett.

Die Hütte löste sich auf. Blitze zuckten über den Boden, und ich sah eine höhnende Menge, die einander anrempelte. Als sie wieder in der Nacht verschwanden, roch ich plötzlich Verbranntes. Das dunkelhäutige Kind fiel und schrie dabei, und ich wusste, dass es ein Junge und mein Kind war, doch meine Füße klebten auf der Erde. Hinter dem Kind schlugen Flammen empor, und entsetzt wollte ich losrennen, doch dann befand ich mich auf einem engen Pfad zwischen Bäumen, auf dem, wie ich wusste, Fangschlingen auslagen. Dornen hielten mich zurück. Ich hörte ein Gewinsel, das von Menschen oder Tieren herrühren konnte – sah, wie Ferris in einen Kreis von Männern sprang, während das Gestrüpp, das mich zurückhielt, plötzlich weich wurde –

Ich merkte, dass ich mich in der Hütte befand, presste mir die Hände gegen die Stirn und spürte den Schweiß in meinen Handflächen. Das Gewicht auf meinen Gliedern verriet mir, dass ich vollständig bekleidet war; Sonnenlicht drang durch die Wände. *Zu spät*, sagte ich zu jemandem, zu Gott, denke ich. Es war traurig: als Junge war ich einst aufgewacht, um zu beten, und lief dann zu Vater hinunter, mein Leben vollkommen, eine glänzende Schüssel. Seither hatte ich die Schüssel mit Elend gefüllt. Mich selbst und Ferris in die Verdammnis geführt.

Vielleicht war er einer der Auserwählten. Er würde sich von mir wenden und bereuen; er und Zeb würden vom Himmel hinunterschauen, kalte Engel, während ich vom Räderwerk der Sünde zerrissen wurde. Er und Zeb –

Irgendetwas kitzelte mein Handgelenk. Ich kratzte mich dort und fand den Zettel, den Susannah mir am Abend zuvor gegeben hatte. Sie hatte mit einfacher Schrift darauf notiert: *1 Samuel 20,11.*

Ich überlegte, wo sie wohl Papier und Feder gefunden hatte. Ferris' Bibel lag in meiner Hütte – er las jetzt nie mehr darin, und ich hatte sie nur behalten, weil es seine war. Ich zog sie unter dem Stapel meiner Habseligkeiten hervor und fand die Stelle.

Jonathan sprach zu David: Komm, lass uns hinaus aufs Feld gehen! Und gingen beide hinaus aufs Feld.

Dann hatte ich also Recht gehabt, was sie betraf. Auf eine gewisse Weise hatte sie es verstanden, und dies war ihre Art, es mir mitzuteilen. Ich hätte an ihrem Busen weinen mögen wie ein Kind, denn ich fühlte ihre Güte wie einen Strom der Gnade.

Ich hatte ein fürchterliches Verlangen nach solchem Trost. Bei Ferris fehlte mir der Mut, doch fortzugehen, bevor ich nicht alle Mittel ausprobiert hatte, wäre Wahnsinn. Im Bett hatte er mir einmal erzählt, dass er sich, als wir lediglich Freunde waren, so zu mir hingezogen gefühlt hatte, dass es ihm körperliche Schmerzen verursacht habe. Nun gut, ich würde neben ihm auf dem Feld arbeiten und mich ihm gegenüber liebevoll benehmen. Seine verbotene *Wonne*, sein ungenossener *Honig* sollten ihm ständig vor Augen sein, und sein Körper sollte sich nach mir sehnen.

Es war Zeit, dass ich herausfand, ob Caro gedachte zu bleiben. Wenn dem so war, dann würde ich beides sein, Taube und Schlange, bis ich mir darüber im Klaren war, wie ich mich am besten verhalten sollte. Ich ergriff den Kamm, der neben meinem Bett lag, und fuhr mir damit durch Haare und Bart. Dann wickelte ich zwei Seifenstücke in ein Stück Stoff und machte mich auf die Suche nach meinem Weib.

Nach dem Regen vom Vortag hatte sich der Himmel geklärt, und die helle, wenn auch kühle Sonne passte besser zu einem frühen Sommertag. Von der Wiese aus sah ich, wie sich die Tunstalls und nicht weit entfernt davon auch Jeremiah über das Feld beugten, doch ansonsten ließ sich keine Seele blicken. Ich wandte mich ab und wiederholte stumm die ersten Worte, die ich an Caro richten wollte.

Vor dem Zelt lag der Säugling kreischend und strampelnd im Gras. Er hätte gewickelt sein sollen, und in dieser Lässigkeit erkannte ich eine von Ferris' Vorstellungen.

»Ich weiß nicht, wie du heißt«, sagte ich und nahm das Kind auf den Arm. Bis auf die fülligen Wangen, die jedoch jedes kleine Kind besaß, hatte es wenig Ähnlichkeit mit Caro.

»Schwarz, aber hübsch.« Ich hielt es etwas von mir weg, um es besser ansehen zu können. Es hörte auf zu schreien und schien mich neugierig anzuschauen. Es war ein Cullen: Allein die Hautfarbe reichte aus, um dies mit Sicherheit sagen zu können. Und dann die Hand: ich konnte sehen, dass es quadratische Handflächen und lange, kräftige Daumen bekommen würde. Das war meine Hand, doch gleichzeitig auch Zebs, geschmeidig und gewandt auf den Seiten einer Laute. Die Augen waren blau, und doch bedeuteten meine grauen Augen nicht, dass ich nicht der Sohn meines Vaters war. Erkannte es mich, fragte ich mich, während ich es gegen meine Brust drückte.

Die Zeltplane wurde zurückgeworfen, und Catherine trat heraus. »Oh, das ist ja ein Anblick«, sagte sie. Bevor ich sie daran hindern konnte, rief sie: »Schwester Jane! Kommt her!«

Ich konnte gerade noch versuchen, einen gleichgültigen Gesichtsausdruck aufzusetzen und meine Stimme daran zu hindern zu zittern. Caro kam heraus und verbeugte sich so gelassen vor mir, als seien wir uns noch nie begegnet. Wegen des Kindes konnte ich mich nur unbeholfen verbeugen, doch dabei bemerkte ich die blaubraunen Flecken auf ihren Schläfen und am Kinn. Von ihrem Ohr um den Hals herum bis in ihr Kleid hinein verlief eine tiefe Kratzspur. Ich bemühte mich, nicht darauf zu starren.

»Dies ist Bruder Jacob«, sagte Hathersage, der wie immer in letzter Zeit an Catherines Fersen klebte. »Bruder Jacob, Schwester Jane.«

»Ich bin sehr erfreut, Euch kennen zu lernen, Bruder«, sagte meine Frau. Ihr schüchtern nach oben gerichtetes Gesicht erinnerte mich daran, wie sie als kleines Mädchen auf Izzys Knien gesessen und ihm ins Ohr geflüstert hatte, Jacob sei verstockt. Ich hoffte, dass ich lächelte.

»Der Junge wird einmal genauso gut wie Ihr aussehen, meint ihr nicht?«, fragte Catherine.

»Ein sehr hübsches Kind«, erwiderte ich und kam mir dabei vor wie im Tollhaus. »Ein Junge? Wie heißt er?«

»Dan, Daniel«, sagte Caro. Ich hatte gefürchtet, die Antwort wäre *Jacob*, oder schlimmer noch *Zebedee.*

Wir standen verloren da und ich wiegte das Kind so gut ich konnte in meinen Armen. Ferris war nirgends zu sehen.

»Haben sie Euch eine Hütte gebaut, Schwester?«, fragte ich.

»Noch nicht«, sagte Hathersage. »Wir waren nicht sicher – Bruder Christopher war nicht da, und Schwester Jane fürchtete, die Männer, die sie angegriffen hatten, Ihr habt davon gehört –?«

Ich nickte.

»– fürchtete, sie könnten zurückkommen, daher hat sie bei Susannah gewohnt.« Er wartete triumphierend darauf, dass ich seine Worte begriff.

»Dann seid Ihr und Catherine vermählt?«, fragte ich ihn.

»Das sind wir«, antwortete seine Frau an seiner Statt.

»Meine Glückwünsche – warum – Ihr müsst entschuldigen, aber niemand –«

»Ich habe die anderen gebeten zu schweigen«, erklärte Hathersage. »Ich wollte es Bruder Christopher selbst sagen.«

»Nun.« Ich schaukelte das Kind hin und her. Ich würde ihn nicht fragen, warum sie gewartet hatten, bis Bruder Christopher weg war. »Nun! Möget Ihr glücklich werden. Und Schwester Jane, werdet Ihr bei uns leben? Was hat Ferris dazu gesagt?«

»Ferris ist Bruder Christopher«, erklärte Catherine Caro.

»Er sagt, dass ich bleiben darf.«

»Dann passt ja alles hervorragend. Ich habe gerade nichts Besonderes zu tun. Kommt mit mir, und ich baue Euch eine Hütte. Ihr könnt mir während der Arbeit die Zeit vertreiben, indem Ihr mir Eure Geschichte erzählt.«

»Wir haben gerade Buttermilch gemacht«, sagte Caro und blickte zögernd auf die frisch Vermählten.

»O nein!«, rief Catherine hinterhältig aus. »Geht nur Eure Hütte bauen. Ihr werdet feststellen, dass Jacob ein geschickter Handwerker ist.« Ich sah, dass sie es kaum erwarten konnte, mit ihrem Wisdom, der schon wieder an ihrem Hals hing, zurück ins Zelt zu gehen.

»Dann kommt, Schwester Jane«, sagte ich und ging in Richtung Wald los, wobei ich mit festem Griff das Kind hielt, das meins sein mochte oder auch nicht. Ich hörte, wie sie hinter mir über die Wiese stapfte, sich jedoch nicht bemühte, mich einzuholen.

»Also«, sagte ich, als wir die ersten Bäume erreicht hatten, und drehte mich dabei gleichzeitig um. »Hier kann uns niemand hören.«

Sie holte tief Luft und sah sich um.

»Ich meine damit nur, dass wir ungestört reden können«, beeilte ich mich fortzufahren. »Ich will dir nichts tun«, fügte ich hinzu und legte ihr dabei das mittlerweile schlafende Kind in die Arme. Caro beobachtete mich stumm. Ich stellte fest, dass mir der Mut fehlte, sofort zu beginnen, daher sagte ich ihr, sie möge dort warten, bis ich eine Axt geholt hätte. In meiner Verwirrung hatte ich vergessen, sie aus dem Zelt mitzunehmen.

»Bleib hier«, sagte ich nachdrücklich.

»Wohin sollte ich auch gehen?«, erwiderte sie.

Als ich mich dem Zelt näherte, verlangsamte ich meine Schritte und bewegte mich lautlos, bis ich schwungvoll die Zeltplane zurückwarf. Es raschelte, als ich eintrat. Hathersage wandte sich ab, ich sah, wie Catherine ihren Rock fallen ließ, und beide wurden purpurrot.

Ich ließ mir Zeit, eine passende Axtschneide zu finden, sie einem Stiel anzupassen und vom kleinsten Stapel ein Stück Seil abzusägen. Im Eingang zögerte ich, als ob ich nachdenken würde, und ging dann zurück, um noch einen Stechspaten auszusuchen. Hathersage starrte mich an.

»Es könnte sein, dass ich noch mehr Seil brauche«, sagte ich und lächelte dabei so verbindlich wie möglich. »Seid vorsichtig und verschüttet die Buttermilch nicht.«

Das Kind begann gerade zu wimmern, als ich mich den Bäumen näherte. Während ich das Werkzeug ablegte, sah ich, wie sich Caro einen Schal über die Brust legte, und wusste, dass sie das Kind gleich stillen würde. Mein Kind oder das Kind meines Bruders, sagte ich mir. Wir waren einst wie Catherine und Hathersage, und mein Körper war in ihren eingedrungen.

Caro fingerte an ihrem Mieder herum. Daniel hörte auf zu jammern und begann dafür zu schnuppern. Einerseits wünschte ich mir, meine Frau würde mich beim Nähren zuschauen lassen, andererseits hatte ich das Gefühl, von meinem eigenen Gespenst verfolgt zu werden.

Die Arbeit ging langsam voran, denn ich suchte nach biegsamen, geraden Ästen, wie sie auch Harry gewählt hätte, und beeilte mich auch nicht, sie zu schlagen. Stattdessen machte ich ziemlich viel Aufhebens um die Axt und legte in jeden einzelnen Schlag immer wieder meine ganze Kraft.

»Wir hatten abgemacht, dass du mir derweil deine Geschichte erzählst«, sagte ich. »Auch wenn ich jetzt schon weiß, dass sie mich beschämen wird.«

Sie sah mich neugierig an.

»Ich bin nicht mehr der Mann, der ich einst war«, sagte ich. »Ich tue alles, was in meiner Macht liegt, um das Geschehene wieder gutzumachen.«

»Wieder gutzumachen?«, fragte sie.

»So gut ich kann. Doch sei so gut, meine Liebe, und erzähl mir den Rest. Wie kommt es, dass du allein bist?«

Caro zog ihren Schal enger um den Kopf des Kindes. »Manche halten mich für eine Witwe. Vielleicht bin ich ja eine.«

»Was –?«

»Ich wurde von meinem Gemahl verlassen.«

Ich hielt mitten im Schlag inne. »Hast nicht du ihn verlassen?«

Sie antwortete nicht, und mir kam die Erkenntnis, dass sie mit ›Gemahl‹ Zeb meinen musste. Oh, wie würden wir je über diesen Abgrund hinwegkommen? Ich schlug fester auf einen Ast ein, als ich es gewollt hatte, und spaltete ihn dabei. Nachdem ich ihn gegen den Baumstamm gelehnt hatte, fuhr ich fort: »Warum bist du hierher gekommen?«

»Um ihn zu finden. Jemand sagte mir, dass er in der Kolonie lebe.«

Am wenigsten traute ich mich, mit dieser Frau über Schicksalsschläge zu reden. Abgesehen davon klangen in meinem Ohr noch die Worte ›um ihn zu finden‹ nach. Konnte es sein, dass Zeb mich angelogen und sie verlassen hatte – vielleicht wegen des Kindes? Als sie in den Straßen und Tavernen nach einem dunkelhäutigen Mann namens Cullen geforscht hatte, war sie dem Falschen hinterher geschickt worden. Alles in mir zog sich zusammen bei dem Gedanken, dass sie in dem Hurenviertel bei den Docks herumspaziert war, dass sie gegen eine Wand gedrückt oder von dem Abschaum der Stadt gezwickt und gepiesackt worden war.

Dann erinnerte ich mich daran, dass Ehefrauen genauso lügen mochten wie Brüder. Ich wollte noch etwas mehr nachforschen. »Wie bist du nach London gekommen? Mit Zigeunern?«

Bei dieser Andeutung schaute sie alarmiert auf. Vielleicht hatte ich mich verraten, und sie wusste nun, dass ich Zeb gesehen hatte. »So ist es doch immer in den alten Geschichten«, fügte ich beiläufig hinzu. »Und du hattest kein Geld.«

»Alles weg.« Sie schien keine Fragen an mich zu haben. Zeb hatte gewusst, wie und auf wessen Kosten ich in Cheapside lebte. Ich fragte mich, wie viel davon er an Caro weitergegeben hatte.

»Ich war im *New Model* und danach in London, bevor ich hierher gekommen bin«, sagte ich. Es bestand kein Grund, ihr zu sagen, dass Ferris der Antrieb für mein Leben in der Kolonie war. Ich schlug einen neuen Ast ab, nachdem ich an dem anderen lange genug herumgeschnitzt hatte. Sie legte ihr Kind von der linken an die rechte Brust.

»Es tut mir sehr Leid«, sagte ich. »Du hast Recht daran getan, mich mittellos zu verlassen.«

»Verlassen?«

»Wie auch immer du es nennen willst. Gezwungenermaßen zurückgelassen.«

Sie schien überrascht.

»Wie dem auch sei«, fuhr ich fort. »Ich werde dir helfen, so gut ich kann.«

»Das ist sehr gütig«, sagte sie. Ich ließ den Ast los und starrte sie an. Ihr Gesichtsausdruck war keinesfalls höhnisch.

»Eines möchte ich wissen.« Es war vielleicht noch zu früh, und sie würde es mir aus Boshaftigkeit nicht sagen, aber ich konnte die Frage nicht länger zurückhalten. »Mutter, Isaiah – was ist aus ihnen geworden?«

»Woher sollte ich das wissen?« Ihr Gesicht hatte jetzt einen ängstlichen Ausdruck bekommen.

Ich legte die Axt nieder. »Caro, die Wahrheit wäre mir lieber. Wie entsetzlich sie auch sein mag. Sind sie tot?«

»Ich heiße Jane.«

Ich schaute mich um. Niemand konnte uns hören. »Doch unter uns könntest du doch sicherlich Caro sein.«

»Warum, Bruder?« Ihre Stimme klang überrascht. »Mögt Ihr meinen Namen nicht?«

Einen Moment lang zweifelte ich an mir. Ich trat näher an sie heran und betrachtete sie eingehend. Ihre Haut war brauner geworden, man sah ihr Spuren von Armut und Gewalt an, doch sie war Caro.

Ich bückte mich, so dass unsere Augen auf einer Höhe waren, und packte sie sanft bei den Schultern. »Lieber Himmel, Weib, wir sind in einer bemitleidenswerten Lage! Auch wenn der Fehler vielleicht ganz allein bei mir zu suchen ist, so müssen wir doch an einem Strang ziehen. Weißt du irgendetwas über sie?«

Sie schüttelte den Kopf.

»Wusstest du, dass ich hier war, bevor wir aus London zurückgekehrt sind?«

»Wir haben hauptsächlich über Bruder Christopher geredet. Doch warum nennt Ihr mich Weib? Ich heiße Jane Allen. Fühlt Ihr Euch nicht gut, Bruder?«

»Du kommst von Beaurepair, oder nicht? Deine Stimme! Du redest wie ich.« *Warum,* dachte ich, *stelle ich das überhaupt in Frage? Wir sind wahnsinnig –*

Ich zwang mich, ihr ins Gesicht zu sagen: »Caro. Das Kind ist – ist mein Kind. Wir müssen entscheiden, was –«

»O nein, Bruder. Es ist das Kind meines Mannes.«

Ich war sprachlos. Wollte sie sagen, dass sie mich nicht mehr anerkennen würde, nicht einmal unter vier Augen? Dass das Kind von Zeb war und sie immer weiter behaupten würde, sie wäre *sein* Weib?

Caro fuhr fort: »Ihr seid nicht mein Ehegemahl. Bruder, Ihr habt mich doch selbst –«, und sie stieß tatsächlich einen hübschen, unschuldigen Lacher aus, »als wir einander von Bruder Wisdom und Schwester Catherine vorgestellt wurden, vor ihnen *Schwester Jane* genannt! Ihr habt nie gesagt, ich wäre Euer Weib!«

Sie hatte mich. Entweder war sie schlauer, als ich mir je hätte träumen lassen, und hatte beschlossen, dass ich keinen Anspruch mehr auf sie hätte, oder meine arme Frau hatte neben allem anderen auch ihren Verstand verloren.

»Wie hieß dein Gemahl?« Mein Kopf fühlte sich an, als würde man einen Riemen fest darum wickeln.

»Thomas Allen«, erwiderte sie mit kindlicher Unschuldsmiene.

»Also gut«, sagte ich schließlich. »Jetzt verstehe ich, dass es das Kind Eures Mannes ist.«

Caro nickte.

»Sagt mir, Schwester Jane«, fuhr ich fort, denn ich hatte beschlossen herauszufinden, ob sie ihren Irrsinn nur vortäuschte oder nicht, »hat Euer Sohn die gleichen Augen wie sein Vater?« Verstellte sie sich, würde sie sich meiner Ansicht nach nicht die Chance entgehen lassen, mich zu verletzen, indem sie andeutete, das Kind sei von Zeb.

Caro schaute lächelnd zu mir auf. Es berührte mich, ihre großen Augen und die vollen, vertrauensvollen Lippen zu sehen. Ich dachte an die Tage zurück, da wir auf der Steinbank gesessen und uns gegenseitig geneckt hatten, aber auch daran, wie üppig die weibliche Brust ist, wenn sie nährt.

»Euer Sohn hat blaue Augen«, beeilte ich mich zu sagen.

Sie antwortete mir: »*Ich* habe braune Augen, Bruder. Seht doch.«

Verwirrt richtete ich mich auf und wandte mich ab, um zu gehen. Ich konnte nichts tun; aber mit der Zeit würde sie vielleicht wieder Vernunft annehmen. Mir mochten uns sogar wieder versöhnen.

Schau, wie sie lacht. Sie amüsiert sich königlich über dich!

Ohne Vorwarnung wirbelte ich herum und erwischte noch den Funken eines Lächelns, bevor sie es verbergen konnte. Obwohl sie sofort die Augen niederschlug, hatte mir dieser Blick genügt. Caro war alles andere als wahnsinnig. Genau wie der Hund und wie auch ich hatte sie dagelegen und nachgedacht, nur zeigte es bei ihr größere Wirkung. Sie hatte sich auf Rache verlegt: Nie würde sie mich mehr von sich wissen lassen oder mir die erhoffte Wiedergutmachung zugestehen. Ich sah, dass sie in unserer Gemeinschaft geschützt war, und spürte mit Entsetzen mein eigenes Unvermögen. Sie konnte gleichzeitig an meiner Seite leben, Nahrung und Feuer mit mir teilen und doch nicht mein Weib sein.

28. Kapitel
Zielscheibe des Scherzes

Armes Mädchen«, sagte Ferris. Unter seinem alten Filzhut schaute er Caro mit gerunzelter Stirn nach, als sie über die Wiese lief, den Kleinen auf dem Arm, und mit Hepsibah und Susannah sprach, die gerade die Milcheimer zum Zelt brachten.

»Die anderen tragen die Milch, während sie gar nichts tut«, meinte ich.

»So ist es recht, Jacob, steht Ihr nur für Susannah ein«, sagte Jeremiah.

Es lohnte sich nicht, ihm zu widersprechen.

»Wo ist Catherine?«, fragte Jonathan.

»Unterwegs, um sich Marmor anzuschauen«, sagte ich, während sich die beiden anderen über seine Unwissenheit amüsierten, schließlich war an jenem Morgen über nichts anderes geredet worden. Catherine und Hathersage waren mit dem Ochsenkarren ins Dorf gefahren, um bei dem dortigen Steinmetz etwas Marmor zu bestellen. Ich vermutete, dass Ferris in seine eigene Börse gegriffen hatte, damit die Schwägerinnen endlich Käse machen konnten. Hathersage, dieser hinterhältige Mann, war mitgefahren, um Musterstücke aufzuladen.

Alle Männer sollten zusammen eine Art Käserei bauen und wie immer dafür Grasziegel verwenden. Ich wunderte mich, wie Ferris glauben konnte, dass wir lange genug hier bleiben dürften, um aus ihr Nutzen zu ziehen. Obwohl sich das Wetter etwas abgekühlt hatte, war es eine schweißtreibende Arbeit, und die langgezogene Form der Hütte bestärkte nicht gerade meinen Glauben an das Gelingen dieses Plans, denn meiner Meinung nach schienen die Wände jetzt schon nach innen zu kippen.

Die ganze Zeit über bemühte ich mich, in unmittelbarer Nachbarschaft zu Ferris zu arbeiten, so dass er mich sehen und ich ihn bei seiner Arbeit beobachten konnte. Zwei- oder dreimal erwischte ich ihn dabei, wie er mich beäugte, doch ich konnte ihm nicht ein einziges Mal in die Augen sehen, da er ständig von mir abrückte oder mit anderen Männern den Platz tauschte. Ich folgte ihm auf den Fersen, was nicht schwer war und rein zufällig wirken konnte, denn wir kreisten die ganze Zeit um die

Hütte und füllten hier und da die Lücken. Manchmal unterbrach ich meine Arbeit und schaute ihm zu, wie er Holz zurechtschnitzte oder Rasenstücke abstach. Es entging mir nie, wenn er mich bei diesem Spiel erwischte, denn er verlor jedes Mal sofort seine natürliche Anmut. So jagte ich ihn.

Die Männer begannen über die neue Kolonistin zu reden und erwogen, ob sie eher den Milchmägden zur Hand gehen oder mit Hepsibah zusammen auf dem Feld arbeiten sollte, und ferner, ob Catherine weiter mit ihrer Schwägerin oder eher mit Bruder Wisdom arbeiten würde.

»Ihr seid nicht besser als Hebammen«, sagte ich.

Jonathan fuhr ungerührt fort: »Meine Hepsibah sagt, Schwester Catherine mag Schwester Jane nicht.«

»Oh, tatsächlich?« Ferris wandte sich direkt an ihn und fragte scharf: »Und warum sollte das so sein?«

Jonathan zuckte mit den Schultern. »Sie spürt es, wann immer sie zusammen sind. Doch warum das so ist«, er presste zwei Rasenziegel zusammen, »da fragt Ihr am besten Catherine selbst.«

»Da könnt Ihr auch gleich die Kuh hier befragen«, erklärte Jeremiah. »Bei Frauen gibt es kein *warum.*«

Das Gerede schien mir nicht nur hohles Zeug. Ich beschloss sofort, Catherine und Caro zu belauschen, und sagte derweil laut: »Wie werden wir verhindern, dass Erde vom Dach in die Milch rieselt?«

Ferris überging mich.

»Bruder Christopher hat sich darüber einige Gedanken gemacht«, antwortete Jonathan. »Wir werden für das Dach Planken dicht nebeneinander legen und diese dann mit Rasenziegeln bedecken.«

Jeremiah war der Ansicht, die Hütte sei nicht stabil genug.

»Eines Tages wird sie aus Stein sein«, sagte Jonathan. Wir schwiegen einen Moment und ich überlegte, warum alle so taten, als ob Sir George gar nicht existierte.

»Jane Allen …«, sagte Ferris. Er bückte sich, um ein Rasenstück aufzuheben, und legte es dann über den Holzrahmen, als ob es sich um ein Kartenhaus handelte. »Wir müssen freundlich zu ihr sein. Es scheint, dass ihr Mann genauso brutal war wie jene Unholde, denen sie auf der Straße begegnet ist.«

Ich hielt die Luft an und schaute ihm ins Gesicht. Seine Miene verriet nichts, nicht einmal neuerlichen Ekel, daher schloss ich, dass Caros Mann offiziell immer noch Thomas hieß.

»Hat er sie unbegründet geschlagen?«, fragte Jeremiah.

Ferris runzelte die Stirn. Ich wusste, dass er es wegen des Wortes ›unbegründet‹ tat, dennoch fuhr er fort, ohne näher darauf einzugehen. »Etwas in der Art. Er redete sich ein, sie sei untreu.«

»Konnte er sie nicht im Haus halten?«, fragte ich. Jeremiah lachte.

»Er verdächtigte sie, ihn mit seinem eigenen Bruder zu betrügen«, sagte Ferris. »Sie lebten alle drei zusammen.«

Jeremiah schüttelte den Kopf.

Heuchlerische Füchsin, dachte ich. *Nun, mach nur so weiter, quäle mich.* Bald schon würde die Stimme meiner Verschwiegenheit ein Ende machen und dann würde ich gehen. Sollten sie doch alle von Sir George bespuckt werden und Caro als Erste seinem Schwert zum Opfer fallen.

»Bin ich hier der Einzige, der arbeitet?«, fragte Ferris. Wir beugten uns wieder über die Wände der Molkerei und strengten trotz der unsinnigen Aufgabe unsere Muskeln an.

»Ihre Geschichte klingt wie die jener Frauen, die selbst Schuld auf sich geladen haben«, legte ich nahe.

»Sie scheint mir nicht böswillig zu sein«, sagte Jonathan. »Eher naiv.«

Ferris sagte: »Sie erinnert mich an mein eigenes Weib.«

»Ihr Haar hat eine ähnliche Farbe«, stimmte ich zu, »doch Joanna war viel hübscher.«

Er sah mich an, als ließe sich darüber streiten, sagte jedoch nichts. Stattdessen meinte er zu Jonathan gewandt: »Wenn ich sie mit dem Kind sehe, muss ich daran denken, wie es wäre, wenn Joanna noch leben würde –«

»Dein Junge wäre so blond wie du«, sagte ich.

Er hob die Augenbrauen, und ich wurde feuerrot, denn ich erkannte meine Torheit. Er würde jetzt glauben, ich hätte vergessen, aus welcher Schande er Joanna befreit hatte, obwohl ich häufig bewundernd daran gedacht hatte.

»Und wir – wir sollten alle an eines denken«, fuhr er fort. »Als Elizabeth uns verließ, sagte sie, Ehegatten und Brüder sollten den Frauen als Beschützer dienen.«

»Ehegatten? Niemand von uns kann ihr Ehegatte sein, solange der erste noch lebt«, sagte ich.

»Dann halt ihre Brüder«, sagte Ferris.

»Oder jemand anderes«, sagte Jeremiah. »Nicht einmal ihrem Mann blieb ihr Tun verborgen. Soll ich Euch zu ihr hintreiben, Jacob?« Er blinzelte mir zu.

»Gerne«, erwiderte ich.

Ich sah, dass Ferris schmollte, und verstand plötzlich, warum Catherine Caro nicht mochte.

Die Marmormuster lagen im Gras, und Caro legte ihre flachen Hände auf den kühlen Stein, ähnlich wie Hathersage seinerzeit seine Hände auf den Tisch gepresst hatte. Ich musste prompt daran denken, wie Ferris damals Hathersages Hände mit den seinen bedeckt hatte. Jetzt hielt er sich im Hintergrund und hörte zu, was Susannah und Catherine zu den Steinen zu sagen hatten. Die anderen hatten bereits verkündet, welcher Marmor ihnen als der beste erschien, und beugten sich immer mal wieder hinab, um mit der Hand über den Stein zu fahren und sich bei dieser Gelegenheit daran zu erinnern, wie sich das Stadtleben angefühlt hatte. Es gab Marmor in zwei unterschiedlichen Weißtönen, einen rostroten Marmor, der wie polierter Sandstein wirkte, und schwarzen Marmor.

»Sie sind alle gut«, sagte Susannah. »Diesen hier haben wir in London benutzt, und er kam uns immer sehr passend vor, nicht wahr, Catherine?«

»Dieser weiße Marmor hier ist aber feiner poliert und lässt sich deshalb einfacher reinigen«, erwiderte Catherine. »Schwester Jane, könntet Ihr –?«

Caro hob die Hände von dem weißen Stein.

»Seht Ihr, er hat nicht diese kleinen Unregelmäßigkeiten«, hob Catherine hervor.

Susannah wandte sich an Ferris. »Der billigere leistet uns genauso gute Dienste, Bruder Christopher.«

»Vielleicht«, gab er zurück. »Was meinen die anderen dazu?«

»Marmorplatten in einer Grashütte! Zu kostspielig, egal wie teuer er ist«, sagte ich. Susannah schaute mich an, als hätte ich sie gerade geohrfeigt.

»Es tut mir Leid, Schwester«, fuhr ich fort. »Ich würde Euch gern zufrieden sehen, und glaubt mir, ich wünsche mir nichts sehnlicher, als Käsekuchen zu essen, doch eine Käserei auszustatten lohnt nur, wenn man sie viele Jahre lang nutzen kann.«

»Alles, was wir hier tun, hängt vom Schicksal ab«, widersprach mir Susannahs freundliche Stimme. »Entwässern, Pflügen, einfach alles.«

»Wir waren von Anfang an in Gottes Händen«, meldete sich Hathersage zu Wort.

»Wenn wir etwas Besseres gebaut haben, können wir die Steinplatten auch umlegen«, bat Catherine.

»Aber werden wir das?«, fragte Jeremiah. »Angenommen, wir werden hier vertrieben, ob wir dann den Marmor mitnehmen dürfen? Das kann ich mir nicht vorstellen.«

»Wir werden Gewinn machen, wenn wir die Milch zu Käse verarbeiten«, sagte Hepsibah. »Doch nicht genug, um die Kosten des Steins zu decken. Das würde Jahre dauern.«

»Jene von Euch, die gegen den Marmor sind«, sagte Ferris, »warum habt Ihr mitgeholfen, die Käserei zu bauen?«

»Ich habe nicht an den Preis des Marmors gedacht«, antwortete ich. »Andere Dinge haben mich in den letzten Stunden mehr beschäftigt.«

Ferris kratzte sich den Nacken. »Du hast eine Menge Arbeit in die Wände gesteckt. Spricht das nicht dafür?«

»Nein«, sagte ich.

Die Frauen sahen mich entrüstet an.

»Wir sollten nur das besitzen, was wir uns leisten können zu verlieren«, sagte Hepsibah.

Sie debattierten noch eine Weile, doch da ich alles gesagt hatte, was ich dazu zu sagen wünschte, hielt ich mich aus dem Gespräch heraus. Hathersage war dafür, Jeremiah lehnte den Kauf des Marmors vehement ab.

»Schwester Jane«, sagte Ferris. »Habt Ihr keine Meinung zu dieser Angelegenheit?«

Ich beobachtete Catherine. Hepsibah hatte Recht. Das Gesicht der jungen Frau war vor Abneigung ganz angespannt, als sie darauf wartete, dass Caro zu ihren Ungunsten sprechen würde.

Caro wiegte das Kind, als denke sie nach. Mir schien, dass sie Catherines Befürchtung sah und verstand.

»Es wäre eine Schande, wenn zwei von uns ihr Handwerk nicht ausüben könnten, und das nur wegen eines Steins«, sagte mein Weib. »Und noch dazu so erfahrene Frauen.« Sie blickte Ferris mit ihren braunen Augen an. Catherine wartete weiter und atmete dabei hörbar aus.

Caro bat: »Ihr habt mir gesagt, die Schwestern könnten hier so viel ausrichten.«

Bewundernswert, dachte ich, als ich sah, wie er lächelte und ihm ganz warm ums Herz zu werden schien.

»Ich werde für den Marmor aufkommen«, sagte er. »Niemand sonst braucht auch nur einen Penny dazuzulegen. Doch ich hoffe, Ihr gebt Euch mit dem billigsten zufrieden.«

Catherine und Susannah rannten zu ihm hin und umarmten ihn. Ich vermutete, dass Caro es ihnen gleichtun würde, doch sie blieb im Gras sitzen, freute sich über das Glück der anderen Frauen und gab so allen zu verstehen, dass sie niemandem etwas Böses wünschte. Ihre Augen blieben bewundernd an Ferris hängen, nachdem die Schwestern ihn wieder losgelassen hatten. Er errötete und schaute weg.

Hathersage und Jonathan nahmen je zwei von den Mustern und trugen sie zum Zelt. Jeremiah trottete wenig zufrieden zurück zur Grashütte, um dort mit der sinnlosen Arbeit fortzufahren, und die Frauen gingen, scheinbar freundschaftlich vereint, gemeinsam davon.

»Noch ein Wort, Bruder«, sagte ich zu Ferris, als dieser auch gerade gehen wollte.

Er fiel mir ins Wort: »Bevor du etwas sagst, das Geld stammt ganz allein von mir.«

»Marmor lässt sich immer noch zu Grabsteinen umarbeiten«, gab ich zurück. »Doch ich will dich nur warnen, unsere neue Schwester ist eine Heuchlerin.«

»Bist du jetzt auf eine Witwe und auf ihr hilfloses Kind eifersüchtig?«

»Die Mutter ist gar nicht so hilflos. Nimm dich in Acht, sonst endest du noch als ihr Diener.«

»Warum sollte ich? Dir habe ich ja schließlich auch nie gedient.« Er ging davon. Ich folgte ihm und suchte nach Worten, die ihn besänftigen würden.

»Du klebst dieser Tage ständig an meiner Seite«, fuhr er fort. »Glaub nur nicht, dass du mich so zermürben kannst.«

»Ich liebe es, dich anzusehen«, sagte ich.

Ich beobachtete, wie sich der Staub von meiner Haut im Wasser löste und es trübe werden ließ, so wie beim Sieben der Mehlstaub die Luft trübt. Das Becken unterhalb der Quelle war gerade so groß, dass ich dort eintauchen und herumplanschen konnte, und wenn ich mit einem großen Satz hineinsprang, kam mir das Wasser weniger eisig vor. Über mir leuchteten die von der Sonne beschienenen Blätter, als hüteten sie das Auge Gottes.

Im Gras neben mir lagen zwei Kleiderstapel, einer mit dreckiger und einer mit weniger dreckiger Wäsche, und eins der Seifenstücke, die ich hatte Caro schenken wollen und am Ende doch für mich behalten hatte. Niemand wusste, wo ich war, denn dieses Waschen war mein privates Vergnügen.

Die Käserei war fertig, und wir würden über diese leidige Angelegenheit nicht mehr reden. Ferris hatte Fenster gewollt, mit Stoff bespannte Rahmen, damit es dort mehr Luft und Licht gäbe als in den anderen Hütten, doch Jeremiah hatte gemeint, dass dadurch die Seitenwände nur noch instabiler würden. Wir hatten uns über die Form und die Anbringung der Fenster gestritten, bis Ferris erzürnt einen Hammer auf die Erde geworfen und damit beinah Jonathan zum Krüppel gemacht hatte. Daraufhin äußerte ich die Ansicht, dass nur ein Narr an solcher Stelle Fenster einfügen würde. Er schrie mich an, er habe sich doch wohl schon oft bei mir zum Narren gemacht, und verstummte jäh, als er sah, dass die anderen uns anstarrten.

Schließlich fügten wir zwei sich gegenüberliegende Fenster ein, damit die Luft zirkulieren konnte. Auch das Dach war nach Ferris' Vorstellungen gebaut worden, obwohl Jeremiah und ich immer noch der Ansicht waren, dass es nicht halten würde. Jonathan hatte innen gegen die Planken noch ein Stück Stoff genagelt, um Kriechtiere abzuhalten. Diese Verbesserungsmaßnahme begrüßte ich sehr, nachdem ich eines Morgens in meiner von Susannah erbettelten Milch eine dicke Spinne gefunden hatte. Mit viel Schwung hatte ich den Inhalt des Bechers über das Feld gekippt und anschließend die bereits getrunkene Milch erbrochen. Das Tier hatte offensichtlich nicht genug Zeit gehabt, sein Gift an die Milch abzugeben, denn ich wurde hernach nicht krank. Allerdings hatte es noch Stunden gedauert, bis mein Ekel nachgelassen hatte. Auch der Marmor war eingebaut worden, und daneben ein steinerner Trog. Die Schwägerinnen hatten das Butterfass und die Modeln aus dem Zelt geholt. Ich vermutete, dass sie jetzt gerade ihre Gerätschaften ausbreiteten und vielleicht Hathersage in das Geheimnis des Käsemachens einweihten.

Wenn ich mich zurücklegte, bedeckte das Wasser meinen Kopf bis über beide Ohren, und nur mein Gesicht blieb als Insel über der Oberfläche. Während ich in die veränderlichen Bäume über mir starrte, hörte ich unter Wasser ein merkwürdiges Pochen und Quieken, als ich mir die Narben auf meinem Schenkel kratzte. Wenn ich die Augen schloss, füllte dieses Geräusch meinen gesamten Schädel aus. *Angenommen,* dachte ich, *ein Mann würde ertrinken –*

Nein, nein. Ich fuhr hoch und begann mir mit der Seife meinen Kopf einzureiben. Es half nicht viel, doch immerhin nahm es meiner Haut etwas von ihrem Gestank. Ich dachte an Ferris, dreckig und sauber, und an seinen Geruch. Bis ich mir das Haar ausgewaschen hatte, war ich wieder in London und er saß rittlings auf meinem Schoß. Ich zwang mich, mit dem Waschen fertig zu werden und aufzustehen. Einsamer als ein einzelgängerischer Affe verspritzte ich meinen Samen ins Gras.

Ich überlegte, ob Ferris wohl Gleiches tat. Dachte er dabei an mich, weil er es nicht anders vermochte? Ich konnte ihm keine Schwäche anmerken. Bis jetzt war er über jede Falle, die ich ausgelegt hatte, gesprungen oder hatte sie geschickt umrundet, und es sah nicht so aus, als würde er irgendwann nachgeben. Einmal, als ich gegenüber von ihm gearbeitet hatte, schien er mich sehnsüchtig anzuschauen, doch kaum hatten sich unsere Blicke getroffen, bekam sein Gesicht einen starren Ausdruck und er tauschte mit Jonathan den Platz. Während wir die Käserei errichteten, hatte er erneut Schmerzen in den Schultern verspürt und daher einen Tag ruhen müssen. Da ich wusste, welch ein großes Verlangen er morgens manchmal verspürte, hatte ich gewartet, bis die anderen auf dem Feld waren, und ihn dann in seiner Hütte besucht. Als er mich erblickte, setzte er sich sofort auf und bat mich, seine Hütte zu verlassen.

»Lass mich nur deinen Rücken etwas massieren«, hatte ich ihn gebeten. Doch er hatte lediglich geantwortet, sollte ich bleiben, würde er laut schreien. Als ich mich von der Hütte entfernte, hörte ich, wie er den Keil unter die Tür schob. In letzter Zeit tat er das häufig – das wusste ich, denn ich hatte die anderen eines Tages beim Heuen darüber sprechen hören. Ich arbeitete für mich allein, während die drei anderen ein paar Reihen weiter Schulter an Schulter Gras schnitten.

»Was glaubt Ihr, was er dort drinnen macht?« Sie sprachen zwar in gesenktem Ton, doch ich hörte Jeremiahs wollüstige Stimme heraus.

Jonathan antwortete: »Nun, ich weiß nicht, ich will mir auch kein Urteil erlauben. Doch mir scheint –«

Er brach ab. Ich hörte Susannahs leise und eindringliche Stimme und schloss daraus, dass sie ihm gesagt hatte, er solle schweigen. Allerdings schien keiner der Männer zu wissen, dass Ferris mich von sich fern halten wollte, sonst hätten sie leiser gesprochen.

Dieser Tag war der einzige, an dem er nicht, auf Neuigkeiten hoffend, zur Taverne ging. Meistens kam er mit einem Brief zurück; Becs hatte zwar wenig Zeit zu schreiben, berichtete ihm aber doch das Wesentliche. Susannah und Hepsibah erkundigten sich häufig nach der Tante, daher las Ferris beim Nachtmahl gewöhnlich Ausschnitte der Briefe vor. Es schien, dass die Patientin langsam wieder zu Kräften kam und ein paar Worte sagen konnte, nur war es schwer, sie zu verstehen. Derlei Dinge trug er mit sanfter Stimme vor und schaute dabei immer auf den Briefbogen, daher konnte ich ihn dann stets mit Blicken in mich aufsaugen. So gehörte dieses Vorlesen zu meinen glücklichsten, aber auch schmerzlichsten Stunden.

In das Tuch eingewickelt, wartete ich darauf, dass meine Haut trocknete, denn ich wollte noch nicht sofort zurück zu den anderen gehen. Ängste nagten an mir, und es gab niemanden, mit dem ich sie hätte teilen können. Die ganzen letzten zwei Wochen, während wir uns mit sinnlosen Pfählen, Rasenziegeln und Planken beschäftigt hatten, war ich von quälenden Alpträumen heimgesucht worden. Nicht in der Lage, mich zu bewegen, hatte ich zusehen müssen, wie Ferris über die Felder der Hölle rannte, hinfiel und von Dämonen nach unten gezogen wurde. Die Stimme hatte immer wieder geflüstert, dass meine Grausamkeit eine Wüste zwischen uns geschaffen habe und dass meine Falschheit unser endgültiges Ende sei.

Langsam und traurig lernte auch mein Herz seine Lektion, nämlich dass er mir nie wieder ein Vorrecht einräumen würde. Das Geheimnis um Caro nagte an mir, doch wie konnte ich es ihm mitteilen – solch eine hässliche Wunde? Ich stellte mir vor, wie ich ihm von der Hochzeitsnacht erzählen würde, sah dann schaudernd vor mir, wie seine Augen sich zu Schlitzen verengten, während er die bittere Wahrheit begriff. Mit blieb nur eine kleine und traurige Hoffnung. Wenn ich abwartete und Demut zeigte, vielleicht konnten wir dann eines Tages wieder Freunde sein.

Die Sonne war nun ganz und gar aus dem Wald verschwunden. Da mir langsam kalt wurde, zog ich mich so schnell an, wie es meine feuchten Glieder erlaubten. Wir würden nicht über Caro reden. Es würde nicht reichen, die Haut der Lügen abzustreifen, denn unter den alten Fetzen kämen neue Wunden zum Vorschein. Wenn er mich doch nur in die Arme nehmen und seine Stirn gegen meine pressen würde, so wie Izzy es einst getan hatte, und sagen würde: *Ich vergebe dir*, so wollte ich ihm dienen, wie dieser andere Jacob Rachel gedient hatte, vielleicht keine sieben Jahre, doch solange es Sir George zuließ. Alles, was er momentan wusste, war, dass ich ihn gepackt und niedergezwungen hatte. Er verweigerte die Erinnerung daran, wie sehr ich seine Seele und seinen

Körper geliebt hatte, wie sehr ich ihn schon in der Armee geliebt hatte, als wir noch nicht der Fleischeslust ergeben waren. Als er mich zum ersten Mal am Boden liegend mit abgeschnittenem Haar erblickt hatte, da hatte er bereits gewusst, was ich für ihn bedeuten könnte. Es war grausam, mir Wasser an die Lippen zu halten und es mir wieder zu entziehen. Mein Liebhaber war ein guter, leidenschaftlicher und ungerechter Mann.

Um die kühle Luft zu genießen, aßen wir erst nach Einbruch der Dunkelheit. Ich setzte mich abseits, schaute zum Feuer und sah eine Gestalt, bei der es sich nur um Susannah handeln konnte. Sie bewegte sich hin und her und kümmerte sich um die Kaninchen, die im Topf über den Flammen kochten. Zumindest nahm ich an, dass es sich um Kaninchen handelte, denn wir aßen selten etwas anderes.

Jonathan und Hepsibah saßen auf der anderen Seite des Kessels und schauten in meine Richtung: Ihre Wangen schienen zu glühen. Ab und zu fuhr Jonathan mit dem Finger in die Luft, um seine Worte noch zu unterstreichen. Catherine und Hathersage waren schamloserweise wohl noch in der Käserei. Ich überlegte, ob er wohl gerade mit seiner Hand oder etwas anderem unter ihre Röcke fuhr. Eben noch hatte ich gehört, wie Jeremiah Caro vom stümperhaften Schlachten eines Weihnachtsschweins erzählte, dessen Fleisch man daraufhin nicht hatte verwerten können. Die wütende Familie, die sich ein ganzes Jahr auf den Braten gefreut hatte, hätte um ein Haar den Schlachter geköpft. Caro quietschte vor Vergnügen und hätte damit jedes sterbende Schwein übertönen können. Doch inzwischen waren sie näher an das Feuer herangerückt, und ich hatte Gelegenheit, eine Rede zu üben, die ich nie halten würde, ein Bekenntnis und eine Liebeserklärung in einem. Ich wiederholte sie, bis die Worte mit meiner Zunge verwachsen waren.

Neben mir ließ sich jemand müde ins Gras fallen. Ferris. Sofort war ich hin und her gerissen zwischen der Freude, dass er sich zu mir gesetzt hatte, und der Furcht, dass er mich bald wieder verlassen würde.

Das Gesicht meines Freundes war im Schatten kaum zu erkennen, doch ich sah immerhin den Glanz in seinen Augen und die hochgezogenen Mundwinkel. Ein freundlicher Blick. Ich wartete wie ein Kind, dass er sprechen möge.

»Es ist gut, dass die Käserei fertig ist«, begann er.

»Ja.«

»Eine ermüdende Arbeit. Doch ohne dich wären wir noch wochenlang damit zugange gewesen.« Ein Lächeln hatte sich in seine Stimme gemischt.

Mein Herz schlug schneller. Es klang, als würde er meine Kraft loben, das war genau das, was ich hören wollte. Ich konnte nicht anders, sondern wandte mich ihm gespannt zu. »Ich tue, was ich kann.«

Ein paar Sekunden vergingen. Ferris schnupperte und lachte. »Lavendel! Du hast dich wieder eingerieben?«

»Ja, warum nicht?«

»Ich kenne keinen, der so wild auf das Waschen ist wie du. Irgendwann wird sich deine Haut ablösen.«

»Du hattest von Kindesbeinen an ein eigenes Bett. Ich musste meines immer mit anderen teilen, dabei konnte ich deren Geruch nicht ausstehen.«

»Was, nicht mal den deiner eigenen Brüder?«

»Es wurde schlimmer, als wir Diener wurden. Zu viele stinkende Männer in einer muffigen Kammer.«

»Jeder schwitzt.« Dann sagte er sanfter: »Ich habe dich auch schwitzen gesehen.«

Etwas in seiner Stimme ließ mich nicht an die Arbeit denken, sondern daran, wie wir zwischen unseren Schenkeln und Bäuchen den Schweiß gespürt hatten. Der Duft von gekochtem Kaninchen wehte über das Gras und machte mir den Mund wässrig.

Ferris veränderte seine Stellung und atmete dabei hörbar ein.

»Bist du verletzt?«, fragte ich.

»Mein einer Fuß ist voller Blasen.«

»Schone ihn.«

»Es ist nichts Schlimmes, und außerdem muss ich auch nach Becs' Brief schauen gehen.«

»Das kann ich machen.« Ich versuchte, nicht bettelnd zu klingen. »Lass mich gehen, Ferris.«

»Das ist ein guter Gedanke. Warte, Jacob, ich kann dir jetzt gleich das Geld geben.« Er tastete in der Dunkelheit nach seinem Gürtel und zog eine Börse hervor. »Nimm alles, was hier drin ist – und gönn dir etwas zu trinken in der Taverne, du hast es dir verdient.«

Seine Finger streiften meine Handfläche, als er mir die Börse aushändigte.

»Meinst du, wir werden je etwas von Sir Timothy Heys hören?«, fragte ich aus Furcht, dass er sofort wieder weggehen würde. Mein Atem war unstet, und ich überlegte, ob er es hörte.

Er seufzte. »Nein, aber Sir George wird sein Wort halten.«

Ein dumpfer, metallischer Gong ertönte; Susannah schlug gegen den Kessel, um die Leute zum Essen zu rufen. Ferris und ich gähnten beide gleichzeitig nach einem arbeitsreichen Tag und hätten genauso gut an Ort und Stelle im Gras einschlafen können wie aufzustehen und etwas zu essen. Mühsam erhoben wir uns. Ich wartete, bis er Arme und Beine gestreckt hatte und bereit war, mit mir zurückzugehen.

Wir setzten uns ans Feuer, und ich hielt Susannah seinen Teller hin, damit sie etwas Kaninchen darauflegen konnte. Mit einer heftigen Bewegung nahm sie anschließend meinen Teller und gab mir nicht mehr als den anderen auch. Normalerweise hoffte ich, dass sie die Herrschaft über den Löffel hatte, da sie mir meistens sehr großzügig auftat, wenn es etwas Gutes gab.

»Das kannst du haben«, sagte Ferris nach einer Weile, stellte mir seinen halben Kanincheneintopf neben die Knie und streckte sich auf dem Rücken im Gras aus. Unmittelbar darauf hörte ich seinen tiefen Atem und ein leichtes Schnarchen, dann fuhr plötzlich sein Arm herum und hätte fast meinen Teller getroffen. Ich stellte das Geschirr weg und betrachtete sein schlafendes Gesicht aus der Nähe, so unschuldig und wehrlos. Verlangen stach mich wie das Messer, das er mir an die Kehle gehalten hatte.

»Kommt schon, Susannah«, forderte ich sie auf. »Ich habe ungeachtet der anderen die Wahrheit gesagt, so wie ich sie gesehen habe.«

Susannah schaute vom Kessel auf, den sie reinigte, während wir miteinander sprachen. In der Asche sah ich die abgenagten Knochen des Kaninchens liegen, das wir letzte Nacht gegessen hatten. Frische, kleine Wolken jagten über den Himmel.

»Wo ist Eure Loyalität geblieben?«, wollte sie wissen. »Alles, um was wir gebeten haben, war etwas Stein, und Ihr seid uns in den Rücken gefallen!«

»Ihr habt ihn dennoch bekommen«, sagte ich.

»Nicht dank meines Freundes Jacob. Es war nicht Euer Geld! Ich schätze, Ihr wolltet, dass er es für Euch ausgibt.«

Ich entfernte mich ein paar Schritte, um meinen Ärger zu verbergen. Seit der Debatte um den Marmor zeigte mir Susannah die kalte Schulter.

Sie war ungerecht; es war nie meine Absicht gewesen, ihre Pläne zu durchkreuzen.

»Susannah, lasst uns vernünftig sein –« Ich drehte mich wieder um und sah, dass sie den Kessel so heftig scheuerte, dass ihre Wangen mit der Bewegung mitzitterten. Sie hatte die Zähne zusammengebissen, und ihre Haut glänzte vom Haaransatz bis zu ihrer Brust. Ich entnahm dieser Raserei, dass sie sich auf mich gestürzt hätte, wenn ich eine Frau wäre. Susannah und ich hätten uns gegenseitig an den Haaren gezogen und wären danach wahrscheinlich wieder Freundinnen gewesen. Ferris hatte mich einmal ermahnt, dass ich mich bei meiner Körpergröße im *New Model* sanftmütig verhalten solle, denn ein von mir beleidigter Mann könne mir nicht einfach eine runterhauen und es damit vergessen machen. Je mehr ich darüber gelacht hatte, desto mehr hatte er auf diesem Punkt beharrt und mir erzählt, dass Männer auf dem Schlachtfeld von ihren eigenen Kameraden erschossen würden und so für eine lang ausstehende Rechnung mit ihrem Leben bezahlten. Jetzt verstand ich, dass sich Frauen gegenüber Männern verhielten, wie sich andere Männer mir gegenüber verhielten, und dass sie deshalb häufig zu Gift griffen. Ich starrte in den Kochtopf.

»Selbst Jane war auf unserer Seite«, stieß Susannah zwischen den Zähnen hervor.

Bevor ich mich daran hindern konnte, sagte ich: »Verbündet Euch nicht zu sehr mit Jane.«

»Das Gleiche könnte ich auch anderen raten«, knurrte sie.

Die Luft blieb mir im Halse stecken.

Susannah begann den Kessel von außen zu scheuern. »Ihr geht nicht mehr zu ihm, oder?«

»Susannah«, beschwor ich sie flüsternd, aus Angst, jemand in den Hütten könne uns hören. »Zerstört nicht mein Leben nur wegen eines Stückes Marmor.«

»Nun?« Ein wenig hatte sie ihre Stimme gesenkt. »Das alte Spiel ist vorbei und ein neues hat angefangen?«

»Es gibt nichts, was unwahrscheinlicher wäre«, sagte ich. »Ich und Schwester Jane!«

Susannah unterbrach ihr Scheuern und stemmte die Hände in die Hüften. Sie runzelte die Stirn, als wolle sie etwas sagen.

»Nun?«, fragte ich.

Sie schüttelte den Kopf und rollte den Kessel über den Boden, bis sie noch eine dreckige Stelle gefunden hatte. Dann fing sie an, daran herumzureiben. Ich wurde nicht schlau aus ihr. Vielleicht hatte Ferris doch Recht gehabt, und dies war mehr als nur verletzte Freundschaft.

»Ich rede mit ihr, aber weiter wird es nie gehen«, sagte ich.

»Es geht mich nichts an, was Ihr tut«, erwiderte sie. Das verbissene Scheuern wurde langsamer und sanfter. Schließlich hörte sie ganz damit auf und starrte mich an. Dieser Blick enthielt etwas, das ich nicht deuten konnte. Wenn es sich um eine Liebeserklärung handelte, würde ich nicht bleiben, um sie mir anzuhören.

»Genug über Jane geredet«, sagte ich. »Was den Marmor betrifft, so bitte ich untertänigst um Vergebung – nein, nicht genug –« Ich kniete mich ins Gras und lächelte sie an. »Kommt und schlagt mich und lasst uns anschließend wieder Freunde sein.«

Susannah ließ den Kessel liegen, kam zu mir und blieb auf Armeslänge von mir entfernt stehen. Sie rollte ihre Ärmel hoch, ließ dabei ihre festen, fleischigen und nach Jahren des Hebens kräftig gewordenen Unterarme sehen, und mir kam der Gedanke, dass sie mir dabei gut die Nase brechen konnte.

»Versteht mich richtig«, sagte sie. Ich schaute zu ihrem Gesicht auf; die herabhängende, schlaffe Haut ließ sie alt und hässlich erschienen.

Sie fuhr fort: »Was ich weiß, behalte ich für mich.«

»Eure Güte, Schwester –«

»Ihr seid nicht der Einzige, an den es zu denken gilt. Wisdom wäre beinah über Euch gestolpert und Catherine ebenso, doch ich habe sie weggelockt. Nun passt Ihr vielleicht besser auf.«

»Es gibt nichts, wobei sie mich erwischen könnten«, sagte ich.

»Ich habe nicht gesagt, dass da etwas wäre, nur dass ich nicht mehr auf Euch Acht geben werde. Verstanden?«

Ich nickte.

»Dann denkt daran«, sagte sie.

»Genug! Kommt schon, ich werde meine Augen schließen. Schlagt mich und begrabt die Angelegenheit.«

Ich schloss sie und biss in Erwartung des Schlages die Zähne zusammen. Ich hörte, wie sie zurücktrat, und ballte die Fäuste. Nichts geschah. Der Gedanke, sie könnte mich stattdessen küssen, schoss mir durch den Kopf und ließ mich lächeln.

»Ihr seid ein feiner, großer Kerl, was?« Neuer Ärger schwang in ihrer Stimme mit. »Euch so zur Schau zu stellen. Vor Stolz stinkend.«

»Tut es«, sagte ich.

Sie räusperte sich zweimal und sammelte den Schleim in ihrem Mund. Würde sie mich anspucken? Ich wollte sagen ›beeilt Euch‹, wurde aber plötzlich von der Furcht abgehalten, sie warte nur darauf, dass ich meinen Mund öffnete, um hineinzuspucken.

Ein, zwei Meter entfernt hörte ich ein Geräusch. Vielleicht war jemand anders gekommen. Ich hob eine Hand, um mir die Lippen zu bedecken. »Susannah?«

Stille, nur das Gras raschelte leise im Wind. Ich öffnete die Augen und sah, dass sie wieder zu ihrem Kessel zurückgekehrt war. Mit dem Rücken zu mir begann sie ihn erneut zu scheuern. Ich rieb mir die trockenen Lippen am Hemd ab, stand auf und hoffte, dass niemand uns gesehen hatte.

Später am Vormittag nahm mich Ferris mit zu der Zisterne.

»Angenommen, Sir George lässt uns hier leben«, sagte er, »dann sollten wir an eine Winterentwässerung denken.«

»Jonathan meint, diese hier lässt sich nicht mehr reparieren«, erwiderte ich.

Er lächelte mich an. Wir standen am Rand der eingestürzten Grube, den Ruinen seines ersten großen Projekts. Gras bedeckte die einst bloße Erde in schmalen Streifen und am Grund des Kessels hatte sich aus trübem, grünlichem Wasser Morast gebildet.

»Ein Paradies für Frösche«, sagte er. »Dennoch hat es die Wiese etwas entwässert. Man kann den Unterschied sehen.«

»Die Frösche werden dich in ihre Geschichtsbücher aufnehmen«, meinte ich.

»Die Menschheit hingegen nicht. Das wolltest du doch sagen, oder? Ich werde nie berühmt werden.«

»Berühmte Männer sterben unschöne Tode«, sagte ich.

»Dies ist eine Zisterne, Jacob, nicht der Tower in London. Glaubst du, wir könnten die Seitenwände etwas flacher auslaufen lassen, um daraus einen Teich zu machen?«

Wir gingen einmal herum. »Die Wiese könnte noch mehr vertragen«, gab ich zu. »Doch werden wir nächstes Frühjahr noch hier sein, um etwas davon zu haben?«

»Nein«, erwiderte er prompt.

»Warum dann, in Gottes Namen?«

»Um etwas Angefangenes zu Ende zu bringen.«

»Ich sehe nicht, wozu das gut ist.« Ich trat mit dem Fuß gegen den Rand der Zisterne, worauf ein paar Erdklumpen in den modrigen Grund fielen. »Außer, Sir George ist in der Zwischenzeit gestorben«, sagte ich. »Allem Anschein nach ist er cholerisch. Oder er ist vielleicht in den Krieg gezogen.«

»Seine Erben werden auch nicht freundlicher zu uns sein, Gott möge sie ausrotten.« Ferris klatschte in die Hände. »Vergiss sie. Ich habe eine lange Rinne zwischen hier und der Wiese dort geplant, die mit Kacheln gesäumt werden soll. Holländische, in London erhältliche Kacheln von hervorragender Qualität.«

Er schaute mit leuchtenden Augen zu mir auf und wurde dann unsicher. Das Wort ›London‹ schwärte zwischen uns in der Luft.

»Du wirst nach der Tante sehen und ein paar Kacheln mit zurückbringen«, sagte ich, wie jemand, der sagt, ›du wirst an meiner Statt ins Paradies kommen‹. Es war ein mutiges Bravourstück, das Wort ›wir‹ durch das Wort ›du‹ zu ersetzen.

»Dieses Mal, ja.« Er schaute mich freundlich an. »Doch wenn es der Tante besser geht, Jacob, könntest du die Sachen holen. Und eine Weile in der Stadt bleiben, da du dich dort so gerne aufhältst.«

Ich nickte, war mir jedoch nicht sicher, wie mir London ohne ihn gefallen würde.

»Nun«, fuhr er fort, »ich schlage vor, wir beginnen jetzt gleich mit der Rinne. Während der Ernte werden wir die Arbeit unterbrechen müssen, doch wir sollten so viel wie möglich geschafft haben, bevor der Boden gefriert.«

»Auch wenn alles umsonst ist?«, fragte ich. Doch ich begann mich für den Plan zu erwärmen. Vielleicht, so überlegte ich, wollte er, dass wir beide abseits der anderen arbeiteten. Dieser Gedanke erweckte in mir eine geradezu Angst einflößende Hoffnung.

Ferris sagte: »Das Schlimmste wäre, an unserer eigenen Feigheit zu scheitern.«

Wir gingen auf die Feuerstelle zu.

»Das Getreide gedeiht gut«, sagte er.

»Zu trocken. Wir brauchen Regen.«

»Hast du schon nach dem Brief geschaut?«

»Ich werde jetzt gleich gehen.« Ich lief zu meiner Hütte, um das Geld zu holen, und hatte dabei irgendwo im Hinterkopf ein ungutes Gefühl.

Es war nicht die Stimme, sondern etwas anderes, das mich stach, wie eine Nadel, die eine Wunde wieder aufbohrt. Am Eingang blieb ich stehen und schaute mich um.

Ferris beobachtete mich. »Gehst du jetzt?«

»Das habe ich doch gesagt.«

Das ungute Gefühl nahm zu. Lag es daran, dass sich seine Stimmung nach dem heftigen Zorn, den er gegen mich verspürt hatte, so plötzlich wieder geändert hatte? Vielleicht war es ein schlechtes Omen. Ich könnte auf der Straße niedergeschlagen werden, vielleicht sogar von den dreien, die Caro ausrauben wollten: Ein Keulenschlag auf den Hinterkopf und mein Frieden mit Ferris wäre bis in alle Ewigkeit besiegelt. Ich ging über die Wiesen in Richtung der Taverne. An der Hecke, von der aus wir zugeschaut hatten, wie Harry und Elizabeth mit ihrem Eselskarren langsam verschwanden, drehte ich mich noch einmal um und sah zurück. Er stand reglos bei den Hütten. Nachdem ich an der Hecke vorüber war, wartete ich ein paar Sekunden und schaute noch einmal zurück. Ferris ging auf den Wald zu. Ich zögerte. Grundlos zurückzugehen hieße, mich wie ein Narr zu benehmen, außerdem müsste ich dann den ganzen Weg noch einmal gehen. Die beste Lösung war, den Brief zu holen, sollte es einen geben.

Die Hitze machte das Laufen anstrengend. Ich versuchte meine Unruhe loszuwerden, indem ich die leuchtenden Farben der Felder und Hügel links und rechts der Straße bewunderte. Wie schön wäre es, dachte ich, wenn man hier entlangspazieren und sagen könnte, *all dies gehört uns, denn wir bestellen dieses Land,* statt sagen zu müssen, *dieses Land gehört meinem Herrn Soundso.* Dann könnten wir fröhlich herumschlendern, pflügen oder uns mit einer Angelrute müßig niederlassen und niemand würde uns vertreiben. *Dies gehört uns, so weit das Auge reicht.* Wir würden nicht für Lohn arbeiten, denn die guten Dinge der Erde würden uns gehören. Ferris hatte gesagt, die vom Parlament errungene Freiheit werde erst dann zählen, wenn der Mensch genug Nahrung und alles Notwendige habe und seinen Körper nicht mehr anderen verkaufen müsse, um dafür Münzen zu erhalten, mit deren Hilfe er überhaupt erst Nahrung erstehen konnte. Er sagte außerdem, dass es, so es einen Gott gäbe, sicherlich nicht zu Seinem Plan gehöre, Seiner Schöpfung erst dann Nahrung zu gewähren, wenn sie kleine Metallstückchen besitze (die für sich genommen nicht essbar seien), auf denen der Name eines Tyrannen oder anderen Herrschers eingeprägt sei. Denn verglichen mit den hungernden, mittellosen Menschen, was war Geld anderes als ein lebloser, seelenloser Teil der Schöpfung? Und war nicht der Mensch im Gegensatz dazu das vornehmste und wertvollste Element in der Schöpfung?

Er war vornehm und wertvoll. Ich versuchte einige der immer schneller nachwachsenden Bilder zu vertreiben, die der Hitze und den wenigen Tropfen Ermutigung entsprangen, die er erst kürzlich über mir versprüht hatte.

Die Pamphlete hatten Recht, überlegte ich. Obwohl uns das Lesen viel Kummer beschert hat, waren sie doch von aufrechten Männern geschrieben worden. Dann überlegte ich weiter, dass auch die Kolonie die Schöpfung eines aufrechten Mannes war und mir wahrscheinlich noch mehr Kummer bereiten würde. Mit derlei Gedanken quälte ich mich den restlichen Weg.

Im Innenhof der Taverne wurde die Hitze von den Mauern und Steinplatten zurückgestrahlt. Eine riesige Kletterrose wucherte wild an einer Wand empor und milderte den Geruch von Pferden und säuerlicher Hefe, der die Luft dort erfüllte. Wie immer kam man sich nach dem hellen Sonnenlicht draußen in der Stube zunächst blind vor, bis sich die Augen an die Dunkelheit gewöhnt hatten. Ein blasses, junges Mädchen kam die Treppe herunter und sagte mir, dass sich der Wirt gerade hinten mit den Stallknechten unterhalte und es ihr nicht gestattet sei, Briefe einfach herauszugeben.

»Doch er kommt zurück, sobald er fertig ist«, sagte sie.

»Dann seid so gut und schenkt mir ein Bier aus.« Meine Kehle war wie ausgetrocknet. Ich ließ mich auf einer Eckbank nieder und sie brachte das Bier. Immer noch gelang es mir nicht, das Gefühl abzuschütteln, das mich verfolgte, seit ich mich zur Taverne aufgemacht hatte. Nun, ich war nicht auf der Straße überfallen worden und glaubte auch nicht, dass mir etwas Derartiges auf dem Rückweg zustoßen würde. Konnte ein Brief eingetroffen sein, der uns mitteilte, dass die Tante verstorben war?

Die Tür hinter der Theke erzitterte, als jemand versuchte einzutreten, obwohl sich das untere Türende im Türrahmen verhakt hatte. Von einem Tritt befreit, flog sie mit einem Knall auf und schlug geräuschvoll gegen die Innenwand der Schankstube.

»Gott verdammt, sag Hector, er soll kommen und sich darum kümmern, und zwar jetzt«, sagte eine gereizte Stimme. »Ich hab ihm Dienstag schon gesagt –« Die verärgerte Stimme brach mitten im Satz ab, und ich sah den Wirt hinter der Theke in meine Ecke schauen.

»Er ist wegen der Post gekommen«, sagte das Mädchen. Ich kippte den letzten Schluck Bier hinunter und ging auf die beiden zu.

»Ach ja, Sir, ich erinnere mich an Euch.« Obwohl der Mann lächelte, ließ sein Blick nicht von meiner zerlumpten und fleckigen Kleidung ab. »Fühlt sich Mister Ferris nicht wohl?«

»Nichts Ernstes. Er hat Blasen am Fuß und zog es deshalb vor, mich hierher zu schicken.«

»Sehr weise«, sagte der Mann. »Ich habe etwas für Euch.« Ich gab ihm das Geld und er zog unter einigen Tüchern ein an Ferris adressiertes Schreiben hervor und reichte es mir.

»Wollt Ihr es nicht lesen, Sir?«, fragte er, als ich mich von der Theke entfernen wollte.

»Ich bin nicht Mister Ferris«, erwiderte ich, überrascht über seine Frage.

»Ich denke, Ihr solltet es lesen, da Ihr doch sein Freund seid.« Er starrte mich an. All meine Befürchtungen und Vorahnungen stiegen einer Welle gleich in mir hoch, bis mir der kleine Mann hinter der Theke so finster erschien, als sei er der Todesengel persönlich.

Ich drehte den Brief in der Hand. Es war nicht Becs' Handschrift, dennoch kam sie mir irgendwie vertraut vor. Doktor Whiteman?

»Geh nach oben, Nelly«, sagte der Mann. Nelly verschwand sofort.

Dann sah ich das Siegel und zitterte. Das einfache Wappen in rotem Wachs. Mit zitternden Fingern riss ich den Umschlag auf.

Sir,

bis zum siebten Juli müsst Ihr das Gemeindeland verlassen haben. Außer dem Datum kann ich Euch nichts Näheres mitteilen, daher macht Euch auf den Weg, solange man Euch noch nicht die Beine gebrochen hat. Glaubt mir, wenn ich Euch sage, dass ich schon einmal Zeuge einer solchen Angelegenheit war und etwas Derartiges nie wieder mit ansehen möchte.

Euer Freund

Ich erkannte die Schrift, das Papier und die Tinte wieder. »Welcher Tag ist heute?«, fragte ich.

»Lasst uns mal sehen.« Er schaute auf einen Kalender, der an einem Nagel von einem Balken herabhing. »Heute ist der erste Juli. Soll ich Euch noch ein Bier bringen?«

»Nein.« Sechs Tage. Ich starrte auf die Initialen JW, die erst vor kurzem in das Holz der Theke geritzt worden waren. Vielleicht würde ich JW eher treffen, als ich gedacht hatte.

»Er ist per Boten gekommen«, sagte der Mann. »Lasst mich Euch etwas bringen.«

»Nein. Danke – danke –« Ich rannte zur Tür und hinaus in die blendende Sonne. Ich rannte über den Hof und die Straße entlang und konnte wie ein gehetztes Tier gar nicht mehr aufhören zu rennen. *Solange man Euch noch nicht die Beine gebrochen hat.* Alles, was ich besaß, war meine Kraft. Zu hinken, an Krücken zu gehen –

Plötzlich wurden meine Beine schwer. Als Ferris heute Morgen mit mir zur Zisterne gegangen war, hatte er nicht gehumpelt.

Es ist nichts, er hat sich den Fuß mit Lumpen verbunden, redete ich mir ein. Doch mein ungutes Gefühl wuchs sich langsam zu einer Übelkeit aus. Wieder hörte ich ihn fragen, *gehst du jetzt,* und wieder sah ich Susannahs Hände unsicher über den Kessel streichen.

Das alte Spiel ist vorbei und ein neues hat angefangen?

Nun passt Ihr vielleicht besser auf Euch auf.

Sie hatte genug gesagt, ich hätte bloß richtig hinhören müssen. Nun rannte ich erst recht und hastete trotz der Hitze in großen Sprüngen die Straße entlang. Schweiß lief an mir herunter, mein Atem klang wie der eines geschundenen Pferdes, und ich verspürte solche Seitenstiche, dass ich unter normalen Umständen angehalten hätte, doch ein furchtbarer Zorn übertönte meinen Schmerz. Ich hätte mit bloßen Füßen über Glasscherben laufen können.

Die ebene, trockene Erde erhöhte mein Tempo. Bald kamen die Heuschober in Sicht, dann die Hütten, die mit jedem meiner Schritte vor meinen Augen auf und ab hüpften. Schaum sammelte sich in meinen Mundwinkeln. Ich stürmte auf die Kolonie zu, hob mit jedem Schritt vom Boden ab und schnitt mit den Armen durch die Luft. Die letzte Wiese vor den Feldern verlief hügelabwärts und war uneben. Ich stürzte mich in ungleichmäßigen Sprüngen hinab, bis ich das bestellte Land erreichte. Hepsibah und Catherine standen bei den Karotten. Sie drehten sich um, sahen mich und machten ein paar Schritte auf mich zu, doch ich lief ungeachtet ihrer Rufe zwischen ihnen hindurch und die Furchen entlang bis zu dem letzten Grasstück vor dem Wald. Inzwischen taumelte ich. Ich lief den grünen Pfad entlang, rutschte, stürzte und fühlte, wie mir Brombeerranken Gesicht und Hände zerkratzten. Ich war mit fürchterlicher Wucht der Länge nach hingefallen und spürte einen explosionsartigen Schmerz in meinem Mund.

Vor Schreck am ganzen Leibe zitternd, stützte ich mich auf Hände und Knie. Sofort machte sich ein stechender Schmerz in meinem rechten Arm bemerkbar. Ich hatte mir im Fall in die rechte Backe gebissen und meine Brust und mein Bauch schmerzten von dem Aufprall. Eine Hitzewallung ließ mir das Blut ins Gesicht schießen. Ich hatte das Gefühl, nie wieder aufstehen zu können.

Es war kühl unter den Bäumen. Über meinem Kopf zwitscherten Vögel, und eine Brise umwehte sanft meinen berstenden Schädel. Langsam bekam ich wieder etwas Luft und konnte mich auf meine Fersen setzen. Der Zweig eines Schlehdornbusches hatte sich in die Innenseite meines Unterarms gebohrt und seine Dornen über die gesamte Länge in das Fleisch getrieben. Mit zusammengepressten Zähnen zog ich ihn weg und starrte widerwillig auf sechs rötlichschwarze Löcher in der Haut, bevor ich meinen Ärmel darüber zog, um das Blut zu stillen. Schließlich hatte ich meinen Atem wieder so weit unter Kontrolle, dass ich aufstehen konnte, wobei ich auf jedem Knie eine schmerzhafte Schürfwunde bemerkte. Dann bewegte ich mich langsam und leise gut hundert Meter vorwärts, bis ich den Klang einer Frauenstimme vernahm. Die letzten zwanzig Meter schlich ich äußerst behutsam, um meine Turteltäubchen nicht zu erschrecken. Er war so töricht – oh, ich hätte nie gedacht, dass er so töricht sei! Nachdem er sich solche Mühe gemacht hatte, mich wegzulocken, waren sie nun in unserem geheimen Versteck und zudem offensichtlich so abgelenkt, dass sie mich nicht näher kommen hörten. Das Laufen hatte mich all meiner Kräfte beraubt, sonst wäre es vielleicht zu einem Mord gekommen. So stand ich nur da und lauschte und wurde nach einer Weile von stummem Gelächter geschüttelt. Denn schließlich konnte dies alles nur ein schlechter Scherz sein.

Es war einmal ein Mann, der hörte, wie sich sein Weib mit ihrem Liebhaber traf. Er hörte die Geheimnisse, die das Weib dem Liebhaber zuflüsterte und sagte nur, *ja, das ist sie.* Doch dann bat der Liebhaber darum, berührt zu werden, und der Ehemann ballte die Fäuste. Als der Liebhaber schließlich laut aufschrie, bohrten sich die Nägel des Ehemanns tief in das Fleisch seiner eigenen Hände.

29. Kapitel
Beliebte Spiele

Auf meinem Bett lag eine reife Getreideähre. Ich nahm sie in die Hand, riss den Halm ab, zerknickte ihn in zwei Hälften und dann jede Hälfte noch mal in drei Stücke.

Der erste Juli. Ich brach den Strohhalm an den sechs Knickstellen und steckte ein Stückchen in den Boden neben meiner Tür.

Nimm die Ähre. Es ist das siebte Stück. Sie lag in meiner Hand und war ungeachtet dessen, was Ferris sagte, viel zu trocken. Ich drückte sie, bis die Körner herausfielen, und zerkrümelte den Rest. *Es wird ein Golgatha geben.* Die einzelnen Stücke des Strohhalms lagen auf dem Boden und waren verdammt, bis ich sie aufheben würde. *Du bist und warst stets mein Eigentum. Auf diese Weise siehst du es vielleicht ein,* sagte die Stimme. *Wie hätte die Ähre sonst hier hineingelangen sollen? Die anderen mögen draußen auf dem Feld tanzen und strahlen, doch die Wahl ist ein für allemal getroffen, so wie zwischen dem Korn und dem Unkraut.*

Inzwischen musste er es erfahren haben. Hepsibah und Susannah hatten mich in den Wald rennen sehen. In den vergangenen fünf Stunden hatte niemand nach mir geschaut, obwohl sie wahrscheinlich neue Gräben aushoben. Jacob nach London schicken. Ha.

In der Ecke lag unter einem Stapel Sackleinen der Brief, den mein Schweiß zwar verwischt, aber nicht unlesbar gemacht hatte. Vielleicht bliebe er dort liegen, und die Hütte würde darüber zusammenstürzen, bis er eines Tages zu Erde würde genau wie Christopher Walshe. Ich konnte ihn Ferris zeigen und zusehen, welches Entsetzen er bei ihm hervorrufen würde. Doch dann – ich zögerte. Was immer auch aus der Kolonie würde, sollten Caro und er überleben, würde er sie mit in die Stadt nehmen, und das hieß, dass er mir nie wieder Schutz gewähren würde. Diese Vorstellung traf mich mit solcher Wucht, dass sie mir das Blut aus dem Herzen trieb und ich einen Moment lang meinen Kopf auf die Knie legen musste. So schnell hatte er mich hintergangen, so schnell. In jener Nacht, bevor Nathan feststellen musste, dass er verlassen worden war, hatte er vermutlich einen lieblichen Traum gehabt und vielleicht sogar angenommen, der Tornister unter seinem Kopf sei Ferris' Arm.

Ich zwang mich nachzudenken und meinen Schmerz zu unterdrücken. Ich war nicht völlig machtlos, denn es lag in meinen Händen, ob sie heiraten würden oder nicht. Ich brauchte nur ein paar Worte zu sagen und das Kind für mich zu beanspruchen. Auch meinem Weib konnte ich einiges ins Ohr flüstern. Wie er seinen *Liebling* verwöhnt hatte, seinen *Simson,* wie ich an seinem Tisch gegessen und es mir an nichts gefehlt hatte. Wie geschickt er seinen Mund und seinen Arsch einsetzte.

Es gibt eine edlere und eine fürchterlichere Lösung. Sag nichts. Lass sie unvermutet in die Falle tappen.

Ich starrte auf das zerkrümelte Korn und schauderte.

Als das Klopfen gegen den Kessel verkündete, dass das Essen fertig sei, war der Tag noch längst nicht vorüber. Ich nahm an, dass die Frauen, von der Feldarbeit müde, zeitig mit der Zubereitung der Mahlzeit begonnen hatten.

Meine Stimmung war umgeschlagen. Die Hitze meines Schmerzes war verflogen; ich litt jetzt auf eine kühlere Art und schien so leichtfüßig und leise über das Gras zu gehen wie der Mann, der mich betrogen hatte. Ich setzte mich näher an das Feuer als gewöhnlich, lächelte jedem zu, dessen Blick ich erhaschte, und hätte mich jemand zum Tanz oder zum Singen aufgefordert, wäre ich seiner Bitte nachgekommen und hätte ihm hinterher die Kehle durchgeschnitten.

Susannah hatte schon wieder Küchendienst, und Catherine half ihr. Die ältere Frau bedachte mich mit einer etwas großzügigeren Portion als beim letzten Mal, jedoch machte sie keine Anstalten, mit mir zu sprechen.

So ist das also, dachte ich. *Ihr seht mich in größter Not und schweigt.*

Wie in der dürftigen Anfangszeit gab es mit Wiesenthymian gewürzte Suppe. Ich saß zwischen Jeremiah und Jonathan, die beide die Suppe heuchlerisch und übertrieben lobten.

»Wir haben Euch heute Nachmittag vermisst«, sagte Jeremiah. »Wir haben begonnen, kleine Verschläge für das Getreide zu bauen. Für den Winter werden wir ein größeres Vorratslager brauchen.«

»Im Winter werden wir nicht mehr hier sein«, sagte ich. »Sagt Ferris, er soll mit seinen und Euren Kräften Maß halten.«

Er starrte mich an. »Susannah sagte, Ihr hättet Euch unwohl gefühlt.«

»Ich fühle mich unwohl, und wir werden im kommenden Winter nicht mehr hier sein.« Es war mir zuwider, ihn mit dem Mund voller

Suppe zu sehen, den Brei klebrig zwischen seinen Zähnen, und seinen schnaubenden Atem beim Essen zu hören.

»Dann glaubt Ihr also, dass Sir George uns vertreiben wird?«, fragte Jonathan.

»Ich weiß es.« Ich wandte meinen Blick in seine Richtung, denn er aß gesitteter als Jeremiah. Ein Stein knirschte zwischen meinen Zähnen, und ich schob ihn auf die Zunge, damit ich ihn ins Gras spucken konnte. Er fuhr fort: »Wo ist Bruder Christopher?«

»Warum fragt Ihr mich das?«

»Wir dachten, Ihr wärt mit ihm zusammen im Wald gewesen. Dann war das also nicht so?«

»Ich war in meiner Hütte.« Plötzlich kam mir der Gedanke, dass Ferris vor mir geflohen sein konnte, während ich geplant hatte, vor ihm davonzulaufen. Doch nein, seine Sturheit würde eine Flucht nicht erlauben. Ich hatte ihn in die Ecke gedrängt und konnte ihn nun auf beliebige Art verletzen.

Er war da. Ich sah ihn in der Nähe der Feuerstelle über einige Gerätschaften steigen und sich umschauen, wer sie wohl dort liegen gelassen hatte. Caro war nicht bei ihm. Er blickte kurz in meine Richtung, ging dann zum Kessel, holte aus ihm den Kochtopf hervor, nahm sich von der Suppe, noch bevor Susannah aufstehen konnte, und ließ sich im Schneidersitz zum Essen nieder. Ich wusste, dass er meinen Blick gesehen hatte. Lass ihn zappeln und rätseln, welcher Art meine Rache wohl sein wird. Ich hatte bereits ausgiebig darüber nachgedacht. Seit unserem Kampf in Cheapside wusste ich, dass er sich besonders davor fürchtete, festgehalten und verletzt zu werden. Die Stimme hatte heiße und nicht enden wollende Umarmungen versprochen. Sie wusste es.

Catherine kam zu mir und fragte mich, ob ich ihr, Susannah und Hathersage helfen würde, eine Entwässerungsgrube neben der Käserei zu graben. Der Boden sei dort hart, sagte sie, zudem wären sie schon dicht unter der Oberfläche auf große Steine gestoßen. Ich erwiderte, dass ich darüber nachdenken würde. Sie war beleidigt und ging sogar so weit, mir zu sagen, dass ich von Stolz zerfressen sei.

»Ich sehe, dass Ihr mit Susannah über meine Sünden gesprochen habt«, sagte ich. »Hat sie Euch alle aufgezählt?«

»Ich spreche allein für mich, doch ich wette, dass sie genauso denkt wie ich«, antwortete Catherine schrill.

Ich lachte über eine solche Versicherung. »Und was denkt Ihr?«

»Dass wir einander helfen sollten.«

»Einander helfen, Ferris' Taschen zu leeren! Und mich schimpft man stolz, weil ich nicht bereit bin, Eure Arbeit zu tun. Was ist denn mit Hathersage?«

Als seien allein die Worte schon Verrat, murmelte sie leise: »Wir brauchen jemanden, der stärker ist.«

Ich war die Domremys und ihre dummen Predigten leid. »Ich sage Euch etwas«, meinte ich. »Wenn Hathersage mit genau diesen Worten zu mir kommt und mich bittet, werde ich ihm helfen.«

»Oh, Jacob, wie könnt Ihr nur –«

»Was!«, rief ich, »er wird doch nicht zu stolz sein?«

Wortlos stand Catherine auf und ging davon.

Ferris aß genüsslich. Vielleicht erinnerte er sich dabei an ihre Schmeicheleien und schöpfte daraus Hoffnung für die Zukunft, statt an die bevorstehende Begegnung mit mir denken zu müssen. Menschen sind so töricht und begreifen nur langsam, dass diese kleine fleischliche Hoffnung am Ende nichts wert ist.

Er stellte seinen Napf ab und nahm sich etwas Bier aus dem für alle bereitstehenden Krug. Ich beobachtete, wie er mit einem Becher Bier in jeder Hand zu mir herüberkam.

»Hier«, sagte er, reichte mir einen der Becher und ließ sich neben mir im Gras nieder. Verblüfft merkte ich, dass ich sein Lächeln erwiderte. Offensichtlich wusste er noch nicht, dass ich ihn ertappt hatte. Entweder hatte Susannah ihn nicht gewarnt oder nicht gewusst, dass er im Wald gewesen war. Catherine hätte, da war ich mir sicher, nicht erraten, was er dort tat, denn obwohl sie eifersüchtiger als ihre Schwägerin war, so arbeitete ihr Verstand doch langsamer.

»Dir muss heute unterwegs ganz schön heiß geworden sein«, fuhr Ferris fort. Er trank einen Schluck Bier. »Willst du es nicht auch probieren, Jacob? Es schmeckt heute ausnahmsweise gut.«

Um Zeit zu gewinnen, trank ich einen Schluck und stellte fest, dass er Recht hatte.

»Was ist das?«, fragte er. Da ich nicht wusste, was er meinte, runzelte ich die Stirn, doch er berührte mein Kinn. »Ein blauer Fleck oder Dreck? Du siehst aus, als hätte dich jemand geschlagen.«

»Ein Sturz.« Ich streckte ihm meinen Unterarm hin und zeigte ihm die inzwischen rötlichblauen, gefährlich aussehenden Löcher.

»Ah –!« Er holte so tief Luft, dass man hätte schwören können, sein

Mitleid sei aufrichtig, dann strich er mit den Fingerkuppen über die Wunden. Hass schnürte mir die Kehle zu.

»Wir müssen eine Salbe für dich holen«, sagte er.

»Es ist nicht so schlimm«, murmelte ich, »sie bluten schon nicht mehr. Und was ist mit deinen Blasen?«

»Meine Blasen sind – besser. Ja, besser.«

»Dann wirst du morgen wieder zur Taverne gehen wollen.« *Jetzt habe ich dich. Und was ist mit deiner geliebten Tante? Du hast noch nicht einmal nach ihr gefragt.*

Er wandte seinen Blick ab. »Ich habe immer noch Schmerzen.«

»Außer, wenn du liegst?«, forschte ich nach. Auf diese Bemerkung hin wandte er mir seinen Blick wieder zu, doch ich war darauf vorbereitet und hatte bereits eine besorgte Miene aufgesetzt. »Im Moment schmerzen sie doch nicht?«

Ferris schüttelte den Kopf.

»Ich muss dir etwas sagen«, verkündete ich.

»Eine Nachricht aus der Taverne?«

»Unter vier Augen.«

Ferris zögerte.

»Sollen wir zu unserem geheimen Versteck gehen?«, fragte ich.

Er stammelte etwas. Ich hatte Blut geleckt und begann Gefallen daran zu finden, ihn zu quälen. Wir standen auf und gingen auf den Wald zu, wobei Ferris jetzt humpelte. Dieser Anblick versetzte mir einen Stich. *Ich könnte seinem Leben ein Ende setzen, ohne ihn aufzuklären. Könnte ihn um Gnade flehen lassen.* Ich dachte darüber nach, was ich wohl anschließend tun würde, und erblickte vor meinem geistigen Auge das Becken unterhalb der Quelle.

»Jacob?« Sein Blick suchte mein Gesicht. »Es wird spät. Hier sind wir weit genug weg.«

»Ich finde auch im Dunkeln den Weg zurück«, sagte ich.

Er ließ sich noch in Sichtweite der anderen nieder, und obwohl er lächelte, war jegliche Freude aus seinem Gesicht gewichen. Ich erkannte, dass er nicht weiter mit mir gehen würde.

»Komm, lass mich deine Botschaft hören.«

»Es ist nicht wirklich eine Botschaft«, sagte ich und setzte mich neben ihn. »Eher ein Bekenntnis, denn du bist mein treuster Freund.« Ein weiterer Stich mit dem Messer. »Du weißt, dass ich vor etwa einem Jahr von zu Hause weggegangen bin.«

Ferris schwieg.

Ich fuhr fort: »Ich war mit einer jungen Frau verlobt, einer Magd. Doch ich musste fliehen.«

Er nickte.

»Wegen Mordes.«

Ferris starrte mich an.

Ich sagte: »Eine Frau wurde Zeugin der Tat, konnte sich jedoch davonmachen.«

»Davonmachen?«

Ich wartete, bis er die Bedeutung meiner Worte verstanden hatte. »Ja. Sie war eine Hure und trug ein Kind von Zeb. Er tat gut daran, sie loszuwerden.«

Ferris zuckte zusammen. Ich lächelte innerlich bei dem Gedanken, dass er, hätte er alles verstanden, was ich ihm erzählte, aufgesprungen und davongelaufen wäre. Ich fuhr fort: »Doch meine Geschichte ist ganz durcheinander geraten. Erst muss ich dir erzählen, wie ich den Jungen getötet habe.«

»Das hast du mir bereits erzählt«, unterbrach er mich sofort. »Notwehr.«

»Habe ich das gesagt?«

»In der Tat.« Seine atemlose und dünne Stimme verriet mir, wie angespannt sein Körper war.

»Ich habe ihn ertränkt.« Ich unterbrach meine Erzählung, um das Geräusch von Ferris' heftigem Atem zu genießen. »Hielt ihn fest und drückte ihn runter, bis er Wasser schluckte. Er war schmächtig«, wieder machte ich eine kurze Pause, bevor ich hinzufügte: »Wie du.«

»Du warst – du sagtest, ein Mann – o Gott.«

»Willst du wissen, warum?«, fragte ich scheinheilig.

Er ließ eine Art Schluchzer vernehmen. Ich nahm es für ein ›ja‹ und rückte mit dem Gesicht ganz nah an seines heran. »Er glaubte, einen Narren aus mir machen zu können.«

Über seinen blutleeren Wangen wirkten Ferris' Augen nun fast schwarz. Plötzlich versuchte er aufzustehen, doch ich war darauf vorbereitet und hielt seinen Arm fest.

»Deswegen mussten wir weglaufen, deswegen und weil wir einige Pamphlete besaßen. Es war mein Hochzeitstag. Deswegen hast du mich in meinem Hochzeitsgewand gefunden.«

»Prinz Rupert.« Er neigte kurz seinen Kopf und schaute wieder auf. »Warum erzählst du mir das jetzt?«

»Ich möchte nicht, dass es Geheimnisse zwischen uns gibt.« Ich lächelte ihn an, obwohl er mich in der zunehmenden Dunkelheit kaum noch sehen konnte, und ließ meine Stimme fröhlich klingen. »Es gibt doch keine, oder?«

»Nein.«

Seine Stimme zitterte, als er dieses Wort aussprach. Sein innerer Kampf erregte mich. Ich überlegte, ihn in den Wald zu zerren und ihn dort auf die Erde zu drücken, schob diesen Gedanken jedoch vorerst noch beiseite.

»Ich freue mich, dass du wieder mit mir sprichst.« Ich klopfte ihm auf den Arm. »Und dass du mich hast zur Taverne gehen lassen. Doch vom ersten Tag, da wir uns getroffen haben, warst du freundlich zu mir.«

»Ich habe dir Wasser gereicht und dir eine Pike besorgt, mehr nicht. Und jetzt lass mich gehen.« Er war so entkräftet, dass er wie Nathan klang. Ich lockerte meinen Griff, und Ferris sprang sofort auf die Füße. Nicht mal Sir George, dachte ich, vermochte ihm mehr Angst einzujagen.

»Ein anderes Mal erzähle ich dir von meinem Weib«, rief ich ihm hinterher, als er davonging.

Er hätte mir von Caro erzählen können. Doch er hatte die Dinge im Dunkeln lassen und weiter sein doppeltes Spiel spielen wollen. Nun gut, soll er weiter in seine Karten schauen, denn das Blatt, das ich in der Taverne erhalten hatte, würde den Spieltisch und alles andere vernichten.

»Ferris!«, rief ich und konnte trotz der Dunkelheit noch erkennen, dass er innehielt. »Lass mich auch morgen wieder nach deiner Post schauen.«

»Ja, ja!« Er entfernte sich noch schneller von mir.

Bis ich mir meiner eigenen Pläne sicher war, musste ich verhindern, dass er mit dem Wirt sprach.

Am nächsten Morgen stak ein zweiter Getreidehalm dort, wo auch der erste war, und schaute plump aus den Grasziegeln hervor, als sei er Teil eines närrischen Plans, Korn in der Hütte sprießen lassen zu wollen. Nach einem Traum, in dem ich dem Jungen die Kehle durchschnitten hatte, um hinterher festzustellen, dass ich Ferris getötet hatte, war ich noch im Dunkeln aufgewacht und draußen zwischen den Hütten auf und ab gegangen, denn die Luft in meiner Hütte schien bleiern vor Angst. An seiner Hütte hatte ich innegehalten und ein Schnarchen gehört. Immerhin war er nicht mit ihr in den Wiesen, doch das brachte ihn mir auch nicht näher. Der Himmel war klar, die Sterne leuchteten. *Wo ist Gott?*, überlegte ich. *Überall sehen wir Schlechtigkeit und Verderbnis.*

Einst hatte ich als Kind Gott gebeten, mir ein Zeichen zu geben, und versprochen, sollte ich es erhalten, würde ich es allen mitteilen. Doch das Zeichen war ausgeblieben, und als ich es dem Pfarrer erzählte, meinte er, allein ob der Tatsache, einem betrügerischen Papisten gleich etwas Derartiges erbeten zu haben, gehöre ich schon verprügelt. Ob nicht die ganze Religion dank der Bibel offen vor mir liege? Reiche mir das nicht, würde ich mit Sicherheit auch kein Zeichen respektieren. Jetzt wandte ich mein Gesicht zum Himmel. *Seht Ihr mich vor seiner Tür? Was wird aus uns werden?*

Ich kroch zurück in mein einsames Bett und fand lange Zeit keinen Schlaf mehr, bis mich das vertraute Alpdrücken rief. Er saß aufrecht neben mir, sagte, er vergebe mir, denn er habe mich immer am meisten geliebt, er küsste und streichelte mich, bis ich schließlich schweißgebadet und mit schmerzenden Gliedern aufwachte und feststellen musste, dass ich sowohl Tränen als auch Samen vergossen hatte.

Der Tag drang durch die Ritzen der Hütte. Es war sinnlos, denn es gab nichts mehr zu tun. Ich hatte keine Lust, bei der Arbeit zu helfen, Liebschaften zu verfolgen oder gar Abschied zu nehmen. Uns blieben noch fünf Tage, und während ich im Stroh lag und mich an meinen neuen Stichen kratzte, erkannte ich, dass ich diese Zeit nicht würde abwarten können.

Der Schlüssel hing immer noch um meinen Hals. Ursprünglich war das Band rot gewesen, doch inzwischen hatte es eine dreckige schwarzbraune Färbung angenommen. Als Erstes würde ich zur Taverne gehen, damit er seine Liebschaft hervorlocken konnte. Dann würde ich die Geldschatulle ausgraben. Sollte er mehr benötigen, brauchte er nur nach Cheapside zu gehen. Die anderen mussten schauen, wie sie zurechtkamen, kein ungewöhnliches Schicksal in unseren Tagen. Ich fragte mich, was wohl aus Botts und aus Rowly geworden war. Aus Eunice Walker war in der Zwischenzeit vermutlich Eunice Keats geworden. Ihre Schicksale hatten sich von mir entfernt, so wie die Straßen von dem Gemeinschaftsland wegführten, über die Hügel und aus dem Sinn: Sie waren allesamt verachtenswert und doch besaßen sie eine Begabung, die mir fehlte; sie konnten ohne Ferris leben.

Wenn er Caro heiratete, würde er das Kind aufziehen. Ich sagte mir, dass es aller Wahrscheinlichkeit nach Zebedees Kind war. Ich hoffte nur, dass Zeb ihnen eines Tages in der Stadt über den Weg laufen würde: ich stellte mir sein Gesicht vor, wenn er Jacobs *Unterhalter* mit Caro und seinem eigenen Sohn sehen würde. Sollte Zeb Daniel wollen, würde er ihn sich nehmen, und Ferris, der ihm im Kampf stets unterlegen wäre, müsste froh sein, wenn er dabei einigermaßen unversehrt davonkäme. Dieser Gedanke, der mich früher geschmerzt hätte, ließ mich nun lächeln, und dieses Lächeln zeigte mir das Ausmaß meines Elends.

Ich stand auf und zog mich an. Es war immer noch früh, und der Tag war noch in dunkles Blau gehüllt. Ich vermutete, dass es kühl bleiben würde, und hoffte, dass wir endlich etwas Regen bekämen, dann erinnerte ich mich daran, dass das völlig egal war.

Das Feuer rauchte trübe. Hepsibah stand darüber gebeugt, ein rußbefleckter Küchendämon.

»Gott schenke Euch einen schönen Tag, Bruder Jacob.«

»Ist noch etwas von der Suppe übrig?«, fragte ich.

»Schaut im Zelt nach.«

Ich ging ins Zelt und fand dort noch eine kleine Schüssel. Ganz in der Nähe lag ein Löffel. Ich tauchte ihn in den Brei und aß ein paar Löffel davon, ohne etwas zu schmecken. Am liebsten hätte ich mich unmittelbar darauf übergeben, doch indem ich ruhig durchatmete und etwas Bier in kleinen Schlucken trank, konnte ich die Speise bei mir behalten. Allerdings bekam ich nun nichts mehr herunter. Ich trug die Schüssel zum Feuer.

»Danke, Bruder.« Sie machte einen Schritt auf mich zu, um sie mir abzunehmen, doch als sie mein Gesicht sah, hielt sie mitten in der Bewegung inne. »Geht es Euch gut?«

»Ich habe mich schon besser gefühlt.«

»Eure Augen sind blutunterlaufen.«

Ich zuckte mit den Schultern. »Schlafmangel.«

»Dagegen kann ich Euch etwas geben«, sagte Hepsibah. Plötzlich erinnerte ich mich daran, wie ich Ferris gestreichelt hatte, bis er einschlief, drängte jedoch diese Bilder sofort wieder zurück. Sie fuhr fort: »Wir könnten alle etwas Erholung gebrauchen.«

»Nein, danke. Ich habe eine wichtige Aufgabe vor mir, nämlich die Post für König Christopher zu holen.«

Hepsibah starrte mich an. »Ihr seid nicht Ihr selbst. Ich bin sicher, wenn er Euch sieht, dann wird er Euch nicht mal wegen eines Briefes losschicken.«

»Stets zu seinen Diensten.« Ich lachte, doch sie fiel nicht mit ein. »Sagt ihm, ich sei im Bett«, sagte ich, »und erwarte seine Befehle.«

Wieder starrte sie mich an. »Ich habe Baldrian, als Schlafmittel. Fühlt Ihr Euch fiebrig, Bruder?«

»Nein.« Ich muss tatsächlich verstört aussehen, dachte ich, denn für gewöhnlich scherten sich die Kolonisten nicht um meine Gesundheit, sondern behandelten mich wie ein Stück Eisen.

Während ich über die Wiese zurück zur Hütte ging, drang die Kälte des frühen Morgens durch meine Kleider. Mein Spaziergang in der Nacht, die Träume, all dies schien an meiner Kraft gezehrt zu haben. Vielleicht würde ich sterbenskrank werden.

Er wird in dein Grab hinabsehen und sie an der Hand halten. Sie werden sich frei fühlen.

Wird er sich an meine Küsse und Umarmungen erinnern, während sie meinen Leib mit Erde bedecken?

Was macht das schon für einen Unterschied? Du wirst bei mir sein.

In der Hütte legte ich mich mit angezogenen Knien hin, kreuzte die Arme über der Brust und wurde doch nicht wieder warm. Während ich eindöste, flüsterte die Stimme weiter auf mich ein.

Ich werde dich beliebig benutzen.

Als ich einige Zeit später erwachte, stand ein Becher neben meinem Bett. Ich tastete mit den Fingern danach. Er war nicht wärmer als die ihn umgebende Luft. Das Licht fiel inzwischen noch heller durch die verschiedenen Ritzen. Meine Glieder fühlten sich schwer an, und das Bett erschien mir trotz seiner Flöhe angenehm. Als ich mich umdrehte, schmerzten mir die Arme und Beine, als bekäme ich einen Krampf oder als würde mir jemand seine Daumen in die Muskeln drücken, um mir absichtlich weh zu tun. Mein Schädel schien plötzlich, als würde er platzen, und noch bevor ich mich wieder hinlegen konnte, überkam mich großer Durst. Im Becher schwammen zerdrückte Wurzeln: Baldrian. Ich trank einen Schluck, doch dann erinnerte ich mich, dass ich vor Ferris zur Taverne gelangen musste und dass dieser Trank mich schläfrig machen würde. Ich kippte den Becher auf der Erde aus, um der Versuchung zu widerstehen, ihn gänzlich auszutrinken.

Dann setzte ich mich auf die Bettkante und versuchte meine Beine zu spüren. Als ich aufstehen wollte, fiel ich gegen die Wand der Hütte und schürfte mir das Gesicht auf. Ich kleidete mich an und fragte mich, ob Ferris und Caro gerade das Gleiche taten, doch dann fiel mir ein, dass sie wohl längst aufgestanden waren und auf dem Feld arbeiteten. Ich hörte mich laut lachen. *Geh den Brief holen, Jacob.*

Ich trat vorsichtig aus der Hütte und schützte meine Augen vor der Sonne. Sie waren dabei, neue Gräben auszuheben, und ich sah sofort, dass er bei ihnen war. Caro stand in seiner Nähe. Es war nicht einfach, festen Schrittes die Wiese zu überqueren. Als ich mich den Gräben näherte, hörten sie mit der Arbeit auf, lehnten sich auf ihre Spaten und freuten sich über die unverhoffte Unterbrechung.

Hepsibah kam auf mich zu und schaute mir ängstlich in die Augen. »Habt Ihr die Medizin gefunden?«

»Ja.« Ich lächelte sie an. »Und danach besser geschlafen.«

»Bruder Jacob!«, rief Jonathan. »Wir dachten, Ihr wäret krank.«

»Wir Ihr seht, sind meine Beine und meine Stimme in Ordnung. Mir fehlte lediglich ein wenig Schlaf, das ist alles.«

Die ganze Zeit über hatte Ferris weitergegraben, als sei ich gar nicht da, und damit der ganzen Kolonie gezeigt, welche Kälte zwischen uns gekommen war. Ich überlegte, ob sich Susannah doch gerächt hatte und einige nun wussten, dass sich hier zwei Liebende zerstritten hatten.

»Mir geht es viel besser«, sagte ich, »doch ich möchte jetzt noch nicht gleich wieder graben. Vielleicht könnte ich nach einem Brief schauen gehen, Bruder Christopher?«

Er wandte sich langsam zu mir um. Ich konnte seinem Gesicht ansehen, dass er über das ›Bruder Christopher‹ nicht gerade erfreut war, doch mir erschien der Name nun angemessener als ›Ferris‹, den ich mit Liebe verband. Er zögerte misstrauisch, während Caro, die sich unbeobachtet wähnte, zwischen uns beiden hin und her sah.

»Jacob sollte in dieser Hitze nicht so weit laufen«, widersprach Hepsibah.

»Was meinst du, Jacob?« Er schaute mich ernst an. »Meinst du, dass du dich wohl genug fühlst?«

»Ich werde langsam gehen, die Bewegung wird mir gut tun.«

Ferris knöpfte den kleinen Beutel auf, den er um die Hüfte trug. Er nahm ein paar Münzen heraus, zögerte dann jedoch. Ich sah, wie er mit sich selbst stritt. Wie ich es erwartet hatte, besiegte das Verlangen die Vorsicht, und er reichte mir das Geld. »Bitte, beeil dich nicht. Ruh dich in der Taverne aus, bevor du den Rückweg antrittst.«

»Keine Angst«, sagte ich.

Als ich mich umdrehte und über die Wiesen davonging, hörte ich, wie er sagte: »Das Graben ermüdet uns über alle Maßen. Es ist fast Mittag, wollen wir unsere Arbeit nicht für eine Weile unterbrechen? Ich würde lieber im Schatten Holz hacken.«

Dies war ein sehr beliebtes Spiel, das ich auswendig konnte. Caro würde ihm nicht sofort folgen, dafür hatte er sie sicherlich zu gut erzogen. Vielleicht konnte sie auch gar nicht zu ihm stoßen, doch dann würde er ein anderes Mal auf sie warten, und ihre Wonne wäre noch heftiger.

Langsam schritt ich die Straße zur Taverne entlang, denn ich fühlte mich sehr viel schwächer, als ich den anderen hatte zeigen wollen. Die meiste Zeit wurde ich von der Sonne geblendet, deren Strahlen von den Steinen zurückgeworfen wurden. Einmal sank ich beinah ins Gras, erholte mich jedoch wieder. *Lass ihn zu ihr gehen, lass unseren Ort den ihren werden.* Ich würde das gesamte Gold aus der Schatulle nehmen. In London würde ich Arbeit finden und ihn mit der Zeit vergessen.

Ich überquerte eilig den nach dem Rosenbusch duftenden Hof der Taverne. Das blasse Mädchen war nirgends zu sehen. Der Wirt kam durch die gleiche Tür wie beim letzten Mal, und da sie sich leicht öffnen ließ, musste Hector sie in der Zwischenzeit repariert haben.

»Ah!«, sagte der Wirt, als er mich erblickte, »hier ist noch einer.« Er reichte mir den Brief. Am Papier und der ordentlichen Handschrift erkannte ich sofort, dass er aus Cheapside kam, und reichte dem Wirt sein Geld.

»Euer Freund bekommt häufig Post«, sagte er.

»Seine Tante war einige Zeit krank.«

»Eine ältere Dame, nehme ich an?« Er hatte Lust zu reden, doch ich sagte ihm, dass es mir nicht gut gehe, dass ich gar nicht hätte herkommen dürfen und dass er mich entschuldigen müsse, wenn ich jetzt eilig wieder zurückkehren wolle.

Unterwegs schaute ich mir den Brief genauer an und überlegte, ob die Tante wohl gestorben war, oder ob das Mädchen schrieb, dass sie inzwischen vollständig genesen sei. *Was kümmert dich das?*, hörte ich die Stimme fragen. *Du wirst in diesem Haus kein Fleisch mehr essen.*

Ich musste es wissen. Ich brach das Siegel und öffnete das Schreiben. Die Sonne schien so stark, dass die Worte vor meinen zusammengekniffenen Augen beinah verblassten. Das Mädchen schrieb, dass sich der Zustand der Tante verschlechtert habe und sie nicht mehr in der Lage sei zu sprechen. Doktor Whiteman wisse nicht mehr weiter. Zwei andere

Ärzte seien hinzugezogen worden, jedoch vergeblich. Es gehe ihr immer schlechter.

Hiermit hatte ich einen Vollstreckungsbescheid in der Hand, denn Ferris würde sofort nach London zurückkehren, sollte er davon erfahren, und wäre so vor Sir George sicher. Nicht nur blieben seine Knochen verschont, sondern die Kolonie könnte in seiner Abwesenheit leicht dem Erdboden gleich gemacht werden. Ich stand wie gelähmt und drückte den Brief an meine Brust. Dann hörte ich wieder, wie er stöhnte, als er bei Caro gelegen hatte. Mein Körper wurde von tränenreichen Schluchzern geschüttelt, während ich das Papier zu einer Kugel zerknüllte und wegschmiss.

Der Mann goss sich gerade einen Becher Bier ein, als ich die Taverne erneut betrat.

»Ihr habt mich doch schon bezahlt«, sagte er. »Seid Ihr wohl? So, wie Ihr ausseht, solltet Ihr Euch setzen.«

»Deswegen nicht. Doch ich muss einen Brief schreiben – seid so gut und bringt mir Papier und Schreibzeug –«, ich zählte das Geld in meiner Hand, »- und einen Krug Wein.«

Angesichts dieser ungewöhnlichen Ausschweifung hob er die Augenbrauen, doch mein Geld war willkommen und genauso gut wie der Wein, den er mir brachte.

»Woher kommt Ihr?«, fragte er, als er mich trinken, jedoch nicht schreiben sah. »Ihr redet anders als die Leute hier.«

»Ich bin in der Nähe von Devizes aufgewachsen.«

»Das ist bei Wales, wenn ich mich nicht täusche?«

Ich schüttelte den Kopf.

»Doch, natürlich, und dort haben sie ihre eigene Mundart.«

»Wenn Ihr meint.« Ich hatte keine Lust, mich mit ihm abzugeben.

»Seid Ihr ein Waliser?«

»Engländer. Sohn eines Gentleman, hättet Ihr das gedacht?«

Offensichtlich hatte er das nicht gedacht, denn statt einer Antwort fragte er mich: »Ist es schön dort?«

»Ich wünschte bei Gott, dass ich nie von dort weggegangen wäre.« Ich trank meinen ersten Becher aus und strich das Papier auf dem Tisch glatt. Ganz oben schrieb ich *Meine liebste Becs*, doch dann verließ mich der Mut, und ich schenkte mir einen weiteren Becher Wein ein.

»Ihr habt einen ganz schönen Zug«, sagte der Wirt.

Der Wein erhitzte mich und ließ mir die Augen brennen, vielleicht hatte ich Fieber, vielleicht waren es unvergossene Tränen. Ich griff erneut zur Feder und fuhr fort:

Wie es scheint, durchleben wir alle eine traurige Zeit. Ich muss dir mitteilen, dass er sich mit der Sense ins Bein geschnitten hat, die Wunde sehr heiß geworden ist und ihm Fieber verursacht. Daher obliegt es mir, Briefe zu öffnen und deinem zu antworten. Ich habe mich dazu entschlossen, ihm ihren Zustand zu verheimlichen. Er ist zu schwach und zu verwirrt, ihn zu begreifen. Abgesehen davon müssten wir vielleicht seinen Tod verkünden, sollte die Wahrheit zu ihm durchdringen, während er in Ruhe und Frieden genesen muss. Ich bin davon überzeugt, dass er sich so schneller erholt und bald nach London zurückkehren kann. Schreib nicht mehr, bis du wieder von mir hörst. Sobald er wieder bei Kräften ist, werde ich ihn bringen. O gute und treue Dienerin! Ich bete Tag und Nacht für dich und die Tante. Glaube mir, ich weiß, wie sehr ich in deiner Schuld stehe,

Jacob Cullen

Meine Hände waren vom Schweiß so feucht, dass ich die Feder kaum halten konnte, und obwohl ich Sand über das Papier gestreut hatte, war es doch fleckig und sah aus, als hätte ich es mit einem Pflug bearbeitet.

»Hier«, sagte ich zu dem Mann, nachdem ich es an *Mistress Rebecca bei den Snapmans, Cheapside* adressiert hatte. »Gebt ihn morgen der Postkutsche mit. Wann wird er ankommen?«

Er kratzte sich den Schädel. »Spätestens zur Mittagszeit.«

Ich trank den restlichen Wein aus und ging wieder hinaus in die blendende Sonne. Mein Gang war unsicher und meine Gedanken glichen dem Futter, das Kühe wieder und wieder käuen. In meinen Ohren dröhnte es.

Mit Geld lässt es sich in Freiheit leben, flüsterte die Stimme. *Es gibt am südlichen Ufer Möglichkeiten, sich einen Jungen zu kaufen –*

Ich werde keinen kaufen.

Nein? Wir müssen dir einen schlanken, blonden Jungen finden.

Lachend verebbte die Stimme wieder.

Ich ging weiter und hielt dabei meinen Blick gesenkt. Wenn ich aufschaute, flimmerten die Wiesen in der Hitze. Eine schimmernde Wasserlache füllte plötzlich weiter vor mir die Straße und verschwand wieder im Staub, als ich näher kam. Vielleicht würde ich tatsächlich käufliche Liebe in Betracht ziehen, so wie es die Stimme gesagt hatte.

Hatte man erst einmal derlei Dinge gekostet, ließ sich wohl kaum noch sagen, *bis hierhin und nicht weiter.* Es sei denn, man besaß jenen eisernen Willen, der einen eher Nahrung verweigern ließ denn einen geleisteten Schwur brechen.

Doch ich konnte meine elende Zeit in der Kolonie beenden. Ferris sollte seinen Brief nie zu lesen bekommen, und in ein paar Tagen würde unser schlampiges Dorf in alle Winde zerstreut werden.

Und ich? Wo würde ich dann sein?

30. Kapitel
Das Siegel brechen

»Warum kommst du so spät?«, wollte Ferris wissen. »Es ist schon fast dunkel! Wir haben auf der Straße nach dir Ausschau gehalten!« Er schlug sich mit der Faust in die Hand. Die anderen standen dabei und kratzten sich die Köpfe.

»Mir ist schlecht geworden«, antwortete ich. »Ich musste mich unter eine Hecke legen und ausruhen.« Ich hatte tatsächlich meinen Rausch ausgeschlafen und war ein paar Stunden später mit dem Gefühl aufgewacht, die Ruhe habe mir wohl getan. Als ich ihm jetzt gegenüberstand, ging es mir fast schon wieder gut, und mein Körper genoss die abendliche Kühle.

»Und das ist alles?« Er drehte sich zu mir um und schien etwas zu spüren. Ich fühlte mehr als ich es sah, dass Susannah und Jonathan steif wurden. Ich war mir nicht sicher, ob sie fürchteten, ich könne ihn schlagen, oder ob sie es einfach nicht mochten, wenn ihr Heiliger herumstampfte und verdrießlich wirkte. Und seine Verdrossenheit stand ihm tatsächlich ins Gesicht geschrieben; seine Wangen waren gerötet und die Augen misstrauisch zusammengekniffen.

»Bruder Christopher, bleibt ruhig«, drängte ihn Catherine. »Jacob hat sich schon den ganzen Tag unwohl gefühlt.«

Er zischte: »Du tust alles, was in deiner Macht steht, um mir Angst einzujagen. Dies alles ist eine List.«

»Eine List, wenn ich nach der Post schauen gehe?«, fragte ich. »Wessen List?« Ich sah, wie seine Augen aufblitzten. »Nimm dich in Acht, Bruder Christopher«, sagte ich. »Zügele deinen Zorn. Das hast du mir doch sonst immer geraten.«

Keiner außer mir hatte Ferris je so leidenschaftlich gesehen. Er trat auf mich zu und ballte die Fäuste.

»Glaub nicht, dass ich so krank bin, dass ich nicht zurückschlagen könnte«, sagte ich.

Er hielt inne, starrte mich wütend an, traute sich jedoch nicht zuzuschlagen.

»Nun«, fragte ich so laut, dass die anderen es hören konnten, »willst du vor allen Augen in die Grube gestoßen werden?«

»Bruder Christopher, Vorsicht!«, rief Caro.

Die Warnung hätte Ferris gar nicht nötig gehabt. Er schob sich an Jonathan und Catherine vorbei, ging zu seiner Hütte und fing an, Sachen hin und her zu werfen.

»Geht und räumt in der Käserei auf«, sagte Susannah zu Catherine und Hathersage. »Und nehmt Schwester Jane mit.«

»Ich kann Bruder Christopher doch helfen«, jammerte mein Weib. Susannah packte ihre Hand und zog sie gewaltsam hinüber zu Hathersage. Jeremiah ging bereits leise pfeifend durch die Abenddämmerung davon.

»Es liegt mehr im Argen als nur ein Spaziergang«, sagte eine freundliche Stimme. Ich drehte mich um und sah Jonathan, der neben Hepsibah stand. Er fuhr fort: »Was ist los, Jacob? Seit Ihr aus London zurück seid, herrscht nur noch Zwist zwischen Euch.«

»Genau das ist es«, antwortete ich. »Nur noch Zwist.«

»Aber Ihr werdet Euch doch wieder vertragen?«, fragte Hepsibah.

Ich schüttelte den Kopf.

Nach einer Pause fragte sie: »Möchtet Ihr noch etwas Baldrian?«

»Danke, doch seit die Hitze nachgelassen hat, geht es mir schon viel besser.«

Sie lächelten unbeholfen.

»Ihr braucht nur zu fragen«, sagte Hepsibah und wandte sich zum Gehen.

»Ja.«

Ich war allein. Ich sah mich um und erblickte etwas Erfreuliches: In der Aufregung über die beiden streitenden Brüder hatten die anderen ihre Spaten in der Grube zurückgelassen.

Der Pfad zu dem Versteck (das ich geheimen Ort genannt hatte, eine Bezeichnung, die jedoch nicht mehr zutraf) wirkte in der untergehenden Sonne wie eine Falte zwischen den Büschen. Mit einem Spaten kroch ich durch das Geäst und erinnerte mich dabei an meinen letzten Besuch, bei dem ich erst unlängst entdeckt hatte, welchen Narren er aus mir machte. Auch die Wunden an meinem Unterarm schmerzten erneut, als wollten sie mich zusätzlich daran erinnern.

Ich fragte mich, ob Ferris und Caro heute in ihrem Farnbett gelegen hatten. *Bruder Christopher, Vorsicht.* Bald schon würde sie sich und ihn verraten, indem sie vor den Augen der anderen mit seinen Fingern spielte oder ihm das Haar aus der Stirn schob. Man würde daraufhin natürlich eine Verlobung erwarten. Die gegenwärtige Heimlichtuerei, mit der sich die Liebenden trafen, passte Caro mit Sicherheit sehr gut. Doch wie stand es mit diesem Anführer, der eine Liebschaft im Verborgenen hielt? Fehlte ihr nichts an ihrem Bruder Christopher?

Als ich das letzte Mal dort mit ihm gelegen hatte, war das Buschwerk noch nicht so dicht gewesen. Ich kroch hindurch, stellte fest, dass das Gras erst kürzlich frisch zerdrückt worden war und so duftete wie an dem Tag, an dem ich ihm erlaubt hatte, alles mit mir zu tun, was ihm gefiel. Erneut hörte ich sein zärtlich überraschtes Lachen und ein paar Worte, die sich seitdem in mein Gedächtnis eingegraben hatten.

Jetzt lacht er mit ihr.

Ich spürte einen Schmerz in meiner Brust.

Bring sie zum Schweigen.

Ich nahm den Spaten und versuchte aufrecht zu stehen. Es war schwieriger, als ich gedacht hatte, denn der Busch wuchs so dicht über dem Boden, dass eine Schaufel hilfreicher gewesen wäre. Schließlich drückte ich beim Aufrichten die Äste mit meinen Schultern zurück und bekam so viel Gewicht auf den Spaten, dass ich ihn mit dem Absatz in den Boden treten konnte. Das Geld war genau an der Stelle vergraben, wo der Busch durch die Erde gebrochen war. Fast sofort stieß das Spatenblatt auf Widerstand, so dass ich das Gerät wegwarf und mit den Händen weitergrub. In kürzester Zeit kam die Schatulle zum Vorschein. Sie war kleiner, als ich sie in Erinnerung hatte. Er hatte sie in ein Tuch gewickelt, so dass sie zwar feucht, jedoch sauber war. Ich holte den Schlüssel hervor, der an dem Band um meinen Hals hing, und suchte nach dem Schlüsselloch. Die Schatulle ließ sich leicht öffnen, und ich griff hinein. Etwas stach mich in die Fingerkuppe. Ich sprang auf, wobei es mir von der Hand fiel und zwischen den Münzen verschwand. Als ich mir den Finger in den Mund steckte, konnte ich Blut schmecken. Besser, es tropfte kein Blut auf das Papier. Ich schloss den Deckel wieder, drehte den Schlüssel um und ließ ihn in mein Hemd gleiten. Auch das Kistchen steckte ich mir unter das Hemd. In der Dämmerung würde es niemand bemerken, wenn ich zu meiner Hütte ging. Ich warf den Spaten weg und hörte, wie er in den Blättern raschelte, bevor er auf die Erde fiel. Ich würde ihn nie wieder brauchen. Die Kolonisten würden erwachen und feststellen, dass ich fort war; bis Ferris entdecken würde, dass sein Schatz gestohlen war, wäre ich längst unterwegs nach London.

Jemand, offenbar eine Frau, rief meinen Namen. Ich hielt auf dem dunklen Pfad inne. Die Narren schienen nach mir zu suchen. Womöglich hingen sie dem Irrglauben an, ich wandere im Fieberwahn herum. Langsam ging ich weiter und versuchte zu verhindern, dass mir eine Brombeerranke das Gesicht zerkratzte. Hoffentlich verschwanden sie in ihren Hütten und scharten sich nicht um mich, um vielleicht auch noch die Wölbung unter meinem Hemd zu bemerken.

Weitere, wütende Rufe ertönten, und mir kam der Gedanke, Ferris könne sich mit einem der anderen Kolonisten gestritten haben. Ich beeilte mich jetzt, brach durch das mit Efeu dicht bewachsene Ende des Pfades und konnte die Feuerstelle sehen. Doch sie war an der falschen Stelle, und während ich versuchte zu verstehen, wie das sein konnte, rannten zwei schwarze Gestalten dort vorüber. Es folgten ein Schuss und ein Schrei. Ich hielt entsetzt inne, unfähig, mich zu rühren oder klar zu denken. Ein einziger, entsetzlicher Gedanke erfüllte Himmel und Erde: Unser Freund hatte sich im Datum vertan, oder Sir Georges Plan war geändert worden. Für Ferris war der Tag der Abrechnung gekommen, und ich war immer noch hier, um alles mit ansehen zu müssen.

Atemlos kämpfte ich mich so schnell wie möglich bis an den Waldrand vor. Als ich die Stelle erreichte, an der die Bäume sich lichteten, leuchtete das Feuer von Sodom und Gomorrha in dem Getreidefeld hinter den Hütten auf und tauchte die ganze Szenerie in Licht und Schatten. Ich hatte Recht gehabt, das Korn war zu trocken, eine Windböe erfasste die Flammen und ließ das Feld im Nu zu einem hell scheinenden und knisternden Flammenmeer werden. Ich stellte mich auf einen Baumstamm und sah, dass wir völlig überrannt worden waren. Als hätte der Rauch sie geboren, bewegten sich die mit Schwertern, Musketen und Keulen bewaffneten Männer auf die Hütten zu und zogen die Kolonisten aus ihren Verstecken. Drei unserer Leute hielten sich an den Händen und bewegten sich wie Schafe erst in die eine, dann in die andere Richtung. Ich sah, wie sie mit Stangen gestoßen und gezwungen wurden, sich hinzuknien, und konnte die heiseren Schreie ihrer Bezwinger hören. Erneut ertönte mitten in diesem Geschrei der Ruf: »Jacob!« Ferris konnte ich nirgends entdecken.

Männer traten die Hütten ein. Ich sah, wie meine Tür aufgerissen und meine Hütte durchwühlt wurde, bevor sie dem Erdboden gleich gemacht wurde. Danach bewegten sich die Zerstörer auf Ferris' Hütte zu. Ich hielt die Luft an, doch er war nicht dort. Alles, was er besaß, wurde hinausgezerrt und durchwühlt – ich sah, wie ein Mann ein Hemd zusammenknüllte und es sich in die Hose steckte, bevor er das Stroh der Lagerstatt in Brand setzte.

Als Nächstes wurde die Käserei in Angriff genommen und ich hörte, wie die Keulen mit lautem Krachen den Marmor in Stücke schlugen. Das Tuch, das unter den Planken gehangen hatte, flog funkensprühend auf wie der Umhang eines Propheten, dann ergriff das Feuer die Planken und das ganze Ding brach langsam in sich zusammen. Ein plötzliches Aufflackern, dem ein Zischen folgte, lenkte meinen Blick ab: Das Zelt stand in Flammen. Eine Frau rannte heraus. Ich sah mit an, wie Männer das Vieh wegführten und mit Keulen auf den Ochsenkarren einschlugen. Überall lagen brennende Strohballen herum, das Feuer beleuchtete die Gesichter und Hände der Männer und fügte sich in die dichten Rauchschwaden, die vom Kornfeld hinüberwehten.

Zu meiner Rechten brach etwas durch den Wald. Ich wirbelte herum und sah gerade noch Jeremiahs Rücken. Eine schwarze Silhouette löste sich von der Gruppe, die die Hütten zerstörte, und rannte ihm nach. Ich duckte mich, als sich der Mann dem Wald näherte, und hörte, wie er mit keuchendem Atem seiner Jagdbeute folgte. Dann hielt er einige Meter entfernt inne. Ich vernahm ein Klicken, und zudem raschelte das Laub, als er versuchte, festen Halt für seine Füße zu finden. Als der Schuss losging, schrie jemand, doch ich konnte nicht sagen, ob der Schrei aus Jeremiahs Richtung oder von den Hütten her kam.

Eine Frau kreischte: »Jesus hilf uns, Jesus hilf uns!« Sie taumelte hinter den Hütten hervor, als sei sie betrunken, und im Gegenlicht des Feuers erkannte ich in dem schwarzen Bündel, das sie trug, das Kind. Ein Mann verfolgte sie, erwischte ihr Gewand, wirbelte sie herum, riss ihr das Kind aus den Armen und warf es brutal zur Seite. Das Kind schrie verängstigt auf und Caro kreischte: »Christopher, Christopher« und dann »Jacob«. Jetzt bekannte sie sich doch noch zu mir. Ihr Schrei erstarb, als ihr einer der Männer mit der Keule auf den Rücken schlug. Ich beobachtete, wie mein Weib zu Boden sank und sich ihr Angreifer über sie beugte, um von ihrem Gürtel die Börse loszureißen. Von dem Kind konnte ich außer einem Haufen Lumpen kaum etwas sehen, nicht einmal, ob es sich noch bewegte. Oh, wenn es doch meines wäre –

Wisse, dass es nicht dein Kind ist, sondern der Bastard deines Bruders.

Aus der kleinen Gruppe der hilflos knienden Kolonisten löste sich ein Mann und ging in Richtung Caro. Seine stämmige Statur und die Frau, die versuchte, ihn zurückzuhalten, sagten mir, dass es sich um Jonathan handeln musste. Noch bevor er sie abschütteln konnte, warf ihn ein Keulenschlag zu Boden, und zwei von Sir Georges Männern stachen mit Stöcken nach ihm, während er sich wie ein Wurm auf dem Boden wand. Hepsibah versuchte ihn zu schützen, wurde jedoch weggezerrt. Ein anderer Mann hob kniend seine Hände zum Himmel, als wolle er beten. Ich nahm an, dass es sich um Hathersage handelte. Er wurde an den Haaren weggezogen und eine Gruppe Männer schleifte ihn über den Boden, bis er meinem Blickfeld entschwand.

Was ich als Nächstes sah, versetzte meinem Herz einen solchen Stich, dass ich meinte, zu Boden zu gehen. Ich erkannte sofort den anmutigen Läufer, der über die Strohballen sprang und sich schwarz von dem flammenden Inferno abhob, das einst unser Getreidefeld gewesen war. Drei Männer verfolgten ihn, allesamt größer als er, jedoch nicht so schnell. Ich hielt die Luft an. Vielleicht konnte er sich in den Wald retten, in dem – doch er lief nicht auf den Wald zu. Stattdessen rannte er zu Caro und schob den Dieb zur Seite, der gerade ihr Gewand in Stücke reißen wollte. Ferris versuchte ihr aufzuhelfen, drehte sich dann um, sah das Kind und wollte es hochnehmen. Ich schloss die Augen, zwang mich jedoch dazu, sie wieder zu öffnen. Die drei Männer hatten sich auf ihn geworfen. Ferris wurde an den Haaren hochgezogen, und der Mann, der mein Weib niedergeschlagen hatte und fast so groß war wie ich, sprang ihn an. Ferris holte aus und schlug mit unglaublicher Geschwindigkeit zu. Doch die anderen drei Männer machten jede Flucht unmöglich. Sein Gegner hatte Zeit genug, seine Kräfte wieder zu sammeln und ihm einen Kinnhaken zu verpassen, der seinen Kopf nach hinten fliegen ließ.

Ich rang die Hände und war jederzeit bereit, aus dem Wald zu laufen und heftig um mich zu schlagen. Enorme Fäuste trafen Ferris' Rippen und seinen Bauch und ließen ihn sich zusammenkrümmen. Ich hielt mich an einem Ast fest, um nicht ohnmächtig zu werden, so heftig tobte der Kampf in mir. Caro kroch auf allen vieren auf das Kind zu.

All dies war vorherbestimmt. Habe ich dir nicht im Traum das Feuer und die Teufel offenbart, die ihn nach unten ziehen würden?

Ich sah, wie die Männer immer wieder ausholten und Ferris nicht mehr in der Lage war, sich zu schützen.

Jetzt sehnt er sich nach dir, mein Freund. Ein grausames Lachen folgte.

Ferris taumelte benommen und konnte nicht mehr ausweichen. Ein Mann drehte ihn herum und stieß ihn zu einem seiner Kameraden. Eine

Faust traf seine Nase oder sein Auge; ich hörte, wie er aufschrie und wie die Männer daraufhin johlten. Er hob die Hände vors Gesicht, und einer seiner Peiniger trat ihm ins Rückgrat und ließ ihn zu Boden gehen. Einen Moment lang warteten sie darauf, dass er wieder auf die Beine käme. Offenbar lief ihm Blut in die Augen, doch er versuchte sich immer noch zu wehren, so dass jemand seine blind herumtastenden Bewegungen nachahmte. Sie begannen ihn zwischen sich hin und her zu stoßen, ließen ihm zwischendurch immer wieder ein paar Sekunden Zeit, Tritt zu fassen, und begannen wieder von vorn.

Sie wissen, mit wem sie es zu tun haben, sagte die Stimme schadenfroh.

Ich weinte und murmelte vor mich hin: »Es reicht! Es reicht, um Himmels willen!«, doch ich konnte mich einfach nicht auf ihn zu bewegen. Die zwei Teufel, die am weitesten von mir entfernt standen, traten zurück und ließen einen Reiter durch, der sich das Ganze offenbar aus nächster Nähe betrachten wollte. Er beugte sich aus dem Sattel und sah begierig zu, und ich erkannte in ihm den parfümierten Mann mit den langen Fingernägeln, der Ferris angespuckt hatte.

Da man Caro in der Aufregung vergessen hatte, war es ihr gelungen, zu ihrem Kind zu gelangen, und nun kroch sie langsam mit ihm zusammen weg. Ferris fiel mittlerweile leblos gegen die vier ihn umringenden Männer, die ihn allesamt an Größe übertrafen. Einer von ihnen stieß ihn so heftig an, dass er auf Hände und Knie fiel und erneut von einem Stiefel im Gesicht getroffen wurde. Er krümmte sich zu einer Kugel zusammen, doch sie zerrten seine Arme und Beine auseinander und griffen ihn ein weiteres Mal an. Ich konnte meinen Blick nicht abwenden und sah und fühlte jeden Schlag.

Plötzlich schaute der Reiter auf. Das brennende Stroh beleuchtete sein fahles, hübsches Gesicht, und seine Augen waren auf gleicher Höhe mit meinen. Grausame Ekstase füllte seinen Blick, und mir schien, dass er mich sah, mich erkannte und mir zulächelte, als wolle er sagen, *Bruder.* Ferris lag unbeweglich auf dem Boden und zuckte nur noch, wenn er getreten wurde. Die Männer unterbrachen ihr grausames Spiel, vielleicht waren sie erschöpft, jedenfalls schauten sie ihren Herrn an, damit er ihnen Anweisungen erteile. Mein Atem ging stoßweise. Der Reiter zeigte auf Ferris' liegenden Körper, und zwei Männer bückten sich, um ihn aufzuheben. Sein Kopf baumelte herab, als sei sein Genick gebrochen, und das Hemd auf seiner Brust war blutverschmiert. Zwischen den beiden Männern wirkte er bemitleidenswert schmächtig. Ich wusste nicht, ob er lebendig oder tot war, als sie ihn an Armen und Beinen davontrugen.

Die Brüder und Schwestern wurden mit Schüssen und Geschrei vom Land vertrieben wie Vieh. Caro wurde so lange getreten, bis sie sich erhob, wobei sie das Kind fest an sich drückte. Anschließend wurde sie zu der kleinen Gruppe geschleppt, in der auch Jonathan immer noch bewusstlos lag. Einer von Sir Georges Männern brüllte einen Befehl, und eine dünne Person wurde nach vorn gestoßen, um Jonathan an den Füßen zu ziehen. Ich meinte Hathersage zu erkennen. Zwei Frauen beeilten sich zu helfen, damit Jonathans Kopf nicht durch den Staub geschleift würde, und so umrundete die kleine Gruppe die Feuer und überquerte die Wiese.

Auch nachdem der Krach abgeebbt war, stand ich regungslos da und starrte wer weiß wie lange auf das zerstörte Getreide. Kein Laut war zu hören, bis auf das Zischen und Knistern des Feuers. Als ich einen ersten Schritt machte, um den Wald zu verlassen, knickten meine Knie ein und ich fiel hin. Es dauerte einige Minuten, bevor ich mich erheben und in Richtung Straße gehen konnte. Als ich das Lager durchquerte, schaute ich weder nach rechts noch nach links und taumelte, als sei auch ich geschlagen worden.

31. Kapitel

Schätze

London glich einem Leichenhaus. Die schönsten Straßen wirkten trostlos, denn ich wurde auf Schritt und Tritt von einem Geist verfolgt. Er überquerte vor mir die Straße, bog in eine Gasse ein oder betrat eine Weinschenke, wenn ich gerade eine andere verließ.

Ich ging zu den vertrauten Plätzen und landete stets vor einem gewissen Haus in Cheapside, an dessen Tür ich nicht zu klopfen wagte. Ich stellte mir vor, wie die Tante von der Krankheit schwer gezeichnet dalag und ungeduldig darauf wartete, ein letztes Mal ihren Liebling, ihr Lamm zu erblicken. Dann sagte ich mir, dass er aller Wahrscheinlichkeit nach überlebt hatte und vielleicht sogar in diesem Augenblick um die Ecke kam. Einmal ging ich eine ganze Straße lang hinter ihm her, bevor der Mann sich umdrehte und mir offenbar wurde, dass ich mich getäuscht hatte. Als ich umkehrte und zurückging, kam mir eine Gruppe Herren entgegen, und in ihr Gelächter mischte sich das der Stimme.

Die Stadt war grausam geworden; ich wollte ihren Fängen entkommen und so weit wie möglich weggehen. Das bedeutete, ein Schiff zu nehmen, und sollte das Schiff kentern, würde ich all mein Elend beenden, wie ich es begonnen hatte – mit Ertrinken.

Ich erstand eine Fahrkarte für die Kutsche nach Southampton. Mir blieb ein letzter Tag in London, und ich legte mich nur für alle Fälle am Ende der Straße von Cheapside auf die Lauer. Solange es hell war, bewegte ich mich dort nicht fort, doch als es dunkelte, kehrte ich schließlich in meine Unterkunft zurück. Am nächsten Tag stand ich noch vor dem Morgengrauen auf, um den ersten Teil meiner Reise anzutreten.

Die Kutsche roch nach Schimmel und Verfall. Die anderen Reisenden erschienen mir wie Tote, und wenn mich einer zufällig ansprach, wandte ich mich ab. Bald schon wurde ich nicht mehr belästigt. Wir verließen London durch eines der Tore in der Stadtmauer.

Du kennst jemanden, der bei ihrer Errichtung mitgeholfen hat.

Ich habe dich nie gekannt, antwortete ich. Als ich aus dem Fenster der Kutsche zurückschaute, sah ich verlassene Straßen und Häuser, die sich verzweifelt unter dem Nieselregen duckten.

Nach der Ankunft in Southhampton suchte ich in der Nähe des Kais ein Quartier, in dem ich ein Zimmer für mich allein haben würde. Jegliche Form der Gesellschaft war mir zuwider, doch vor allem waren mir fröhliche Leute verhasst.

Auf der Suche nach solch einem Versteck kam ich durch einige der widerwärtigsten Viertel der Stadt. Genau wie London besaß auch Southampton übervölkerte Gegenden, die ich mit *ihm* nie erkundet hätte, auch wenn vermutlich Zeb in solchen Straßen nicht völlig verloren war. In einer Gasse, in der die Sonne gerade noch durch einen schmalen Spalt zwischen den Häusern einfiel, stieß ich auf zwei Huren, die an der Mauer eines Wirtshauses lehnten. Die ältere Frau mochte die ›Mutter‹ sein, denn soweit mir bekannt war, war dies der Name solcher Kupplerinnen, während das rotgesichtige, betrunkene Mädchen, dessen dünnes blondes Haar den Schorf auf ihrem Kopf nicht überdecken konnte, so um die sechzehn sein mochte. Sie versuchten mir den Weg zu verstellen, und als ich sie zur Seite stieß, rannte das Mädchen ein Stück vor, hob die Röcke und pinkelte direkt vor meinen Augen. Man sagt, dass dies bei manchen Männern den Appetit anrege, doch konnte es kaum einen monströseren Anblick geben als ihre von Venen durchzogene Haut und ihre geschwollenen, verfilzten Geschlechtsteile. Ich stieß sie in den Dreck, woanders gehörte sie auch nicht hin.

»Arschwichser, Hurenbock«, schrie die andere, worauf beide anfingen, mit Dreckbrocken nach mir zu werfen. Ich stürmte auf sie zu und sie flohen. Betrunken wie sie waren, hatten sie ihr Ziel meist verfehlt, daher war mein Umhang nur wenig verschmutzt.

Nachdem ich die Straßen auf und ab gegangen war, fand ich in der Cattes-Head-Gasse ein von Ungeziefer heimgesuchtes, elendiges Quartier. In der dortigen Taverne boten sie mir eine durch dünne Wände vom Flur abgeteilte Kammer mit einem leeren Kamin und einem so engen Bett an, dass es selbst dem Wirt nicht mehr gelingen konnte, einen weiteren Gast darin unterzubringen, so musste ich es lediglich mit Flöhen und Läusen teilen. Um zum Kai zu gelangen, brauchte ich nur auf die Gasse hinauszutreten und die Straße zu überqueren.

Nachdem ich an jenem ersten Tag die Tür verriegelt hatte, lag ich mindestens eine Stunde unbeweglich da und versuchte herauszufinden, ob es mir irgendwie besser ging, nun, da ich London verlassen hatte. Eine vergebliche Hoffnung, denn immer noch atmete und fühlte ich. Wieder sah ich, wie Ferris sich über mein Weib und das Kind beugte, sah, wie er von einem Peiniger zum nächsten gestoßen wurde, und wieder lächelte mir der Reiter zu, als sei ich ein Kamerad oder Bruder. Wilder Schmerz tobte in meiner Brust, als würde sie zerrissen oder verbrannt, und er war so stark, dass ich wenig überrascht gewesen wäre, an mir herunterzuschauen und festzustellen, dass ich gerade wie ein Jesuit auf dem Schafott zerteilt wurde.

Denk nicht an ihn, forderte die Stimme.

Ich versuchte meine Gedanken auf das Geld zu lenken. Ich hatte natürlich Ferris' Schatulle noch bei mir und ihren Inhalt bislang nicht genau untersucht. Zuoberst lag Gold, von dem ich ein wenig genommen hatte, um die Kammer zu bezahlen und die Kleidung, die ich noch in London erstanden hatte. Die Frau, die mit gebrauchten Kleidern handelte, hatte mir gesagt, ich habe ungewöhnliches Glück, denn gerade vor zwei Tagen sei ein Mann mit meiner Statur gestorben. Ich hatte sie gefragt, woran er gelitten habe, da ich nicht auf die gleiche Weise sterben wollte, und sie hatte gesagt, sein Herz habe ihn umgebracht.

Da ich bei der gleichen Frau eine Börse erstanden hatte, schüttete ich nun das Gold auf das stinkende Bett, um es zu zählen und aufzulesen. Darunter befanden sich auch Silberstücke, die ich bereits vermisst hatte und die zwischen den Wänden der Kiste und einer Verkleidung aus Papier gesteckt hatten. Zusammengenommen würden die Münzen für meine Überfahrt nach Neuengland reichen. Ich hatte mit mehr gerechnet, doch dann fiel mir wieder ein, wie freizügig er sein Geld auf die Käserei verwendet hatte. Ich fand auch einen goldnen Ring. In meiner ersten Verwirrung hielt ich ihn für jenen Ring, der erst Caro gehört hatte und von dem Zeb später behauptet hatte, er trage ihn am Ohr. Doch diesen Ring, der für eine sehr zarte Hand gemacht worden war, hatte ich noch nie gesehen. Ich drehte ihn herum und entdeckte die Inschrift *CF&JC, 1645.* Also hatte er sich genau wie ich mit einem Ring vermählt. Ich steckte ihn mir auf den kleinen Finger.

Vielleicht war das Papier auf dem Boden der Schatulle etwas wert. Als ich mich mühte, es herauszuholen, spürte ich, wie die Haut an meinen Knöcheln aufgeritzt wurde, und erinnerte mich, dass mich auch im Wald, als ich die Schatulle geöffnet hatte, etwas geschnitten hatte. Ich zog das Papier an einer anderen Ecke heraus und entdeckte darunter die rote Glasscherbe, die ich ihm nach der Schlacht in Basing-House gegeben hatte. Ich hielt sie gegen das Licht und las wieder das von dem halsstarrigen und besiegten John Paulet darin eingravierte Wort: *Loyalität.*

Eine Disziplin, in der Ferris und ich ganz und gar versagt hatten. Ich erinnerte mich an sein Lächeln, als er gefragt hatte: ›Was soll ich nur mit Euch machen?‹, und warf die Scherbe in den Kamin.

Das zusammengefaltete Dokument war ein Brief, auf den nun dank der Glasscherbe mein Blut getropft war. Als ich ihn auffaltete, fiel eine dicke, schwarze Haarsträhne heraus. Ich hatte ihm nie ein solches Geschenk gemacht, daher fragte ich mich, wann er diese Trophäe errungen haben mochte. Vielleicht an jenem allerersten Tag, als ich auf der Straße gelegen hatte und die Jungen mir das Haar abgeschnitten hatten. Wie anziehend er mich gefunden haben musste. Und monatelang hatte er neben mir her gelebt und es ertragen. Und Nathan?, fragte ich mich. Hatte mein Haar das seine ersetzt?

Ich nahm den Brief in die Hand. Schon an der ersten Zeile erkannte ich ihn, doch ich konnte nicht umhin, ihn wieder und wieder zu lesen, denn es war der einzige Liebesbrief, den ich je erhalten hatte. *Hast du das Herz, daneben zu stehen,* hatte er geschrieben, *und zuzusehen, was geschieht?*

Damals hatte ich den Brief in seiner Kammer liegen lassen, und Ferris hatte ihn um der Zukunft willen aufbewahrt. Wieder schloss ich ihn in meine Arme. Welche Wonne. Er ließ seine Hände über meinen Körper gleiten und öffnete den Mund.

Wo du hingehst, ist ein solcher Brief fehl am Platze, ließ sich die Stimme vernehmen. *Hör auf, an diesem Fetzen zu hängen.*

Um den Brief nicht ein weiteres Mal zu lesen, faltete ich ihn wieder zusammen und riss ihn in kleine Streifen und Schnipsel, doch dann zögerte ich, denn nicht einmal diese Papierschnipsel wollte ich in jenem Zimmer zurücklassen.

Ertränk sie.

Die Stimme klang inzwischen ungeduldig. Ich sammelte die Schnipsel in der Hand, drückte sie zusammen und trat dann hinaus auf den Kai, bevor ich sie losließ. Sie flatterten durch die Luft; manche hüpften auf dem Wasser, andere gingen sofort unter, und wieder andere wurden zurück ans Land geweht, wo sie in den Schlamm eingetreten werden würden.

Der Wind am Kai zerzaust mein Haar, lässt es mir in die Augen flattern und spielt mit dem Saum meines neuen Wollumhangs. Obwohl es ein kalter Wind ist, so ist er doch willkommen, denn er weht den Gestank nach verfaultem Fleisch weg, der in der Luft hängt. Vielleicht stammt der Geruch von toten Kühen: Ich sehe zu, wie ein Kran große Kisten über das Deck eines Lastkahns schweben lässt, in denen vermutlich Pferde und Vieh gefangen sind. Mehr als einhundert Kühe sind auf dem Kahn eingepfercht und brüllen ihr Elend zu all jenen heraus, die es hören können. Wenn sich der Wind dreht, wird der Gestank nach Aas und tierischen Exkrementen von einem Geruch abgelöst, der an Gewürzkuchen erinnert und von dem mir Ferris einst erzählt hatte, dass er vom Tabak herrühre. Ich erinnere mich daran, wie er gesagt hatte, als Junge habe er Matrose werden wollen, und ich hatte gesagt – ich hatte gesagt –

Denk nicht an ihn.

Die unterschiedlichsten Menschen haben sich hier versammelt. Manche stehen herum, andere haben sich hingehockt, und ab und zu kommt ein kurzer Wortwechsel auf, um sofort wieder zu verebben, denn wir alle sind müde. Irgendwo hinter mir befindet sich ein Mann, den ich in der vergangenen Nacht grundlos mit Blicken angegriffen habe. Es war lediglich darum gegangen, wer als Erster durch eine Tür schreiten durfte. Scheinbar bin ich so dünnhäutig geworden, dass ich es kaum noch ertragen kann, wenn mir jemand in die Quere kommt; vielleicht halte ich jedoch auch nur nach jemandem Ausschau, der mir endlich ein Messer zwischen die Rippen stößt.

Obwohl sich die Sonne im Nebel über dem Wasser verbirgt, erklärt mir ein Mann zu meiner Rechten, dass sich der Dunst bald verziehen und der Tag heiß werden würde. Dieser sonnengebräunte und stämmige Nachbar mit Namen Knowell will zu seinem Bruder nach Neuengland übersiedeln. Mistress Knowell wirkt mit ihrem faltigen, geduldigen Gesicht und ihren sehr roten Augenlidern wie eine Frau, der man als Kind reichlich Molke eingeflößt hatte. Als ich das erste Mal mit ihnen gesprochen habe, hat mir die Stimme eingeflüstert, dass ihr Mann sie unnachsichtig und streng behandele, sie es aber aufgrund ihres Gejammers verdiene. Sie redet ununterbrochen von der Seekrankheit und ihrer Entschlossenheit, sich nicht von ihr bezwingen zu lassen, doch wann immer sie verstummt, treten ihr Tränen in die Augen, die sie auf den Wind schiebt.

Die Schlange bewegt sich langsam voran, während die Boote hin und her schaukeln, um Passagiere und Gepäck aufzunehmen und sie hinaus zur *Fortitude* zu rudern. Erneut befeuchtet der Wind Mistress Knowells Wangen mit Tränen.

»Himmel, Herrgott, warum heulst du?«, ruft der erzürnte Ehemann. Zu mir gewandt fügt er hinzu: »Wir haben ein Stück Land, das bereits gepflügt ist, Sir. Mein Bruder und seine Frau sind uns vorausgegangen.«

»Dann könnt Ihr Euch wirklich glücklich schätzen«, erwidere ich.

»In der Tat! Dennoch nörgelt mein Weib ununterbrochen herum.« Er wendet sich von uns ab und schaut in Richtung des Schiffes. Mercy Knowell, die weder wie eine verzogene noch wie eine halsstarrige Frau wirkt, trocknet sich mit dem Ärmel das Gesicht und sagt: »Gemahl.«

Er dreht sich wieder zu seinem weinerlichen Weib um, und ich beuge mich vor, denn sie spricht leise, und ich möchte sie trotz meines im salzigen Wind flatternden Hutes verstehen.

»Ich bin James für seine Arbeit sehr dankbar.« Ihre Augen glänzen schon wieder voll neuer Tränen. »Doch hier sind William und Anne begraben.«

Er seufzt resigniert und ergreift ihre Hand. Tränen quellen unter ihren Lidern hervor.

Ich sage: »Man soll der Vergangenheit nicht nachweinen, Madam, sondern die Hoffnung auf die Zukunft richten.«

Sie lächelt mich unter Tränen an. »Hervorragender Rat, Sir, und ich frage mich, warum Ihr ihn Euch selbst nicht zu Nutze macht.«

»Zu Nutze macht? Wie meint Ihr –?«

Mercy Knowell streicht mit dem Fingerrücken über meine Wange und hält ihn mir hin. Der Finger glänzt vor Nässe.

»Das hat nichts zu bedeuten«, sage ich. »Ein Augenleiden.«

Ich weine nun schon seit drei Tagen, ohne es zu wissen.

Das Boot schaukelt und ich lasse mich auf einer der Bänke nieder. Zusammen mit den Knowells, dem Feind der gestrigen Nacht und zwei Familien (die ängstlichen Eltern bitten ihre Kinder, still zu sitzen) werde ich in dieser hölzernen Schale gewiegt. Die Matrosen werfen sich in die Riemen und bringen uns Stückchen für Stückchen dem Schiff näher. Ich sinne darüber nach, wie formlos das Meer ist, wie es anschwillt, über sich selbst zusammenschlägt und sich immer wieder in ein Nichts auflöst. Ich werfe einen letzten Blick auf England, einen Haufen toten Unrat, der von der morgendlichen Sonne beleuchtet wird.

Zu meiner Linken sitzt eine Familie, deren jüngster Sohn aus Furcht vor dem Wasser jammert und schnieft wie ein Mädchen. Jemand sagt: »Nur Mut«, und ich sehe vor mir, wie Ferris sein Weib an die Hand nimmt und mit ihr Cheapside durchquert, während sich die Nachbarn über die Schande das Maul zerreißen.

Denk nicht an ihn.

Ich sehe ihn vor mir, wie er in der Armee Nathan gegen den bösen Engel verteidigt, den er bereits hoffnungslos liebt, und wie er in London auf der Druckerpresse seines Onkels einen Text setzt, während die Visionen einer besseren Zukunft sein Gesicht strahlen lassen.

Er hat dich betrogen. Denk nicht an ihn.

Er sitzt allein, schreibt den Brief, den ich ins Wasser geworfen habe, und hofft, dass ich mich nicht aus Abscheu von ihm abwenden werde. Er steht schutzlos da und streitet mit dem grünen Reiter. Ich sage nichts, küsse jedoch später seinen Hals an der Stelle, an der ihn der Mann angespuckt hat. Trotz der Schläge hebt er seine Fäuste, und ich schaue zu.

Warum hast du mich gebeten, den Brief zu versenken? Ich habe etwas verloren, das er berührt hat und dessen Zerstörung dir nichts gebracht hat, denn obzwar ich die Worte nicht mehr lese, höre ich sie, als ob er von Angesicht zu Angesicht zu mir spräche.

Sprich zu mir, Jacob, spiel nicht den Tyrannen.

Sprich zu mir.

Danksagung

Mein Dank gilt vor allem Tony Curtis und Gillian Clarke von der University of Glamorgan für ihre Hilfe und Unterstützung, des Weiteren Alan Turton, der mir freundlicherweise die Ruinen von Basing-House gezeigt hat, und schließlich Andy Pickering, der viele hilfreiche Informationen beigesteuert hat. Weder Alan noch Andy sind verantwortlich für die Freiheiten, die ich mir im Umgang mit der Geschichte erlaubt habe.

Herzlich danken möchte ich auch meinen Freunden Frances Day, Deborah Gregory, Elorin Grey, Elizabeth Lindsay, Julie-Ann Rowell und Dana Littlepage-Smith, sowohl für die gute Zusammenarbeit als auch für ihren ausgezeichneten Geschmack, was Pubs angeht.

Inhaltsverzeichnis